KUWEI
酷威文化
图书 影视

拉钩

lagou

上

春风榴火 著

江苏凤凰文艺出版社
JIANGSU PHOENIX LITERATURE AND ART PUBLISHING

目录

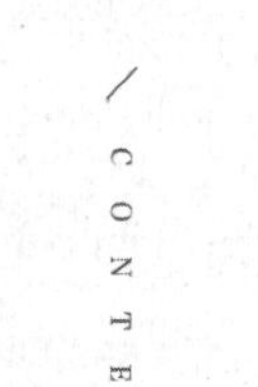

/ CONTENTS /

第一章

金玫瑰 vs 小蝴蝶

黄昏，预备班老旧的电风扇吱呀吱呀地叫着。教室门口，小朋友们蹦蹦跳跳地依次走出去，牵着家长的手离开。离开的小朋友将木椅子整整齐齐地扣在桌上，后排几个小朋友的家长还没有来。

教室里的小朋友越来越少，陆粥粥毫不着急，拿着水彩笔，在纸上画了一朵金色的玫瑰。

同桌小女孩蒋清霖将偷偷买的明星头像贴纸抠下来，一张张贴在拼音书的封面上。

“肥粥，这个给你。”小姑娘凑过来，将其中一张贴纸粘在了陆粥粥的田字格本上。

陆粥粥看了一眼贴纸，好奇地问：“这是谁呀？”

“我的偶像，陆怀柔。”

“陆怀柔是谁呀？”

“一个超级好看的哥哥，唱歌跳舞一级棒，还演了很多古装电视剧。”蒋清霖如数家珍地向陆粥粥介绍道，“我妈妈说，她从小看他的电视剧长大的，我妈妈也超级喜欢他。”

“你妈妈看他的电视剧长大，”陆粥粥掰着手指头计算着，“那他现在比你妈妈年龄还大吧？不应该叫哥哥，应该叫爷爷啦。”

蒋清霖知道陆粥粥算术一直很好，撇撇嘴，指着贴纸道：“年龄不重要嘛！你看他的脸，哪里像爷爷，明明就是哥哥啦。”

陆粥粥眨眨眼睛，望着贴纸上的男人——他看起来真的很年轻，模样英俊，似乎比自己的帅老爸还好看很多！

蒋清霖大方地说：“好了，我把我的偶像送给你，以后怀柔哥哥也是你的哥哥了！”

“呃，我的偶像是爱因斯坦……”

“一个老爷爷有什么好当偶像的呀！”

“因为他很厉害呀，他的相对论……”

话音未落，门外一个漂亮女人对蒋清霖招了招手。

“哎呀，不跟你说了，我妈妈来接我了。”

“拜拜，明天见。”

蒋清霖走后，陆粥粥尝试着将贴纸从本子上撕下来，不过本子的纸张又脆又薄，很容易被撕坏。

陆粥粥叹了一口气，只好让这个陆什么的“偶像”和她本子上爱因斯坦的头像紧紧贴在一起。

门口，班主任陈老师低头看了看时间，现在距离放学时间，已经过了半个小时，陆粥粥的父母还没有过来。

她走到后排一个小姑娘的座位边，笑着问道：“陆粥粥，今天是爸爸还是妈妈来接你呀？”

陆粥粥放下水彩笔，看着老师，回答道：“我不知道。”

陈老师又问道：“那你爸爸妈妈在做什么呢？”

“爸爸在带货，妈妈在比心。”

陈老师听着小姑娘这让人摸不着头脑的话，琢磨了半晌，恍然明白：“粥粥的爸爸妈妈是网络主播吧？”

“陈老师，什么是网络主播呀？”同桌的女孩好奇地问。

“我知道！网络主播就是不工作，只在家里玩电脑的人！我妈妈说，有些人是坏人还会骗打赏，我哥就被骗了好几万！”

另一个女孩的话引起了周围小朋友的低声议论。

陈老师连忙解释道："网络主播也是正常的工作，只不过工作方式不一样，比较新潮，但也是自食其力的职业，不应该被歧视。"

孩子们认真地点了点头。

陈老师望向陆粥粥，发现小姑娘正感激地冲自己微笑。

小姑娘今年不到六岁，扎着两个小羊角辫，脸颊白嫩嫩的，透着几分憨态可掬的婴儿肥，笑起来嘴角绽开两个甜酒窝，可爱极了。

刚刚大学毕业的陈老师每次看陆粥粥，都会冒出想生女儿的强烈愿望。她一定要生个像陆粥粥这样可爱的女孩。

这个年龄的小女孩子是最可爱的，要是换了她，这样的小仙女宝贝儿，肯定放在手掌心里宠着……怎么还丢在学校呢，真是心大啊！

说话间，又有几个小朋友被爸爸妈妈接走，只剩陆粥粥了。陈老师走到教室外，给陆粥粥的爸爸打电话。

她爸爸是个网络主播，正在直播间涂涂抹抹，直播带货，忙得电话都没空接。一个工作人员接的电话，说助理正在赶来接孩子。

陈老师关了教室的灯，对陆粥粥道："粥粥，接你的叔叔马上就来了，我们去校门口等吧。"

"好的，陈老师。"

陆粥粥背起了她的哆啦A梦小书包，牵着陈老师的手，走到校门口。

"陆粥粥真可怜，没有爸爸妈妈接！"

陆粥粥回头，看到同学宁融儿牵着妈妈的手，站在豪车边，正冲她做鬼脸。刚刚在教室里说网络主播骗钱的女孩，正是宁融儿。

"没有爸爸妈妈接！陆粥粥可怜、可怜，真可怜！"

陆粥粥说："你也很可怜啊。"

"我怎么可怜啦？"

"你肩上的大鸟毛都快掉光了，光秃秃的，真的很可怜。"

"你在胡说什么呀！"

"我没有胡说。"陆粥粥真诚地说道，"你要小心一些哦，大鸟要是不开心的话，你也会遇到不好的事。"

"莫名其妙！"宁融儿骄傲地转过了头，不理会陆粥粥这个没爸爸妈妈接的小孩。

陆粥粥耸耸肩，也不理她了。

陆粥粥从小就因绝佳的想象力而看得到更加“五彩斑斓”的世界。在她眼中，每个人的背后都多了一只动物——一只代表这个人性格的动物。她管这种想象叫“人的动物属性”。

在陆粥粥的眼中，宁融儿的肩膀上站着一只抖擞的花孔雀，因为宁融儿平时在班里总是趾高气扬的。这只张扬骄傲的花孔雀，就显示出宁融儿的性格。

陈老师的背后是和蔼可亲的芦花鸡，因为平时陈老师总是护着他们，对小朋友耐心又温柔。

这些动物，代表他们的性格。同样，这些动物的状态，是和他们的人品、性格直接相关的。

比如宁融儿在班级里一直很傲慢，优越感十足，经常让同学们难堪。久而久之，陆粥粥看到她肩上的花孔雀开始打蔫儿了。

按照以往的经验，如果陆粥粥想象中的动物开始打蔫儿，就意味着那人即将遭遇坏事。

宁融儿自顾自地念叨着：“哼，我才不可怜，我家有大车！陆粥粥才可怜，没爸爸妈妈接的小孩，没人要的小孩……”

然而，话音未落，哐的一声，一辆车从后面直直地撞上了宁融儿家的豪车，豪车尾部整个都被撞变形了。

宁融儿的妈妈尖叫起来：“你没长眼睛啊！怎么开车的？你把我的车撞坏了！我这车八十万！你赔得起吗？”

宁融儿看着自己家的车被撞出一个大坑，虽然她完全没有八十万元的概念，但还是气闷得直跺脚，回头看了眼陆粥粥。

陆粥粥冲她摊了摊手。

“妈妈！是陆粥粥咒我们的！一定是！”宁融儿气呼呼地说，“她刚刚诅咒我们了！陆粥粥是坏蛋！”

陈老师十分生气地说：“宁融儿！小朋友不可以迷信，更不可以这样说同学！”

宁融儿的母亲自然是十分尊敬老师的，连忙拉着宁融儿向陆粥粥道歉。

宁融儿哭哭啼啼地向陆粥粥说了一声“对不起”。

“没关系。”陆粥粥不想和她计较。

就在这时，一辆黑色轿车驶来，停在了校门口。

助理叔叔从车上下来，打开了车门：“不好意思，老师，今天老板接大单，实在太忙；路上又堵车，我来晚了。”

陈老师略有不满，道：“请转告你的老板，家长不管多忙，总归要把孩子放在第一位的，这是父母的责任。”

陆粥粥第一次见到陈老师这么严肃，即便是同学们做错了题，陈老师都不会这样生气。

她看到陈老师肩膀上的芦花鸡摆出了战斗的姿态：“你现在带她去哪里？”

助理叔叔如实答道：“去老板的工作室。”

“为什么不直接回家？”

“老板在直播，家里没有人。”

“你们到底怎么回事？这个孩子今年还不到六岁！太过分了吧！”

陆粥粥连忙拽了拽陈老师的手，说道：“我们家很穷，如果爸爸不赚钱，粥粥就吃不起好吃的了。陈老师不要怪爸爸，爸爸也很辛苦。”

小姑娘软乎乎的小手牵着自己，陈老师心都要化了，这么善解人意的小姑娘，想让人不心疼都难。然而陈老师一抬头，便看到眼前这辆轿车的品牌，是四百万元起步的。

小丫头还在担心吃不起好吃的？

小丫头对穷富其实并没有什么概念，唯一的信息来源就是班级里那些有钱人家的小孩每天都能换一套新衣服。她没有这么多新衣服，甚至她还不如蒋清霖衣服多，更不要说他们带到学校来的小玩具、游戏机了，所以她真的以为自己家很穷，比单亲的蒋清霖家更穷。

陆粥粥对生活没有过多的奢望，虽然也羡慕同学们有那么多好看的新衣服，但是她最大的愿望就是周末能吃上一顿肯德基全家桶，就开心啦！

老爸的工作室位于市区商业中心的一个一百平方米的公寓中，粥粥一进门，好些叔叔阿姨围了过来——

“粥粥来啦！”

“小宝贝儿，快进来吃好吃的。”

……

粥粥被大伙儿簇拥着，坐到了松软的沙发上。他们将零食摆在粥粥面前。

他们都很喜欢粥粥，因为这个小姑娘仿佛自带好运体质，每次都能让他们趋吉避凶，所以她可是工作室的小团宠，人气比她爸爸还高——

“粥粥，你说，我今天买彩票能中吗？”

“粥粥，我最近运气不太好，你看我是不是招小人了？”

“你们别围着粥粥了。”助理叔叔走过来，驱散了这些年轻的叔叔阿姨，“该做什么做什么去。”

阿姨们捏捏粥粥的小脸蛋，在她面前的茶几上留下了好多零食。

助理叔叔将粥粥带到隔间的办公桌边，拍拍她的脑袋，说道：“粥粥，叔叔的办公桌留给你写作业。别搭理他们，你爸爸忙完直播，就带你回家。”

“好的，谢谢叔叔。”

“饿了吧？你要吃什么，叔叔去给你买。”

“不用了，叔叔，我现在不饿。”

“饿了告诉叔叔。”

“嗯！”

助理叔叔是很好的人，总是无微不至地照顾他们。

粥粥看着助理叔叔肩膀上仿佛有只袋鼠打了个哈欠，于是她伸出指尖，轻轻碰了碰它的鼻尖。

粥粥小声对它说：“不可以打瞌睡！”

袋鼠听话地点点头。

这时，助理叔叔的电话响了起来，他走到阳台边接了电话：“什么！脱离危险了！母女平安！真是太好了啊！我现在马上过来！”

助理叔叔放下电话，喜形于色：“我老婆生了！生了个女儿！”

周围人连忙向他道喜，陆粥粥也说道："恭喜叔叔！"

他感动得热泪盈眶："谢谢粥粥！"

粥粥看着他肩膀上精神抖擞的袋鼠，仿佛袋鼠的口袋里还冒出一只小袋鼠的脑袋，真好呀。

"珍馐美味！简直不要太好吃！"

陆粥粥听到直播间里传来了老爸无比夸张的啧啧声，她跳下办公椅，走到直播间门前，探头探脑地朝里面观望——

老爸剥开了一瓣大蒜，蒜的颜色竟然是黑色的。

"今天给大家推荐的就是这款食品，味道酸酸甜甜的，好吃！买它！"

他将黑蒜放进嘴里，闭眼咀嚼，表情是吃到人间美味的幸福。

陆粥粥看到门边的茶几上有几颗拆开的蒜瓣，好奇地捡起一瓣，剥开了蒜皮，露出里面黑乎乎的蒜肉。

这个大蒜真的好吃吗？

陆粥粥试探性地将蒜肉放到嘴边，还没吃，就被强烈的刺鼻气味熏得十分难受。她干呕了好一阵子，才缓过来。

有小姐姐见她这么难受，赶紧走过来说："小祖宗，你可别吃了，这东西……我吃一次吐一次。"

"姐姐，这个是什么呀？"

"黑蒜，我们接的商单，要把这东西卖出去。"

陆粥粥看着老爸脸上满满的幸福感，心说老爸也太可怜了吧，为了赚钱，要吃这么难吃的食物。

晚上十点，老爸的直播结束，走到沙发边，看到睡着的粥粥，脱下了西装，盖在她的身上。

他低声问身边的工作人员："她妈还没来接她？"

"打过电话了，那边说今晚要带粉丝通宵打游戏，没空。"

老爸翻了个白眼，走到窗边，拿着手机打电话："今天该你去接粥粥！"

粥粥妈："我很忙，在打游戏。"

"什么？打游戏是理由吗？！你怎么当妈的？！"

粥粥妈："女儿又不是我一个人的！"

"我这边都忙到十点了！晚饭还没吃呢！你别太过分了！"

粥粥被吵醒了，看着老爸站在落地窗边，气急败坏。

"那你说怎么办？"

粥粥妈："还能怎么办，我们都忙，送到你爸妈那儿去呗！"

老爸一顿，然后说道："你疯了吧！"

粥粥妈："让爸妈带孩子，不是天经地义吗？"

"我……我妈早走了。"

粥粥妈："那你爸呢！总好好的吧？"

她一提到自己家里的那位，老爸脸色立刻变得惨白无比。

他已经很多年没跟家里那位暴脾气的祖宗联系过了，那位祖宗甚至都不知道自己已经生了个女儿。

这要是贸然把小姑娘送过去……

老爸哆嗦了一下。他被打断腿，算轻的了。

为了补偿没有照顾好女儿的愧疚，周末，陆随意带着陆粥粥去了游乐场。

陆粥粥一蹦一跳地走着。今天她穿了一件白色T恤加牛仔背带裤，戴着小黄帽，扎着两个小翘辫，开心极了。

她趴在旋转木马围栏边，兴奋地看着上下跳跃的旋转木马："爸爸，我要玩这个！

"咦，爸爸？"

陆粥粥回头，见老爸正在休息站打电话。

老爸打扮得很时尚，粉色边框的墨镜架在额头上，潮牌的花衬衣配短裤，阳光又英俊。路过的女孩子看到他，还以为他是大学生呢。

陆粥粥撇撇嘴，有些不开心，老爸明明说好今天陪她玩的，结果三分之一的时间都在打电话。不过，想到昨晚的黑蒜，陆粥粥还是决定原谅老爸。毕竟老爸为了养她，也是很拼的。

她独自走到肯德基甜品店外，对店员说："姐姐，我要一个甜筒。"

"好的，小朋友，十二块钱。"

陆粥粥打开了自己腰间的斜跨小熊编织袋，翻找半晌，皱着眉头说："姐姐，我好像没有钱。"

"啊，甜筒已经做好了，这可怎么办呢？"

粥粥紧皱着小眉头，从包里摸出一张黑色的银行卡："我只有这个。姐姐，这个能用吗？"

店员接过卡看了看，这是某银行的 VIP（重要客户）黑金信用卡，至少两百万元的额度，一般人根本申请不到。而类似的卡片，陆粥粥的小口袋里还有好几张。

店员脸色微变："你怎么有这么多张信用卡？"

"我们家很穷，我爸工作一天只能赚几毛钱，我只有这个。"

店员一脸蒙，家里很穷的小姑娘，兜里揣着好几张高额度的信用卡？

陆粥粥担忧地问："我能用这个换甜筒吗？"

"呃，可以的。"

幸好甜品站有刷卡机，店员接过信用卡，给陆粥粥刷了单。

店员看着小姑娘不过五六岁，想着家长是心多大，才会在她身上放这么多张信用卡啊，到底会不会当父母啊！

"小朋友，卡可要收好了，千万不要弄丢了，也不要随便给别人哦！"

"嗯嗯！谢谢姐姐。"

陆粥粥坐在花园椅上，幸福地舔着奶油甜筒。

身边有两个年轻靓丽的小姐姐，热火朝天地议论着。

"陆怀柔又打记者了？"

"这次是狗仔，哎，我家哥哥这暴脾气……"

"他要是能收敛脾气，也不至于满身负面消息啊。"

"你懂什么，这叫真性情。"

“好好好，真性情，隔三岔五上热搜，不是打架就是撑别的明星、撑制作人、撑自己代言的品牌，怎么还没凉呢。”

“凉是不可能的，不过有一说一，如果哥哥能收敛脾气，少些负面消息，兴许事业还能更上一层楼！”

……

陆粥粥听见“陆怀柔”这个名字，觉得有点儿耳熟，却又不记得在哪里听过。

老爸终于打完了电话，回到陆粥粥身边：“呃，粥粥，真是不好意思啊……”

粥粥舔着甜筒，问道：“我们要回去了吗？”

“爸爸工作上有点儿事，真是对不起！等爸爸出差回来，带你去坐摩天轮！”

粥粥掰着手指，说道：“这是爸爸第五十三次说要带我坐摩天轮。”

陆随意更是满脸愧疚：“下次，下次一定去！”

“这是爸爸第两百二十五次说下次。”

“知道你记忆力好，算数更好，但是……杠我很好玩吗？”

粥粥学着大人的模样，叹息一声：“做不到就不要答应人家嘛。”

陆随意歉疚地说：“想妈妈了吧？我送你去妈妈那里住几天。”

“爸爸又要出差了吗？”

“对啊，要去申城。这几天让妈妈照顾你，等爸爸一回来，就来接你。”

陆粥粥无奈地说：“好吧。”

陆随意给粥粥妈打了电话，不过得到的答复是：“我去山城了。”

“你去山城干什么？”

粥粥妈：“参加主播大会。”

“有没有搞错，你算哪门子主播啊？”

粥粥妈：“喂！陆随意你不要太过分了！我比你有排面好吗？不然人家怎么请我也不请你？”

陆粥粥终于吃完了手里的甜筒，舔舔嘴，望向老爸。

老爸挂掉了电话，叹了一口气，跟陆粥粥面面相觑。

陆粥粥问道："我……还要去妈妈家吗？"

"不去妈妈家了。"

"那爸爸还出差吗？"

陆随意捏着拳头，纠结了许久，仿佛痛下决心一般，握着粥粥的肩膀，严肃地对她说："粥粥，这么长时间以来，有件事我一直瞒着你，现在是时候告诉你了，你做好心理准备。其实……"

粥粥立刻站直，看着他："其实我不是你亲生的？"

"不。"陆随意神秘兮兮地说，"其实，你还有个爷爷。"

陆粥粥："……"

她有爷爷是什么惊天大秘密吗？

白色轿车上，陆粥粥时不时地偷看驾驶座上的老爸，他似乎很紧张，鬓间都渗出了细密的汗珠。

陆粥粥摸了摸自己鼓鼓的哆啦A梦小书包，里面装的是她的衣裳和日用品。

"爸爸，我们现在是去爷爷家吗？"

"是啊，暂时去爷爷家住几天，等爸爸出差回来，马上来接你！"

粥粥好奇地问："为什么爷爷从没来看过粥粥呢？"

"呃……"陆随意摸摸鼻子，心虚地说，"因为他压根儿不知道你的存在。"

陆粥粥不解地看着他。

"粥粥，爸爸和爷爷的关系……不是很好，所以……我们之间交流很少，你明白吗？"

陆粥粥茫然地摇了摇头："爷爷不喜欢爸爸吗？"

"呃……大人和孩子之间的关系，有时候其实很复杂的，不能单纯以喜欢还是不喜欢一概而论。"

"那到底是喜欢，还是不喜欢呢？"

陆随意认真思考了一下："可能……还真不是特别喜欢吧。"毕竟父子俩之间的嫌隙，太深了。

"那爷爷不喜欢爸爸，肯定也不喜欢粥粥。"陆粥粥皱起了小眉头，

“我不想去不喜欢粥粥的爷爷家。”

陆随意连忙安慰道：“粥粥这么可爱，谁会不喜欢呢！爷爷一定会喜欢粥粥的。”

“真的吗？”

“呃……”

假的。

那可是暴脾气的祖宗啊！

这世上他唯一喜欢的人就是陆随意的妈妈，多年前意外离世了。

“粥粥，爸爸先给你打一剂预防针。”陆随意严肃地说，“爷爷可能会很凶，但不会打人，所以你千万不要害怕。”

陆粥粥已经开始哆嗦了。

“还有，爷爷喜欢安静，你一定不要吵闹，尽量让自己看起来毫无存在感。”

“什么是毫无存在感？”

陆随意想了想：“就是穿上隐身衣，变成透明人。”

粥粥懂了，要尽量让爷爷看不到她！

陆随意拍拍粥粥的小脑袋瓜：“一定要坚持下去，等爸爸回来啊。”

陆粥粥点点头：“粥粥一定乖乖的，等爸爸回来，救粥粥逃离大魔窟！”

陆随意哆嗦了一下：“这话你可千万不能让爷爷听到了！”

说话间，车已经停在了爷爷家门口。

香榭小筑位于寸土寸金的市中心，离陆粥粥的学校很近。这是北城最高档的小区之一，里面都是联排别墅，外观看上去相当低调，但是细节处特别用心，低调中暗藏奢华。

陆随意蹲下，将哆啦A梦小书包背在粥粥的背上，给她戴上了小黄帽：“粥粥，就是这家了。你待会儿进去敲门，见到爷爷，就把户口本的复印件给他看。”

“爸爸不跟我一起吗？”

陆随意显然是㞞了，连连摆手道：“不了不了，爷爷看到爸爸，一定会发脾气，极有可能把咱俩都赶出去。”

“那我怎么知道，开门的人是不是爷爷呢？”

她又不知道爷爷长什么样。

“这个简单。”陆随意摸出手机，给粥粥搜索陆怀柔的照片。

他随手戳进热搜，话题第一就是“陆怀柔机场怒斥偷拍狗仔”。

图片里的男人满身潮牌，头发是银白色的，戴着墨镜，表情嚣张冷酷，指着狗仔似在放狠话。

陆随意瞅着照片里的陆怀柔，着实凶悍了些。他又翻了翻其他照片，每一张照片上的陆怀柔都是凶巴巴的，没有好脸色。

这样的照片还是算了，怕吓着她。

陆随意收回了手机，说道：“家里没别人，开门的就是你爷爷，不会错。记住，你爷爷叫陆怀柔。”

陆粥粥觉得这个名字有点儿耳熟，却又记不起在哪里听过。

“这是户口本复印件，和这个本本一起交给爷爷。”

陆随意将资料塞到陆粥粥手里，然后赶紧上了车。

陆粥粥看着他离开的背影，有点儿落荒而逃的意思。

她揣着户口本，走到花园门边，忐忑地按下了门铃。她等了很久，都没有人来开门。

爷爷不在家吗？

陆粥粥索性抱着小本本，坐在花园台阶上，等爷爷回家。

她打开爸爸塞给她的小本本，上面写着她的大名、小名、出生年月、喜欢吃的食物，还有学校、班级、班主任陈老师的电话等信息。

陆粥粥看到老爸在自己喜欢吃的食物那一栏写了“苦瓜”，脸色一变，连忙摸出铅笔，画掉了“苦瓜”，改成了“炸鸡”。然后她又把自己的小名“肥粥”画掉，用歪歪斜斜的字体写了一个“美粥”。

陆粥粥坐在台阶上，白嫩嫩的手肘撑着腮帮子，等啊等啊，等了快一个小时，还是没有等到爷爷。

小区里也有不少老年人。每每看到老人经过，粥粥立马坐直身体，期待地望着他们。很可惜，这些和蔼的老爷爷都不是她要等的人。粥粥轻轻地叹息一声，继续托着腮帮子等。

中午的时候，终于有人走到大别墅的花园前，粥粥期待地望向他，却没想到，面前的不是老人，而是一个身形挺拔、模样丰神俊朗的年轻人。

年轻的哥哥染着一头银发，发丝湿润。他肩上搭着白色浴巾，上身没穿衣服，似刚刚游完泳回来，腹部完美的八块巧克力腹肌沾着水珠。

粥粥打量着他的模样，险些忘记了呼吸……

哥哥未免太好看了吧！粥粥从来没有见过这么好看的人，一双内勾外挑的桃花眼，眼底仿佛漾着星星！

哥哥目光下移，睨了陆粥粥一眼，便从她身边径直走过，用房卡打开了别墅的花园门。

咦，哥哥也住在爷爷家吗？

陆粥粥连忙追上去，问道："哥哥，请问你认识住在这里的爷爷吗？"

陆怀柔充耳不闻，压根儿没理她。

"请问哥哥认识陆怀柔爷爷吗？"

陆粥粥等了一上午，屁股都坐疼了，此刻见有人进屋，自然不肯放过，追着问道："哥哥，我找陆怀柔爷爷，他住在这里的呀！"

终于，陆怀柔不耐烦地转过身，捏住了陆粥粥婴儿肥的脸颊，扯了扯。

陆粥粥疼得直叫唤。

"小孩，找我什么事？"

陆粥粥连忙退后了一步，揉着脸颊，皱眉看着面前的男人，嘟囔道："人家又不找你，我找我爷爷，陆怀柔。"

陆怀柔翻了个白眼，说道："这是什么粉丝的新套路吗？假装不认识我？"

"听不懂你的话。我找我爷爷，陆怀柔。"

陆怀柔蹲下，和小丫头保持一般高，冷笑着说："还从来没有粉丝敢叫我爷爷。"

陆粥粥眨巴着大眼睛，难以置信地望着面前的英俊哥哥："你……你是陆怀柔？"

"我不是，"陆粥粥松了一口气，却听他又道，"难道你是啊？"

“我……”

陆粥粥难以置信地望着他，生平第一次对“爷爷”这个称呼产生了怀疑。

面前这个英俊的哥哥是她爷爷陆怀柔？

不不不，一定是哪里出了问题。

好朋友蒋清霖的爷爷和张虎的爷爷，脸上都满是皱纹，走路还拄拐杖，那才是爷爷该有的样子啊。

她无论如何也不能将面前这个年轻英俊的哥哥和“爷爷”的形象联系在一起。

“你……真的是陆怀柔？”

陆怀柔本来就不多的耐心，终于被小丫头的反复质疑消耗殆尽了。

“没事快走，别待在我家门口了。年纪轻轻做什么不好，当什么私生粉……”

陆粥粥追上他，忐忑地将户口本复印件递给陆怀柔：“这个，给你。”

陆怀柔接过看也没看，说了声：“笔。”

陆粥粥听话地从包里摸出铅笔，递给陆怀柔。

陆怀柔用铅笔在复印件扉页上签下了自己的大名，还给陆粥粥：“行了，拿到签名了，快走。”

陆粥粥看着凌乱的签名，愣了愣。她才不是来要签名的呢！

然而，陆怀柔已经进了屋，重重地关上了房门。

陆粥粥攥着爸爸给她的复印件和本子，不知道该如何是好。

这个讨厌的哥哥，一定不是她爷爷！

陆粥粥依旧坐在爷爷家的台阶上，心里隐隐感到不安。

刚刚那个怪哥哥肯定在和她恶作剧。他的模样看起来比爸爸还年轻呢，头发还染了银色，身材比爸爸还好，一点儿赘肉和皱纹都没有，怎么可能是她爷爷呢？

很快，陆怀柔又从别墅里出来，十分暴躁地对电话那头说道：“打就打了，道歉是不可能的，这辈子都别想！我早就说过，偷拍打断腿。

“随便骂，又不是没被骂过，我在乎？”

他无意间侧眸，见陆粥粥居然还坐在门口，便放下手机，不耐烦地问：“小孩，签名给你了还不走，到底想怎样？！

“谁……谁让你在我户口本签名的？”

她擦了好久都没擦掉呢！

“我现在有事出去，回来之前，你最好消失，不然我报警了。”陆怀柔说完，也不等陆粥粥反应，径直离开了，还说道，“小区什么破安保，居然放陌生人进来。”

陆粥粥气闷地跺跺脚！

臭哥哥，才不可能是她爷爷呢！

陆粥粥从书包里摸出绘画本，继续画她还没有完成的金色玫瑰。恍然间，仿佛有一只小蝴蝶越过她的肩头，飞到了画板上，停在她所画的玫瑰上。

“小蝴蝶呀，你说，我爷爷到底在哪里呢？”

小蝴蝶扇动着翅膀，抖落一纸金粉。

就在这时，一个穿着宽松长裙的阿姨路过，看见了陆粥粥。

她早上出去买菜的时候，便见这小丫头在这儿，这会儿都下午了，小姑娘还可怜巴巴地坐在台阶上，于是她问道：“小朋友，你找谁呀？”

“我找我爷爷。阿姨，你认识我爷爷吗？”

“你爷爷是谁呀？”

“陆怀柔。”

“啊？”阿姨愣了愣，以为自己听错了，“你说这个宅子的主人，陆怀柔，是……你爷爷？”

陆粥粥郑重地点点头：“爸爸是这样说的呀。”

她们正说话间，陆粥粥的肚子咕咕咕地叫了起来。阿姨无奈地笑了：“小朋友，你吃午饭了吗？”

陆粥粥摇摇头。

“要不要到阿姨家吃点心呀？”

陆粥粥犹疑地望着她，其实这位阿姨不过三十岁出头，还很年轻，叫姐姐都不过分，模样也特别漂亮，神情和蔼可亲。她跟陈老师一样，都是有爱心的好人。

见小姑娘犹豫，赵思嘉说道："你放心，阿姨家就在隔壁，阿姨不是坏人。你要是害怕，咱们就在小花园吃点心，好不好呀？"说着她指了指跟爷爷家一墙之隔的联排别墅，别墅院子里有白色的花园桌椅。

陆粥粥没吃午饭，这会儿真是饿得前胸贴后背了，于是点点头，跟着阿姨一起回了家。

赵思嘉特别喜欢做小点心，只可惜，家里两个儿子——大儿子爱吃甜品，但因为身形微胖，要控制糖分摄入；二儿子性格孤僻，讨厌吃甜食。所以，赵思嘉使尽浑身解数，做了满满一桌甜品招待陆粥粥。

陆粥粥看着桌上的杨枝甘露、熔岩蛋糕，还有芒果千层……眼花缭乱，不知道该先吃哪个。

当阿姨的孩子，简直太幸福了吧！

她从来没享受过这样的待遇，她的妈妈不会做这些，只知道给她买零食，或者叫外卖。

"多吃些，千万别客气。"

"嗯嗯！"陆粥粥舔着唇上的奶油，幸福地点点头，"谢谢阿姨。"

赵思嘉看着陆粥粥幸福的模样，眼睛都笑弯了。

她好想生个女儿，面前这个可爱的小姑娘如果是她的女儿该有多好。

这时，一个胖乎乎的小男孩来到花园里，他一看到陆粥粥，便呆住了。

陆粥粥唇红齿白，乌黑的头发如绸缎般，一双大眼睛眨巴眨巴：好可爱的女孩子呀！

"景哲，快过来跟陆粥粥小朋友打个招呼。"

景哲跑过来，郑重地向陆粥粥问好："你好，我叫景哲。"

"你好，我叫陆粥粥。"

陆粥粥看得出小男孩很紧张。

景哲小声问赵思嘉："妈妈，这个小妹妹是……"

赵思嘉也还没弄明白，说道：“她说她是隔壁陆爷爷的孙女，应该是吧……”

陆粥粥连忙道：“是呀，爸爸说，陆怀柔是我爷爷。”

景哲难以置信地望着陆粥粥：“隔壁的……哥哥，是你爷爷？”

“景哲，别没大没小。隔壁的陆怀柔不是哥哥，是爷爷，见了可别乱喊。”赵思嘉耐心地解释道，“爷爷只是看起来很年轻而已。”

景哲嘟起小嘴，说道：“他都不搭理人，小朋友都不敢靠近他，更不可能喊他啦。”

“因为陆爷爷不喜欢小朋友，你们不要去吵他就是了。”

陆粥粥的注意力都在甜品上，压根儿没留意他们说什么。

赵思嘉对陆粥粥说：“小粥粥，你就先待在我们家，跟景哲一起玩，等晚上你爷爷回来了，我带你去找他，好吗？”

“谢谢阿姨！阿姨人美心也好！”

“小嘴可真甜。”

陆粥粥摸摸自己的圆滚滚的肚子，好满足呀。她从来没吃过这么好吃的点心。

小胖墩儿景哲羡慕地看着她，不住地咽口水，好像很想尝尝。

陆粥粥将一个小饼干递给他，他连连摆手：“不不不，不能吃，妈妈让我减肥。”

“那就只能看着我吃啦！”

“我带你去我的玩具屋吧！我有好多玩具，还有拼图，我们一起玩拼图吧。”

“好呀！”

陆粥粥很开心，一来这里就认识了朋友。景哲是个很好相处的人，给陆粥粥的感觉就像一只憨态热情的小狗。

景哲带着陆粥粥来到二楼的玩具屋。玩具屋里有好多玩具，有乐高、拼图，还有卡通模型和小帐篷。

对于小孩子而言，这个玩具屋简直就像天堂一般。

“这些都是你的玩具吗？”

“是我和弟弟的。”

“咦，你有弟弟吗？”

“嗯嗯！我弟弟叫景绪，他玩这些玩具可厉害了。”景哲拿出一个魔方，“比如这个，他三十秒就可以搞定。”

陆粥粥接过魔方，试了很久，却只拼出了一面同色。

景哲反倒松了一口气，拍着她的肩膀说：“这个很难的。”

陆粥粥很喜欢做算术题，所以拿到魔方便一直在琢磨。

景哲期待地看着陆粥粥：“我们可以当好朋友吗？”

“可以呀！我们可以当好朋友！”

这时候，楼梯边传来了脚步声，景哲连忙起身，说道：“弟弟回来了！”

陆粥粥偏头望向门边，门口站着一个男孩。男孩身形匀称，眉清目秀，皮肤很白，五官俊秀。不过，他身上的衣服脏脏的，手肘还擦破皮了。

“景绪，你又跟别人打闹了吗？”

“摔的。”男孩面无表情地回答。

“你骗不了我。我是哥哥，谁欺负你，我帮你揍他！”

“不用，我揍过了。”男孩漆黑的眸子里透出几分不羁。

陆粥粥一看到他，便呆住了。

这个哥哥的肩头竟然有一朵金色的玫瑰花。陆粥粥立刻不淡定了。她见过很多人，他们的背后大多是动物，是花的，还是头一次！

她好喜欢花，好想摸摸他的花呀！如果自己真是一只蝴蝶，一定早就扑扇着翅膀飞到玫瑰花上去了。

景绪看到陆粥粥，皱了皱眉，问景哲：“这是谁？”

“哦！她是隔壁邻居家的，刚搬来，叫陆粥粥。”

“哥哥，我可以摸摸你的花吗？”陆粥粥期待地看着他，“我好喜欢花，可以摸摸花吗？”

小姑娘眼神清澈，眸底仿佛闪动着星星。

景绪本能地后退了一步，躲开了她白嫩嫩的小爪子，说了句：“莫名其妙。”

陆粥粥望着他的背影，很久都没能回过神来。

景哲说道：“我弟弟不喜欢交朋友，咱们不跟他玩就是了，你别生气。”

陆粥粥摇摇头：“我没有生气呀，哥哥的花，我很喜欢。”

“什么花？”

“就是这个呀。”

陆粥粥比画了半晌才反应过来，这些想象只存在于自己的脑子里。

“算了。”陆粥粥望着景绪紧闭的房间门，嘴里喃喃着，“哥哥的花……”

景绪面无表情地回到房间，关上门，背靠着门，深呼吸，心潮澎湃。她就像一只可爱的小蝴蝶！太可爱了！刚刚他差点儿没忍住，想要摸她的头了。

晚上，赵思嘉留粥粥吃晚饭，景绪的爸爸也下班回家了。景绪爸爸看起来是一位成功人士，西装革履，举止沉稳。陆粥粥感觉自己老爸跟人家的爸爸比起来，像个没长大的小孩。

吃饭时，陆粥粥全程盯着景绪肩上那朵金色玫瑰。玫瑰还没有开，只是一个小花苞，上面闪着淡金色的光泽，很好看。

景绪面无表情地吃饭，也不理她，却莫名有些脸红，皱着眉说：“你能不能别看我？”

陆粥粥冲他直笑。

赵思嘉笑着说：“看来粥粥很喜欢我们家小绪嘛。”

平心而论，景绪的模样的确比景哲好看。景哲体态偏胖，五官便没有那样棱角分明。

当然，赵思嘉所说的“喜欢”，也仅仅是小朋友之间单纯的有好感罢了。

“景绪哥哥，我能和你做好朋友吗？”

景绪拒绝道：“不能。”

陆粥粥有些失望：“为什么呀？”

“没有为什么。”

赵思嘉解释道："你别介意，小绪不太喜欢跟小朋友玩。"

景绪智商超高，却有点不合群，和周围的小朋友玩不到一块儿去。周围的小孩，包括班上的同学都不是很喜欢他，因此他性格有点儿孤僻。

景哲见陆粥粥失望，连忙说道："我可以和粥粥做好朋友哦！"

赵思嘉微笑着揉揉景哲的小脑袋："我们家景哲是个小暖男呢。"

"妈妈，暖男是什么呀？"

"就是给人带来温暖的男孩。"

景哲立刻拍拍胸脯："我要当一个暖男！我要保护粥粥！"

景绪不屑地撇撇嘴。

景绪爸爸提到了隔壁的陆怀柔，看着粥粥的模样，说道："小姑娘和咱们邻居长得挺像。"

"还真别说，"赵思嘉打量着陆粥粥，点头道，"越看越像，尤其是这眉眼、这小鼻梁，简直是一个模子里刻出来的嘛。"

"你们是说我爷爷吗？"陆粥粥好奇地问，"我爷爷是什么样的人呀？"

"你还没见过他？"

陆粥粥摇了摇头："还没。爸爸说他和爷爷关系不好，所以爷爷一直没有来看过我。"

"这样啊。"赵思嘉也能理解，毕竟隔壁那位的身份不同常人。

"今天有个哥哥，还想冒充我爷爷呢！"陆粥粥控诉道，"我一下就拆穿了他的诡计。他那么年轻，怎么可能是我爷爷！"

赵思嘉摸出手机，翻出陆怀柔的照片，递给陆粥粥："你看，是这个哥哥吗？"

"对，就是他！骗子哥哥！"

赵思嘉和景绪爸爸面面相觑，忽然笑了："小傻瓜，这个哥哥，就是你爷爷陆怀柔。"

"什么？"

陆粥粥："真……真的吗？"

"是啊，你爷爷真的是全世界最年轻的爷爷，保养得超级好呢！"赵思嘉无比羡慕地说，"什么是冻龄啊，这就是！"

“人家是明星，”景绪爸爸说道，“明星都是这样子的。”

陆粥粥小眉头皱了起来，心想完了，那个讨厌鬼哥哥竟然真的是她爷爷。这日子没法过了！

爸爸为什么还不来接她？

“粥粥，你好像不是很开心呢？”赵思嘉察觉到陆粥粥低落的情绪，问道，“你不喜欢爷爷吗？”

陆粥粥诚实地回答：“不喜欢。”

“为什么呀？”

“他很坏，把我的脸都捏疼了。”陆粥粥揉揉腮帮子，“而且，他看起来比我爸爸还……不靠谱。”

她只想有一对正常的父母和一个正常的爷爷，像其他小朋友那样，享受疼爱和照顾，却连这小小的心愿都成了奢望。

赵思嘉安慰道：“粥粥，既然你还没有接触你爷爷，怎么能随意下定论呢？”

“他看起来就不让人喜欢。”

“才不是呢！你爷爷不知道多受欢迎，全年龄‘杀手’呀！不管是阿姨、姐姐，还是和你同龄的小朋友，没有不喜欢他的！”

“真的吗？”

“是啊，他很有才华，演什么像什么，还是世界名模呢，每季都上《MAN》杂志。”赵思嘉看上去还是陆怀柔的粉丝，“好多人喜欢他，他有超多粉丝。”

景绪爸爸轻咳一声，说道：“不喜欢他的更多。”

赵思嘉瞪了自家老公一眼：“少说两句！”

景绪爸爸呵呵地笑了。

这时，楼外传来了汽车入库的声音，景哲爬上窗台看了看，说道：“是隔壁的哥哥回来了！”

“说了多少次，要叫爷爷，没大没小。”赵思嘉起身，对陆粥粥道，“粥粥，我送你回家。”

陆粥粥有些不太愿意，她很喜欢景家的氛围，但是总待在别人家里也很失礼。于是她乖乖地背上小书包，牵着赵思嘉的手，来到陆怀柔家门口。

显然，赵思嘉真的是陆怀柔的粉丝，她看起来比陆粥粥还要紧张，还摸出口红给自己补了个妆。

“粥粥，阿姨的状态好吗？”

“阿姨美美的。”

“小姑娘真会说话。”

赵思嘉按下了门铃，虽然她和陆怀柔做了这么多年邻居，但是因为人家是大明星，所以她从来没有机会和他交流。这次她送小女孩回家，反倒成了破冰的好机会。

门铃响过两声之后，陆怀柔走了出来。

他刚到家，还没来得及换衣服，一身出席活动时穿的高定西装，倒是衬出了几分成熟男人的气质。

赵思嘉愣愣地望着他，明星和普通人还真是不一样啊，他远远走过来，仿佛从电视里走出来的霸道总裁，浑身都在闪闪发光。

陆怀柔看到陆粥粥，有些讶异：“你怎么还在这儿？”

陆粥粥躲在赵思嘉身后，压根儿不想理他。

赵思嘉回过神来，自我介绍道：“陆先生，您好，我是您的邻居。”

“你是她妈妈对吧。签名我也给了，小孩还想怎么样？”

“陆先生，您误会了，不是这样的。”赵思嘉接过陆粥粥的小本本，递给陆怀柔，“您先看看这个吧。”

陆怀柔接过本子，从口袋里摸出一支钢笔：“还想要签名是吧！行，给你……别在我家门前晃悠了！”

写完之后，陆怀柔将本子扔给了陆粥粥。陆粥粥接过一看，他居然又在她的户口本复印件扉页写下几个大字：“好好学习，天天向上，小孩子少追星。”

陆粥粥深深感觉被冒犯了，气得一把撕掉了扉页，揉成一团扔掉了。

“我讨厌爷爷！讨厌讨厌！我要回家，我要找爸爸！”

一整天积压的情绪，使得小姑娘终于绷不住了。她抱着膝盖坐在台阶上，一边抹眼泪，一边低声抽泣：“我要爸爸，我想回家……”

可是她哪里有家呀，爸爸和妈妈都不住在一起，见面不到三句话就会吵起来，更别说像景绪家那样温馨和睦了。

她就像没人要的小孩一样，今晚也许真的要露宿街头了。

陆粥粥越想越难过，哭得越来越伤心。

赵思嘉连忙蹲下，给陆粥粥擦眼泪，拍拍她的背，低声安慰了几句，回头对陆怀柔道："陆先生，粥粥不是我的女儿，粥粥是您的孙女呀。"

陆怀柔荒唐地看着赵思嘉："你在开什么玩笑？"

"您看看，这是不是您家的户口本？"

赵思嘉从陆粥粥手里拿过户口本复印件，递给陆怀柔。

陆怀柔怀疑地接过本子，翻了翻，脸色蓦然变得铁青。

户主的确是他的儿子陆随意，陆随意这名字还是他随便取的，而后面一页赫然显示，陆粥粥就是陆随意的亲生女儿！

陆怀柔惊愕地望着阶梯边这个哭哭唧唧的小姑娘。

小丫头扎着乱糟糟的羊角辫，很显然跟着陆随意也没有被养得特别精细，瘦瘦小小的，倒是清秀可爱。

陆怀柔一下子有些不知所措，呆在了原地。

面前的小姑娘哭得梨花带雨，让人心碎。她是他的亲孙女呀！岁月这把杀猪刀，他居然都有孙女了，没脸当粉丝的哥哥了！

她为什么一直哭，怎么办，他要怎么办？陆怀柔思绪混乱。

赵思嘉急切地说："陆先生，您看，您孙女都哭了，您要不要哄哄她呀？"

陆怀柔的眉头皱得都可以夹铅笔了。

哄？怎么哄？他这辈子都没学过怎么哄人！

终究是于心不忍，他走到陆粥粥面前，蹲下，说道："小孩，别哭了，我给你表演个魔术。"

陆粥粥眨巴眨巴泪眼，望着陆怀柔："什……什么魔术？"

陆怀柔指了指她的小书包："你包里有什么？"

"唔……"

陆粥粥显然忘记了自己刚刚在伤心什么，在包里摸了半晌，摸出一颗奶油太妃糖。

“我只有一颗糖了。”她将糖递给了陆怀柔。

“就这个，”陆怀柔接过太妃糖，说道，“我能在十秒钟之内，让它凭空消失。”

陆粥粥立刻被陆怀柔的话吸引了，好奇地问：“你怎么把它变没有呀？”

陆怀柔快速撕开太妃糖糖纸，扔进自己嘴里，坏笑着说：“没了。”

陆粥粥看看他手上的糖纸，再看看他鼓起的腮帮子，反应了两秒，“哇”的一声，哭得更大声了。

“我只有一颗糖！爷爷，坏！”

赵思嘉：“……”

这爷孙俩加起来，心理年龄不超过十岁吧。

第二章

巨星爷爷

爷爷的别墅很大，房间是暗灰色调，给人一种冷峻生硬的感觉。

屋子空荡荡的，一点儿生活气息都没有，就像走进了艺术展厅。

陆粥粥抱着膝盖，局促地坐在硬邦邦的木质沙发上，东望望，西瞅瞅，好奇地打量着四周。

陆怀柔站在落地窗边，叉着腰，正在打电话，看起来气急败坏。

陆粥粥眼中，爷爷的肩膀上趴着一只大白熊。这只大白熊瞪着圆溜溜的眼睛，也正好奇地望着她。

陆怀柔已经好几年没跟他那个混账儿子打过电话了。当年隐婚的妻子意外逝世，处于青春叛逆期的儿子把所有责任归咎在他身上，不听他的话，也不好好学习。父子俩的关系可以说极其不好，在家三天一小吵，五天一大吵，严重的时候还会大打出手。后来儿子离家出走，自己跑出去闯荡，和他斩断了一切联系。

陆怀柔脾气暴躁，既然陆随意要和他断绝父子关系，他绝对不会委曲求全，只撂下狠话说：“你要是走了，以后遇到任何困难，闯了祸，别哭着回来求我！”

“永远不可能！”说完这句话，陆随意头也不回地离开了。除了那一张英俊的脸，他没从父亲那里拿走任何东西。

这些年，父子俩几乎没有见过面，偶尔在公共场合碰见了，也只当陌路人。所以，电话接通的时候，陆怀柔莫名还有点忐忑。不过他马上就听出来，陆随意绝对比他紧张一万倍，不仅紧张，还很害怕，说话都在哆嗦。

陆怀柔瞬间又找回了父亲的威严和骄傲，忐忑的情绪一扫而空，原本想说的那句“儿子，最近怎么样”脱口而出变成了：“你个混账东西！”

陆随意本就心虚，听到父亲的怒骂声，更是不知所措，一句话都说不出来。

陆怀柔骂了他整整十分钟，然后知道骂不出结果，便问道：“什么时候结的婚？”

陆随意：“还……没。”

“什么！”陆怀柔大惊失色，“那这小丫头怎么来的？”

“是……是意外。”

“浑蛋！我怎么生出你这么个不负责任的浑蛋！”陆怀柔气得肺管子都要炸了，随手抓起一个水杯，正要扔出去，回头便看到沙发上的小姑娘瞪着惊恐的大眼睛望着他。他顿了顿，终于又放下了杯子。

陆随意哆哆嗦嗦地解释道：“几年前的事了。我跟她在酒吧认识的，喝醉了，大家都不知道情况，年轻不懂这些。我承认，是我的错，我当时怎么都应该注意保护……”

陆怀柔用手捂了捂电话，走到花园，远离了小姑娘，气急败坏地说：“我不想听这些细节！”

陆随意小心翼翼地说：“后来也去医院问了，医生给她做了检查。她身体不好，结合一些实际情况，所以这孩子就留下了。”

陆怀柔揉了揉眉心，耐着性子问：“既然留下孩子，为什么不补办手续？”

“我跟她……我们没什么感情，硬凑一块儿也是徒劳。”陆随意咕哝着，“我也有自己的生活和事业，孩子并不是我生命的全部。”

“你说的是什么混账话？”

"爸，这不是当初您说的话吗？"

陆怀柔一滞。这好像的确是当年他说过的话。

那个时候，他痴迷演艺事业，一心扑在事业上，一直是隐婚的状态，也极少照顾家庭和儿子。妻子也是他的粉丝，更爱他一些，默默付出了很多。

后来妻子意外离世，这成了陆怀柔内心深处最难以愈合的伤痕。

自那以后，他变得脾气古怪、孤僻、暴烈，圈子里和他关系好的人越来越少。

人生至此，年逾天命，回首来时路，却只看见自己孤零零的影子。也许他还会继续在这条路上踽踽独行，最后把这份孤独带进坟墓。

陆怀柔被陆随意堵得说不出话来。

是啊，自己本就不是负责任的好丈夫、好父亲，又有什么资格教儿子当父亲呢？

陆怀柔像是被抽空了全部力气一般，没有再责骂他："这丫头，你打算怎么办？"

"还能怎么办，生都生了，养呗。"

陆怀柔没好气地问："说说，你怎么养的？"

"我让她接受最好的教育，平时吃穿用度都给她最好的；我开了好几张信用卡，她想怎么花就怎么花，我挣的钱都给她！"

"你给她用信用卡？"

"对啊！"

他生的是什么傻儿子！

陆随意说起来还挺得意："对啊！反正别人有的，我家姑娘也都有；别人没有的，我也给我家姑娘挣来！"

陆怀柔揉了揉额角，回头望了陆粥粥一眼。

小姑娘穿着脏兮兮的小裙子，局促地坐在沙发上，羊角辫也扎得歪歪扭扭的，跟他上周参加公益活动在福利院见过的小孩一样。

不，至少人家福利院的小孩还穿着干净的衣服。

"爸，我既然生了她，我肯定会好好养活她。"

陆怀柔冷笑："丢我这儿养，是什么意思？"

陆随意的语气终于软了下来："我这段时间出差。爸，您就先帮我带着，等我回来之后，立刻把她领走，成不？"

"开什么玩笑！让我帮你带小孩？"

自己连这小子都没怎么带过，现在居然要帮他带女儿？！

"最多三周，不，两周！我出差回来，立刻把她领走，绝对不给您添麻烦！"

"已经非常麻烦了！"

"爸，她是您亲孙女啊，您要是不管，就丢大街上吧。"

陆怀柔知道，再和他谈下去，也谈不出任何结果，又不能隔着电话把这小子揍一顿。他暴躁地挂断电话，回到客厅里。

小姑娘乖乖地坐在沙发上，连动作都保持着他出去时的状态，一动也没动，像是害怕磕着碰着什么。

陆怀柔拎着裤腿，坐到她对面的沙发上。

陆粥粥立刻换了个坐姿，挺直了身板，防备地望着他。

爷孙俩的初次见面，他似乎没有给她留下好印象，还把她关在门外，让她在台阶上等了一整天。

陆怀柔很不好意思，想要做点儿什么来挽回自己的形象。

对了，小孩不都喜欢吃零食吗？

他急急忙忙起身，在家里找了一会儿，连零食的影子都没见着。

冰箱里只有几天前助理过来时带来的苹果。他无奈地挑了一个最大最红的苹果，递到小姑娘的手边，问道："吃晚饭了没？"

语气听着似乎很不耐烦，但陆怀柔说话就这个语气。毕竟，他当了这么多年的天王巨星，谁见了他都是毕恭毕敬的。

"吃了，"陆粥粥冷淡而不失礼貌地回答，"在隔壁阿姨家里吃的。"

"还是吃个苹果，消消食。"

陆粥粥看着手边的红苹果，撇撇嘴，说道："我现在五岁零三个月。"

"知道，你户口本上有出生日期。"

陆粥粥语气里带着明显的不满："爷爷要让五岁的小孩自己用刀削苹果吗？"

"……"

陆怀柔终于拿起了水果刀，耐着性子给陆粥粥削苹果。他这辈子都没伺候过别人，居然被这个小姑娘理直气壮地使唤了。

“拿去。”陆怀柔将削好的苹果递给陆粥粥。

陆粥粥很不给面子，没有接：“人家又没说要吃。”

“你！”

陆粥粥噘着嘴，气鼓鼓地看着他，显然对他相当不满。

陆怀柔忍着脾气，沉声说道：“你知道谁在给你削苹果吗？”

换了他的粉丝，能有她这待遇，只怕会开心得飞到天上去了吧！

陆粥粥抱着手，说道：“有什么了不起，你不就是我爸爸的爸爸吗？”

陆怀柔微微一愣。

小姑娘似乎不认识他。

也对，如果她认识他、崇拜他的话，也不可能是现在这个态度了。

对于别人来说，或许他是高高在上的巨星，但是对于面前这小姑娘来讲，他只是她的爷爷，还是个不怎么招她喜欢的爷爷。

而陆怀柔根本就不会照顾小孩，更不知道该怎么去讨一个五六岁小孩的喜欢。

“我之前以为你是找上门来的粉丝，”陆怀柔放下苹果，不爽地解释道，“所以才会把你关在门外。”

陆粥粥还是不买他的账，噘着嘴不理他。

她不喜欢这个爷爷，一点儿都没有爷爷的样子，不慈祥，脾气还很差。

陆怀柔是真的不会哄小孩，用成年人的语气对她说道：“我要怎么做，咱们才能和解？”

陆粥粥终于望向他，没好气地说：“我听我同桌说，你是大明星？”

陆怀柔嘴角微扬，终于找到几分自信：“当然！”

“听说你跳舞很好？”

陆怀柔早年是混男团的，而且是顶级男团。娱乐圈论跳舞，他排第二，就没人敢排第一。

“你不会想看我跳舞吧？”

在这个小丫头面前跳舞，只为了哄她开心，他感觉自己太没尊严了。

陆粥粥终于拿起桌上削好的苹果，咬了一口："那倒不用。"

他松了一口气，却又听小姑娘道："那你就表演个劈叉吧。"

陆怀柔整个人愣住了！

见陆怀柔发愣，陆粥粥嚼着苹果，又问道："劈叉，不会吗？"

"我……"

"我们班好多跳舞的同学会劈叉呢，"陆粥粥鄙夷地说，"你这都不会。"

陆怀柔当然会，他身体柔韧着呢，可是……

他神经病啊，谁要在她面前表演什么劈叉！

"我裤子不方便，"陆怀柔拎了拎自己的西裤，说道，"换别的。"

陆粥粥想了想，说道："那……下腰你总会吧？"

陆怀柔："……"

这丫头学体操的吗？不是劈叉就是下腰，待会儿是不是要让他表演托马斯全旋？

小姑娘眼神里满是怀疑，似乎越来越小看他了，那眼神仿佛是在说："不会吧不会吧，大明星爷爷不会连下腰这么简单的动作都做不了吧？"

陆怀柔咬了咬牙，走到宽敞的地方，身子一仰，轻而易举便下了腰。他把身子弯成一座小桥，动作轻盈而标准。

陆粥粥终于开心了起来，鼓掌道："好棒！"

"可以了吧！"陆怀柔满脸不悦。

"嗯！"陆粥粥用力点头，又问，"那爷爷会翻跟头吗？"

"翻跟头？"

"是呀是呀！前天张虎在教室里翻了跟头，所有小朋友都在鼓掌呢！爷爷要是会翻跟头的话，那就太棒了！"

陆怀柔怒了："你不要得寸进尺！"

"不会就算啦。"陆粥粥耸耸肩，"这么难的事，本来也不是所有人都会的。”

她居然把他和预备班小朋友相比。陆怀柔一时气不过，于是走到花园里，连着翻了两个跟头。他喘着粗气，不满地说：“这算什么难！”

“好棒！”

陆怀柔兴致提起来了：“你还想看什么，随便点。”

“算了吧。”陆粥粥还是很善良的，“爷爷年纪大了，不能做太剧烈的运动。”

陆怀柔皮笑肉不笑地道：“我身体好着呢！”

陆怀柔拍了拍手上的泥土，一回头，便看到左邻右舍一帮人，聚在花园篱笆外，目瞪口呆地望着他。

几个老头老太太还端了小板凳坐着，鼓掌叫好。

陆怀柔瞬间感觉自己像个傻子。

客厅里，陆怀柔跷着二郎腿，坐在单人沙发边，脸色阴沉得可怕。落地窗帘全被放下来，将屋子严严实实地遮了起来。

陆粥粥反倒没有之前那么拘束了。陆怀柔几个跟头翻下来，让她对爷爷增添了几分亲切感。

陆怀柔揉了揉眉心，接下来要正式考虑该怎么处理这个小丫头了。

“你想不想住在我这里？”

陆粥粥看了看空荡荡的房间，低头煞有介事地思考了片刻，摇了摇头。

不想，她想回家，不想跟爷爷住在这冷冰冰的陌生屋子里。

陆怀柔也不是想赶她走，主要是他真的不会照顾小孩，而且他档期排得很满，整天忙得脚不沾地，哪有时间照顾这个小丫头啊。

陆怀柔坐到她身边，耐着性子问道：“你知道你妈妈住哪儿吗？”

陆粥粥点了点头：“知道的，蓝光公寓 C 栋 3509。爸爸说让我一定要记住他们的门牌号，将来要是走丢了，就去警察局自首。”

“自首？”

果然是他傻儿子教出来的闺女。

这个小女孩能长这么大，挺不容易的。

陆怀柔起身说道：“你等我一下，我送你去找你妈。”

“好啊！”

陆粥粥等了约莫二十分钟，陆怀柔从衣帽间里出来了，换了一身日常的休闲卫衣，戴了一顶国风刺绣棒球帽，帽檐将双眼笼在阴影中，口罩也是黑色的，几乎遮住了大半张脸，看不出具体模样了。

“走吧。”陆怀柔换上运动鞋，出了门。

陆粥粥跟在他身后，来到车库，上了一辆黑色的轿车。

陆怀柔启动引擎，见小姑娘端端正正坐在副驾驶座，于是说道：“安全带。”

陆粥粥一双水灵灵的大眼睛不解地望着他：“啊？”

陆怀柔翻了个白眼，俯身过来，给小姑娘系好了安全带。

他只在戏里演过父亲，但从来没有真正照顾过小孩，所以总是以成年人的方式对待陆粥粥，完全没有考虑她还不到六岁。

轿车驶上了街道，陆粥粥偷偷打量着陆怀柔。

陆怀柔好年轻呀，打扮看起来和爸爸差不多，甚至比爸爸还要年轻一些。

“爷爷，为什么你要戴帽子和口罩呢？”陆粥粥好奇地问。

陆怀柔随口道：“不想被人认出来。”

陆粥粥点点头，认真地说：“这倒是，要是让小朋友看到我爷爷这个样子，太丢脸了吧。”

陆怀柔：“我丢你脸了？”

“蒋清霖的爷爷是大学教授，拄着拐杖，慈祥又有威严；张虎的爷爷是居委会大爷，每天都在外面巡查，大家也都很尊敬他。可是我爷爷呢……”陆粥粥煞有介事地叹息了一声。

陆怀柔暴脾气又上来了：“我怎么就比不上居委会大爷了？”

“你……”陆粥粥望他一眼，郑重其事地说了四个字，“为老不尊。”

他为老不尊？

陆怀柔一口血堵在喉咙里，要命的是，他竟然还无法反驳。

第一，他不老，至少……模样和心态不老；第二，他也不需要谁尊敬。

陆怀柔在娱乐圈混了半辈子，走到哪儿不是聚光灯和欢呼声，不是万众瞩目？他没想到自己居然被这个小丫头嫌弃了。

陆怀柔极度不爽，想把小丫头胖揍一顿，手都伸出去了，看到小姑娘细皮嫩肉的样子，又于心不忍，只能不满地揪揪她的小辫子。

“你才几岁，还会用成语了？”

小姑娘偏头躲开他的手，说道：“哼，我念的可是全市最好的私立学校，我还会说英语，还会做鸡兔同笼算术题！”

“你爸交钱让你进的吧。”

“才不是呢！人家靠自己考进去的！”

陆怀柔冷嗤一声，单手握着方向盘，另一只手的手肘搁在车窗边，懒得理她了。

陆粥粥打量着他，其实拌嘴归拌嘴，她却不得不承认，爷爷是真的很好看。老爸虽然五官和爷爷长得像，但他也只是空有其表，没有爷爷的气质。

很快，轿车停在了创意科技城大门前。

妈妈所住的蓝光公寓就位于北城创意科技城，是一栋高档的大平层公寓。这个公寓里住的人鱼龙混杂，八层以下有不少经纪公司和营销工作室，高层则是住户，基本上是年轻人。

他们走进科技城，迎面走来的全都是俊男靓女，满是年轻的气息。

陆怀柔按照园区地图所指的方向，来到了蓝光公寓大楼前。

他走在前面，陆粥粥则亦步亦趋地跟在后面，自然而然地牵起了他的手。

陆怀柔反应非常大，直接甩开了她的手：“你……你干什么？”

陆粥粥委屈地看着他，说道：“牵手啊。”

“你都这么大了，自己不会走？”

小丫头低头咕哝着：“爸爸都要牵粥粥，爷爷一点儿都不好。”

陆怀柔是真的不习惯被小孩牵着，除了拍戏之外，他是非常排斥与人有任何身体接触的：“你快六岁了，要学会自己走路。”

“自己走就自己走！”

小丫头噘着嘴，很有志气地昂首挺胸走在前面。

陆怀柔看着这个瘦瘦小小的小姑娘莽莽撞撞地走在前面，他犹豫了几秒，终于走到她身边，冲她伸出了小拇指，不爽地说："破例让你牵一下。"

陆粥粥眨眨眼，看着他伸过来的小手指头，"哼"了一声，虽然不太满意，但还是牵住了他的手指。

"臭爷爷。"

"像你这个年龄的小姑娘，都叫我哥哥。"

"臭哥哥。"

"你……还是算了吧。"

毕竟辈分在这里，他总不能比陆随意那个小子辈分还小吧。

"臭爷爷事儿真多。"

"不准再叫我臭爷爷！"

"臭怀柔！"

"没大没小！你爸没有教过你规矩？"

"规矩？规矩是什么？"

"……"

算了，他们陆家的字典里，就从来没有"规矩"这个词。陆随意那个叛逆小子，指望他教女儿，下辈子吧。

小姑娘虽然和他拌嘴，不过软乎乎的小手紧紧牵着他的小拇指，带着微微的温度。

陆怀柔莫名感觉到一阵被依赖的温暖，很奇妙。也许这就是亲人之间奇怪的心灵感应。

他的儿子从来没有牵过他的手，也从来没有依赖过他，更别提在他怀里撒撒娇、使使小性儿。

这也是他为人父最大的遗憾。可是他半生的缺失，在小姑娘牵住他手指的一刹那，像被自动填补了一般。

陆怀柔不爽地撇撇嘴，极力抵抗心里的满足感。

小姑娘对一切浑然不知，嘴里说着："妈妈就住在这里了，不过好像听说她也出差了。"

"有没有出差，去看了才知道。"陆怀柔牵着陆粥粥，走进了电梯，按下35楼的电梯按钮。

这时，又有两个年轻漂亮的小姐姐进了电梯，她们拿着手机，兴奋地讨论着。

“陆怀柔今天晚上有星光颁奖礼啊！”

“是啊！好想去现场看看他真人呀！”

“别做白日梦了！”

“真的真的，如果能让我见哥哥一面就好了！”

陆怀柔明显感觉到陆粥粥也兴奋起来。

“陆怀柔他就在……”

她话没说出口，陆怀柔一把捂住了她的嘴，把她后面的话堵在了喉咙里，她只能发出呜呜的声音。

小姐姐们没有察觉到异常，在12楼下了电梯，陆怀柔这才松开陆粥粥。

“臭爷爷，我都快不能呼吸啦！”

“你刚刚想干吗？”

“她们是你的粉丝呀！很喜欢你呀。”

陆怀柔翻了个白眼，说道：“低调，懂不懂？”

“可是她们这样喜欢你，还说能见你一面死而无憾了。”

“喜欢我的人多了去，难不成我个个都要见？”陆怀柔扯了扯衣领，不满地说，“而且，粉丝在情绪激动的时候，很容易做出出格的事。我要是被骚扰了，你给我做心理疏导？”

“唔……”

他说的好像也有道理。

“是粥粥冲动了。”小姑娘像是意识到错误一般，低着头，歉疚地说，“对不起。”

“不……不用道歉。”见她收敛了锋芒，陆怀柔反而有些无所适从，“以后注意就行了。”

“嗯！我会的！”

陆怀柔心里感觉怪怪的，又暖暖的……陆随意小时候可没这么听话。果然，小女孩才是人间天使！

转眼间，电梯停在了35楼，陆怀柔牵着小姑娘走到3509房门前。

“这就是你妈妈家了？”

“嗯！”

于是陆怀柔叩响了房门。很快，房间里传来一个懒洋洋的男声：“外卖放在门外就行了。”

陆怀柔：“不是外卖。”

房门打开了，扑面而来的是一股浓郁的烟味。

“你找谁啊？”

面前的男人很年轻，十八九岁的样子，穿着一件黑背心，头发染成了淡黄色，颈部还有文身，手上戴着钢戒指。

陆怀柔差点儿以为找错了房间，问道：“请问唐浅女士在吗？”

“找我姐啊。”青年翻了个白眼，“你谁啊？找她有事吗？”

“嗯，有事……”

陆怀柔回头看了看小姑娘，却发现小姑娘不知什么时候跑了。

“……”

男人用不怀好意的目光打量着陆怀柔，笑着说：“你是我姐相好的吧？是不是衣服落房间里了？要不要进来自己找啊？”

屋子里还有几个男人在打牌，闻言，发出阵阵哄笑。

陆怀柔脸色冷了下来，控制着自己的脾气，说道：“她既然不在，那就算了。”说完，他转身便走了。

这一屋子都是些什么人！

陆怀柔走到电梯边，小丫头才探头探脑地从转角处钻出来，望了他一眼。

“刚刚你跑什么？”

“坏舅舅在。他很讨厌，总是掐我。”

“掐你？”

陆粥粥连忙伸出胳膊给陆怀柔看，告状道：“掐我的手，还有我的脸。舅舅特别坏！讨厌死他了！”

虽然手臂白嫩嫩一点儿瘀青都没有，但陆怀柔的脸色还是冷了。

“粥粥，去电梯里。”他冷声说。

“啊？”

“去电梯里，按着电梯门，别关了，等我回来。”

“哦！”

陆粥粥听话地走进电梯里，一直按着“开门”按钮，望着陆怀柔消失在转角处。

“爷爷你要干什么呀？”

“别管，待在电梯边。”

陆怀柔这暴脾气，可受不了这个！

陆粥粥眼前的场景，就跟看动作大片一样精彩和刺激。

陆怀柔走到舅舅面前，抓起他的衣领，沉声道：“还欺负小朋友吗？”

“关你什么事啊？”

啪的一声，他重重拍了一下舅舅脑门，舅舅吃痛地大叫。

“还欺负小朋友吗？”

“不了，不了，不敢了！”

陆粥粥死死地按住“开门”按钮，紧张的同时，又觉得很刺激，安全感爆棚。

爷爷简直太酷了！

楼道里又传来一阵脚步声，又有两三个小混混追出门外。

陆怀柔不再和他们纠缠，冲进电梯里。

陆粥粥果断按下“关门”按钮，这帮人就被关在了电梯外。

陆怀柔摘下口罩，喘着粗气，说了句：“早两年，一个都别想躲开。”

陆粥粥想起来其实很后怕，哆哆嗦嗦地问：“爷爷……你受伤了吗？”

陆怀柔呼吸平稳后，重新戴上了口罩：“伤我，他们还欠几年功夫。”

“爷……爷爷好凶哦。”

“放心，我不打小朋友。”

“真的吗？”

陆怀柔犹豫了一下，补充道：“原则上不打。”

陆粥粥叹了一口气，说道：“不知道刚刚坏舅舅看到我没，我以后可能不能去妈妈家了。”

“我也不会再让你来这个地方了。”

陆怀柔拍着她的后脑勺，带着她走出了公寓楼。

刚刚屋子里烟雾缭绕，一帮光着膀子的年轻人聚在一起喝酒打牌……陆怀柔根本无法想象，陆粥粥这么个粉雕玉琢的小姑娘会接触这些人，还被这样的小混混欺负。

陆粥粥坐进车里，任由爷爷给她系好安全带。她看着爷爷冷冰冰的脸庞，感觉爷爷好像没有初见面时那样厌烦她了。

想到这里，陆粥粥抿着嘴笑了起来。

陆怀柔踩下油门，将轿车驶上了马路，侧头瞥见小姑娘在偷笑，没好气地问：“傻笑什么？”

“爷爷是第一个为了粥粥出头的男人！”陆粥粥期待地望着他，“好 man（男人）哦！”

陆怀柔伸手过去，揉了揉她的脑袋，把她弄得东摇西晃：“送你两个字，呵呵！”

这时，手机响了起来，陆怀柔看了眼屏幕，是他的经纪人兼助理艾伦打过来的：“怀爷，您现在在哪儿呢？”

“出门逛了逛。有事吗？”

“出门逛了逛？有事吗？”艾伦狂躁地大喊，“您在跟我开玩笑吧！星光颁奖典礼快开始了，红毯都过半了，我还没见您的影子呢！”

陆怀柔愣了愣。他把正事给忘了！

“我现在马上过来。”

“您可赶紧嘞，我的祖宗！”

陆怀柔挂掉了电话，立马掉头，全速向星光广场疾驰而去。

陆粥粥靠着松软的座椅垫，好奇地问：“爷爷，你带我去哪儿啊？”

“我要工作了。”

“那我呢？”

陆怀柔看了看小姑娘，愣了一下，没想好要怎么安置她。

“你就跟着我，带你去看星星。”

“好的！”

陆怀柔现在已经没有时间把小姑娘送回家了，只能带着她去星光颁奖典礼现场。

星光颁奖典礼在星光大厦的顶层举行。为了避开无处不在的狗仔，艺人直接把车驶入管控严格的地下停车场，然后乘坐电梯，直接升入星光大厦的顶层广场。

星光大厦是北城最高的建筑，顶层的广场也是距离星星最近的地方。

陆怀柔带着陆粥粥上了电梯，径直来到顶层广场。

正对面是灯光璀璨的颁奖礼台，广场上俊男靓女谈笑风生。

陆粥粥亦步亦趋地跟在陆怀柔身后，望着周围好多漂亮的哥哥姐姐，简直要看花眼了。

这里是离星星最近的地方，而这些遥远的、只在电视上见过的大明星，现在就在她眼前。这种感觉好奇妙啊。

陆怀柔很满意小姑娘好奇的眼神，故意问道：“怎么样，开眼界了吧？”

“嗯！电视上的人，现在都在我面前！”

“这算什么！”

陆怀柔都变成你爷爷了，这世界上还有更大的惊喜吗？

陆怀柔径直去了化妆间。艾伦已经为他准备了一个单人的化妆间，早早地等在门口：“怀爷，您可算来了！”

艾伦将他迎了进去，焦躁地说：“红毯都快结束了，都等着您呢！”

几个私人化妆师立刻围住了陆怀柔，拿着粉扑、刷子开始在他脸上涂涂抹抹。

陆粥粥一直跟在他身后，东张西望打量着周围。

艾伦看见陆粥粥，好奇地问：“这是哪儿来的小孩呀？”

陆粥粥见他穿着闪亮的阔腿裤，又扎了个小辫儿，模样也秀气，还化着妆，于是礼貌地喊了声："姐姐好。"

这一声"姐姐"喊完，周围几个化妆师没忍住，"扑哧"一声笑了出来。

"他可不是姐姐，是叔叔！"

"叔叔？"陆粥粥打量着他，的确……五官并不是那么秀气，仔细一看，的确不是姐姐。

她有些抱歉地吐吐舌头："对不起呀，叔叔。"

艾伦满脸不爽，没好气地说："哪儿混进来的小丫头？这里是你该来的地方吗？走走走！"

话音未落，陆怀柔悠悠地开口："你要把我姑娘赶到哪里去？"

此言一出，艾伦和几个化妆师都呆住了。

"怀……怀爷，这位是您的……"

"是我家姑娘。"

陆粥粥仿佛找到了靠山似的，坐到了陆怀柔旁边的椅子上，回头示威般瞪了艾伦一眼。

艾伦不由得对陆怀柔刮目相看，竖起了大拇指："怀爷，您老当益壮啊！还能生出闺女来，佩服！"

高光灯下，陆怀柔面无表情地眯着眼，懒得理他。

陆粥粥好奇地问："老当益壮是什么意思呀？"

艾伦坏笑着说："意思就是我们怀爷身强体壮、活力无限、激情四射……"

他还没说完，陆怀柔一把推开他，道："别带坏了我孙女。"

"孙女？"

陆怀柔悠悠地解释道："隔着辈儿，是我孙女。丫头，叫小艾叔。"

于是陆粥粥礼貌地叫了艾伦一声："小艾叔。"

直到此时，艾伦才意识到，陆怀柔真的不是在跟自己开玩笑。

他立刻走到化妆间门边，把门打开一条缝，小心翼翼地朝外望了眼，确定没有人偷听，这才紧紧关上门，回来说道："我的爷，这玩大了吧？您有儿子的事都还瞒着呢，现在又蹦出一个孙女，您让粉丝们怎么想啊！'我家哥哥瞒着我生了儿子还不够，这连孙女都有了'，这多崩溃啊！”

陆怀柔其实并非任性的主儿，哪怕脾气暴躁了些，控制不住的时候会跟偷拍狗仔大打出手，但是作为巨星，他知道，艺人就应该有艺人的觉悟，至少，不可以伤粉丝的心，这是艺人的原则。所以，他哪怕结婚多年，保密工作都做得严严实实，有儿子的事更是从未公之于众。

陆怀柔从容不迫地说：“我只带她两周，等她爸出差回来，一切恢复正常。”

艾伦欲哭无泪。

“怀爷，现阶段可是您和杨曳竞争的关键时期，绝对不能出什么意外啊！”

“用你说！”

陆怀柔和杨曳真算是娱乐圈旗鼓相当的两位巨星，不管是影视作品还是歌曲，甚至连综艺热度、人气排行，两人都不相上下，这么多年也没有分出胜负。

正所谓一山不容二虎，哪怕娱乐圈百花齐放，也还是有个先后强弱的顺序。这段时间是陆怀柔和杨曳争排名的关键时期，不能出任何意外。

陆怀柔化好了妆，也换了高定西服，起身走出化妆间，回头对艾伦道：“帮我看着她。”

艾伦虽然满心忧虑，但还是答应了下来：“交给我吧。”

一方面，他是陆怀柔的经纪人，时时刻刻都要为陆怀柔着想；另一方面，他是陆怀柔的助理，什么事都得干，从端茶递水到写善后文案。

陆怀柔这么多年的积累，到现在这个阶段，已经不再受制于任何经纪公司，甚至他自己出资成立了娱乐公司，手底下也有不少实力派艺人。

艾伦是国内最好的传媒大学硕士毕业的高才生，现在是陆怀柔公司的总经纪人，替他管理手底下的艺人，也专门经营陆怀柔的演艺事业。毕竟，大老板虽然已是亿万身家，但他最喜欢做的事情还是演戏。

陆粥粥听着外面一阵阵激昂的音乐响起来，主持人的嗓音格外抑扬顿挫，还时不时传来大家的笑声。而她被困在这小小的化妆间里，很快便打了哈欠：“小艾叔叔，我能出去看看吗？”

艾伦放下时尚杂志，说道：“绝对不行！除非你想让你爷爷丢饭碗。”

陆粥粥并不是很明白，为什么她出去就会让爷爷丢饭碗，但她也能够从他们的对话里听懂一些，大概就是不能公布她和爷爷之间的关系。

陆粥粥趴在桌前，无精打采地说：“没劲。”

很快，小姑娘就趴在桌上睡着了，还打起了小呼噜。

艾伦见陆粥粥睡熟了，想起自己还得找手下的艺人处理事情，于是将陆粥粥关在化妆间里，反锁上门。

他想自己只离开几分钟，应该没问题。然而，没过多久，化妆间的门被人打开了，一帮人簇拥着另一位明星走了进来，开始给他化妆准备。

陆粥粥迷迷糊糊地醒过来，看到面前皆是陌生面孔。找不到爷爷，她有些慌了。

“今天晚上，陆怀柔和杨曳两人争影帝，估摸着又没结果。”

她听到那个坐在灯下的男人，好像和身边在经纪人在讨论她的爷爷，于是竖起了耳朵。

小明星：“他俩争了这么多年，两个人都占据了娱乐圈的半壁江山，谁敢给他们排位啊！”

经纪人：“看来今晚该咱们渔翁得利了。”

小明星冷嘲道：“陆怀柔风光了这么多年，是该走走下坡路了！哼，除了模样和几个臭钱，他现在还剩什么？”

经纪人想了想，说道：“好像拥有这些，就已经拥有全世界了吧。”

小明星：“……你是谁的经纪人啊！”

经纪人淡淡地道：“没关系，他年龄这么大了，还能火多久，早晚得走下坡路。”

就连陆粥粥都听出这些人言辞间的酸劲儿，她可是个极度护短的人，听不得别人说自家人不好，于是朗声道：“才不是呢！陆怀柔才没有走下坡路。”

几双眼睛齐刷刷地望向了她。

经纪人笑了起来：“哟，这儿怎么还有个小孩啊？”

小明星道：“别是谁家的私生子吧？”

经纪人显然对小明星的智商相当鄙夷，冷冷地道：“说你蠢，你还真蠢，私生子会被堂而皇之带到颁奖典礼上来？”

小明星不满地撇嘴，但也不敢得罪他，毕竟以自己现在的名气来说，还得仰仗着经纪人。

经纪人走到陆粥粥面前，蹲下，问道：“小朋友，你这么帮着陆怀柔说话，他是不是你爸爸呀？”

陆粥粥才不上他的当，只说道：“他才不是我爸爸！”

经纪人很狡猾地换了一个问题：“那告诉叔叔，你爸爸是谁？他在不在现场呢？”

“我爸爸是……他！”陆粥粥指着那个说爷爷坏话的明星，亲热喊了声，“爸爸！”

小明星吓得腿肚子一哆嗦。

经纪人眼神一凛：“好啊，公司捧你这么多年，花了多少心血，你居然背着我们生孩子！”

小明星：“不不不，刘哥，我没有，你听我解释！”

小明星被陆粥粥一声“爸爸”吓得魂飞魄散，红着脸向经纪人解释了好久，经纪人才勉强相信他。

陆粥粥被小明星的助理交给了星光广场的工作人员。

几个穿制服的工作人员面面相觑，都不认识陆粥粥。

他们询问小姑娘，也是一问三不知，因为陆粥粥绝口不提陆怀柔。

星光颁奖典礼何等重要，怎么能让一个不知道哪儿来的小姑娘瞎逛呢？于是他们将她带出了星光大厦，随手扔在了便利店门口，避免惹祸上身。

若是换了别的小孩，深夜里一个人被丢在大街上，或许会手足无措，甚至大哭，不过陆粥粥已经习惯了。

小时候，她经常被老爸忘在超市购物车中，甚至还有两次被忘在电影院，一次被丢在室内儿童乐园，直到人家打烊，她爸爸才匆匆找来。

如果当父母也要考证的话，陆随意肯定不合格。

陆粥粥煞有介事地叹了口气，蹲在大厦的墙边，望着满天星辰，心里升起了淡淡的惆怅。

景绪在房间里做奥数题。景哲敲了两次门，问他要不要一起帮妈妈做泡芙，他拒绝了。

相比热闹，景绪更喜欢安静，喜欢一个人沉浸在复杂的数学天地里。可是不知道为什么，今晚他一直不能集中注意力。

他知道自己从小就比别人聪明些，擅长把人的性格类比为动物、植物等。久而久之，在他的眼中，人们的背后就都带着一些小动物或小花小草的幻想形象，生动有趣。

对于自己，景绪看到的是一朵金色的玫瑰，含苞待放。

对了，那天那个女孩好像说了一个“花”字？会不会她也和自己一样？而且，那个女孩的性格好像一只小蝴蝶，粉粉嫩嫩，可可爱爱。

想到小蝴蝶，景绪越发静不下来。

没有效率，不如不学，于是他搁下笔，下楼走到院子里。

联排别墅只有一道半人高的树篱墙隔着，景绪站在树篱边，就能看到隔壁的院子。

隔壁大宅黑乎乎的，房间里似乎没有人。他坐在墙头上，等了半个小时，陆怀柔的轿车终于驶入了车库。

艾伦气呼呼地说：“什么双影帝，分明就是两边都不得罪。”

陆怀柔淡淡地道：“急什么，总会分出胜负。”

“怀爷，不是我说您，您要是能控制好自己的脾气，少给那些无良媒体机会，影帝早就是您的了，还能有杨曳什么事？他不就仗着自己风评好吗？”

“他就装纯情，我怕他做什么。”

陆怀柔并没有把这件事放在心上，下了车，径直回家。

景绪见他并没有把“小蝴蝶”带回来，于是开口道：“你，站住。”

陆怀柔抬头望了景绪一眼，隔壁的小子站在树篱边，抬着下颌，仿佛满世界都没被他放在眼底。

“哪来的臭小子，去去去！”艾伦驱赶道，“别处玩去！”

“小蝴蝶呢？”

“什么小蝴蝶大蝴蝶的。”

景绪不理会艾伦，直接和陆怀柔对话：“她呢？”

陆怀柔猛地睁大眼睛。

这一路上他是感觉哪儿不对劲，但一时没想起来，经景绪这一提醒，心头悬的那一口大钟骤然落地，摔了个粉碎。

他忽然揪住艾伦的衣领，怒声道：“我家小姑娘呢？”

艾伦这才想起来：“糟……糟了！”

远处广场的时钟已经指到了零点。

陆粥粥穿着脏兮兮的小裙子，蹲在大厦楼底的便利店门口，无助地抹着眼泪。

坏小艾叔叔、坏爷爷、坏爸爸……陆粥粥决定，今后再也不理他们了，就算把炸鸡送到她手边，也不理他们!

星光大厦的荧光屏暗了下去，最后，一辆黑色轿车从地下停车场驶出。轿车向前驶了几米，又倒了回来，停在了她的面前。这时，车上走下来一个高个子哥哥：“小朋友，怎么了，找不到妈妈了？”

陆粥粥抬起泪眼，看到他的那一刹那，便被惊艳了。

虽然小姑娘脑子里还没有形成审美观，但她也看过不少电视剧，能辨别什么是好看、什么是不好看。

面前这个穿着规整的黑西装的高个子哥哥，绝对是神仙哥哥！

神仙哥哥的领带束着白皙修长的脖颈，五官堪称完美，完全可以和她爷爷比肩了！

陆粥粥一时惊得说不出话来。

“曳哥，别耽误了，咱们还得赶去片场呢。”助理催促道。

杨曳回头道：“这里有个小孩，应该是跟妈妈走丢了，不能把她丢在这儿啊。"

"曳哥，别管闲事了吧，不然待会儿让她妈妈找过来，看到您……明天您又要上头条了。"

杨曳声音微冷："现在很晚了，把小朋友扔这儿，出事了怎么办？"他的声音也是极有磁性，好听得不得了。

"小朋友，你叫什么名字？"

"我叫……陆粥粥。"陆粥粥有些害羞，脸红了。

"陆粥粥小朋友，你还记得你家的住址吗？"

"香……香……"陆粥粥努力回忆爷爷家的住址，但她真的不记得后面的字了。

"曳哥，真的来不及了！导演打电话催了好几次了。"

杨曳蹲下，和她保持同等高度，柔声道："小朋友，你一个人在这里不安全。前面就有个派出所，哥哥先带你过去，好不好呀？"

陆粥粥一听到派出所，哆嗦了一下："粥粥没有做坏事，粥粥不要去派出所！"

杨曳耐心地说："警察叔叔抓坏人，就是为了保护像粥粥这样的好孩子。不要怕，警察叔叔会帮你找到爸爸妈妈的，好吗？"

看着神仙哥哥的微笑，陆粥粥感觉温暖极了，终于点了点头。

杨曳牵着陆粥粥的手，将她送到了派出所，说明了情况。

"小朋友，哥哥还有点儿事，警察叔叔会把你送回家的，好吗？"

"嗯！"陆粥粥点头，"谢谢哥哥，哥哥真好。"

杨曳摸了摸小姑娘的脑袋，跟助理一起大步流星地走出了派出所。

助理无奈地说："曳哥，您这热心肠得改改了，太容易被人利用了。"

杨曳睨他一眼："就这个小孩，能利用我什么？"

"您啊！"

陆怀柔在空荡荡的星光广场找了很久，又踹桌子又踹门。艾伦被吓得直发抖。跟了陆怀柔这么些年，他从来没见陆怀柔发这么大的火！

艾伦连忙去调取了监控，回来说道："怀爷，是赵梓然的助理把她带出去的，交给谁就不清楚了。”

“去联系他。”

“不能联系啊，不能让他知道这个小姑娘和您的关系！他肯定会告诉记者的！”

陆怀柔沉着脸，冷冷地道：“联系他，然后把他的经纪公司买下来。”

艾伦：“……”

这是什么操作。

很快，陆怀柔便赶到了便利店门边，可是并没有见到小姑娘。他蹲在路边，整个人都阴郁了。

艾伦在周围打听，得知小姑娘一直待在原地，直到不久前被一个男人带走了。

听到这个消息的陆怀柔，真的想一头撞死在电线杆上。

“对不起老板！”艾伦低着头，道，“都是我的错！”

陆怀柔猛地揪住艾伦的衣领，暴躁大喊：“滚！”

陆怀柔接到儿子打来的电话时，嗓子彻底哑了。

陆随意在电话里急切地问道：“什么情况啊，爸，警察给我打电话，说我闺女被送到派出所了。不是让您看着她吗？您现在快过去吧！”

陆怀柔来不及回答他，开着车，马不停蹄地赶到派出所。不过艾伦让他待在车里，自己拿着所需证件及陆怀柔本人授权书去派出所将小姑娘接了出来。

陆粥粥爬上轿车后座，看到陆怀柔独自坐在窗边，按灭了手里的烟头，脸色阴沉得可怕。

她心里也有些怨气，所以一直没有跟陆怀柔说话。坏爷爷，肯定不想管她了，才故意把她丢在外面。

艾伦开着车，路上一个劲儿地跟陆粥粥道歉：“对不起啊，小朋友，我事情太多，一时间真没想起来……”

陆粥粥摆摆手，表示跟他没关系，然后怨念地看了陆怀柔一眼。

自家爷爷都把她忘了，还能怪其他人吗？

通过后视镜，艾伦不住地拿眼神暗示陆怀柔。但陆怀柔自始至终沉着脸，一言未发。

他是个极要面子又傲娇的男人，道歉什么的，他肯定是说不出口的，哪怕心里都快崩溃了，面上也装得若无其事。

艾伦道：“刚刚可把你爷爷急坏了。我们回了化妆间去找，没找到，他还去调了监控，所以你到底上哪儿去了？”

陆粥粥撇撇嘴，嘟囔着：“偏不告诉你们。”

“行行行，没事就好。”

陆怀柔瞥见她脏兮兮的小裙子，手也有点儿脏，指缝里还有泥，心里越发愧疚。

别人家都把孩子当成珍宝一般，自家的孩子却像个小叫花子，如此狼狈，还差点儿走丢了。

对于养孩子，陆怀柔并没有任何经验。年轻的时候，他觉得养孩子会花费太多的精力，人生短暂，应该追求更远大的理想。然而，如今到知天命的年纪了，陆怀柔却越发为自己没有当好父亲而感到遗憾。也许，是上天把这小姑娘送到自己身边，让他弥补多年的遗憾。

陆粥粥睨他一眼，然后故意“哼”了一声，仿佛是在引起他的注意。

终于，陆怀柔冷着脸，将小朋友拉到自己身边。

陆粥粥以为他要揍她，本能地挣扎，谁知陆怀柔却抓起她的手，嫌弃地“啧”了声。

艾伦知道陆怀柔有严重的洁癖，立刻将一包湿巾递过来。

陆怀柔扯了一张湿巾，仔仔细细地给小丫头擦了手，然后从车上的柜子里摸出指甲剪，耐心地给她剪了指甲，又用湿巾擦拭指缝。

陆粥粥不再挣扎，安安静静地看着爷爷。柔和的夜灯在他的眼睑边投下阴影，尽管他一言不发，但是陆粥粥能从他的动作里，感受到他的柔情。

其实，爷爷并不像外表看起来那样凶、那样不近人情。爸爸都没有为她剪过手指甲呢。

只要她感觉谁真心对她好，她就会跟谁亲。

艾伦打开了汽车音响里的深夜电台，电台里正在播放钢琴曲《菊次郎的夏天》，夜晚也越发变得浓稠。

折腾了一整天的陆粥粥，睡意涌了上来。她打了个哈欠，然后靠在爷爷的肩膀上，闭上了眼睛。

陆怀柔仔仔细细地替小姑娘擦干净了小手，侧过头，看到小姑娘已然倒在他的肩膀上睡着了。他立刻放缓动作，轻轻地把她的手放了回去。

“小艾，音乐小点儿声。”他轻声说。

艾伦将音量关小了些，看着后视镜，低声道：“怀爷，别说，这个姑娘跟您真有点儿像。”

陆怀柔敛眸望着她。小丫头已经睡着了，白皙的脸蛋带着些婴儿肥，模样没有长开，所以谈不上漂亮，但很可爱，睫毛浓密纤长，覆着眼睑。

“只是有点儿像吗？”陆怀柔嘴角不自觉地扬了扬，轻声道，“她是我家的姑娘。”

他仿佛很骄傲。

艾伦望向后视镜，陆怀柔伸出一只手臂，给熟睡中的陆粥粥当了枕头，还轻轻地将她的头发掖到耳后。

艾伦简直怀疑今天的陆怀柔是不是换了个人。这个一言不合就暴躁的人，今天也太温柔了吧。

第三章

景绪没有错

陆怀柔将熟睡的陆粥粥抱回了家。

因为客房还没有收拾出来，只能让她睡在自己的床上，他则在客厅沙发上凑合了一晚。

第二天，陆粥粥揉着眼睛，迷迷糊糊从楼梯上下来。

开放式的厨房里，陆怀柔系着白色的花边围裙，正将一锅热腾腾的面条挑出来。白色的围裙看起来有点儿小。

“爷爷，粥粥想换小裙子啦。”陆粥粥拉了拉自己脏兮兮小裙子，可怜巴巴地说，“还要洗澡，都臭啦！”

“我这儿没衣服给你换。”陆怀柔头也没回，专心煮面，“等会儿小艾叔叔会带衣服过来。先吃早饭。”

于是陆粥粥走到吧台边，坐上去，挑起面条尝了尝。

这是陆怀柔人生第一次亲自下厨，他期待地望着陆粥粥：“怎么样？”

陆粥粥吃了一口，身子明显痉挛了一下，发出一声干呕。

陆怀柔不满地皱眉：“有这么难吃？”

“爷爷，这面条是甜的呀。”

“开什么玩笑！”

陆怀柔挑起一根面条尝了尝，立刻吐了出来。他居然做了一碗甜面条！

“爷爷，你该不会是老花眼，没看清糖和盐吧？”

“什么老花眼！”陆怀柔不满地说，“你看我像有老花眼的样子吗？”

陆粥粥果真凑近了看着他。面前的爷爷穿着一件运动T恤，从外表上看，明显就是哥哥的模样，老花眼什么的，应该不存在。

“那爷爷就是没有生活常识，分不清糖和盐。”

相比承认自己老花眼，陆怀柔更加不愿意承认自己没生活常识，索性说道：“甜水面，以前吃过没有？”

陆粥粥摇摇头。

陆怀柔一本正经地说：“我给你做的就是正宗的甜水面，让你尝尝新鲜。”

陆粥粥看着爷爷一本正经地胡说八道，于是她将面条推到陆怀柔面前：“那……尊老爱幼，请爷爷先吃吧。”

“不不，我不老，你幼小且柔弱，你先吃。”

“粥粥幼儿园毕业了，还是爷爷吃吧。”

“粥粥吃！”

“爷爷吃！”

俩人为一碗面条，推来推去。

艾伦一进屋，就撞上这样的场面，感叹道：“当爷爷的人，还真是不一样啊。我们怀爷一夜之间竟然真成熟了不少，看看，连头发都梳成了大人模样。”

陆怀柔面无表情地看了他一眼。

“跑了一早上，还没吃早饭。”艾伦自来熟地拿起了筷子，“你俩都不吃，我就不客气了。”

陆怀柔挡住他的手：“我亲自下厨的第一碗面，想都别想。”

“小气什么！不就吃您一碗面吗？想想我为您当牛做马、冲锋陷阵那几年！”

陆怀柔嘴角扬了扬：“我的意思是，这是你老板亲自做的面，既然要吃，那就把它吃干净，一根面条也别剩下。”

“放心，一口汤都不剩。”

陆怀柔满意地让他端走了面条。

陆粥粥瞪大眼睛，目不转睛地盯着小艾叔叔。

艾伦吃了一口，立马道：“这……这什么呀？”

“爷爷做的甜水面！”陆粥粥道。

“好吃你咋不吃！”

陆粥粥笑道：“尊老爱幼，粥粥尊敬老人。”

陆怀柔抱着手臂，眼里全是威胁：“说好了一口汤都不能剩下。”

“可……可你这味道也太……太奇怪了！”

“男人说话一言九鼎，除非你不想当男人了。”

“那就当姐姐！”陆粥粥愉快地喊道，“小艾姐姐！”

这可戳中了艾伦的痛处，虽然他的打扮的确新潮，经常被认为是小姐姐，但他骨子里是铁杆直男。

“住嘴！吃就吃，谁怕谁！”艾伦一咬牙，捏着鼻子大口大口地吃着面条。

陆粥粥拧着眉头，看着他痛苦的模样。

艾伦最终还是没能坚持下来，吃到第五口，放弃了。

“好可怜的小艾姐姐呀。”

“我可怜？”艾伦狡黠一笑，“我顶多也就吃这一碗，某个小朋友可是天天都要吃大魔王做的黑暗料理哦！”

陆粥粥一听，脸色瞬间惨白，扑到电话边，想给爸爸打电话求救。

陆怀柔一把将小丫头的衣领揪过来，冷冷地道：“是你自己送上门，想走就走，当我这儿是什么地方？！”

“呜……”

正在这时候，陆怀柔的手机响了起来。陆粥粥眼尖，一眼就看到是老爸的来电。

“爸爸！”

陆怀柔按住了小姑娘的头顶，起身接了电话，任由小丫头在他手底下死命挣扎。

“爸，我们家粥粥怎么样了？”

“我们相处得很好。”陆怀柔淡淡地道，“她很开心。”

“那就好。”陆随意松了一口气，“爸，我这边事情处理完就回来，粥粥交给您了。”

陆粥粥拼命挣扎着，喊道：“爸，救命！呜呜！爷爷太可怕了！”

“我好像听到粥粥的声音了，我能跟她说说话吗？”

“她正在吃我给她做的面条，吃得很香，没空理你。”

陆随意叹了一声，有些吃醋：“爸，您都没给我做过面条。”

“你下次来，我做给你吃。”

陆粥粥大喊：“不要！爷爷做的面条好可怕！爷爷好可怕！爸爸不要来！”

陆怀柔紧紧捂着电话，陆随意没有听到陆粥粥声嘶力竭的呐喊。

他还挺感动，觉得自己和老爸的关系缓和了不少。

“爸，您这段时间工作忙吗？有时间照顾粥粥吗？”

陆怀柔单手制服了怀中的小丫头，漫不经心地道：“我让助理去找个保姆，二十四小时看着她。”

桌对面，艾伦对他做口型：“已经找到了。”

“保姆？”陆随意愣了愣，“您要请保姆照顾粥粥？”

“有问题？”

陆怀柔说话的语气颇有几分威严。

陆随意不敢顶撞老爸，毕竟自己才是陆粥粥的监护人，把孩子交给老爸，已经很过分了。

“没……没什么特别大的问题，就是……算了算了，没事。”

陆怀柔感觉到了陆随意的欲言又止，不过他既然不说，陆怀柔也懒得问。

挂了电话没两分钟，陆怀柔便接到了陆随意发来的微信消息。对话框里，陆随意给他发了好几条社会新闻的链接，标题都是——

“禽兽不如！狠心保姆虐待几个月婴儿！”

“男主人不在家，保姆暴打三岁半孩子！”

……

触目惊心的保姆虐童新闻，还在不断地出现在二人的对话框里。

陆怀柔：“……”

他有什么话不能直说，拐弯抹角很有意思？

陆怀柔大致浏览了一下这些新闻，后背冒冷汗。

虽然这些都是极端案例，但是既然有这样的案例，说明还是有风险。

陆怀柔看着面前粉雕玉琢的小姑娘。上次她随口说了一句“舅舅揪过我的手”，都让陆怀柔恨不得一脚踹死那家伙，如果真的遇到了黑心保姆欺负他家小姑娘，陆怀柔无法想象他会做出什么事。

算了算了，任何风险他都应该扼杀在摇篮里。

“保姆你联系了吗？”

“这些小事，我昨晚就搞定了。”艾伦拿着平板走到陆怀柔身边，点开了保姆的个人资料，“听说是很有经验的阿姨，评价都是五星，据说还会做不少甜品。”

陆怀柔扫了一眼信息。

“老板，您看怎么样？”

“看起来不错。”

“那我就……”

“取消吧。”

“好嘞！”艾伦正要给保姆拨电话，忽然反应过来，“什么！取消？”

陆怀柔淡淡地道：“我不需要保姆了。”

“不要保姆，那这个丫头怎么办？谁照顾她啊！”艾伦急了，“别说您想亲自上手啊！您未来半年的档期可都排得满满当当的！怀爷，您可别吓我啊！”

“我说不要，就是不要了！”陆怀柔烦躁地说，“哪儿那么多废话！”

他回头扫了陆粥粥一眼，小丫头衣裳脏兮兮的，像个小乞丐一般。

看到她这个模样，陆怀柔生平第一次感觉于心不忍。也许这是上天给他的机会，让他弥补过去。

艾伦深知陆怀柔说一不二的性格，陆怀柔一旦决定的事，是很难改变的。他叹了一口气，看来只能先这样了。

好在陆怀柔早已不是新人，他是巨星，到这个阶段，偶尔任性一两次也没关系。毕竟他为了演艺事业，都拼了大半辈子了。

陆粥粥拉了拉陆怀柔的衣角，提醒他：“粥粥都要变成臭臭鼠啦，粥粥要换衣服！”

陆怀柔这才想起来，回头问艾伦：“让你买的衣服呢？”

“把这茬忘了。”艾伦一拍脑袋，连忙将自己搁在门边的大包小包提进来，“来，小粥粥，看看小艾叔给你选的漂亮裙子！”

陆粥粥欢呼一声，兴奋地跑过去。

艾伦从一个纸袋里取出一件新款连衣裙：“这可是当季新品，穿出去绝对有范儿！”

陆怀柔可是时尚杂志最受欢迎的男模特，他的亲孙女，怎么能不站在流行浪潮的最前沿呢！

陆粥粥拿着衣裳在自己身上比画了一下，然后皱着眉头，嫌弃地说：“好丑哦！”

“什么？丑？这件衣服可是好多女明星的定制款！一般人根本买不到！”

陆粥粥撇嘴：“就是丑！粥粥才不穿这个，穿出去要被同学笑话！”

“哇，小朋友，你到底会不会欣赏啊？”

“本来就是嘛！”

陆怀柔抱着手臂，揉了揉眉心：“艾伦，你脑子是让狗吃了吗？”

给她穿这种晚礼服长裙，你是要让她穿出去当个扫地机器人？

他深深感觉，照顾小孩这事还是不能假手于人。大到学习，小到穿衣吃饭，他都必须亲力亲为。

当天下午，陆怀柔便带着陆粥粥去了商场的童装店买衣服。

童装店里的衣服种类可多了，有陆粥粥喜欢的各种卡通人物的同款漂亮 T 恤和裙子，看得她眼花缭乱。

“啊！钢铁侠好喜欢！”

“这个蛋糕裙也好漂亮！”

……

因为老爸工作忙，陆粥粥很少有机会逛童装店，她穿的衣服都是老爸网购的，她根本没有选择权。所以这会儿来到童装店，她就像来到了天堂一般。

艾伦看着这些小孩子的衣服，不住地说道：“幼稚！土气！怀爷的孙女，怎么能穿这么幼稚的衣服呢？”

陆怀柔拎着一套公主裙看了看，道：“我不可能永远生活在聚光灯下，在粉丝看不到的地方，我也是普通人。”

他已经很久没有过这种平凡而普通的生活了。陆粥粥的到来，让他有机会当一个普通人。

“选完没有？”陆怀柔问她。

陆粥粥已经看花了眼，这件也想要，那件也想要，根本不知道要哪件。

“那……爷爷帮我选吧。”陆粥粥向陆怀柔求助。

陆怀柔走过去，随手挑了好几件。

“爷爷，够了够了，不要那么多！”陆粥粥是个很节省的姑娘，“我够穿啦！”

陆怀柔停下来，将几件衣服扔给店员，说道：“这几件不要，其他的全部包起来。”

店员接过衣服：“好的，先生，我这就把这几件包起来。”

然而，当店员走出几步之后，忽然反应过来，回头诧异地问道：“先……先生，您是说，这几件不要？”

陆怀柔面无表情地道：“这几件，不要，其他的，全部包起来。”

店员彻底傻了！

这位先生……敢情是要包场啊！

艾伦嘴角直抽抽。

说好的想当普通人呢！他买下人家一整个童装店，这是普通人干得出来的事？

陆怀柔的家是一栋四层别墅，第三层都是陆怀柔的衣帽间。他按下遥控器，大门打开，内部是黑白色调，里面分区域挂着他各种风格的穿搭配饰。

陆粥粥第一次进去，看到里面的衣服都惊呆了。

里面有好多好多不同类型的衣帽，鞋柜是整整一面的玻璃墙，太壮观了！

陆怀柔让艾伦将衣帽间重新整理一下，留出一半的空间，作为陆粥粥的专属换衣间。

以前在家的时候，陆粥粥虽然也有自己的衣柜，不过衣柜里的衣服常年就是那几件。老爸的工作太忙，根本没时间给她买衣服。

现在她来到爷爷家，生活一下子变得精致起来。

她用自己卧室里的超大浴室洗了个澡，换了干净的小白裙，走回自己的房间。

一下午逛街的工夫，陆怀柔就让人把原本冷色调的客房改造成了温馨少女系公主房，换上了松软的大床和白色蕾丝的床幔，墙上还贴着粉红色的墙纸，连吊灯都换成了欧式宫廷风水晶吊灯。

爷爷一定是超人吧。

陆粥粥躺在松软的大床上，滚了好几圈，被子好软好舒服。她望着天花板，想着两周以后……爸爸就要接她回家了，她有点儿不想离开爷爷家了呢。

陆粥粥赶紧坐起来，晃晃脑袋，让自己清醒。

虽然爸爸真的很穷，没日没夜拼命努力地赚钱，家里面也没有超大、超豪华的浴缸，她的房间也没有这么大的公主床……但是，她怎么能嫌贫爱富，抛弃爸爸呢！

陆粥粥陷入了自我谴责。

就在这时，陆粥粥听到一阵急促的钢琴声。

她跪在飘窗边，推开了窗户，正对面恰好是景绪家。而她的房间正对着景绪的房间。

对面的落地窗内，景绪坐在一架白色钢琴前，指尖快速地敲击着黑白琴键，弹奏着贝多芬的《命运交响曲》。

陆粥粥趴在窗台边，手托着腮帮子，看着少年挺拔的侧影。阳光正好落在他棱角分明的侧脸上，长睫毛在眼睑边笼出一层阴影。

景绪真漂亮呀。

景绪似乎也注意到了陆粥粥，原本急促的曲风一转，变得婉转而温柔。

粥粥听出来了，他弹的是《千与千寻》的曲子，好好听哦！她趴在窗边，入迷地听着景绪弹钢琴。

就在这时，楼下院子里，景哲也发现了窗边的陆粥粥，连忙冲她挥挥手："粥粥！快下来玩啊！"

陆粥粥看到景哲坐在篱笆边，正在玩乐高。

"快下来玩，我们一起搭城堡！"

"来了！"

陆粥粥应了一声，匆匆地跑到隔壁的院子里。

景哲坐在草地的野餐布上，面前堆了好多积木，他热情地邀请陆粥粥加入："我们一起搭城堡！"

"好呀。"

景哲看着陆粥粥的白裙子："粥粥，你今天真好看！"

"我每天都好看呀，"陆粥粥很有自信地说，"可不只是穿上新裙子的时候哦。"

"嗯！我觉得也是。"

陆粥粥听到楼上的钢琴声停了下来，问道："景绪哥哥不下来一起玩吗？"

"景绪只喜欢做数学题、弹钢琴、玩魔方……有时候，我也不懂他在想什么。"

"可是，你们不是兄弟吗？"

"是这样没错啦，不过他性格孤僻，班上的小朋友都不和他玩。"

"这样吗？"

陆粥粥有些难过。明明景绪哥哥这么好，为什么大家都不和他玩呢？

“粥粥，你会一直在这里吗？以后我们可以经常一起玩！”

“我不会一直在这里，爸爸出差回来，就要来接我了。”

“这样啊，”景哲脸上明显浮起一丝失落，“还以为可以一直和你玩呢。”

陆粥粥笑着说：“以后也可以常联系的。”

“你还在上幼儿园吗？”

“我幼儿园毕业啦！”陆粥粥强调，“我在附小念预备班。”

景哲兴奋地说道：“我也在附小！我读一年级！”

“那可真是太好了！”

“嗯嗯！”

陆粥粥又问道：“那……景绪哥哥也在附小吗？”

“是啊，他念三年级。”

“他居然念三年级？”陆粥粥惊呼道，“怎么会，他比你小呀！”

“景绪跳级了。”景哲解释道，“他和我同年入学，不过他很聪明，自己看课本就能学会，跳过了预备班和一年级。”

“原来是这样呀，景绪哥哥是小天才。”

俩人正有一搭没一搭地聊着天，景绪破天荒地下楼了，不过他并没有过来，只是一个人坐在露台边玩魔方。

陆粥粥冲他挥了挥手，他只是抬了一下头，却没搭理她。

“我说过了，他不爱交朋友，你不要去招惹他，会碰一鼻子灰的。”

陆粥粥并没有将景哲的话听进去，她喜欢如金色玫瑰般的景绪，根本控制不住想要靠近他的念头。

她朝着景绪小跑过去，在他面前几米的草地边停住了脚步，矜持地望着他。

见他没有走开，陆粥粥这才小心翼翼地走过去，坐在他身边的露台上，甜甜地喊了声：“哥哥。”

远处，景哲忽然有些嫉妒，认识粥粥这么久，明明自己和粥粥关系更好，可是粥粥都没有叫过自己一声“哥哥”。

景绪没有应她，仿佛炫技一般，很快便把魔方拼成了六面同色。

陆粥粥惊叹了一声："景绪哥哥好棒啊，这个好难的。"

景绪终于开口，说了两个字："不难。"

"能给我试试吗？"

他将魔方打乱了，递给了陆粥粥。

景哲都傻了。景绪有极强的领地意识，从来不让人碰他的东西，包括他的魔方。可他居然这么爽快地把魔方给了陆粥粥！

陆粥粥拿到魔方之后，认认真真地开始摆弄起来，比她之前玩乐高玩具还有兴趣。她拼了五分钟，而景绪居然耐心地等了她五分钟。

"好难呀！"

他嫌弃地评价了一句："笨。"

陆粥粥吐吐舌头，坦诚地道："我肯定没有景绪哥哥聪明啦。"

景哲走过来说道："景绪，不可以没礼貌，粥粥是客人。"

景绪反问："笨，和她是客人，有必然联系？"

景哲拿出做哥哥的架子，义正词严地道："妈妈说，我们不能让客人在家里感到不开心，这是礼貌，所以你不可以这样说粥粥。"

景绪问陆粥粥："你不开心？"

陆粥粥连忙摇头。

如果景哲不这样上纲上线，她其实是完全不在意这些的。就像她最好的朋友蒋清霖，总是"肥粥""肥粥"地叫她，她也不会生气。朋友之间嘛，都是这样的。

"景绪哥哥，你能教我玩魔方吗？"陆粥粥期待地望着他，"还有还有……刚刚我听到你弹钢琴了，很好听哦！你能教我弹钢琴吗？"

"看你并不是很聪明的样子，"景绪淡淡地道，"建议你把一个学会了，再学另一个。"

陆粥粥被他逗笑了："那你先教我哪一个呢？"

景绪看了看手中的魔方，说道："玩魔方其实有公式……"

就在这时，陆怀柔在门边喊了声："丫头，回来吃饭了！"

"哦！"陆粥粥应了声，对景绪说，"景绪哥哥，爷爷叫我吃饭了，我留着下次学，好吗？"

景绪“嗯”了一声。

“这个魔方，可以让我拿回去研究研究吗？”

景绪犹豫了一下，终于还是将魔方递了过去。

陆粥粥接过魔方，脸上绽开笑容：“谢谢景绪哥哥，我会很快还给你的！景绪哥哥再见，景哲再见！”

小丫头蹦蹦跳跳地回了自家院子。

景哲皱起眉头，难以置信地看着景绪，不知道他为什么今天如此反常，竟然连最喜欢的魔方都借给了陆粥粥。

要知道，过去小表妹来家里玩，碰了他的魔方，他直接将那个魔方扔进了垃圾桶。因为他这样的举动，还让妈妈和姨妈生了嫌隙。

这次，他也太反常了吧！

经过一整天的试验，陆怀柔的厨艺还是没有任何长进。

陆怀柔是有野心的男人，不管做什么，都要求完美。所以从最早的唱跳出道，再到后来磨炼演技，拿下国内外无数大奖，摘得影帝桂冠，再到成为国际一流模特，他是做一行精一行。可偏偏是做饭这种事，难倒他了。

他只能期盼儿子尽快把这口味挑剔的“小麻烦精”接走！

他把一块牛排放进陆粥粥的盘子里，陆粥粥看着牛排上面的血丝，一脸嫌弃。

这生的牛排能吃吗？

陆粥粥决定只吃配菜。

“明天周一，我亲自送你去学校。”

陆粥粥刚把一块土豆送进嘴里，听到这话，土豆掉在碗中：“爷爷要亲自送我？”

“有问题？”

太有问题了呀，她可不想让同学知道陆怀柔是她爷爷！

陆粥粥忐忑地问：“爷爷是要像那天一样，戴上口罩和帽子吗？”

陆怀柔微微一笑。他就知道，即便是这么小的小丫头，也有虚荣心。

“陆怀柔”三个字，那可是全民皆知的。她能当陆怀柔的孙女，脸上不知道多光彩呢！

陆怀柔愉悦地问：“你希望我乔装吗？”

然而，就在他以为小姑娘希望他不要乔装的时候，陆粥粥却一字一顿地说道：“我希望爷爷不要送我。”

“为什么？”

“因为我爷爷……跟其他的爷爷太不一样了。人家的爷爷，拄拐杖、白头发、满脸皱纹，看起来很成熟、很稳重、很正常，我爷爷就……”

他居然因为看起来过于年轻，而遭到嫌弃！

陆怀柔的暴脾气又上来了，他放下锅铲，转身嚷嚷道：“我让你没面子了？”

“我不想和大家不一样……”

陆怀柔的自尊心受到重创。

过去他最害怕的就是让别人知道自己已经结婚，已经有了儿子；现在，当他打心眼里愿意向外界公布孙女身份的时候，孙女居然嫌弃他！难道这就是传说中的一报还一报？

陆粥粥连忙说：“我不是说爷爷不好啦！爷爷很好，在电视上唱唱跳跳的，真的很有活力。就像蒋清霖的姥爷，也特别喜欢去广场上扭秧歌。老年人多跳舞，可以强身健体。”

她居然拿他和广场舞老人相提并论，陆怀柔一口老血堵在喉咙里。

此刻，他身上似乎没有了巨星的光环——在小孙女眼中，她更希望他只是一个普通的爷爷罢了。

第二天早上，陆怀柔开车将陆粥粥送到了校门口，不爽地说：“滚吧，臭丫头。”

陆粥粥不甘示弱：“臭陆怀柔。”

陆怀柔将小黄帽稳稳地戴在她的小脑袋上，然后给她开了车门，一脚把她踹下去：“嫌我丢脸，谁稀罕给你当爷爷。”

陆粥粥捂着屁股，气呼呼地走进学校。

她知道爷爷不开心了。

每个爷爷都不希望被孙女嫌弃吧！她的爷爷该是什么样子，就是什么样子，她不应该拿他和其他小朋友的爷爷比，正如小朋友们都不希望大人拿他们和别人家的小孩进行对比。

陆粥粥越想越内疚，真想跑回去跟爷爷说，希望他能亲自送她到教室门口，要不要乔装打扮都没关系！不过小孩也是要面子的，她才拉不下脸和臭陆怀柔道歉呢。

陆粥粥叹了一口气，迈着沉重的步伐走进了教室。

宁融儿见陆粥粥无精打采地坐在位置上，于是又和小伙伴讨论起来：“陆粥粥今天又是一个人来学校上课。”

“她的爸爸妈妈呢？”

“她才没有爸爸妈妈呢！陆粥粥是没有人要的小孩！”

“才不是呢！”陆粥粥回头，愤愤地望向宁融儿，“今天是我爷爷送我来的！”

“骗人！陆粥粥才没有爷爷！”

“我有！”

“那你爷爷在哪儿呀，他怎么不送你到教室门口呢？”

“因为……”陆粥粥叉着腰说，“我干吗要跟你解释呀？”

“说不出来了吧！你根本就是在骗人！”

“我没有骗人，没有没有！”

“陆粥粥是骗人精，陆粥粥是没有人要的小孩。”

……

这时候，走廊边传来一道极有磁性的男声：“请问您是陈老师吗？”

所有小朋友都被这道好听的声音吸引了注意力，纷纷朝教室门口望去。

门口，一个高个子的哥哥正在和陈老师说话。

他戴着口罩和时下很流行的鸭舌帽，穿着黑色 T 恤，头发被鸭舌帽遮住，但能看到银灰的发色，看起来既时尚又年轻。

“门外的哥哥好帅呀！”

“是谁的哥哥呀？”

陈老师没有见过他，看起来不像学生家长，于是问道：“请问您是？”

“我是陆粥粥的家长，她的作业本落我车上了，我给她送过来。”

陆怀柔望了陆粥粥一眼，不客气地喊道：“臭丫头，作业不要了？”

陆粥粥没想到爷爷居然会过来，有些不知所措。

陈老师说：“没关系，你把它给我吧。”

“麻烦老师了。”陆怀柔哪怕目中无人，但是对待孩子的老师，必须客客气气的。

“你是陆粥粥的哥哥吗？”陈老师问道，“我没听她说起过还有哥哥呀。”

陆怀柔笑了笑：“我是她爷爷。”

此言一出，小朋友们都惊呆了。

这么年轻英俊的小哥哥，居然是陆粥粥的爷爷！这是什么神仙爷爷啊！

一整个上午，班上的小朋友都在讨论陆粥粥的爷爷。

“陆粥粥的爷爷真的好年轻哦！”

“像哥哥一样。”

“而且是好帅好帅的小哥哥。”

“我哥哥都没有陆粥粥的爷爷帅。”

“真的是爷爷吗？”

陆粥粥不止一次地解释：“真的是爷爷，只是爷爷保养得好而已。”

她理解小朋友的疑惑，毕竟，她第一次见到陆怀柔的时候，也是叫他“哥哥”的。

宁融儿一早上心情都很糟糕，气得说不出话来。

因为她过去总跟小朋友吹嘘，她的爷爷很年轻，一根白头发都没有，还经常嘲笑别的小朋友的爷爷年纪大。陆粥粥的爷爷竟然比她爷爷还年轻，不，根本无法比较！

这时，有小朋友说："陆粥粥的爷爷比宁融儿的爷爷年轻多了。"

宁融儿气呼呼地说："有什么了不起！我爷爷是公司的大总裁！陆粥粥的爷爷看起来这么不稳重，肯定一事无成，还戴口罩遮遮掩掩，说不定是犯罪分子呢！"

陆粥粥的同桌蒋清霖听不惯她这样说自己的好朋友，辩解道："不是啊，明星还戴口罩呢！陆粥粥的爷爷说不定是明星呢！"

此言一出，所有小伙伴都开始好奇："真的吗？"

"陆粥粥的爷爷，真的很有明星的感觉！"

"只有明星才会这么年轻！"

宁融儿气得浑身发抖："才不是！怎么可能？肯定是做了坏事的罪犯！说不定还杀了人！怕被警察叔叔抓走，才会戴口罩伪装自己！"

陆粥粥终于受不了花孔雀般的宁融儿信口雌黄，好言相劝道："如果我是你，我会立刻闭嘴，不再胡说八道了。"

"你管我说什么！"

"如果你再这样刻薄，会发生很不好的事情。"

宁融儿才不管陆粥粥的警告，继续说道："陆粥粥的爷爷是杀人犯！是杀人犯！"

她肩膀上的花孔雀像窒息了一般，倒在她的肩膀上奄奄一息。

这时，陈老师大步流星走进教室，对宁融儿道："宁融儿，你妈妈来电话了，让你赶快去校门口，她来接你。"

宁融儿愣了愣："陈老师，怎么回事呀？"

"你爷爷突发心脏病，快去医院看看他吧！"

宁融儿尖叫着跑出了教室。

陆粥粥早就警告过她了，不要口出恶言，不要刻薄，她就是不听，越是刻薄的人，运气越会变得很糟糕。

今天陆怀柔不在家，要去剧组拍戏，很晚才会回来，陆粥粥特意请蒋清霖来家里玩。

因为是好朋友，所以陆粥粥毫无防备地对蒋清霖说："爷爷家超大，有地下游泳池，换衣服的房间也是整整一层楼，浴缸也好大好大，花园里有烧烤架。对了对了，周末可以来家里烧烤呀！”

蒋清霖也很配合陆粥粥，时不时发出一惊一乍的感叹声，更让陆粥粥表现欲十足。

两个小姑娘正手牵手走过小树林，突然听到里面传来了男孩的哭声，似乎还有打斗声。

俩人同时停住脚步。

蒋清霖拉了拉陆粥粥的衣袖，小声说：“有人好像在打架，咱们快走吧。”

“去看看。”陆粥粥弓着腰，小心翼翼地拨开树丛，看到几个高个子男孩将景哲和景绪兄弟俩堵在了无人的林荫路边。

“我……我们没有钱！”景哲一边哭，一边说，“我们真的没有钱了。”

“你们家这么有钱，怎么可能不给零花钱？”

“真的没有，今天妈妈过生日，我和弟弟全部的钱都给妈妈买生日蛋糕了。”

陆粥粥注意到，路边果然有一个生日蛋糕盒。

“胡说，肯定还有剩下的，交出来我们就不打你了！”

“真的没有了！”

“我看你们是敬酒不吃吃罚酒！”高个子男孩一把揪住景哲的衣领，将他推搡进了花圃。

陆粥粥认识那个高个子男生，他叫周壮，是附小三年级的学生，家里有权有势，所以在学校里，他经常欺负同学。

蒋清霖拉了拉陆粥粥的衣角，小声说道：“粥粥，我们……我们快走吧！”

陆粥粥不是那种莽撞的小孩，知道眼下如果自己出去，肯定还会连累蒋清霖。

这种情况最好就是赶快去找大人过来！

陆粥粥拉着蒋清霖准备跑，就在这时，身后传来一声沉闷的惨叫。

陆粥粥回头，看到周壮倒在地上，痛苦地捂着额头，额头上出现了一块淤青。

景绪挡在景哲身前，手里拿着一块大石头，喘着粗气，恶狠狠地望着周壮。

到底都是些小孩，其余孩子见此情形，吓得四散着跑开了。

周壮见身边的小孩都跑掉了，艰难地爬起来，捂着额头放狠话："你们……你们给我等着！"

景绪将景哲从地上拉了起来。

景哲还在一个劲儿抹眼泪，抽泣着："完了，真的完了，呜呜，他肯定会告家长，咱们完蛋了！"

景绪将石头扔到了草地上，默不作声地走到路边，捡起了地上的生日蛋糕。

蛋糕已经被摔坏了。

他的眉头蹙了起来。

"还有钱吗？"他回头问景哲。

景哲哭着说："没……没有了呀，我一分钱都没有了。"

"蛋糕摔坏了，"景绪淡淡地道，"要想办法再买一个。"

"咱们快回家吧！"景哲害怕极了，"别管蛋糕了！我害怕！"

"你先回去，我再想想办法。"景绪对他说道。

景哲一边擦眼泪，一边往家的方向走去。

蒋清霖也被刚刚的情形吓着了，对陆粥粥说："粥粥，今天我就……就不去你家了吧，改天我再来，我想回家了。"

陆粥粥看着渐晚的天色，点了点头："我送你吧。"

"没事，我来的时候和我哥说过了，让他就在小区门口等我。"

陆粥粥将蒋清霖送到小区门口，恰好看到景绪也走出了小区，朝商业街走去。

陆粥粥好奇地一路跟着他，她很想知道景绪在身无分文的情况下，究竟有什么办法给妈妈再买一个蛋糕。

很快，他来到了一家蛋糕店门前。

陆粥粥知道这家蛋糕店是一个阿姨开的，虽然店铺特别小，但是阿姨的手艺很好，远远超过了周围其他的蛋糕店，而且价格也很实惠。

蛋糕店里，有个小朋友在抓耳挠腮地做奥数题，像是蛋糕店阿姨的孩子。

小孩的练习本上全是叉，阿姨手里拿着奶油棒，格外烦躁："这么简单的题你都不会做吗？"

小孩将铅笔一扔，气呼呼地说："就是不会做嘛，那你给我讲啊！"

阿姨扔下蛋糕模具，走到桌边，看了看小孩的题目："有一个三位数，如果减去 4，所得的数可以被 4 整除；如果减去 5，所得的数可以被 5 整除；如果减去 6，所得的数可以被 6 整除；如果减去 7，所得的数可以被 7 整除，请问这个数是多少……"阿姨读完之后，也傻了，嚷嚷道："这是小学生的题吗？"

小孩嘟囔："这就是小学奥数题，你都不会，还要我做对！"

阿姨看着孩子练习本上的红叉，伤脑筋地叹了口气。

这时，景绪走进了蛋糕店。

阿姨连忙迎上去："这不是刚刚来买蛋糕的小朋友吗？怎么，还有事？"

景绪如实说道："阿姨，我的蛋糕被摔坏了，我还想再要一个。"

"哦，这没问题，我正好这会儿闲着，再帮你做一个，大概需要一个半小时，能等吗？"

"没问题，只是……我没钱了。"

"没钱了？"阿姨为难地说，"小朋友，蛋糕我总不能白送你吧，阿姨也是开门做生意的，是吧？"

景绪看了看桌边抓耳挠腮的小朋友，说道："但我可以帮您辅导您儿子的数学题。"

蛋糕店阿姨闻言，眼睛里立刻有了光，不过又有些怀疑："可……我儿子今年小学五年级啊，你行吗？"

看景绪的年龄，最多不过二年级，他能做小学五年级的奥数题吗？

景绪走过去，看了看练习本上的题目，思考了几秒钟，甚至都不打草稿，直接拿起笔，写了一串公式："这样解，会简单很多，能看懂吗？"

小男孩连忙翻了翻参考答案，愣愣地说：“做……做对了！”

阿姨心花怒放，连忙说：“那行！这一个半小时，你帮我儿子辅导功课，我帮你做蛋糕！这蛋糕就当辅导费！”

景绪点了点头，也没有废话，直接坐下来，拿起笔开始给小孩讲解奥数题。

陆粥粥趴在玻璃门边看着他。

他讲解题目深入浅出，似乎比老师讲得还要好。

小男孩一边听，一边若有所思地点头，似乎是真的听懂了。

陆粥粥眼中，金色玫瑰在景绪肩膀上缓慢地旋转着。他虽然年龄小，但气质很沉静。

他好厉害呀！

景哲被吓得躲在房间里不肯出来，直到妈妈在楼下喊，说陆粥粥来找他玩了，他才从门后探出头来。

赵思嘉对陆粥粥说道：“不知道这小子怎么回事，一回家就躲在屋子里，不肯出来。”

陆粥粥猜测，景哲并没有把今天发生的事告诉赵思嘉。

“粥粥，待会儿晚上留下来吃饭，阿姨今天过生日，请你吃生日蛋糕。”

“祝阿姨生日快乐，永远年轻！”

“小姑娘嘴真甜。阿姨最大的遗憾啊，就是没生个像你这样聪明伶俐的女儿。”

“阿姨，景绪哥哥回来了吗？”

“还没呢，不知道那小子又野到哪儿去了。”

二楼的楼梯边，景哲看着陆粥粥，低声嘟囔了一句：“又来找景绪……”

就在这时，门外传来了砰砰砰的敲门声：“赵思嘉，你给我出来！”

赵思嘉去开了门，只见一个卷发女人领着自己的孩子找上门来，在篱笆门外的街道边嚷嚷起来："你养的好儿子，下手可真狠啊！看把我们家壮壮打成什么样了！"

赵思嘉认得这个女人，她叫刘春雪，也住在这个小区，她的儿子叫周壮，比景绪、景哲大几岁。

"这是怎么回事啊？"

"你儿子做的好事！我们家壮壮在家里，那是他爷爷奶奶宠着长大的，我们连他一根手指头都舍不得碰，你儿子倒好，直接给他脑袋开瓢了！"刘春雪指着赵思嘉嚷嚷道，"我告诉你，我儿子要是有个三长两短，我跟你没完！我要你儿子偿命！"

赵思嘉被吓得不轻，连忙将景哲叫了出来："景哲，这到底是怎么回事？"

景哲哆哆嗦嗦地从门口走出来，看了周壮一眼。周壮额头上贴着一块纱布，眼神却很凶狠，威胁地瞪着他。

景哲一下子就哭了："不……不是我做的，是……景绪……景绪打他的……"

"景绪呢？"

"不……不知道。"

赵思嘉急了："你们一块儿放学回家，你怎么不知道？"

"我……我就是不知道！"

刘春雪抱着手臂，说道："反正我就在这儿等着那个小浑蛋回来。今儿这么多邻居看着，我告诉你，这事儿没完！"

"刘女士，请你嘴里放干净一些，事情还没弄清楚，如果你再这样，我就报警了。"

"报警好啊，正好让警察过来，把行凶的家伙抓走！"

景哲"哇"的一声大哭起来："我没有，不是我！我不要被抓走！"

刘春雪摆出一副得理不饶人的姿态，强硬地说："看吧看吧，这就是不打自招了。"

"我没有！我没有！"

就在景哲哭得伤心的时候，景绪提着蛋糕盒，沿着街道走了过来。

夕阳笼着他的身影，给他镀上了一层淡金色。

看到景绪，赵思嘉连忙道："景绪，这到底是怎么回事？是你打的人吗？"

景绪如实道："是我。"

"为什么？"

"他活该。"

刘春雪气得脸上肌肉都在抽动："看看，这就是你教出来的好儿子！嘴里就没好话！"

"景绪！"赵思嘉斥责道，"好好说话！为什么要欺负同学？"

景绪望向哭哭啼啼的景哲，问道："你没有告诉他们，我为什么动手？"

景哲一个劲儿摇头，身形抽动，都快哭出猪叫声了。

"我在问你，你不要看哥哥，"赵思嘉严厉地说，"到底为什么欺负同学？"

"景绪才没有欺负同学呢！"陆粥粥实在忍不住了，站出来说道，"我都看见了，是周壮带一帮男生抢钱，还欺负人家，所以景绪哥哥才打他的！"

此言一出，看热闹的邻居开始议论纷纷。

抢钱的性质可比小孩打架严重多了，这属于是抢劫啊。这么小，学会这样的"强盗行为"，将来长大了可怎么得了！

刘春雪当然不会承认自家孩子"抢劫"，于是骂道："哪里来的野丫头，胡说八道！我老公是开公司的，我们家豪车都有三辆！我儿子怎么可能问别人要钱？"

"我没有胡说，我亲眼看见了！"陆粥粥说道，"是周壮带一帮男生拦路抢钱，景绪哥哥的钱都买蛋糕了，他们就欺负景哲。景绪哥哥怕景哲挨打，所以才拿石头砸了周壮！"

小姑娘思路清晰，口齿伶俐，不像在胡编乱造。

刘春雪脸色都变了，指着陆粥粥道："你胡扯，你们串通好了，小小年纪就满口谎话！"

陆粥粥可不是什么善茬，谁要是欺负她、欺负她的朋友，她绝不饶人："你这么大把年纪了，还对真相视而不见，只知道一味护着自家孩子，谁知道你孩子以后会成什么鬼样子！那些危险的大人，大多是小时候家长教育出了问题！”

“你……你个小丫头片子，还敢教训我了！”

刘春雪气得失去了理智，扬手就要打陆粥粥。

景绪率先一步，挡在她的面前，推开了她。

“说归说，你对孩子动什么手！”赵思嘉走过来，将陆粥粥和景绪护在身后。

“我告诉你们，周壮的几个朋友都可以做证，是景绪无缘无故动手打人的。”刘春雪叉着腰，理直气壮地说，“学校里谁不知道，你们家景绪是个内心阴暗的怪小孩，一个朋友都没有！他肯定有暴力倾向！”

“你胡说！”赵思嘉都快被气哭了，“他只是不善于和人交往，但他不是坏孩子！”

“我可以给景绪哥哥做证。”陆粥粥继续道，“我当时亲眼看见了，我的朋友蒋清霖也看见了，我们都可以做证！”

刘春雪冷笑道：“谁知道你们是不是串通好了撒谎呢？”

陆粥粥顺水推舟道：“那谁又能证明，你刚刚说的那几个小孩不是在撒谎呢？”

“你！”刘春雪一时语滞，“好你个伶牙俐齿的小丫头，不管怎么说，我儿子现在被打了，景绪也承认是他动的手，这事儿你们总要负责任吧。”

赵思嘉说：“那你想怎么样？”

刘春雪是第三者上位，傍了大款才搬到这个高档小区，早就看不惯书香门第出身的赵思嘉，总想挑衅她，奈何赵思嘉从来不接招。这会儿好不容易逮着机会，她一定要让赵思嘉颜面扫地。

“医药费五万块，让你儿子当众向我儿子鞠躬道歉！不然这事儿没完！”

“医药费，我们可以出，但是道歉，还得弄清楚了情况再说。如果我儿子主动寻衅，我一定让他道歉；但是如果事情真的像粥粥说的那样，我也不会放过周壮的。”

刘春雪显然有些心虚，眼神闪躲，说道：“那你说要怎么证明？”

“邻居们都知道，我大儿子景哲素来宽厚、心地善良，从不会说谎。”赵思嘉将景哲拉过来，擦掉了他脸上的泪痕，柔声说道，“景哲，妈妈问你，事情到底是怎么回事？”

景哲看了周壮一眼，周壮朝他做了个抹脖子的威胁动作。

景哲哆嗦了一下，颤声道：“我……我不记得了。”

“怎么会不记得了呢，刚刚发生的事啊！”

“我真的不记得了。”景哲痛苦地说，“妈妈，这件事可不可以就算了，我……我可以代景绪道歉，让我做什么都可以，只要你们不再追究了。”

赵思嘉听到这话，心里也开始犹疑了。她知道自家老大怯懦，以为真的是景绪先动手的：“算了算了，你又没做错事，道什么歉，回屋去吧。”

景哲转身朝家门走去，陆粥粥一把拉住了他的手腕，一字一顿，沉声问：“你为什么不把事情的真相说出来？”

“粥粥妹妹，我真的不记得了。”

“你骗人！”

刘春雪将周壮推了出来，冷笑着对景绪道：“看吧，你哥哥明显心虚了。你快跟我儿子鞠躬道歉，否则，咱们派出所见！”

赵思嘉当然不愿意闹到派出所。

“小绪，跟周壮道歉吧。”

如果一句道歉可以平息此事的话，是最好不过的。

景绪转头，望向赵思嘉，神情有些讶异，说道：“妈，我没错。”

“道歉！”

景绪固执地说道：“他在撒谎，我没错！”

“道歉！”

赵思嘉眼圈已经红了。

景绪太阳穴隐隐跳动，拎着蛋糕丝带的手背，暴起了青筋：“我没错。”

周围邻居对景绪投来了意味深长的目光，低声议论着。

这个孩子本来就很孤僻，平时就浑身上下都散发着阴沉沉的冷气，又不爱说话，情急之下做出一些过激的举动，不足为奇。

“景绪，道歉吧。”

“知错就改才是好孩子。”

“是啊，你还小，做错了事还有改正的机会。”

陆粥粥绷不住了，眼睛红了一圈。

她一把抱住了景绪的手臂，冲周围的人大喊：“他没有做错！就是不道歉！我不准你们欺负他！”

陆粥粥绝对不会让任何人伤害他一分一毫！

周围搞不清楚状况的邻居，议论纷纷。

“你这小丫头，做错了事就该道歉呀。”

“当心告诉你爷爷，让他揍你！”

“我爷爷才不会呢！如果他在的话，一定会相信我的话！”

景绪见陆粥粥含着眼泪，着急地为他辩解，心里莫名一阵刺疼。他走过来，按了按她的肩膀，把她拉到自己身后：“小蝴蝶，你先回家。”

“你叫我什么？”

他沉声说：“听哥哥的话，先回家。”

“我不！”她紧紧抱着他的手臂，眼泪鼻涕都蹭他的袖子上，“我是你这边的。”

周壮冷笑，冲他们做鬼脸：“两个骗人精一起玩。”

她抬起头，恶狠狠地瞪着周壮。欺软怕硬的周壮就像一只豺狼，面目可憎。

豺狼原本懒洋洋地趴着，忽然，它像是感受到了威胁，开始瑟瑟发抖，无精打采地躲了起来，宛如一条受惊的小狗。

陆粥粥抹着眼泪，喊道：“说谎的小孩，要吞一千根针。”

“哎哟！”周壮忽然捂着肚子，弯下腰，大喊道，“我肚子疼！”

刘春雪一下急了：“怎么了，儿子？怎么会好端端的肚子疼呢？”

“好痛！啊啊啊，痛死我了！”

“妈妈这就送你去医院，你坚持住啊！”

“好痛啊！肚子好痛啊！”

一刻钟后，救护车到了，医生初步诊断，是急性阑尾炎。

这件事就这样收场了。

经过这场闹剧，赵思嘉自然没有心情过生日了，严肃地说："景绪、景哲，回房间，妈妈有事问你们。"

景哲哆哆嗦嗦跟着赵思嘉进屋，哭着说："妈妈，我错了，对不起！"

景绪却没有立刻离开，而是回头看了陆粥粥一眼。

小姑娘脸上也满是泪痕，呼吸还没有平复，身子微微颤抖。

"别哭了。"

陆粥粥一抽一抽地说："你……不要难过，我……我永远站在你这边。"

景绪犹豫了几秒钟，然后从兜里掏出纸巾，仔细地给她擦了擦脸蛋："妈妈今天不高兴，所以不能请你吃蛋糕了。"

陆粥粥低头看着他手里的奶油蛋糕："没关系，粥粥不馋。"

景绪的手落到她的肩膀上，小蝴蝶轻轻地触上他的指尖。他嘴角轻轻扬了扬："陆粥粥，如果妈妈不扣我下周的零花钱，我就给你买巧克力……"

第四章

粉了爷爷对家

周壮突发急性肠炎，在医院里住了好几天。

再来学校，他整个人仿佛瘦了一大圈，形容憔悴。但这件事似乎并没有给他教训，他在学校里四处散播谣言，导致很多同学都在议论景绪伤人的事。

课间，张虎转过头来，对后排女生神秘兮兮地说：“三年级的那个景绪，你们女生看见他，一定要离他远些呀！听说他有暴力倾向，会无缘无故打人呢。”

女孩们纷纷道：“好可怕呀。”

“听说他是年级第一。成绩好的同学也会打人吗？”

张虎郑重地说：“当然啦，他没有朋友，是个怪小孩，没有人跟他玩，说明他很坏。”

“听说他把周壮揍进了医院，在医院住了好几天呢。”

陆粥粥放下笔，说道：“是周壮先欺负人，还拦路抢钱呢。”

“真的吗？”

“你怎么知道呀？”

陆粥粥认真地向大家解释：“我亲眼看见的，当时蒋清霖也在，我们都看见了！”

蒋清霖正专心致志地贴偶像陆怀柔的大头贴，闻言，连声附和道：“没错，我看见了，景绪不是坏小孩，周壮才是！他就是个抢劫犯！”

“原来是这样。”

同学们若有所思地点点头。

上课铃声响起，小朋友们规规矩矩地等待老师来上课。

班主任陈老师走进教室之后，并没有急着上课，而是用非常温和的语调告诫同学们：“现在大家还小，最好不要和高年级的同学接触。如果有高年级的同学欺负你们，你们一定要第一时间告诉老师，知道吗？”

小朋友们齐声回答：“知道了。”

陆粥粥感觉陈老师的话似乎意有所指。这件事肯定给景绪带来了不好的影响。

放学之后，陆粥粥去一年级的教学楼层，找到了景哲。

景哲穿着一件绿色的小球服，越发显出壮实的体态。他背着小书包，远远地向陆粥粥跑来：“粥粥，你来找我玩啊？”

陆粥粥开门见山道：“景哲，我想问问你，那天晚上周壮妈妈找来的时候，你为什么说不记得当时的情况？”

景哲脸上的笑意渐渐消失了，他眼神闪躲，低头说道：“我本来就不记得了嘛，当……当时我太害怕了。”

陆粥粥一眼就看出景哲在说谎。

“你明明记得，当时是周壮向你和景绪要钱，你们的钱都买了生日蛋糕，所以周壮才会把你推到地上，景绪是为了保护你，才拿起石头砸了他。”陆粥粥不依不饶地说，“我都记得事情的经过，你怎么会忘呢！”

景哲越发心虚，根本不敢看陆粥粥的眼睛：“你……你会不会觉得我是说谎的坏小孩，不和我玩了？”

陆粥粥：“除非你告诉我说谎的原因。”

景哲紧皱着小眉头，叹了一口气，说道：“我不能说实话，如果我把事情的经过说出来，周壮肯定不会放过我和景绪，以后会变本加厉地欺负我们。”

陆粥粥没想到会是这个原因：“但……但你可以告诉家长，告诉老师呀！”

“没有用啦。”景哲泄气地说，“妈妈保护不了我和弟弟，老师也不能。”

陆粥粥不解，追问道：“为什么？”

老师明明就是这个世界上最有学问的人，也是最有能力的人，就像班主任陈老师，当她张开双臂的时候，宛如一只芦花鸡，保护着小朋友。

景哲痛苦地摇了摇头：“不行的，谁都保护不了我们。”

他到底年纪比陆粥粥大一些，更成熟一些，对陆粥粥解释道：“周壮家里有权有势，我们家惹不起他。”

“有权有势是什么意思？”

“就是……大家都怕他的意思，连老师都怕他。”

“不可能，”陆粥粥摇头，“老师怎么可能怕周壮？老师什么都不怕。”

“你不懂，你和景绪都不懂，妈妈明白的，所以妈妈才让景绪道歉。只要道歉就好了，不会有其他的麻烦，这是最好的结果。”

陆粥粥的眉头紧皱。

景哲的话，她一句都听不懂，但是她隐约感觉到，景哲说谎并不是存了坏心，他也想用自己的方式保护家人。但是，陆粥粥没有办法就这样过去。

明明就是周壮的错，凭什么让景绪哥哥背锅，还被同学们这样误会？

傍晚时分，陆粥粥趴在篱笆墙边写作业，看着景绪一个人沿着街道走过来。

他似乎总是一个人，就连平时上学、放学，都不和景哲一起。

景哲性格开朗又温柔敦厚，在学校里人缘很好，他有自己的小伙伴，经常约着一起上下学。

景绪没有朋友，总是孤零零的。

陆粥粥反而觉得，是因为“小玫瑰”太优秀了，才让其他小朋友对他产生了可望而不可即的感觉。可优秀本身并没有任何错处呀。

“景绪哥哥！”陆粥粥一跃而起，叫住了他，“过来过来！”

她朝他招了招手。

景绪朝她走了过去，说道：“我妈扣了我一个月零花钱，巧克力暂时还没有，不过我会想办法给你买的。”

“哎呀，那个没关系，我有问题要问你。”

“问。”

陆粥粥看他单手插在兜里，样子酷酷的，笑着说：“你看过《名侦探柯南》吗？”

“看过。”

“那你看过大侦探福尔摩……摩……”小姑娘抓耳挠腮，偏偏就记不住最后一个字了。

景绪补充道：“福尔摩斯。”

“对！福尔摩斯！”

“你想说什么？”

“周壮的事，明明是他不对，现在大家都相信他，说你是坏人。我想像柯南和福尔摩斯一样，调查事情的真相，因为真相……因为真相……”

景绪继续补充：“真相只有一个。”

“没错！”陆粥粥说出了《名侦探柯南》里面的台词，“真相只有一个！”

“景绪哥哥，你想证明自己的清白吗？我们可以合作！”

景绪虽然不甘心被冤枉，这段时间也是满肚子火气，但是……

比起把时间浪费在这样的事情上面，他不如多解几道奥数题，或者看看物理书。

“你们预备班很闲吗？”景绪问道，“没作业？”

“有的。”陆粥粥拿起篱笆墙上的一只乌篷船叠纸，对景绪道，“今天的家庭作业是做手工。我叠了一只乌篷船，好看吗，景绪哥哥？”

景绪面无表情地睨了一眼那只乌篷船，还煞有介事地思考了一下，为什么自己从没做过这样的家庭作业。

哦，对，他没上过预备班。

五分钟后，陆粥粥牵着景绪的手来到了“案发现场”，也就是当时周壮拦路抢劫的那条林荫小路。

景绪不知道自己为什么跟着她来，但……就是鬼使神差地跟着来了。

“福尔摩斯探案的时候，都会察看现场呢！他总能在现场发现蛛丝马迹！”

陆粥粥从包里摸出了一个放大镜，开始有模有样地“勘察”现场。

找了几分钟，陆粥粥并没有发现任何可疑的东西。

林荫路早已经不再是一周前的样子了，环卫工每天早上都会清扫落叶和垃圾，不可能留下任何有利于“破案”的线索。

陆粥粥泄气地说：“破案好难呀！为什么福尔摩斯和柯南每次都能找到线索呢？”

景绪淡淡地道：“智商问题。”

“你是说我很笨吗，景绪哥哥？”

“你自己觉得呢？”

陆粥粥拿着放大镜，走到他身边，嘟囔着说：“我成绩也很好的，上个月还考了班级第一呢。”

“考手工吗？”

“才不是呢。”陆粥粥噘嘴道，“手工这么简单，有什么好考的，当然是考更有技术性的啦！”

“哦，数学？”

“考橡皮泥！我用橡皮泥做了一栋别墅，陈老师说我做得很棒！”

景绪：“……”

预备班的世界，他真的不懂。

陆粥粥拿着放大镜，继续四处寻找线索。

本来景绪只是跟着小姑娘出来散散心，不过见她如此认真，他也开始观察四周。

一抬头，景绪立刻便发现了端倪。头顶不正挂着一个摄像头吗？

陆粥粥攥着景绪的衣袖一路狂奔，来到物业管理中心。

管理中心的值班阿姨对他们说："调去监控是可以的，但是必须获得相关部门许可，而且得是大人来。我不可能给你们两个小孩放监控，叫你们的爸爸妈妈来吧。"

陆粥粥气都还没有喘匀，听到这句话，又和景绪匆匆赶回家。

他们进门遇到了景哲，他正蹲在门边逗院子里的一只金毛，看到景绪和陆粥粥同时回来，有些惊讶："你们……怎么一起回来的？"

陆粥粥是个喜怒形于色、藏不住话的小姑娘，开心地说："我们找到证据了，原来那天的'案发现场'有监控，只要拿到监控录像，就可以证明周壮在说谎！我们现在要去找赵阿姨，一起去拿监控录像。"

听到这个消息，景哲似乎并没有如陆粥粥那般高兴，望着景绪，说道："都已经过去这么久了，周壮也没有再找我们麻烦了，这件事就不能算了吗？"

景绪其实心情挺好的，毕竟谁都不愿意被污蔑，尤其他又是个心性高、极骄傲的男孩，找到可以证明自己清白的证据，他当然高兴，但是景哲这番话，给他泼了一盆冷水。

"为什么要算了？"他冷声问道。

"明明事情都已经过去了，干吗揪着不放，我们现在这样不是很好吗？"

景绪漆黑的瞳子看着他，质问道："哪里好？"

陆粥粥也小声嘟囔："敢情学校里被污蔑、被说闲话的人不是你。"

"你也要为妈妈考虑一下啊，如果这件事闹出去，让周壮妈妈没面子，她肯定会处处针对妈妈的。她们还在同一个业主委员会呢，抬头不见低头见的。"景哲端起了做哥哥的架子，义正词严地教训他，"景绪，你不能总想着自己吧。"

陆粥粥也噤声了。她平时伶牙俐齿，可是每次面对景哲的时候，总是被堵得哑口无言。

景哲总有一番大道理，而且听起来好像都很正确，但是陆粥粥很不喜欢他的大道理。

她看向景绪。这是他自己的事情，由他自己来决定，旁人无权干涉。

景绪紧攥了拳头，低头思考了片刻，说道："我不甘心。"

这四个字，说得格外压抑。

陆粥粥能感觉到他的不甘，她就是喜欢他这不认输的劲儿。因为她也是这样的人。

景绪错开兄长，迈步进屋，去找赵思嘉了。

景哲摇头，叹了口气，说道："景绪从小就是这样任性，只想自己，不会考虑他人。"

陆粥粥想了想，对景哲说道："我爸爸说，小孩就应该做小孩该做的事，我们只负责把真相说出来，该怎么处理是大人的事。"

景哲反驳："可是我们也要为大人考虑呀。"

陆粥粥又思考了一下，道："大人如果还需要小孩为他考虑事情，那这个大人岂不是很失败吗？你处处为大人考虑，可能有大人考虑得周全吗？"

陆粥粥把景哲俘得哑口无言，只是愣愣地看着她。

"粥粥，你觉得我做错了吗？"

陆粥粥如实道："我不知道，我只知道，景绪没有错。"

他不应该承受众人的非议。

赵思嘉听景绪说了前因后果，赶紧去找有关部门，获得许可后去物业管理中心调出了监控录像。

监控录像显示，景绪没有说谎，是周壮先推搡了景哲，将他推在草丛里，还让一众高年级的男同学对两兄弟动手，景绪在情急之下，才拿起石头砸了周壮的脑袋。

赵思嘉气得发抖，立刻找到刘春雪，当着一众邻居的面播放了视频。

刘春雪颜面扫地，在邻居们的一片谴责声中，把周壮叫出来，让他当众向景绪道了歉。

这事还没完。蒋清霖，号称“小报告女王”，一点儿小事都要跑去跟老师汇报情况。

所以蒋清霖知道这件事之后，立刻拉着陆粥粥去了教务处，汇报给了教务处主任。

虽然霸凌事件不是发生在学校里的，但是最近学校也有不少关于这件事的风言风语；而且事件的几个当事人都是学校的学生，所以学校也不可能对这件事坐视不理。

教务主任当下便用广播对周壮进行了全校通报批评，并且一再重申，附小绝不允许发生校园霸凌事件，如果再有高年级的同学欺负低年级的同学，学校将作开除处理，还要报警，让警察叔叔来教训他们。

周三，学校里组织小朋友去会展中心看拒绝校园暴力的科教片。在科教片的最后，陆粥粥竟然看到了那天在星光广场送她去派出所的神仙哥哥。

神仙哥哥是“拒绝校园暴力”的宣传大使，在科教片里，温柔又耐心地告诉小朋友们：“遭遇任何形式的暴力，一定要第一时间报告老师和家长，千万不能因为害怕，就替施暴者隐瞒。”

神仙哥哥不仅长得好看，还这么温柔，这么有爱心，重要的是，在陆粥粥最无助的时候，他向她伸出了援手！

这是多么好的神仙哥哥呀。

陆粥粥身边的蒋清霖却发出了不屑的一声：“哼！装！”

陆粥粥不解地望向蒋清霖：“你干吗？”

蒋清霖一边在田字格上歪歪斜斜地写作文，一边嘛嘴道：“讨厌杨曳，太装了！”

“人家招你惹你了？”

“他没招惹我，但是，”蒋清霖叉着腰说，“他是我偶像陆怀柔的对家，就是我们‘草莓’的死对头！”

陆怀柔喜欢吃草莓，所以陆怀柔的粉丝都以“草莓”自称。

“可是杨曳哥哥是很好的人啊！”

“哼，我只知道，他和我们家哥哥势不两立。”

陆粥粥好奇地问蒋清霖：“那你喜欢陆怀柔什么？”

“《大明探案录》你看过吗？”

陆粥粥摇摇头。

“这都没有看过。”蒋清霖如数家珍地道，“我特别喜欢陆怀柔在《大明探案录》里面演的神探锦衣卫，他好聪明，屡破奇案。哥哥是天底下第一聪明人。”

“呃……”

陆粥粥其实想说，陆怀柔一点儿都不聪明，有时候还冲动易怒。不过小孩的喜欢和讨厌都特别简单，他们也很容易把角色和演员本人混为一谈。

“陆粥粥，我们是好朋友，你跟我一起喜欢陆怀柔吧？”

“为什么我要喜欢他？”

“总要有一个偶像，这样我们就可以向他们学习了。”

“那我……我还是向杨曳哥哥学习吧。”

杨曳可比陆怀柔靠谱多了。

陆粥粥看着屏幕上阳光帅气的杨曳，想到那晚他对自己的帮助，陆粥粥当下宣布：“我决定了，我的偶像是杨曳哥哥！我要像他一样当一个善良的人！”

“那你周末会去看杨曳的新电影吗？”

“他有新电影吗？”

“对呀。”

“这个周末，陆怀柔和杨曳的电影同一天上映。妈妈答应我，只要我写完两篇作文，就带我去看陆怀柔的电影！”蒋清霖继续努力地写作文。

书房里，陆怀柔正拿着平板电脑，看艾伦发给他的新片预告。

艾伦一连发来了好几个愤怒的表情：“杨曳那个浑蛋！明明是咱们先定档，杨曳居然把他的新片也定在了这个周五，看来是故意要和咱们打对台了。”

“是不是故意，难说，”陆怀柔淡淡地道，“不过，正好借机一较高下。”

艾伦分析道：“杨曳的电影《遮日》是烧脑悬疑题材的，票房一贯不好；咱们的《滑行者》是科幻超级英雄题材，能吸引年轻人和小孩，他不是咱们的对手！”

陆怀柔听到楼下传来小丫头的脚步声，掐灭了烟头，说道：“就这样，我孙女回来了。”

“哎，对了，这周五的首映礼见面会定在乐语影院了。”

“随便。”

陆怀柔放下平板电脑，打开窗户，将房间里的烟味驱散。

陆粥粥一口气跑上二楼，冲到陆怀柔面前。

“爷爷今天帅破天际，帅出银河系！”

“我自己都不信。”陆怀柔一脸冷漠，“说人话。”

陆粥粥嘻嘻一笑，摇着他的手，说道：“周五放学，可不可以带我去看电影呀？”

“周五我有工作，改天吧。”

“爷爷每天都有工作。”

“我是你爷爷，不是你爹，答应给你喂饭，已经相当够意思了，不负责陪玩。”

“喂什么饭，”陆粥粥咕哝，“我又不是狗狗。”

“等你爹回来，让他带你去。”说完，陆怀柔转身进屋。

“蒋清霖妈妈说，只要她写好作文，就带她去看电影。”陆粥粥叹了一口气，低头绞着衣角，“粥粥也练好了字，可是没有人带粥粥去看电影。”

陆怀柔回头，看到小姑娘眼角都红了，黑眸水汪汪一片，仿佛下一秒就要哭出来似的，一瞬间愧疚之情涌了上来。

“粥粥就是没人喜欢的小破孩儿，是孤儿。”

小丫头装可怜的演技也是祖传的，几句话便说得陆怀柔心软了。

“好了好了，我带你去！别说了！”他烦躁地走过来，手在她泪汪汪的脸上一顿乱揉，“谁说你是孤儿？”

“真的吗？爷爷带我去看电影？”

陆怀柔拉长了调子，极度不爽地道："带你去，行了吧。"

小丫头一秒变脸，笑道："那爷爷，现在就要买票了！听蒋清霖说票很难买的！"

陆怀柔摸出了手机，打开购票软件，说道："想看哪部电影？"

"杨曳的《遮日》。"

陆怀柔的指尖蓦然顿住："你给我再说一遍，你要看什么？"

周五晚上，陆怀柔如约在学校门口接到了陆粥粥。既然答应了带她去看电影，他便推掉了所有的活动，专门将晚上的时间空出来。

陆粥粥穿着牛仔背带裙，扎着羊角辫，戴着小黄帽，蹿出学校大门，钻进陆怀柔的车里。

"好开心！去看《遮日》咯！"

陆怀柔翻了个白眼。

他为了陪小姑娘去看电影，推掉首映礼见面会也就算了，偏偏是看对家的电影，真是有点儿对自己的行为无语了！

陆怀柔靠着窗户，懒洋洋地打了个哈欠。想到杨曳那张脸，他就犯困。

"景绪！景哲！"陆粥粥冲窗户外的三人连连挥手，"还有赵阿姨！"

赵思嘉看到陆粥粥，笑了起来："是粥粥呀！是要回家吗？"

"爷爷带我看电影呢。"

"这么巧，我也带他们去看电影。"

"赵阿姨去哪家影院呀？"

"万象城那边。"

"我们也去万象城。"陆粥粥望望景绪，问道，"赵阿姨，一起去吗？"

"这……方便吗？"

陆粥粥看了看陆怀柔，陆怀柔无所谓地道："随便。"说着他将车靠边停下，让赵思嘉母子三人上了车。

车后排特别宽敞，坐三个人绰绰有余。

“麻烦您了，陆先生。”

“没事，顺路。”

过去，陆怀柔和小区邻居没有过多往来，大家都知道他的性子，也不会去打扰他。但陆粥粥搬来还没多久，方圆两百米之内的邻居全认识了。

现在小姑娘走在小区里，知名度比他还高。陆怀柔晨跑的时候，甚至有不认识的老年人跟他打招呼。

“粥粥爷爷出来锻炼啊。”

“粥粥爷爷要不要来下象棋啊？”

“粥粥爷爷会拉二胡吗？”

……

陆怀柔不再是陆怀柔，而是“粥粥爷爷”，称呼的转变也意味着身份的转变。在这些人眼里，他不是万丈光芒的巨星，只是陆粥粥的爷爷。

陆粥粥的到来，为他的生活带来了更多的人间烟火气。

去万象城的途中，赵思嘉接到了单位的电话：“我现在带孩子去看电影，您找别人代课吧！等着我也没办法呀，我现在下班了。”

景哲一听这话，顿觉不妙，担忧地看了看景绪。

景绪倒是没什么反应。

“景绪、景哲，真是不好意思，妈妈学校临时有事，必须过去一趟，下次我们再去看电影，好不好？”

景哲叹了一口气，明显有些失望，但也无可奈何：“妈妈您去吧，我带弟弟回家。”

“妈妈保证，下次一定带你们看电影。”

陆粥粥太明白他们的感受了，家长临时变卦的事，她可遇到过太多次了。满心期待最后落空，真的很难受。

“赵阿姨，您去忙，就让景哲和景绪哥哥跟我们一起去看电影吧，可以吗？”

“这……还是不麻烦陆先生了吧？”

陆粥粥赶紧拽了拽陆怀柔的衣袖，冲他做嘴型：“让景绪哥哥和我一起，求你了，求你求你了。”

陆怀柔无所谓，反正带一个小孩是带，再加两个也不是大事。

“放心，我会把他们安全带回来，”陆怀柔对赵思嘉说，“你忙吧。”

“那真是太感谢您了！谢谢您！”

“不用。”

陆怀柔在路口放下了赵思嘉，然后拉着一车小孩，来到了万象城。

孩子们欢天喜地地进了电影院。

陆怀柔戴上了口罩，压低了帽檐，将自己捂得严严实实，跟在他们身后。

好在景绪和景哲都是特别听话、不闹腾的小孩，就连去上厕所都要向陆怀柔汇报，带着也不麻烦。

相比他们，陆粥粥反而更活泼好动，一会儿去买冰可乐爆米花，一会儿又要跟大海报合影：“爷爷，快帮粥粥拍照。”

陆怀柔拿着手机，站在对家杨曳的巨幅海报前，一脸不爽：“这里这么多海报，你干吗要跟这家伙合影？”

陆粥粥看看海报里的硬汉形象，说道：“咱们不是看杨曳哥哥的电影吗？”

“那也不用跟他合影吧。”

“可是他帅呀。”

陆怀柔更不服气了，指着旁边自己的海报：“这位巨星他不帅吗？不帅吗？”

陆粥粥笑了起来：“哪有说自己巨星的，爷爷羞羞。”

陆怀柔指着自己《滑行者》的电影海报，说道：“小孩子看什么悬疑片，超级英雄电影多好看！我告诉你，这片子全程高能，比什么《遮日》好看一万倍！现在换票还来得及，我保证《遮日》你看一半就能睡着。”

陆粥粥没什么主见，望向景绪：“那哥哥想看哪部电影呢？”

景绪走到海报前，望了眼穿着滑翔衣的超级英雄陆怀柔，分析道：“这部……剧情可能有点儿幼稚，我选《遮日》。”

陆粥粥点头：“嗯嗯，那我们就看《遮日》！”

陆怀柔：“……”

陆怀柔牵着陆粥粥，顺着人流走进了放映厅，将几个小孩安顿在中间的位置上。

当艾伦得知陆怀柔推掉自己的首映礼见面会，竟然是为了带孙女去看杨曳的《遮日》时，他表示遗憾。

艾伦：“怀爷您完了，您再也不是过去那个风一般洒脱的男子了。”

陆怀柔：“说人话。”

艾伦：“您现在彻彻底底沦为孙女奴了！”

陆怀柔：“她哭，我能怎么办！”

艾伦：“哭就哭呗，一巴掌扇过去，啪，再哭又是一巴掌，准闭嘴。”

陆怀柔：“……”

不愧是他的助理。

艾伦：“怀爷我跟您说，小孩就是不能宠，您一宠，她就恃宠生骄。您得严厉，得凶一些，才有威严，才管得住孩子。”

陆怀柔：“真的假的？”

艾伦煞有介事地说：“小孩可不能惯，得凶，您一凶，她就老实了。”

陆怀柔思考着艾伦的话，觉得有几分道理。

他没带过小孩，所以小姑娘想要做什么，他都尽可能满足。现在看来，他应该是宠溺过度了。

陆粥粥拉拉他的衣袖：“爷爷，电影快开始了，我想先上厕所。”

陆怀柔凶巴巴地说：“不会自己找厕所，你说你有什么出息？”

陆粥粥眨巴眨巴眼睛，眼泪掉出来了，跟着抽泣起来。

陆怀柔心里咯噔一下，连声哄道：“乖了乖了，爷爷带你去厕所，好不好？”

陆粥粥抽泣几声，想把眼泪收回去，但是没收住，掉了几颗眼泪。

陆怀柔用袖子给她擦了擦脸，带她去了卫生间。

陆粥粥自己踮起脚洗了手，出来的时候，故意噘着嘴不理他。

陆怀柔抱着手站在门边，心里把艾伦骂了一万遍。这什么破招，就这粉雕玉琢的小团子，他能硬得下心肠打骂？抽他自己还差不多。

要不要道歉，这是一个问题。

陆粥粥经过他身边，用力地“哼”了一声，很有骨气地说：“爷爷如果不想看电影，可以跟粥粥直说。粥粥可以跟蒋清霖和她妈妈一起去看电影，不用麻烦爷爷！”

“喂，生气了？我开玩笑的。”

“讨厌这样的玩笑。”

陆粥粥昂首挺胸走在前面，都不牵他的手了。

陆怀柔追上去：“小孩，别玻璃心啊。”

“人家就是玻璃心！”

陆怀柔笑着走过去，想牵她的手，却被她别扭地甩开。

陆粥粥走了几步，见陆怀柔没跟上来，回头看着他：“干吗？”

“老眼一花，头晕，晕晕晕，不行了……”

陆怀柔这一身演技施展起来如鱼得水，一边装晕，一边偷偷打量小姑娘：“年纪大了，不能受刺激。啊，脑出血。”他也很豁得出去，直接倒在了地上：“不行了，晕了晕了。”

周围路人不住地打量这俩人。

陆粥粥一眼就看出他是装的，赶紧跑到他身边，跺跺脚：“快起来，好丢脸啊！”

“起不来，除非你牵我。”说着，他朝她伸出了手。

“你是不是我爷爷啊，你几岁啊！快起来。”

“牵。”陆怀柔固执地朝她伸手。

周围路人见状，纷纷会心一笑：“小朋友，你就牵一下你哥哥吧。”

“他哪里是我哥哥！他不配！这么幼稚的家伙……”

陆粥粥终于气闷地牵起了他：“好啦，快起来！丢死人了！”

陆怀柔嘴角微扬，就着她的手站了起来，拍拍裤腿：“走吧。”

“电影片头都被你耽搁了！”陆粥粥牵着他的手，一路狂奔着跑进放映厅，“幼稚，幼稚！陆三岁！”

“没大没小！”

陆怀柔和粥粥回到放映厅，艾伦的微信来了：“怎么样，怀爷，这招好使吧！”

陆怀柔："你真敢教。"

艾伦："那必须啊，我没见过猪肉，还没见过猪跑吗？"

陆怀柔："对了，你前三年的带薪假，是不是全攒到今年了？"

艾伦："是的，我准备冬天去北海道旅居。"

陆怀柔："机票买了吗？"

艾伦："没有。"

陆怀柔："那你不用买了。"

艾伦："为什么？"

艾伦发送完消息，系统突然弹出"消息未送达，对方已经不是您的好友"。

艾伦："……"

电影正式开始了，孩子们一边吃爆米花，一边安安静静看电影。

景哲看到一半就睡着了，这类悬疑片不适合他看。

陆粥粥看了看景绪。电影屏幕微蓝的光线映着他英挺的侧脸，他似乎很认真地在分析剧情。

陆粥粥凑近景绪，小声问："景绪哥哥，你看得懂吗？"

景绪道："这个穿蓝衣服的配角是凶手。"

陆粥粥犹豫了一下，问道："为……为什么呀？"

景绪："因为他说话，前后矛盾。"

陆粥粥一点儿也没有看出蓝衣服的配角是凶手，但是这不重要，重要的是杨曳哥哥饰演的警察，真好看！

陆粥粥转身问陆怀柔："爷爷你看懂了吗？"

陆怀柔："这有什么看不懂的。"

陆粥粥："那凶手是谁呢？"

陆怀柔："杨曳。"

陆粥粥："为什么呢？"

陆怀柔煞有介事地说："你不觉得他长得就很像杀人狂吗？"

陆粥粥："……"

这……不带人身攻击的吧。

两个半小时的电影终于完结，陆怀柔伸了个懒腰，总算结束了。然而，他要离开座位的时候，却发现周围的观众都没有起身。

“什么情况，还有彩蛋吗？”

陆粥粥也是一头雾水：“不知道。”

景哲道：“那我们再等等吧，说不定真的有彩蛋呢。”

陆怀柔见几个小孩都坐下来等彩蛋，他也重新坐回椅子上。反正都已经熬了两个半小时，也不在乎这一时半会儿。

电影片尾曲结束，并没有看到剧情彩蛋，但是大幕拉开，杨曳和演员团队意外地出现在放映厅现场。

现场观众一片呼喊和尖叫。

“杨曳！”

“啊啊啊！哥哥！”

“这是什么观影福利！”

“我是在做梦吗？”

陆怀柔：“……”

网上随便买的票，居然是对家的首映礼现场！顿时，他有种深陷敌窝的感觉。

陆怀柔这半生见惯风云，什么场面没经历过。但眼下这种情形，他是真的没有料到。

因为小朋友看电影喜欢坐前排，所以他们的位置很靠前，直直地对上舞台中央的杨曳。

陆怀柔将帽檐往下拉了拉，遮住了半张脸，避免被认出来。

舞台上，杨曳向观众道歉：“要占用大家一些时间，事先没有通知这一场观影就是咱们的首映礼见面会。场次是随机的，这是我的主意，也是为了能更好地了解观众对这部电影的感受，避免任何粉丝滤镜。”

但是很明显，现场不少女孩是他的粉丝，尖叫声一浪高过一浪。

“哥哥，我爱你！”

“真的好喜欢你啊！”

“电影超好看的！”

……

景哲和陆粥粥俩小孩也跟着瞎激动，尤其是景哲，兴奋地大喊：“明星来了，我看到大明星了！”

陆怀柔揉了揉眼角，心说：明星就住在你隔壁，也没见你这么激动。

主持人笑着说：“接下来，我们就请观众来谈一谈对这部电影的看法吧。”

现场不少女孩举起了手。

主持人对杨曳道：“那就请杨曳哥哥选一位幸运观众，来谈谈观影感想，我们也会送上周边礼物和杨曳哥哥的签名照哦！”

现场顿时炸开了锅——

“选我选我！”

“哥哥，看这里！”

“我想要签名。”

……

杨曳微笑着说：“我看到现场好像只有三个小朋友。咱们的电影不太受小朋友喜欢呢，我想先听一听小朋友的看法。”

紧接着，聚光灯和摄像机齐齐地照向了陆粥粥他们这一排。

陆怀柔：“……”

他整个人都瘫在了椅子上，低下头，手捂住了脸。

陆粥粥都没有意识到自己被选中了，当杨曳说现场只有三位小朋友的时候，她还在东张西望地找小朋友。

直到全场观众艳羡的目光扫向她，她才反应过来，自己被点名了。

主持人走过来递上话筒，问道：“小朋友，你们谁要起来聊聊观影看法呀？”

陆粥粥望望景哲，景哲既兴奋又紧张，但是让他在众目睽睽之下发言，他是绝对不敢的，不住地对陆粥粥摆手，示意自己不行。

景绪没什么表情，陆粥粥猜测，他肯定也不喜欢做这样的事。

既然小伙伴都不愿意，陆粥粥只好自己上，接过了主持人递来的话筒。

“我要说什么呢？”

杨曳笑道：“说什么都行，看了这部电影之后，你有什么感受？”

陆粥粥想了想，说道：“我觉得电影很好看呀，但是杨曳哥哥比电影更好看！”

现场爆发出一阵友好的笑声，女孩们纷纷附和：“小朋友说得对！”

陆粥粥嘻嘻地笑着。

陆怀柔白眼都要翻到天上去了。

胳膊肘往外拐的臭丫头，我对你不好吗？

杨曳又继续问道：“我们的电影是开放式结局，不少观众说看不懂，小朋友，你知道谁是凶手吗？”

陆粥粥：“是那个穿蓝衣服的人！”

杨曳：“你是怎么看出来的呢？”

陆粥粥直接将景绪的话原封不动地搬了过来：“是我朋友看出来的，他说这个人说话漏洞百出、前后矛盾，而且不在现场的证据不充分。”

杨曳微笑着鼓起了掌，然后全场的观众一起鼓掌：“小朋友真的很棒。”

“谢谢杨曳哥哥！”

杨曳亲自拿着礼物和签名照，走过来送给陆粥粥。

陆怀柔：“……”

你别过来！

杨曳走到陆怀柔身边，将礼物递过来。

陆怀柔整个人都快缩到椅子下面了。

陆粥粥赶紧起身走到过道边，接过了杨曳手中的礼物：“谢谢杨曳哥哥。”

“咦，你是那天走丢的小朋友？”

陆粥粥受宠若惊地道：“杨曳哥哥还记得我呀？”

杨曳微笑着说：“我怎么会忘呢。”

现场观众有些蒙，低声议论，怎么他们还认识呢？

杨曳走回舞台中央，解释道：“前段时间，这位小朋友走丢了，正好我看见了，带她去了派出所。”

“原来是这样。”

“杨曳哥哥真有爱心。”

“小朋友走丢居然能遇到杨曳，还被送到派出所。”

“这次还拿到了杨曳哥哥的签名礼物。呜呜呜，是我不配吗？”

……

众人越发羡慕陆粥粥了。

杨曳又问陆粥粥：“小朋友，今天是爸爸妈妈带你来看电影吗？”

“不是的，是我爷爷……”

陆怀柔：“……”

陆粥粥看看边上压低帽檐的陆怀柔，改口道：“我和好朋友一起来的。”于是镜头扫到了兴奋的景哲和面无表情的景绪。

“那待会儿结束之后，可要早点儿回家哦！”

“嗯嗯！”

接下来，主持人又邀请了其他观众回答问题，总算镜头不再直直地对着陆怀柔了。

然而，这件事还没有结束。第二天清晨，天还没亮，陆怀柔便被艾伦十几个电话给叫了起来：“怀爷，您又上热搜了！”

陆怀柔趴在床上，揉了揉眼角，道：“这是什么新鲜事？！”

“昨天晚上，您出现在杨曳观影会现场的照片。被人认出来了！现在网上都在议论这事！”

陆怀柔挂掉了电话，打开手机，果不其然，网上铺天盖地都是他乔装打扮被人偷拍的照片。

“这人要不是陆怀柔，我眼睛白长了！”

“陆怀柔惊现对家观影会现场，是道德的沦丧还是有难言的苦衷？”

……

陆怀柔看了一圈，这些都是偷拍的照片。好在没有人注意到他身边的小姑娘，他松了一口气。

评论区也吵得不可开交。

“陆怀柔不去自己的观影会，却跑到对家的观影会现场，难不成有什么惊天阴谋？”

“就是去搞破坏的吧！他那臭脾气，啧。”

“陆怀柔肯定是去探察敌情。”

“他脾气这么古怪，做出什么荒唐的举动，我都不奇怪。”

……

陆怀柔的粉丝可受不了对家这般污蔑。

“说搞破坏的请过过脑子，你们哥哥的观影会不是进行得很顺利吗？”

“再说，一张全遮脸的照片，凭什么断定就是陆怀柔！”

“全世界同样身材比例的人多了去了，你们开透视眼了吧！”

……

双方粉丝争执不下。这几张照片上的人乔装打扮，的确遮了脸，大家猜测他是陆怀柔，也完全凭借身形和气质，没有任何实质性的证据。

艾伦给陆怀柔发微信：“都提醒过您了，一定要小心小心，怎么还是被认出来了？”

陆怀柔：“我怎么知道会买到他观影会的场次？”

艾伦甩给他两张海报合影照片：“观影会是意外，那您跟杨曳海报合影，算怎么回事？”

陆怀柔：“……”

如果他说是被一个五岁小孩胁迫，有人信吗？

艾伦恨铁不成钢：“怀爷，咱能不能有点儿骨气。他是您的对家，不是您的偶像。咱家粉丝跟他家粉丝都已经撕成什么样了，您和他的海报合影，这让粉丝情何以堪？”

陆怀柔不耐烦地说：“爱谁谁，我从来没让粉丝做这些。”

他很早就说过，喜欢他的作品就行了，至于他本人，粉不粉的，无所谓……

他一早给自己的定位就是专业演员。至于他拥有现在的人气，不靠营销，也没有刻意塑造人设，全是因为他的真性情，让他成了娱乐圈不一样的烟火。喜欢他的人不一定看过他的作品，但一定知道他的性格。

艾伦叹了一口气：“行了，就这样吧，反正他们也拿不到证据，咱们闭麦即可，这段时间低调点儿。”

艾伦这句话还没说完，手机提示，陆怀柔发了一条微博：“照片是本人！看个电影怎么了？搞破坏？我是和平主义者。”

艾伦：“……”

这届艺人，真难带！

陆怀柔毫不掩饰的微博声明，反而让网络上的谣言不攻自破。大家都了解他的性格，他已经是超级明星了，没必要在背后搞小手段。

他大大方方地承认，反而让他赢得了不少人的好感。

杨曳破天荒地给他点了赞，并且在底下回复：“我也去看了您的电影，真的很不错！”

很快，陆怀柔回道：“我不信。”

杨曳：“您是我的前辈，我一直很喜欢您，向您学习。”

陆怀柔：“大可不必。”

粉丝：“……”

两人这一番别别扭扭的互动，分分钟便化解了这场风波，也化解了粉丝间的针锋相对。

陆怀柔承认照片是自己之后，陆粥粥意外地进入了粉丝们的视野。

陆粥粥意外走丢，结果让杨曳带去了派出所，这也就算了；看电影又赶上杨曳的首映礼见面会，见到杨曳，还得到了杨曳亲手送出的礼物和签名照；偏偏她赶上陆怀柔百年难得一遇地出现在对家的电影场次，居然还坐在陆怀柔的邻座。

这是什么运气啊！

陆怀柔虽然脾气暴躁了一些，做事冲动了一些，但他绝对是信守承诺的人。

他既然答应了陆粥粥，周末都抽出时间陪她，那么不管工作安排多紧张，他都一定会尽可能提高效率，提早完成工作，然后抽出时间带陆粥粥出去玩。

公园里非常热闹，不少家长带着小孩过来玩。

这个公园算是一个小小的儿童乐园，有秋千，有钓鱼池，还有套圈圈和射击等游戏项目。

陆粥粥和蒋清霖在沙坑里堆沙雕。

陆怀柔走在家长休息椅旁，打了个哈欠，拉了拉口罩，又将帽檐往下拽了拽。

在这里，他不用担心被人认出来，因为周围都是孩子和家长，家长的注意力永远只会放在自家的孩子身上。

陆怀柔打了个懒洋洋的哈欠。

艾伦的微信骚扰无处不在："怀爷，我刚到影视城呢。公司新进艺人的合约需要您签字，您人呢？"

陆怀柔："提前完成拍摄任务，出来放放风。"

艾伦："又在陪您孙女吧？"

陆怀柔："知道你还问。"

艾伦："怀爷，其实这几天，我一直有一个不成熟的想法，也许咱们可以把您是粥粥爷爷的身份公开。"

陆怀柔："为什么？"

艾伦："咱们跟杨曳的比拼，这么多年一直没结果，也许咱们借着这次官宣的机会可以成功转型啊。现在关于爸爸妈妈婆婆的综艺，热度一直很高，粥粥这么可爱，要是咱们这超级爷爷的人设能立起来，兴许是打败杨曳的关键一步呢！"

陆怀柔知道，艾伦是营销方面的天才，否则自己也不可能这么多年一直用他，他提出的这些建议，很有可行性，但是……

陆怀柔："我现在都沦落到靠孙女炒热度了，这几十年白混了？"

艾伦："呃……"

陆怀柔："小艾，是不是嫌带薪假太多了？"

艾伦："当我没说。"

陆怀柔放下手机，抬头便看到，有个胖胖的小男孩总是跑到陆粥粥她们的沙地边搞破坏。

陆粥粥和蒋清霖好不容易堆起来的沙雕，被小男孩一脚踩塌了。他还觉得很有趣，一直守在旁边，只要她们堆起沙雕，他就立刻跑过来踩坏，令陆粥粥和蒋清霖防不胜防。

“鲁运强，你好烦呀！”蒋清霖大喊道，“你再这样，我就叫我妈妈啦！”

鲁运强冲她做了个鬼脸：“告状鬼！”

“讨厌！”蒋清霖都快被气哭了。

陆粥粥抓起一把沙子，朝鲁运强扔过去，打在了他的衣服上。

鲁运强跑过去，抢走了陆粥粥搁在身边的一块腕表。

“还给我，鲁运强，这是爸爸给我买的！”

“不还不还！”鲁运强将腕表扔在一旁的水坑里，“谁让你用沙子扔我的。”

陆粥粥气得直跺脚：“谁让你破坏我的沙雕了！”

陆怀柔见自家孙女被欺负，那还得了，大步流星地朝他们走过去，怒道：“你是谁家小孩！家长呢？”

这时候，一个微胖的女人走出来，慢悠悠地说：“这不是小孩子闹着玩吗？大人没必要参与吧。”

“你家是男孩，欺负我们家女孩，这也是闹着玩？”

女人笑着说：“那还不是因为喜欢你们家孩子，这才欺负她嘛！你看周围这么多小孩，他没去欺负别人啊！你们家孩子这么小就这么受欢迎，你该高兴才对啊，至于这么着急上火吗？”

陆怀柔的嘴角冷冷扬起来：“你说得也有道理。”

“是吧。”

“喜欢你才欺负你。”陆怀柔走过去，一副打算教育一下鲁运强的架势，嘴里还说着，“我也挺喜欢你们家小孩的。”

鲁运强见状害怕，一屁股坐到了水坑里。

第五章

三千字申请书

女人见状，气得脸色铁青：“你一个大人，居然欺负小孩子！”

陆怀柔捡起水里的腕表，用纸巾擦了擦，懒得理她。

这个女人见他不搭理自己，于是大声嚷嚷起来，想把周围家长都引过来帮她评理：“来看看啊，大人欺负小孩子，有没有天理了！”

周围家长都知道鲁运强爱欺负人，公园里的小孩大多被他欺负过，所以没有人搭理她，甚至低声议论着，说他活该。

“做人不能太双标了。”

“你儿子可以欺负别家小孩，别人不能欺负你儿子啊！”

“就是，我看这是大快人心。”

……

女人气得眼冒金星，拿出手机，嚷嚷道：“好！你等着！我报警了！让警察来评理！”

“报警？”陆怀柔擦着腕表，淡淡地道，“正好，让警察过来，我也正好谈谈赔偿问题。”

女人愣了愣：“赔什么偿？”

陆怀柔扬了扬手中的银色腕表，说道：“被你儿子摔坏的不是儿童手表，而是价值十八万元的卡地亚女士手表。现在它被你家孩子扔进水坑里，损害是不可逆转的，赔偿单我会联系律师送到你家。”

女人一听这话，吓得差点儿晕过去，有气不能撒，只能一个劲儿地打鲁运强，把他打得眼泪汪汪：“我让你不争气！我让你欺负人！现在好了，我们全家都被你连累了！”

陆粥粥拉了拉陆怀柔的衣袖：“爷爷，我想回家了。”

陆怀柔牵起陆粥粥的手，不再看那女人一眼，也不给她任何求饶的机会，径直离开了。

路上，陆粥粥心疼地调试着自己的腕表，问陆怀柔：“爷爷，这表能修好吗？”

陆怀柔道：“不知道，明天拿到门店去看看。”

“那你会让鲁运强他们家赔偿吗？”

陆怀柔：“你想让他赔吗？”

陆粥粥低头思考了一下，似乎拿不定主意。

陆怀柔以为小丫头会说算了，没想到她思考之后，还是说道：“嗯！就要让他赔的！”

“为什么？”

陆粥粥煞有介事地说：“虽然他还是个小孩，但是小孩也要为自己做错的事负责呀，不然以后他还会欺负别的女孩，并且觉得这样做是对的。这件事，正好让他长一个教训，不敢再随便欺负人了。”

陆怀柔被这小丫头的三观给惊了一下，拍了拍她的后脑勺：“懂得挺多啊。”

“嘻。”

因为陆粥粥，陆怀柔拼事业的时间变少了。他不仅是明星艺人，还有更重要的身份——陆氏娱乐的总裁。

陆氏娱乐旗下有多家经纪公司和影业公司，都指着他呢，所以比起这个，做艺人其实只是他的兴趣爱好罢了。

陆怀柔不容置疑的才华与实力，奠定了他如今在娱乐圈的地位。这样的底气，也纵容了他全部的任性。

周末，陆怀柔起床，锻炼之后，给艾伦发了一条微信：“今天不来公司了，网络办公。”

艾伦：“……”

陆怀柔：“有问题？”

艾伦：“没……没问题。”

您都多少天没到公司露面了！

陆怀柔：“家里有孩子，我得买菜做饭。”

艾伦：“我可以帮您去买菜啊！”

我求求您稍微有点儿事业心吧！

陆怀柔：“你不知道粥粥爱吃什么。”

艾伦：“说得好像您知道似的。”

哪次买菜，不是番茄就是鸡蛋，来来回回也就只会做一盘简单的番茄炒蛋。

今天，陆怀柔认真研究了一番菜谱，然后网络下单，买了一份牛排，准备给陆粥粥做西蓝花煎牛排。

“陆粥粥，中午我给你做饭！”

陆粥粥正在房间里做手工老师布置的剪纸作业，听到这话，剪刀一歪，直接把窗花纸剪了个窟窿。

想到那天陆怀柔给她做的带血生牛排，陆粥粥干呕了一下。

爸爸为什么还没回来啊！再这样下去，她可能会死的。

陆粥粥拿起一张新的剪纸，趴在窗台边，无精打采地剪着花边。

对面房间里，景绪坐在书桌边，埋头写作业。

陆粥粥拖着腮帮子，趴在窗台边，饶有兴趣地看了他很久。

一楼传来了赵思嘉煎辣油的香味。阿姨肯定又在做好吃的了！

陆粥粥一阵风似的冲下楼。

“上哪儿啊？”

“有题不会做，找景绪哥哥！”

陆粥粥拿着练习本，叩响了隔壁景家的大门。

穿着格子围裙的赵思嘉打开门，看到陆粥粥，眼角都笑弯了：“粥粥来了，来找景绪哥哥吗？”

“嗯！”

其实是想过来蹭饭的，陆粥粥没好意思说。

“景绪在房间里写作业呢。”

“那我不打扰哥哥，等哥哥写完再找他。”

“没事，那小子一心二用都没问题，去找他吧。”赵思嘉拍拍她的小脑袋，“阿姨在做麻辣跳水蛙，等会儿就留在我们家吃午饭吧。”

这句话正中陆粥粥下怀，她高兴地说：“好啊！谢谢阿姨！”

“快上去吧。”

陆粥粥上楼，来到景绪的房间门口。房间门没有锁，露出了一条小缝。

小姑娘站在门边，朝里面看了看。房间很大，装饰物品摆放得整整齐齐，靠墙有一整面书架，落地窗边还摆放着一架白色钢琴。

陆粥粥看到景绪并没有在认真写作业，他手里拿着一个电玩掌机，似乎在玩游戏。

年级第一的景绪居然也有偷懒的时候，让她抓到小辫子了！

陆粥粥敲敲门，景绪连忙将掌机藏在了书下面，回头望了眼，看到正暗中观察的陆粥粥。

“是你。”

“我有数学题不会做，来找景绪哥哥辅导呢。”

景绪放下手中的笔，淡淡地道：“进来吧。”

陆粥粥搬着小板凳，搁在景绪身边，然后爬上去，跪在凳子上：“这道题，还有这道……”

景绪认真审题，然后道：“这是和差问题。预备班要学这个？”

“老师说，这是三年级的奥数题，让我们课后思考。”

“你要听我讲吗？”

陆粥粥冲他露出了狡黠的齐齿笑。

看到她的笑容，景绪就知道这小丫头压根儿就不是过来请教问题的。

“那你在这儿坐会儿吧，等楼下开饭。”

“知我者，景绪哥哥也！”

景绪嘴角抿了抿：“小鬼。”

陆粥粥的小爪子却摸到了景绪书下的游戏机，她笑着说："景绪哥哥原来也没有认真写作业呀。"

既然被她发现了，景绪也就不再隐瞒，将游戏机取出来，只说道："益智游戏。"

"哥哥，原来写作业的时候偷玩，加上'益智'两个字，就名正言顺了吗？"

景绪扫了她一眼，道："这是我的秘密，你不能告诉任何人，不然我就告诉妈妈，你过来找我，不是为了辅导，而是为了蹭饭。"

陆粥粥虽然还是个小孩，但也是极要面子的，让别人知道她总想去邻居家蹭饭，也会不好意思的。

"我一定不会说的！"陆粥粥连连保证，"我发誓。"

"不需要发誓。"景绪淡淡地道，"告诉我一个你的秘密，我们就算相互牵制了，谁都不会说出去。"

"这样啊，"陆粥粥苦思冥想，然后郑重其事地凑近他，低声说道，"我最大的秘密就是……"陆粥粥张开嘴，把自己的蛀牙指给他看："我有一颗蛀牙，只给你一个人看哦。"

景绪："……"

谁想看这个啊！

陆怀柔跟打仗似的，煎好了一份牛排，却发现陆粥粥居然又跑到隔壁景家去蹭饭了。他气不打一处来，穿过花园，冲到邻居家把陆粥粥揪了回来。

陆粥粥死命抱着景绪家的门柱，不肯撒手。

香喷喷的麻辣跳水蛙就在眼前，她却要回去吃爷爷做的难吃到干呕的饭菜……呜，太残忍了！

赵思嘉实在心疼小姑娘，于是盛了满满一碗跳水蛙，送到了陆怀柔家。

爷孙俩面对面坐在吧台边，看着面前这一碗香味四溢的跳水蛙，面面相觑。

陆粥粥哭唧唧地吃着，时不时看看陆怀柔，有些讨好地给他夹了一根蛙腿："爷爷吃。"

"我绝对不吃！"陆怀柔颇有骨气地扭过头，"白长这么大了！没皮没脸！丢人！"

陆粥粥看了眼他煎煳的牛排，撇了撇嘴。她不去隔壁"讨饭"，爷孙俩都要饿死啦！

陆怀柔表示，坚决不会吃陆粥粥讨来的食物。

他将自己煎煳的牛排端到面前，看了半晌，愣是没办法往嘴里送，同时又看了看碗里的麻辣跳水蛙。

陆粥粥见爷爷动摇，只是抹不开面子，于是跳下椅子，说道："哎哟，肚子痛，上厕所！"说完，她一阵风似的跑开了。

趁着小姑娘不在，陆怀柔赶紧夹起一块跳水蛙尝了尝，麻辣鲜香，蛙肉又嫩又滑，太好吃了！

陆粥粥看着爷爷吃了第一口，便大摇大摆地走了出来。

陆怀柔立刻放下筷子，眼观鼻，鼻观心，装作什么都没有发生。

然而，有了第一口，必然会有第二口、第三口，陆怀柔终究抵不住美食的诱惑，拿起筷子大快朵颐。

陆粥粥趴在桌边，笑嘻嘻地问："爷爷，香不香？"

"香！"

陆怀柔接到了儿子陆随意的电话，说出差临时遇到一些棘手的情况，还需要老爸再照顾粥粥几周。

陆怀柔一听就炸了："陆随意！你搞什么？玩我是吧！"

"不是……我哪敢啊！您不用太管她，给吃给喝就行了，小丫头跟野草似的，生命力顽强，不费事。"

"你之前就是这样干的吧。"

"爸，求您了，帮帮忙。"

"滚！我不是你爸！"

陆怀柔暴躁地挂掉了电话。

像陆随意说的不管这个丫头，放任其野蛮生长，的确会轻松很多，但是陆怀柔做不到。

孩子在他这儿，还是亲孙女，不管是不可能的。

陆粥粥一天到晚玩。放学之后，她还跟一帮小孩在小区里玩，混成了小区里的孩子王，身后跟着一帮小伙伴，指哪儿打哪儿。

不少家长找上门来，跟陆怀柔抱怨，自家女孩本来温柔贤淑，自从陆粥粥来了之后，全都被带歪了，每天不是挖蚯蚓就是玩泥巴。

陆怀柔看陆粥粥每天回家，浑身上下脏兮兮的，像个野孩子似的。不能再这样下去了！

那天，陆怀柔将疯玩回来的陆粥粥拉到跟前，问道："你们学校都这么轻松，没家庭作业？"

陆粥粥道："作业很简单的，我在学校就写完了呀。"

陆怀柔："那老师没有布置别的任务？我看隔壁那俩小子，就没你这么多空闲时间。"

陆粥粥："因为他们放学之后都报兴趣班了啊。"

陆怀柔："那为什么你不去兴趣班？"

陆粥粥："没人给我报呀！爸爸很忙的，连家长会都不常去，还说要开什么视频家长会，被陈老师狠狠骂了一通。"

陆怀柔："……"

别人的小孩都有课后兴趣班，他家的孩子也必须有！

虽然过不了多久，这个丫头就要滚蛋了，但是只要在他身边一天，他就得对她的教育问题负责。

陆怀柔咨询一番之后，拿了一张少年活动馆兴趣班的科目表，拍在粥粥面前："想学什么，爷爷给你报。"

陆粥粥茫然地说："不知道。"

"你喜欢什么？"

陆粥粥想了想，说道："杨曳哥哥。"

陆怀柔："……他有什么好喜欢的！"

陆粥粥坦然地说："因为杨曳哥哥帮过我呀，我还没向他道谢呢！爷爷，你能带我再见他一面吗？"

“想都别想！”

这辈子都不可能！

陆粥粥撇撇嘴：“小气！”

陆怀柔道：“重新喜欢一个。”

“那……我喜欢挖蚯蚓、爬树，还有……捉蜗牛！”

陆怀柔揉了揉眼角，用红笔圈出了兴趣班的课程：“这里面的，你给我选一个。”

陆粥粥看着宣传单上的课程，艰难地思考着：“景绪哥哥会弹钢琴，如果有点儿钢琴基础的话，就可以和他一起弹钢琴了。”

陆怀柔：“你能不能有点儿自己的兴趣？”

“自己的兴趣呀……”陆粥粥思索了一下，说道，“那……我看到宁融儿在晚会上跳舞，好好看。我选跳舞？”

陆怀柔终于有点儿满意了，准备用笔圈上跳舞班，不过转念一想，报什么舞蹈班啊，他这个活生生的顶级舞者不就在她面前吗？

他画掉了舞蹈班的选项，说道：“想跳舞我教你。重新再选一个，选你最喜欢的。”

“我喜欢的可多了，画画、唱歌、算术，那你都给我报上吧……”

陆怀柔摇摇头，觉得这样可不行。他在娱乐圈混迹这么多年，深知只有干一行精一行，才有出头的机会。

“那就报算术班吧。”陆怀柔直接帮陆粥粥决定了，“我问过你们班主任，你算术成绩挺不错，学精了兴许有前途。”

“哦。”

陆粥粥没有反对，她兴趣很多，当然算术也是她喜欢的一项。于是陆怀柔大笔一挥，给陆粥粥定了算术班。

周末，陆怀柔带着陆粥粥来上算术课，在楼梯口遇到了赵思嘉和景绪。

“陆先生，您也带粥粥来少年活动馆啊？”

“嗯。”陆怀柔最不喜欢在现实中遇到熟人了，日常的寒暄真的很麻烦，不过看到来人是赵思嘉，想着前段时间还吃了人家的麻辣跳水蛙，所以态度稍稍好了一些，“你也带小孩来上兴趣班啊。”

“是啊，我送景绪上奥数班。”

陆粥粥惊喜地说：“所以我和景绪哥哥在同一个班吗？”

景绪道：“应该不是，我在六年级的奥数班。”

“哦。”陆粥粥失望地道，“我是一年级的算术班。”

“你很聪明，把算术基础打好，奥数对你来说应该也不难。”

“嗯！我会好好学的。”陆粥粥走到他身边，小声说，“哥哥，放学等我，我带你去挖蚯蚓！”

“挖什么蚯蚓！”陆怀柔一把将小丫头拎回来，“人家是跟你一起挖蚯蚓的人吗？！好的不学，尽拉人家调皮捣蛋！”

已经有不下三个家长跟他告状，说陆粥粥带偏自家小孩了，当着人家妈妈的面，她居然还敢说这话，让他的面子往哪儿搁！

赵思嘉连忙摆手道：“没关系没关系！贪玩是孩子的天性嘛。我啊，倒还希望有人能带着我们家景绪多玩一玩呢，不过我们家孩子这性格，可能不太喜欢和小朋友……”

话音未落，景绪忽然道：“陆粥，你几点下课？”

“三点半！”

“好，我等你。”

陆粥粥开心地说道：“好啊！”

赵思嘉倒是惊奇了，素来孤僻的景绪，居然也开始交朋友了！

陆怀柔将陆粥粥送到教室门口，陆粥粥跟他道别：“爷爷一会儿不用来接我啦，我和景绪哥哥一起回家。”

“知道了。”陆怀柔没好气地拍了拍她的后脑勺，“上课好好听讲！”

“嗯！”

他目送陆粥粥进了教室，在前排的位置端端正正地坐好，这才转身离开。

下楼的时候，他摸出手机，给艾伦发了一条微信：“给我订一台电脑，要最专业的商务办公型。”

艾伦：“怀爷，您要干啥？”

陆怀柔：“给我孙女报了算术班，没准将来陆家还能出个科学家或者宇航员。”

艾伦：“……”

您是不是想太多了？

算术班的学生基本上都是预备班和一年级的小孩，他们中绝大部分在幼儿园阶段就已经懂得简单的加减乘除了。

陆粥粥在数学方面似乎很有天赋，在幼儿园读大班的时候，老师为了给同学们打基础，已经教过了基本算法，所以她的基础相当不错。而且，她爸给她报的是最好的私立幼儿园，幼儿园什么都教，剪纸、绘画、算术、英语，陆粥粥啥都会，基础比其他同学更好一些。

算术班的同学男女比例严重失调，男生多，女生少，不像隔壁的舞蹈班、作文班，女生就比男生多很多。

陆粥粥的同桌王梓，回答问题特别积极，每当老师提问题的时候，其他同学都埋头计算，他却已经算出了答案。

这些加减乘除对于陆粥粥很简单，于是她打了个哈欠，等老师教高年级的内容，这样她就可以像景绪哥哥一样优秀了。

王梓见陆粥粥无精打采，以为她不懂，于是凑过来，好心地说：“你哪道题不会，可以问我哦。”

“嗯！谢谢你！暂时还没有。”

“我叫王梓，你呢？”

“王子？我叫公主。”

王梓见陆粥粥笑得开心，小脸蛋一红，知道她是在拿自己的名字打趣：“哎呀，是木辛的梓。”

陆粥粥不开玩笑了，说道：“王梓你好呀，我叫陆粥粥。”

“那以后我们就是好朋友了！”

“嗯！”

放学的时候，秦老师在黑板上给同学们留了几道题目，作为家庭作业。

“右边几道题是男生要做的题，左边几道题是女生的题目，按时完成，然后家长签字交上来。”

陆粥粥好奇地举手问道：“秦老师，为什么男生和女生的作业不一样呀？”

秦老师毫不隐瞒地说：“是这样的，一般情况下，男生的数学都比女生学得好，所以男生的题难度比较大。”

听到这句话，班上几个男生抱怨，凭什么女生的题目就简单呀，他们也想做简单的题！

陆粥粥更加不解了：“为什么男生的数学比女生学得好呢？”

“因为男生天生理性思维就比女生强。”秦老师指着窗外隔壁的作文班，“当然，女同学也不要灰心，尺有所短、寸有所长，你看隔壁的作文班，女生就比男生多。”

陆粥粥对这个答案不太满意：“老师，您有偏见！”

秦老师愣了愣，没想到陆粥粥一个不到六岁的小丫头会说出“偏见”这个词，要是再争执下去，她会不会说自己有性别歧视？

秦老师严肃地道：“陆粥粥同学，我注意到你刚刚上课一直在打瞌睡，根本没认真听讲，难道不是因为听不懂吗？”

“才不是呢！”陆粥粥咕哝道，“是因为你讲的我都会，幼儿园老师就讲过啦！”

秦老师觉得陆粥粥在说大话：“行啊，陆粥粥，既然你都会，那就上来把这几道题全做了！要是都能做对了，老师给你道歉！如果做不出来，你以后上课就乖乖听话，不可以再质疑老师！”

“做就做。”陆粥粥走到讲台上，看着秦老师布置的那几道题目。

王梓都不由得为她捏了一把汗，这几道题可真难呀，有加减也有乘除，还有混合运算，甚至有几道题是预习题，今天课堂没有讲过的。

秦老师看着陆粥粥抓耳挠腮思考的模样，连打草稿都无从入手，冷冷地笑了笑。

每年都有难缠的学生，对付这种学生，他永远有自己的一套方法。可是他没想到，陆粥粥一阵抓耳挠腮之后，像是豁然开朗似的，直接拿起笔在黑板上写答案了。第一题，第二题……

陆粥粥写的答案竟然全对！陆粥粥气鼓鼓地对秦老师道：“我把男生的题目都做完了，秦老师，您要重新出题啦！”

秦老师无可奈何，绷着脸擦了黑板：“既然陆粥粥用实际行动证明女生也可以学好算术，那女生就和男生做一样的题吧。”

本来他以为女生会像男生一样抱怨，都想做简单题，没想到在场为数不多的几个女生反而比男生更有志气，纷纷道：

“男生可以做的题，为什么我们不可以？”

“做就做，有什么了不起！”

这时，王梓牵头，带着一帮唯恐天下不乱的男孩拍桌板道：

“老师，不是说跟陆粥粥道歉吗？”

“老师不要说话不算话哦！”

“秦老师向陆粥粥道歉！”

“道歉……道歉！”

秦老师瞪了眼台下的男生。他分明是更偏心他们的，没想到这帮小子居然全帮陆粥粥说话。

小孩子……果然永远是站在同一阵营。

陆粥粥在算术课上的表现，让王梓对她非常佩服。

放学的时候，他还跟着陆粥粥、景绪一块儿去挖蚯蚓。

陆粥粥拎着脏兮兮的裙摆小心翼翼地进了家门，正准备悄悄溜进房间，没想到，还是被一直等在门口的陆怀柔逮个正着。

陆怀柔看着她脏兮兮的裙子，崩溃地喊道：“你非要每天去泥巴里滚一圈才开心是吧？求你了，你能不能像别的女孩一样玩！”

陆粥粥点点头，但看到陆怀柔气急败坏的模样，又叛逆地摇头：“所以女孩子该玩什么呀？”

“我给你示范！”陆怀柔拎着陆粥粥，走进了儿童游戏房。

这间游戏房是艾伦按照陆怀柔的要求特意给小丫头布置的，房间里什么都有，弹珠台、射击台、跳舞机、弹簧机，还有满满一箱子玩具。

不过陆粥粥似乎对这些益智游戏不太感兴趣，她还是喜欢去户外和蛐蛐、蚯蚓、邻居家的金毛狗玩。

陆怀柔从玩具箱里找出两个芭比娃娃，塞到陆粥粥手中："这才是女生的玩具。你就不能把同学请来过家家吗？一天到晚非要出去野。"

陆粥粥看着手里一动不动的芭比娃娃，好奇地问："它又不会动，又不会说话，有什么好玩的。"

好歹她叫景绪家的金毛，狗狗还会冲她摇尾巴呢。

陆怀柔拍了拍小丫头的脑袋，说道："枉你这么聪明，难道不会发挥想象力？"

"比如？"

陆怀柔拿起两个芭比娃娃，开始编故事："她叫艾莉，是香蕉国的公主；这是她的未婚夫杰克，也是一位英俊的王子。"

然后，陆怀柔又抓过一只大恐龙："忽然有一天，公主被恶龙抓走了。杰克为了拯救公主，翻过了高山，蹚过湍急的河流。终于，王子和恶龙经过一番激烈的搏斗，正义战胜了邪恶，他将公主从恶龙手中拯救出来。"

接着，他又将公主和王子放在一起，仿佛携手步入婚姻殿堂一般："从此以后，王子和公主幸福地生活在一起。"

陆粥粥想了想，说道："故事还没有结束呢！"

"是吗？"陆怀柔见小丫头终于对过家家感兴趣了，满怀欣慰，"那你来续写啊。"

陆粥粥拿起另一个漂亮的芭比娃娃，说道："王子和公主结婚以后，生了一个漂亮的女儿，名叫粥粥公主。可是王子爸爸很忙，每天都要管理国家和人民，公主妈妈更忙，要到世界各国去访问，于是把粥粥公主一个人留在空荡荡的皇宫里。"

陆粥粥拿着小公主，在房间里走了一圈："然而，就在这时，那只恶龙降落在皇宫的塔顶，在粥粥公主面前喷火咆哮。"

陆怀柔居然被小丫头的故事代入了，催促道："然后呢？"

"然后……"

陆粥粥抓起恐龙玩具，把它放到芭比娃娃面前："原来，恶龙是受过诅咒的国王，是杰克王子的爸爸，也就是粥粥公主的爷爷，他被黑暗魔法变成了可怕的恶龙。粥粥公主在和恶龙的对抗中，感化了恶龙。从此以后，恶龙被粥粥公主驯化，成了粥粥公主的仆人。”

陆粥粥将小公主放在恐龙的背上：“于是恶龙载着粥粥公主，去全世界旅游，还给粥粥公主买好多好多美味的食物。粥粥公主指东，它不敢往西；粥粥公主最喜欢吃炸鸡，它就喷火给粥粥公主做炸鸡。

“从此……粥粥公主过上了幸福的生活。”

陆怀柔听完这个故事，满头问号。他感觉这个故事好像有点儿熟悉。

陆粥粥收好了玩具，拍拍陆怀柔的肩膀：“爷爷也要向恶龙学习哦！”

待她离开以后，陆怀柔才反应过来，暴躁地追出去：“你还驯服我当你仆人！你指东我还不敢往西是吧！”

陆粥粥尖叫一声，拔腿开溜：“我只是个孩子！”

幸好爷爷被艾伦的一通电话叫了出去，陆粥粥才得以逃脱。

她拿着芭比娃娃，坐在篱笆边的小椅子上，打了一个哈欠。

景哲趴在半人高的篱笆上，好奇地问陆粥粥：“粥粥，你在玩什么呀？”

陆粥粥扬了扬手中的芭比娃娃：“爷爷说，女孩子都爱玩这个。”

“是的，我们班的女孩都喜欢玩洋娃娃。”

“可是我不喜欢呀，我更喜欢你们家的狗狗，喜欢挖蚯蚓，还喜欢捉蛐蛐。”

景哲笑着说：“粥粥，你真不像女孩呢。”

“那你说女孩应该是什么样？”

景哲想了想，说道：“女孩应该安安静静的，最喜欢玩芭比娃娃，看到小虫子会尖叫，看到蚯蚓会恶心。”

“那女孩是不是也都学不好数学？”

“唔……这个看情况啦，不过跟男孩比起来，女孩的数学成绩好像是要差一些的。”

陆粥粥将手中的芭比娃娃扔给景哲，气呼呼地说：“那我要让你们失望啦！我就喜欢玩蚯蚓，算术成绩就是好，不是你们期待的女孩！”

说完，陆粥粥转身跑出了篱笆院。

景哲愣愣地看着她，完全没意识到自己哪里说错了，惹她生气。

他拿着芭比娃娃，错愕地进屋，正好遇到妈妈出门倒垃圾。

“怎么了？愁眉苦脸的。”

“我好像又惹陆粥粥生气了。”景哲苦着脸说，“我总是不太会说话，也不如景绪那样，讨女孩喜欢。”

赵思嘉笑了起来：“你说景绪会讨女孩喜欢，你对你弟弟是有什么误解？”

“可是陆粥粥就喜欢和他玩！还叫他景绪哥哥！陆粥粥就从来不叫我哥哥，明明我比景绪大！她为什么不叫我哥哥？”景哲说着说着，还委屈地哭了，“我知道我不如景绪聪明，成绩也没他好，但是我就不能当哥哥吗？”

赵思嘉看着儿子这模样，忍着笑，摸着他的脑袋道：“好啦，你和粥粥不也是好朋友吗？”

“可……不一样！”

“有什么不一样的？”

“我也想让粥粥叫我哥哥。”

“我知道了，小景哲是希望妈妈再给你生一个小妹妹，对吗？”

“唔……还是不要了。”景哲摇头道，“再生一个小妹妹，妈妈肯定会很辛苦。”

赵思嘉摸着景哲的脑袋，说道：“你看，弟弟虽然比景哲聪明，但很多时候，景哲也比弟弟更会关心人呀，你俩各有所长。”

“哦……”景哲抱着妈妈的手臂，撒娇，“我以后要多关心妈妈！”

景绪站在楼梯口，默默地看着这一切。在母亲离开之后，他接过了景哲手上的洋娃娃，说道：“这个，你要吗？”

“我不要了，这是粥粥的。”

“那我去还给她。”景绪说完，拿着洋娃娃走了出去。

陆粥粥独自坐在小区生态湖边的长椅上，托着腮帮子，看着远处西沉的太阳。

一颗小石子落在水面，漾起一圈圈的涟漪。

陆粥粥回头，看到景绪走了过来，手里拿着她的洋娃娃。

“我刚刚对景哲发脾气了，”陆粥粥忐忑地问，“他没生我的气吧？”

“他哭了。”景绪坐在她脚边的草坪上，将洋娃娃放在她的脚边。

陆粥粥歉疚地说：“我不是故意发脾气的。”

“发脾气就发脾气了，还有什么故意不故意的。”

“景绪哥哥，你也觉得我不像女孩子吗？”

景绪没有回头，从包里摸出巧克力，一颗颗装进她的衣兜里：“我不知道女孩子应该是什么样子、不应该是什么样子，所以也不知道你像不像。”

他的回答让陆粥粥松了一口气：“这样说，那我就放心了。”

陆粥粥跳下长椅，也坐在景绪身边的草地上，揪着小草道：“爷爷和景哲他们都说，女孩子不该挖蚯蚓，看到小虫子还应该尖叫，可是小虫子这么可爱，我就喜欢和它们玩。”

“陆粥，你就是你自己，不用去学别人。”

陆粥粥重重地点头：“对了，景绪哥哥，为什么你总叫我陆粥啊？大家都叫我粥粥、肥粥，只有你叫我名字，还故意不把人家的名字叫全。”

“我为什么要和别人一样？”

陆粥粥对任何人都有反驳的话，唯独对景绪，她不想反驳，也不愿反驳。

“那好！从今以后，陆粥就只有景绪哥哥一个人可以叫！这是景绪哥哥独有的称呼。”

景绪望着她：“为什么给我这么好的待遇？”

陆粥粥靠着景绪的肩膀，悄悄看了看金色的小玫瑰：“这是个秘密，我现在还不能告诉你。”

“是什么样的秘密，比你有一颗蛀牙还保密？”

“我特别喜欢景绪哥哥这件事，本来就比蛀牙更值得……”陆粥粥话音未落，呆住了。

她怎么说出来了！她是不是大笨蛋啊！

景绪微微颔首，面上没什么表情，嘴角浅浅地扬着，看不出笑意，却又极温柔，像掠过湖面的晚风。

她不是喜欢他，不是很喜欢他，是特别喜欢他。

下午，陆怀柔在剧组化妆，接到了一个陌生号码的来电："喂，您好，是陆先生吗？我是陆粥粥的算术老师，秦老师。"

陆怀柔可以不给任何人好脸色，但是他也和全天下的家长一样，唯独对孩子的老师态度必须好。

"秦老师，你好，我是陆粥粥的监护人。"

秦老师："是这样的陆先生，您的孩子陆粥粥，我是教不了了，您给她转到其他兴趣班，或者转到高年级的班级吧。"

"怎么回事？"

"陆粥粥这样的天才小孩，恕我能力有限，教不了。"

秦老师这样说，一般家长听到后，肯定会责怪自家小孩，是不是课堂上犯了错，惹老师生气。但偏偏他遇上了陆怀柔，这世上，还真没有人敢这样和他说话。

他笑着说："我就知道，我们陆家将来要出科学家。"

秦老师："……"

不是，我不是这意思！

秦老师继续解释："我的意思是，孩子仗着自己有几分聪明，过分骄傲，这也是不好的。"

陆怀柔根本不听他的解释，说道："秦老师，既然你教不了我家小姑娘，我只能打电话让少年活动馆找更优秀的数学老师。"

秦老师："不，我真的不是这个意思！"

陆怀柔思考片刻，说道："至少得找个数学博士来教她，你们少年活动馆没有的话，我这边也可以帮忙找一找。"

秦老师瞬间变了脸色，沉声道："陆先生，作为家长，您没有资格插手我们少年活动馆人事方面的调动吧？"

陆怀柔淡淡地道："忘了告诉你，我给陆粥粥报名的时候，顺便把活动馆买下来了，所以选什么样的老师教我家孩子，我说了算。"

秦老师："……"

这是什么魔鬼家长！

后来，一年级算术班的秦老师因一些个人原因离职，活动中心调来了一位年轻老师，姓叶。叶老师虽然不是数学博士，但也是名校毕业。

叶老师年轻又漂亮，而且性格开朗，思维活跃，课堂上总是用的小动物举例，以很生动的方式教授数学知识，因此，格外受同学们的喜欢。

秦老师说女孩在理科思维上比男孩弱，不一定能把数学学好，现在新来的数学老师就是女孩，同学们觉得，她教得比秦老师还好呢。

班上的女同学都以叶老师为榜样，每天放学最开心的事，就是去上数学课。

陆粥粥对算术越来越有兴趣了，陆怀柔也越发笃定，老陆家将来肯定能出一位科学家。

晚上，陆怀柔带着陆粥粥去超市买日用品。

陆粥粥特别喜欢逛超市，以前她最喜欢坐在超市的购物车里，让老爸推着她。有什么想吃的，她便从货架上拿下来扔进车，然后被花花绿绿的零食袋包围着。哇，她感觉自己像个零食小公主！

只可惜，后来老爸工作越来越忙，几乎没有时间带她逛超市了。

到了陆怀柔家之后，爷爷每周都会带她采购，囤积各种各样的牛排、速冻水饺或者方便面。

虽然陆怀柔做饭真的不怎么样，但是他有一个最大的好处，就是会陪着她。

陆粥粥深深感觉，再在爷爷家住下去，她可能就不想要爸爸了。

小姑娘将一包包虾条和薯片扔进购物车，又被陆怀柔毫不留情地取了出来。

“粥粥要吃虾条！”

“做梦吧，梦里什么都有。”

“讨厌！”

陆怀柔将她眷恋的小脑袋扭回来，说道：“你们小孩怎么都喜欢这种垃圾食品？”

他当了这么多年艺人，对身材管理相当严苛，深知这些膨化食品对身体的危害。

“粥粥就是想吃。”

陆粥粥噘着嘴，可怜巴巴地望着他，仿佛下一秒就要哭出来似的。

陆怀柔的态度也相当坚决：“有本事你就给我哭，心软一秒钟，我不姓陆。”

陆粥粥绝对属于资深演技派，抽泣一秒后，眼泪就掉了下来。

“爷爷坏，爷爷不给粥粥买薯片。

“粥粥要什么，爸爸就给粥粥买什么。

“粥粥在爷爷家吃不饱穿不暖，还没有薯片吃，每天饿肚子。”

陆怀柔：“……”

看来目标不能立太早。

直到购物车塞满了薯片，陆粥粥才破涕为笑，都要乐开花了。

陆怀柔冷着脸，超级不爽地说：“只买这一次，下不为例！”

“爷爷最好了。”

“你刚刚可不是这样说的。”

“爷爷最好。”

“呸。”

陆怀柔结账之后，牵着小姑娘朝着地下停车场走去。

陆粥粥害怕草莓冰激凌化掉，迫不及待地拆了包装纸。她非常客气地把草莓冰激凌递到陆怀柔面前：“爷爷先吃。”

“哟，这么客气。”

“尊老爱幼，传统美……”

话音未落，陆怀柔这一口就把冰激凌咬掉了四分之三。

陆粥粥看着冰激凌只剩了一个圆锥形的小蛋卷，眼睛又红了，激动地大喊：“谁让你吃这么多的？”

陆怀柔：“不好意思，我是大人。”

大人就是这么吃冰激凌的。

“陆怀柔，我讨厌你！”

两个人打打闹闹来到了停车场，没承想，迎面而来的两个人，让陆粥粥有些傻眼了。

“舅……舅舅，妈妈！”

女人烫着一头波浪卷，穿着露脐装和阔腿裤，肚子上还文了蝎子文身。她身边的男人，正是那天在公寓里被陆怀柔一顿猛揍的陆粥粥小舅。

俩人拎着购物袋正准备上车，迎面看到陆粥粥，都有些惊讶。

“是妈妈呀！”陆粥粥从购物车上站起来，不住地对唐浅挥手，“妈妈，我是粥粥！”

“粥粥，你怎么会……在这儿？”

“我和爷爷一起来逛超市。”

任何小孩很久没见到妈妈，再见面都会特别兴奋，陆粥粥也是如此。她从购物车上下来，扑到妈妈怀中。

唐浅抱了抱陆粥粥，然后抬头望向对面的陆怀柔。

陆怀柔戴着口罩，鸭舌帽遮住了眼睛，看不清容貌，但是他这副打扮，无论怎么看都不像好人。

“你……你是谁？我女儿怎么会在你这里？”唐浅问道，“你和我女儿什么关系？”

陆怀柔懒得解释，也不想理会他们，面无表情地说：“粥粥，回家了。”

陆粥粥恋恋不舍地抱了抱妈妈，就要跟着陆怀柔离开。然而唐浅护犊心切，一把抓住陆粥粥，塞到弟弟身边：“阿遇，你保护好粥粥，别让这个人靠近她！”

唐遇抓住小丫头的手腕，不客气地弹了弹她的眉头：“你这个野丫头，怎么跟谁都自来熟，不管好人坏人，就跟着人家走？当心人家把你卖到山里当童养媳！”

陆怀柔见唐遇对陆粥粥动手动脚，冷着脸道：“放开她。”

“凭什么，这是我外甥女！你谁啊你！”

陆粥粥连忙道：“他是我爷爷啊！”

“爷爷？你脑子坏了吧，这家伙看着比你爸还年轻，他能是你爷爷？”

“本来就是嘛！”

唐浅觉得事情不简单，这么一个陌生男人带着自家女儿逛超市，这是不正常的。

“唐遇，你去开车！”唐浅急切地道，“先把粥粥带回家再说。”

唐遇将陆粥粥塞进车后座，跟着自己也坐上了驾驶位。

陆怀柔当然不可能让他们离开，他推开了唐浅，抓住唐遇的肩膀，轻而易举便将他撩翻在地。

唐浅见势不对，大喊大叫起来：“救命啊！抢孩子啦！”

周围有不少顾客被她的叫喊声吸引过来，甚至有人摸出手机要报警。

陆怀柔只能让这对姐弟开车离开，但是他随即上了自己的车，追了上去。

陆粥粥惊魂甫定地坐在后排，看着爷爷的黑色轿车紧追不舍，急忙对唐浅解释：“妈妈，他真的是我爷爷！真的！”

唐浅对陆粥粥道：“粥粥啊，你不要被人骗了，现在社会上的人坏得很，就喜欢骗你这种单纯的小孩。今天要不是遇到妈妈和舅舅，指不定你都被人卖了呢！你爸呢？你爸在哪儿？老娘要找他算账，他是怎么带孩子的！”

“爸爸在出差。”

唐浅给陆随意打电话，不过听筒里总是冷冰冰的提示音：“对不起，您所拨打的电话已关机。”

唐浅骂了一声。

唐遇看着后视镜里追上来的那辆黑色轿车，说道：“姐，怎么办？那人紧追着咱们不放啊。”

唐浅看了看后视镜，担忧地说：“不会还有同伙吧？”

唐遇猛地想起来：“刚刚我看那人就觉得眼熟，我想起来了，姐，上次在公寓门口揍我的人，就是他！”

唐浅用力捶了他一下，气呼呼地说：“我就说，粥粥一个小丫头怎么可能惹到这样的人？老实交代，是不是你又借高利贷了？现在人家绑架了粥粥来威胁你啊。”

“不是啊姐，我没有……我高利贷都还清了啊。”

“那这人是怎么回事？！”

陆粥粥又说道：“那是我爷爷。”

“大人说话，小孩子别插嘴。”唐浅催促唐遇，“快甩掉他啊！不然咱们仨今天都有生命危险！”

唐遇也是个尿货，怕对方真是高利贷追债的人，立刻将车变道，一脚油门，车子飞速行驶。

陆怀柔紧攥着方向盘，却渐渐放慢了速度，最后靠在路边停了下来。

他点了根烟，眼角肌肉不停地抽动。

他不能再追了，那小子开车太不稳当。他再追下去，指不定会出什么意外。

他家小姑娘在车上，陆怀柔不能冒险。

陆怀柔给陆随意拨了十几个电话，最后总算接通了：“爸，我刚下飞机呢！去新西兰谈一单牛奶生意。有事吗？”

“大忙人啊。”陆怀柔语调淡淡的，但越是这样，就越让陆随意毛骨悚然：“爸，您有事直说，别……别这样，我怕。”

“我限你半个小时之内，让你那不负责任的女朋友还有她该死的弟弟，把陆粥粥还回来，不然后果自负！”

砰！

陆随意的手机脱手而出，耳膜都快被震破了。

“姐，那个人好像没有跟来了。”唐遇放慢了车速，得意地说，“看来还是我车技好，把他甩掉了。”

唐浅还有些心悸，责备道：“你还好意思说，如果不是你出去乱借钱，能有今天这一出吗？还连累了粥粥。”

“姐，我真没有。”

“还说没有！”

唐遇不想和她争执，问道：“那我们现在要不要回家啊？”

“回什么家，万一他还跟着呢，你要把这些人引到咱们家门口吗？”

“那去哪儿啊？”

唐浅道：“前面有个购物中心，那里人多，谅他也不敢对咱们做什么！”

陆粥粥好奇地问：“妈妈带我去吃肯德基全家桶吗？”

“咱们就去肯德基。”

“好啊！”

车停在了购物中心的地下停车场，唐浅带着陆粥粥去了肯德基。

肯德基的人很多，唐遇给陆粥粥买了一盒全家桶。

陆粥粥幸福地抱着全家桶，大快朵颐。

唐浅和唐遇却一点儿食欲都没有，两人既担心又害怕，因为唐遇有借高利贷的黑历史，他们还不敢报警。

就在这时，唐浅的手机响了起来，是陆随意打过来的。

她还没找他算账呢！

唐浅气呼呼地接通电话：“姓陆的，你是怎么照顾孩子的，怎么让她被坏人骗走呢！”

“什么坏人！那是我爸！我亲爸！不是你说让我把孩子给我父母带吗？”

“你说那银头发的小子，是你爸？”唐浅傻了。

“什么那小子这小子的，对我爸放尊重些！”

“不是……这里面有误会吧，你爸看着比你还年轻啊！”

“我爸保养好不行吗？再说了，娱乐圈哪个明星能让你看出实际年龄！”

“你爸是娱乐圈的？明星？”

陆随意一不小心说漏嘴了，连忙道：“我爸是混娱乐圈，但只……只是十八线，不出名。”

唐浅哼了声：“我就说嘛，要是大明星，哪儿有时间帮你照顾女儿。”

“你现在在哪里，发个定位给我，我让我爸过来接粥粥，他快急疯了。”

唐浅将肯德基的定位发给了陆随意。挂电话的时候，陆随意千叮万嘱，让她一定对陆怀柔客气些。

“我爸脾气暴，什么事都做得出来。他现在已经非常愤怒了，你好自为之。”

“行了，知道了。”唐浅并没有当回事。

谁还没脾气，就算他是长辈，也不能胡来吧？

半个小时之后，陆怀柔大步流星地走进肯德基，一眼便望见了吃得满嘴油腻的陆粥粥。

“爷爷！”陆粥粥冲他扬了扬油腻腻的小手。

“走了。”

陆怀柔冷着脸，不由分说地拉她离开。

“孩子还没吃完呢，”唐遇讪讪地说，“哪有您这样照顾小孩的，总得让孩子把肚子填饱吧。”

陆怀柔冷冷地睨她一眼：“你在教训我？”

“没有没有！”唐浅连忙道，“叔叔，真是对不起，万分抱歉，我们一开始不知道您的身份，我弟弟也不是故意乱说话的，您多包涵。”

陆怀柔懒得和唐遇计较，看了看桌上啃了一半的鸡翅，终于还是坐下来，耐心地等陆粥粥把鸡翅啃完。

在这个过程中，唐浅注意到陆怀柔还给陆粥粥戴上了儿童餐巾，看起来比她这个当妈的还细心呢。她稍稍放心了一些。

唐遇一直在观察陆怀柔，闷闷地说道：“不是十八线吗？又不是什么大明星，戴什么口罩啊，害怕人家认出来吗？”

陆怀柔懒得理他。

“我爷爷就是大明星！”陆粥粥不服气地道，“谁都认识我爷爷！”

话音未落，陆怀柔又往她嘴里塞了一个鸡腿：“快吃，吃了走。”

唐浅礼貌地对陆怀柔道：“叔叔，真是抱歉，一开始我没和陆随意通电话，所以才会有这次的误会。您照顾粥粥辛苦了，谢谢您。”

“你们打算什么时候结婚？”

陆怀柔随口一问便是一声炸雷，唐浅被问蒙了，忐忑地说：“他应该也跟您说过了，我们……没打算结婚。”

陆怀柔并不意外：“忙事业？”

“对对对，现在也是拼事业的时候嘛。”

“那孩子，你们打算怎么办？”

“这个……暂时先跟她爸过。”唐浅心虚地说，“走一步看一步吧！年轻人，不需要特意规划未来，等将来事业起来了，一切都好办。”

陆怀柔冷笑:“跟她爸过?她爸再往我这儿一扔,你们倒是轻松。”

“这……”唐浅小声说,“现在的老人家,不都是挺喜欢带小孩的吗?”

陆怀柔听出了她的言下之意——

人家父母都是催着要带小孩,现在我们自愿把孩子给你带,难道还不满意吗?

“我明白了。”陆怀柔点头,淡淡地道,“既然如此,孩子就留在我这儿,我可以养。”

唐浅喜出望外:“那就谢谢叔叔了!”

“但是,你们想来看她,要写书面报告,手写三千字,经我的同意,看我的心情才行。你们也不能凭心情将她接走。”

“这……”

陆怀柔双腿交叠,懒懒地坐在椅子上,从文件夹里取出一份文件:“刚刚的半个小时里,我已经让我的律师团拟好了一份转移抚养权的文件,你在这里签个字。”

唐浅蒙了,看着那份文件:“这……我不可能签!”

“不签也行。”陆怀柔从容地道,“你现在就把孩子领回去,自己照顾。据我所知,你今天晚上还有一场直播。如果让你的几个大粉头知道你已经是五岁孩子的母亲了,他们还会给你砸游艇吗?”

唐浅:“……”

她总算明白陆随意为什么千叮万嘱,让她对陆怀柔客气点儿了。

第六章

姑奶奶来了

晚上，唐浅给陆随意打电话，一顿哭，说她好不容易生下来的女儿，现在莫名其妙就成别人的了，这不是欺负人吗？

陆随意嘴角抽了抽：“这位大姐，您除了生下这个女儿，好像也没做过任何当妈的该做的事了吧。”

唐浅气呼呼地说：“那你爸才照顾粥粥几天？凭什么就要剥夺我当妈妈的权利？”

陆随意无奈地道：“既然这么舍不得，你也可以选择不签啊，我爸又没强迫你签。”

“不签我又能怎么办？”唐浅趴在床上，崩溃地砸着枕头，“要是让我的粉丝知道我都已经当妈了，以后谁还来看我直播啊！”

“说到底，还是你自己的选择。”

唐浅抱怨道：“谁家的父母这么狠心啊！我就从没遇到过这样的父亲！”

“我今天说什么来着，让你别惹他生气。你还敢当着他的面抢他孙女，还当街上演追车动作戏，我爸那暴脾气，能忍？”

唐浅当然后悔，可是后悔已经晚了。

“陆随意，你别高兴得太早，我签的那份协议，代表的可是咱们两个人。以后你要去看女儿，都得跟你爸打书面报告，申请书还得手写三千字！不准网上摘抄，他会去查重！重复率超过百分之三十不予通过。”

陆随意：“……”

我这是什么魔鬼爸爸！

唐浅破涕为笑：“陆随意，傻了吧！”

“谁让你签这种不平等条约的！”

“我有别的选择吗？如果让粉丝知道我有孩子，我的事业就全完了！”

陆随意忽然不说话了。

其实在他很小的时候，也曾听陆怀柔说过这话。

他一定是个很记仇的人，所以才会一直记到现在，永远只记得父亲对自己的不好，不愿公开自己的身份。

而现在，他自己为人父之后，面对事业和家庭的两难局面，他首先想到的竟然也是委屈家人。

他的父亲，现在却把小孙女带在身边，照顾她。

他和唐浅的事业，若真和陆怀柔的事业比起来，根本不值一提。

陆随意指尖一根烟燃尽，发现自己这么多年对陆怀柔的怨恨，仿佛也随着这一根烟燃到了尽头，烟消云散。

车里，陆粥粥一字一句地读着妈妈签署的那份协议。她只能看懂一部分，还有很多字读不明白。

她放下了文件，看了陆怀柔一眼。

陆怀柔单手靠在方向盘上，脸色就如同窗外的暮云一样阴沉。

“爷爷讨厌我妈妈吗？”陆粥粥好奇地问。

“谈不上讨厌。”

“那既然不讨厌，为什么爷爷不让妈妈来看粥粥呢？”

“并不是不让他们来看你。”陆怀柔耐心地解释，“他们需要教训，也需要知道失去的滋味。”

陆粥粥摸到了陆怀柔温热的手背，说道：“粥粥会一直陪着爷爷的。”

陆怀柔摸了摸她的后脑勺，还没来得及感动，陆粥粥又道：“爷爷，既然粥粥这么好，那刚刚没有拿走的零食，可不可以重新买给粥粥呢？”

陆怀柔一巴掌拍在小丫头后脑勺上，疼得她嗷嗷叫。

陆怀柔一脸冷漠：“做梦。”

“臭怀柔！讨厌！”

“随你讨厌。”

他差点儿被骗得流泪，还是太单纯了。

为了联系方便，陆怀柔决定给陆粥粥买个手机，这样遇到任何突发事件，她可以随时联系他。更重要的是，既然签了协议，粥粥父母就必须履行。

其实陆怀柔不会剥夺粥粥和父母交流的权利，他们还是可以通电话的。他只想给他们一个教训。

拿到新手机之后，陆怀柔将新手机开启了家长监护模式，以便过滤掉网络上不良信息，同时下载软件也需要在他的监护下完成。这些都是艾伦教给他的。

陆粥粥拿到设置好的手机之后，立刻发短信告知了爸爸妈妈，还添加了班级有手机的小伙伴的 QQ。

蒋清霖的 QQ 名叫沫雪之夏。

她添加了陆粥粥之后，告诉陆粥粥：“你要做的第一件事，就是取一个好听的昵称。”

陆粥粥可被这个昵称给难倒了，本来想用“美粥”作为自己的昵称，但是跟蒋清霖的“沫雪之夏”比起来，这个昵称实在太不文艺了。

蒋清霖是个取名小天才，给陆粥粥发了好多花里胡哨的名字，比如安若兮、浅忆忧伤……

陆粥粥觉得，这些都不如蒋清霖的“沫雪之夏”有内涵。她只好向还在影视城拍戏的陆怀柔求助——

“爷爷，十万火急，快帮我选一个昵称！”

陆怀柔已经穿上了铠甲，导演正要喊开拍，陆怀柔忽然从铠甲里摸出了手机。

艾伦不住地冲他招手："怀爷，您干吗呢？"

陆怀柔："别吵，帮我孙女取昵称。"

"您不能让她等等吗？"

陆怀柔："不能。"

他快速扫过陆粥粥发来的一排名字，轻蔑地回了三个字："非主流。"

陆粥粥："那……爷爷帮我取一个？"

几分钟后，陆粥粥收到陆怀柔取好的昵称："魔法小仙子。"

陆粥粥："……"

她没有使用陆怀柔给她取的昵称，而是借鉴蒋清霖给她取的几个昵称综合了一下，取了一个名字。

晚上，陆粥粥上床睡觉前，看到隔壁景绪的屋内还亮着灯。

她跪在飘窗边，冲隔壁的窗户学布谷鸟叫了几声。

联排别墅两边卧室的窗户相隔不到三米。

很快，景绪听到声音，拉开了窗帘。他穿着纯色的长袖长裤小睡衣，月光下，给人一种很干净的感觉。

"怎么了，还不睡？"

"景绪哥哥，你有手机吗？"

"有。"

"那你有 QQ 吗？"

"之前申请了一个，但不常用。"

陆粥粥兴奋地说："我加你吧！"

"等一下。"

景绪从书包里摸出手机，登录之后将号码告诉了陆粥粥。

陆粥粥搜索之后，发现景绪果然是不常用 QQ，没有昵称，头像也是最原始的企鹅，个性签名一片空白，连等级都没有。

"哥哥，我添加你了！"

景绪低头确认信息，嘴角动了一下。

紧接着，陆粥粥接到了一条拒绝添加好友的信息。

"咦，哥哥，你拒绝我了？"

景绪嫌弃地说："你的名字，太非主流了。"

陆粥粥："……"

她的昵称叫雪落樱，很非主流吗？

陆粥粥最终还是老老实实地将昵称改成了"美粥"，不再尝试其他自己无法驾驭的风格了。

在景绪通过了她的好友验证之后，一点儿小事她都要给景绪发消息，两人的日常联系越发紧密了，最后甚至到分享每天吃什么，以及今天课堂上又讲了哪些内容。

绝大部分时候，是陆粥粥在说，景绪很少回话，只是给她发表情。

景绪的表情种类丰富，搞笑、滑稽又可爱，陆粥粥羡慕极了。

她就没什么表情包，有的也全是景绪发过来的，所以每次俩人发表情时，景绪总是鄙视她。

陆粥粥无奈，只能求助于陆怀柔。

美粥："爷爷爷爷爷爷！发一些表情包给我！"

陆怀柔正在练习室指导训练生，看到信息，回道："你觉得我像是有表情包的人？"

美粥："连表情包都没有，爷爷太落伍了！"

陆怀柔："……"

她居然说他落伍，无论在哪方面，他绝对是站在潮流一线的男人！

陆怀柔给艾伦布置工作的时候，交代了一句："全公司所有员工包括艺人，登录QQ账号。"

艾伦："要开视频会议吗？"

陆怀柔："不，给我发表情包。"

艾伦以为自己听错了："啥玩意儿？"

陆怀柔："听不懂人话？给我发表情包！越多越好！"

于是，陆怀柔连夜将收集到的几百个时下最流行的表情包一股脑发给了陆粥粥。

"怎么样，服了吗？叫声爷爷，我这儿还有几百个。"

良久，陆粥粥回了一条："爷爷，现在是00：43了。"

陆怀柔："嗯？"

“您能当个正常的家长吗？”

陆怀柔：“……”

音乐课是小朋友最喜欢的一门课程，因为音乐课不在教室上，而是去音乐教室。音乐教室四面是落地窗，角落里摆放着一架漂亮的钢琴。

宁融儿最近正好初学钢琴，所以每次音乐课，她总是举手，要弹一段钢琴曲，给同学们做示范。

音乐老师很和善，小朋友愿意表现，她自然也不会打击宁融儿的积极性，所以每次都同意宁融儿的表演请求。

这天的音乐课，宁融儿弹了一段《小星星》，边弹边唱。

这首曲子她练了好久，特意准备要在音乐课上大显身手。

一曲弹完之后，同学们纷纷鼓掌。其实大家并不懂什么钢琴技巧，只是觉得旋律很好听，宁融儿能弹出这么好听的曲子，很厉害。

宁融儿骄傲地拎起裙摆，向大家谢礼，仿佛刚刚结束了一场盛大的演出。

音乐老师也鼓了鼓掌，笑着说：“宁融儿同学真是多才多艺呢。”

“我的偶像是 Cherlyn 姐姐，我要向她学习，谢谢大家！”

陆粥粥小声问蒋清霖：“Cherlyn 是谁啊？”

“你不知道 Cherlyn 吗？”

陆粥粥茫然地摇了摇头，于是娱乐圈小达人蒋清霖兴致勃勃地开始向陆粥粥科普道：“陆雪陵，最近选秀节目里面人气超高的导师，甚至人气超过了节目中第一的选手。她不管是唱跳还是演戏，都是祖师奶奶级别的人物了。”

“好厉害呀。”

难怪宁融儿这样骄傲的小孔雀都会把她当成偶像，哪个女孩不希望自己多才多艺又美美的呢？

陆粥粥拧开瓶盖，喝了一口水：“这个 Cherlyn 姐姐也姓陆啊。”

“对啊，她是陆怀柔的姐姐。”

“什么？”陆粥粥差点儿被水呛着，放下杯子，“你说她是谁的姐姐？”

“陆怀柔啊。”

“不……不会吧。”

“据说俩人是龙凤胎。”蒋清霖煞有介事地说，“如果娱乐圈还有能制得住陆怀柔的人，可能就只有他姐姐了吧。”

陆粥粥还想问得更具体一些，然而就在这时，宁融儿注意到陆粥粥和蒋清霖偷偷讲话。

她直接点名陆粥粥：“陆粥粥同学，你会弹钢琴吗？”

陆粥粥坦然地说道：“不会啊。”

她本来说要跟景绪哥哥学钢琴来着，可是景绪哥哥说才艺在精不在多，让她先弄明白自己真正喜欢什么。

宁融儿笑着说：“不会没有关系，陈老师不是总夸你记忆力好吗？如果你刚刚认真看了我弹琴，应该能记下我的指法吧？”

蒋清霖立刻站出来帮好朋友说话：“喂！你不要强人所难，只看一遍，谁能记住你的指法啊！你这是在故意找碴儿的吧！”

宁融儿说：“陆粥粥就记得住，每次上语文课，只要她读两遍课文，就能记住全部内容。如果她记不住我的指法，就说明她上课注意力不集中！”她转头向音乐老师告状，“老师，陆粥粥一定是觉得音乐课不是重要的课程，所以才会不听课！”

音乐老师很无奈地说：“倒也不用这样较真。”

“既然是上课，怎么能不较真呢？”

陆粥粥的确没有认真看宁融儿的指法，看了也不会去记。但因为《小星星》是非常简单的曲目，而且旋律有重复性，她至少能记住旋律。于是她离开小板凳，来到了钢琴前，尝试着弹了一下。

前面弹错了两个音，宁融儿脸上露出得意的微笑。不过，陆粥粥认真地试过了钢琴的每一个键之后，便立刻记住了它们各自的音阶，于是轻轻哼唱着《小星星》，居然半拼半凑地将这首曲子的主旋律弹了出来。

她完全是凭惊人的记忆力把这首曲子弹出来的。

同学们窃窃私语，觉得陆粥粥和宁融儿弹得差不多。

音乐老师有点儿诧异，没想到一个零基础的孩子第一次上手就能弹出完整的曲子。

陆粥粥很有天赋啊。

宁融儿脸色难看至极，《小星星》这首歌，她练习了将近两个月才勉强弹出来，而陆粥粥居然……用了不到两分钟就弹得差不多了！

下课后，宁融儿一个人躲到女厕所里哭了好久。

小朋友回到了教室，蒋清霖解气地说："看她以后还敢不敢自称自己是'小雪陵'了？"

陆粥粥从来没有听爷爷说过他还有个姐姐，还是龙凤胎。

"这个 Cherlyn 的照片，你有吗？我想看看。"

"有啊。"蒋清霖摸出手机，搜索了一段女团选秀节目的剪辑，"这段是导师公演，Cherlyn 的舞台简直炸掉了！"

陆粥粥还没来得及细看，班主任陈老师就急匆匆地走进教室："陆粥粥，你出来一下。"

陆粥粥放下手机，跟着陈老师走了出去，看陈老师的表情，似乎不妙。

"怎么了，陈老师？"

陈老师担忧地说："粥粥，你要做好心理准备，你爷爷可能出事了。"

"什么？老师你什么意思？"

陆粥粥还没问清楚情况，便看到艾伦的车已经直接驶到了教学楼下。

陆粥粥连忙跑过去，急切地问："小艾叔叔，我爷爷怎么样了？"

艾伦也不耽搁，给她拉开了车门，让她上车："拍戏的时候发生了意外，我先送你去医院看看他。"

陆粥粥过去从来没有亲人受伤住院的经历，所以一路上脸色惨白，嘴角都在哆嗦。

艾伦牵着陆粥粥的手急匆匆赶到了私人医院的 VIP 病房。

病房很大，宽敞明亮，环境也很好。

陆怀柔躺在床上，仿佛睡着了一般。

陆粥粥看到他的睡颜，再也绷不住了，扑到他面前号啕大哭："臭怀柔！你不要死啊！

"你醒过来，不要丢下粥粥一个人！

“爷爷，粥粥再也不调皮了，再也不吃零食了。”说着她将自己书包里的小豆干、薯条统统倒进垃圾桶，“粥粥以后都听你的话，再也不顶嘴了。”

艾伦没想到小姑娘反应这么大，刚刚在车上还默不作声，他以为她没什么事，没想到全压在心里呢。

“粥粥……我劝你不要说这样的话，”艾伦担忧地提醒她，“咱暂时先不忙着做保证。”

“爷爷都已经死了，”陆粥粥哭得面颊通红，“他再也听不到了。”

“不不不，他不一定听不到。咱保证了，将来要是做不到，这不是打脸吗？”

“你这个坏叔叔！”陆粥粥边哭边推开他，“爷爷都死了，你还说这样的话！”

“哎……那我不管你了，不识好人心。”

陆粥粥拉着陆怀柔的衣袖，哭唧唧地说：“粥粥再也不把薯片藏在床底下，晚上偷吃了；粥粥也不让景绪哥哥帮我调手机，取消家长监控模式了；粥粥也不再熬夜躲在被窝里看动画片了……”

艾伦听不下去了，小声说：“粥粥啊，你……你还是别说了！不然等你爷爷醒过来，你真的要被打了。”

“爷爷再也醒不过来了。”

陆粥粥趴在陆怀柔身上，正要撩起白被单遮住他的脸，却看到陆怀柔一双上翘的桃花眼，宛如看傻子一样看着她。

陆粥粥的哭声戛然而止，她眨巴眨巴水润的大眼睛，难以置信地看着陆怀柔。

“爷爷……又活了？”

艾伦伤脑筋地揉揉后脑勺，解释道：“你爷爷只是在拍冰上动作戏的时候，不小心摔了一跤，扭伤了腿而已。”

“那怎么……刚刚一动不动？”

陆怀柔打了个哈欠，不耐烦地说：“我连着两天夜场戏，好不容易找个机会睡会儿，还被你吵醒了。”

这时，医生走进来，给陆怀柔检查了一下右腿的伤：“扭伤有些严重，你看，都肿起来了。”

艾伦连忙问道：“医生，他什么时候能恢复啊？”

“伤筋动骨一百天，要想彻底恢复，不落下病根，就得好好休养。”

医生走后，艾伦无奈地摊手：“得了，怀爷，后面的工作我都给您取消了，趁这个机会，好好给自己放个假吧。”

陆怀柔无所谓地耸耸肩：“戏可以不拍，但是公司的情况，每天要跟我汇报，我线上办公。”

艾伦知道陆怀柔事业心很强，所以没有勉强，答应了他。但是陆粥粥不乐意了，说道：“没听医生说吗？！要想不落下病根，就得好好休养！怎么还能工作呢？！小艾叔叔，你不许来我家烦爷爷了！再来我家，我把你打出去！”

艾伦笑着说：“怀爷，您看粥粥多关心您。”

陆粥粥心虚地看了陆怀柔一眼：“是吧，我很关心爷爷的。”

“我真是好感动！”陆怀柔捏着陆粥粥的脸颊，冷笑道，“把零食藏在床底下，晚上偷偷吃？”

陆粥粥：“……”

“还取消手机的家长监控模式，晚上偷偷看动画片？”

陆粥粥：“……”

“你不会以为哭一哭，假惺惺关心几句，我就不揍你了吧？”

陆粥粥：“小艾叔叔，救命！”

艾伦一脸冷漠：“有事的时候叫小艾叔叔，没事的时候叫艾姐，你当我是没有尊严的工具人？”

陆怀柔抓住了陆粥粥，一连在她额头上弹了几下。

陆粥粥挣脱之后，跑出病房门。

好在陆怀柔现在腿脚不便，没办法追上她。

晚上，陆随意给陆粥粥打了个电话，询问陆怀柔的情况。

陆粥粥站在医院走廊的落地窗边，回想着刚刚医生说的话，如实道：“爷爷没有大碍，就是需要居家休养，暂时不能工作了。”

“那我就放心了。我尽快在这两天结束工作，然后回来接你。”

“啊！”陆粥粥惊讶地说，“爸爸你要回来了吗？”

“是啊，爷爷腿受伤了，不方便照顾你了，不能再把你留在爷爷身边，打扰他的休息。”

陆粥粥严肃地说：“爸爸，你怎么能是这样的人呢？”

陆随意：“我怎么了？”

“爷爷受伤，你就把我接走，也太忘恩负义了吧！”

“忘恩负义？”陆随意像是抓不住重点似的，“这个成语用得好，粥粥学习有进步。”

“我是不会走的，我要留下来照顾爷爷！”

“你个毛丫头，你连自己都照顾不了，怎么照顾你爷爷？”

陆粥粥气呼呼地说：“谁说的！我可以照顾爷爷！”

“行了，粥粥，听话。”陆随意并不把她孩子气的话当回事，“老爸后天上午乘飞机回来，下午去爷爷家接你，你把东西收拾好。”

陆粥粥真是气急了，难道大人都这样任性，想把她丢哪儿就丢哪儿，想把她带回去就带回去？他们一点儿都不考虑她的想法吗？

陆粥粥想起了景绪，如果换成景绪，他会怎么做呢？

她想了想，对电话里的陆随意道：“爸，我明天就把你的照片交给香榭小筑的保安，告诉他们你是陆怀柔的私生粉，你一进小区大门，就会被保安赶走！”

“你这个臭丫头！”

“挂了！忘恩负义的爸爸！”

陆粥粥气呼呼地挂掉了电话，回头看到一位长发垂腰的大姐姐正微笑地望着她。

大姐姐戴着口罩，身材高挑，足有一米七五，笑起来时眼睛仿佛月亮一般明净。

“好有手段的小姑娘。”

她抱着手臂，一双漂亮的眸子打量着陆粥粥，似乎将陆粥粥刚刚说的话全听见了。

“大姐姐，你找谁呀？”陆粥粥好奇地问道。

大姐姐抱着一束花，说道：“听说陆怀柔那小子拍戏摔了，我来看看腿断了没？”

她居然把陆怀柔叫“那小子”，陆粥粥觉得有些冒犯，但是大姐姐气场十足，陆粥粥又拿不准她究竟是什么人。

“大姐姐，你是陆怀柔的朋友吗？”

大姐姐拍了下陆粥粥的脑袋，微笑着说：“我不是他的朋友，能进去看看他吗？”

“不是朋友，那就是粉丝，粉丝不能进！”陆粥粥挡在门口，坚定地说道，“陆怀柔需要静养！不能让别人打扰！大姐姐请回吧。”

“小家伙，姐姐逗你玩呢。姐姐是他的家人，让姐姐进去看看他，好吗？”

陆粥粥狐疑地看着她：“那你把口罩摘了，让我看看。”

“你这个小姑娘，够难缠的，跟你爸一样磨叽。”大姐姐摘下了口罩，凑近了陆粥粥，“喏，好好看看，你说我是他什么人？”

陆粥粥看着那张白皙漂亮的脸蛋，差点儿忘了呼吸，好美的大姐姐呀，说她是神仙姐姐都不为过。

那张脸和陆怀柔有八分相似，少了陆怀柔的英武，多了几分柔美。

“明白了吗？”

陆粥粥愣愣地点了点头：“你是他的……”

“对了。”

陆粥粥捂着胸口，惊恐地道：“你是他的私生女！是我……姑姑！”

陆雪陵：“……”

这小孩脑子里装的都是什么？

陆雪陵蹲下，耐心地解释道：“小朋友，准确说，你爸爸才应该叫我姑姑，你应该叫我姑奶奶。”

“姑奶奶？”

陆粥粥傻了。

这姑奶奶，神颜啊！

病房里，陆怀柔懒洋洋的声音传来：“陆雪陵，你别胡乱逗我孙女，她爱哭，当心鼻涕蹭你衣服上。”

“我才不会弄哭她呢，这么可爱的小姑娘，哪儿舍得呀。”

陆雪陵带着陆粥粥进了病房，关上门，冲陆怀柔道：“我只会把你弄哭。”

“呵。”

陆雪陵走到陆怀柔身边，笑着说：“陆怀柔，想不到你也有今天。让你一天到晚踹飞别人，报应来了吧。”

“别急，医生说过两天我就能恢复了。”

“过两天就能恢复是吧。”陆雪陵走过去，用力地拍了拍他的右腿，“来，让姐看看，伤成什么样子了？”

病房里发出一声惨叫：“陆雪陵，我杀了你！”

陆雪陵：“小心说话，小孩子在呢，打打杀杀的，真粗鲁。”

陆怀柔额间渗出汗珠，气得脸都红了。

陆粥粥见多了别人对爷爷尊敬有加，还从来没见过他这般模样呢。

姑奶奶，真是好厉害呀。

陆雪陵的注意力落在了陆粥粥身上了，笑着说：“陆随意那个浑蛋，还能生出这么漂亮的女儿来。”

陆怀柔没好气地说：“隔代遗传，主要继承了我的优点。”

“我觉得小姑娘跟我比较像。”陆雪陵揉着陆粥粥的脸蛋，“小粥粥，以后你就是姑奶奶的亲孙女了，好不好呀？”

“姑奶奶像姐姐一样，比爷爷还年轻。”

“小丫头嘴太甜了吧！”

“嘻嘻。”

陆雪陵抱着陆粥粥，根本舍不得撒手：“这段时间都是你在照顾她吗？”

“不然呢？”陆怀柔闷声道，“都送过来了，总不能把人扔出去吧。”

“奇怪啊，换你的脾气，这不是常规做法吗？”

陆怀柔揉了揉鼻子，没有说话。

“前段时间我在搞选秀节目的事，封闭训练，导师也不能出来。这不，一录完节目，我马上过来看粥粥了。”她戳了戳陆怀柔的额头，“顺便探望你。”

“随便！谁稀罕你来。”

陆雪陵对粥粥道："别理你爷爷，他就这臭脾气。"

陆粥粥："我可太知道了。"

陆雪陵："是吧！"

陆粥粥："特别喜欢装腔作势。"

陆怀柔："……"

你们能不能背地里说人家坏话？

他指着陆粥粥，气呼呼地说："刚刚那事还没完，别以为有她就能给你撑腰，等她走了，看我怎么收拾你。"

陆粥粥连忙躲到了陆雪陵身后。

陆雪陵坐在床边，理了理自己的裙摆，说道："我还真就不走了。"

陆怀柔顿觉不妙："你……什么意思？"

陆雪陵笑着说："刚刚结束女团选秀，累了几个月，正好到你家休息一下。"

陆怀柔肉眼可见地慌了："你……你有自己的房子，干吗住我家？"

"我家楼下到处都是狗仔，烦。住你家安全，没有狗仔敢冒着被打断腿的风险来偷拍吧！"

陆怀柔曾经放话"偷拍打断腿"，所以狗仔想偷拍他，还真得掂量掂量，有没有这个胆量。

"不行，绝对不行！"陆怀柔坚决不同意，"你不能来我家！"

"怎么不行，你不是行动不便吗？总不能让这个小姑娘照顾你吧？"

"我……过两天就恢复了！"

"那就等你恢复了再说。"陆雪陵一锤定音，"就这么愉快地决定了，我让助理把行李直接提到香榭小筑。"

陆怀柔："……"

完了，家里已经有了一位小姑奶奶，现在又来一位大姑奶奶。这日子没法过了！

陆粥粥知道这位漂亮的姑奶奶要搬到家里来，高兴极了，不住地问："真的吗？真的吗？姑奶奶要和我们一起住吗？"

"当然，以后姑奶奶带你玩。你平时喜欢玩什么呀？"

"我喜欢捉蛐蛐，还有挖蚯蚓！"

“哈哈哈，下次带姑奶奶一起去挖蚯蚓，好不好呀？”

“姑奶奶不害怕小虫子吗？”

“你姑奶奶天不怕地不怕，怕什么小虫子。”

陆粥粥可太喜欢这个姑奶奶了，抱着她不肯撒手：“我喜欢你！”

“对了，粥粥喜欢猫猫吗？”

“喜欢呀！”

“既然喜欢，姑奶奶还有一只大猫，叫柔柔，也带过来陪你玩！”

陆粥粥还没来得及开心，陆怀柔吼道：“你敢把那个畜生带我家，我明天就把它清蒸了！”

陆雪陵摸摸陆怀柔的脑袋：“哎哟，消消气，生气长皱纹啦……”

陆怀柔别扭地移开脑袋，甩开她的手，道：“不准把猫带过来！”

“可是你孙女想和猫玩呢。”

陆粥粥满眼星星地望着陆怀柔，哀求道：“爷爷。”

陆怀柔不为所动：“她还想上天呢！”

陆雪陵低声对陆粥粥说：“咱们不理他。”

陆粥粥像是有了靠山似的，重重地点头：“嗯！”

“小粥粥，你这头发扎得太随意了吧。来，姑奶奶给你扎小辫儿。”

“好呀。”

陆雪陵从包里掏出皮筋和梳子，分分钟就给陆粥粥扎了一个可爱的蝎尾辫。

“姑奶奶好厉害。”

“姑奶奶手艺多着呢。”陆雪陵看着陆粥粥的连帽衫，说道，“衣服也太像小男孩了吧，改天姑奶奶带你去买漂亮的公主裙。”

“哦……”

陆粥粥忽然望看了看陆怀柔，陆怀柔不满地移开目光，不理她。

“你看他干吗？难不成买裙子还要经过他允许吗？”

陆粥粥摇摇头，说：“这个衣服是爷爷给我买的，爷爷还给我买了好多衣服，我不能忘恩负义。”

陆怀柔脸色终于好看了些，心里感动极了，想着我亲孙女还是没有白疼啊！

陆雪陵无奈地说道：“好吧，看来小孙女还是跟爷爷亲呢。”

陆怀柔扳回一局，没好气地说：“你明白就行，别想着拿小恩小惠就把我孙女收买了。”

陆雪陵耸耸肩，起身出门：“那我给粥粥准备的见面礼，巴拉拉小魔仙套装，粥粥肯定也不想要了。”

陆粥粥闻言，一跃而起追了出去：“姑奶奶！我要！要的！”

“陆粥粥！你给我回来！”

陆怀柔腿受伤的消息，上了整整两天的热搜。

这两天，陆粥粥一直在医院里，拿着手机，给爷爷读粉丝的留言，希望他早日康复。

“哥哥加油，愿安好。”

“草莓们都在这里，等你回归！”

“一定要快点儿好起来呀！”

“陆怀柔你也有今天，哈哈哈哈！”

陆怀柔：“……”

每次听不到二十条，陆怀柔就能睡过去。

他辛苦半生，奉献给自己最喜欢的演艺事业，几乎都没睡过一个好觉，这次受伤，反而给了他一个休息的机会。

陆粥粥特别喜欢趁陆怀柔睡着之后，观察他的脸，一会儿摸摸他的鼻子，一会儿碰碰他的眼皮。

两天后，陆怀柔出院，因为右腿需要静养，所以陆雪陵就给他搬来了一把轮椅：“上来吧，柔柔，姐推你回家。”

“别叫我柔柔！”

“好啦，快上来。”

“我只是扭伤脚，至于用这个吗？”

陆怀柔不肯坐轮椅。

“怎么不至于啊，医生说严重扭伤，短时间内，你都不可以再使用右腿了，毕竟……”陆雪陵笑呵呵地说，“毕竟不是年轻人了嘛。”

“我又没残疾，坐什么轮椅！”陆怀柔是很要面子的人，就这样坐在轮椅上让人推着走，感觉自己真像老年人似的，“绝对不坐，死也不坐！”

陆雪陵冲陆粥粥递了个眼色：“快劝劝你爷爷。”

陆粥粥立刻道：“爷爷不能因为面子讳疾忌医。上一个讳疾忌医的人是曹操，不仅自己死翘翘了，还杀了神医华佗！遗臭万年！”

陆怀柔：“……”

谁让她乱用成语的！

“你看，你不是得给小朋友做一个好榜样吗？”陆雪陵循循善诱，“你讳疾忌医，那粥粥有样学样，生病了也不吃药，这可怎么办才好。”

陆怀柔终究还是一脸不爽地坐在了轮椅上，任由陆雪陵推着他走出了私立医院的大门。

毕竟，他家有个小朋友，他还是得以身作则。

大门外已经聚集了不少的记者，见证陆怀柔的出院，闪光灯就没停过。

陆怀柔早已经预料到，这些神通广大的狗仔知道他住在哪家医院，所以提前让艾伦带着陆粥粥从后门上了车。

过去陆怀柔绝对不允许狗仔偷拍，谁敢拍他，他就踹谁。早些年他拍武侠电影，也学过不少功夫，所以狗仔没一个是他的对手。

这会儿陆怀柔坐在轮椅上，肯定是踹不了人了，不过他这暴脾气丝毫没有收敛，指着这些狗仔，嚷嚷道：“再拍一个试试！

“我记住你的脸了！

“以后见一次打一次啊！”

陆雪陵将他推上车，摘下口罩对记者道：“行了，也让你们拍了，陆怀柔没事，休息几天就好了，都散了吧。”

陆雪陵这些年没什么负面消息。她舞艺卓绝，为人大方亲和，脾气也好，一点儿大牌明星的架子都没有，所以基本上没人黑她。

上车之后，她劝陆怀柔：“你这臭脾气，什么时候能改改。”

“为什么要改？我又没做错，错的是他们！”

“这不是一个非对即错、非黑即白的世界，只有孩子才讲对错呢，成年人只讲怎么做对自己最有利。你打狗仔，除了让他们变本加厉地黑你，有任何好处吗？”

“可对就是对，错就是错。他们不经我允许，拍我生图，就是他们的错。”

“你怎么这么固执呢，还像个小孩子一样！”陆雪陵摇头道，“你都已经是有孙女的人啦，不想给粥粥做一个好榜样吗？让粥粥将来像你一样，一言不合就跟人动手？”

纵使陆怀柔有自己的道理，但是涉及陆粥粥，他的道理就统统不管用了。

他无言以对。

一直在后排认真听他们讲话的陆粥粥，忽然道：“我觉得爷爷没问题呀。本来对就是对，错就是错嘛。难道只有孩子才讲对错，长大以后就是非不分了吗？”

陆怀柔一个劲儿地点头。这才对嘛，果然是他亲孙女。

爷孙俩平时一言不合就开撕，这会儿难得陆粥粥和他站在统一战线上。

“难怪你俩可以玩到一块儿呢。”陆雪陵无奈地道，“粥粥，成年人的世界，不会像孩子的世界那样单纯。”

陆粥粥困惑地说：“那我宁可永远不要长大。”

陆怀柔拍拍自己身边的座位，让小丫头坐过来。

陆粥粥爬到他身边，乖乖地依偎在他的怀中。

“不想长大，那就永远不要长大。”

小姑娘眨眨眼睛，看着他：“可以吗？”

陆怀柔看着小姑娘，神情带着不同寻常的温柔——

“当然。”

只要有他在，她就可以永远当无忧无虑的小朋友。全世界的险恶，他都会为她挡在门外。

只要有他，陆粥粥的童年就不会结束。

陆雪陵也正式搬进了陆家，大包小包的行李，助理来来回回搬了十多趟，东西多得令陆粥粥咋舌。

助理忙碌了整整一上午，才算将陆雪陵的行李安置好。

一下子，宅子不再是过去那种冷冰冰的极简风，而是增添了更多的烟火气。

不管是卫生间还是衣帽间，都多了很多女性用品，无比温馨。

陆粥粥也在忙上忙下地帮陆雪陵搬东西。

陆雪陵逮住她："宝贝你可别跑了，当心摔着，这儿有叔叔们帮忙呢，去和大猫玩吧。"

"没事！"陆粥粥兴奋地说，"我可以的！"

陆怀柔因为腿脚不便，只能坐在轮椅上，看着陆雪陵指挥助理将大包小包的行李搬入宅子，彻底攻占他的衣帽间和健身房。他只能干瞪眼。

最可气的是，那只超级讨人厌的大猫也来了。这只猫都快胖成球了，懒洋洋地趴在草地上，和他大眼瞪小眼，最后在他的腿边挑衅地磨了磨爪子。

陆怀柔抓起它，想把它丢出院子，大猫似乎早有预料，敏捷地跳开了，在远处冲他喵喵叫了几声。

陆怀柔指着它，威胁道："死肥猫，别让我逮到！"

陆粥粥见此情形，笑着说道："爷爷太幼稚了吧，居然还跟大猫吵架！"

陆怀柔不爽地转过脸去："要你管。"

陆粥粥蹲下，摸着大猫柔顺的毛发，说道："你这样说，大猫根本听不懂。"

"不然你教我？"

"好啊，我教你，你要喵喵喵喵喵。"

陆怀柔："……"

"跟我一起叫啊，喵喵喵喵喵，这样它才能听懂。"

陆怀柔翻了个白眼，懒洋洋地喵喵了几声，大猫忽然跑过来，趴在了陆怀柔的脚边，蹭了蹭他。

陆粥粥惊叫："啊！大猫听懂了，爷爷，你再跟它说说话！"

陆怀柔皱着眉头，居然有些半信半疑，它不是真的能听懂吧？

"喵喵喵喵喵。"他又试着叫了几声。

大猫也回应:“喵喵喵。”

陆怀柔:“喵喵喵喵喵。”

大猫开始在他脚边蹭蹭:“嗷呜。”

陆怀柔:“成精了吧！喵喵喵喵喵！”

陆怀柔全神贯注地学猫叫，全然没注意到，陆雪陵竟然拿着手机，将陆怀柔学猫叫的画面全程拍了下来，并且消掉陆粥粥的声音，发了微博:跟我们家柔柔一起学猫叫。

这条视频发出去之后不过半个小时，“陆怀柔学猫叫”的话题霸占了热搜第一。

过去粉丝见到的多是陆怀柔冷漠暴躁的一面，然而此刻视频中陆怀柔认真学猫叫的模样，太颠覆人设了吧！

“啊啊啊啊，太可爱了！我的少女心都要炸了！”

“我也就看了两百多遍吧。”

“原来哥哥在生活中这么蠢萌！”

“呜呜呜，这样温柔的哥哥我可以拥有吗？”

“明人不说暗话，我想做你的猫！”

……

这段视频被网友疯狂剪辑，配上音乐，配上表情，演绎成了各种各样的版本。

陆怀柔看到热搜，气得脸上肌肉都在颤抖，艰难地站起身，要把陆雪陵揪过来:“陆雪陵！你完了我告诉你！”

“哎呀，别这样。”陆雪陵一边笑，一边躲在粥粥身后，“多可爱！你看你的粉丝量，一直在暴涨，两个小时都涨了几十万了，我帮你圈路人粉呢。”

“不需要！我的人设定位就是高冷。”

“你是不是对高冷有什么误解，我看你的人设是爹毛陆三岁才对吧。”

陆怀柔腿脚不便，抓不到她，只能一边气呼呼地干瞪眼，一边对陆粥粥说：“你要乖一点儿，不要学你姑奶奶，她那样的根本嫁不出去！”

陆粥粥立刻反驳：“才不是呢，姑奶奶人美心好，多才多艺，我要是男孩子，我就喜欢姑奶奶。”

陆怀柔拉着小姑娘的手臂：“这才几天，你就胳膊肘往外拐了？”

陆粥粥坐在陆怀柔身边，反驳道：“可她又不是外人。”

“你叫她什么？”

“姑奶奶呀。”

“那你叫我什么？”

“爷爷。”

陆怀柔将她拉到身边：“所以，你们老师没教过你，姑奶奶和爷爷，谁更亲？”

陆粥粥掰着手指头算着：“爷爷是姑奶奶的弟弟，我是爷爷的孙女，我是姑奶奶的弟弟的孙女……好像……”陆粥粥妥协道：“的确是和爷爷比较亲呢。”

“这就对了。”陆怀柔甚是欣慰，“以后，遇到任何事情，都要站在你爷爷这边！跟爷爷最亲！爷爷给你买糖吃。”

“好哦。”

陆雪陵走过来，鄙夷地看了陆怀柔一眼：“有你这么当家长的吗？居然用小恩小惠诱惑我们单纯的陆姑娘，过分了！”

“有本事你也来。”

“粥粥，咱们不理他，姑奶奶下周带你去迪士尼乐园，好不好？”

“啊啊啊！”陆粥粥抱头尖叫，“是那个白雪公主的迪士尼吗？”

“对呀。”陆雪陵蹲下，言笑晏晏地看着她，“所以，你是谁的亲孙女呢？”

“姑奶奶的！”

陆怀柔：“……”

陆粥粥，你就是个叛徒！

第七章

巧克力超甜

公司视频会议，陆怀柔发火了，董事们心惊胆战地伺候着，生怕说错一句话，把祸水引到自己身上。

艾伦不用想也知道，家里住着一大一小两位姑奶奶，陆怀柔的生活肯定不好过，满腹憋屈也只能发泄在他们身上了。

会议过后，艾伦给陆怀柔打电话，询问老板最近的生活状况，陆怀柔咬牙切齿只说了两个字：“叛徒。”

“她们才认识多久，小丫头就跟她跑了。”陆怀柔捏着嗓子，学着陆粥粥的语气道，“现在一开口就是‘姑奶奶说得对’！

“不讲原则，没有亲情，我白疼她了！”

艾伦无奈地劝道：“雪陵姐是很招小女生喜欢的，这也能理解吧。”

“陆粥粥能一样吗？她是我孙女！”陆怀柔愤懑地说，“她能跟别人一样？”

“可是，哪个孩子不希望自己成长的过程中有妈妈的陪伴呢。”艾伦一句话抓住了重点，“小姑娘兴许是把陆雪陵当妈妈了。”

此言一出，瞬间堵住了陆怀柔的抱怨。

他无话可说，也不能反驳。

是啊，即便他能给小姑娘一切，但是他给不了她需要的母爱。

陆雪陵的到来，弥补了她成长的缺陷。

晚上，陆雪陵拿着汗巾从健身房出来，陆怀柔坐在高脚吧台边，端着一杯咖啡，面无表情地看着她。

陆雪陵知道他有话要说，于是走过去：“柔柔，这才刚刚摆脱轮椅，坐那么高，当心摔下来。”

陆怀柔不爽地说：“要你管。”

陆雪陵敲了敲他的脑门：“我是你姐，不管你多少岁，永远是我弟弟。”

陆怀柔没好气地问她：“你什么时候走？”

“不知道，我答应带粥粥去游乐园，还没去呢。”陆雪陵撇撇嘴，不爽地说，“你整天就琢磨着让我走，是吧？”

陆怀柔手里拿着咖啡勺，搅动着蓝色瓷杯里的雪顶咖啡，薄唇动了动，没有说话。

陆雪陵看了他一眼，又说道：“晚上少喝些咖啡，你这生活习惯，太不好了吧。”

陆怀柔默不作声地看着杯里的咖啡，忽然很小声地说了句：“如果没什么特别重要的事，你也可以不用走，就住在家里。”

陆雪陵还没反应过来，陆怀柔已经端着杯子走开了，临走的时候，嫌弃地补充了一句：“反正也嫁不出去。”

陆雪陵：“……”

亲情的感动永远不会超过三秒。

这段时间，陆怀柔腿脚不便，接送陆粥粥放学的任务就落到了陆雪陵身上。

陆雪陵的打扮跟陆怀柔一样，口罩、墨镜、鸭舌帽是出门的标配，因此，格外引人注目。但是即便乔装，仍然遮掩不住她出众的气质。

办公室里不少老师都在议论。

“你说陆粥粥家里的人，怎么都这么奇怪呀？”

“全都是‘蒙面大侠’，之前的爷爷如此，现在又来了一位姑奶奶，也是如此，而且一个比一个年轻。”

“我早就发现了。”班主任陈老师神秘兮兮地道，“我有一个大胆的想法，没准陆粥粥的爷爷，是陆怀柔啊！”

此言一出，周围几个老师都表示不可能。

“天方夜谭吧。”

“我们班还有三个姓陆的小孩呢。”

“你能教到陆怀柔的孙女？陆怀柔儿子都没有，哪来什么孙女？”

这当然只是陈老师的想法，不过这个想法也并非空穴来风。她仔细打量过陆粥粥的五官，别说，跟陆怀柔还真有几分相似；再加上那位神秘的年轻爷爷，以及同样年轻的姑奶奶……都能跟陆怀柔的家庭信息对上号。但是猜测总归是猜测，作为班主任，陈老师也不可能真的去向陆粥粥求证，打听他们家的隐私，所以这份疑虑便被压了下来。

自从那次钢琴课，陆粥粥牛刀小试，第一次接触钢琴便完整地弹出了《小星星》，宁融儿算是和她较上劲了，总要在音乐课上和她一比高下。

宁融儿弹完了新学的贝多芬的《欢乐颂》之后，回头问陆粥粥：“陆粥粥，《欢乐颂》你会弹吗？”

陆粥粥压根儿不想接招，懒洋洋地回答：“不会。”

“不是吧，这么简单你都不会，”宁融儿如孔雀般抖着羽毛耀武扬威，“你真是笨死了。”

陆粥粥觉得，宁融儿迟早要把小孔雀全身的羽毛给嘚瑟光，到时候就变成光秃秃的孔雀了。

“对啊对啊，不会。”陆粥粥很烦宁融儿，都懒得和她说话。

“那你还敢不敢说你是小天才呀？”

“我从来都没说过我是天才，只是你自己这样觉得而已。”

“哼！我才没有呢！我才不觉得你是天才，连《欢乐颂》都不会弹！陆粥粥大笨蛋！大笨蛋！”

兴许是跟着陆怀柔生活久了，陆粥粥也沾了些陆怀柔的脾性，对不喜欢的人，一个眼神都懒得给。

宁融儿见她不搭理自己，越发来劲了："陆粥粥是大笨蛋！陆粥粥是大笨蛋！"

一直温和的音乐老师，终于忍受不了宁融儿的骄纵了，狠狠斥责道："宁融儿！住嘴！"

全班同学都噤声了，包括宁融儿。

音乐老师对小朋友一直都很温柔，脸上也总是带着微笑，甚少发火，看来宁融儿真的是太过分了。

"会弹几首曲子是多么了不起的事吗？"她斥责宁融儿道，"你会弹，其他小朋友不会，你就要这样去奚落他们吗？"

宁融儿被音乐老师严厉的语气吓呆了，一句话都不敢说。

"再说，尺有所短，寸有所长，陆粥粥每次数学考试都能拿满分，你能做到吗？陆粥粥有用这件事来说你是大笨蛋吗？快跟陆粥粥同学道歉！"

宁融儿终于绷不住，哭出了声来："对……对不起。"

不过陆粥粥看得出来，她不是真心诚意在道歉，只是被音乐老师忽然发威给吓坏了。

她一边哭，一边死死咬着牙，看向陆粥粥的眼神全是恨意。

下午的大扫除，不用参加劳动的同学都在操场上活动。

操场左侧有一个大沙坑，平时用来跳远和掷铅球。

平日里，这个沙坑也成了最受低年级小朋友喜欢的"娱乐园"。每到大扫除的时候，低年级的小朋友全都拥向沙坑，堆沙雕、做城堡、搓汤圆、过家家……

陆粥粥和蒋清霖、张虎三人合力堆了一个大城堡。

"这里再做一个窗户。"蒋清霖用树枝在沙堆上画了一扇窗，"公主住在城堡里，推开窗就可以看见礁石和大海。"

陆粥粥捡了几块石头摆在城堡外面，充当礁石，回头看到景绪拿着练习本经过沙坑。她冲他扬了扬手，喊道："景绪哥哥，一起来玩堆城堡呀？"

景绪看了看她，顿住脚步，拿着书坐在沙堆边的长椅上，低头写作业。

张虎对陆粥粥说：“别叫他，他才不会跟我们玩呢，他不跟低年级的小朋友玩。”

蒋清霖问：“那他跟高年级的哥哥们玩吗？”

张虎回答道：“他也不和高年级的玩，他不和任何人玩！他是小天才，看不起我们这些人。”

蒋清霖不屑地说：“我们粥粥还是小天才呢。”

陆粥粥笑着说：“我不是小天才，我是女王大人。”

“那我是小公主，”蒋清霖指着沙雕道，“我要住在礁石城堡里。”

陆粥粥回头看了景绪一眼，他就坐在沙坑边，低头写作业，时不时地扫她一眼。

陆粥粥感觉，他虽然没有加入，但是他也在用这样的方式陪她玩。

陆粥粥和蒋清霖继续堆城堡，这时候，宁融儿不动声色地靠近了陆粥粥，站在她对面，弯腰抓起了一把沙子。

景绪看到了，在宁融儿将沙子掷向陆粥粥的那一刻，他挡在了陆粥粥面前。虽然他也伸手挡了，但是眼睛里还是进了沙子。

这一变故，把周围的小朋友都吓呆了。

陆粥粥诧异地望向景绪，景绪紧闭着眼睛，眼睛受到刺激，眼角渗出眼泪，红了一圈。

陆粥粥恶狠狠地望向宁融儿：“你在干什么？”

宁融儿又抓起一把沙子掷向陆粥粥：“我讨厌你！讨厌讨厌！”

不过这一把沙子打偏了，没落到陆粥粥身上。陆粥粥见景绪眼睛都睁不开，也是气急了，冲过去直接将宁融儿扑倒在沙地里：“你竟敢伤害我朋友！”

“我打死你，陆粥粥！”

两个小女孩刚扭打在一起，便立刻有老师跑过来，拉开了她们。

陆粥粥脸上被宁融儿指甲抓出一道浅浅的血痕，宁融儿的头发也被陆粥粥扯得乱七八糟。

老师分开了两个情绪激动的小朋友，厉声斥责道：“你们是哪个班的？为什么打架？”

蒋清霖和张虎，还有一帮小朋友跑过来做证道：“是宁融儿用沙子打陆粥粥！”

“我们好好地在堆城堡，是宁融儿先动手的！”

老师回头，看到景绪一直在用手揉眼睛，意识到问题的严重性，顾不得其他，连忙带景绪去水槽边洗眼睛。

陆粥粥也紧随其后，担忧地看着水槽边的景绪。

老师用大量清水给景绪冲洗了眼睛，然后立刻带他去了医务室。

这事若是换了其他小朋友，兴许早就大哭起来，景绪倒是冷静，不哭也不闹，全程配合老师和医生。

没多久，景绪眼睛里的细沙便被清理干净了。

老师带着景绪走出医务室。景绪两只眼睛红红的，仿佛哭过一般。

陆粥粥背着小书包，匆匆忙忙跑过来，问道：“景绪哥哥，你的眼睛没事吧？”

“没事。”

“真的没事了吗？疼不疼？”陆粥粥踮起脚，轻轻摸了摸他的眼角。

景绪倒也没有躲开，低着头让她仔细检查。

原本“不疼”的话到嘴边，被他改成了：“有点儿疼。”

小姑娘眉头紧蹙：“现在还疼吗？”

“嗯。”

“那粥粥帮你吹吹，”陆粥粥轻轻地帮景绪吹了吹眼睛，“吹吹就不疼了。”

她轻柔的风扇动着他的睫毛，有些痒。

“还疼吗？”她担忧地问。

“好了。”景绪拍拍她的肩膀，“哥哥不疼了，谢谢陆粥。”

“那就好。”

因为宁融儿和陆粥粥打架，两边的家长都被请来了学校。

陆粥粥不敢让爷爷知道这件事，所以打电话的时候，故意说了老爸的电话。

这自然合情合理。说起来，老爸才是她的第一监护人。所以陆随意刚出差回来，便马不停蹄地来到了学校。

宁融儿的母亲和陆粥粥的父亲，俩人在办公室里吵得不可开交。

宁母："我们家从小对融儿进行淑女教育，让她弹钢琴、跳芭蕾，这样的女孩怎么会打架呢？肯定是你家野小孩欺负人。"

陆随意："你不要混淆是非好吧，问问周围的同学，到底是谁先欺负人？"

宁母："班上同学都嫉妒我们融儿的才华，所以全帮你们家那个野丫头说话，他们的话能信吗？"

陆随意："哇！你这女人，真是厚脸皮啊！"

宁母："老师你看看，就这种随口说脏话的男人，能养出什么有教养的女儿来。"

陈老师和教务处主任连忙劝阻："你们不要吵，先把事情弄清楚。"

音乐老师也被请到了办公室，将这段时间陆粥粥和宁融儿在钢琴问题上的摩擦简单说了一遍："大概就是这样。之前我让宁融儿向陆粥粥道歉，显然宁融儿还没有意识到自己的错误，几次三番地奚落陆粥粥。我觉得这个问题，家长必须重视，不能再纵容孩子这样下去了。"

"你胡说！"宁母气呼呼地说道，"老师就该一碗水端平，你太偏袒这个姓陆的丫头了吧！"

"我有没有胡说，去问问班上其他同学就知道了，当时全班同学都看见了。"音乐老师虽然平时温柔，但是遇到事情的时候，态度还是很强硬的，"我一个人的话不可信，其他几个同学的话不可信，但总不至于全班同学都帮陆粥粥说话吧！"

"你……"

班主任陈老师和教务处主任基本上也清楚了事情的原委，说道："这件事，错在宁融儿。作为教育工作者，对于孩子的错误如果不能及时纠正的话，就是我们失职了。宁融儿，你认识到自己的错误了吗？"

"我没错！都是陆粥粥不好！是陆粥粥的错！"她拉着妈妈的衣角，"妈妈，你帮我说话！"

宁融儿从小被家里人娇生惯养，母亲也格外疼她，因此说道："好啊，你们都合起伙来欺负我们家融儿。"

陆随意抱着手肘，冷笑着说道："有你这样当母亲的吗？你现在纵容她，将来就有可能害了她。"

宁母恶狠狠地说："不要你来教育我。你知不知道我老公是谁，我老公是宁国峰，国峰地产的老板，你惹得起我吗？"

陆粥粥不知道国峰地产是什么，但是知道宁融儿家里很有钱，反正肯定比自己家有钱，所以她才敢在学校里趾高气扬。

陆粥粥拉拉自家老爸的衣角："爸爸……"

"对就是对，错就是错！她要是不跟你认错，这事没完！"陆随意的态度也是相当强硬，"你老公是国峰地产的老板很了不起吗？那你又知不知道我爸是谁？"

陆随意说出这句话的时候，正好校长跨进办公室。

附小的校长出了名的不卑不亢，管理学生相当严苛，听到这样的话，他立刻变了脸色：

"作为家长，你们都应该以身作则，给孩子起到榜样的作用，怎么能说出这样的话来呢？"

陆随意和宁母不敢反驳校长，讪讪地站在边上，沉默不语。

"当着孩子的面，一个拼爹，一个拼老公，你让孩子怎么想，都跟着你们有样学样？"

陆随意挠挠头，尴尬地说："校长，这不是她先开始的吗？"

"宁夫人，如果你管不了自己的孩子，我建议你把你的先生叫来，让你家先生好好管管她。"

"这个……"

话音未落，校长又转向陆随意："陆先生，既然你提到了令尊，我觉得你也需要把你的家长请过来，让他评评理，这事到底对不对。"

"这……不必吧！"陆随意吓得魂飞魄散，"校长，我……我错了，我真的错了！我再也不这样做了，我肯定给我女儿当好榜样！"

校长将陆随意一顿批评。陆随意羞愧得无话可说，毕竟校长教训得没错，在孩子面前，他的确不该拼爹。

最后，校长还是惩罚了宁融儿，让她回家反省三天，然后交一份八百字的检讨书。

宁母自然不服，然而这是全市顶级的私立学校，校长自然也不会畏惧国峰地产。他直言不讳道："我们学校建校二十年了，什么样的学生没见过，什么样的学生家长没有打过交道，如果你还固执己见，包庇自家的孩子，那么恕我直言，我们是管不了你的孩子了，你另请高明吧。"

言下之意，如果宁母不好好批评自己的孩子，让宁融儿认错悔改，宁融儿就会被勒令退学。

宁母这下才真的意识到问题的严重性。

宁母只能接受老师的意见，在办公室里将宁融儿狠狠斥责了一番，并且保证，让孩子回家反省三天，交一份检讨书。

下午放学时，陆随意背着小书包，带着陆粥粥走出学校，说好要带她去吃肯德基。

陆粥粥跟着陆随意上车，这时，景绪急匆匆从马路对面跑了过来，喊了她一声："陆粥。"

陆粥粥看到他，白皙的脸蛋挂起了微笑："景绪哥哥，我和爸去吃肯德基，你也去吗？"

"不了。"

"那好吧，晚些时候再找景绪哥哥玩。"

景绪从裤包里摸出了一枚创可贴，撕开，然后托起她的下巴。

小姑娘左脸颊处有一道指甲划痕，不仔细看根本看不出来，因此老师没看到，老爸没看到，她也没有说，但是景绪看到了。

他将创可贴小心翼翼地贴在了陆粥粥的脸蛋上，然后用食指抹了一下，说道："不会留疤，但破坏了皮肤组织，贴上创可贴，避免感染。"

陆粥粥笑了起来，露出两颗小虎牙："景绪哥哥懂得好多哦。"

"以后班上有同学欺负你，就来找我，或者去找我哥。我们是高年级，你们班同学不敢惹我们。"

"景绪哥哥其实比我大不了多少吧，只是跳级了，也算高年级吗？”

“当然。”景绪伸手按了按她的头顶，“我比你高一个头，是你的哥哥。你觉得我不能保护你？”

“身高不能证明什么！那景绪哥哥生日是什么时候呢，说不定比我还晚几个月呢？”

景绪一眼就看出了小姑娘的诡计：“你是在变着法地打听我的生日？”

“嘿，没有啦。”

陆随意从驾驶位探出脑袋：“走啦，不然一会儿遇上下班高峰期，你就得再多等半个小时才能吃上肯德基。”

“哦！”陆粥粥赶紧坐进车里，隔着半掩的车窗，跟景绪挥手道别，“景绪哥哥，拜拜。”

景绪也扬了扬手。

肯德基门店里，陆粥粥和老爸坐在高脚凳上，一起吃着全家桶。

陆随意被校长训斥了一顿，有些灰头土脸。他叮嘱陆粥粥，千万不要把今天的事告诉爷爷。

分明是她和同学打架，做错了事，但是陆粥粥看老爸这模样，仿佛比自己还心虚。

“放心，老爸，我不会说的。”陆粥粥的小手拍了拍他的肩膀，“咱俩统一战线。”

“去去去，谁跟你统一战线！别忘了我还是你爸！”陆随意吃着鸡翅，“主要是……孩子打架这点儿小事，都要让我老爹来管，那我的面子往哪儿搁？”

陆粥粥笑着说：“其实你是怕被爷爷骂吧？”

“臭丫头，我帮你呢，你还顶撞我！”陆随意扯了扯她的羊角辫。

“哎呀，满手油，脏死了！”陆粥粥连忙躲开他。

其实陆粥粥说得没错，陆随意是真的有点儿怵陆怀柔。

而且，虽然打架这件事，他的确没处理好，还被校长批评了一顿，但男人的尊严也不允许他求助陆怀柔。他已经长大了，能处理自己的事情。

“在爷爷家过得开心吗？”陆随意大半个月没见女儿了，想得不得了，关切地说，“要是过得不开心，咱随时回家。”

“妈妈不是签了协议吗？”陆粥粥道，“现在爷爷才是我的监护人，你和妈妈都不能把我带走。”

“我真把你带走了，你爷爷难不成还上法院告我啊？”

陆粥粥眨巴眨巴眼睛，郑重地说：“我觉得他会。”

陆随意：“……”

他细想一下，自家老爸那脾气，指不定还真的会告他。

“咳咳，反正，他是我亲爹，你是我亲女儿，那破协议有没有法律效力还难说呢。”

陆粥粥一下子坐直了身子，严肃地说：“爸，你懂什么叫契约精神吗？”

陆随意吮着鸡骨头，愣愣地摇头：“啥？”

“既然签了字，就说明约定好了，那就必须遵守约定！”

“行啊，你跟着你爷爷长见识，说话都是一股霸道总裁范儿。”

陆粥粥严肃地说：“这是原则问题。”

陆随意：“薯条，还要加一份吗？”

“要要要！”

“要原则还是要薯条？”

陆粥粥：“……”

欺负小孩！

陆随意和陆粥粥俩人点了一盒全家桶，又点了两份薯条，吃得不亦乐乎。

陆粥粥把最近家里的事情，事无巨细地都跟老爸讲了一遍。

“什么！你说陆雪陵那个女魔王也来了，还跟你们住在一起？”

“对呀！等一下，姑奶奶才不是女魔王呢！”

“你不知道她有多狠。”一想到她，陆随意都忍不住直哆嗦，“我小时候经常被她弄哭，她简直是欺负小孩子的一把好手！我永远不会忘记，十岁那年，有一天晚上，她趁我睡着，捉了一只蜘蛛放在我的脸上，吓得我尿裤子，做了整整五年的噩梦！”

陆粥粥惊呆了。

姑奶奶年轻的时候这么皮吗？

“可是她对我很好呀，从来不欺负我，爷爷骂我的时候，她还会帮我说话。”

“那她肯定在酝酿大阴谋。”陆随意被陆雪陵这个姑妈折磨得已经有了心理阴影，“粥粥，你可千万不能掉以轻心，跟她在一起，随时随地都有高能预警！”

“姑奶奶才不像你说的这样呢。”陆粥粥从颈子里掏出一枚小金锁，“你看，这是姑奶奶送给我的。”

“她都没送过我这么好的玩意儿！”陆随意摘下那枚小金锁仔细打量，吃醋地说，“好家伙，纯金的，还镶了玉。”

然而，当他翻到金镶玉的小金锁另一面的时候，看到上面的两个字母，忽然沉默了。

陆粥粥见陆随意脸色不对，问道：“爸爸，你怎么了？”

陆随意将金镶玉重新戴到陆粥粥的颈子上，塞进衣领中，然后说道：“你姑奶奶有没有跟你说过，她原本有一个女儿？”

陆粥粥茫然地摇了摇头。

“姑奶奶二十七岁的时候，失去过一个女儿。宝宝先天不足，生下来不足月，便夭折了。这枚小金锁，原本是姑奶奶准备送给她女儿的，锁上还刻了小宝宝名字的缩写。”

陆粥粥掏出小金锁看了看，果然，锁的背面正中间刻着两个字母：LY。

她茫然地问道：“LY 是什么意思？”

陆随意道：“陆滢。”

陆粥粥的小眉头蹙了起来：“宝宝好可怜。”

“是啊，之后你姑奶奶一直走不出来，得了抑郁症，息影整整三年。她一个人去了乡村，在村里当了很长一段时间的小学音乐老师。”

陆粥粥被老爸的话吸引了，托着腮帮子，认认真真地听着。

“那时候我还很小，这些事都是听我过世的奶奶说的。”陆随意道，“后来你姑奶奶走出丧女的阴霾，重返歌坛，凭借之后几年写的十多首金曲，摘得了歌坛最高的艺术性奖，后来的人生之路，简直就跟开了挂似的，一步一步，走到今天的位置。”

陆随意讲得很简单，因为他对陆雪陵的经历也知之甚少。

“总而言之，你姑奶奶实力没得说，她跟你爷爷一样，都是天才。但更重要的是，他们都很刻苦，永不放弃。所以你也要以他们为榜样，知道吗？”

陆粥粥并没有把关注的重点放在陆随意最后的励志教育上，而是问道：“那……宝宝的爸爸是谁呢？”

陆随意：“你太八卦了吧！”

陆粥粥吐吐舌头，用蒋清霖的话说：“八卦是女孩的天性！”

“算了吧，”陆随意推推她的小脑袋，“我都不知道的事，你还想知道？”

吃完晚饭，陆随意又带着陆粥粥逛商场，给她买了好多零食和衣服。其实陆怀柔给她买了好多好多衣服，一天穿一件，都能一整年不重样。但是陆粥粥没说，即便说了，老爸也还是会给她买，这似乎是他作为父亲唯一能做的了。

陆随意开着车，将陆粥粥送到了陆宅门口，说道：“跟爷爷好好生活，多陪陪他，等你爷爷气消了，我再把你接回来。”

陆粥粥用力点头：“嗯！”

陆随意将大包小包的袋子搁在院子门口的石桌上，又从包里摸出一把小梳子，解开陆粥粥散乱的头发，重新给她扎了小辫儿。

“你可别再被欺负了。”陆随意语气温柔了许多，“你爷爷早年间拍过功夫电影，他身上有功夫底子。你平时别懒，跟他多学学功夫，再打架，也不能让自己挨打不是……”

“嗯，我知道了。”陆粥粥问他，“爸爸，你不要进去看看爷爷吗？”

陆随意看了看眼前这栋大宅，这里是他长大的地方，但是关于这里，他全部的记忆也只剩下叛逆期和父亲互殴的场面。

“算了吧，我就不进去了。”

“为什么？”陆粥粥不解。

陆随意抽回目光，脸上浮现出无奈的表情：“当年我和你爷爷闹得很僵，现在我也还没有什么成就，没成为你爷爷的骄傲，没脸见他了。”

陆粥粥似懂非懂地点点头："爷爷希望你变成什么样子呀？"

陆随意揉揉小姑娘的脑袋："他希望我变成科学家，为祖国人民做贡献。"

陆粥粥"哦"了一声："那还真是差得很远呢，你还是不要进去了吧。"

"喂！臭丫头！"

陆随意转身离开的时候，没忍住回头望了宅子一眼，正好看到落地窗边陆怀柔的身影。

他坐在轮椅上，面无表情地望着自己。

父子俩已经很多年没有见面了。父亲的模样和当年相差无几，并没有变老，只是那双漆黑深邃的眸子已不复当年的暴躁，多了几分淡定。而他，也已经为人父了。

陆随意不知道该怎么面对父亲，于是假装没看到，转过了身。

陆粥粥看到陆随意眼睛明显红了，问道："老爸，你怎么了？"

"眼睛进沙子了。"陆随意只说了一句"听你爷爷的话"，便头也不回地径直离开了。

陆粥粥看着老爸走下台阶的背影，冲他挥了挥手："老爸，有时间来看粥粥呀！"

陆随意用衣袖擦了一下眼睛，回头，冲她做了个鬼脸。

落地窗内，陆雪陵端着水杯，站在陆怀柔身边，说道："不让你儿子进来坐坐？你们很多年没见了吧？"

陆怀柔面无表情："不见。"

当儿子的不主动踏进家门，还要他亲自请不成？

"你年龄也不小了，怎么还跟年轻人闹脾气？"

陆怀柔望向她："我年纪很大吗？"

"都快五十的人了。五十而知天命，你觉得自己还年轻？"

"五十知天命……"陆怀柔攥了攥拳，"我不认命。"

不管多大，他都只做自己想做的事，而不是所谓的到了年龄该做的事。

陆雪陵太了解自家弟弟，揉了揉他的脑袋："行吧，既然不服老，那你就永远当姐姐的柔柔小可爱吧。"

"对了，"陆怀柔转头问陆雪陵，"你帮我找找，有白头发了吗？"

陆雪陵搓着陆怀柔那一头蓬松质感的银发，无语地道："满头白的，你让我找什么？"

"颜色不一样的！你老花眼啊。"

"你这可真是为难你姐了。"陆雪陵叫住一头扎进屋、准备和大猫玩的陆粥粥，"小粥粥，你眼神好，来帮你爷爷找白头发。"

"哦，好！"

陆粥粥跑过来，看了眼陆怀柔的发色，然后从书包里摸出了手工课的小剪刀，准备上手。

"你……你干什么！"

"爷爷满头都是白头发，我给你剪掉呀。"

陆怀柔："……"

你懂不懂潮流？

语文老师给同学们布置了两个命题作文：《爸爸的爱》和《妈妈的爱》。

课堂上，语文老师声情并茂地对同学们说道："父爱都是深沉的，不表露的，如山峰一般；而母爱都是温柔的，像水一样包裹着你，让你感受到脉脉温情。"

话还没说完，立刻就有同学举手道："老师，不是这样的！"

语文老师笑着问："张虎同学，你有什么想说的吗？"

张虎站起来，说道："我妈一言不合就骂我，根本不像温柔的水！我爸也不像沉默的大山，他只会在边上说'骂得好'！"

语文老师："……"

陆粥粥赞同地点点头："我爸跟个大马猴似的，上蹿下跳，一点儿也不像大山，也不沉默，只要我不打断他，他可以说一整天。"

蒋清霖道："我没有爸爸，但是我觉得，我妈妈的爱才是大山呢，她为了我和我哥哥，一个人努力开店做生意。有时候工作太累，她回家之后也很暴躁，我和我哥都不敢多说话。”

宁融儿不满他们的说法，说道：“你们的爸爸妈妈，都不是最好的爸爸妈妈，最好的应该是像老师说的那样。我爸妈就是最好的爸爸妈妈。我爸爸在外面当大老板，妈妈在家里照顾我，爸爸稳重如山，妈妈温柔如水……”

张虎打断她：“你妈妈是辣椒水吧！”

全班同学一阵哄笑。

宁融儿气得眼睛圆瞪：“你胡说什么！”

“本来就是，那天你妈妈在办公室骂人，全走廊的小朋友都听见了！”

眼看同学们要吵起来，语文老师连忙把小朋友的争执压了下去。

“她妈妈就是辣椒水，”张虎小声对陆粥粥和蒋清霖说，“还是特辣的那种。”

陆粥粥：“别说了。”

语文老师最后总结道：“所以呀，其实父母都是不一样的，没有固定的类型。可以说，一百个小朋友就有一百种父母，但老师要说的是，这些父母都有一个共同点。”

小朋友们好奇地问：“是什么呀？”

语文老师：“父母对你们的爱，是相同的。”

张虎点头：“我爸爸虽然揍我，但是也会偷偷给我买零食，还让我不要说，不要告诉妈妈。”

蒋清霖道：“我妈也是，她早出晚归努力工作，也都是为了我和我哥生活得更好。她还说，要是我能考到年级第一，就带我去看陆怀柔的演唱会。”

陆粥粥侧头：“考年级第一就为了去看陆怀柔的演唱会？”

“对呀。”

“其实你可以想一个更远大一点的目标。”

“这个目标还不远大吗？”

“这很容易实现啦，不用考到年级第一，也可以去看演唱会，只要……”

“只要什么？”

陆粥粥没有再说下去了。

你只要跟我当好朋友就行啦！

在同学们热烈的讨论中，语文老师注意到有一个小朋友总是低着头，默不作声，也不和周围的同学交流。

语文老师问道：“朱盼娣同学，你想谈谈父母的爱吗？”

朱盼娣的小脸蛋立刻红了。她站起来，哆哆嗦嗦地说：“我爸爸妈妈不是山也不是水，爸爸妈妈不爱我，他们只爱弟弟。爷爷奶奶也只喜欢弟弟，给弟弟买好多新衣服。”她一双红红的眼睛望着语文老师，问道：“老师，为什么他们只喜欢弟弟，不喜欢我呢？”

全班同学都噤声了，齐刷刷地望向老师，希望她能解答困惑。

语文老师愣了一下，显然没想好怎么回答这个问题，才能不伤害小朋友的自尊心。过了一会儿，老师温和地说：“其实，爸爸妈妈也是爱你的，可能只是没有表现出来。”

朱盼娣期待地问：“真的吗？”

“是啊，有的父母的爱藏得很深，小朋友不容易感觉到。”语文老师温柔地说，“也有可能是因为弟弟还小，他们需要把更多的精力放在弟弟身上。”

朱盼娣眼睛里面终于有了光，用力点头，说道：“老师，我明白了，我会理解父母的辛苦，不再胡思乱想了！”

语文老师几不可闻地叹息了一下。

在语文老师说话的过程中，陆粥粥仿佛看到老师的肩膀上有只小白鸽，捂着眼睛。陆粥粥困惑了，语文老师为什么叹气呢？是说了谎话吗？

晚上，陆粥粥把这件事讲给了陆雪陵，不解地问：“姑奶奶，为什么语文老师要说谎呢？”

陆雪陵一边贴着面膜，一边翻阅时尚杂志：“小丫头都会读心术啦，还知道语文老师在说谎。”

陆粥粥嘟囔道：“我就是看得出来，她说假话呢，心里明明不是这样想的。”

陆雪陵道：“其实呢，老师说的是善意的谎言，目的是不让小朋友受伤，这也可以理解呀。”

“可即便是小朋友，也有知道真相的权利嘛。”陆粥粥义正词严地说，“谁都不能剥夺小朋友知道真相的权利！”

“你个小丫头，你还跟我来劲了。”陆雪陵坐起身，准备好好跟她辩论一番，“你说，谁都不能剥夺小朋友知道真相的权利，那么，你有权利去剥夺她心中的那份美好吗？”

“唔……”

陆粥粥终究还是说不过陆雪陵。

是啊，朱盼娣听完语文老师的话，眼神中洋溢着美好的光芒。谁有权利去剥夺那份美好呢？

小丫头还是有些不服气：“所以，姑奶奶觉得，偶尔说谎也是可以的？”

陆雪陵立刻纠正道：“善意的谎言，偶尔说一下，是可以的。”

陆粥粥点了点头。

这时候，陆怀柔带戴着棉手套，从厨房里盛出了热气腾腾的芝士焗饭，不爽地说：“开饭了。”

一听到“开饭了”三个字，两位姑奶奶同时蔫儿了：“又是你做的啊？”

陆怀柔气呼呼地说：“谁求你们吃了，不爱吃拉倒！”

过去他照顾陆粥粥一个人就够费事了，这会儿家里又住进来一位大姑奶奶，双倍折磨，他说什么了吗？

这两位居然还一起还嫌弃他做的饭。他过的是什么日子！

陆粥粥拿起勺子，舀了一勺芝士焗饭尝了尝，眼睛放光：“哇，好好吃！”

她的反应出乎陆怀柔的意料，他惊喜地道：“真的？”

“嗯！”陆粥粥真诚地点头，“姑奶奶说，善意的谎言，可以让生活更美好。”

陆怀柔一把夺走了她手中的勺子：“陆粥粥，你知道善意的谎言还有一个前提吗？”

陆粥粥愣愣地摇头。

陆怀柔吼道：“前提就是不要说出来！”

晚上，陆粥粥趴在陆怀柔的桌子前，抓耳挠腮地写命题作文。

好难，这个世界上最难的事就是写作文了。她的身子一会儿歪到左边，一会儿又歪到右边。

陆怀柔坐在灯下，戴着眼镜看书，看到她的样子，悠悠地说：“没有文艺细胞，别勉强，硬写是写不出好作文的。”

陆粥粥不满地道：“哪有你这样的爷爷，都不鼓励小孩。”

“以前我总是鼓励我儿子将来当个科学家，他当成了吗？”

“他不行，不意味着我不行呀。”

陆怀柔睨她一眼：“小朋友，等你做到的时候，再来跟我讲这句话。”

“好！臭怀柔！你就等着吧！我就算当不了科学家，也会成为宇航员，成为大作家，反正不会让你看不起的！”

陆怀柔眼睛里刚刚有点儿光，正要说一言为定。

陆粥粥马上狡黠一笑：“你以为我会这样说吗？激将法，我才不上当呢！哼！”

陆怀柔强忍住把这小破孩儿暴揍一顿的冲动，转过身，不搭理她了。

自从陆粥粥住进他家，他每天都要对自己默念三遍《莫生气》口诀：“人生就像一场戏，今世有缘才相聚。相处一场不容易，人人应该去珍惜。”

陆粥粥继续写她的作文：《妈妈的爱》。

其实从小到大，陆粥粥和爸爸相处的时间更多，因此她对妈妈的印象不是特别深。每次妈妈来见她，都会带她去吃很多好吃的，去游乐场玩，但是玩过之后，妈妈还是会把她送回爸爸家。

陆粥粥在本子上写道：“妈妈的爱，像风一样，风过的时候，吹起了地上的落叶和花瓣，吹起了漫天的蒲公英，吹进人的心怀，让人感觉凉爽舒服。

“可是风走之后，花瓣落进了水里，树叶落在了泥中，而蒲公英安安静静地待在了角落里，一切归于平静，就像它从来没有来过，一切重回孤独。”

陆粥粥从包里摸出那枚金色的小锁，看得出来这枚小金锁年代久远。

就在这时，陆雪陵轻轻推了推门：“小姑奶奶这么晚了还不睡呀，可别小小年纪就学会熬夜了。”

“我还在写作文呢。”

陆粥粥连忙将锁藏进衣领中，而这一动作没能逃过陆雪陵的眼睛。

她心思剔透，见小姑娘这满腹心事的模样，自然猜到是陆随意对陆粥粥说了什么。

“姑奶奶送你的小金锁，喜欢吗？”

“嗯！”陆粥粥连连点头，“喜欢。”

陆雪陵坐到桌边，说道：“写什么作文，让姑奶奶看看。”

陆粥粥大大方方地将小本子交给陆雪陵。

陆雪陵看过小姑娘对母亲的这一段描述之后，坐了下来，柔声说道：“其实姑奶奶过去也有一个女儿，我给她取名字叫陆滢。有了她之后，我每天都在期待她快快来到这个世界上。我总是在幻想，我要给她买好多好多漂亮的裙子，把她打扮成小公主。”

“滢姑姑一定很漂亮。”

“是啊，她是这个世界上最漂亮的女孩。”

陆粥粥本能地坐到陆雪陵身旁，依偎着她，认真地听着她的话。

“但是那个时候，我还没有学会怎么样去当妈妈，总觉得事业大过天，所以冬天里也在拍戏，甚至常常熬夜。”陆雪陵叹息着说，“也许，小滢觉得，我还没有准备好当妈妈，所以才会选择离开。”

陆粥粥心里难过极了，连忙握住了她的手，安慰道：“现在姑奶奶有粥粥。”

“是啊，幸好有你了，所以我才把小金锁送给你。”陆雪陵说道，“所以，粥粥要相信，妈妈一定是爱你的，但是她很年轻，也许还不知道怎么样去当妈妈，就和当年的姑姑一样。”

陆粥粥用力地点头："嗯，我明白了！"

"好了，快把作文写完，然后去睡觉吧。"

"晚安。"

陆粥粥眨巴着眼睛，看着陆雪陵的身影，轻轻地唤了声："妈妈，晚安。"

陆雪陵身形一顿，手轻轻地捂住了嘴。

陆粥粥转过身，继续写作文，房间里一片安静。

陆粥粥似乎觉得有点儿不对劲，回头看了眼陆怀柔，只见他睡在沙发边，强忍着笑，脸部肌肉都抽抽了："哈哈哈哈哈哈哈，好感人哟。"

"啊啊啊！"

陆粥粥刚刚都忘了陆怀柔居然还在房间里！刚刚的话都让这个讨厌鬼听到了！陆粥粥感觉自己的尊严和隐私受到了严重践踏！

陆怀柔捧着肚子，笑得快从沙发上掉下来了："我感动得流下眼泪。"

"不准笑！"小姑娘红着脸，气得直跺脚，"我再说一遍，不准笑！"

陆怀柔优哉游哉地说："小朋友，莫生气，人生在世不容易，生气害人又伤己……"

陆怀柔的腿伤渐渐恢复了。因为剧组不能停工太久，他又回到影视基地，开始了正常的拍摄工作。

化妆的间隙，他接到一通来自学校老师的电话——

"陆先生，您好，您是陆粥粥同学的监护人，对吗？"

"对。"

"我是附小的钟老师。"

"陆粥粥又闯祸了？"

"不不，这倒没有。是这样的，学校刚刚进行了期中测试，我注意到陆粥粥的成绩非常好，远远超过了同年级的其他同学，尤其是算术、英语和自然科学课，她的成绩相当优秀，真是恭喜您了。"

陆怀柔嘴角微扬，自豪地说："看来我们陆家……"

近旁的艾伦一听到他说这话，条件反射地接了下句："将来要出科学家了。"

陆怀柔眼风淡淡扫向他，他立刻做出给嘴巴拉上拉链的动作。

钟老师继续道："是这样的，我们附小这两年组建了一个实验基地班。"

"基地班？"

"就是针对全校出类拔萃的学生专门开设的班级，实行不超过十五人的小班教学。"

陆怀柔大概了解了钟老师的意图："你希望陆粥粥加入基地班？"

"没错。我们基地班会缩短六年的小学课标教材教学的时间，让小孩更多地接触诸如奥数、物理、化学、英语甚至法语、日语等课程，因材施教。"

陆怀柔听了钟老师的介绍，觉得这样的基地班教学还挺不错的，距离他把陆粥粥培养成科学家的梦想又近了一步。

"陆先生，您看怎么样？"

陆怀柔一口答应了下来："行，就让陆粥粥进基地班。"

钟老师没想到陆怀柔会立马答应，及时补充道："陆先生，因为基地班老师都是请的专业领域的教师，甚至还有博士学历的老师，所以……学费，可能会比普通班的学费贵不少。"

"学费不必担心。"

"好好，有陆先生您这句话，我马上就给陆粥粥办理转班的手续。"

当天下午，陆粥粥刚上完手工课，便被班主任陈老师叫到了办公室。

陈老师格外惋惜地对陆粥粥说："粥粥同学，你去收拾一下吧，你马上就要离开预备（2）班了，去跟班上的小伙伴道个别。"

陆粥粥大吃一惊："陈老师，我……为什么要走？是因为我期中考试没考好吗？"

"不不不！"陈老师连忙摆手，"就是因为你考得太好了，被我们基地班的班主任钟老师发掘了。粥粥，金子的光芒是掩盖不住的，你是非常聪明且优秀的孩子，基地班更加适合你。"

"可是我不想走。"陆粥粥难过地绞着袖子，"我不想离开我们班，我舍不得陈老师，也舍不得蒋清霖、张虎，也舍不得数学老师、语文老师和英语老师……”

陈老师叹息了一声。她也舍不得陆粥粥，陆粥粥是他们班最听话的小孩，聪明又善解人意，和同学们相处也很融洽，班上绝大部分同学都很喜欢她。

“粥粥，成长过程中，总是免不了离别的。”陈老师蹲下，和陆粥粥保持同样的高度，双手搭在她的肩膀上，安慰道，“小学毕业、初中毕业，将来高中乃至大学毕业，我们都要经历分别，最好的朋友也会天各一方，所以粥粥，你要学会适应。”

“粥粥……不想适应。”陆粥粥嘟着嘴，嗓音已经带了哭腔，“粥粥讨厌分离，讨厌长大。”

“即便去了新班级，下课的时候，你也还是可以回来找蒋清霖、张虎他们嘛。”陈老师摸着她的小脑袋，“而且，去了新班级，粥粥还会认识新的小伙伴呀。”

陆粥粥心里清楚，即便她不愿意，也必须离开预备（2）班了。

小孩子的力量真的很弱小，很多事情无力改变。

她不再为难陈老师，哭哭啼啼地回了班里，开始收拾自己的书包。

蒋清霖见她红着眼睛回来，连忙问道：“你怎么了？怎么哭了？”

张虎也跑过来，问道：“谁欺负你了陆粥粥，我帮你揍他！”

陆粥粥本来极力忍着，小朋友这样一说，她的眼泪就控制不住了，趴在桌上大哭了起来。

宁融儿见状，笑着说：“肯定是陈老师骂她了呗！”

蒋清霖回头，一把推开宁融儿：“你讨厌死了！”

宁融儿想还手，可是张虎小胖墩撸着袖子站在过道边，挡住了她的路：“走开！”

宁融儿好汉不吃眼前亏，噘着嘴离开了。

“到底怎么回事呀？”

“你快别哭了，谁欺负你了？总不会是陈老师批评你了吧？”

同学们全都拥了过来，关切地询问陆粥粥。

陆粥粥擦掉了眼泪，说道：“我要走了。”

“去哪儿啊？”

“陈老师说我要去另外一个班，不能和大家再当同学了。”

“什么？”蒋清霖立刻激动了，“什么什么！肥粥你要转班了！为什么？我不！我不要你走！”

“我也不想走。”

宁融儿听到陆粥粥要转班，愉悦的神情藏都藏不住。

陆粥粥一走，她在班上最大的竞争对手就没有了，以后音乐课和绘画课再也没人跟她抢风头了！

“考试刚过，肯定是她考太差了，要把她调到最差的班级。”宁融儿幸灾乐祸地说。

小朋友都不理她，问陆粥粥：“你要去几班啊？”

陆粥粥摇摇头：“不知道，说叫什么基地班。”

“基地班是什么呀？”

“不知道。”

宁融儿一听到这三个字，微微色变：“不可能，你怎么可能进基地班？”

基地班可是学校特别成立的天才小班，师资力量雄厚，教学资源丰富，宁融儿妈妈就曾经多次找老师，想把她调到基地班，但是都被校方拒绝了，这可是给钱都进不去的班级。

陆粥粥居然进了基地班。

方才的喜悦一扫而空，宁融儿不甘地跺了跺脚。

蒋清霖哭着帮陆粥粥收拾了小书包，同学们恋恋不舍地把她送到了三楼基地班的教室门口。

“肥粥，以后要回来找我们玩。”

“不要认识了新伙伴，就不理我们了。”

“不会的！”

蒋清霖严重警告：“我永远是你最好的朋友！”

陆粥粥握住她的手：“我们是最好的朋友。”

上课铃响起来，小朋友才依依不舍地和她道别，回了自己的班级。

陆粥粥走进基地班的教室。

这间教室要比正常教室小很多，同学很少，只有十几张桌椅。

教室墙壁两边不像普通班级那样贴满了花花绿绿的剪纸，而是什么也没有，黑板前端贴着一句励志的标语——天才更需要勤奋。

这里的桌椅也不再是排列在一起的，每个同学之间都隔着约莫一米的距离，不再有同桌，也不再有前后排的同学。

钟老师是一个四十来岁的中年男人，学校里元老级别的特级教师，也是基地班的班主任。

“同学们，今天我们迎来了一位新同学，陆粥粥同学。”

正在做题的小朋友齐刷刷地抬起头，看了陆粥粥一眼，没什么反应。

陆粥粥忐忑地自我介绍道：“我……我叫陆粥粥，来自预备（2）班，我今年快满六岁了。”

本来以为基地班的同学也会像自己班上的同学那样热情地鼓掌，但是并没有，他们只是打量了她一眼，便又埋下了头，看书的看书，做题的做题。

钟老师继续介绍道：“陆粥粥同学在这次期中考试中，取得了学前年级第一名的成绩，是非常优秀的。”

他们依旧没反应。

“陆粥粥，你刚来我们基地班，可能不太适应。我们班上有一年级的同学，也有二年级的同学，但我们上课的内容是一致的，这就需要你课后花费大量的时间去自学，能做到吗？”

陆粥粥并不太清楚自学的范畴，问道：“是要把一、二年级的内容，都自学一遍？”

“是的，你要尽快跟上我们的课程。”钟老师拍拍她的肩膀，“老师相信，以你的聪明才智，你一定能做到，只是需要刻苦一些。你看，我们的标语就是——天才更需要勤奋。班上的每一位小朋友都很努力，你也要尽快赶上他们。”

陆粥粥将书包放进课桌抽屉里，为难地说：“可……我没有很多时间，放学之后要去算术班。”

“陆粥粥，进了我们基地班之后，你就不需要再报别的数学补习班了，即便报了也没有时间去的。”

“可是我很喜欢算术班的叶老师，她讲的数学课很有趣。”陆粥粥咕哝道，“而且最近我姑奶奶还在教我弹钢琴和跳舞呢。”

钟老师表情严肃起来：“陆粥粥同学，可能你还没有弄清楚我们基地班的状况。我们班的同学都是既聪明又努力的尖子生。真正优秀的人，只会看准目标，然后追逐目标，绝不会做无用的事情。”说完，他又对身边的小男孩道：“乔葳同学，你起来跟陆粥粥同学说说你的理想。”

一个白白瘦瘦、戴眼镜的男孩站起来说道：“我的梦想是考上华清大学！”

“华清大学是什么？”

“你连华清大学都不知道？！华清是我们国家最好的大学之一。”

“哦！”陆粥粥点点头，“那你为什么要考华清呢？”

“我……”乔葳被问住了，犹豫了一下，只说道，“老师希望我考华清，爸爸妈妈也是！”

“这样呀。”

钟老师欣慰地按了按陆粥粥的肩膀：“现在你知道了吧，我们班的同学都是要冲刺名校的，华清只是最低标准，不少同学将来要进国外顶级的大学。你从现在开始，也要树立一个目标。”

“我……不知道。”陆粥粥根本对大学完全不了解，“那我先去问问景绪哥哥吧。”

“嗯，好了，新同学介绍就到此为止，接下来开始上课，首先我们上物理课。”

基地班一整天的课程非常多，早上是英语、物理，下午是日语和奥数，知识量也相当大。至少，以陆粥粥现在预备班的水平，听这样的课程，简直就是在听天书。

饶是下课了，班上的同学也没有出去玩，要么做题，要么埋头思考老师课堂上的提问。

陆粥粥趴在课桌上，毫无兴趣。

课堂上根本听不懂，她简直要无聊死了。

身边的小瘦子乔葳说道：“你现在肯定不适应，我第一天来也是这样的。”

陆粥粥望向他："你几年级呀？"

"我也是从预备班过来的，刚来的时候，他们都已经上到一年级的课程了，我根本听不懂。后来我花了半年时间自学，每天晚上都只睡五个小时，才勉强跟上课程。"

"完了，"陆粥粥把下巴搁在桌上，"只睡五个小时，我肯定不行。"

"你很快就会适应的。"乔葳很有信心，"我一开始也以为自己做不到，不过班上的气氛就是这样，你慢慢就会有紧迫感，就会想超过别人。"

"为什么呢？"

"因为每学期的期末测试，如果考了班级最后一名，就要被赶出基地班，所以大家都很拼。"

陆粥粥眼睛一亮："那我肯定是最后一名！太棒了！"

乔葳嘴角咧了咧："哼，天真，你是新人，进来后让你自学一年。所以，至少要一年之后，你才会加入我们的竞争。"

陆粥粥像泄气的皮球似的，倒在了桌上："什么时候有美术课呀？"

"美术课？"乔葳笑着说，"美术课是不会有的，这辈子都不会再有了。"

"什么意思？"

"基地班是不会开设美术课这种没用的课程的。"

"那音乐课呢？还有还有……自然课也没有了吗？"

"你以为自己还在上预备班呢？"乔葳道，"都没有啦，连劳动课都没有，一周只有一节体育课。"

这个消息对于陆粥粥来说简直是晴天霹雳。

过去在预备班，每周有三节体育课，而现在，体育课只有一节，音乐课、劳动课还有她最喜欢的美术课，全都没了……

"接受现实吧。"乔葳拍拍她的肩膀，"钟老师说，真正杰出的伟人，都要忍受常人所不能忍受的痛苦。"

陆粥粥觉得这句话很有道理，但是她不想做伟人呀，她只想快快乐乐地当陆粥粥，每天和小朋友一起玩。

她趴在桌上装死，无意间看到景绪拿着保温杯经过，连忙追出去："景绪哥哥！"

景绪回头，看到她从基地班教室走出来，微微诧异："你……进基地班了？"

陆粥粥无精打采地道："对啊，今天刚转班。"

"哦。"

陆粥粥问他："景绪哥哥，你为什么没进基地班呀？他们说年级成绩好的同学，都会被选进基地班。"

"去年找过我，但是我拒绝了。"

"啊？"

景绪淡淡地道："这班的班主任看着不像好人，我不喜欢。"

陆粥粥："……"

你太任性了吧。

不过，陆粥粥也觉得，钟老师像一只黄鼠狼。

一开始，她也有些不敢靠近他，但是老师的身份让陆粥粥最终放下了戒备，她觉得老师都是值得尊敬的。

说起来，景绪哥哥在这方面似乎和她一样。

"所以景绪哥哥不想进，就可以不进吗？"

"嗯，我妈妈征询我的意见，我说不愿意，她就没有勉强。"

"可我也拒绝了呀！他们还是让我收拾书包，过来了。"

景绪分析道："应该是陆爷爷，他和老师达成了共识，所以你的意见就不重要了。"

陆粥粥总算明白过来："竟然是这样！爷爷都不问问我！"

景绪嘴角抿了抿，似乎在笑，但是笑容很浅。

"你还笑我！"

"我没有。"

"你明明笑了。"

景绪眉眼绽开，嘴角也扬了起来，一瞬间融冰的表情，真是好看得一塌糊涂。

陆粥粥都看呆了。

趁她不备，景绪捏了捏她鼓起的腮帮子："笑了又怎样？"

"哼！景绪哥哥也变讨厌了。"

“是吗？”

景绪从包里摸出一块巧克力，陆粥粥的目光立刻被巧克力吸引了。

“想吃吗？”

她看看他，又看看巧克力，还是很没骨气地说：“想。”

“哥哥还讨厌吗？”

陆粥粥拼命摇头，笑道：“哥哥最好了。”

景绪从书包里摸出好几块巧克力，都塞进陆粥粥的衣服口袋。

陆粥粥受宠若惊：“全给我？”

她知道这种进口牌子的巧克力，一块就要十多块钱，景绪起码给她塞了七八块。

“这个巧克力好贵的。”

“是我一个月的零花钱。”景绪坦然地说道，“本来计划每次你不开心的时候，就给你吃一块。但是今天陆粥的不开心加倍了，所以全给你。”

“景绪哥哥，你对我太好了吧！”

景绪摸了摸她的头：“走了。”

“嗯！”

陆粥粥望着他的背影，剥开一块巧克力扔进嘴里，甜意瞬间在舌尖蔓延开来。

小朋友都说景绪不如景哲开朗活泼，但是陆粥粥知道，那是因为景哲对所有小朋友都很好，但是景绪只对她一个人好。

第八章

生日玫瑰花

放学时间，陆雪陵在校门口接到了陆粥粥，发现小姑娘无精打采的，于是问道："怎么了，今天在学校不开心？"

陆粥粥坦率地说："就是不开心！"

陆雪陵揉揉她的小脑袋，笑着说："是谁这么大胆，敢招惹我们家的小朋友呀？"

"就陆怀柔那个大坏蛋！"陆粥粥咬牙切齿地道，"讨厌死他了！"

陆雪陵见一贯懂礼貌的小姑娘都直呼"陆怀柔"大名了，知道她是真的生气了："跟姑奶奶说说，陆怀柔怎么着我们家小粥了？姑奶奶揍他去！"

陆粥粥爬上车后座的儿童座椅，把今天发生的事情一五一十地告诉了陆雪陵。

"基地班一点儿都不好！没有音乐课、美术课，还要自学一、二年级的内容，还不让我在课外兴趣班学奥数，可是我看这个班的数学老师，还没有我们算术班叶老师教得好呢！"

陆雪陵听完之后，沉默了片刻。

她当然也清楚，小姑娘因为情绪不好，难免说得有点儿偏激，但是陆雪陵就是学艺术的，听到小姑娘说音乐课、美术课全换成了数学课、英语课，便觉得不太应该了。

对孩子而言，艺术教育也是很重要的，不能顾此失彼。

“陆小粥，别气了，你爷爷现在在影视城拍戏呢，姑奶奶带你过去，找他问清楚。”

“去影视城？现在就去吗？”

“对，咱们现在就去。”

陆雪陵启动引擎，载着陆粥粥去了北城南面的古风影视基地。

陆粥粥将脑袋探出车窗，好奇地看着风景。绿水环山，远处暮霭沉沉，微风吹拂着树叶，发出飒飒的响声，空气也十分清新。

很快，车停在了影视城基地。不少穿着古代士兵服装的群演坐在城墙下休息，望见陆粥粥下车，他们的目光都追随着她。

好可爱的小朋友，是过来拍戏的童星吗？

下车以后，陆雪陵给陆粥粥戴上了口罩，然后牵着她的手，穿过凌乱的片场，来到了陆怀柔的化妆棚里。

化妆师正在给陆怀柔上特效妆，扮成一个困于敌人千军万马之中的落单将军，接下来的一场戏，便要拍摄他被敌人俘获，在敌营中忍辱生存的故事。

化妆棚里的化妆师都是陆怀柔公司的人，陆粥粥也无所顾忌，叉着腰大喊了一声：“陆怀柔！”

所有人同时抬头朝她望去。

剧组里，上至导演，下到群演，谁见了陆怀柔，不是恭恭敬敬地叫“陆老师”。

谁这么大胆，居然敢直呼陆怀柔的大名！不过当他们看到像小哪吒一般闯进来的陆粥粥，也没有太惊讶。这位可是陆怀柔家里的祖宗，再怎么任性放肆，都是这位爷自己宠出来的。

陆怀柔回头，看到陆粥粥过来了，眼神亮了亮：“你怎么来了？”

陆粥粥气呼呼地朝他走去，叉着腰说：“陆怀柔！你凭什么帮我做决定？”

“我帮你做什么决定？”

“哼！别装了，你做了什么自己心里清楚！”

“哦，你说那个啊。”他漫不经心扭过头，闭眼让助理帮他画眼线，“有什么好大惊小怪的。”

“气死我啦！你一点儿都不尊重我！”

“我要是不够尊重你，早把你这熊孩子一脚踹进护城河里了。”

陆怀柔的态度，实在让陆粥粥火大。

明明就是很严重的事，他看起来似乎毫不在意。

“你不要化妆啦！”陆粥粥跳起来，一把揪住陆怀柔的衣领，“好好听我讲话！”

化妆师无奈地走开，给陆粥粥让出了位置。

陆怀柔懒懒散散地说：“不就是把你房间里杨曳的海报撕了吗？至于这样大惊小怪？还跑到片场来跟我闹。”

陆粥粥从他身上滑下来，目瞪口呆地望着他：“你说……什么？！你把我的海报撕了？”

身后，陆雪陵不住地向陆怀柔做手势，叫他不要再说了。

陆怀柔没看懂陆雪陵的暗示，推着陆粥粥的小脑袋，不满地嚷嚷道：“在我家里贴我对家海报，你说谁更过分？”

陆粥粥气得脸蛋涨红不已，仿佛整个世界都不好了。她一把推开陆怀柔，退后了几步，气愤地大喊：“臭怀柔！”

“陆粥粥！”陆怀柔终于不再忍耐，拍案而起，指着她吼道，“跟我犯冲是吧！不发火，你当我没脾气是吧？”

陆怀柔怒道：“就连你爸，都不敢用这种态度对我说话！”

“我不是我爸爸，我是陆粥粥！你做得不对，我就要生气！”

陆雪陵今天也是第一次见小丫头发火。她不似陆随意那般软弱，这暴脾气估摸着也是隔代遗传了陆怀柔。

就在两人针锋相对的时候，剧组那边来人催陆怀柔：“陆老师，妆好了就可以过来了，片场等着呢。”

陆怀柔起身离开，指着陆粥粥，冷冷地道：“等会儿我再找你算账。”

陆粥粥不甘示弱：“我等着你！”

众人拥簇着怒气冲冲的陆怀柔走出了化妆棚。

陆雪陵抱着手臂，无奈地看了看陆粥粥："宝贝，回去吗？"

"不回！我等着他讨一个说法！"

小姑娘抱着小书包坐到了化妆桌边，推开桌上的物品，摸出纸笔开始写作业。

小姑娘平日里虽然听话，但是执拗起来，跟陆怀柔简直一脉相承。

陆雪陵觉得，以后的日子估计会很热闹。

今天陆怀柔的状态特别不好，一直都没能入戏，重拍了很多次，才勉强过关。

导演担忧地问："陆老师，您要不要休息一会儿？"

"不用。"陆怀柔深呼吸，让自己注意力集中。

其实他演戏一直很专业，极少重拍，可是今天被陆粥粥那臭丫头给气得一直没在状态。

陆怀柔知道，拍戏一旦中断，配角和群演又要重新找状态，不能因为他一个人耽误片场所有人。因此，他努力使自己沉下心，进入角色。

已经晚上九点了，戏还没拍完。陆雪陵看陆怀柔的状态，估计又要通宵加班了。她晚上还有安排，于是回到休息室，对已经趴在桌边打哈欠的陆粥粥道："小粥，咱们回去等爷爷吧。"

"不！我就在这里等他！"陆粥粥强行打起精神，"一定要跟他问清楚，为什么不尊重我的意见！"

"这件事这么重要？比小懒猫睡觉还重要？"

"非常重要！"陆粥粥义正词严地道，"这关系到以后我在家里的话语权。"

"哟，小小年纪，还话语权呢，你懂这是什么意思吗？"

"我知道是什么意思，不能让陆怀柔觉得我是小朋友，就觉得我的想法不重要。景绪哥哥教我的，必须据理力争。"

身边玩手机的艾伦反正是看热闹不嫌事大，说道："雪陵姐，你忙你的去吧，我今晚没事，陪着小朋友。"

艾伦就喜欢看这爷孙俩吵架，喜欢看陆怀柔被陆粥粥欺负的模样。

“我帮你看着她，放心放心。”

“你……能行吗？”陆雪陵有些犹疑。

艾伦拍拍胸脯，保证道：“放心吧，我两个眼珠子都落在她身上，保证丢不了。”

上次的丢孩子事件，艾伦可不敢重演，否则陆怀柔肯定得疯。

“那行。”陆雪陵拍拍粥粥的脑袋，“你乖乖听小艾叔叔的话，等你爷爷下班带你回家。”

“嗯！”

艾伦眼见陆雪陵离开之后，才凑近了小姑娘，好奇地问：“你爷爷怎么招你了？来，跟小艾叔讲讲。”

“他不尊重我！还把我当小孩子，擅自决定我的人生大事！”

“难道你不是小孩子吗？”

“我幼儿园毕业啦！”

“哇，好高的学历哦！”

陆粥粥听出了艾伦在讽刺她，继续歪着脑袋写作业，才不搭理他呢。

艾伦反正也无聊，还挺喜欢和小姑娘搭话的：“你才几年级啊，你的作业未免太多了吧？”

提到这个陆粥粥就来气：“都怪陆怀柔，把我弄到什么破基地班。”

艾伦想起今天早上那通电话，大概明白是怎么一回事了。

“行了，小孩子不能坐这么长时间，对身体不好，小艾叔叔带你出去活动活动。”

“去哪儿呀？”

“去看你爷爷拍戏，怎么样？”

陆粥粥脑袋一歪，撇嘴道：“不去！”

“真不去？可好玩了，你爷爷会骑马，骑上大马在山间驰骋，别提有多帅！对了，你还没见过活的枣红马吧？”

陆粥粥被他说得动了心，眼睛都冒光了，偏偏碍于面子，转过脑袋：“不去！”

艾伦看她的别扭样，跟傲娇的陆怀柔真是一个模子里刻出来的。

他笑了笑，揽着小姑娘的肩膀，说道："走啦走啦，就当陪小艾叔叔出去散散步。"

影视城位于郊外，依山傍水，虽然剧组较多，比较混乱，但是周围山水景致确实没得说，空气质量也很好。

陆怀柔就在前方的峡谷中拍纵马驰骋的动作戏。

前面封了场，不能靠得太近，所以艾伦带着陆粥粥来到地势较高的小山坡上，说道："你爷爷有功夫底子，在同龄的男演员中，真没人的身手能比得上他，所以有他在，剧组连动作指导都不用请了。"

"他就是打架第一名。"

陆粥粥一边说，一边朝远处峡谷望去。只见陆怀柔穿着一身厚重的盔甲，骑在马上，前方似乎有陷阱，马刚奔入峡谷便被绊倒了，陆怀柔也从马上摔了下来。

他拍戏从不使用替身，即便是这样高危险系数的摔马动作，他也亲自上阵。

落地之后，他在泥沙里滚了几圈，脸上、嘴里全沾了泥，看起来狼狈不已。

导演喊了停："不行，后面群演位置不到位，既然是埋伏，不能太近。重来一遍。"

立刻就有工作人上前，快速给陆怀柔擦脸换衣服，然后重新开始这一段高难度的摔马动作戏。

陆粥粥虽说嘴上不饶人，但一颗心悬了起来，双手紧紧握着，担忧地望着片场。

这一段戏，看得她心惊胆战。

"小艾叔叔，爷爷会不会有事啊？"

"放心，都吊着威亚呢，不会真的摔伤。"

陆粥粥还是很担心，她爷爷这老胳膊老腿儿的，哪能经得起这个？

"爷爷拍戏一直都是这样的吗？"

"演员都是这样的，想要拍出有真实感的惊险场面，光靠后期特效可不行，尤其是你爷爷这样敬业的演员，连替身都不会用，全是自己上阵。”

“上次他就伤了腿，还不吸取教训！”

“不然你以为，凭什么他能有今天的名气和财富，”艾伦笑着说，“靠他的臭脾气吗？”

“这么辛苦呀。”陆粥粥手指头绞着衣角，低头道，“我还以为当明星就是上台唱唱歌、摆摆造型呢。”

“也有这样的明星，但是这样的人永远不会到达你爷爷的高度。”艾伦感叹地说，“你知道吗？他年轻的时候跑龙套，演尸体，大冷天光着上身在雪堆里躺着。别的‘尸体’都冻得直哆嗦，只有他，愣是一动不动地躺了两个小时。所以有人说，你爷爷身上的每一寸皮肤、每一根头发，都会演戏。”

陆粥粥从来不知道陆怀柔的这些经历，所以她总是不明白，为什么那么多人喜欢陆怀柔，难不成真喜欢他的臭脾气吗？

她爷爷也是很了不起的人。

她想到自己今天在学校里的一点点辛苦，跟爷爷在冰天雪地里演尸体的辛苦比起来，真算不了什么。

陆粥粥心底涌起一股强烈的愧疚，想想自己，真是太任性、太不懂事了。

陆粥粥跟着艾伦回到了休息室。

“看来你爷爷今天是要通宵拍戏了，我先送你回家吧。”

“不，我就在这里等爷爷，”小姑娘固执地跳到椅子上，“我跟他一起回家。”

“你真要等他啊？”

“嗯！”

陆怀柔拍完戏已经是凌晨两点了，回到化妆间，却看到陆粥粥跟艾伦两个人靠在一起，睡得正香。

陆怀柔微微皱眉，用脚碰了碰艾伦。

艾伦醒了过来，迷迷糊糊地道：“怀爷，结束了吗？”

“她怎么睡在这儿？”陆怀柔有些不满，“陆雪陵呢？”

“雪陵姐有工作要忙。”艾伦解释道，“小粥粥说她要在这里等您，不肯回去。”

“等我干什么？”

“大概是要和您决战。”

陆怀柔刚刚拍完戏，思绪都沉浸在角色里，差点儿忘了，这位小姑奶奶还要找他算账呢。

他现在身心俱疲，已经没精力再和陆粥粥吵架了。

“怀爷，我要叫醒她吗？”

“不用。”

陆怀柔抱起了陆粥粥，径直带她回了家。

小姑娘今天真的很累，一直没醒。陆怀柔坐在床边，拎了拎她的哆啦A梦小书包，书包比过去沉了不少。

他好奇地翻开书包，发现不少一、二年级的新教材和习题册。

过去陆粥粥书包里装的不是糖果就是橡皮泥、绘画本，现在这些东西都不见了踪影，看来基地班的学习压力不小。

陆怀柔翻出家庭作业，在最后一行签了字，放好之后，熄了灯，走出房间。

路过垃圾桶的时候，他停下了脚步。

早上他在陆粥粥房间的墙壁上发现了一张杨曳的海报，他想都没想，扯下来就撕碎扔进了垃圾桶。

回想到小姑娘气呼呼的模样，陆怀柔心里有些愧疚。

他仗着自己是家长，就为所欲为，确实没有考虑孩子的想法。

他父亲那一辈教育孩子，哪有那么多民主，讲的都是棍棒底下出孝子，孩子不听话换一顿打，立马就老实了。时代不一样了，现在的孩子不能打，要讲道理，更何况陆粥粥真的是非常听话的小孩，比他儿子还乖，她生气一定有她的理由。

陆怀柔不爽地揉了揉鼻子，走到垃圾桶边，将碎纸屑挑出来，摆在茶几上，然后戴上眼镜，开始一片一片地将海报拼在一起。

陆怀柔哪能想到，有朝一日，他居然还要靠对家来维系家庭和谐。

早上，陆粥粥醒来第一眼便看到墙上贴着爷爷给她拼好的杨曳海报。

这海报五块钱就可以买一张，哪里需要这么费劲。把海报重新粘起来，还粘得皱皱巴巴的，笨爷爷。

陆粥粥虽这样想，但还是忍不住抿嘴偷笑，跳下床走出房间。

开放式厨房里，陆怀柔正在做煎蛋，油炸的香味弥漫开来。

陆粥粥摸摸肚子，默不作声地坐到了高脚凳上。她望了陆怀柔一眼，还是憋着一股劲儿，没主动和他说话。

陆怀柔将煎蛋盛进盘子里，递到她面前，又面无表情地开始热牛奶。

俩人昨天爆发了如此激烈的争执，所以谁也没有率先开口说话。

这时，陆雪陵贴着面膜，懒懒散散地从楼上走下来，高声道："好香啊，柔柔，你怎么知道我今天想吃煎蛋呢，真是亲弟啊。"说着她拿起桌上的刀叉就要开动，陆怀柔赶紧护住煎蛋，皱眉道："要点儿脸，跟小朋友抢？"

陆雪陵睨了眼陆粥粥，笑吟吟地说："不会吧不会吧，难道这盘煎蛋真的是给某个人做的吗？"

"脑子是个好东西，可惜你没有，所以不用补。"陆怀柔将煎蛋推到了陆粥粥面前，"吃！"

陆粥粥闷闷地说："你让我吃就吃，那我岂不是很没面子？"

最终还是陆怀柔率先妥协，伸手捏住了她脸上的肉："闹够了没有，还想怎么样？"

"哎！放手放手，痛痛痛！人家吃还不行吗？"

陆怀柔松开了她，她拿起刀叉，吃掉了鸡蛋，又喝完了牛奶，跳下椅子："今天景绪哥哥带我去上学，姑奶奶和爷爷不用送了。"说完，她背起了沉甸甸的小书包，走到门边的时候，忽然想起了什么似的，折返回来，走到陆怀柔面前，一副欲言又止的模样。

"干吗？零花钱又用完了？"

"不是！"

陆粥粥撇撇嘴，不情不愿地从书包里掏出了六块巧克力，将其中三块巧克力塞进了陆怀柔的裤兜里，然后很小声地说了一句："对不起。”说完之后，她红着小脸飞快跑出了屋子。

陆怀柔反应了很久，摸着兜里的三块巧克力，说道：“幼稚。”

陆雪陵舔了舔嘴边的牛奶，戳破道：“某人可真成熟，连鱼尾纹都笑出来了。”

陆粥粥背着小书包离开之后，陆雪陵才缓缓开口：“你知道昨天陆粥粥为什么那样生气吗？”

陆怀柔收拾着碗筷，说道：“不就把她的海报扔了吗？有什么大惊小怪的。”

“看来你真是非常不了解她。如果只是撕了她偶像的海报，她顶多跟你拌两句嘴，能跑到你工作的地方大吵大闹？她有这么不懂事吗？”

陆怀柔这才回过味来，望向陆雪陵，不解地问：“还有什么事？”

陆雪陵笑了起来：“叫声姑奶奶来听听。”

“做梦！”

“不想听算了。”陆雪陵端着牛奶，慢悠悠地上了楼，还没忘回身冲陆怀柔道，“就让你心里好奇的小猫咪，挠死你吧！”

半个小时后，陆怀柔终于叩响了练舞室的门，阴沉着脸，咬牙切齿地喊了声：“姑奶奶。”

陆雪陵一边拉伸着长腿，一边回了句：“哎！乖孙子。”

“陆雪陵！你不要太过分了！”

“我过分？”陆雪陵讽刺道，“不跟小朋友商量一声，便擅自决定给小朋友转了班级，还是地狱班，没有音乐课、美术课、体育课，每天只有高强度的课本知识学习。换了你，你能有好脸色？”

陆怀柔松了一口气，他还以为发生了多大的事呢。

“就这？”

“就这！”陆雪陵走过来，一个栗暴敲在他的脑袋上，“陆怀柔，搞没搞错，这是很严重的事情好吧！你一点儿都不尊重小朋友！转班也没有问过她愿不愿意？！”

“她就一个小破孩儿，有什么好问的。”陆怀柔觉得非常荒唐，“当年爸妈送咱们去艺术团培训的时候，问过咱俩的意见吗？你劈叉劈得眼泪哗哗的时候，也没见谁问过你喜不喜欢、愿不愿意。小孩懂什么，最后还不都要听大人的话。”

“哇，陆怀柔，我发现你的教育方式真的很有问题！”陆雪陵放下大长腿，说道，“难怪你儿子当年离家出走，这么多年都不联系你，你简直就是个专制的暴君嘛！”

“一码归一码，陆随意那小破孩儿，是他自己叛逆，不服管教。”陆怀柔理直气壮地说，“我们家小小陆跟他可不一样，比他听话多了。”

“对，陆粥粥比当年的陆随意懂事多了，所以昨天她自己想明白过来，一句话都没跟你提，还向你道歉，对吗？”

陆怀柔从裤包里摸出了三块巧克力。

是啊，小姑娘真是懂事得让人心疼。

陆怀柔有些愧疚，他的这番“专制”的大道理，仅适用于对付陆随意那种叛逆的小孩，可是对陆粥粥，他很难一点儿都不考虑她的感受。

陆怀柔不管多么累、多么烦躁，只要看到她，心里就会涌起阵阵温暖。

“她真的很不开心啊？”陆怀柔犹疑地问，“为什么？基地班不是挺好吗？学费高出普通班三倍了。”

“不是贵的就是好的。我昨天去基地班教室门口看过，整个班就十几个小孩，单人座位，谁也不跟谁讲话，只知道埋头看书、做题。甭说是小朋友了，换了你，你能耐着性子，在那儿枯坐一整天？”

陆怀柔还是有些不甘心，闷声道：“你就喜欢跟我对着干，说话不客观。”

“那你自己去看看。”

耳听为虚，眼见为实，陆怀柔还是决定亲自去学校看看。

课间，陆粥粥无精打采地趴在桌上，手上的铅笔头都被磨粗了。

她向身边一个男孩借卷笔刀，男孩连忙捂住自己卷子上的答案，生怕被陆粥粥偷看，也没理她。

陆粥粥撇撇嘴，觉得真没劲。

教室外，张虎和蒋清霖两人冲陆粥粥招了招手。

看到他们，陆粥粥沮丧的心情才稍稍好了一点儿。她跑出教室："你们怎么来了？"

张虎抢白道："蒋清霖说要来看看你。"

"胡说，明明是你拉着我来看肥粥的！"

"才……才不是呢。"张虎脸颊微微发烫，"就是蒋清霖要来。"

"不管是谁要看。"陆粥粥搭住两人的肩膀，"反正你们来看我，我就很开心啦！"

"你们基地班……"蒋清霖走到窗边，打量着教室，"看起来好空哦！连黑板报都没有。"

"是啊，什么都没有，"陆粥粥无奈地说，"连美术课和音乐课都没有。"

蒋清霖好奇地问："那为什么大家都想来基地班呢？"

"才不是大家都想来呢，明明就是家长想让我们进这个班。"

"对对对！"张虎认同地点头，"我跟我妈妈说，陆粥粥进了基地班，我妈妈还让我加把劲儿，争取考进基地班，跟陆粥粥当同学呢。"

"千万不要来！"陆粥粥连连摆手，"你都不知道基地班多可怕，简直是人间地狱！"

蒋清霖："没这么夸张吧？"

陆粥粥小声说："班上同学都不讲话，下课也不出来玩，课程都超难，我一个字都听不懂。而且最重要的是，没有美术课！"

"听起来好像很惨呢。"

"不是听起来很惨，是真的很惨。"陆粥粥叹息了一声，"以后陆粥粥就要改名字了，叫陆惨惨。"

蒋清霖从包里摸出了一个折纸乌篷船，同情地说："这是手工课上折的小船，我很喜欢的，送给你吧！让它陪着你，就好像我们也在你身边一样。"

陆粥粥刚接过乌篷船，钟老师却从教室里走了出来："陆粥粥，该回教室了。”

“可是还没上课呀！”

“我们基地班的同学，下课之后除了上厕所，一般不会在教室外面玩。”

陆粥粥问道：“这又是什么规矩？”

钟老师板着脸说：“你看咱们班，大家都在做自己的事情，只有你在外面闲聊。学习要靠自觉，老师不可能二十四小时监督你。”

“可我上课也很认真啊！”

“你以为，仅靠上课听讲就可以了吗？咱们班的同学都在你追我赶，你要是自甘堕落，我也救不了你！”他睨了眼陆粥粥手中的小纸船，哼道，“玩物丧志！”

钟老师的语气很严肃，蒋清霖和张虎被吓得不轻。

蒋清霖小声说：“肥粥，我们就先回去了，下次再来找你玩。”

“嗯，一定要来！”

钟老师却忽然道：“普通班的同学，以后不可以到三楼基地班的教室门口玩！”

蒋清霖和张虎面面相觑：“为什么？”

“陆粥粥，你是非常聪明的小孩，应该不会不懂‘近朱者赤、近墨者黑’的道理吧。”钟老师不满地说，“你应该和咱们班的同学多讨论学习问题，而不是整天和这些普通班的同学瞎玩闹！”

蒋清霖和张虎一下子就蔫儿了，虽然他们还小，但是钟老师的话和他鄙夷的神态，还是伤害了他们的自尊心。

陆粥粥本来对钟老师没有什么意见，但是他说出这样的话，让她的朋友难堪，她立刻奓毛了：“才不是这样呢，我的朋友才不是什么墨，他们不是墨，一点儿都不黑！”

走廊上的小风波引来了不少看热闹的同学，他们最喜欢看老师训斥别的学生。

钟老师压着嗓子呵斥道：“陆粥粥，回教室！”

“钟老师不讲道理！”

“陆粥粥，现在马上回教室！”

“我爷爷说，每个人都要为自己说过的话负责，尤其您作为老师，说话更应该谨慎。”

钟老师这些年也遇到了不少难缠的学生，但大都是胡搅蛮缠，分分钟就被他收拾了。陆粥粥却不是胡搅蛮缠，她的话句句在理，周围这么多同学看着，他反而有些理亏。

他只能硬着头皮道：“我说的话哪句不对？你现在还小，什么都不懂，将来长大了就明白，跟什么样的朋友交往，很有可能影响你的一生！陆粥粥，我很欣赏你的聪明，希望你能把它用在正途上，而不是和老师顶嘴！”

蒋清霖难过地低下了头，不断地拉扯陆粥粥的衣袖，让她不要再顶撞老师了。

蒋清霖不希望陆粥粥被老师责骂。

陆粥粥却很固执：“我姑奶奶说，只有我才能决定自己想成为什么样的人，和我的朋友有什么关系？”

“近朱者赤，近墨者黑，我不需要再重复第二遍了吧？”

“蒋清霖的语文成绩很好，作文总是能拿第一；张虎的体育成绩好，跳远一级棒，体育老师还总夸他呢！怎么到了钟老师这里，就变成墨了？钟老师您要不要找我们班语文老师和体育老师过来问问，看他们同不同意您的说法？”

周围的同学们欢呼起来，甚至有同学拿出手机来帮陆粥粥录像。

蒋清霖和张虎这才抬起头来，方才的羞愧之色一扫而空。

对啊，他们也是受到老师表扬的同学，也是很优秀的，才不像钟老师说的那样一无是处呢。

周围的同学议论纷纷，都觉得这次陆粥粥更有道理。而钟老师任教几十年，也是第一次在学生面前落了下风。他压着火气，怒道：“陆粥粥，立刻让你爸来学校一趟！”

请家长永远是老师的终极利器，只要老师祭出这一武器，学生们无一不惧，包括陆粥粥。

她立刻蔫儿了，吞吞吐吐地说：“我……我爸不……不在。”

“那就让你妈妈过来。”

"我妈……也不在……"

"你是跟爷爷奶奶住在一起？"

陆粥粥："只有我爷爷。"

钟老师看明白了，原来陆粥粥是跟老人一起生活的小孩，难怪她敢顶撞老师，肯定是被家里的老人家给宠坏了。

"你爷爷多大年纪了？"

"不知道，他……"陆粥粥根本不敢让老师把陆怀柔请过来，索性拖延道，"他全是白头发。"

反正陆怀柔满头银发，她在一定程度上也不算说谎。

钟老师猜测，头发全白的老人，得七八十岁了，即便请来学校也无济于事，什么都不懂，说不定连大字都不识一个，自己跟他也有理说不清。

他看着陆粥粥的模样，冷哼道："陆粥粥同学，只要你向老师保证，今后好好学习，不再和普通班的同学交往，老师就不让你请家长了。"

陆粥粥低头艰难地沉思片刻，终于心一横，说道："那您还是把我爷爷请过来吧！"

大不了回去挨一顿臭骂，反正她也没少挨骂！

钟老师见陆粥粥这样，气急败坏地道："陆粥粥同学，别以为老师真的拿你没办法！你再这样下去，我真的会把你的监护人请来好好聊聊！"

就在这时，一道清朗有磁性的男声响了起来："你想跟我聊什么？"

陆粥粥回头，看到陆怀柔从走廊尽头走来。他戴着黑色口罩，穿着一件黑色刺绣卫衣，压低了鸭舌帽，手揣兜里，一路逆着光走来，给人强势的压迫感，又冷又酷。

陆粥粥看到他，浑身一激灵，瞬间冷汗直流。

完了完了完了，她死定了！

钟老师没有见过陆粥粥的家长，问道："你是谁？"

陆怀柔经过陆粥粥身边，拍了拍她的后脑勺，以示惩戒，然后说道："我是她的监护人，有问题吗？"

陆怀柔平日里对人说话的态度就是这样，给人一种压迫感，毕竟他算整个娱乐圈都要喊一声“前辈”的人。

钟老师打量着陆怀柔，他的衣着装扮，看起来像陆粥粥的兄长，但是神态语气又不似年轻人，撑死了就是陆粥粥的父亲。

“陆粥粥告诉我，家里父母都不在，只有爷爷，看来是她说谎了。”钟老师忙不迭地向陆怀柔告状，“陆先生，陆粥粥的家庭教育似乎很有问题啊，如果你总让她跟溺爱孩子的老人一起生活，家庭教育跟不上，好好的苗子就被浪费了。”

陆怀柔：“……”

老人怎么了！

老人吃你家米饭了？

陆粥粥看陆怀柔脸色一下子阴沉下来，怕是要动手的前奏，立刻挡在他身前，对钟老师道：“钟老师，这是我爷爷。”

“你爷爷？”

钟老师很难将眼前这个年轻的男人和陆粥粥所形容的头发花白的耄耋老人联系在一起，不过……头发好像的确是白色，不过是银白，染烫的时尚发色。

陆怀柔已经懒得搭理钟老师了，推了推小姑娘：“去教室里把你的书包收拾好。我们退出基地班，回原来的班级。”

“好啊！”陆粥粥欢呼一声，连忙回教室收拾书包。

钟老师看得出来，陆怀柔真的生气了，但是要让小孩离开基地班，这是气昏头了吧！

当然，钟老师也不希望陆粥粥离开基地班。陆粥粥是有天赋的，如果好好培养的话，将来成就肯定不小。

“陆先生，宠爱孩子也应该有个限度吧！用孩子的未来赌气，这是一个合格的家长应该做的吗？再说了，您也只是陆粥粥的爷爷，退出基地班这件事，您问过她父亲的意见了吗？”

陆怀柔眼角肌肉微微颤了颤，声音冷到了冰点：“我是她父亲的父亲，也是陆粥粥的第一监护人。我的决定，任何人都无权干涉。”

“你这样，我们很难办。”

陆怀柔冷笑：“不然，你给她爸打电话试试？”

钟老师还真不信邪，问到了陆随意的电话号码，当下就拨了过去，并且开了免提："陆先生，是这样的，您父亲想把您的女儿转出基地班。要知道，我们基地班可是整个附小最好的班级，他这样做，不经过您的同意，我认为这并不合适。"

陆随意正在化妆准备上直播，听到钟老师的话，立刻拔高了音调，义正词严地说："老师，我爸做任何事都有他的理由！他是全世界最好的长辈！没有他就没有今天的我！我相信他，也请老师相信他！"

他挂掉了电话，松了一口气。

一大早这个老师就给他一道送命题。

钟老师："……"

陆怀柔看了眼犹豫的陆粥粥，不耐烦地道："不是早就想退了，还不快去收东西？"

"哦！"陆粥粥赶紧回教室，匆匆忙忙地收拾书包。

钟老师脸色非常难看，对陆怀柔道："过于溺爱孩子，只会把孩子养废。要想孩子有前途，现在就必须狠下心。没有哪个伟人的成长道路是快快乐乐、平平坦坦的。"

陆怀柔顾及陆粥粥的面子，没有在此刻发作，只是冷冷地看了钟老师一眼，说道："陆粥粥不是什么伟人，她只是我的孙女。只要有我在一天，她就必须是开心和快乐的，她想要什么，我会去给她挣来。"

如果陆粥粥不快乐，陆怀柔觉得他前半生的所有辛苦都白费了。

她是他唯一的孙女。

钟老师终于同意让陆粥粥回到原来的班级，这可把蒋清霖、张虎高兴坏了，他俩忙不迭地去帮陆粥粥拿东西。

刚刚爷孙俩与钟老师发生争执的视频，也被有的学生发给了家长，又被家长发到了家长群里。

现在家长们对这件事讨论得非常激烈，讨论的焦点是基地班是否有存在的必要以及基地班的班主任看不起普通班学生，甚至公然伤害小朋友自尊，这样的老师是否有资格留在附小。

学校这边的压力也很大，紧急召开会议，商量取消基地班的议程。

预备班家长群里，各位家长纷纷给陆怀柔点赞。

“@粥粥爷爷 好样的！”

“粥粥爷爷的教育方式，很值得各位年轻家长深思。”

“对啊，如果孩子的童年没有快乐，只有繁重的学业，那么将来即便有再大的成就，又有什么意义呢？”

“其实，只要我们家小孩健康成长，我就满足了！@粥粥爷爷 谢谢老人家为我们上了一课！”

……

陆怀柔倚在教室走廊边，看到这些消息，心情挺复杂的。

陆怀柔平日接触的粉丝都是年轻人，所以自然而然，他的心态倾向于年轻化。看着这些日常总是转一些养生保健鸡汤的中年人一口一个“老人家”地叫他，怪怪的。

下课铃声响起，孩子们从教室里鱼贯而出。

“爷爷！”陆粥粥兴奋地跑到陆怀柔身边。他顺势便拎起了小姑娘的书包，背在了自己的肩上。

“爷爷带你去吃好吃的。”

“好啊！”陆粥粥欢呼一声，开心地牵起了陆怀柔的手，“我要吃肯德基！”

“瞧你这点儿出息。”

走出学校，陆粥粥好奇地问他：“爷爷，你真的不再要求我好好学习，将来要我当一个很有出息的人了吗？”

“嗯，我已经想明白了。”陆怀柔煞有介事地说，“只要你快乐，比什么都重要。”

“我爷爷太好了吧！”

陆怀柔低头沉思了片刻，嘴角扬了扬：“我对你没有太高的要求，当个像爱因斯坦那样的科学家，就差不多了。”

陆粥粥：“……”

这叫没有太高要求？

“阿姆斯特朗那样的宇航员也行。”

陆粥粥：“……”

我这还要去登月？

五月二十号是陆粥粥的生日。

前一天晚上，陆雪陵和陆粥粥商量着，次日把陆粥粥的小伙伴都请到家里来，开一个热闹的小型派对。

这个提议遭到陆怀柔的强烈反对：“家里开派对，休想！”

陆雪陵：“我明天早上请人把后花园的浅水泳池打扫干净，到时候请小朋友带上泳衣过来。”

陆粥粥：“然后再把喷泉也打开！”

陆雪陵：“好主意！”

陆怀柔见这两位姑奶奶完全无视了他，于是再度重申：“有没有听我说话，我不同意！你们敢把人请到家里来，你们就死定了！”

陆雪陵：“还得再请几个大厨过来，咱们在花园里摆自助餐。”

陆粥粥：“有大蛋糕吗？”

陆雪陵：“当然有啦，姑奶奶给你订的是三层豪华蛋糕，够好多小朋友吃了。”

陆粥粥欢呼道：“太好了！”

陆怀柔：“有没有人听我说话，我不同意！”

陆雪陵：“明天早上不准睡懒觉了，早点儿起床，姑奶奶给你梳妆打扮。”

陆粥粥：“嗯嗯！”

陆怀柔：“有没有人听我说话！”

有家里这个大姑奶奶做主，陆怀柔即便反对，也永远只是反对无效。

大家都姓陆，陆怀柔忽然感觉，自己变成了家里地位最卑微的那一个。

陆雪陵为陆粥粥这次六岁生日派对做了充足的准备，一定要让小朋友过一个最快乐的生日。

清晨，天还没亮，陆雪陵便将陆粥粥从床上拽了起来，拉到妆台前给她扎辫子。

陆粥粥睡得迷迷糊糊的，一个哈欠接着一个哈欠，忽然觉得过生日也好辛苦呀。

“姑奶奶，让我再睡一会儿吧。”小姑娘恳求道。

“不行！”陆雪陵义正词严地说，“一会儿小朋友都来了，小寿星总不能乱糟糟地去见他们吧。”

陆粥粥打了一个哈欠，学着大人模样，感叹道：“社交真的好累。”

陆雪陵给她梳着辫子，笑说道：“上了几天基地班，都会说英语了？”

“不，这是我爸爸的口头禅。”

陆雪陵回头，问陆怀柔：“她爸妈……你叫了没？”

陆怀柔斜倚在门边，跟陆粥粥一起打着哈欠，说道：“陆随意昨天说要过来，我拒绝了。”

陆雪陵责备道：“人家想来陪女儿过生日，你干吗拒绝？”

陆怀柔满脸都是起床气，漫不经心地道：“单纯看他不爽。”

陆雪陵：“……”

陆粥粥倒是无所谓，反正爸妈都给她发信息了，说会给她再补一个生日。

今天爸妈不来也没关系，她可以多吃到两份生日蛋糕，这才是最重要的！

陆雪陵扎的羊角辫总是不对称，重梳了好几次，疼得小姑娘龇牙咧嘴。

陆怀柔看不下去了，接过了梳子，抓起小姑娘乌黑的软发，咬着皮筋，很快便给她梳了两个规规整整的羊角辫，最后还喷了定型水。

陆雪陵惊喜地说：“可以啊，我们家小哥居然会给女孩梳辫子！”

陆怀柔嘲讽地睨她一眼，说道：“现在知道谁才是合格的家长了？”

“佩服佩服。”

这还是陆雪陵生平第一次对自家弟弟由衷地钦佩。

陆雪陵还没来的时候，陆粥粥的小辫子都是陆怀柔扎的，刚开始的时候也是乱七八糟。不过陆怀柔是个做任何事都无比认真的男人，所以在拍戏闲暇的时候，他总是用手机搜索小女孩的发髻教程，跟着学。

艾伦都感叹："不就扎个头发嘛，还用得着专门去学？"

陆怀柔并不觉得只是扎头发这样简单。他是个完美主义者，他家小姑娘必须干干净净、漂漂亮亮地出门，绝对不能邋里邋遢。所以他跟着教程学了各式各样的小女孩发辫，每天陆粥粥都能换新发型，让小朋友们羡慕不已。

陆怀柔给陆粥粥扎好了辫子，还在鬓边给她别了一个小蝴蝶结："行了，大功告成。"

陆粥粥终于醒了，在镜子前欣赏自己小辫子，满意地说："粥粥真好看。"

"好看吧。"

"嗯！"

陆怀柔附在陆雪陵耳畔，用极其腹黑的嗓音道："没点儿手艺，你还妄图取代我，做梦。"

陆雪陵："……"

你是不是想太多了？

早上九点，小伙伴们陆续来到了家里。陆粥粥穿着蛋糕裙，像小主人一样站在门口迎接他们。

陆怀柔和陆雪陵都戴着口罩，站在二楼，尽可能避免社交。

带孩子来的家长，由艾伦安排着在会客厅喝茶聊天吃点心。

陆粥粥其实并没有邀请太多人，只有张虎、蒋清霖他们几个要好的小伙伴。

"陆粥粥，你家太大了吧！好漂亮啊！"蒋清霖看着陆粥粥家的大宅子，难以置信地道，"我还以为你家很穷呢。"

"这里是我爷爷家，我爸爸的家没有这么大。"

"真该让宁融儿来看看，看她以后还说不说你是穷小孩！"

"我才不请她！"

陆粥粥带着小伙伴们去了花园。庭院里安放着白色的装饰花架，自助餐桌上摆放着各种零食，看得小伙伴们眼睛都亮了。

很快，隔壁的赵思嘉也过来了，带着自己做的牛奶曲奇饼，景哲跟在她的身边。

“赵阿姨好！”陆粥粥赶紧迎上去，“哇，今天的景哲好帅呀！”

景哲穿了一件合体的小西服，还系着红色的小领结，小胖墩一下子精神了不少。

“陆粥粥，生日快乐！”他将一个系着彩带的钢笔盒送给了陆粥粥。

“谢谢景哲！”陆粥粥拆开了钢笔盒，兴奋地说，“我还没用过钢笔呢。”

赵思嘉笑着说：“这是景哲用自己的零花钱特意给你选的。你马上就要升一年级啦，很快就能用得上。”

“谢谢景哲！”陆粥粥看看他们身后，问道，“景绪哥哥呢？”

“景绪一大早就跑出去了。”景哲解释道，“不知道上哪儿了，我等了他好久都没回来，所以就和妈妈先过来了。”

“原来如此。”陆粥粥有些失落，“没关系，我们给他留一块蛋糕就好啦。”

景哲道：“其实景绪不喜欢吃蛋糕。”

没看到景绪，陆粥粥心里已经很难受了，景哲这样一说，她更难受：“没……没关系，那就算了吧。”

艾伦给蛋糕插上蜡烛，让陆粥粥坐在高脚椅上，准备许愿、吹蜡烛。

景绪一路小跑，跑进了庭院后花园，小胸脯起伏着。

陆粥粥眼睛亮了亮：“你来了！”

景绪呼吸还有些不平，身上的浅色T恤也脏兮兮的，似乎沾上了泥土，看上去有些狼狈。

赵思嘉惊讶地迎了上去：“景绪，你怎么弄成这个样子？”

景绪抱着一盆玫瑰花盆栽，说道：“早上去花圃帮刘爷爷种花，从他那里得来的。”

“真是……看你这一身脏的，该回家换身衣服再过来。”

景绪看了陆粥粥一眼，淡淡地道：“怕来不及。”

陆粥粥赶紧跳下高脚椅，跑到景绪面前，有些害羞，矜持地说：“景绪哥哥，好漂亮的玫瑰花呀。”

玫瑰花是粉色的，有好几朵，娇艳欲滴，有的开了，有的含苞待放。

陆粥粥喜欢得不得了，闻闻这朵，又摸摸那朵。

小伙伴们都围了上来，打量着这株玫瑰盆栽。

“我第一次见到粉色的玫瑰！真好看！”

“少见多怪啦！”

景哲说道：“我在刘爷爷的花圃见过这种玫瑰，一枝就要不少钱，他把这一整盆卖给你，肯定很贵。”

赵思嘉笑着说：“不管贵不贵，都是你们自己的零花钱，兄弟俩都一样，我可没有多给。”

景绪没有回答。

陆粥粥知道，景绪哪还有零花钱，前两天他给她买巧克力了，把零花钱都花光了。她看着他脏兮兮的样子，知道他肯定一大早就去花圃想办法给人家帮忙，才换了这盆花。

景绪哥哥一直都是这个样子，想要的东西，都自己去挣。

“谢谢景绪哥哥，我最喜欢花了。”

景绪淡淡地应了声：“不谢。”

人群中，不知道有哪个人小鬼大的家伙喊了声：“玫瑰代表爱情！”

“没错没错！”蒋清霖也连连点头，“玫瑰代表爱情，陆粥粥，你今天收到爱情啦。”

家长们听到这话，也笑了起来。

景绪面上依旧保持平静，但耳根红得通透：“我不知道，只是觉得这花很好看，女孩都喜欢花。”

赵思嘉这当妈的居然也带头起哄，笑着说：“哟，什么时候开始，我们家景绪也懂女孩的心思啦？”

景绪竟然有些慌张，看了赵思嘉一眼，示意她别说了。

“什么爱情呀？”陆粥粥很有义气地拍了拍景绪的肩膀，“景绪哥哥才不是这个意思呢！你们太不纯洁了！”

景绪稍稍松了一口气，却又听小姑娘道：“景绪哥哥的意思是，要把他自己送给我，是吧，景绪哥哥？”

景绪更不淡定了：“你从哪儿看出我有这个意思？”

“那你怎么送小玫瑰给我？”

景绪抿着嘴，不知道怎么样解释。

“好啦，以后景绪就是我的哥哥了。”

“是哥哥吗？”

“对呀。”

景绪微微松了一口气，点了点头，认同了这个称呼。

陆粥粥显然很开心，牵起了他的手：“那哥哥，以后要对我好哦。”

他很认真地回答：“我会对你好的。”

众人簇拥着陆粥粥，给她唱了生日快乐歌，然后一起吹蜡烛许愿，分吃蛋糕。

几个小伙伴脸上都沾上了奶油，宛如小花猫一般，相互嘲笑着对方。

张虎问陆粥粥：“今天你生日，为什么没见你爸爸妈妈呀？”

陆粥粥解释：“爷爷不让我爸爸妈妈进屋。”

“为什么？”

“因为他们惹爷爷生气了。”

蒋清霖说：“你爷爷脾气好臭哦！”

陆粥粥望向蒋清霖：“你确定要这样说他？”

蒋清霖撇撇嘴：“对呀，如果我有这样不近人情的爷爷，肯定天天和他吵架！”

“我记得你以前说陆怀柔打狗仔的时候，可不是这样说的，你说这不叫坏脾气，叫人格魅力。”

“这怎么能比呢！陆怀柔打架就是有魅力，其他人就是脾气臭！哼！”

陆粥粥：“……”

双标的人迟早要后悔。

就在这时，陆粥粥接到了老爸的电话，让她偷偷到后院去，不要惊动任何人。

陆粥粥来到了后院，竟然看到老妈趴在高耸的院墙上，墙上摆了一个巴掌大小的生日蛋糕。

“粥粥，嘘，快来，爸妈给你过生日！”

陆粥粥惊呼一声，兴奋地跑过去：“妈，你来了！爸呢？”

“你爸在下面。”

陆粥粥蹲下，透过石墙雕花孔，看到老爸在下面驮着妈妈，不然以妈妈的身高，根本够不到石墙。

“前院门开着呢，你们可以进来。”

“不了不了，省得待会儿又惹你爷爷生气。”陆随意还是相当畏惧陆怀柔，卑微地说，“爸妈给你唱完生日快乐歌就走，不要让爷爷知道了。”

“好吧。”

陆粥粥搬来了小椅子，踩了上去，听爸爸妈妈给她唱歌。

唐浅看着小姑娘公主一般的打扮，很乖的样子，眼睛莫名有些泛红。

过去陆粥粥跟着陆随意，她也没觉得有个女儿多了不起，想见的时候能见到，不想见的时候扔给孩子爸，自己乐得轻松。但是现在，签了那破协议，没有陆怀柔的同意，她根本见不到女儿，想带小姑娘出去吃顿肯德基都难。

人果然只有失去之后，才懂得珍惜。

此时，看到陆粥粥在爷爷家里生活得这样好，她才开始反省自己这个母亲当得如此不够格。

“粥粥，今天过得开心吗？”

“开心，我请了好多小朋友来家里的。”

“那就好。”唐浅拍了拍身下的陆随意，“哎，你别东摇西晃的！”

陆随意嚷嚷道：“我快撑不住了！你也太重了吧！”

“我重？有没有搞错，老娘体重不过百好吧。”唐浅对陆粥粥道，

"宝宝，快把蛋糕吃了，妈妈这就得走了。"

她的嗓音都带着哭腔。

陆粥粥虽然已经撑得不行了，但是为了不让妈妈难过，还是用勺子舀起一块蛋糕吃掉："很好吃哦，妈妈。"

"那就好！"

陆随意终于放下了唐浅，隔着雕栏孔，俩人恋恋不舍地望着陆粥粥："粥粥，你在爷爷家里乖乖听话，爸妈这边再好好商量一下，看怎么样把你接回来。"

陆粥粥犹豫了一下，小声道："爷爷说，除非你俩结婚，不然不放我走。"

陆随意和唐浅面面相觑。

"不是吧，"陆随意皱眉道，"我爸也管得太宽了些。"

"就是，谁要嫁给你爸呀！"

"谁要娶你呀！"

"那就没有办法啦，"陆粥粥耸耸肩，"我只能跟爷爷一起生活啦。爸妈，你们快回去吧，以后别来看我了，不然爷爷更生气。"陆粥粥说完，转身便走。

陆随意赶紧叫住她："哎，粥粥，你跟爷爷说，也不是没有商量的余地，我勉为其难跟这个女人结婚，也……不是不行。"

"喂！陆随意！"

陆粥粥望向唐浅，唐浅皱着眉头："我……我再考虑考虑，毕竟婚姻大事……"

"好啦，你们考虑好了，再来看我！"

陆粥粥愉快地走回前院，没想到在花园小径边，直接撞上了陆怀柔："爷……爷爷……"

"我什么时候说，他们结婚，就放你回去？"

"哦！"陆粥粥心虚地不敢看他，"这个那个……景绪叫我！我先过去啦！"

"想都别想！"身后，陆怀柔冲她大喊，"让他们死了这条心！"

陆雪陵摇着流苏团扇，优哉游哉地说："看来，不是小姑娘离不开你，是你越来越离不开粥粥了。”

“我离不开她？”陆怀柔死不承认，“开什么玩笑，一个小破孩儿。”

“那干吗不放人家走？”

“我……”陆怀柔狡辩道，“既然签过协议，那就必须有契约精神！”

陆雪陵摇着扇子，慢悠悠地说：“人家爸妈要是真的结婚了，也有时间带小孩，你凭什么把小姑娘强留在身边，凭你长得帅吗？”

“凭我是陆随意的爸！”陆怀柔想了想，似乎也觉得这个理由过于不讲道理，于是道，“凭我能比他更好地照顾陆粥粥。”

“嘁，你先把你的厨艺练好再说吧。”

陆怀柔不服气地说：“不爱吃你走。”

“赶我走？”她走过去，在陆怀柔脑门敲了一个栗暴，“我是你姐！别忘了爸妈怎么教你的——尊敬姐姐，保护姐姐，听姐姐的话！”

陆怀柔捂着脑袋，憋闷不已，冲陆粥粥喊了声：“小孩，过来！”

陆粥粥满嘴都是蛋糕，屁颠儿屁颠儿地朝陆怀柔跑来：“爷爷，怎么啦？”

“你想吃爆炒栗子吗？”

陆粥粥捂着自己圆滚滚的肚子，思考片刻，还是期待地点了点头。

于是，陆怀柔一个栗暴敲在了陆粥粥的脑门上。

陆粥粥猝不及防吃了这一记栗暴，“嗷”地叫了一声：“臭怀柔，你干什么！”

“陆粥粥，你知道我们陆家祖传的家规是什么吗？”

陆粥粥捂着脑袋摇头。

“尊敬爷爷，保护爷爷，听爷爷的话，记住了？”

陆粥粥：“……”

晚上，陆怀柔一直待在书房里看剧本。

剧本只有几页，以陆怀柔的记忆力，早该背得滚瓜烂熟了，但是今晚他一个字都看不进去。心静不下来，做任何事都是没有效率的。最后，陆怀柔索性放下了剧本，走到落地窗边，吹吹风。

他满脑子想的都是如果陆粥粥离开自己，他会怎么样……

小朋友本就只是在他家借住一段时间，等陆随意家庭事业稳定下来，陆粥粥理应回去。

每每念及此，陆怀柔就烦躁至极。

凭什么她想来就来，想走就走？当他这儿是汽车旅馆吗？她可以随意来去，连房租都不用给？当他陆怀柔是召之即来、挥之即去的保姆工具人？

陆怀柔越想越不开心，给陆随意拨了个电话。

陆随意一看到是老爸的来电，眼睛瞪圆，连忙起身来到门外，开口第一句话是："儿子给您请安了。"

陆怀柔："说人话。"

陆随意战战兢兢地说："爸，这么晚了，您老人家还不休息吗？找我有事吗？有事可以明天说嘛，什么都比不上您的身体健康重要啊！挂了挂了。"

陆怀柔翻了个白眼："少来，我问你，结婚的事考虑得怎么样？"

陆随意："爸，我知道您关心我，希望我早点儿成家！我会努力追求粥粥妈！争取早日结婚！我一定不会辜负您对我的期望！"

陆怀柔："……"

陆随意挠挠乱糟糟的头发，又叹了口气："但是话又说回来吧，光我一厢情愿，这没用啊。您也知道，粥粥妈那人吧……心比天高，她觉得我在事业上还没有特别大的成就，所以结婚的事，一直犹豫不定。"

陆怀柔松了一口气。

陆随意试探着说道："爸，如果您肯公开我的身份，告诉全世界，我是陆怀柔的儿子，别说一个粥粥妈，就是您要给您孙女找十个妈，都是件容易的事！嘿嘿嘿。"

"还要给我孙女找十个妈，我儿子可真能耐。"陆怀柔冷冷一笑，"不过，你说得也不是没有道理。"

陆随意喜出望外："爸！您同意了？！"

陆怀柔："我先跟粥粥妈商量一下。"

陆随意："好嘞，我等您的消息。敬您！爱您！"

陆怀柔挂掉电话之后，立刻给唐浅也拨去了一个电话。

唐浅："陆叔叔，这么晚了，您找我有事吗？"

陆怀柔："跟你聊聊我儿子的事。"

唐浅："陆叔叔，结婚的事我还在考虑，希望您不要给我们太大的压力。"

陆怀柔："正因为你还在考虑，我想先把我们家一些真实情况告诉你。"

唐浅："什么真实情况呀？"

陆怀柔："我们家看起来光鲜，其实公司连年亏空，还有三十亿元负债。我相信你跟我儿子是真爱，但这笔债……我有生之年许是还不了了，只能把重担交到你们下一辈身上。"

唐浅："……"

陆怀柔："加油，儿媳妇。"

唐浅："……"

不不不，您别这样叫，我害怕。

打完电话的陆怀柔，心情总算舒畅了。

书桌上的相框里，早逝的妻子牵着陆随意，笑望着他。

陆怀柔撇撇嘴，说道："看什么看，谁让你那么早就走了？

"还看！不准看了！

"我这么做，还不是为了粥粥，难道你觉得她那个不靠谱的妈，能照顾好她吗？

"她只有在我身边，才会过得更好。"

他一个人对着照片自言自语，夜色越发浓稠。

几分钟后，陆怀柔打开柜子，从里面取出一个巴掌大的绒布包，绒布包里有一条款式复古的珍珠手链。

"今天陆粥粥收到不少礼物，不缺我这一个。"灯下，陆怀柔拿着珍珠手链自言自语，“你说，送不送啊？

“好吧，听你的，送给她。

“那这样，你就是同意我留下她了啊？

“你不准去给你儿子托梦告状，说我坏话。”

陆怀柔敲了敲桌面，把陆粥粥喊到了自己的书房。

陆粥粥拿着西瓜，啃得满嘴都是，一阵风似的跑过来，说道：“臭怀柔，干吗？”

陆怀柔随手将珍珠手链扔给她：“拿去。”

陆粥粥接过手链，仔细打量起来：“这是什么呀？”

“手链，戴手上的。”

“哇，好土！”

陆粥粥一直觉得只有老人才会戴珍珠。张虎的奶奶就有一串超大珍珠项链，接他的时候戴在脖子上，可惹眼了。

“我不适合啦！”

陆怀柔伸手摘下了陆粥粥脑袋上的塑料碎钻皇冠：“你果然只适合戴这玩意儿。”

“这是蒋清霖送给我的魔法皇冠，只有女王才能戴！”

陆怀柔固执地将手链子套在她白嫩嫩的手腕上，可是手链太大了。

陆粥粥将珍珠手链搁在桌上，努努嘴：“爷爷送礼物一点儿都不诚心，这一看就不是特意给我买的。肯定是送给别人，别人不要才给我的。”

陆怀柔：“你怎么什么都知道？”

“哼！我才不要呢。”

“我送的礼物，你敢不要？”

陆怀柔拆开手链，绕了两圈之后戴在她的手腕上，这下大小刚刚好。

“行了。”

“那我就勉为其难收下吧。”

“不准取下来啊。”

“哼。”

陆粥粥走出房间，扬起胳膊肘，在灯下打量着这条粉色珍珠手链，虽然款式老了些，不如她闪闪的水钻皇冠好看，但是粉色的珍珠越看越喜欢。

陆雪陵敷着面膜经过走廊，看到小姑娘手上的珍珠手链，停下了脚步。

“粥粥，好漂亮的手链，哪来的呀？”

“臭怀柔送给我的。”陆粥粥说道，“别人不要了，他才转送给我。”

陆雪陵走到她身边，摩挲着这串珍珠手链，微笑着说：“傻姑娘，这是你爷爷给你奶奶买的礼物。”

“原来如此呀。”

“你奶奶临走的时候，把这个还给他，让他送给下一个更值得期待的人。当然，也希望他能走出来这段感情，好好生活下去。”

“那爷爷一直没有找到可以送手链的人吗？”

陆雪陵摇摇头道：“你爷爷是个很长情的男人。但是他的感情埋得很深，不是随便什么人都能得到他的深情。”

陆粥粥摸着手上的手链，若有所思地点点头：“那他把这手链送给我，是不打算开始新的感情啦？”

陆雪陵忍俊不禁：“缘分的事，谁说得准呢。”

“好吧，那我先替他保管这条珍珠手链吧。”

陆雪陵看着小姑娘天真的表情，觉得她现在还小，也许还不太明白这条手链对陆怀柔的意义。

从今天以后，陆粥粥就是他此生最疼爱的人了。

六岁生日，是陆粥粥有记忆开始，过得最开心的生日。她收到了好多礼物：景绪的玫瑰花，她放在了窗台上，每天都能让清晨第一抹阳光照到它；爷爷的珍珠手链，也被她放在自己的百宝匣中。这些，都是她最珍贵的宝贝。

周末，附小组织了一场郊游活动，地点定在山清水秀的湖畔公园。

临行前，陆雪陵送给陆粥粥一个大号的背包，给她装了好多零食，让她跟班上的小伙伴一起吃。

“记住，就在草坪上和小朋友们玩，不准靠近池塘，不准去挖蚯蚓弄得满身泥巴。走的时候是什么样，回来的时候就得是什么样，再搞得跟小矿工似的，姑奶奶要生气的！”

陆怀柔优哉游哉地喝着早茶，手里拿着一份报纸，嘲讽道：“现在知道当一个合格的监护人多操心了？”

陆雪陵说：“可没人求着你操这份心。”

陆怀柔道：“不好意思，本人就是这样一个有家庭责任感的好男人。”

“打欺诈电话这种下三烂手段都能使出来的人，责任感简直爆棚了啊。”

陆粥粥眨巴眨巴眼睛：“什么欺诈电话呀？”

陆怀柔从沙发上弹射而起，伸手去捂陆雪陵的嘴。陆雪陵挥舞着手臂，呜呜地喊着：“你爷爷他干的好事……”

陆怀柔赶紧道：“校车都在外面等好久了，还不快去！磨磨蹭蹭让全班同学等你一个人，不太合适吧。”

陆粥粥撇撇嘴，戴上了小黄帽，背着陆雪陵送给她的新背包，跑出了大宅。

校园巴士已经在门口等候多时了，陆粥粥上了车，蒋清霖和张虎连忙冲她招手：“肥粥，快来，给你留了位置！”

她走到他们身边坐下，小伙伴们立刻好奇地凑上来，开始分零食。

“哇，肥粥带了好多零食呀！”

陆粥粥拍拍书包：“我姑奶奶给我装的，这里面全是。”

“那待会儿我们一起吃！”

“嗯！”

半小时后，巴士停在了湖畔公园大门口。

广场上已经聚集了不少同学，他们穿着花花绿绿的新衣裳。

这次郊游，虽然只有低年级的小朋友参加，但是人数也相当多。老师们各自带领着自己班级的小朋友，排着队，依次来到湖畔的草坪上。

“大家就在草地上玩吧，千万不要去水边，上厕所要跟老师说。”

湖边有半人高的护栏，亭子里也有保安守着，一般是不会出现任何意外的。

蒋清霖从包里取出蓝色的方格野餐布，铺在地上，然后把自己书包里的零食都倒在野餐布上："肥粥，咱们把零食放在一起吃。"

"好呀！"

陆粥粥也把自己的背包里的零食倒了出来，背包扔在一边。

一年级的老师也带着队伍，坐在了她们旁边。

陆粥粥一眼便看见了景哲，他和几个男孩在草地上铺了餐布，正吃着薯片。

陆粥粥冲他用力招手："景哲。"

景哲看到陆粥粥，开心地笑了起来："粥粥，你也来了啊！"

"景绪哥哥没有来吗？"

景哲看了看四周，说道："他应该来了吧？"

"那为什么没跟你在一起呀？"

"景绪在三年级，所以我也不太清楚。"

景哲身边的几个男孩见到陆粥粥的时候，都有些兴奋。

他们没想到景哲竟然认识这么好看的小女孩，连忙对景哲道："快邀请你的朋友加入我们呀！"

景哲挠挠头，问陆粥粥："你要不要和我们一起玩啊？我们男生可以负责干体力活儿。"

"没错，一起玩吧！"

陆粥粥看看蒋清霖和张虎，张虎摇摇头："还是算了吧，不要跟一年级的玩，我们自己玩。"

景哲也不想让陆粥粥为难，说道："好吧，那你们有什么需要就叫我们，有人欺负你们，也可以找我帮忙！"

"嗯！谢谢景哲。"

陆粥粥回到自己的野餐布边，坐了下来，张虎和蒋清霖开始玩你画我猜的游戏。

"粥粥，和我们一起玩啊！"

"等会儿。"

陆粥粥四处观望着，终于在湖边发现了景绪。

小小少年穿着黑色T恤，孤零零地坐在公园椅上，低头玩着魔方。他把魔方旋成了六面同色，然后又打乱，重新旋转。他似乎很无聊，不断重复着手上的动作。

他周围满是欢声笑语，但他仿佛与热闹的世界隔绝了一般，冷冷清清。

陆粥粥拍拍裤子上的灰，朝他跑去。蒋清霖连忙叫住她："你干吗去？"

"我找景绪哥哥玩。"

蒋清霖和张虎也看到了景绪，张虎皱眉道："别了吧，他脾气怪得很，都不理人的。"

蒋清霖也道："你看，他哥哥都不和他玩，咱们就更不要去碰一鼻子灰了。"

"可是……"陆粥粥犹豫道，"我就是想和他玩。"

蒋清霖知道陆粥粥特别喜欢景绪，于是拍拍她的肩膀，说道："那你去试试吧，如果他愿意的话，咱们就和他一起玩。"

"嗯！"

陆粥粥走到景绪身边的椅子旁，坐了上去，双腿摇晃着。

景绪偏头睨她一眼，她便傻兮兮地冲他笑。她生了一双极好看的明眸，细密的长睫毛宛如小刷子般扑扇着，皮肤白皙。

"哥哥，你要不要和我们一起玩啊？"

景绪想也没想，便拒绝道："不了。"

"那不然，我和你玩吧？"陆粥粥坐得离他更近了些，"我们两个一起玩，好不好？"

"你跟我玩什么？"

"我就看你玩魔方。"陆粥粥托着腮帮子，蹲在他脚边，认真看着他手里的魔方，"我已经学会公式了，但是最快也要用二十分钟，不像哥哥这么快。"

景绪淡淡地道："熟悉公式，多练习就能提高速度。"

"嗯！"

她认真地看他玩魔方。周围不少好奇的小女生，都被陆粥粥专注的模样吸引了过来，也围到了景绪身边，看他玩魔方。

"呀，好厉害。"

"速度好快呀！"

“这是怎么转的呢？”

……

女生们叽叽喳喳地议论起来，陆粥粥对她们比了个噤声的手势：“嘘，我哥哥玩魔方的时候，需要安静。”

“好！安静安静！”

景绪：“……”

周围小男生有些羡慕景绪，有那么多可爱的小姑娘陪着他。

不就是玩魔方嘛，这有什么好看的？

景绪似乎也觉得过于无聊，将魔方收回，驱散了众人，拎着陆粥粥的衣领来到草地边。

“你可真行，”他没好气地说，“在哪儿都是焦点。”

陆粥粥拉着景绪的衣角，忐忑地问：“哥哥生气了吗？”

“有点儿。”

“那你别生气，我不打扰你了！”陆粥粥说完转身便要跑开。

她跑了几步，景绪忽然冷冷淡淡地叫住了她：“哎。”

陆粥粥回头，见他从书包里取出了一块干净洁白的野餐布，仔细地铺在了草地上，又摸出几块巧克力，放在野餐布上。

“过来坐吧，我没有带很多零食。”

陆粥粥受宠若惊，走过去，双腿交叠地坐在他身边。

景绪剥开一块巧克力，递给她：“你为什么一定要跟我玩？”

陆粥粥吃下巧克力，很坦然地说：“我喜欢你呀。”

景绪沉默了很久，耳根微微发红：“你为什么喜欢我？”

“因为你是小玫瑰。”

“你为什么喜欢小玫瑰？”

“因为小玫瑰是你。”

景绪觉得他跟这小破孩儿好像没有什么道理可讲。

微风轻轻地吹拂着，五月的阳光格外温柔，陆粥粥顺势躺了下来，脑袋搁在景绪的腿上。

“我这样压着哥哥累不累？”她问。

“不累。”

“那我就睡午觉咯。”

“嗯。”

陆粥粥闭上了眼睛，长而密的睫毛在阳光下仿佛闪着光。

“陆粥，你会一直在你爷爷家吗？”景绪忽然问道。

陆粥粥闭着眼睛，轻声说道：“不知道。爷爷一直很想把我和姑奶奶赶走，也许某天他一生气，我就得收拾行李回家了。”

“那你不要惹他生气。”

“这我可控制不住……”

景绪的手攥了攥身边的青草，沉声说道：“如果你走了，我就永远不会再见你了。”

陆粥粥睁开了眼睛，不解地望着他：“为什么？就算不住爷爷家，我们在同一个学校，也可以一起玩呀。”

“没什么，我胡说八道。”景绪的手搁在她的眼睛上，给她遮住阳光，“快睡觉。”

第九章

官　宣

夕阳西下，在回程的大巴车上，预备班的小朋友们热热闹闹地唱着歌，洒下了一路欢声笑语。

蒋清霖还有些生气，一路都在埋怨陆粥粥：“你一整天都在和景绪玩，把我和张虎丢一块儿，真没劲，哼！重色轻友！”

陆粥粥望向她：“什么意思呀？”

“哇，陆粥粥，连重色轻友都不知道，你平时不看电视剧呀？”

陆粥粥：“看呀，我爱看动画片。”

蒋清霖拍拍她的肩膀：“重色轻友的意思就是在你心里，长得好看的景绪分量最重，你最好的朋友——我和张虎，一点儿也不重要！”

“才不是呢！”陆粥粥反驳，“你们也很重要！”

“那谁更重要啊？”

张虎闻言，也好奇地望向陆粥粥，期待着她的答案。

陆粥粥思索了一下，皱眉道：“哎呀，选不出来！都重要！”

“不可以都重要，一定要选一个！”蒋清霖揪着这个问题不放，“那换个说法，如果张虎和景绪同时说以后要娶你，你选谁？”

“哇，问这种问题，你羞不羞啊？”

蒋清霖道："这有什么差的，换我就选景绪了。"

"为什么？"

"景绪好看呀，长大了肯定更好看。"

张虎有点儿受伤，喊道："我不帅吗？"

蒋清霖拍拍他的肩膀："你比景绪还是差一点儿啦，我是诚实的小孩。"

"那万一我长大了比他帅呢？"

"那就等你长大了再看咯。"

"哼！那你等着吧！"

"你们好幼稚啊！"陆粥粥摇头说道，"我才不做这样的选择呢！不选不选！"

"考验友情的时刻到了，"蒋清霖固执地说，"必须选一个！"

"哼，只有小孩才做选择呢，我两个都要！"陆粥粥一只手揽着一个小伙伴的肩膀，"景绪、张虎，我都要，还有你，我也要！你们都是我的。"

这个回答总算让蒋清霖满意，放过了她："那你以后不准再重色轻友了。"

"我没有！"

没一会儿，景绪给陆粥粥发来一条QQ消息："我在你书包里放了橙子，晕车吃。"

陆粥粥翻了翻背包，里面果然装着三个薄皮小橙子。

她嘴角浅浅地抿了起来："我坐在前排，暂时没有晕车，谢谢哥哥。"

景绪："嗯。"

陆粥粥："刚刚蒋清霖不高兴了，说我只和你玩，重色轻友。"

景绪隔了很久，才回道："我是……色？"

陆粥粥："就是你长得很好看的意思。"

景绪："但这个词，并不是这个意思，以后不要乱用了。"

陆粥粥："哦！"

景绪给她发了个摸头的表情。

陆粥粥：“蒋清霖还让我在你和张虎之间选一个将来当老公。”

景绪刚拿起保温杯，看到这句话，一口水喷了出来，呛了半晌。

你们真的是预备班小孩？

陆粥粥：“我骗他们说，两个都要，但我私心里还是觉得，景绪哥哥更好。”

景绪：“其……其实，你不用把和闺密说的每一句话，都告诉我。”

陆粥粥：“为什么？”

景绪：“因为等你长大了，再回想起和我说过这些话，会很害羞。”

陆粥粥：“为什么会害羞啊？”

景绪满脸通红，简直不知道该怎么回她：“算了，没事。”

陆粥粥给他发了个亲亲的表情。

景绪又给她发了个摸头的表情。

坐在车前排的宁融儿一直在跟周围的小朋友炫耀她的名牌包：“这个包，我姐从国外带给我的，限量名牌包，全世界一共就三个，其中一个在超模那里，另一个在大明星陆雪陵那里，最后一个嘛，就在我这里啦。”

同学们不太懂什么叫作奢侈品和限量包，但是听宁融儿的描述，也觉得好厉害的样子，纷纷去摸宁融儿的背包。

“小心一点儿啦！

“看就行了，别碰！

“你的手这么脏，给我弄脏了。”

……

小朋友们都围着她的包包，仔细地看着。

这时，不知谁说了一句：“宁融儿，陆粥粥的书包和你的名牌包一模一样呀！”

同学们闻言，纷纷朝陆粥粥投来好奇的目光。

陆粥粥本来在低头和景绪互发表情，察觉到周围同学都用奇怪的眼神打量自己，不明所以。

准确来说，他们不是在看她，而是打量她怀里的零食包。她本能地抱紧了包包，说道：“我的零食都吃完了。”

有好事的女生说：“陆粥粥，你的包怎么跟宁融儿的名牌包一样啊？”

陆粥粥见小朋友不是觊觎她的零食，松了一口气：“哦！那可能是买到一样的包包了，真巧呀。”

“不是，宁融儿说这个包只有三个，限量款，一个在超模那里，一个在大明星那里，最后一个在她这儿，怎么你也有呢？”

陆粥粥眨巴着眼睛，不明所以：“这是我姑奶奶送我的呀。”

“宁融儿说这个包包很贵的，你怎么还用它来装零食呀，还弄这么脏？”

陆粥粥看着自己怀里沾了泥土的小背包，有点儿愧疚，觉得对不起姑奶奶：“那……我回去把它洗干净吧。”

宁融儿冷嘲道：“她的一看就是山寨货啊。”

同学们问道：“什么是山寨货啊？”

宁融儿大声向同学们科普：“就是假冒伪劣产品，没钱买真货，就用假货来打肿脸充胖子呗。”

陆粥粥有些生气，辩驳道：“这书包就是姑奶奶给我装零食的。什么真货假货，能装东西不就好了吗？”

“乡巴佬，什么都不懂。”

蒋清霖站起来道：“你别乱骂人，谁真谁假还不一定呢！”

宁融儿很自信地说：“我的包是我姐从国外带回来的，肯定是真的！”

“国外带回来的就是真的呀？老师都说不要崇洋媚外。”

蒋清霖虽然家境不算富裕，但是小小年纪就对潮流和时尚很敏感，说道：“我听人家说，这种名牌都是可以去官网验证真假的，你一定要说自己的包是真的，敢不敢去验证一下呀？”

“去就去！谁怕谁！”

张虎是班级电脑小高手，立刻摸出手机，搜索了这个奢侈品包的官网，然后轻而易举地找到了真伪验证的对话框。

“你包里面应该有标签，把上面的号码输入在这个对话框里，就可以验证了。”

宁融儿找了半晌，也没有找到什么标签：“标签早就扔了。”

“不会，官网上说，正品一般都有防伪标识，印在包的内部夹层的标签上。”

陆粥粥也翻了翻自己的包，在夹层找到了一个标签码：“是这个吗？”

“念来听听。”

“2MDF34S985。”

张虎把这个号码输入对话框，对话框跳转，开始验证……

周围的同学全凑了过来，好奇地盯着正在加载的对话框。宁融儿抱着手臂冷冷地道：“肯定是山寨货。”

对话框跳转到一个动态画面中，闪着金色的中文：“尊贵的Cherlyn女士，您在我公司订购的DTG暗格条纹双肩背包系限量版正品，如有任何修补或清洗的需求，请您致电，我公司将免费为您服务。”

班上不少小朋友在幼儿园的时候，就已经认识了一些常用的汉字，所以能看懂这段文字。

“陆粥粥的包包不是山寨货啊。”

“这很明显就是真的呀，你看，连名字都有。”

“Cherlyn，这个名字好熟悉哦。”

绝大多数小朋友包括宁融儿，没有反应过来Cherlyn是谁，只有蒋清霖疑惑地看了陆粥粥一眼。

同学们好奇地问宁融儿：“陆粥粥的包是正版，你的包怎么连防伪标签都没有啊？”

“不可能，肯定有的！”宁融儿把自己的包翻了个底朝天，“一定有！肯定落在哪里了。”

“别找了，”蒋清霖说，“这防伪标签是印在夹层里的，只有正品才有，山寨货怎么会有呢？”

周围同学低声议论，本来一开始他们根本不知道山寨货是什么，还是宁融儿向大家科普的呢。

宁融儿气得脸都红了，愤懑地将包扔在一边，恨不得挖个地洞钻进去。

陆粥粥没觉得这个包多不得了，这只是姑奶奶送给她用来装零食的，包包底部沾了草地上的泥土，于是她用湿纸巾把底部擦干净。

宁融儿因为羞愤，啜泣起来，最后变成了号啕大哭。

坐在最前排的钟老师终于从打瞌睡中清醒过来。因为回程的时候比较混乱，不同班级的同学都是混坐的，钟老师就被随机安排负责这一辆大巴车。

听到有学生的哭声，他走过去不耐烦地询问情况："怎么回事，吵吵嚷嚷的？"

宁融儿一见老师过来，恶人先告状："陆粥粥背名牌包，向同学炫耀，还让同学们去查防伪标志，说我背山寨货！"

蒋清霖一听就坐不住了，站起来指着她的鼻子道："哇！你真是会说瞎话！明明就是你先说陆粥粥的包是山寨货的！"

宁融儿只顾着哭，越哭越伤心，吵得钟老师无比烦躁。

他看了眼陆粥粥怀里的包包，虽然不太识货，但是他老婆平时就经常跟他说这个包那个包，所以他也认识一些奢侈品牌。

陆粥粥的包的确是名牌包。

"陆粥粥，我以为你只是顽劣了些，没想到竟然这么虚荣。谁让你带名牌包的，好好的风气都让你败坏了！"

陆粥粥自然不甘心被冤枉，嘟囔道："我又不知道这是名牌包，姑奶奶让我用它装零食！"

"装零食是假，炫耀才是真吧！"

"才不是呢！"

同学们也七嘴八舌地帮陆粥粥辩解，说这件事跟她无关，都是宁融儿引起的。

钟老师被他们吵得头疼，摆摆手，让同学们闭嘴。他对陆粥粥早就有意见了，因为她一闹，基地班现在成了众家长声讨的对象，面临着被取缔的危险。他能不恨这丫头吗？

如今遇到这件事，他正好可以教训教训这不知天高地厚的臭丫头。

"你和宁融儿两人攀比名牌，带坏学校风气，你们两个到车最后一排去坐着，等回学校以后，再写检讨！”

因为最后一排很容易晕车，所以那里空荡荡的没有人坐。

宁融儿闻言，连忙道：“钟老师，惩罚陆粥粥一个人就好了，为什么要惩罚我？”

钟老师道：“一个巴掌拍不响，事情因为你们两个攀比而起，你只是比输了，但是不影响攀比的事实，所以你们两个都要接受惩罚。”

本来一开始，陆粥粥以为钟老师不知道事情的真相才要惩罚她，但是听到他说这样的话，陆粥粥就明白了，钟老师已经了解了事情的大概，却还是要惩罚她。

因此，陆粥粥不再申辩了。她气呼呼地站起来，重重地“哼”了一声，径直去了最后一排坐下。

“肥粥，我来陪你！”蒋清霖颇有义气地陪她一块儿坐到后排。

宁融儿哭得更厉害了，哀求道：“钟老师，我可不可以不去后面坐？我会晕车。”

“不行，你和陆粥粥都有错。少废话，坐到后排去！”

钟老师也知道，周围同学都在帮陆粥粥，如果他不让宁融儿也受到惩罚，恐怕不能服众。

宁融儿哭哭啼啼地也坐到了后排，一个劲儿地抹眼泪。

“肥粥，你晕车吗？”蒋清霖问道。

“现在还好，你呢？”

“我有点儿晕晕的。”

“对了，我有橙子。”陆粥粥想起景绪在她的包里放了三个橙子，连忙剥了半个递给蒋清霖。

闻到酸酸的味道，蒋清霖感觉好多了。

宁融儿晕车的反应更严重，好几次都要吐了。

有家长给自家孩子打电话，询问玩得怎么样，于是小朋友气呼呼地把这件事告诉了家长。

家长意识到这是一种变相体罚，赶紧在家长群里联系了粥粥爷爷、宁融儿妈妈、陈老师。

“不管小孩做了什么，都应该以教育为主，体罚是不对的！”

“就是呀！故意让小朋友坐到后面，这不是变相体罚是什么！”

“为什么不让班主任随车，而让一个不知道是什么的老师随车啊？这也太不负责任了！”

“陈老师，您要是看到消息，就赶快联系一下那位老师吧。”

兴许陈老师也在忙，没有看到信息，所以一直没有回复。

陆怀柔一直在影视基地拍戏，中场休息的时候才拿到手机，微信里的消息是十五分钟前发出来的。

陆怀柔看到消息的时候，头皮紧了一下，立刻给陆粥粥打电话：“怎么回事？”

听到他低沉的声音，陆粥粥有点儿害怕：“什……什么怎么回事啊？”

“我看到家长群在说你被老师体罚了？”

“绝对没有这回事！”陆粥粥立刻说道，“没有没有！我没有被体罚，没有做错事！”

陆怀柔一听小丫头这激动的语调，就知道她在撒谎。

陆怀柔的心都揪了起来。

他有这么可怕吗？小姑娘受了欺负害怕他的惩罚，都不敢告诉他。

陆怀柔沉着嗓子，一字一顿地道：“陆粥粥，把电话给你们老师。”

“爷爷，我真的没有，不是我的错。”陆粥粥小心翼翼地说，“真的，你不要凶我。”

陆怀柔的心都要碎了：“你是不是蠢？”

他哪里有怪她的意思啊！她怕什么！

爷爷有什么好怕的！全世界最不需要害怕的就是你爷爷啊！

陆粥粥吓得屏住了呼吸：“爷爷，对对对……对不起，呜。”

陆怀柔在电话里跟她说不清楚，于是道：“发个定位给我，我来接你。”

“啊！不要了！爷爷，信号不好，喂喂，我听不到你说什么……挂了啊！”

陆怀柔：“你敢！你敢！”

电话传来嘟嘟声。

陆怀柔："……"

陆粥粥挂掉电话以后，心脏怦怦怦直跳。

蒋清霖看着她脸色惨白的样子，问道："怎么了，肥粥，你不舒服吗？"

"我爷爷知道这件事了，我完了！"陆粥粥心有余悸地说，"回去肯定会被骂死。这包包的事，肯定还会连累姑奶奶一起被骂。"

"不会啦，你把事情解释清楚就好了。要不要我帮你解释？"

陆粥粥摇头："我爷爷才不会听解释呢！他就是个老顽固！"

蒋清霖同情地说："粥粥爷爷真可怕。"

"陆老师，导演让您准备一下，马上拍下一场。"

陆怀柔现在哪有心思拍戏，急忙换下戏服，回头对导演道："李导，我请个假，我这边有急事。"

李导知道陆怀柔很敬业，若不是十万火急的事，他轻易不会请假，于是连忙道："陆老师，您快去忙吧，这边我们可以先拍配角的戏。"

陆怀柔上了车，连司机都不等了，自己开着车冲出了影视城。

陆粥粥不给他发定位，他只能求助于万能的家长群。

不过半分钟，便有好几个家长分享了孩子发来的定位消息。

"这老师什么毛病啊！"

"粥粥爷爷，您别着急，路上慢点儿开车。"

"我现在马上找学校领导投诉！太过分了吧，说什么也不能体罚学生啊！"

……

群里全是家长发的消息，陆怀柔来不及看了，直接上了公路，从高架桥绕道过去，从后面追上了学校的大巴车。

大巴车有好几辆，陆怀柔也不知道陆粥粥在哪辆车上，又不能贸然拦车，否则容易发生事故。他只有不住地鸣笛，试图引起车上人的注意。

陆粥粥坐在靠窗的位置，一眼就望见了爷爷的黑色轿车："完了，是我爷爷！"

蒋清霖赶紧把脑袋探过来："不是吧，你爷爷竟然追过来揍你啊？"

陆粥粥没被钟老师气哭，反倒被陆怀柔给吓哭了："完了，完了完了，大魔王杀过来了。"

"肥粥，你还有遗言吗？"

陆粥粥的心很乱："我……我暂时想不到遗言。"

"那你有什么要对我说的吗？"

陆粥粥把自己包包里仅剩的几袋薯片倒给蒋清霖："这是我唯一的遗产了，就给你继承吧。"

"肥粥，我会永远记得你的。"

陆怀柔看到后排窗边的陆粥粥了，按下窗户，不住地对她示意，让她叫司机停车。

陆粥粥见事已至此，逃避只会被骂得更惨，于是对司机道："司机叔叔，能不能靠边停车，我爷爷来接我了。"

这里是山野，靠边停车没问题，司机找了个路口停了车。

陆粥粥还没下车，宁融儿倒是绷不住了，率先跑下车，呕吐起来。

陆怀柔见车里跑下来的小孩吐得全身都痉挛了，气得要骂人。他大步流星地朝大巴走去："陆粥粥！"

陆粥粥缩在后排，战战兢兢地说了句："我在这儿。"

陆怀柔一上车，全班同学目瞪口呆，直勾勾地看着他的脸。这是他们第一次，看到粥粥爷爷没有任何遮挡的脸，他那张精致得宛如天工的俊美脸庞，这不是就是……

"明星！是明星！"

"粥粥爷爷是那个大明星！"

"啊——"

陆粥粥趴在窗边，像小鸡仔似的，哆哆嗦嗦地望着陆怀柔："爷爷，我错了，再也不敢了……"

陆怀柔朝她走过去。

其实车内很宽敞，最后两排都没有坐人，只有她孙女和另一个女生，俩人可怜巴巴地坐在窗边。

陆粥粥畏惧地望着他，一个劲儿解释："爷爷，不是粥粥的错。"

"你是不是傻？我什么时候怪你了！"

陆怀柔的心都要碎了，他走到她面前，伸手摸了摸小姑娘绯红的脸蛋和额头，用手背给她擦了汗。

陆粥粥本来挺害怕，不过她从陆怀柔的动作中感受到他的情绪，他好像不是在生自己的气。

陆粥粥瞬间放心了。

陆怀柔直接将小姑娘抱了起来，顺手拎起她的包："爷爷带你回家。"

陆粥粥趴在陆怀柔肩膀上，紧紧搂着他的脖颈，回头看了蒋清霖一眼。

蒋清霖都看傻了。

不可能……她的哥哥，她崇拜的哥哥陆怀柔，怎么是陆粥粥的爷爷？

陆怀柔刚刚就在她面前。

"爷爷，我们先送蒋清霖回家，好吗？"陆粥粥在他耳边小声道，"她比我晕车更严重。"

陆怀柔回头看了看车后排已经石化的蒋清霖，问道："陆粥粥最好的朋友，蒋清霖？"

蒋清霖涨红了小脸，恍恍惚惚地"哦"了一声。

陆粥粥不住地冲她挥手，笑嘻嘻地道："快跟上呀！"

蒋清霖连忙追上来，乖乖地跟在陆怀柔身边，一起下车。

全车的孩子直到此时，才开始尖叫起来，仿佛要掀翻了车顶一般。

"陆怀柔！是陆怀柔！"

"啊——"

"陆粥粥请你把我也带走！"

"现在和你当朋友还来得及吗？"

"我把零食全给你吃！"

……

这时，钟老师沉着脸追了上来，对陆怀柔说："陆先生，陆粥粥同学用名牌包和同学相互攀比，这已经严重影响了学校的风气，这件事的前因后果，我必须和你说清楚……”

他话音未落，陆怀柔已经皱起眉头，准备出言反驳。

陆粥粥忽然抱住他的脖颈，喊道：“爷爷，不要！”

陆怀柔未出口的话卡在喉咙里，只觉郁结在胸口的闷气实在无处发泄。

如果他能早些克制自己的脾气，也许陆粥粥不会这么害怕自己，受了委屈会第一时间告诉他。这才是让他耿耿于怀的事。

终于，陆怀柔控制住了自己，只说了四个字：“这事没完。”说完，他重重地错开了钟老师，下车离开。

两个小朋友乖乖地坐在后排，安安静静。

陆怀柔仔细地给陆粥粥的太阳穴贴了晕车贴。晕车贴清清凉凉的，很舒服。

陆粥粥没有蒋清霖反应厉害，但是也有些晕晕乎乎的，感觉浑身没力气。

陆怀柔回身又给蒋清霖贴了一张。

蒋清霖傻傻地看着陆怀柔。

陆粥粥担忧地问：“你没事吧，是不是中暑了？”

蒋清霖连连摇头：“你……不用管我。”

陆怀柔扯了张湿纸巾，准备拍在蒋清霖的后脖颈上，给她降降温。他一靠近蒋清霖，蒋清霖“哇”的一声哭了出来。

陆怀柔动作顿住：“……”

我有这么吓人吗？

蒋清霖哭着大喊：“有生之年，我居然见到活的哥哥了，他居然是陆粥粥的爷爷。”

陆怀柔有点儿无语。他参加过一些粉丝见面会，有不少粉丝见到他会激动得哭起来。但是这小破孩儿哭个什么劲儿啊，不知道的还以为他拐卖小孩呢！

他将湿纸巾拍在蒋清霖颈子上，没好气地说：“小孩子追什么星，好好学习。”

“哥哥说的每句话，我都会记下来，我一定会好好学习的！”蒋清霖抽泣着，用力点头保证，“我不会辜负哥哥的期望！”

陆怀柔想了想，说道：“那你顺便也带一带陆粥粥，帮我监督她，每天至少练两篇字，她的字太丑了。”

蒋清霖脑袋点得跟小鸡啄米似的：“一定，我一定每天监督陆粥粥练字！”

陆粥粥：“……”

等等，什么情况？

“哥哥，你还有什么吩咐？”

陆怀柔想了想，说道：“看着她，不准她去学校后街买垃圾食品。等会儿加个 QQ，有情况及时汇报我。”

“保证完成任务。只要有我在，陆粥粥这辈子都和小吃街绝缘了！”

陆粥粥傻了。

蒋清霖抱着陆粥粥，感动地告白：“肥粥，你知道吗？我这辈子最幸运的事就是和你当了朋友。你有全世界最好的爷爷，我要永远和你当朋友。”

陆粥粥嘴角咧了咧。

陆怀柔将蒋清霖送到了家门口。蒋清霖的家住在老城区的胡同里，轿车在小巷子里七拐八拐，终于来到一栋三层单元楼下。

蒋清霖一家人站在小巷边，妈妈、哥哥、姥姥、姥爷，一家人仿佛拍全家福一般，微笑地迎接陆怀柔。

刚刚蒋清霖在电话里大肆渲染她怎么跟粥粥当了好朋友，粥粥又怎么成了陆怀柔的孙女，就像公主一样，现在她也是粥粥公主的朋友了。

全家人都知道粥粥爷爷是大明星，而刚好蒋清霖家又是全员追星，于是早早地等在了门边，就连出门跳广场舞的姥爷，得知消息也赶了回来。

考虑到对方是陆粥粥最好的朋友，陆怀柔无可奈何地给他们全家挨个儿签了名，然后还皮笑肉不笑地拍了一张照片。

蒋清霖姥姥牙齿都快掉光了，拍着陆怀柔的肩膀，留他吃晚饭，还想给他介绍媳妇。

陆怀柔礼貌地说着不用不用，赶紧拉着陆粥粥上车，落荒而逃。

永远不要小看孩子们的八卦能力，陆怀柔在大巴车上的照片，已经以野火燎原的速度，疯狂地传遍了网络。

很快，热搜就炸了，微博服务器瘫痪了好几次。尤其是他抱着陆粥粥、指着钟老师放狠话、额间青筋暴起的照片，简直太帅了！

伴随着照片蔓延网络的还有整件事的前因后果。

于是，热搜前十被陆怀柔光荣承担："陆怀柔 孙女""陆怀柔 神秘儿子""陆怀柔 追车救女""北城附小老师 体罚学生""北城附小老师素质""老师体罚陆怀柔孙女""附小 基地班"……

陆怀柔还没到家，艾伦和公司的几个高层已经聚在了他的会客茶室，商量着这件事该怎么处理，该怎么进行危机公关。

这件事公司说了不算，经纪人说了不算，最终还是得看陆怀柔的意思，所以艾伦他们也商量不出任何结果。

陆雪陵倒是非常淡定，坐在庭院的葡萄架下，优哉游哉地喝着咖啡。

"Cherlyn 姐，您再给老板打个电话，催催他吧。"

陆雪陵不慌不忙，淡淡地道："他老人家还要带他孙女去吃肯德基，催不动的。"

"这都火烧眉毛了！还吃什么肯德基啊！"艾伦都要崩溃了。

"陆怀柔哪件事不是火烧眉毛？上次打偷拍狗仔的事，不也上了两天热搜吗？"

艾伦急切地道："这能一样吗？"

陆雪陵悠悠地说："迟早的事！就陆怀柔那护犊子的性子，谁要是敢动他孙女一根头发，他一准儿撸袖子打人！现在这样一点儿不奇怪，我觉得还晚了呢，早就该被发现了。”

艾伦都快把头发给撸秃了：“这可怎么办才好？这可怎么办啊？怎么才能把这件事瞒过去？”

陆雪陵道：“瞒是瞒不住的，我反而觉得，索性就大大方方地官宣好了。有孙女又不是什么大错，粉丝也要讲道理的嘛，难不成让我们陆家断子绝孙呀？”

其中一个支持官宣的高层冲陆雪陵伸出了大拇指：“还是我们Cherlyn姐有格局。Cherlyn姐如果考虑来我们公司，一定会有更好的发展……”

艾伦：“请您不要在这个时候拉业务。”

陆雪陵拍了拍他的肩膀：“放轻松啦，如果他要官宣，要给他孙女一个名正言顺的身份，你能拦得住吗？”

艾伦长长地叹息一声，给陆怀柔这位爷当经纪人，一定是他这辈子最大的挑战。

晚上八点，陆怀柔才带着陆粥粥慢悠悠地回到家。

小姑娘一只手牵着陆怀柔，一只手拿着肯德基儿童套餐送的小玩偶，开开心心地进了屋。

“呀，今天家里好热闹呀！”小姑娘很有礼貌地一一打招呼，“艾伦叔叔好，翟文轩叔叔好，王品叔叔好……”

几人都有些受宠若惊：“粥粥竟然还记得我们的名字？”

“当然记得呀。”

陆粥粥记忆力很好，一般见过的叔叔阿姨，只要知道了名字，都不会忘掉。

“粥粥，今天玩得开不开心啊？”

“有时间来叔叔家做客，叔叔让阿姨给你炖牛骨汤，吃了长大个儿。”

艾伦：“……”

这帮人，刚才明明商量好了一起劝陆怀柔，结果一见到陆粥粥，直接反水，全把正事给忘了。

陆雪陵看出艾伦已经急得跟热锅上的蚂蚁一样了，起身将陆粥粥带进屋里："宝贝，来，进屋跟姑奶奶讲讲，今天郊游都去了哪些地方？"

陆粥粥看了陆怀柔一眼，有些忐忑。

回家的路上，她也知道网上的事了，网上陆怀柔抱着她的照片。

"姑奶奶，我是不是给爷爷惹麻烦了？"陆粥粥担忧地问陆雪陵。

陆雪陵揉揉小姑娘的脑袋，安慰道："不是你给你爷爷惹麻烦，准确来说，是你爷爷的身份可能给你惹了点儿小麻烦，以后粥粥也许会成为小名人了。"

"这样吗？"

"粥粥想出名吗，像爷爷一样，让所有人都喜欢你？"

陆粥粥眨巴着眼睛，认真地说："可是我又不会唱歌跳舞，也不会演戏，也不会弹钢琴，别人凭什么喜欢我呀？"

"因为你是陆怀柔的孙女呀，爷爷很爱你，那些小姐姐也会喜欢你。"

"这样吗？"陆粥粥若有所思地点点头，"只要她们不会因为粥粥任性而讨厌爷爷，那就好了。"

陆雪陵蹲下，故作惊叹地说："我才发现，粥粥这么喜欢爷爷。"

陆粥粥做了一个噤声的手势："怪不好意思的，你不要让他知道！"

"好，姑奶奶答应你，不让他知道，但是姑奶奶也要问你一件事。"

"嗯，姑奶奶你问。"

"如果因为爷爷的身份，给你的生活带来一些不便，比如说出门要戴口罩，或者经常会被姐姐们认出来，让你不能自由地去很多地方，你愿意吗？"

陆粥粥皱起了小眉头："好像真的会很麻烦呢。"

"是啊。"

"但是，如果要在这些事情和爷爷之间选一个，我肯定选爷爷！"

"所以，你愿意公开和爷爷的关系，对吗？"

"嗯，只要粥粥不给爷爷丢脸，怎么样都行！"

陆雪陵笑了起来："小笨蛋。"

你不知道，你是他这一生最大的骄傲啊。

庭院外，艾伦焦急地对陆怀柔说："怀爷，您今天……火了。"

陆怀柔坐在葡萄架下，从容地给自己斟了一杯工夫茶："你怀爷什么时候不火过？"他将茶盏推到了艾伦面前，说道："小艾，淡定些，天塌不下来。"

陆怀柔不愧是陆怀柔，他这淡定的架势，哪怕天塌下来了，恐怕他也不会眨一下眼睛吧。

"可是爷，您决定官宣，好歹也跟团队、跟公司商量一下呀！现在这样……打了我们一个猝不及防，现在各方都盯着咱们，想要一个官方的说法呢！您说说，这可怎么办好？"

陆怀柔看着艾伦，沉声道："我已经不是十七八岁的年轻偶像了，为了演艺事业，我隐婚，儿子不被公开承认，怪了我二十年。当然，这些都是我自己的选择，不怪任何人，但是现在，我不想再有更多的遗憾。"

他看着前方，眼神中透着坚定："我所挣来的一切，不管是名利与光荣，还是掌声和欢呼，都属于我孙女。"

晚上九点，陆怀柔的公司发了官宣，宣告陆怀柔和陆粥粥的关系，不过出于对隐私的保护，陆粥粥的照片选取得相当仔细，几乎都是侧脸，少有正面，而且戴着口罩，只能看见一双水汪汪的大眼睛。

这样的照片，就已经让全网的粉丝炸开了花。

"我已经能预感我们陆家小闺女的神级颜值了！"

"宝贝！妈妈爱你！妈妈为你披荆斩棘！"

"这么可爱的小闺女我不配拥有吗？"

……

随即，陆怀柔的微博也转发了这条消息，并配文字——

"我孙女，亲的，长得像我。"

粉丝们已经能从陆怀柔这简单的几个字里，感受到他溢出屏幕的骄傲和嘚瑟。

陆怀柔真的好宠小姑娘啊。

有粉丝在下面留言："那您儿子呢？要不要也顺便官宣一下？"

陆怀柔破天荒地回了一条："他不重要。"

正在刷评论的陆随意一脸问号：他不配拥有姓名？

当然，舆论风向也并非一边倒地支持陆怀柔，杠精哪里都会有，尤其是像陆怀柔这种负面消息很多的巨星。

"预言：陆怀柔从今天开始，凉了。"

"当偶像的居然连孙女都有了，呵呵呵呵。"

"粉转黑，就这样还好意思让人叫哥哥呢。"

……

"某些粉丝不要太过分，哥哥已经很负责了好吗？你还要他怎么样？"

"叫哥哥是因为我们喜欢他，不是因为他年轻，更和他有没有孩子，没半毛钱关系！"

"只有我注意到，视频里哥哥没有对那个体罚学生的老师动手吗？"

"有一说一，当爷爷的陆怀柔，眼神温柔多了。"

"大家不要吵，听我说一句，我是陆怀柔孙女同学的家长，不管你们信不信，我在群里邀请陆怀柔一起玩过欢乐斗地主！"

"楼上画风好清奇。"

……

不管网上吵成什么样子，陆怀柔都不去关注了，因为不管现在掀起的风浪有多大，几天以后都会过去。

晚上，他照例去陆粥粥的房间，给她读了一段童话故事，哄她入睡。

陆怀柔讲故事也特别有自己的风格，他能把一个催人泪下的童话故事用完全没有感情的语气读出来，宛如机器人。

过程中，他还特别喜欢吐槽："亲一下公主就能醒，这什么故事？""我要是灰姑娘，我就捶爆继母的脑袋！""白雪公主为什么是黑头发，外国人黑头发的不多吧？我怀疑这个公主有亚洲血统。"……

最后，陆粥粥无语地躺下来，摆摆手，说道："算了，您可别讲了，晚安。”

陆怀柔走到门边，关上灯，然后幽幽地说道：“那个贞子还是伽椰子，特别喜欢躺床底下，黑暗中如果听到奇怪的声音，千万别睁眼，晚安。”

陆粥粥：“……”

陆怀柔笑着关上了房门，走到窗边，望着窗外静谧而浓烈的夜色。

明天又是新的一天，任何话题和热度都会消退。很多年以后，或许不会有人记得他。

夜深，杨曳拍完戏回到车里，助理翻出平板电脑里陆怀柔微博界面，对杨曳说道：“不声不响搞大事情，不愧是陆怀柔，居然把孙女的事情官宣了，挺有勇气啊。”

杨曳接过平板电脑，看着九宫格图片里粉雕玉琢般的小女孩，神情有些复杂——似乎在哪里见过？

助理高兴地说：“这下，以后不管是资源还是影帝，他都没法和咱们竞争了吧。”

杨曳没有理会他，盯着小女孩看了很久很久，自顾自地说了声：“他孙女好乖。”

助理：“……”

看您这神情，似乎还挺羡慕。

陆怀柔官宣的事持续发酵，也将附小推到了舆论的风口浪尖。

钟老师的教育方式遭到了社会的严重质疑，他也因为惩罚同学坐车后排这种变相体罚的方式被附小开除。基地班的孩子们又回到了原本的班级，开始正常上课。

陆怀柔昨晚用贞子和伽椰子的恐怖睡前故事吓唬陆粥粥，导致小姑娘失眠，半夜抱着枕头，哆哆嗦嗦地爬到陆雪陵的床上，才安心入睡。

第二天，陆粥粥带着两个黑眼圈起床，满心怨念地跑到陆怀柔门口，扯着嗓子唱歌。她没睡好觉，罪归祸首陆怀柔也别想安生！

小丫头五音不全，唱歌跑调，跑调也罢了，关键她唱的还是杨曳新专辑里的歌曲。

陆怀柔气呼呼地打开门："你给我闭嘴！"

陆粥粥见势不对，拔腿就跑，陆怀柔穿着裤衩在后面穷追不已。

陆雪陵被俩人的动静吵醒了，揉着眼睛走出房门，便看到爷孙俩在房子里上演"猫捉老鼠"。

"陆粥粥，站住，你死定了我跟你说！"

"谁让你给我讲鬼故事！你先害我失眠！"

陆怀柔好不容易抓到她，正要给她点儿教训。陆粥粥直接往地上一躺，小白眼一翻，假装晕倒。

陆怀柔见小姑娘一动不动，用脚尖碰了碰她："喂！"

小姑娘继续装死。

"喂！"陆怀柔赶紧趴下来探她的气息，睡意全无，将她抱起来，"没事吧！坚持住，爷爷马上打'120'！"

陆怀柔哆哆嗦嗦地摸出手机，掌心都是冷汗，却没想到小姑娘趁他不备，从后面偷袭，一口咬在他的手臂上，咬出了两个浅浅的小牙印，然后拔腿就跑。

陆怀柔气得鼻子冒烟，追上去大喊道："小兔崽子！"

陆雪陵打了个懒洋洋的哈欠，坐到吧台边，给自己倒了一杯牛奶："你俩一大早可真有精神。"

吃早餐时，陆粥粥和陆怀柔俩人满脸怨气，谁也不搭理谁。

兴许是早上和陆怀柔的较量，把力气耗尽了，到学校之后，陆粥粥便感觉体力不支，上课也是无精打采的，只想睡觉。

数学课和语文课还能勉强听会儿，后面的体育课要短跑和跳高，她是一点儿也动不起来了，只能坐在操场边的椅子上，看着同学们跑来跑去。

她不舒服，好难受。

下课的时候，陆粥粥准备去找老师，说自己不舒服。路过三年级的教室，她正巧撞上景绪拿着水杯走出来。

“景绪哥哥，”陆粥粥连忙叫住了他，“我……有点儿不舒服。”

景绪一看见她，立刻察觉到她精神不太好，小脸微红，嘴唇泛白。他走过去，问道：“怎么回事？”

陆粥粥特别委屈地说：“都怪爷爷，昨天晚上吓我，害我没睡好觉，今天一点儿力气都没有。”

景绪将手背抵在她的额头上，探了探，说道：“有点儿烫，你发烧了。”

陆粥粥本能地和他靠得近了些，用略带撒娇的语气道：“好难受哦。”

景绪放下水杯，牵起了小姑娘的手：“我带你去医务室。”

他们离开的时候，班长从门边探出头来：“景绪，老师说下节课要随堂测试。”

“等会儿回来。”

景绪没管班长的提醒，带着陆粥粥来到校医务室。医生给她量了体温，的确发烧了。

“兴许是昨天郊游的时候受了凉，没大碍，好好休息吧。”医生给陆粥粥开了退烧药，然后让她躺在床上睡觉。

景绪坐在小板凳上，陪着她等班主任过来。

陆粥粥朝他伸出手，于是景绪握了握，她的掌心都是汗，也很烫。

“昨天风大，你应该多穿些。”

“我也不知道。”陆粥粥声音软绵绵的，“景绪哥哥，发烧会把我的脑子烧坏吗？”

景绪伸手揉了揉她的头发：“本来也不聪明，坏不到哪儿去。”

小姑娘担忧地蹙眉：“可是……烧坏了就不能做数学题了，也不能当科学家了。”

景绪嘴角扬了扬：“你想当科学家？”

“我不想让爷爷失望。”

景绪用衣袖擦了擦她的脸：“别胡思乱想，发烧是很正常的事，尤其是小孩。”

“景绪哥哥也发过烧吗？”

“有过，第二天就好了。”

“这么快呀。”

“所以不要担心。”

“景绪哥哥，你坐近些，”陆粥粥生病的时候，似乎格外依赖人，“坐到我身边来。”于是景绪从小椅子上起来，坐到了床边：“这样？”

“嗯！你在我身边就好了。”

陆粥粥慢慢闭上了眼睛。

病房里，微风吹拂着窗帘，柔和的阳光洒入窗框，时间仿佛静止了一般。

景绪坐在床边，不做其他的事情，就这样安安静静地陪着她。很快，陈老师赶到了医务室，并且联系了家长。

陆雪陵火急火燎地赶过来，准备将陆粥粥送到医院。

陆粥粥趴在陆雪陵的肩膀上，望着景绪，软绵绵地说：“哥哥晚上来看我。”

景绪点了点头。

陆雪陵带着陆粥粥去了儿童医院，医生检查之后，给她开了退烧药，叮嘱如果明天还没有退烧，再来医院输液。

回家之后，陆雪陵让陆粥粥在床上躺好，又给她额头上贴了退烧贴。

陆粥粥吃过药，感觉精神好了很多，拿着陆怀柔的平板电脑玩游戏。

“姑奶奶，爷爷呢？”

“你爷爷在片场拍戏，今晚可能不回来了。你早点儿休息吧，别等他了。”

“粥粥病了，他也不回来吗？”

陆雪陵还没告诉陆怀柔粥粥生病的事。医生说没有大碍，小孩子发烧很正常，她就没有打扰他工作。

陆雪陵坐到床边，柔声问：“你想让爷爷回来陪你吗？”

“粥粥也不是经常生病，好不容易生一次病呢。”

陆雪陵笑了起来：“你俩早上不是才大打出手吗？你还说什么和他势不两立，我以为你讨厌死陆怀柔了呢。”

“我是讨厌他呀！”陆粥粥挥了挥拳头，气呼呼地说，“但是粥粥生病了，现在可以狠狠欺负他了，他还不能还手！”

“这倒是啊，机会难得，千载难逢。”

“是吧。”

这爷孙俩平日虽然吵吵闹闹的，但是陆粥粥相当依赖陆怀柔。

过去一个人孤孤单单地成长，直到来到陆怀柔身边，他给了她父亲和母亲双倍的爱。所以小姑娘生病的时候，当然希望他能在身边，其他任何人都没办法取代他。

陆雪陵给陆怀柔打电话：“粥粥病了，但是医生说没有大碍，只是着凉，你拍完戏就早点儿回来吧。”

陆怀柔想起今天早上小姑娘装死的情形，冷笑道：“你当我傻子吗？”

电话挂断了。

陆雪陵：“……”

这个傻子！

晚上，景绪和景哲两兄弟来看了陆粥粥。赵思嘉知道陆粥粥病了，特意煲了清淡的蔬菜粥，让景哲带过来。

因为景哲在，陆粥粥便没有和景绪说太多话，两兄弟在房间里坐了会儿便离开了。

其实生病也挺无聊的，虽然可以名正言顺地看动画片、玩平板电脑，还不用写作业，但是一直让她玩，好像也有点儿不太适应。

陆粥粥百无聊赖地拿着平板电脑，点进了微博。微博里无论提醒、评论还是点赞，都有上千条。

这是陆怀柔的微博号。

平板电脑放在家里很安全，陆怀柔一般也不会退出登录界面，因为他根本不记得密码。

陆粥粥点进了他的评论区，评论区由粉丝控评，前排基本上都是喜欢和赞美他的，但是越往下拉，偶尔也能见到几条骂声。

“日常一问：陆怀柔怎么还没凉。”

“陆怀柔退圈！”

……

看到这些评论，陆粥粥很生气呀，简直想捶爆这些人的脑袋！

他们凭什么骂她爷爷，她爷爷只能她一个人可以欺负，其他人统统不行！

陆粥粥差一点儿就想用陆怀柔的账号去撑了，不过立刻想到了蒋清霖的话：明星一般是不会理会这些评论的，因为他们的一言一行，牵一发而动全身，所以必须小心谨慎。

于是陆粥粥退出了陆怀柔的微博，自己注册了几个小号，在评论区和诋毁爷爷的人大战三百回合。

晚上九点，陆怀柔终于回家了。他的评论区又撕了起来。陆怀柔一开始没有关注，回来的车上，随便看了眼评论区，发现这几个维护他的粉丝相当幼稚。

“你是大笨猫！你是大笨狗！”

“啊啊啊，大坏蛋！不准你污蔑陆怀柔！”

“气死我了！臭坏人！”

……

这样的措辞，一看就是小学生。

陆怀柔已经猜到，除了他的小孙女，谁还能把“你是大笨猫”“你是大笨狗”这样的话，骂得如此气吞山河？

陆怀柔进屋之后，中气十足地大喊道：“陆粥粥！谁允许你这个时间在网上冲浪！作业都做完了吗？字练了吗？”

陆雪陵走出来，凶巴巴地道：“喊什么喊什么，人家刚睡着。”

“她睡什么！躲在被窝里玩手机以为我不知道呢。”

陆怀柔气势汹汹地上楼，朝陆粥粥房间走去。

陆雪陵追上来，拉住了他：“我跟你说了，小粥今天发烧，下午课都没上，我带她去了医院。她刚刚吃过退烧药睡下，你别去吵她了。”

陆怀柔讽刺一笑：“你俩联合起来，拿我当傻子？”

陆雪陵：“……”

这个大傻子！

陆怀柔推门进了房间。陆粥粥的确已经睡下了，不过还没有睡着，见陆怀柔回来，她连忙坐起身：“爷爷，你终于回来了。”

陆怀柔打开灯，看到小姑娘脸色的确不太好，唇色也微微泛白，没什么精神。

“真病了？”陆怀柔回头质问陆雪陵，“你怎么不早说呢？”

陆雪陵倚在墙边，拉长调子：“没病，是我俩合起伙来骗你呢。”

“你怎么开玩笑也不分轻重缓急！”

陆雪陵反而来气了：“陆怀柔，你这人很奇怪啊！我之前都告诉你粥粥病了，是谁一直在说‘当我傻子吗’，现在知道着急了。”

“不想跟你说话，你走开。”

“谁想搭理你。”

陆怀柔坐到床边，探了探小姑娘的额头，又摸了摸自己的，担忧地问：“现在感觉怎么样？”

“好难受。”陆粥粥往他怀里钻了钻，“全身没力气，哪儿都疼。”

陆雪陵赶紧问道：“刚刚不是说已经好多了吗？”

“又疼了。”

陆雪陵一见小姑娘这撒娇的劲儿，便知道是因为陆怀柔回来，她才又“病重”了。

“行吧行吧。”陆雪陵轻松地说，“果然你爷爷才是亲爷爷，让他伺候你吧。”

陆怀柔看着小姑娘病恹恹的模样，满眼怜惜：“我该早点儿回来。”

“没事。”

他给小姑娘盖好了被子，又给她端了一杯温水，问道：“你想吃什么，我给你做。”

“刚吃了景绪妈妈给我做的蔬菜粥。”

陆怀柔不高兴了，敲了敲她的小脑袋：“别人家的饭菜，总是要香一些，是吧？”

“讨厌！姑奶奶给你打了好几个电话，你自己不回来。”

“我不回来，还不是因为你动不动就在我面前装死，每次都信你，我不成傻子了？”

陆怀柔将袖子挽起来，上面还留着小姑娘两颗清晰的牙印呢。

“你属狗的吧。”

“谁让你欺负我。”陆粥粥伸出指尖摸了摸牙印，嘻嘻一笑，“以后不咬你了。”

“这还差不多。”

“那你也不许给我讲鬼故事！”

“嗯，昨天是爷爷不对。”陆怀柔认真道歉，“贞子和伽椰子不会藏在床底下，爷爷乱说的。”

陆粥粥的心又提了起来：“你……别提那两个名字！”

他狡黠地一笑：“一般她们会把自己挂在厕所里。”

“啊啊啊啊！陆怀柔！吓唬小孩有意思吗？”

“哎，你看我……我这脱口而出，不是故意的。”

陆雪陵站在一旁翻了个白眼。

小时候陆怀柔最大的乐趣就是讲鬼故事吓唬她，现在又吓唬他孙女，这恶趣味怎么就改不了呢？

睡前，陆怀柔给陆粥粥讲了个治愈系的童话故事，这才把小姑娘哄好。

“快睡了，”他摸了摸她的头，“蒙着被子睡一觉，出一身汗明天就好了。”

“爷爷，明天粥粥病好了，带我去游乐园。”

“你可消停些吧。”

“那……周末去？”

“等你病好了再说。”陆怀柔起身出门，没忘回头叮嘱道，“还有，别开小号在网上帮我骂了，我早就习惯了。”

“谁……谁开小号帮你了！”陆粥粥脸一红，“才没有呢，哼！我没骂你就算不错了！谁要帮你说话呀。”

“没有吗？”

陆粥粥极力否认：“没有没有！”

陆怀柔冷冷一笑：“那凌月流苏是谁？”

陆粥粥：“是……是姑奶奶！”

陆怀柔：“那夏日柠檬茶又是谁？”

陆粥粥擦了擦汗，狡辩道：“是……是小艾叔叔！”

陆怀柔：“可爱小魔女，难不成是景绪？”

陆粥粥：“……”

陆粥粥在家养了两天的病，烧总算退了下去。

恢复健康之后，小丫头精神头也上来了。正好周末，陆怀柔和陆雪陵便带她去游乐园玩。

很早以前陆雪陵便答应了要带她去游乐场，借着这次她大病初愈的机会，正好一家人出门游玩。

游乐园门口，有不少小摊贩在售卖小孩子喜欢的各种饰品和玩具，陆粥粥在零售摊边兜兜转转，似乎颇感兴趣。

陆雪陵给她买了个水晶公主皇冠，戴在头上，然后用手机帮她拍照。

“姑奶奶，你戴这个民族风头花，好好看。”

“还不错。”

陆怀柔抱着手臂等着，高贵冷艳地摆造型，慢悠悠地提醒道：“等你们逛完街，游乐场就关门了。”。

陆粥粥兴奋地跑过来，问道：“爷爷，我的钻石皇冠好看吗？”

陆怀柔一脸嫌弃，拿着她的小皇冠：“这破塑料，你管它叫钻石？”

“就是钻石！”

“陆粥粥同志，你即将成为一名小学生，能不能像我一样，成熟点儿？”陆怀柔拍拍她的肩膀。

陆粥粥简直要被他气死了。

“陆三岁还跟我比成熟！”

“敢这样跟我说话，是又忘了我们陆家家规了？”

陆雪陵见这货又要絮絮叨叨什么尊敬爷爷、保护爷爷那一套，赶紧拉着陆粥粥去了甜品站，买了两个草莓奶油冰激凌。

她凑近小姑娘的耳畔，低声说：“冰激凌，拿到你爷爷面前去吃。”

陆怀柔生平最爱吃的食物就是草莓，没有之一，草莓奶昔、草莓蛋糕、草莓酸奶、草莓果酱……只要带草莓味的，他就毫无抵抗力。

陆粥粥站在他身边，舔到第三口冰激凌的时候，陆怀柔终于忍不住，蹲下道：“你那个……好像很好吃。”

“好吃呀。”陆粥粥舔得满嘴奶油。

“能不能让我也……”

陆粥粥将右手的冰激凌递给他，陆怀柔正要接，小姑娘伸出舌尖，舔了口奶油。

陆怀柔：“……”

两个冰激凌，陆粥粥一边舔一口：“不是吧不是吧，成熟的陆怀柔居然还要跟小孩子抢冰激凌呀！”

陆怀柔冷哼：“我不稀罕，谁还买不起了。”说着他便向甜品站走去，结果被陆雪陵生生拽了回来：“某人好像说要控糖，戒冰激凌呢。”

“这是草莓冰激凌！”

“有区别吗？”

“草莓做的！”

“所以？”

“我的肠胃只消化草莓。”

“你得了吧。”

陆怀柔馋得不行：“姐！”

这一声“姐”，连撒娇的调子都叫出来了：“姐，我就吃一个，不会胖。”

陆雪陵松开他：“现在谁是幼稚鬼？”

“我我我，我是。”为了草莓冰激凌，陆怀柔认了！

陆雪陵笑着对陆粥粥说："粥粥，你爷爷都自认幼稚了，要不要把你的冰激凌分他一口，只能给他吃一口哦。"

陆粥粥露出一脸"拿你没办法"的表情，将手中的草莓冰激凌递过去。

陆怀柔刚把冰激凌拿到手，冰激凌上的那颗大草莓便被小姑娘给叼走了。

"我先帮你尝尝草莓的味道，拿去吧。"

"陆粥粥！我恨你！"

爷孙俩人，坐在公园横椅上吃冰激凌。

没有草莓的草莓味冰激凌，是没有灵魂的冰激凌。陆怀柔虽然有点儿不爽，但是只能忍了，他又不能把吃了他草莓的陆粥粥给捶一顿。

陆雪陵拿着单反相机，蹲在前面给俩人拍照："你俩坐近些。"

俩人闻言，颇有默契地离得更远了。

"哼！"

"哼！"

有路过的小女生好奇地望着陆怀柔，小声议论着。

"是不是他呀？"

"好像是……"

"真的是啊！"

……

陆粥粥笑着对漂亮小姐姐说："是是是，就是他，快去要签名吧。"

爷爷现在官宣了，带着陆粥粥也不怕被粉丝认出来。

好几个漂亮小姐姐连忙围上来，不过不是围着陆怀柔，而是围住了陆粥粥。

"小朋友好可爱啊！"

"真的是粥粥！"

"是陆怀柔的孙女吗？"

"是她是她！比照片上还要乖！"

……

陆粥粥受宠若惊，有些不知所措："这个，那个……"

陆怀柔更加不知所措。这届粉丝怎么回事，他这个大明星坐在边上，她们居然只围着陆粥粥，连签名都不找他要了。

陆雪陵走过来，笑着对小姐姐们道："我们带粥粥来玩，再不进去就得排队了。"

"啊！是 Cherlyn 姐姐！"

"Cherlyn 姐姐，我超喜欢你。"

"你跳舞超美的！"

"呜呜呜，今天是什么神仙运气，遇到哥哥，遇到粥粥，还遇到 Cherlyn 姐！"

……

陆怀柔站在旁边一头问号。怎么连陆雪陵都有粉丝热情的爱意朝她涌来，他却形同空气。

小姐姐临走的时候还在感叹。

"粥粥真是太幸福了，有怀柔哥哥和 Cherlyn 姐带她来游乐园玩。"

"羡慕，当哥哥的孙女太幸福了！"

……

陆怀柔："……"

你们倒是当着我的面，看着我的眼睛，叫一声"哥哥"啊。

她们全程就无视他，这算什么？

为了这件事，陆怀柔一路上都耿耿于怀。陆雪陵笑话他："谁让你平时走哪儿都板着个脸，粉丝只敢在很多人的公共场合对你热情，私底下，谁见了你不害怕？"

陆怀柔冷哼。

"所以啦，平时不要这么凶巴巴的，要多微笑。"陆雪陵继续道，"你看看人家杨曳的阳光暖男人设，多受欢迎，跟他多学学。"

陆怀柔不屑地道："谢谢，不必！"

游乐园有不少惊险刺激的项目，但陆粥粥年纪太小，都玩不了。陆粥粥站在亭子里，仰望着三百六十度旋转的过山车道，发出阵阵惊叹:“好好玩呀。”

陆粥粥满眼羡慕，陆怀柔却暗自松了一口气。

幸亏小朋友玩不了过山车，不然他这一把老骨头，今天非得散架不可。

陆粥粥待在车道下，连续看了三趟过山车，最后也只能叹息一声，摇摇头，失望地离开。

“真想快快长大。”

长大了她就能做好多好玩的事情了。

很快，陆粥粥的脚步在惊险鬼屋前停了下来。

鬼屋外观是一栋古老破旧的医院，破败的铁栏杆围着空荡荡的院子，医院的招牌也掉了一半，墙上沾着血迹，格外引人注目。从鬼屋里时不时传出玩家惊悚的尖叫声。

陆粥粥眼神里流露出来的向往之色，令陆怀柔感到毛骨悚然。

“你可别说你想玩这个！”陆怀柔话音未落，陆粥粥便拉着他的衣袖，朝着入门排队的地方跑去。

“鬼屋鬼屋鬼屋！”

“算……算……算了吧！”

“爷爷害怕吗？”

“害怕是不可能的，我就觉得……这鬼屋挺幼稚。”陆怀柔一本正经地回答，“一看就是吓唬小孩的玩意儿，没多大意思。”

“我觉得有意思呀。”陆粥粥说，“我就是小孩嘛，吓唬我，没毛病。”

“你不是怕鬼吗？晚上怕得失眠，还爬到你姑奶奶床上睡觉！你还玩这个！”

陆粥粥笑着说:“就是因为我可以和姑奶奶睡，所以不怕玩鬼屋呀。”她坏笑着望向陆怀柔:“该不会是爷爷害怕了吧？”

“这吓唬小孩的把戏，怎么可能吓到我？”

陆雪陵一眼就看穿了陆怀柔的伪装。这家伙平日里就喜欢吓唬别人，自己却连恐怖片都不敢看，一惊一乍的，胆子比老鼠还小。她正好借此机会“教训教训”他。

陆雪陵对陆粥粥道：“来，粥粥，跟着姑奶奶一起念——不会吧，不会吧！陆怀柔竟然会害怕这种吓唬小孩子的把戏？”

“不会吧！不会吧！天不怕地不怕的陆怀柔，不会真的连鬼屋都不敢进吧？”

陆怀柔见这俩人笑得前合后仰，道：“害怕是不可能的，这辈子都不可能害怕！”

“那就去呀。”

“去就去！”

陆怀柔铁青着脸，去鬼屋售票厅买了三张票。工作人员领着他们走到了鬼屋门口。

“我们这里有几点注意事项告知你们：第一，有心脏病或者怀孕的游客是不能参加的；第二，如果实在害怕，可以向监控探头示意，中止游戏；第三，绝对绝对不可以打我们的工作人员，否则我们也会立刻中止游戏。”

陆雪陵用手肘碰了碰陆怀柔：“听到没有，控制住你的手，还有你的腿。”

陆怀柔：“我是和平主义者，从不打人。”

工作人员介绍完注意事项之后，三人便戴着眼罩进了鬼屋。

他们穿过一条漆黑而阴冷的甬道，在对讲机的提示下，揭开了眼罩。

幽暗的顶灯之下，面前是一条长长的医院走廊，走廊两侧都是黑乎乎的病房，墙壁上似乎还有暗红色的血迹，病床和输液架东倒西歪。

陆怀柔一下子钻到了陆粥粥和陆雪陵中间，说道：“我走中间，我保护你们。”

陆雪陵翻了个白眼：“你这么大人了好意思吗？让小朋友走中间！”

于是陆粥粥便走在两个大人中间，由陆雪陵打头阵，陆怀柔畏畏缩缩地跟在陆粥粥身后，小心翼翼地防备着身后。

陆怀柔铁青着脸色，这儿望望，那儿瞅瞅，时不时发出一惊一乍的叫声："啊啊啊啊！"

他一叫，陆粥粥也跟着叫了起来："啊啊啊！"

陆雪陵正在专心致志地四处找线索，听到叫声，责备道："喊什么，吓我一跳。"

陆怀柔指着漆黑的病房门口滚出来的一个玻璃瓶："有个瓶子！"

"瓶子有什么大惊小怪的。"

陆粥粥嗓音也有些哆嗦："这瓶子是从病房里滚……滚出来的……"

三人望向了黑乎乎的病房。

"所以，应该是提醒我们，让我们进去找线索。"陆雪陵分析道。

陆粥粥一把拽住了陆雪陵的衣角，陆雪陵护着她："你紧跟在我的身后。"

陆怀柔也赶紧走了过来，缩在陆雪陵的身后："姐。"

陆雪陵本来想嘲讽他连小孩子都不如，不过这一声"姐"，让她想到了小时候，这小破孩儿总喜欢跟在她身后，当她的小尾巴。

"行了，你们都跟紧点儿。"

陆雪陵带着一大一小，进了漆黑的病房。

病房里有两张病床，病床上似乎蜷缩着什么，盖着被子，看不真切。

"这什么啊？"陆怀柔似乎也觉得自己刚刚的表现太怂了，于是强行壮胆，"别是尸体吧？"

陆粥粥拉了拉陆怀柔的衣角，小声说："是人。"

"什么人啊。"

"就是……人。"

话音未落，床上的东西忽然动了一下，那个人掀开被单，披头散发地下了床。

"啊——"陆怀柔抱头尖叫，极度崩溃！

这时候，对讲机响了起来："危险，危险，请外来者立刻找地方掩护，屏住呼吸，只要不说话，鬼魂就会离开了。"

陆怀柔："啊——有鬼！真的有鬼！"

对讲器:“请外来者不要说话，赶快躲起来。”

陆怀柔:“我要出去！啊！”

对讲机:“请不要惊慌，他不会伤害你们。”

陆怀柔:“啊！我要出去！”

对讲机:“……”

终于，扮鬼的人在陆怀柔的尖叫声中，加快步伐离开了病房。

房间的灯光也亮了不少，似乎是为了安抚他的情绪。

陆雪陵和陆粥粥全程无语地望着陆怀柔。

陆怀柔崩溃地敲门:“我要回家！让我回家！”

终于，由于玩家反应过于激烈，他们第一个场景都还没有走完，便由工作人员带着出了鬼屋。

陆怀柔阴沉着脸，坐在休息椅上，整个人都不好了。

陆粥粥又给他买了一个草莓冰激凌，还让店员多加了一个草莓，安抚他受惊的心。

陆怀柔一边舔着冰激凌，一边说道:“刚刚我一眼就看出病床不对劲，肯定有猫腻。

“角色扮演一点儿也不专业，即便只是NPC（非玩家角色），基本的演技还是得有吧，那身形、那动作、那化妆……哪里像鬼，能吓唬谁？”

陆粥粥:“……”

也不知道刚刚在鬼屋里差点儿被吓哭的家伙是谁！

傍晚时分，他们来到儿童乐园区。

儿童乐园区摆放着一整排抓娃娃机器，陆粥粥拉着陆雪陵，兴奋地说:“姑奶奶！我想要那个小猪佩奇！”

陆雪陵扫码兑换了十个游戏币，自信地说:“你姑奶奶号称‘娃娃机杀手’，想要什么我都能给你抓到。”

“好棒呀！”

陆粥粥兴奋地趴在娃娃机边，看陆雪陵操作。

第一个，落空了。

陆雪陵笑笑："没事，热热身。"

第二个，第三个，跟着落空，陆雪陵额间渗出了汗珠："我怀疑是机器的问题，我们换一台机器。"

转眼间，十个游戏币都没了，陆粥粥还是两手空空，质疑道："姑奶奶不是号称'娃娃机杀手'吗？"

陆怀柔抱着手臂，站在边上冷嘲道："她在某个电视剧里演过娃娃机杀手，你还真信了啊。"

"哦……"

陆怀柔兑换了游戏币走过来，说道："是时候展现真正的实力了。"

陆粥粥期待地望着他："爷爷好酷！"

"更酷的还在后面，看好了。"陆怀柔投了硬币，操纵着抓手开始抓娃娃，结果一连抓了二十几次，一次都没有抓着。

陆怀柔道："显而易见，是机器有问题，这机器摆明了就是坑人！"

话音刚落，身边传来一阵欢呼声，身边一对小情侣，男孩给女孩抓到了娃娃。

陆粥粥："……"

面对小姑娘质疑的目光，陆怀柔硬着头皮说："你等着，我把这一箱都给你抓起来。"

陆雪陵笑着说："算了吧，技不如人，别硬撑了。"

"我说到做到。"陆怀柔径直走到管理处，对管理员道，"这一箱小猪佩奇娃娃，我出双倍价格，买了。"

陆雪陵："……"

行吧，技不如人，但是你有钱。

回去的路上，陆粥粥坐在一堆小猪佩奇中间，满脸洋溢着幸福："爷爷太厉害了吧！"

陆怀柔单手搁在方向盘上，面露骄傲："你爷爷当然厉害。"

玩了一整天，陆粥粥有些倦了，到家的时候，她已经睡着了。

陆怀柔抱着陆粥粥进了屋，陆雪陵跟在身后，帮她提着小猪佩奇的玩偶。

他们刚走到篱笆墙边，便看到了陆随意和唐浅，站在门口。

陆怀柔预感不妙，皱眉问道：“你们来干什么？”

陆随意看了看唐浅，走到陆怀柔面前，忐忑地说：“爸……我和小浅，我们准备结婚了，来接粥粥回家。”

这句话宛如致命一击，陆怀柔心脏扑通一下，坠入深渊。

第十章

爷孙分离

客厅里，陆雪陵招待了陆随意和唐浅两人：“这是你爸最喜欢的碧螺春，尝尝。”

陆随意哪里有心思喝茶，看了一眼紧闭的书房门，忐忑地问道：“姑姑，我爸不会生气了吧？”

“他就这脾气，就没有改变过，你也不是不知道。”

“是……我就怕他不乐意。”

“不管他乐不乐意，你们都要结婚，不是吗？”

陆随意拉着唐浅的手，说道：“其实我跟小浅……我俩挺投缘的，兴趣爱好相似，工作也相似，有不少共同语言。这段时间，我们也一直在尝试着相处，感情越来越好了。”

唐浅也说道：“更重要的是，我们还有粥粥。这些日子以来，我反省了很多，以前是我们做得不对，忽视了她的感受。现在，我们想弥补过去的错误，给她一个更好的成长环境，所以……我和陆随意决定在一起。”

陆雪陵阅人无数，当然看得出来，唐浅这番话说得很真诚。哪怕曾经年少轻狂，也终有长大成熟的那一天。

“你们真的……都准备好了吗？”

陆随意连声保证："我们绝对不会像之前那样了。我们计划暑假带粥粥去国外旅行呢，她不是老早就闹着想和爸爸妈妈出去玩吗？"

陆雪陵放下茶杯，叹了一口气："但你在这儿跟我保证没用。"

陆随意又看了眼楼上房门紧闭的书房，心里越发忐忑不安："爸不高兴吗？"

"你自己觉得呢？"

在陆随意心里，他爸性格爱憎分明，喜欢就对你好，不喜欢就冷着脸不搭理，情绪从来都是写在脸上的。

"我爸为什么不高兴啊？"陆随意不解地问，"他不是很希望我快点儿结婚，安定下来吗？"

唐浅小心翼翼地问陆雪陵："是不是叔叔不喜欢我，上次我们在商场有些误会……"

"不是你的问题，"陆雪陵道，"也不是结不结婚的问题，是你女儿，陆粥粥。"

"这跟粥粥有什么关系？"

"还看不明白吗？"陆雪陵对陆随意道，"你爸舍不得他这小孙女。"

"不是吧，我爸不是很厌烦照顾小孩吗？之前还打电话，说让我快把小孩带走，他能回归正常的生活。我爸他一直不喜欢小孩啊。"

陆雪陵摇摇头："你是太不了解你爸了，他其实……"

话还没说完，楼上砰的一声，房门打开了。

众人心里一惊，齐刷刷抬头。

陆怀柔冷着脸走下楼梯，沉声道："要带走，今晚就走。"

"爸，您……"

"来得正好，我早就厌烦给你带小孩了，今晚就把人带走。我拍戏很忙，没有了拖累，反而乐得轻松。"

唐浅犹疑道："今晚……是不是太匆忙了？粥粥都睡了。"

"是啊，爸，我们今天过来，只是想跟您商量一下结婚的事，至于粥粥，倒不必这么快。我们正在装修新房，等装修好了，再把粥粥接回去。"

陆怀柔听陆随意说新房都买好了，把粥粥接走这件事恐怕真的势在必行。他心下越发烦躁，冷声道："今晚就把人带走！我这话只说一遍，如果不带走，明天你们甭想踏进我陆家的门！"

"别别别！"陆随意连忙站起身，说道，"我们这就把闺女带走，不打扰爸了！"说着，俩人前后脚上了楼，高声唤道："粥粥，爸妈来接你了，跟爸妈回家。"

陆怀柔坐在沙发边，给自己点了一根烟。

陆雪陵注意到，他的手微微颤抖着。她知道，他的世界其实已经坍塌了，他所有的冷漠和不在乎都是装出来的。

"其实，未尝没有转圜的余地。"陆雪陵道，"他俩忙起事业来，根本没时间照顾小孩，又太年轻了。陆粥粥在你这里，也许生活环境会更好。"

陆怀柔按灭了烟头，说道："我早就想摆脱这个大麻烦了，现在正好，可以回归正常生活。"

"我不信，你就装吧。"

他是她亲弟弟，而且是龙凤胎，她可太了解他的性子了。

陆粥粥本来都睡着了，没想到一觉醒来，爸爸妈妈竟然都来了，她还以为自己在做梦呢。

"爸妈，你们怎么来了呀？"

唐浅从衣架边拿起了小姑娘的外套，给她披上："爸妈来接你回家了。"

"回家？"陆粥粥睡得迷迷糊糊，问道，"回什么家呀，我不就在家里吗？"

"是回爸妈的家，爸爸妈妈现在住在一起了。"唐浅耐心地解释道，"现在粥粥要跟妈妈回家住了，开心吗？"

"啊……"陆粥粥一下子蒙了。

她刚从游乐园回来，在车上睡到现在，怎么一下子就要走了？

陆随意生怕自家老爸等急了不耐烦，已经开始帮陆粥粥收拾东西了："粥粥，日常用品家里都有，咱们就拿一些重要的衣物，等明天老爸再开车来给你打包物品。"

陆粥粥对他的话充耳不闻，赶紧从床上跳下来，跑出房间，喊道：

“陆怀柔！你给我出来，你这个大坏蛋！”

客厅里，只有陆雪陵，陆怀柔早已经不见了踪影。

“粥粥……”

“陆怀柔呢！”陆粥粥急红了眼，哭腔都出来了，“今天带我去游乐园就是你们预谋好的要赶我走，对吗？”

“没这回事，你别胡思乱想！”

“那为什么……陆怀柔在哪里？”

“他……”陆雪陵无奈地说，“他出去散步了。”

陆粥粥死死咬着牙，唇肉都泛白了，攥着拳头：“他早就想撵我走了！”

陆雪陵叹息一声：“粥粥，爷爷也很舍不得你，但是……你是应该回到爸爸妈妈身边的。”

“走就走！”陆粥粥红着眼睛，大喊道，“走就走！谁稀罕留下来！”

陆随意的轿车启动的时候，陆粥粥极力忍着眼泪，将脑袋探出车窗，望望大宅，又望望巷道，没看见陆怀柔的身影。

“粥粥，爸妈计划好了，暑假的时候带你去国外好吗？”

陆粥粥根本听不进她的话。什么国外，她哪儿都不想去，她只想留在爷爷身边，留在姑奶奶身边，留在香榭小筑。

陆粥粥的眼泪就跟断了线的珠子似的滚落，最后她泣不成声。

陆随意没想到女儿会有这样大的反应。他以为爸爸妈妈来接她，她会开心呢，毕竟之前把她送来的时候，她和自己分离，也没有哭成这样啊。

在他的印象中，陆粥粥一直都是很独立的孩子。

“要不要再等等我爸吧？”陆随意问道。

唐浅听着女儿的哭声，心都要碎了，说道：“快走吧，不然等会儿粥粥见到她爷爷，哭得更厉害了。”

陆随意无奈地启动了引擎。

街道边又恢复了平日的静谧，天空中飘起了微凉的小雨。

陆怀柔站在篱笆墙边，久久没能回过神来，直到轿车消失在街道尽头很久，窒息的疼意才宛如这漫天飘散的雨丝，无孔不入。

陆雪陵走到他身边，没有说话，只是陪着他站在小雨中。

“她来的时候，就坐在这里。”陆怀柔嗓音略微沙哑，“穿着脏兮兮的小白裙，像只流浪猫。”

“怀柔，”陆雪陵轻轻牵了牵他的手，“其实真的不必如此，只要你愿意，她可以留下来。”

陆怀柔紧抿着唇，眼角泛红，满是血丝。

他知道，自己也不该不愿意。有父母陪在身边，才是最好的。

陆粥粥回到熟悉的公寓。家里物品摆放得有些凌乱，沙发和柜子上都盖着白布。

陆随意解释道：“爸妈准备住到一起了，这两天搬新家，所以家里比较乱，等搬了新家就好啦。”

陆粥粥不哭了，乖乖点了点头。

回到自己的原本熟悉的家中，很奇怪，她没有感到亲切，随之而来的竟是强烈的陌生感，仿佛这里不是她的家，来到这里就像客人一样。

“粥粥，你也不要太难过了。”陆随意走过来，牵起了陆粥粥的小手，“之前咱们不是说好了嘛，等爸爸出差回来，就来爷爷家里接你，你也让爸爸早点儿来的，不是吗？”

“嗯……”她闷声回答。

其实一开始她是希望老爸赶紧来接她回家，可是后来慢慢地，在爷爷家的生活似乎比以前更开心，再加上姑奶奶也搬进来了，她的生活就更热闹了。

每天晚上，不是她和爷爷拌嘴，就是姑奶奶和爷爷拌嘴，或者她们两个一起和爷爷拌嘴，有时候还会大打出手。她每天最快乐的事，就是激怒爷爷，看他气闷又无可奈何的样子……现在骤然间回到自己的家中，反而觉得冷冷清清。

唐浅见陆粥粥情绪低落，于是说道：“粥粥，咱们的新家虽然不是爷爷家的那种大别墅，但是也有楼顶花园，粥粥可以在花园里养小狗。”

陆随意也说道：“而且这房子是我花了好一番功夫才拿到的，属于学区房，粥粥的初中高中，基本上预订了全区最好的学校。”

陆粥粥只是点头，依旧开心不起来。她看得出来，爸爸妈妈真的变了很多，和以前不一样了。如果是以前的她，肯定会感觉特别幸福。可是现在……她最大的幸福，却是陆怀柔给她的。

唐浅对陆随意道：“你快去把粥粥的房间收拾出来。”

“对对，我收拾房间去！”陆随意起身道，“你给粥粥做点儿吃的，她每天晚上都会肚子饿。”

唐浅也戴好了围裙，问道：“粥粥，你想吃什么？妈妈给你做。”

其实陆粥粥不饿，也没有胃口，但是她也不忍心让妈妈失望，于是说道：“都行。”

唐浅去厨房忙碌了一阵，端出一碗热气腾腾面条：“粥粥，快来尝尝妈妈做的面条。”

陆随意闻言，拿着扫把走了出来，做出兴致高昂的样子，说道：“这么快面条都做好啦，我尝尝。”

唐浅拍开他的手，说道：“这是给粥粥的，想吃，你自己去做呗。”

“小气。”

俩人的打情骂俏，落在陆粥粥眼里，让她心里有了不少安慰。

对于小孩子而言，最大的快乐不过是看到父母恩恩爱爱。父母感情好，小孩才会有安全感。她坐到椅子上，接过了唐浅递过来的筷子。

面条放了不少辣椒，陆粥粥吃了一口，发现面条居然是甜的。

唐浅解释：“这是妈妈家乡的美食，甜水面，很好吃的。”

陆粥粥又吃了几口，虽然是甜味的面条，但是味道一点儿也不奇怪，真的很香。

陆粥粥想到第一天去爷爷家，爷爷就给她做了一碗甜面条，但那是因为他分不清盐和糖。想到陆怀柔，陆粥粥眨巴着眼睛，又忍不住掉了几颗眼泪。

陆随意和唐浅面面相觑。直到此时，他们才终于明白，孩子真的不是你想带走就带走，想扔给别人就扔给别人的。

孩子只会和对她最好的那个人亲。

晚上，陆粥粥几乎是哭着睡着的。她梦到了陆怀柔，陆怀柔站在很远地方，似乎在向她招手，她追啊追，却总是没有办法靠近他。

醒来的时候，天已亮了，她的枕头全湿了。当她顶着红肿的眼睛去学校时，蒋清霖关切地问她："怎么回事呀，昨天晚上哭过吗？"

"爸爸妈妈接我回家了。"

"呀，不是说工作忙吗，怎么就接你回家了？"

"因为他们要结婚了，说有时间照顾我。"

"爸爸妈妈结婚，这是好事，怎么还哭呢？"

陆粥粥看着自己田字格本上陆怀柔的大头贴纸，说道："我舍不得爷爷。"

蒋清霖叹道："也是，有陆怀柔那样的爷爷，换我也舍不得，肯定死皮赖脸不肯走，要真赶我走，我就抱着他的大腿哭。"

陆粥粥其实也有些后悔，昨天不该跟爷爷赌气，如果她求求他，再哭一哭，指不定他就让她留下了。就算爷爷不想留她，还有姑奶奶呢，姑奶奶肯定也会帮她说话的。

陆粥粥越想越后悔，可是世上没有后悔药，搬都搬出去了，哪儿能死皮赖脸再回去。她走以后，说不定陆怀柔正开香槟庆祝呢！

陆粥粥心烦极了。

下午放学，陆粥粥本以为爸妈会很忙，没有时间来接她，却没想到，唐浅早早地就等在了门口，来接她回家。

小朋友们看到唐浅，纷纷夸陆粥粥妈妈漂亮。

唐浅的确漂亮，虽说直播的时候会化浓妆，陆粥粥看了特别不习惯，但是她底子好，不化妆的时候，清纯动人。

唐浅在车后座给陆粥粥安装了儿童座椅，安全又舒适。

陆粥粥也看得出来，这一次她回来，爸爸妈妈都是铆足了劲儿地想要补偿她，给她营造更好的生活环境。也许，她不应该再想爷爷了。毕竟爷爷也应该有自己的生活，他事业那么成功，那么多人喜欢他，陆粥粥不能自私地把他绑在自己身边。

"妈妈，晚上我们去吃肯德基吗？"

唐浅听到情绪一直很低落的女儿主动提出要吃肯德基，自然喜出望外："好呀，妈妈带你去吃肯德基！"

"可以把坏舅舅也叫上。"

"行，把你坏舅舅也叫上。"

唐浅心情大好，启动了引擎，朝肯德基驶去。

陆粥粥打开窗户吹吹风，却看到渐远的校门口站着一个长腿男人，他穿着黑色卫衣，戴着口罩和刺绣鸭舌帽，远远地望着她们的车。

陆粥粥的呼吸骤然停滞了片刻，一颗心仿佛被抛向了天空，极速下坠。

"爷爷？"

男人已经转身离开了。

"爷爷！"

陆粥粥半个身子都快探出窗外了："陆怀柔！"

"是不是你啊？你来看我了吗？"

"哎哟小祖宗，乖乖坐好，脑袋别伸出窗外，太危险了！你爷爷怎么可能在这里，看错了吧？"

陆粥粥缩回身体，跪在松软的座椅上，望着渐行渐远的男人的背影，茫然地道："是你吗？"

陆怀柔拉了拉口罩，穿过马路，离开了校门口。他只是想过来看一眼，看看儿子儿媳是不是真的做到了，也想看看她过得好不好。可是当他听到小姑娘那一声"爷爷"，陆怀柔还是差点儿泪崩，心好痛。

这几天，陆怀柔拍戏一直不在状态，心情也烦躁至极。

上午的发布会，他又遇到了情绪激动的男粉丝。那人冲出人群，冲破保安的阻拦，对他动手动脚。陆怀柔哪能受得了这个，抓住男粉丝的手腕，二话没说，直接给掰折了。

这事在网络上又闹了一场不小的风波。

这段时间以来，陆怀柔的暴躁人设已经开始慢慢改变了，没想到又出了这档子事，众人纷纷感叹。

“江山易改，本性难移。”

“你怀爷还是你怀爷。”

……

粉丝不了解情况，只有陆怀柔身边的人知道，他的失控，是因为失去了最宝贵的东西。

艾伦见陆怀柔情绪低落、萎靡不振，生怕这位爷再闹出更大的幺蛾子，于是给他接了一场时装秀的通告，没十天半月回不来。让他在异国他乡散散心，平复一下心情，兴许能好点儿。

陆粥粥回归了正常生活。虽然老爸老妈工作依旧忙碌，但是好在每晚都会回家，也有了足够的时间陪她，甚至周末还会带她去游乐场玩，或者逛逛商场。应该为此感到欣喜的陆粥粥，却总是开心不起来。连蒋清霖都注意到，陆粥粥最近不爱笑了，放学也不爱去美食街吃小吃了。

课间，陆粥粥给爷爷编辑了一条 QQ 信息：“那个谁……我想你了，可不可以来看你啊？”

这条信息写好了，她却犹疑了，迟迟没有发出去。她是真的已经很久没见到他了，每天只能从蒋清霖这个八卦小能手那儿得知他的最新动向。她知道他上了综艺、又接了新片、马上还要去参加时装秀……

从蒋清霖那里，陆粥粥还知道，她爷爷不仅演戏厉害，唱歌很棒，还是世界名模，全世界都认识他，有不少外国小姐姐都是他的粉丝。

爷爷是个非常厉害的人。过去是为了照顾她，他才推掉大部分工作，甚至都不出国了。

这样看来，她住在爷爷家里，真的耽误了爷爷的事业啊。

陆粥粥一字一字地删掉了信息。

就这样吧，让一切回到正轨，她也不应该再胡思乱想了。现在她有了疼爱她的爸爸妈妈，他们快要结婚了，这难道不是她过去梦寐以求的生活吗？

人就是这样，得到了就会想要更多，永远不会满足。她不该意难平了……

上课铃响了起来，陆粥粥摊开书本，专心听课。

蒋清霖观察了她许久，见她还是不开心，于是附在她的耳畔，小声问：“粥粥，你是不是很想你爷爷呀？”

陆粥粥撇嘴：“不想不想，我一点儿也不想见他。”

“真的不想吗？”蒋清霖表示不相信，“你最近都不笑了。”

“那是因为没有什么可笑的。”陆粥粥双手交叠平放在桌上，严肃地说，“我长大了，不能再像小孩一样嘻嘻哈哈。”

“原来长大了就变得不快乐了呀，那我永远不要长大。”

陆粥粥又惆怅了。

曾几何时，她也说过这样的话，永远不要长大。陆怀柔也说过，只要留在他身边，她可以永远当小朋友。

“骗子。”陆粥粥眼睛微酸，“他都不想我，我才不会想他呢！”

蒋清霖拉长了调子，故意说道：“这周末陆怀柔回国，在北城国际机场，我还想着……要不要带你去接机呢。你要是不想他的话，就不去啦。”

“接机？”陆粥粥不可置信地说，“你胆子好大呀，居然敢去机场。”

“你要是想见他，我就让我哥带咱们去。”

“你哥，他愿意吗？”

陆粥粥知道蒋清霖的哥哥是大学生，以前她哥也带她们几个小朋友去游乐场玩过，所以陆粥粥认识他。

“一开始不愿意，不过我答应帮他洗一周的碗，他就同意啦。”蒋清霖在陆粥粥耳边诱惑道，“怎么样，去不去呀？”

陆粥粥有些犹豫：“万一被我爷爷发现了，会好丢脸的吧。他都不给我打电话。”

俩人分开这段时间，一个电话都没打过，QQ 上也没联系过。陆粥粥还在和他赌气呢。

“不会被发现的啦。”蒋清霖说，“到时候机场粉丝那么多，他哪里会注意到你这个小不点。”

“说得也是。”陆粥粥心动了。

“咱们就远远地看他一眼，看完就走，不会让任何人发现！”

陆粥粥是真的很久没有见陆怀柔了，甚至连远远看他一眼的机会都没有，说不想念，只是嘴上的气话罢了。她想见他，快想魔怔了，每天晚上放学，她都会朝家长堆里一望再望。

她总感觉爷爷就在家长堆里等着她，也许就要接她回陆宅呢。

陆粥粥答应了蒋清霖，这周末去机场接机。她想着，站在远处看一眼就好。

周末那天，陆粥粥起了个大早，特意换上了方便行动的 T 恤和牛仔背带裤，戴上她的小黄帽，告诉唐浅她要和蒋清霖出去玩，早早地出了门。

小区门口，蒋清霖和她哥站在车前，遥遥地冲她招手：“肥粥，这儿！”

蒋清霖的哥哥叫蒋英杰，是个成绩不太好的少年。他穿着破洞牛仔裤，打扮得花里胡哨，还打了耳洞。

陆粥粥一直觉得，英杰哥哥超级酷。

“上车吧。”

两个小姑娘稳稳地坐上了车，蒋英杰踩了踩油门，将车驶了出去。

蒋英杰一路都没忘提醒蒋清霖：“带你去看偶像，下周洗碗，你承包了啊。”

“承包就承包，反正我只答应你洗碗，盘子、盆、锅……都是你的活儿。”

“喂！死丫头！你竟然耍赖！”

“我哪里耍赖，我明明只答应你洗碗，你自己也同意的。”

“我说的洗碗，指的就是锅碗瓢盆都要洗！”

“那你又没说明白。不管，反正我只洗碗。”

蒋英杰快被自家妹妹气死了：“信不信我撂挑子不干，拜拜了您。”

蒋清霖有恃无恐：“拜拜就拜拜。我自己带粥粥去接机。”

“得了吧。”蒋英杰嘲讽地说，“就你这小胳膊小腿儿，只怕连油门都够不着。”

“腿长了不起呀！”

“那是比你稍稍了不起一些。”

“哼！”

风吹乱了她的头发，陆粥粥摸摸自己的小辫儿，眼睛红了。听着蒋清霖和她哥拌嘴，她一句话也没有说，脑子里涌现出不少和陆怀柔相处的画面。她也特别喜欢和爷爷拌嘴，让他上火。看到他火冒三丈的样子，陆粥粥就想笑。可是现在……她只想哭。

陆怀柔是她爷爷，但更多的时候，他更像她的哥哥，也像爸爸。她所有的缺失，陆怀柔都弥补给她了。

车停在了北城国际机场的地下停车场，蒋英杰牵着两个小朋友，坐电梯上了二楼。

一路上，蒋英杰都在提醒两位小朋友：“待会儿人多，你们一定要听话，不准乱跑，不准胡闹，否则我立刻带你们回去！”

两位小朋友相互拽着衣角，乖乖点头：“保证听话！”

国际接机厅里早已人山人海，全是过来接机的粉丝，他们拿着草莓霓虹牌和星星灯，焦急地等待着陆怀柔。

蒋英杰带着两个小朋友挤进人群中，高声招呼道：“小心一些！跟在我后面，抓着我的衣角，千万别走散了！”

“蒋清霖，你牵陆粥粥，这里人太多了。”

“牵着呢！”蒋清霖死死地攥着陆粥粥的手。

她也从来没接过机，哪里预料到会有这么多人。

陆粥粥给自己戴上了特意准备的小口罩，避免给爷爷惹麻烦。

没过多久，焦急等候的人群开始沸腾，前排有粉丝兴奋地大喊：“来了！来了！他出来了！”

“啊啊啊！看到了，哥哥穿西装的样子太帅了！”

“我的天！我要死了，我真的要死了！”

“陆怀柔我爱你！我想给你孙女当奶奶！”

……

陆粥粥听到这话，惊悚地抬头看了看身边的漂亮姐姐。小姐姐这么年轻，给她当奶奶太委屈了。

陆怀柔由保安护着，戴着墨镜、口罩，大步流星地走出通道，几乎与粉丝没有任何交流，径直朝站外停车场走去。他身上温柔的气质已然烟消云散，恢复了过往的冷漠和骄傲，不搭理任何人。

前排的粉丝一片欢呼。可是陆粥粥只能看到前排姐姐的后背，连陆怀柔的影子都看不到。

眼看陆怀柔就要离开了，蒋清霖着急地拉着陆粥粥往门口挤："快点儿快点儿，他要走了。"

陆粥粥本就瘦小，哪里挤得出去，在推搡的人堆里简直快要窒息了。

"啊，你踩到我了！"陆粥粥明显感觉到有人踩了她的脚，"好疼呀！"

后排的粉丝见陆怀柔即将上车，也是疯狂地往前挤，前排又被安保全程护着，不让粉丝靠近。

陆粥粥被挤在中间，喊道："别……别推我！"

"好痛！"

就在陆怀柔的一条腿迈上轿车的刹那间，他忽然回头，朝粉丝的方向望去，好像听到了陆粥粥的声音。

粉丝见陆怀柔朝自己看过来，兴奋地冲他挥手。

"哥哥在看我！"

"胡说，明明在看我！"

"哥哥，这里，这里！"

……

人群中并没有小姑娘的身影。

陆怀柔皱了皱眉，怀疑自己出现幻听了。

身旁的艾伦催促道："怀爷，快上车吧，这儿人太多了，再多待一会儿，万一出现安全事故就麻烦了。"

陆怀柔收回目光，摇摇头，也觉得自己真是神经过敏，想太多了。她怎么会在这里。

他进了轿车里，将喧嚣和吵闹挡在了车窗之外。

司机启动了引擎。

陆粥粥被拥挤的人群推搡来、推搡去，脚不知道被踩了多少下。她顶着一张红扑扑的小脸，衣服都湿了。

“哥哥走了。”

“好遗憾啊，都没有看到他。”

“有谁拍了清晰的照片吗？求分享！”

……

轿车启动，陆怀柔摸出手机，点进了自己的超话。实时动态中不断有粉丝分享他的照片，他随手保存了几张拍得还算帅气的照片。

忽然，他的指顿住了。

在一张照片里，他看到一个小女孩瘦弱的背影，背着小书包，戴着小黄帽，穿着背带裤，正扒拉着人往前挤。那条背带裤还是他给她买的呢。

陆怀柔的心骤然悬空，思绪乱成了一锅粥。

“回去。”

艾伦不解地望向他：“回哪儿去啊？”

陆怀柔激动地喊道：“回机场！”

人群渐渐散了些，蒋英杰总算挤到了陆粥粥和蒋清霖身边：“你们看到没有？”

“这么多人，根本看不到啦！”蒋清霖沮丧地摇头，“你看到了吗？”

蒋英杰拿着手机说：“只远远拍到一张侧脸的照片。”

陆粥粥：“给我看看。”

蒋英杰把手机递给陆粥粥。照片里的陆怀柔戴着口罩，几乎遮了半张脸，他穿着黑色西服正装，身形笔挺，气质凛然，跟平时在她面前吊儿郎当没正形的样子截然不同。

她爷爷真是帅。

“英杰哥哥，这张照片能发给我吗？”

“行，待会儿发给你。我们先离开这儿吧，哥哥请你们吃肯德基。”

“好啊。”

陆粥粥正要离开，腿一酸，险些摔倒在地："哎哟。"

"怎么了？"

她蹲下，揉着腿，说道："刚刚脚被踩了好几下，有点儿疼，我先缓缓。"

蒋英杰和蒋清霖同时蹲了下，关切地问："能走吗？要不要哥哥背你啊？"

"不用，休息一下就好。"

蒋英杰和蒋清霖兄妹俩将她扶到了楼梯旁，坐下来休息。

这时，还没有完全散开的人群再度沸腾了。

陆粥粥回头，看到陆怀柔那辆黑色的轿车回来了，停在了车道上。车门打开，男人慌慌张张地下车，朝人群东张西望，连口罩都忘了戴。

还没散去的粉丝一下子惊叫了起来。

"天啊！"

"哥哥怎么又回来啦？"

"这是什么天降福利啊！"

……

陆怀柔顾不得艾伦的拉扯，四下里寻找着，扯着嗓子大喊："陆粥粥！

"陆粥粥！你给我出来！

"陆粥……"

陆怀柔转身便看见了她。

小姑娘坐在楼梯边，头发乱糟糟的一团，皮肤好像都变黄了。

她爸妈肯定没给她好好梳头，那件衣裳不知道穿了多少天，鞋子怎么这么脏？……

短短几秒的时间，陆怀柔脑子里思绪万千。

陆粥粥正揉着脚，看到陆怀柔，明显愣了一下。这次不是幻觉！

陆怀柔几乎是一路小跑过来的，跑到她面前，怒道："你怎么在这里？"

陆粥粥眼看陆怀柔又要发火了，也有些生气，转过脑袋，闷声说道："人家又不是来看你的！"

陆怀柔面色低沉："我问的是，你怎么在这里？"

"都说了不是来看你的！你这人……不讲道理！"陆粥粥气得眼睛都红了，不争气地滚了几颗眼泪，连忙用袖子狠狠擦掉。

蒋清霖也帮忙解释道："哥哥，不是……叔叔，不不，陆爷爷……哎呀，你别骂陆粥粥！她就是很想你，想来看你啊！这不，知道你回国的消息，我们就来接机了嘛！"

"才不是呢，你别乱说。"陆粥粥委屈地用衣袖揉了眼睛，闷声说，"人家才不稀罕我们接机呢！我们这就走！不理他！"

陆怀柔的心都快拧成结了。他又气又担心又后怕，又有些感动，所有的情绪涌上心头，一时间竟不知该如何表达，呆呆地站在她面前。

他诠释过各式各样生动的角色，在剧中，他可以自然地大笑，也可以颓废地大哭，他几乎可以完全融入角色，感受他人的人生与悲喜。可是现实中的陆怀柔，不善于表达情绪。

陆粥粥见爷爷又呆住了，重重地"哼"了一声，掰着自己的脚，说道："疼死了。"

陆怀柔终于有反应了，慌忙问道："哪儿疼？"

"脚。"

陆怀柔蹲下，捧起了她的脚，问道："怎么回事？"

"被人家踩了好几脚，好疼哦，"陆粥粥撒娇技术一流，推了他一下，"都怪你。"

这一推反而让陆怀柔离她更近了。

他全盘接纳了她的责怪，也不顾形象了，直接坐在她身边的楼梯上："我看看。"

陆粥粥怪不好意思的。陆怀柔将她的腿直接放在了自己的膝盖上，给她脱了运动鞋，扯掉了她的海绵宝宝袜子。白皙的小脚丫子的确被踩得有点儿红，不过没有瘀青，不算特别严重。

陆怀柔握住她的脚掌，轻轻地揉了揉："舒服一些了？"

"嗯。"陆粥粥一点儿也不生气了，有些害羞地望着他，"爷爷，我脚臭不臭呀？"

他捏了捏她肉嘟嘟的小脸："臭不臭自己心里没数？"

“哎呀，你摸了脚又来捏我的脸！脏死了！”

陆怀柔冷冰冰的表情总算缓和了些，嘴角也扬起了一丝笑意，看她的眼神温柔极了。

围观的粉丝一阵尖叫，完全被他这柔情似水的模样给融化了。他们纷纷拿出手机拍照，把这温馨的一刻定格下来，传到了超话中。

“啊啊啊，我走早了，居然还有这样的福利！”

“我怀爷的眼神，好宠啊！”

“爷孙太有爱了。”

“这样的爷爷我不配拥有，呜呜呜呜。”

“放下那个小脚丫，让我来！”

“看谁还敢说我们哥哥冷漠没有人情味。”

“我们怀爷不只会踹人，还会给亲孙女揉脚。”

“我柠檬了，有人跟我一起酸吗？”

“柠檬精举手。”

……

陆怀柔给陆粥粥揉了脚，然后抱起了她，回头对蒋清霖和蒋英杰说：“我送你们回家。”

“不……不用了。”蒋英杰连忙道，“我们有车，您带陆粥粥去吃饭吧，她这段时间真的很想您。”

蒋清霖冲陆粥粥挥了挥手：“肥粥，周一学校见。”

“嗯！谢谢你和哥哥。”

陆怀柔将陆粥粥塞进车里，问道：“晚上想吃什么？”

“想吃……爷爷做的饭。”

陆怀柔惊讶地问：“今天不吃肯德基了？”

陆粥粥笑着说道：“肯德基找我爷爷代言了吗？”

“那倒没有。”

“那我不吃肯德基了。”

“哟，你这么关心我？”

“那当然！我百分之百支持爷爷的事业！当你坚强的后盾！以后你代言什么，我就吃什么。”

陆怀柔想了想，从柜子里掏出一袋黑蒜，说道：“我最近正好接了这玩意儿的代言，请你帮我把它吃光。”

陆粥粥：“……”

你放我下车！

半个小时后，“陆怀柔给孙女揉脚”的话题冲上了热搜。

陆随意正在直播带货，忽然间涌进来一大拨网友，他的评论区沦陷了。

“意哥，你女儿去见爷爷，你知道吗？”

大家都知道陆粥粥是陆怀柔的孙女，自然而然，陆随意的身份也被无所不能的网友扒了出来。但是大家对他的关注度并不是特别高，正如陆怀柔所说：我孙女是陆粥粥，我儿子是谁，不重要。

陆随意依旧每天直播带货，销量小有提升。他还是一步一个脚印，走着自己的路，撑着摇摇欲坠的自尊心，愣是没蹭他老爸的热度。

前段时间，他在直播间炫耀，说终于把女儿接回来了，以后要当个体贴的超级奶爸，给女儿挣奶粉钱，赢回女儿的心。谁承想刚过了没几天，陆粥粥便去见她爷爷了。

“意哥，请问你爸给你揉过脚吗？”

“心疼意哥三秒，虽接回人，但是小姑娘的心在爷爷身上。”

“年度最悲情男人，得不到父亲的爱，也留不住女儿的心。”

“意哥，我怎么觉得过不了多久，你又得乖乖把女儿送回去呢。”

“看在意哥这么可怜的分上，这面膜我买了。”

“我也买了，心疼意哥。”

……

陆随意：“……”

陆粥粥终于回到了熟悉的陆家大宅。

陆雪陵得知陆粥粥回来了，也提早结束了晚上的综艺通告，赶回家中，陪陆粥粥吃晚饭。

陆怀柔依旧做他的拿手好菜——煮面条。

陆粥粥用筷子翻了翻清汤寡水的面条，尝了尝。爷爷的厨艺总算有进步了，没再煮出甜味的面条了。

陆粥粥眼角有些泛红。

她过去对爷爷做的饭菜很嫌弃，现在想吃都没有机会了。

陆怀柔从厨房出来，看到小姑娘吃面条还把眼睛给吃红了，问陆雪陵："你又惹她了？"

"我又不是某人，怎么会惹哭小姑娘？"陆雪陵说，"分明就是被你的面条给难吃哭的。"

"怎么可能？"

陆粥粥揉揉眼角，把眼泪忍回去，闷声说："就是被爷爷的面条难吃哭的。"

"小白眼狼，亲自给你做面条，还挑三拣四，"陆怀柔作势要将她的碗端回来，"甭吃了。"

陆粥粥赶紧把碗护在怀里："我还没吃完呢！不能浪费粮食！"

虽然，这面条味道真的有种说不出来的味道，但这种味道，就是陆怀柔——她亲爷爷才做得出来的独特口味。

陆粥粥把面条吃了个精光，连口汤都没有剩下。

陆雪陵看她狼吞虎咽的模样，啧啧叹道："看把你给饿成什么样了，你爸妈没把你喂饱啊？"

陆粥粥还没说话，陆怀柔冷哼道："他们怎么懂带小孩？"

"他们不懂，你懂。"

陆怀柔自信地说："我当然比他们懂，不然小小陆怎么爱吃我做的饭，不爱吃她爸妈做的饭，是吧，小小陆？"

陆粥粥连连点头。

陆怀柔总叫她小小陆，莫名有种一家人的亲切感。

陆雪陵眼角绽开笑意："不就吃你一碗面条吗？瞧把你嘚瑟的……"

吃过晚饭之后，陆怀柔和陆雪陵又带着粥粥玩电动游戏。陆粥粥和姑奶奶联合起来把陆怀柔打得落花流水，毫无反击之力，只能朝她们干瞪眼。

很快，陆随意和唐浅开车来接陆粥粥回家了。

热搜他们当然都看过。竟然没看住小孩，居然让她和同学跑到机场那样拥挤的地方接机，本来两人以为会遭到陆怀柔劈头盖脸的一顿臭骂，都做好了心理准备。没承想今天的陆怀柔心情还不错，没有计较他俩看顾不周，只对陆随意交代了几句，让他平时多用些心思，也学一学做饭。

老爸甚少用这样温和的语气跟他说话，这让陆随意有些受宠若惊。他连连点头，保证自己会照顾好陆粥粥，不让老爸操心。

陆粥粥跳下高脚椅，知道要离开了，有些不舍，一步三回头，望着陆怀柔。

陆怀柔送到门口，便停下了脚步，不再挽留。

陆雪陵不住地低声提醒："说话呀，小姑娘摆明了舍不得你，想留下来，这不你一句话的事吗？"

陆怀柔攥紧了拳头，紧抿着唇，一言未发。小孩留在父母身边，才是最好的选择。

陆粥粥轻叹了一声，终于跟着爸爸妈妈上了车。今天见到爷爷，已经是惊喜了，她不应该奢求更多。

轿车缓缓驶了出去。

陆雪陵望着车子，无奈地说："你不是她，你怎么知道什么是对她最好的选择？"

"我不知道，难道你知道？"

"家长总是帮小孩做决定，有的时候，是不是也该把选择的权利交给小孩呢，毕竟，这是她自己的人生。"

陆怀柔偏头睨了一眼陆雪陵。

陆雪陵道："干吗？想打架！"

陆怀柔："我姐长这么大，第一次说人话。"

陆雪陵："……"

她还没反应过来，身边的陆怀柔如箭一般飞了出去，追向渐渐驶远的轿车。

陆粥粥看到后视镜里的陆怀柔，连忙大喊："停车！停车停车！"

陆随意也看到了陆怀柔，惊讶地道："我爸这把老骨头，可以啊，居然还能跑得动。"

"这话你当着爷爷的面说。"

"我不敢……"

陆随意将轿车靠边停了下来。

陆粥粥手忙脚乱地打开车门，兴奋地问："爷爷，怎么啦？"

陆怀柔跑到她面前，手撑着膝盖，平复着急促的呼吸："我是想问你，你……"

陆粥粥期待地看着他。

陆怀柔莫名有些脸红，结结巴巴地说："我是想问……你有没有什么东西落下了？"

陆粥粥微微失望："没有啊，我都没带东西过来。"

陆怀柔咬了咬唇，脸颊越发涨红了。

陆随意将脑袋探出车窗，喊了声："爸，您有什么事，打电话不就完了吗？还劳您大驾亲自追过来……"

陆怀柔凶巴巴地说："闭嘴！"

陆随意立刻噤声。

陆粥粥又问道："那爷爷还有其他事，要跟我讲吗？"

陆怀柔犹豫了很久，始终没有问出那句话，脸倒是憋得通红。

终于，陆雪陵看不下去了，小跑着过来，说道："你爷爷舍不得你走，想问你，你愿不愿意留下来，愿不愿意跟他一起生活？他对你的爱只会比爸爸妈妈的给你的多。你要是留下来，他一定会对你好。"

心底的话被人说出来，陆怀柔的脸越发红了。

陆粥粥有些受宠若惊，不敢相信，犹疑地问陆怀柔："爷爷真的想让我留下来吗？"

陆怀柔扯了扯衣领，矜持地说："你自己决定，怎么样都可以。"

陆粥粥低头笑了笑，露出两颗小虎牙。

陆怀柔看着小姑娘傻笑的模样，知道她一定在笑话他，于是催促道：“路边不能停车，你快点儿做决定啊。”

“我……”陆粥粥一下扑上来，抱住了他，“我当然想和爷爷住在一起啦！”

陆怀柔猝不及防被小姑娘扑了个满怀，往后趔趄了几步，随即站定。这会儿他连耳根都红透了，心里都是温暖和感动。

“既……既然你这么想搬回来，那我就勉为其难再照顾你一段时间吧。”

陆随意和唐浅也下了车，面面相觑，无可奈何。小姑娘抱着她爷爷不肯撒手，他们也不能强行把她带走。

“粥粥，你真的想留在爷爷家吗？”

陆粥粥重重地点头：“是啊，我想和爷爷、姑奶奶一起生活。”

唐浅有些难过：“那你不想和爸爸妈妈生活吗？”

“爸爸妈妈工作忙，我也不想你们为了照顾我，耽搁自己的事业。”

“可你爷爷也很忙啊！”

陆怀柔要真忙起来，那可比陆随意、唐浅忙多了！

陆粥粥紧紧地牵着陆怀柔的手：“可是爷爷每天都会回家呀。”

陆怀柔不管拍戏、上通告多忙，每天都会回家；即便接了外地的戏，每天在她睡前，他都会给她打视频电话，给她讲睡前故事。

虽然陆粥粥只是个六岁的小孩，但是她能感受得到，谁对她更用心，谁更爱她。

陆粥粥不愿意离开，唐浅和陆随意当然也不好勉强，于是他俩回到陆宅，跟陆怀柔商量粥粥去留的问题。

他们不想伤害女儿，毕竟连跑去机场接机这么危险的事都干出来了，如果强行让女儿和陆怀柔分离，对女儿的成长肯定没有好处。

“那爸……就只能拜托您，再多照顾她一些时日了。”陆随意忐忑地说，“等粥粥大一些，更独立了，我们就把她接走。”

陆怀柔拿出了父亲的架子，懒洋洋地道：“有什么办法，我只能勉为其难再养她一段时间。”他话锋一转，“即便粥粥留下来，结婚这事，也是落子无悔，你们自己考虑清楚。”

陆随意咕哝道：“结婚这事，您就别像管粥粥那样管我们了吧！我都是成年人了，您得给我自己做决定的空间啊。”

听到这话，陆怀柔火气又上来了，不过陆粥粥在，他控制着脾气，说道：“我懒得管你。”

只有陆雪陵知道，陆怀柔虽然嘴硬，但是他不可能真的不管陆随意，毕竟这是他的亲儿子。

陆雪陵说道：“小意，你爸爸的意思是，结婚并非儿戏，希望你们不要一时兴起，或者为了把粥粥要回去而结婚，这样是对自己的不负责任。”

唐浅和陆随意对视一眼，一时不知该说什么。

陆雪陵继续道：“结婚只有一个理由，就是彼此相爱，并且已经做好了要白首到老的准备。否则将来若是性格不合，又离婚，这是对自己不负责任，也会对粥粥造成伤害。所以，希望你们考虑清楚。”

“姑奶奶说得对！”陆粥粥也连连点头，“爸爸妈妈不用为了我勉强在一起。”

反正她现在已经有爷爷和姑奶奶了。

陆随意忽然一下子明白过来，其实老爸不是真的要管他，不给他自由，老爸只是比任何人都希望他过得好。

“爸，我和小浅会重新考虑结婚的事情，对自己负责，也对粥粥负责，您不用担心。”陆随意带着唐浅，起身告辞，“那爸……粥粥就交给您了。”

陆怀柔摆摆手，依旧做出一副勉为其难的样子：“真麻烦，记得每个月把生活费打过来，我可不白帮你养女儿。”

“放心吧，爸，我会给粥粥拿生活费的。”

等陆随意和唐浅离开以后，陆粥粥一下子倒在沙发上，拉长了调子叹道：“果然还是自己家里更好呀，连沙发都更软、更舒服。”

陆怀柔笑着说：“现在知道了吧。”

“陆怀柔，去，给粥粥公主冲一杯奶茶，三分糖。”

“还三分糖，公主殿下，对你爷爷有什么误解？”陆怀柔走过去，一把将小姑娘拎起来，“去给我泡茶！”

陆粥粥想到在家里爸爸妈妈围着自己转，给她做蛋糕、倒果汁，再看看面前二大爷一样的陆怀柔，她一下子清醒过来。

陆怀柔一脚将她轻轻踹出去："还不快去！"

陆粥粥认清了这血淋淋的现实，顿时后悔了，喊道："我要回家！"

陆怀柔冷笑："来了还想走？你当我这里是什么地方，嗯？"

陆粥粥："……"

暑假结束，陆粥粥正式进入一年级，开始学习小学的课本内容。

这一年，陆粥粥所收获的快乐，远远超过了自她有记忆以来的所有时光。

转眼又是儿童节。今年儿童节，学校为小朋友举办了六一儿童节的才艺比赛，很多小朋友都踊跃参加。

蒋清霖在得知消息后兴奋地报了名。

陆粥粥："你太棒了吧！"

蒋清霖："对呀对呀！"

陆粥粥："我真佩服你，太有勇气了！"

蒋清霖拍着她的肩膀："对呀对呀！因为我是帮你报的名呀！"

陆粥粥："……"

这是什么损友？

"我不会唱歌也不会跳舞啊，就连弹钢琴都不太好，我表演什么啊！"

她总不能给大家表演做算术题吧。

蒋清霖固执地说："肥粥，要有信心，你爷爷多才多艺！反正我一定要在儿童节看到你的精彩演出！加油！"

陆粥粥："……"

你这可真是难为我了。

在最佳损友蒋清霖的殷切期待下，陆粥粥赶鸭子上架，开始为儿童节的才艺比赛做准备。

一开始，她打算上台诗朗诵，不过陆怀柔听说之后，嫌弃地说：

“诗歌朗诵谁不会？只有没才艺的人才会表演诗朗诵。”

陆粥粥坚决维护自己的尊严：“才不是，念诗大家都会，但不是所有人都能把诗歌念好的！”

陆怀柔坐在葡萄架下，端着一盏清茶，优哉游哉地道：“是吗？”

陆粥粥见他不信，于是有感情地念道：“那河畔的金柳，是夕阳中的新凉；波光里的艳影，在我的心头荡漾。”

陆怀柔：“停，是新娘，不是新凉。n和l不分，你也有勇气上台诗朗诵，我敬你是个人才。”

陆粥粥：“……”

陆怀柔呷了一口茶，悠悠地叹道：“我怎么会有一个连诗都念不好的孙女！”

陆粥粥被他气得直跺脚：“我怎么会有你这么个泼冷水的爷爷？”

陆雪陵走到庭院，揉揉陆粥粥的小脑袋：“粥粥，别理他。你想表演什么才艺，姑奶奶教你。”

“我也不知道，我准备诗朗诵，”陆粥粥噘着嘴，“臭怀柔说我n和l不分。”

“n和l不分也不是一天两天就能纠正的，咱就别表演诗朗诵了，跳舞好不好？”

“可是我不会。”

“不会可以学啊。”陆雪陵拍拍胸口，自信地说，“姑奶奶给你编舞，保准你在晚会上成为全小学最棒的舞者。”

陆怀柔笑着说：“你姑奶奶是国内顶级的舞者，仅次于我。”

“你可要点儿脸吧，我跳舞拿的奖比你多太多了！”

“那是因为我要拍戏，没时间去拿奖，不然还能有你什么事。”

陆雪陵懒得跟陆怀柔拌嘴，回房间换了宽松的衣服，带陆粥粥去舞蹈房编舞。

陆雪陵在国内舞坛的确是元老级别的人物，不少选秀和明星演出，都会请她编舞，她的编舞费也高得惊人。

经过一上午的改编和练习，陆雪陵用《洋娃娃和小熊跳舞》给她编排了一支带华尔兹风格的儿童舞蹈。

考虑到陆粥粥没有任何舞蹈基础，所以动作简单，而且最重要的是非常可爱！

陆粥粥到时候会穿上蕾丝蛋糕裙，打扮成洋娃娃的样子，这也是陆雪陵精心设计的。不过这支舞既然是《洋娃娃和小熊跳舞》，自然需要两个人配合才能完成。

洋娃娃有了，小熊在哪里呢？

陆雪陵和陆粥粥的目光，同时落到了倚在门边观望的陆怀柔身上。

陆怀柔心道不妙，拔腿开溜，被陆雪陵一把揪住衣领，给拉了回来："瞧瞧，这不是现成的小熊吗？"

陆粥粥仿佛看到爷爷肩上有大白熊站直了身子，憨态可掬地望着她，好可爱！

"我爷爷是大熊啦。"

"那咱们就把曲名改成《洋娃娃和大熊跳舞》，我再给你们设计一段圆圈舞和华尔兹，粥粥最后再来一段solo（独舞），完美！"

"好呀好呀，就这样愉快地决定了。"

陆怀柔抱着手肘，不爽地说："决什么定！谁跟你决定了！我怎么可能跳这么幼稚的舞蹈！"

陆雪陵知道陆怀柔放不下偶像包袱，毕竟在粉丝面前，他是高冷人设，再加上年龄大了，要是让粉丝或者对家看到他跳这种儿童舞蹈，肯定要笑抽了。

"不愿意算了。"陆雪陵没有勉强陆怀柔，"咱们陆家艺术世家，难不成还缺舞者吗？"

说完，她就给陆随意打了一个电话。

"小意，有时间吗？"

陆随意正在和商家协商产品价格，接到陆雪陵的电话，连忙走到阳台边，道："姑姑找我，那必须有时间啊！"

"有时间就好，那现在过来吧。"

"过来？"

"过来给你女儿伴舞，儿童节登台表演。"

陆随意把会议扔给了助手，开着车火急火燎地来到了陆宅。

过去他为了工作总是忽视女儿，导致女儿跟他不亲，跟爷爷好，他后悔莫及，所以现在只要是他女儿需要他，随叫随到，一分钟都不耽搁！

“爸爸！”陆粥粥在三楼舞蹈房的落地窗边冲他招手，“快上来！就等你了！”

“等着我啊，我换身衣裳，马上来！”

陆随意拿出自己的运动衫，在车里快速换上，快步来到舞蹈房。

“来了！要我跳什么，尽管说就是了。”

陆雪陵将陆随意拉过来，睨了眼靠在门边的陆怀柔，鄙夷地说：“这才有点儿当家长的样子嘛。”

陆怀柔翻了个白眼：“让他跳，我看他跳成什么样子。”

陆随意认真地跟着陆雪陵学动作，学了整整两个小时，也没嫌烦，诚意满满地要跟陆粥粥重新建立亲子关系。

陆雪陵在原本华尔兹的基础上加了一些搞笑可爱的动作，舞蹈不算太复杂。奈何陆随意是真的完全没有舞蹈天赋，身体动作极度不协调，好几次踩了陆粥粥的脚，踩得小丫头嗷嗷乱叫：“疼疼疼！”

“笨老爸，又踩到我了！”

陆怀柔抱着手臂，满脸嫌弃地看着陆随意。

“生出这么四肢不协调的蠢儿子，真是愧对我‘舞王’的称号。”

陆雪陵：“你还别得意，有我带他，明天就是男团水准。”

“呵呵，梦里什么都有。”

陆雪陵本来对陆随意寄予厚望，想着没有奶油面包，白面馒头也行啊，谁承想，就陆随意这笨拙僵硬的样子，哪里是白面馒头，连窝窝头都算不上。

这要是上台了，她都不好意思说这是自己编的舞。

“要不然……再考虑考虑？”陆雪陵终于还是服软了，走到陆怀柔身边，说道，“你孙女一年也就过这一次儿童节，你上台给她伴舞，那得多风光啊。”

“不是说咱们陆家艺术世家，不缺舞者吗？”

陆雪陵看着镜子前的陆随意，他已经完全忘了动作，全靠自己随意发挥，添加了很多莫名其妙又奇丑无比的舞姿。她揉了揉眼角：“行行行，我收回刚刚那句话，咱们家只有‘舞王’陆怀柔能挑大梁。”

陆怀柔是个吃软不吃硬的主，好听的话听过瘾了，正要傲娇地答应。就在这时，他收到了艾伦发来的档期安排，新一届的星光颁奖典礼推迟到了六月一日的晚上。

陆怀柔扬了扬手机，说：“不好意思，我有一场颁奖典礼。”

陆雪陵见是星光晚宴，终于不再勉强他了。毕竟，星光颁奖典礼对于演员来讲，算得上是最高规格的荣耀殿堂。

陆怀柔和杨曳两人为了星光颁奖典礼的影帝桂冠，争了这么多年，今年又是两人佳作丰收的一年，影帝是肯定要定下来的。

陆雪陵不再多说什么，气急败坏对陆随意道：“今晚给我好好练，跳不好别吃晚饭！”

陆随意咧嘴道：“您这也太狠了吧。”

“上台出了洋相，丢脸的可不是我，而是你的女儿！”

陆雪陵拿出了当导师时的狠劲儿，一遍一遍地给陆随意抠动作。

陆随意倒也很配合，毕竟，他想要挽回女儿的心，就必须对自己狠一点儿。

儿童节的下午，距离比赛开始还有不到两个小时，所有参加演出的小朋友都聚集在后台化妆间做准备。

陆雪陵亲自上手，给陆粥粥化了一个美美的舞台妆。陆雪陵的化妆技术是一流的，比起别的小朋友脸上的两坨红灯笼加一点美人痣来说，陆粥粥的妆容清淡又别致。她穿上蓬松的蕾丝蛋糕裙，白皙的肌肤越发通透粉嫩。

周围的小朋友都忍不住偷偷打量她。

“哇！肥粥，你今天太好看了吧！”蒋清霖夸张地说，“不说别的，就你这扮相，把全部小朋友都比下去了！”

陆粥粥嘻嘻一笑：“姑奶奶给我化的妆。”

“真羡慕，不愧是雪陵姐姐啊。”

张虎看到陆粥粥今天这么漂亮，小脸蛋微微泛红，说话都有些磕磕巴巴的。没聊几句，他便找借口拔腿开溜了。

“张虎怎么了？”陆粥粥问，“我吓到他了吗？”

蒋清霖耸耸肩：“可能是吧，男孩不懂欣赏。”

陆粥粥没管张虎，问蒋清霖：“景绪他们今晚会来看比赛吗？”

蒋清霖摇摇头：“好像四年级以上，就不看儿童节演出了，而且大礼堂来了很多家长，也坐不了这么多人。”

“原来如此。”

不知不觉，景绪哥哥都四年级了，时间过得真快啊。

陆粥粥去礼堂前台彩排。这会儿比赛还没有开始，已经有不少家长坐在了台下，为自己的孩子加油。

陆粥粥一眼便在人群中看见了景绪，他提着一个约莫巴掌高的折叠小矮凳，站在拥挤的通道边。

陆粥粥提着裙摆，朝他小跑过去：“景绪哥哥，他们说四年级以上不参加晚会，你怎么来了呀？”

景绪往身后藏了藏小凳子，面不改色地说：“哦，路过，进来看看。”

“这样……我马上要彩排了，哥哥一会儿可以留下来看哦。”

“看我时间吧。”

景绪打量着小姑娘，她皮肤白皙，嘴唇红润，穿着一身蕾丝蛋糕裙，宛如洋娃娃，可爱极了。

身后，陆雪陵叫了陆粥粥一声。

“我姑奶奶叫我了，我先过去了。”

“嗯。”

景绪收回目光，在过道边寻了个空隙，坐了下来。

陆雪陵问陆粥粥：“那眉清目秀的小帅哥，你朋友啊？”

“这是我们隔壁的景绪哥哥啊，姑奶奶不认识了吗？”

“哟，还真没认出来。小家伙长个了，五官也长开了些，这要是长大了还得了，只怕比你爷爷还帅。”

兴许每天见着，陆粥粥倒没有觉得景绪变化多大，只是长了个子，越发挺拔了。

陆雪陵对景绪和陆粥粥的关系格外感兴趣，笑着说：“他来看你的演出吗？”

“不是，他说路过。”

“小傻瓜，他说路过你就信啊，”陆雪陵戳了戳小姑娘的脑袋，“你见谁路过还带凳子的。”

陆粥粥回头看了眼景绪，他一个人局促地坐在角落里的小凳子上，模样有点儿可爱。

一开始，陆粥粥倒没觉得多紧张，这会儿景绪特意过来看她，倒让她忐忑起来。

下午最后一轮彩排，陆雪陵站在台前，崩溃得直摇头。

她看得出来，陆随意已经尽自己最大的努力了，每一步、每一个动作都无比小心，生怕哪里出错或者踩到陆粥粥。但越是这样，他的动作就越僵硬，华尔兹和圆圈舞跳到最后，已经不是《洋娃娃和小熊跳舞》，俨然变成了《洋娃娃和机器人跳舞》。

陆雪陵一个王者带陆随意这破青铜，真是完全带不动。

彩排完，陆随意穿着厚厚的棕熊套装，满头都是汗，连刘海都湿了：“姑姑，怎么样，咱这舞能拿比赛的第一名不？”

陆雪陵：“友谊第一，比赛第二。”

陆随意：“……”

别说会跳舞的人看不下去，就连不会跳舞的小朋友也忍不住偷偷讥笑陆粥粥的彩排：“小熊的舞步看上去太笨拙了吧！”

过来当后援团的唐浅也忍不住埋怨陆随意：“你怎么那么笨，舞都跳不好。”

陆随意愧疚地说：“我本来就没有舞蹈天分。”

陆随意十七八岁的时候，也有公司看中他的颜值，想让他当签约艺人，进男团发展，结果对方看他跳了一段自学的街舞之后，果断打消了这个念头。

“你真是太笨了，粥粥今晚铁定要出洋相了。”

陆随意不满地说：“你行你上啊，就知道说。”

“要不是需要男生，我还真就上了！”唐浅说道，“我可是学现代舞出身的，铁定能帮粥粥拿下今晚的‘六一之星’。”

陆随意冷笑：“废话谁不会说。”

陆粥粥眼见爸妈就要吵起来，连忙道：“没关系，重在参与，拿不拿‘六一之星’都无所谓。”

其实老爸肯花时间陪她练舞、参加比赛，她就已经满足了。

“行吧，咱们就重在参与。”

陆雪陵也是个很看开得的人，毕竟经历了娱乐圈半生的沉浮，已然洒脱随性了，不会把名誉看得太重要：“今晚好好玩一场。”

“嗯！”

星光晚宴，群星璀璨。

陆怀柔坐在嘉宾席第一排正中的位置，他的位置正好和杨曳安排在一起。

直播平台里炸开了锅。

“啊啊啊，有生之年居然能看到这两位同框。”

“今晚不知道谁能摘下影帝桂冠啊？”

“哥哥加油，草莓永远在！”

“哥哥，杨梅也在！”

“还用说，无论比演技还是气场，我们家杨曳哥哥都吊打陆怀柔。”

“对，论睁眼说瞎话的本事，也没人比得上你们家粉丝。”

……

两家粉丝在直播平台上吵得不可开交。

杨曳见到陆怀柔，微笑着跟他握手：“陆老师，您好，很高兴见到您。”

陆怀柔没什么表情，淡淡地和他握了一下手。

就这么一点点的互动，粉丝们又炸了。

“一个‘您’字，直接把自己和陆怀柔的年龄拉到了不同辈！”

“只有六岁的差距，用什么‘您’！气死！”

“拜托，这是礼貌好不好？”

“杠精哪都有，对家特别多。”

……

落座以后，杨曳总是在找机会和陆怀柔聊天，不过陆怀柔始终保持着礼貌而疏离的态度，淡淡地回应。

他倒是很好奇，为什么杨曳会突然对自己这么热情。谁承想，这家伙的每个话题，基本上都离不开他孙女。

杨曳：“您孙女真的太可爱了。”

陆怀柔：“一般可爱。”

杨曳：“有时间能约着一起玩吗？我给她准备了礼物。”

陆怀柔：“学业忙，没有时间，准备高考四六级托福雅思和国家宇航局的面试。”

杨曳：“……”

看出了陆怀柔根本不想和他聊天，杨曳沉默了几分钟，但还是忍不住心里的好奇。

“前辈，您孙女叫陆粥粥，是我之前带去警局的那个女孩吗？”

陆怀柔：“必须不是。”

杨曳：“我还记得她来看过我的首映礼啊。”

陆怀柔：“必然不可能，你记错了，她不追星。”

杨曳略微失望：“这样啊，我记得应该就是她。首映礼的时候，她还说是我的小粉丝，看来是认错了。”

陆怀柔职业假笑：“呵呵，有我在，她不可能粉任何人。”

“说得也是，”杨曳柔声道，“毕竟亲爷爷才是最值得崇拜的人。”

“当然。”

就在这时，一身西装革履的艾伦走过来，给陆怀柔送入围名册。看到杨曳，他从包里摸出了小笔记本，递给杨曳：“曳哥，您看方不方便帮忙签个名？”

“当然没问题。”

陆怀柔狠狠瞪了他一眼。

自家助理问对家要签名，什么出息！

感受到身边老板的眼神，艾伦无奈解释地道：“怀爷，您别看我啊，这是您家那位小祖宗千叮万嘱的，一定要她最喜欢的杨曳哥哥帮忙签名，而且还要十五字以上的特签。”

杨曳笑着问道：“是陆前辈的孙女吗？”

艾伦：“可不是？她可太喜欢你了！还说要以你为榜样，天天念叨着想让爷爷帮她拿签名呢。怎么，怀爷没提？”

“他……没提。”

艾伦：“唉，我们怀爷还是过于矜持。”

陆怀柔：“……”

我刀呢？

第十一章
洋娃娃和小熊跳舞

星光颁奖典礼还没有正式开始，陆怀柔的脸色已经黑了八度，一句话都不想说了。

艾伦打量着陆怀柔的脸色，也是不敢说话了，开始担心自己明年和后年的带薪假了。

邻座的杨曳倒是心情大好，兴致高涨地说："真是好想有个孙女啊。"

陆怀柔睨他一眼："你知道有个孙女的必要条件是什么吗？"

杨曳不解地道："什么？"

"先得有个儿子。"

"……"

杨曳沉默了几分钟，然后继续说道："如果我有个像粥粥这么可爱的小孙女，我肯定天天在家里陪她玩。"

陆怀柔："等你有了，你就知道，鸡飞狗跳的生活，还不如工作。"

杨曳："其实到咱们这个年龄才知道，事业再怎么拼，都是没有尽头的，但家庭是唯一的归宿，家人才是你疲惫心灵的港湾。陆前辈，您觉得呢？"

陆怀柔嘴角抽了抽。

杨曳的粉丝叫杨曳是“会动的荷尔蒙”，此刻陆怀柔觉得，他别叫“荷尔蒙”了，直接改成“会动的心灵鸡汤”得了。

话虽如此，在陆粥粥闯进他的生活之前，陆怀柔也是一直把事业当成生命的全部，每天不是在拍戏，就是在拍戏的路上，很少把时间留给自己，更别提家人了。

陆粥粥的到来，迫使他不得不放慢步伐，事无巨细地去照顾她，大到学校补习，小到吃穿，每一件事他都要操心，因为如果他不管，就没人管了。

一开始，他仅仅是出于责任感去照顾她，可是后来，小姑娘俨然成了他生命中不可或缺的一部分。那种被人依赖着、被人需要着的感觉真的很好。

陆粥粥就像他混沌的世界里乍现的一道天光，从此以后，前路既明，万物苏醒。

就在陆怀柔陷入沉思之际，主持人已经上台，宣布今年入围最佳男主角的候选人。毫无悬念，陆怀柔和杨曳都在其中。

两个人今年都有口碑与票房俱佳的好作品，而且网络投票数量永远是不相上下的。

两位主持人在台上相互打趣，猜测今年的星光影帝荣耀桂冠究竟花落谁家。

从他们逗趣的台词听来，今年似乎已经分出胜负，星光影帝只有一个，就从杨曳和陆怀柔两人中诞生。

两位主持人的插科打诨吊足了观众的胃口，网络直播平台上，观众早已经等得不耐烦了。

“你俩别废话了，赶紧宣布行不行？”

“伸头一刀，缩头也是一刀，求刀快一点儿！”

“已经准备好礼花鞭炮了。”

……

就在主持人一唱一和的过程中，陆怀柔的手机振了一下，收到一条来自陆雪陵的消息。

她给他发了一段陆粥粥彩排视频。

“柔柔，来看我们现场直播。哈哈哈，你儿子太蠢了吧，把优雅的华尔兹跳成了搞笑情景剧。好在粥粥心态还不错，说拿不拿‘六一之星’都不重要，重在参与，所以啦，你也别太紧张，结果不重要。”

这时，穿着蛋糕裙的陆粥粥也把小脸凑近屏幕：“爷爷！虽然你百分之九十九赢不了杨曳哥哥，当不了这个影帝，但在我们家，在粥粥心里，你永远是超级巨星！不要难过哦！摸摸头。”

陆怀柔：“……”

我谢谢你啊！

视频不长，主持人的台词还没结束，画面便结束了。

虽然小丫头狗嘴里吐不出象牙，但陆怀柔心里还是升起淡淡的温暖。

不知道小姑娘是发自真心还是随口安慰，但这句“在粥粥心里，你永远是超级巨星”还是暖到他了。有时候，陆怀柔甚至都怀疑自己是被这小姑娘洗脑了，太卑微了吧。

陆雪陵又发来一段视频，是彩排现场实拍，悦耳动人的音乐声传来。

“洋娃娃和小熊跳舞，跳呀跳呀一二一，他们在跳圆圈舞呀，跳呀跳呀，一二一……”

短短一分钟的画面里，陆随意踩了陆粥粥三次，动作僵硬。

因为被老爹踩到，陆粥粥疼得龇牙咧嘴，简直没法看。

这现场，已经不是拿不拿名次的问题了，就这样的水平上台表演，陆怀柔已经能想到全场观众哄笑的场面。

这时，杨曳又开口了：“陆前辈，您别看咱们现在这样竞争，场面话说起来是无所谓，胜负不重要，其实说实在话，不争输赢，咱们干吗坐在这儿呢。”

陆怀柔觉得，杨曳说了一辈子虚伪的话，这句话，倒是非常真实。

不争输赢，干吗坐在这里？不争输赢，干吗要没日没夜努力练习？不争输赢，上台是为了什么？

主持人还没有宣布结果，却见陆怀柔噌地一下站起了身，穿过过道，走出了观众席。

艾伦想拉他，结果没拉住："怀爷，这还没宣布结果呢！您别赶着上台啊！这要是没中，网友这一年的笑料都会被您承包了啊！"

陆怀柔不理会艾伦的忠告，径直走上舞台。

两位主持人显然也没料到会发生这样戏剧性的场面，一时间不知道该作何反应。

"陆老师，这……您这是……"

陆怀柔也不理会他们，走到话筒前，沉声说道："抱歉，我现在有非常重要的事情，需要立刻去办。所以今年的星光影帝，我宣布弃权。"

此言一出，在场所有艺人都愣住了。

几秒之后，全网炸裂。

"什么什么什么情况？！"

"我没听错吧，陆怀柔说要弃权？"

"别是没自信，认输了吧。"

"你们太不了解陆怀柔了，他是个充满胜负欲的家伙，什么时候认过输？"

"换句话说，他这么膨胀的家伙，什么时候没自信过。"

"我好奇到底是什么事，让他弃权。"

"借口，借口，都是借口，就是输不起！"

……

陆怀柔根本不在乎别人的目光，走出星光大厦。司机将车开过来，停在路口等着他。

陆怀柔上车后，对司机说道："去学校。"

路上，杨曳给他打了一个电话："陆前辈，您这是……什么情况啊！您这样……我很尴尬啊。"

陆怀柔："其实你说得对。"

杨曳："……"

陆怀柔："输赢很重要。"

杨曳："那您还弃权？"

陆怀柔："我可以输，但我不能让她输。"

……

下午彩排的时候，宁融儿穿着黑色的芭蕾舞裙，跳了一支儿童天鹅舞。她有舞蹈基础，虽然表现不是特别惊艳，但是相比于毫无基础的小朋友而言，相当不错了。

所有人都预测，今晚宁融儿要拿“六一之星”了。

晚上八点，比赛正式开始，陆粥粥的节目安排在中段。开赛之前，穿着毛茸茸棕熊衣的陆随意笨拙地站在观众席前排打探敌情：“不是才艺比赛吗？诗朗诵算什么才艺啊？

“这同学……怎么跳一半哭起来了？

“哎哟，这调子，跑了一万八千里吧。”

陆雪陵揪着他的耳朵，将他拉到后台：“你还有脸吐槽其他小朋友呢！看看你自己跳的都是什么鬼啊。”

“我……还行吧。”陆随意忐忑地说，“你看刚刚那小朋友，唱着唱着还哭起来了。笑死我了！咱们的表演算不错了。”

“你总跟差的比，当然不错了！”

“哎哟，姑姑，您就是太过于完美主义。其实小朋友比赛，比的就是胆量，只要咱们够自信，把气势拿住了，第一名没问题！”

陆雪陵扶了扶额。

这谁给你的勇气？

陆随意是真的尽全力了，奈何天资有限，老天爷不赏这口饭吃。

“陆随意，我警告你，上台别胡来，不准自由发挥。”

“行行行，上台后，我尽量……尽量不跳错，不给咱粥粥丢脸。”

陆雪陵是真的后悔了：“早知道你舞技烂成这样，我就给她排独舞了。今晚粥粥的‘六一之星’，全被你给耽搁了。”

“哎呀，重在参与嘛。”陆随意也只能这样自我安慰，“儿童节的初衷，不就是为了让家长多陪陪孩子吗？我现在来陪粥粥表演，目的就已经达到了嘛，拿不拿名次，不重要。”

陆雪陵冷笑：“你可真会找借口。”

陆随意回头问陆粥粥：“小小陆，你觉得这话对吗？”

陆粥粥正要专心地练习着圆圈舞：“姑奶奶说得对！”

陆随意：“你都没听我们说话，一天到晚就知道喊‘姑奶奶说得对’，太没原则了吧！”

陆粥粥还在努力地蹦跶着，小胸膛一起一伏，呼吸急促：“爸爸说得也对，名次不重要，参与了就好。”

陆雪陵走过来，摸出纸巾给她擦了擦汗：“名次不重要，干吗还这么辛苦地练习舞步啊？”

“因为快上台了嘛。”陆粥粥小脸蛋通红，说，“爷爷说，珍惜每一次上台演出的机会，哪怕只有一个观众，他也要尽全力呈现最完美的表演。做艺人应该这样，做人更应该这样。”

陆雪陵笑着说：“是啊，你爷爷是很有态度的艺人。”

陆随意有些汗颜。看着陆粥粥认真努力的模样，他忽然感觉，兴许把小姑娘留在老爸家，是正确的选择。

即便是他自己，也没有底气说能给她最好的家庭教育，但是他相信，陆怀柔可以。毕竟，他从小最崇拜的男人，就是老爸啊。哪怕后来关系出现裂痕，但是从来不影响他对陆怀柔的崇拜。

临近演出时间，陆粥粥不再跳舞，坐在候场椅上，紧张而焦灼地等待着。

“爸爸，我想上厕所。”

“不是刚去过了吗？”

“还想去……”

陆随意拍拍她的肩膀：“你这是太紧张了，心理作用，放轻松就不想去厕所了。”

陆粥粥闭上眼睛，深呼吸，还是好紧张。毕竟，这可是她第一次登台演出，当着那么多小朋友和家长，还有景绪哥哥，万一跳砸了怎么办？

不，不是万一，老爸就根本没有一次不出错，搞砸是肯定的！

陆粥粥轻轻叹了一口气。

看来上台以后，她只能靠勇气死磕了。

很快，主持人播报了下一个节目，让《洋娃娃与小熊跳舞》做好准备。

陆粥粥深吸一口气，牵着陆随意的手朝舞台走去。

刚下场的宁融儿与她擦肩而过，自信地说道："今晚的'六一之星'，我赢定了。"

陆随意不服气地说："哟，小朋友，谁给你的勇气？"

宁融儿："就是你们呀，跳得太烂了吧。"

陆随意："你这个小朋友，真没礼貌，知不知道什么叫'友谊第一，比赛第二'？"

"哼！"

陆粥粥还没上台，自然不能在气势上输给任何人，于是道："不到最后，还不知道结果呢。"

"不是吧，你觉得就你爸爸舞跳成那样，能帮你拿到名次？"

陆随意不满地道："差不多得了啊，再吵，我要暴揍小朋友了！"

宁融儿撇撇嘴："本来就是，陆粥粥的爸爸跳舞真难看！"

陆粥粥淡定地说："我爸爸虽然跳舞不好看，但好歹会跳，你爸爸会吗？"

陆随意嘚瑟地道："会吗？会吗？会吗？"

父女俩这一唱一和，宁融儿一时间竟无法反驳，只能说道："有什么了不起，等会儿在台上出了洋相，你就知道谁才是真正的赢家！"

"我才不和你比。"

"那是因为你比不过我！"

就在这时，一道低醇的嗓音响了起来："那可不一定。"

陆粥粥回头，看到陆怀柔缓步走了过来。令她惊讶的不是陆怀柔的到来，而是他穿着一件棕色的熊舞服。

这件舞服是陆雪陵准备的备用装，就是害怕陆随意那家伙丢三落四。

陆怀柔身材比陆随意好太多了，宽肩窄腰的他穿上这件熊舞服，可就不是小熊了，而是一只挺拔高挑的超级大熊。

候场室的小朋友看到陆怀柔穿着大熊装，都忍不住叽叽喳喳喧闹起来。

"哇！"

"大熊好可爱啊！"

陆怀柔走到儿子身边，面无表情地问："能不能上？不能上换我。"

陆随意本来就满心忐忑，害怕给陆粥粥丢脸，现在老爸过来，正好解了他的燃眉之急。

“爸！您来得太是时候了！”陆随意立刻将陆粥粥的手交到他手上，“我闺女交给您了！”

陆怀柔稳稳地牵住了陆粥粥的手。

爷爷的手和爸爸的手是不一样的，爸爸的手比较细腻，而陆怀柔的手，掌心和指腹都有粗粝的厚茧，这是他常年演戏留下的痕迹。他的手，更加坚实有力，也更能给人安全感。

陆雪陵从后台出来，看到陆怀柔的时候，也愣了一下。不过随即，她的嘴角便浅浅抿了起来，露出会心的微笑。

“爷爷没有练过这支舞啊，”陆粥粥有些担忧，“你会跳吗？”

陆怀柔垂眸，眼风扫了扫她：“不然还是让你爸上？”

陆粥粥立刻改口道：“我爷爷什么都会跳！我爷爷是舞王！顶级舞者！”

陆雪陵走过来，微笑着说：“粥粥，真别小看了你爷爷。即便没有练过，但是在你训练的时候，他一直站门边看着，动作早就烂熟于心了。”

“嗯嗯！”

不管陆怀柔会不会跳这支舞，他肯来陪自己过儿童节，陆粥粥已经很开心了。

上一个节目音乐进入尾声，主持人播报下一个节目：《洋娃娃和小熊跳舞》。

陆粥粥深呼吸，忐忑地望着陆怀柔。

穿着一身大熊装的陆怀柔紧紧地牵着小姑娘的手，上了舞台。

不出意外，在他上台的刹那间，整个大礼堂喧嚣和尖叫声掀翻了屋顶。

谁能想到，陪孩子来参加这种校级规模的儿童比赛，竟然会看到陆怀柔这样的天王巨星。

众人摸出手机疯狂地录像和拍照。

“我的天！没看错吧！”

“是他！是他是他！化成灰也不会认错的！”

“等等，今晚不是他的颁奖礼直播吗？他怎么会在这儿？”

“他就是大名鼎鼎的粥粥爷爷啊！”

……

聚光灯照在陆怀柔英俊的脸上，音乐开始的刹那，他嘴角微微勾起，一个眼神，就让现场的观众瞬间炸了！

伴随着音乐旋律，陆怀柔牵着陆粥粥，和她跳起了活泼可爱的圆圈舞。他的舞蹈功底自不必说，即便没有练习过，舞步也比陆随意从容自在太多了，而且还会自己添加一些别具匠心的小动作，完完全全配合陆粥粥的可爱。

最后定格的动作，他竟然把小姑娘举了起来，搁在自己的左边肩膀上，宛如大熊托举着洋娃娃一般。这样的反差简直萌翻了全场，掌声和欢呼声一浪高过一浪。

陆随意听着场内的喧嚣，忽然像是想起什么，回头惊诧地问陆雪陵：“姑姑，我爸今晚不是有很重要的颁奖典礼吗？他怎么来这儿了？星光影帝不要了吗？还是说……落选了？”

陆雪陵听着场内雷鸣般的掌声，也跟着鼓掌：“什么星光影帝，还重要吗？”

“怎么不重要，这些年他不是一直在和杨曳竞争？”

“看来你还是不了解你爸爸。”

陆雪陵望着舞台上的陆怀柔，笑着说道：“陆怀柔生命中最璀璨的那颗星星已经被他捧在手掌心了。”

因为陆怀柔的离开，最终，杨曳摘得了星光影帝的桂冠。

在陆怀柔离开星光颁奖典礼现场的一个小时里，网络炸开了锅，不管是黑子还是粉丝，全下场了，都在猜测陆怀柔为什么临阵退缩。

“我看是怕了吧，怕自己比不过杨曳。”

“怕什么，哥哥就是把影帝让给杨曳了。试试看不走，你家杨曳还能不能拿到影帝？”

“结果都宣布了，对家某些粉睁着眼睛说瞎话。”

“宣布的是陆怀柔弃权之后的结果，谁胜谁负还未可知呢！”

“吵什么吵，弃权就是弃权，影帝非杨曳莫属，这是事实吧！”

“就是不服！凭什么啊！”

“不服自己问你们家主子去。”

……

网上的骂战持续了整整一个小时，直到另一条话题“洋娃娃和小熊跳舞”宛如黑马一般，冲上了热搜榜第一。

一首年代悠久的童谣竟然会霸占第一，大伙好奇地点进去，意外地看到了陆怀柔和陆粥粥在儿童会演中的圆圈舞。

关于这条话题中的视频有很多，全是礼堂里小朋友家长用手机从不同角度拍摄的画面。

所有的猜测和争执，在看到这一首无比温馨又治愈的《洋娃娃和小熊跳舞》之后，戛然而止。

“原来他放弃颁奖典礼，是为了给小粥粥过儿童节？”

“虽然有遗憾，但心里莫名觉得很温暖。”

“大熊和洋娃娃的装扮，萌翻了！”

“不知道为什么，路人突然转粉。”

“路转粉算什么，我都想黑转粉了。”

“楼上我记得你！刚刚骂他孬种的就是你，我们草莓不需要这样的粉丝。”

“别……别这样。”

……

杨曳坐在轿车里，不断地刷着微博，他的手边就放着属于星光影帝的金色小人托举的星形奖杯。奖杯是纯金打造的，象征着这个殿堂的最高荣耀，却被他随意地放在一边，基本没碰过。

网络上流传的爷孙俩跳小熊舞的视频，他却反反复复看了十多遍。跟这么可爱的小孙女比起来，什么影帝，什么最佳男演员，都不重要。

因为陆怀柔的加持，陆粥粥顺利拿到了“六一之星”。

这是小姑娘拿下的第一个奖项，很有纪念意义，陆怀柔特意请人打造了一个超大的奖杯展示柜，将奖杯放了进去。这个星形奖杯外形，乍一看，还挺像星光影帝的奖杯的。

无论二者价值差异如何，至少，在陆怀柔心里，这个“六一之星”更让他骄傲。

他把陆粥粥叫过来，指着这个占据了半面墙的特大展示柜，说道：“接下来你的任务就是用成长道路上的各种荣耀和奖励，将这个柜子填满。来，大声告诉爷爷，能做到吗？”

陆粥粥看了眼展示柜，大声说：“能！”

陆怀柔满意地点了点头。

小丫头虽然平日里不着调，但还是很有志向的。

谁承想，他欣慰不过三秒，小姑娘噔噔噔跑了出去，没一会儿，又噔噔噔地跑回来，将她的薯片、虾条、巧克力，一股脑全塞进了展示柜中。

陆怀柔：“敢问你这是在做什么？”

“装零食呀！”

“这是我给你定做的荣耀奖杯柜，不是零食柜！”

陆粥粥理直气壮地说：“不是说要用奖励把它填满吗？这些都是姑奶奶给我的奖励，奖励我这么乖、这么听话。”

陆怀柔暴躁地下楼：“陆雪陵，你给我出来！谁让你给她买这么多零食！”

楼下，陆雪陵打开房间大门，迎进来两位制片人和导演。

“两位请坐。来，柔柔，我给你介绍一下，这位是贝导，这位是张制片。”陆雪陵请他们进屋，介绍道，“我弟弟应该不用介绍了吧，你们都认识。”

“自然自然。”

“陆老师您好。”

二人进了屋，在沙发边落座。

陆粥粥也跟了出来，坐在楼梯上，托着腮帮子好奇地打量他们。

陆怀柔将陆雪陵拉到开放式厨房边，不满地问：“谈合约怎么不去公司？我说过家里不会客。”

陆雪陵解释：“不是跟我谈合约。他们打算做一期亲子综艺，请你和陆粥粥当综艺嘉宾，所以我请他们到家里来谈，正好粥粥也在。”

“什么综艺，谁说陆粥粥要录综艺？”

贝导解释道：“陆老师，鉴于粥粥小朋友现在名气高涨，我们希望为她和陆老师您量身定做一款亲子综艺，把粥粥小朋友正式介绍给观众……”

陆怀柔不等他说完，一口拒绝：“不行。”

“陆老师，您还没听关于咱们综艺的内容呢。”

陆怀柔拒绝的态度非常强硬：“不管什么内容，不行就是不行，送客。”他回头责备陆雪陵：“以后再有这样的事……”

“你要怎么样？”陆雪陵是这个世界上唯一不怕陆怀柔的人，打断道，“你要把我的腿打断吗？”

这倒是不敢，毕竟姐姐还是姐姐。

陆怀柔讪讪地说：“我把你赶出去，不准你再住在我家了。”

陆粥粥一听陆怀柔要把姑奶奶赶出去，连忙跑下楼，张开双臂挡在陆雪陵身前：“不准欺负姑奶奶！”

陆怀柔拍拍她的后脑勺：“回去做你的算术题吧。”

贝导和张制片相当尴尬地对视一眼，试图劝道：“陆老师，要不您再考虑考虑，这是我们综艺节目的策划书，您先看看？”

陆怀柔没有接贝导递来的策划书，说道：“请我上综艺，可以联系我的经纪人，走正常流程。”

“那陆粥粥小朋友……”贝导小心翼翼地说，“我们还是想请她作为主要嘉宾。”

“她只是个六岁小孩，什么都不懂，将来也不会进娱乐圈。”

他自己就身处风口浪尖，太明白娱乐圈的光环与荣耀背后所要承受的东西。他已经习惯了，可是他不愿意让这么小的陆粥粥承受这些。谁要是骂她、欺负她，他会疯。

陆粥粥仿佛看到爷爷肩头懒洋洋的大白熊，已经站了起来，张双开臂，呈现一种保护的姿态。

陆雪陵道：“将来走哪条路，你确定不让她自己选吗？”

陆怀柔冷笑，转头对陆粥粥道："小小陆，你告诉爷爷，想进娱乐圈吗？"

陆粥粥茫然地看着他，并不明白这句话的意思。

"那爷爷给你两个选择，娱乐圈和奶油巧克力甜甜圈，你想要哪一个？"

陆粥粥兴奋地喊道："甜甜圈！"

"看到了。"

陆怀柔牵着陆粥粥，出去买巧克力甜甜圈。

陆雪陵扶了扶额。

半个小时后，陆粥粥跟着陆怀柔回到家，手里拿着甜甜圈，吃得满嘴都是奶油。

陆怀柔看到贝导和张制片还站在门口没有走，隐隐有些上火："我已经说过，陆粥粥不会上综艺，你们还想怎么样？"

贝导劝道："陆老师，我们这个亲子综艺还挺好玩的，小朋友参加会觉得很有乐趣。小朋友即便不进娱乐圈，就当是您一边工作，一边陪伴小朋友、增加爷孙相处的时间，一箭双雕，这又有什么不好呢？"

张制片也跟着劝道："您不用担心网络舆论对小朋友造成的不良影响，现在网络上对陆粥粥小朋友的评价百分之九十九点九都是正面的，大家都特别喜欢她，甚至您的黑子，都因为陆粥粥小朋友是您的孙女，对您转粉了。"

陆怀柔回头问陆雪陵："还有这回事？"

"你对你孙女的超高人气一无所知。"陆雪陵面无表情地道，"你知道她微博粉丝有多少了？三百六十万。"

陆怀柔惊呆了："她还有微博？"

"有啊。"陆粥粥嚼着酥脆的甜甜圈，说道，"我们班小朋友都有微博，是大家的秘密小基地啦。"

陆怀柔摸出手机，问道："你微博名是什么？"

陆粥粥："魔法小仙女。"

陆怀柔："……"

就这破名字，能让她吸粉三百六十万？

陆怀柔搜索了“魔法小仙女”，点进她的主页，不出意料，主页里全是小朋友日常，有晒手工课成品，有表达对老师的喜欢，全是正面积极向上的内容。只是每次提到陆怀柔，温暖小天使的画风便一扫而空。

“偷偷说，爷爷做的焗饭真的好难吃，芝士像在吃塑料，心态崩。”

“爷爷是怎么做到一边上厕所，一边练海豚音的，每天早上都把我吵醒，生气！”

“我想和张虎换爷爷，别人家的爷爷就不会练习海豚音。”

……

陆怀柔：“……”

难怪他最近身上多了很多莫名其妙的梗，比如海豚音天王，比如焗饭杀手，原来都是从这丫头微博里来的！

她几乎每条微博都有一万多的评论，人气堪比一线明星了。

陆怀柔大致扫了眼评论，基本上都是表达对陆粥粥的友善和喜欢的，这才稍稍放心些。

贝导见陆怀柔脸色缓和，赶紧趁热打铁道：“陆老师，您要不要再问问小朋友的意思。如果小朋友不愿意上节目，我们立马打消这个念头。”

张制片也说：“是啊是啊，现在都讲民主，咱们也要尊重小朋友的意见嘛。”

陆怀柔蹲下，郑重地说：“既然他们让我要民主，陆粥粥，我现在就问问你，你想不想上电视？”

陆粥粥舔着嘴唇，问道：“上电视之后，每天都有甜甜圈吃吗？”

陆怀柔咧嘴一笑：“甜甜圈？不，上电视出名以后，你想去买甜甜圈，还没到地方就会有一群人围着你，找你要签名，把你堵得水泄不通、寸步难行。以后你去哪儿都得戴口罩，一口自由的新鲜空气都呼吸不上。”

陆粥粥瑟瑟发抖。

贝导：“……”

有你这样吓唬小孩的吗？

他见陆怀柔只说了消极情况，赶紧补充道：“粥粥小朋友，爷爷说的是很极端的情况，绝大多数粉丝还是非常理智的，不会让你买不到甜甜圈，相反，他们喜欢你，还会争着抢着帮你买甜甜圈呢。”

“真的吗？”

“是啊，你会很出名，甚至比爷爷还出名呢！”

陆粥粥低着头开始思索。

陆怀柔见她这认真思考的模样，还以为小丫头总算长大了，知道权衡利弊，却没想到，小姑娘煞有介事地思考了一番之后，问道：“我要是比爷爷更出名了，可以命令他给我买薯条吗？”

陆怀柔：“……”

贝导：“……”

陆怀柔在小姑娘脑袋上敲了一记栗暴，说道：“你怎么不上天！”

录个破综艺就想踩他头上，她是不是想太多了？

贝导无奈地微笑道：“出名之后，你可以拥有更多的粉丝。这些大哥哥大姐姐也可以帮忙监督爷爷，不准他欺负粥粥。”

陆粥粥：“如果你觉得我爷爷因为有人监督就收敛，那你就太天真了！”

贝导和张制片真是使尽了浑身解数，也没有任何实质性的进展。

最终，贝导决定使出他的撒手锏：“粥粥，你不是最喜欢杨曳哥哥吗？咱们上节目之后，可以请他来当特约嘉宾哦！相信他也会非常愿意的。”

陆粥粥立刻兴奋了：“真的可以请杨曳哥哥吗？我可以和杨曳哥哥玩吗？”

贝导畏惧地看了看陆怀柔。

陆怀柔冷冰冰的眼神里，满满都是威胁。

贝导看着小姑娘期待的目光，不忍让她失望，心一横，说道：“请！我说到做到！咱们就请杨曳来当特约嘉宾！”

因为陆粥粥的坚持，陆怀柔无可奈何地签下了贝导的综艺合约。这档综艺的名字叫《我和爷爷的大冒险》，首播时间定在今年的暑期，采用是线上直播录制的方式，全程跟拍。

节目还没有开播，便因为嘉宾的超高人气，成了网络上最值得期待的爆款综艺，视频网站的线上预约人数高达百万。

陆怀柔是个极重隐私的人，因此，给节目组设定了诸多限制，例如不能在家里安装摄像头，且节目录制时间必须集中，一期一录。

因此，节目组便在每一期都设计了不同的主题。

第一期节目的主题是野外奇遇。

正好陆粥粥放暑假，借着这个机会带她出去旅游，感受大自然的奥妙，也是相当难得的机会。

出发的前一天晚上，陆粥粥兴奋得失眠了，早上天还没亮就把陆怀柔揪了起来，开始打包衣物。

陆怀柔打着哈欠，将她的卡通小行李箱放进了黑色轿车里。

陆雪陵戴着手套，拿着遮阳伞，下了楼。

陆怀柔见陆雪陵居然也收拾了行李，惊讶地问："这不是我和粥粥的亲子综艺吗？"

陆雪陵："哦，我不参与节目录制。"

"不录节目你来瞎凑什么热闹？"

陆粥粥从车窗里探出小脑袋，兴奋地喊道："姑奶奶说要当我的助理！"

"她当你的助理？"

"对呀！姑奶奶是我的金牌助理。"

陆怀柔回头，看了眼正在对着反光车窗整发型的艾伦。

艾伦摸着自己的发型，忽然感受到背后冷飕飕的。他一回头，发现陆怀柔果然在看自己，眼神意味深长，还有淡淡的嫌弃。

艾伦："……"

我又做错了什么吗？

陆雪陵成了粥粥小朋友的助理，这足以点燃观众兴奋的神经。

“能用到 Cherlyn 姐这样级别的助理，小粥粥还没出道，已经站在顶峰了。”

“我已经看出哥哥在家里的地位了。”

“全家都好宠小粥粥呀。”

“我太期待这次旅行了！”

……

节目组的车队驶出了城市，下了高速，便驶入了清幽静谧的山道。

过去老爸老妈工作忙，陆粥粥很少有机会旅行，这次难得出来玩，她兴奋极了，直接踩着陆怀柔的大腿，跳到右边的车窗边，看着峡谷两岸的悬崖峭壁。

陆怀柔本来在闭眼小憩，结果被陆粥粥一脚踩了大腿，不爽地说：“你能不能消停点儿？”

陆粥粥趴到了车窗玻璃上，拿手机拍照，嫌陆怀柔碍事，顺手推开了他的脸：“别挡我拍风景。”

陆怀柔这张不可侵犯的神颜，就这样被小丫头直接按到了靠枕上，他还不能反抗，愣是耐着性子让小姑娘拍完了风景。

弹幕开始疯狂刷屏——

“恐怕也只有粥粥小朋友，敢直接把陆怀柔的脸推开了吧！”

“这样都不生气？我要重新认识陆怀柔了！”

“这就叫一物降一物。看得出他这两年过得有多憋屈。”

……

车停在了山脚下的峡谷中，酒店在半山腰，因此接下来他们就要步行登山了。

陆怀柔看着阶梯，回头问道：“真要爬山？开玩笑吧！”

摄像机左右摇了摇：“我们节目组从不开玩笑，陆老师，请吧。”

陆粥粥背着她的鹅黄色小书包，原地跑，做着登山前的热身运动，看样子已经迫不及待想要开始冒险了。

陆雪陵也换上了适宜运动的宽松登山装，带着陆粥粥率先朝山道走去。

“出发！”

“爷爷快跟上！”

陆怀柔看了眼陡峭的山道，表情非常不爽。

弹幕又刷屏了——

“哈哈哈，爹毛陆你又在对节目组放什么奇怪的狠话？”

“节目组在线卑微。”

“组团保护节目组安危。”

“摄像小哥哥需要心理疏导吗？”

……

“爷爷，你怎么还在后面呀？”陆粥粥站在坡上冲陆怀柔大喊，“快跟上来！”

陆怀柔无可奈何，只能硬着头皮上了山。

大件的行李都由缆车送到半山腰，不过各自随身的物品和水，还是得装在背包里的。

陆粥粥一开始很有劲儿，不过没多久，便累得气喘吁吁。

反观陆怀柔，他虽然不愿爬山，但体力真是没话说，连着上了百级台阶，连呼吸都没有乱。

“爷爷……粥……粥粥不行了。”陆粥粥拖着陆怀柔的胳膊，“爬不动了！”

陆怀柔揪了揪她的小辫儿：“刚刚不是还挺精神？”

“人家是小朋友啦！”

陆怀柔：“小朋友了不起，我还是……”“老年人”三个字都飞到嗓子眼了，硬生生被他吞了回去。

弹幕飞过——

“说啊，你还是什么？”

“不会是我想的那三个字吧？”

“不会吧不会吧，我们的陆三岁会承认自己是那三个字吗？”

“嘻嘻嘻嘻，我家孙女套路深。”

……

看着陆粥粥狡黠的笑意，陆怀柔知道，她又在给他“下套”。这两年来，他每天都在和陆粥粥这小机灵鬼斗智斗勇，早就熟悉她的各种文字圈套，是不可能上当的。

陆怀柔改口道：“自己选的路，就算爬也要给我爬上去！”

陆粥粥见他不接招，于是又使出了撒娇耍赖的招数，死死抱着他的胳膊：“爷爷，人家腿要断了。”

“这两年里，你平均三天断一次腿，每天洗碗的时候断一次手。这边建议下次换新的说法哦，比如脑子掉了。”

小姑娘双手叉腰，嚣张地道：“陆怀柔，给句准话，到底背不背我？”

陆怀柔脸色微沉：“你叫我什么，再叫一声？”

爷孙俩在山腰间对峙了二十秒，终究还是陆粥粥的气焰率先熄灭，哭唧唧地揉着他的衣袖：“全世界最好的爷爷。”

网友：“……”

“陆粥粥，请你有点儿骨气！”

“刚啊！别屄！”

“哈哈哈，硬不过三秒。”

……

陆怀柔没被小姑娘直呼其名的气势打败，反而被那句“全世界最好的爷爷”打败了。他终于蹲下，让陆粥粥趴到了背上，背着她朝半山腰走去。

背着小姑娘，陆怀柔明显有些吃力，呼吸也急促起来。他回头看了眼摄像机：“还真让我硬爬上去啊？”

“不然呢？”

“不能做做样子，回头再剪辑？你们后期不是什么都能剪吗？”

“陆老师，请注意言行，我们正在直播。”

“……”

他要气死了。

这是什么亲子综艺？

陆粥粥趴在爷爷的背上，这会儿倒是恢复了体力，精神头又上来了，拿着手机拍着山间风景。

“爷爷，你平时的工作都是这样的吗？出来旅游？”

陆怀柔：“想什么呢，天下哪有这么好的工作。”

“可是我们就是这样的呀，出来旅游，还不用自己出钱，也不用干活，很轻松的呀。”

陆怀柔：“……”

你当然轻松，也不看看坐在谁的背上！

爷孙俩慢悠悠地爬着山，直到黄昏时分才抵达半山腰。

陆雪陵没打扰这俩人的互动，一个人上了山，优哉游哉地在山间小别墅的花园里喝着茶，等着他们：“你们太慢了吧，我都在这儿坐一个小时了。”

陆粥粥说道：“就是爷爷慢啦。”

陆怀柔摘下鸭舌帽，擦了擦脸上的汗：“良心被狗吃了！”

他背了她一路，居然还敢嫌他慢？

陆粥粥从陆怀柔背上跳下来，一阵风似的跑到别墅院子外，惊叹道：“好漂亮的小房子啊！我们住这里吗？”

陆雪陵笑着说：“是的，这几天我们都住这里。”

“太棒了吧！”

这栋小别墅采用徽派设计，白墙灰瓦，花园篱笆墙上全是牵牛花和绿萝，院子里也有清幽雅致的小桥流水，靠墙种着稀有珍贵的兰花。

房间装修风格极简，极有质感，看上去很低调。

陆粥粥兴奋地说：“在这里我能住一百年！”

陆怀柔回头，满意地说：“看来你们节目组拉到不少赞助。”

摄像小哥欲言又止，但最终还是决定不说话。

这时，穿着一件灰白短衫的杨曳从屋前的花藤长廊走出来，对众人道：“欢迎各位，一路辛苦了，快请进。”

陆怀柔宛如条件反射般将陆粥粥护到身后，指着杨曳大喊道：“你怎么在这里？”

杨曳微微一笑：“这栋别墅是我的避暑度假房，因为这边环境很好，所以借给节目组录制综艺。”

导演忐忑地说："我们邀请了杨曳老师作为特约嘉宾。杨曳老师一听说要和粥粥小朋友录综艺，推掉了所有的通告，还把自己的别墅提供给节目组。陆老师，他真的很有诚意呢。"

陆粥粥看到杨曳的时候，眼睛都冒出小星星了。奈何陆怀柔挡在她身前，死死攥着她的手，不让她靠近杨曳，她只能远远地用眼神传达喜欢和崇拜之情。

陆怀柔感觉眼前一黑，这个世界不会再好了。

他甚至能想象，现在直播弹幕上肯定满屏都是：惊喜不惊喜？意外不意外？

宅子内部环境非常雅致，多为复古木质家具，简约有格调，雕栏屏风后有中式木桌。

杨曳素来是极有生活品位的，尤其喜欢简约的东西。

"陆前辈，我给您留了一个最大的房间，您要上来看看吗？"杨曳礼貌地对陆怀柔说。

"不用，"陆怀柔一口拒绝，"我就住陆粥粥隔壁。"

别以为他不知道杨曳心里打的什么算盘——不就是想取代他的位置，夺走他的孙女吗？

他做梦！

杨曳没有坚持，领着陆粥粥来到二楼的卧房，介绍道："这里是我给小粥粥准备的儿童房。"

这个房间的布置和别墅的整体风格不同，贴着糖果色壁纸，圆形公主床，粉红色蕾丝帷幔，床头摆满了各式各样毛绒玩偶。

窗户推开，可见深绿色的远山和山间缭绕的云雾，风景很好。

陆粥粥惊叹："这房间太棒了吧！"

"如果粥粥一个人睡觉会害怕的话，可以跟陆姐姐两个人住在这里。"

陆粥粥趴在陆雪陵身边，还有些粉丝见偶像的小害羞，都不太敢和杨曳对视。

陆怀柔恨不得自戳双眼。他养了小姑娘两年，都没见她对他流露这种害羞的表情。

弹幕又一次刷屏——

“小粥粥娇羞的模样，像极了我单独见偶像的样子。”

“陆怀柔脸都要绿了。”

“吃醋了！哈哈哈。”

“辛苦养大的孙女粉了对家，怎么能不吃醋？”

……

这时候，节目组导演唯恐天下不乱，又问了句：“粥粥，你觉得杨曳给你准备的房间，和你在爷爷家的房间比起来，你更喜欢哪个呢？”

杨曳和陆怀柔的视线同时扫向她。

陆粥粥看看杨曳，又看看陆怀柔，一个春风和煦地微笑着，一个掰着手指关节无声地威胁着。陆粥粥深深感觉，这绝对是一道送命题。

弹幕上，网友们看着陆粥粥为难的小表情，快笑翻了——

“粥粥，你可要好好回答哦！”

“爷爷和偶像，都不可以得罪。”

“家花儿还是野花儿香，粥粥小朋友你想好了再回答哦！”

……

陆雪陵知道节目组故意使坏招，于是解围道：“好了，哪儿有你们这样为难小孩的，外面有外面的好，家里当然也有家里的好。”

陆粥粥连忙道：“姑奶奶说得对！”

陆怀柔拍了拍她的小脑袋：“你除了‘姑奶奶说得对’，还会说什么？”

陆粥粥嘟囔道：“本来姑奶奶就说得对嘛。”

晚上，杨曳亲自下厨，做了一顿丰盛的晚餐，招待众人。他的手艺可比陆怀柔好太多了，陆粥粥足足吃了一大碗米饭，还准备要添饭。

这时候，编导小姐姐又问了句：“粥粥，是爷爷做的饭好吃呢，还是偶像做的饭好吃呢？”

此言一出，陆怀柔和杨曳的目光再度落到了粥粥身上。

陆粥粥脸色一变，默默地放下了筷子。

你们节目组怎么还没完了，要不要人好好活着了？

弹幕又疯狂了——

“哈哈哈哈，节目组搞事情。”

“打起来打起来。”

“我已经能预感到，粥粥小朋友这几天的日子会非常不好过。”

“这综艺可以改名字，叫《双影帝争宠日常》。”

……

晚饭之后，节目组特意为陆粥粥和杨曳准备了一次特约夜谈会，两人坐在葡萄架下，漫无边际地聊着天。

陆粥粥准备了好多问题，这是她答应给班上小伙伴的福利，他们拜托陆粥粥一定要问杨曳哥哥。

陆粥粥拿着小纸条，一一问道：

“杨曳哥哥看过《小猪佩奇》吗？

“杨曳哥哥喜欢吃杨梅吗？

“杨曳，你对陆怀柔把影帝‘让’给你，你觉得受之有愧吗？”陆粥粥念到这张小纸条，蓦然止住话头，“略过略过！”

这八成是蒋清霖那个超级大黑子写的，陆粥粥才不会帮她问这样的问题呢！

远处，陆怀柔抱着手臂，倚在廊柱边，望着杨曳和陆粥粥，不满之色溢于言表。

陆雪陵走到他身边，吸吸鼻子：“谁家的醋坛子打翻了，好酸哦！”

陆怀柔翻了个白眼，说道：“吃醋，这辈子都不可能。”

“那你守在这儿干什么？”

“我吹吹风，不行吗？”

陆雪陵笑着说：“如此良辰如此夜，我想送一首歌给你。”

“什么？”

“我应该在车底，不应该在车里。”

陆怀柔：“你闭嘴吧，谢谢。”

对于今晚的偶像见面夜谈会，陆怀柔没有反对，这让陆粥粥松了一口气。不过很快，陆粥粥就发现自己天真了。

陆怀柔虽然没有阻挠会谈，但是他时不时就要跑出来刷存在感，比如给陆粥粥的保温杯里添水，削个苹果让她吃，最后直接拿着针线过来要给她缝袜子上的破洞。

“你们继续，当我不存在。”

陆粥粥快被他气死啦。

杨曳看出了陆怀柔浑身上下散发的强烈忌惮之意，微笑着说：“陆粥粥同学，今天太晚了，让陆姐姐带你去睡觉，咱们明天再聊，好不好呀？”

“不劳你操心了，她每晚睡前，都只听我讲的睡前故事。”陆怀柔拎着小姑娘的衣领，带她离开。

弹幕再次刷屏了——

“聊个天而已，孙女不会被拐走的！”

“柔柔你到底是多没安全感呀？”

“这么护食，将来小粥粥嫁人怎么办？”

“心疼未来的孙女婿。”

“楼上不用心疼我，我扛得住。”

“我也扛得住。”

“我也……”

“你们够了！”

……

晚上，陆怀柔一口气给陆粥粥读了五个童话故事，多讲了两个，陆粥粥听完之后，心满意足地闭上了眼睛。

陆怀柔在床边坐了很久，关了夜灯，起身出了门。

陆雪陵倚在走廊边，翻着观众的评论。

这会儿直播已经结束了，所以他们说话也不需要顾忌什么。

“连吃瓜网友都看出你没安全感了。”

“我没安全感，你在开玩笑吗？”

“你就嘴硬吧。”陆雪陵进了屋，回头道，“我早就说过，不是你在陪陆粥粥长大，而是陆粥粥在陪着你啊。”

陆怀柔默然。

“所以，你也要相信她，相信在这个世界上，没有人能取代你在她心里的位置，因为你是她的爷爷啊！”

“能别说这么肉麻的话？谢谢。”

次日，杨曳带着大家去景区的峡谷游玩。峡谷两岸青山耸立，木质栈道沿着溪流而建，绿植幽翠，耳畔流水潺潺，伴随着清脆的鸟鸣。

陆粥粥的兴奋劲儿还没有过去，她跟着杨曳走在最前面。

杨曳似乎懂很多大自然的知识，所以一路上都在给陆粥粥讲解，那边的怪石从哪个角度看，像大象；这边的山峰，怎么看像恐龙……陆粥粥顺着他指引的方向望过去，时不时发出阵阵惊叹。

陆怀柔走在最后，不高兴的情绪写在脸上。

陆雪陵让陆怀柔放平心态，这是陆粥粥和自己偶像难得的接触机会，一时心血来潮和他亲近些也是正常的。等她接触多了，杨曳偶像光环消失了，兴许她就没那么喜欢他了呢。

陆怀柔信了她的话，等着杨曳的偶像光环消失。

“杨曳哥哥你懂的好多哦。

“你真厉害。

“我长大了也要像你一样知识渊博。”

……

陆怀柔烦躁地喝了口矿泉水。看小姑娘对杨曳这满眼崇拜的表情，偶像光环一时半会儿可能还不会消失。这什么破综艺！

陆怀柔回头，愤懑地望了眼扛摄像机的小哥，小哥躲避着他的眼神，擦了擦汗，扛着摄像机走到前面去了。

弹幕再一次刷屏——

“柔柔，你可别拿节目组撒气了。”

“史上最卑微的节目组，没有之一。”

“我孙女不理我，我就捶摄像小哥，哈哈哈。”

“心疼节目组。”

“心疼节目组 +1。”

……

半个小时后，杨曳带着陆粥粥上了景区最著名的景点——透明玻璃桥。

这条玻璃桥横跨峡谷两端，底下是湍急的河流。玻璃桥由玻璃钢制成，站在上面，脚底下的万丈悬崖尽收眼底，惊险又刺激。

陆粥粥恐高，刚踏上去，腿肚子都吓软了。

“不行，杨曳哥哥，我害怕。”

杨曳鼓励她，说道：“没事小粥粥，这里很安全，来，试着走两步，不会有危险的。”

她不想让杨曳扫兴，望了眼脚下的悬崖峭壁，勉强站起来，又朝着玻璃桥中段走了几步。

“啊，不行不行！真的害怕！”陆粥粥实在克服不了心里的恐惧，直接蹲下了，紧闭着眼睛不敢看下面，“好高啊，我……我想回去。”她鬓间渗出汗珠，说话声音也在颤抖：“爷爷，我爷爷呢？爷爷！”

坐在远处石阶上生闷气的陆怀柔，听到小姑娘的喊声，一跃而起，朝陆粥粥飞奔而去。

“怎么了？”

陆粥粥眼睛都红了，哆哆嗦嗦地冲他伸出双臂：“爷爷，我怕，抱抱……”

陆怀柔将她抱了起来，回头冲杨曳道：“我孙女恐高，不能来这种地方，会眩晕恶心。”

杨曳愧疚地说：“对不起啊，我没有想到小朋友会这样……”

“算了。”

虽然陆怀柔脾气暴躁，但也是讲道理的人，毕竟不知者不怪。他抱着陆粥粥径直走下玻璃桥，来到稍稍开阔的景点服务区坐下。

小姑娘死死抱着他的脖颈不肯撒手，心有余悸，嘴唇都泛白了。

陆怀柔用衣袖给她擦了汗，又捡来一片大的梧桐叶给她扇风。

“爷爷，我好夙哦，让杨曳爷爷看笑话了。”

陆怀柔没好气地说：“哟，这会儿改口叫‘爷爷’了，之前不是一口一个‘哥哥’喊得很亲切吗？”

“这个嘛……叫‘哥哥’是为了让他开心，谁不想年轻一点儿呢。”

“哦，那这会儿改口，是为了让我开心？”

陆粥粥嘻嘻一笑，点了点陆怀柔的鼻子："你这个小机灵鬼。"

陆怀柔："……"

后半段的景区游玩，陆粥粥恐高的事基本上过去了，不过她就赖在陆怀柔的背上，装晕、装腿软，不肯下来。

陆怀柔也没有多说什么，背着她一路下山。

"爷爷。"

"嗯？"

"没什么，随便叫一叫。"

"爷爷。"

"嗯？"

"爷爷爷爷爷爷爷爷。"

"有完没完！烦死了！"

……

陆粥粥从横过来的枝蔓上摘了几朵不知名的小野花，用小卡子别在了陆怀柔的鬓间。

陆怀柔任由她"打扮"着自己，在他脑袋上别满了野花，没有拒绝。

弹幕震惊了——

"就这样，怀爷居然不反抗？"

"我就没见陆怀柔这么温柔过！"

"因为他全部的温柔都给一个人了。"

"呜呜呜，这样的爷爷我不配拥有吗？"

"神仙爷孙。"

……

节目组抓到了夕阳下爷爷背着孙女缓慢前行的背影，将镜头慢慢推远，最后一点一点模糊，上面打出一行字："在这个世界上，没有人能取代你在她心里的位置。因为，你是她的爷爷啊。"

第十二章

以后不准哭

回去的路上，杨曳一直挺愧疚的，走在最后。

陆雪陵三两步来到他身边，安慰道："没关系，一般的小孩也会害怕玻璃桥，你不知道粥粥有恐高症，这不怪你。只是我弟弟一向疼他孙女，平时磕着碰着，他都会紧张老半天。"

杨曳抬头看了看爷孙俩的背影，说道："我理解。如果我家有粥粥这样可爱的小孩，我也会很疼她。真是羡慕陆前辈啊。"

"是啊，有粥粥这样懂事又可爱的孙女，谁能不羡慕呢。"

杨曳唇角勾了起来："我不仅羡慕他有粥粥，还羡慕他有陆姐姐这样的姐姐。"

陆雪陵蓦然一惊。

杨曳看她的时候，眼神中是遮掩不住的滚烫，让她的心跳微微加快，她本能地回头看了看摄像机。

节目组全程跟拍陆怀柔和陆粥粥两位主角，并没有注意到他们。陆雪陵稍稍放心了些。

"放心吧，陆姐姐，我有分寸。"

"都这么多年过去了，"陆雪陵小声说道，"你还……"

“都这么多年过去了，我没有传过绯闻，没有对任何人动心。”杨曳认真地说，“我只喜欢姐姐。”

“杨曳！”

陆雪陵想止住他的话，但是杨曳好不容易等到和她独处的机会，似乎要把心里的话倾吐出来：“我每晚都会梦到你，梦到当年的你，梦到现在的你，梦到你带我入团那年，告诉我，这条路满地星光，也遍布荆棘，你让我不要怕。

“这些年我一直追着你，好像就真的不怕了，因为不管遭遇什么，我只看到姐姐在前面，我只想追上你。”

陆雪陵还记得，当年杨曳出道的时候的情形。那是她最失落的几年，状态非常糟糕，有很长一段时间不能登台，退居幕后做艺人工作。后来公司把一个初出茅庐的新人指派给她，让她训练他参加男团选秀。

这个新人便是杨曳。他是孤儿，没有父母管束，这些年张扬恣肆、野蛮生长，从来不服管束，是最让公司头疼的艺人。而谁都知道，陆雪陵性格刚硬，专治各种不服，因此公司便把杨曳派给了她。

陆雪陵初见杨曳的那一天，少年挑染着一头藏青发色，坐在她的办公桌上，扬起下颌，眼神倦懒而轻佻：“陆姐姐，你好漂亮啊。”

后来，两个人朝夕相处。陆雪陵被他气得吐血的时候，也打过他、骂过他，杨曳不还手，只是冲她笑，还骑车载她去山顶看日出。

后来杨曳在选秀节目中一夜走红，红得发紫，成了千万少女的梦中情人。也就是在那一晚，他将陆雪陵拉到天台，点燃了满地的烟花，用直男最老土的方式，对她表白了：“我永远喜欢姐姐。”

陆雪陵不会忘记那一晚的繁星与烟花，还有少年交付的那颗热忱的心。可是那时候的陆雪陵不相信永远，更不相信一个比自己小六岁的少年口中的“永远”。

他还没有见过娱乐圈的繁华，不知道自己的未来多璀璨，会有无数女孩为他疯狂、为他着迷。他的名字将镌刻在这条星光大道上，此时的“永远”，能有多远。

所以陆雪陵只是笑着拍了拍他的肩膀：“阿曳，虽然娱乐圈很复杂，但你一定要当一个温暖善良的人，好好走你自己的路，姐姐在顶峰等你。”

之后，她便去了深山，当了普通的小学音乐老师，再也没有联系过他。

后来十多年漫长的时光里，杨曳没有再打扰过陆雪陵。

正如她所说，他努力去做一个温暖的人，努力拍戏、努力唱歌，斩获国内外诸多奖项。他没有谈恋爱，没有结婚，甚至连绯闻都没有。

这么多年过去了，陆雪陵以为他早就放下了。

“陆姐姐，我拿到影帝了。”杨曳低沉的嗓音将陆雪陵的思绪拉扯了回来，“虽然这跟陆前辈的弃权不无关系，但即便今年拿不到，明年，后年，我总会拿到的。”

“恭喜你。”

“我不要你的恭喜。你说过，在顶峰等我。所以我现在想问问你，我攀到你的顶峰了吗？你还在等我吗？”

陆怀柔背着陆粥粥下山，回到家的时候，累趴下了，瘫在沙发上一句话都不想说。

陆粥粥真的像度假一般，抱着一堆杨曳给她准备的薯片和虾条，坐在沙发上，打开电视机投屏看《魔法少女拯救世界》。

陆怀柔拍了拍自己的大长腿，懒懒地道：“小小陆，来帮你爷爷揉揉腿。”

陆粥粥听话地站起来，用穿着彩虹花袜子的小脚，在他腿上踩来踩去。

“你就不能用手吗？”

“哦。”

陆粥粥舔了舔自己沾满味精的手，就要去捏陆怀柔的腿，被他一把抓住：“去把手洗了，脏死了。”

陆粥粥：“可我还要吃虾条呢！”

陆怀柔凑过来，说道：“给爷爷喂一个。”

“这是垃圾食品，爷爷要保持身材，不能吃。”

“少废话。”

于是陆粥粥摸出一根虾条，喂到了陆怀柔嘴里。

这些小零食虽然不能多吃，但是偶尔吃一根也没事。

于是爷孙俩人坐在一块儿，一边看《魔法少女拯救世界》，一边吃零食。

《魔法少女拯救世界》是真人儿童剧，里面的演员造型浮夸，头发五颜六色，演技也入不了陆怀柔的眼，偏偏陆粥粥看得津津有味。

“魔法少女，变身！让宇宙的能量注入我的魔杖吧！”

陆粥粥也站起来，双手合十，做出剧中人物的动作，高喊道：“魔法少女！变身！”

陆怀柔像看神经病一样看着她：“你们小学生看剧都这么代入？”

陆粥粥双手放在头顶：“不要吵，我在吸收宇宙能量。”

“问个问题。”

陆粥粥终于放下手臂坐下，嫌弃地说：“爷爷太吵了吧，还让不让人安静看剧了！”

“一会儿变身，一会儿吸收宇宙能量，到底谁吵啊？”

陆粥粥摆摆手：“你有什么问题，快问吧。”

陆怀柔指着电视里的魔法少女：“为什么她们要飞到空中？”

“因为只有这样才能变身呀？”

陆怀柔又说：“毫无逻辑，相当幼稚。”

陆粥粥不服：“喊，哪里幼稚了？”

“哪里都幼稚。”

“请爷爷用证据说话。”

“比如，她们变身前，还要大喊一声‘变身’，这就很没逻辑，难道不喊就不能变吗？”

陆粥粥一时间竟然无言以对，憋闷地坐下来，摸出手机搜索陆怀柔的电影，津津有味地看了起来。

陆怀柔注意到小姑娘在看自己的电影，笑着说：“现在知道什么才是真正的表演艺术了？”

陆粥粥手机里放着他两年前拍的一部古装剧片段：“爷爷你拍戏的时候，死前还要喊一声‘我死了’，这也很没逻辑呀！难道你不喊这一声，就死不成了吗？”

陆怀柔：“……”

他竟然无言以对。

弹幕再度热闹起来——

“干得漂亮！”

“让你欺负小孩。”

“小粥粥太聪明了吧！”

“哥哥你还有什么话说。”

……

就在这时，房门被推开，陆雪陵和杨曳回来了。

陆怀柔敏锐地注意到，杨曳肩上背的竟然是陆雪陵的黑背包！

陆雪陵走到客厅，对爷孙俩说道：“今晚我下厨，你们想吃什么？”

陆粥粥举手：“想吃草莓慕斯蛋糕！”

陆雪陵：“你这可真是为难你姑奶奶了，荒山野岭我上哪儿给你弄草莓慕斯蛋糕去。换一个。”

“那姑奶奶会做什么呢？”

陆雪陵思考片刻，说道：“方便面和速冻水饺，你选一个。”

陆粥粥：“那还是吃爷爷做的饭吧。”

尽管难吃一些，但好歹是正常的饭菜。

陆怀柔瘫在沙发上：“谢邀，人在阴曹地府，已气绝身亡。”

“爷爷！”陆粥粥爬过去，拼命给他按人中，“不要装死啦！”

“请你对尸体尊重点儿，谢谢。”

杨曳笑着说：“还是我去做饭吧！家里有蛋糕粉，我给粥粥做纸杯蛋糕。”

陆粥粥欢呼：“杨曳哥哥太棒啦！”

陆雪陵说：“你真要给她做蛋糕啊，很麻烦的。”

“不麻烦，你不也喜欢吃蛋糕吗？”

当年，陆雪陵半夜三点编完舞，发朋友圈说想吃蛋糕。杨曳看到之后，在蛋糕店门口守了两个小时，守到六点蛋糕店开门，买到了第一块蛋糕，给她送过去。

那时候，陆雪陵还以为这个新人是在费尽心思讨好她呢。

“你还记得啊？”

“怎么会忘？”

陆怀柔一听这话，脑袋立刻转了过去，疑惑地看着两个人。

陆雪陵跟着杨曳走进厨房，无奈地道：“那我帮你一起做吧。”

“好啊，陆姐姐帮我洗鸡蛋吧。”

“没问题，包在我身上。”

俩人进了厨房之后，陆怀柔立刻站起来，轻轻走到厨房门边，侧耳倾听。

他们不对劲，非常不对劲！

“爷爷，你干什么呀？”陆粥粥不解地望着他。

陆怀柔做了一个噤声的手势，陆粥粥像是有大秘密要探索似的，立刻跳下沙发，跑到他身边，好奇地问：“怎么啦？怎么啦？”

“杨曳和你姑奶奶不太对劲。”

“怎么不对劲了？”

“小破孩儿，说了你也不懂。”

厨房里，杨曳和陆雪陵在一起研究如何做蛋糕，并没有特别的异动。很快，陆粥粥便失去了兴趣，去看她的《魔法少女拯救世界》了。

陆怀柔像猫咪表情包似的，全程默默地暗中观察他们俩。

杨曳果然不安好心，拐不走他孙女，现在转变策略想拐走他姐，真的太过分了！

弹幕里也相当欢乐——

“吃完孙女的醋，现在又吃姐姐的醋。”

“我家哥哥是醋王。”

……

次日，一行人进入森林，正式展开了丛林寻宝大冒险的综艺剧情。

陆粥粥穿着节目组发的迷彩小T恤，戴着迷彩帽，脸上还化着墨绿色的彩绘，宛如丛林童子军一般，兴致高涨，拉着陆怀柔往森林里跑："冲啊！去寻宝啦！"

"慢点儿！"

陆雪陵今天的打扮也格外清爽，乖巧的露脐衫，紧身高腰长裤勾勒着她完美的曲线，白皙修长的手臂隐隐能见到肌肉轮廓，不是那种风一吹就倒的瘦弱，是极有力量的美感。

弹幕里观众都为陆雪陵的身材尖叫——

"天啊！姐姐是什么神仙身材！"

"我也好想到了姐姐的年龄，还能保持她这样的身材！"

"女人不应该被年龄限制，姐姐就是最好的例子啊！"

"有被激励到，从今天开始，努力健身！"

……

陆雪陵注意到，杨曳那炽热的目光一直在自己身上，她回头看了他一眼。

杨曳大大方方地冲她点头，微笑道："陆姐姐好美。"

陆雪陵心惊肉跳，根本不敢回应他。这是在录节目，还是直播，他居然敢这样直接夸她。

杨曳跟陆怀柔不一样，陆怀柔在屏幕前一直是无所顾忌的，想什么就说什么，但是杨曳会克制自己，从来不会说出任何不合时宜的话。

今天他胆子未免太大！

"是我刚刚出现幻听了吗？"

"前面那位朋友，你没听错，进度条 15 分 34 秒，杨曳夸 Cherlyn 姐姐好美。"

"天啊！这好像是杨曳第一次在公开场合夸女孩。"

"不是好像，就是他第一次夸女生。以前参加综艺，他跟女星说话都不会超过三句！洁身自好到令人发指！全娱乐圈最干净的男人！"

"他为什么夸姐姐？为什么？为什么？"

"别想太多啦，姐姐本来就美啊，不能夸吗？"

"这话幸好没让陆怀柔听见，不然醋坛子指不定怎么翻呢。"

……

陆怀柔已然牵着陆粥粥进了森林。森林尽头有湖泊，阳光洒在湖面上，倒映着宛如鱼鳞般的金色波光。

湖中央有个小岛，按照节目组的设计，他们要寻找的宝藏应该就在岛上。

“爷爷，看，有船！”陆粥粥发现湖畔停着两艘小船，率先跑了过去。

船边有四套红色救生服，看样子，是让他们上船划到湖中央的小岛上了。

陆粥粥兴奋地上了船，又被陆怀柔拎了回来：“急什么，船在这儿又跑不了。”他耐心地给她穿好了儿童救生服，还不放心，又在她身上套了个游泳圈。

“我想快点儿划船呀，很好玩的样子。”

“放心，待会儿让你划到吐。”

陆怀柔牵着小姑娘的手上了船：“坐好了，不准乱动，不可以站起来。”

小姑娘虽然平日里有点儿皮，该听话的时候还是很乖的，一动不动地坐在船上。

“快出发！快出发！”她迫不及待地催促，“咱们赶在前面先拿到宝藏！”

“急什么，等你姑奶奶来了一起去。”

陆怀柔回头看了看，陆雪陵和杨曳一起走出丛林，下坡的时候，杨曳甚至还扶了陆雪陵一下：“陆姐姐当心，这里是细沙，很滑。”

杨曳这一口一个“陆姐姐”，喊得比他这亲弟弟还频繁，陆怀柔真是有点儿吃醋。

搞什么，这个对家是他天敌吧！他孙女杨曳要抢，他姐姐也要抢！

陆粥粥还在不断催促：“爷爷，快划船啦！”

“别急。”陆怀柔起身对陆雪陵道，“姐，上船。”

陆雪陵穿上救生衣，朝他们走去。这时，导演组有小姐姐过来说道：“出于安全考虑，一艘船只能坐两个人。”

“只能坐两人？”陆怀柔不可置信地道，“你开什么玩笑，我姐当然是跟我坐一起啊。”

难不成还跟杨曳坐同一艘船吗？

编导小姐姐为难地说：“那……让粥粥和曳哥坐一艘船？”

陆粥粥起身：“好啊！我和杨曳哥哥坐一起！”

“你给我坐好！”陆怀柔拽住了陆粥粥，没好气地对编导说，“你们故意设计的套路吧？”

“陆老师，我们没借到大船，只借到这两艘小船，一艘船只能坐两人，这也是出于安全考虑呀。”

陆怀柔看看小粥粥，又望望陆雪陵，深深感觉这就是“掉水里先救谁”的两难抉择。

“反正我姐就是不能和他坐一艘船，闹出绯闻你们节目组负责吗？”

弹幕再次热闹起来——

“让杨曳和雪陵姐同船，我们绝对不传绯闻！”

“真的，我们真的不传绯闻！”

“求求了，想看杨曳和雪陵姐同船！”

……

最终，陆怀柔还是妥协了，他实在不放心将陆粥粥交给任何人，小姑娘还是得自己保护着。

最终，杨曳如愿以偿，和陆雪陵同船。

“出发！”陆粥粥宛如小船长一般，坐在船头，指挥道，“快快起航！宝藏等着我们！”

陆怀柔极不放心地看了杨曳一眼：“喂，我姐不会游泳，你……”

“放心，”杨曳扶着陆雪陵上了船，微笑着说，“我保护陆姐姐。”

陆怀柔看着杨曳的微笑，好像更不放心了。

杨曳的船速度很慢，陆怀柔和粥粥都已经驶到了湖心岛上，他们还在湖面上慢悠悠地划着。照这样的速度，他们天黑都不一定能靠岸。

节目组自然是跟着陆怀柔和陆粥粥爷孙俩，毕竟这俩人才是综艺主角，因此上岸之后，他们便一头扎进了丛林，去寻找“宝藏”了。

陆雪陵摘下了耳麦，说道："你又要说什么？"

杨曳放下了船桨，然后从背包里倒出一堆花花绿绿的零食。

陆雪陵："你偷我们粥粥的零食啊！"

杨曳微微一笑，拿起一颗糖，剥了糖纸，递过去："这是你最喜欢的酒心巧克力。"

陆雪陵说："我不吃，控糖，会变老。"

杨曳撑着船舷，直接俯身过来，将巧克力喂到她嘴边："吃吧，一颗糖而已，不会变老。"

陆雪陵："……"

即便是她这样淡定半生的女人，面对杨曳这样一张极具诱惑的英俊脸庞，也不可能丝毫不动心。

这家伙平日里人模人样，是娱乐圈里出了名的君子。实际上，只有陆雪陵知道，这家伙蔫儿坏。

这么多年，她真的以为他变了，但这次接触，一个眼神陆雪陵就知道，他还是当年那个张扬无羁的少年。

难怪陆怀柔总说他是装出来的。

"杨曳，所以我们现在是在做什么？"

杨曳也吃了一块巧克力，鼓起腮帮子："不是郊游吗？"

"郊什么游，这是录节目，你能不能……小心些？"陆雪陵说着又检查了一下耳麦，确定已经关闭了。

杨曳看了看湖心岛，说道："他们录节目，我们约会，不影响。"

"这就约会了？"陆雪陵没好气地说，"我还没有答应你。"

杨曳笑了起来，嘴角扬起浅浅的酒窝："姐姐考虑姐姐的，我追我的，也不耽误。"

"杨曳，你现在正是事业如日中天的时候……"

杨曳打断了她："你走的那两年，我每天都想放弃，想去找你。可是你说在顶峰等我，我想，再忍忍，努力爬到顶峰。我听你的话，做一个温暖善良的人。你要我做的，我都做到了。"他深深地看着陆雪陵："姐姐，我等了这么多年，能不能不要再拒绝我了？"

陆雪陵敛着眸子，望着河中碧绿的柔波，心都揪了起来。她不是少女，是经历过人世风雨的成熟女性，可是心动和年龄没有关系，那些情话，年少时听来是悸动，而今悸动中还有感动。

面前这个男人，等了她足足半生。

杨曳也不是二十岁的愣头小子，他拿起了船桨，说道："我只想等陆姐姐一个答案。如果姐姐说不喜欢我，我绝不再提此事，也不会再出现在你面前。"

他炽热地望着陆雪陵。

陆雪陵轻咬了咬下唇，轻唤道："阿曳……"

杨曳听到这个称呼，脊梁骨蹿起一股电流，他已经很多年没有听到她这样唤他了。

他离她更近了些，手落到船舷边，然后慢慢地移过来，指尖轻轻触到她的手背，停下，小心翼翼地看了她一眼。

"阿曳，不会那样简单。"陆雪陵痛苦地摇了摇头，"跟我在一起，没那么简单。你会失去一切。"

杨曳终于鼓起勇气，握住了她的手，紧紧地握着，很用力很用力："姐姐，这些年我挣的钱，我一分钱都没有乱花。

"我不像陆前辈，有管理才能可以开公司，我就只能努力挣钱，挣一分存一分。我想着如果有朝一日我会失去一切，至少我会让你过体面的生活。

"你喜欢大自然，我给你买了一栋山里的别墅；你喜欢泡温泉，宅子里就有天然的温泉系统……姐姐，我可以的，你相信我啊。"

陆雪陵的心剧烈地震颤着，她早有耳闻，杨曳生活极度节俭，不用名车，不戴名表，甚至有狗仔拍到他日常的装扮，一身下来绝对不超过四位数。

她以为，杨曳只是从苦日子过惯了，不太适应当明星之后光鲜亮丽的生活。她哪里会想到，他所做的一切，都与她有关。

就在这时，节目组的编导小姐姐在湖心岛岸边冲他们喊话："曳哥、雪陵姐，你们是划不过来了吗？需不需要节目组过来接你们？"

陆雪陵立刻甩开了他的手。

杨曳笑了笑，扔掉了船桨，喊道："桨掉湖里了，派船来接我和陆姐姐吧。”

“好嘞，你们等着，这就来。”

陆雪陵没好气地看着他，这么多年，他这股子机灵劲儿还是没变。

杨曳重新坐到船舷边，无奈地说道：“姐姐，每次独处时间都好短，还没有等到你的回答。”

“阿曳，你再给我一点儿时间，好吗？”

杨曳知道陆雪陵的性子，她不会轻易应允什么，一旦她做出承诺，便是海枯石烂也不会改变。所以杨曳觉得，耐心等待也一定是值得的。

他的眼神灼灼如桃花：“姐姐可以考虑，但是不要让我等太久。”

陆粥粥带着陆怀柔进入了丛林之中，根据手上羊皮卷地图的提示，开始寻找宝藏。

小姑娘煞有介事地看着地图，认认真真地分析线索：“应该往这儿，不，这条路走不通，往这边。”

陆怀柔一直心不在焉，时不时回头往后看：“你姑奶奶怎么还没来，不会是被杨曳欺负了吧？”

陆粥粥皱眉沉吟片刻，说道：“姑奶奶肯定遇到海盗了。”

陆怀柔敲了敲她的脑门：“咱们是在山里，就这小破湖，哪来的海盗，拜托你动动脑子。”

“有的！”陆粥粥指了指地图上的一角，“喏，这个！凶残的路易斯海盗！”

果不其然，羊皮卷上画了一个独眼海盗的简笔画图标，图标旁边还用骷髅头示意——极度危险。

陆怀柔：“……”

他参加的果然是一个儿童综艺。

“爷爷，我们先找到宝藏，再去救姑奶奶！”

陆怀柔看着小姑娘挺入戏，懒懒地说：“你是队长，你说了算。”

于是陆粥粥拿着羊皮卷，继续有模有样地寻找宝藏。

陆怀柔优哉游哉地溜达着，跟在她的身后。

“慢着！让我看看方向！”陆粥粥一惊一乍地摸出复古指南针，

看了看方向，然后说，“方向没错，但是也不排除对方在这周围设定金属磁场，扰乱指南针的方向，我们必须小心！”

陆怀柔无语地说：“我想送你一个称号。”

“森林之王吗？”

“戏精女王。”

“整个森林就这一条路，你至于吗？”陆怀柔拍拍她的脑袋，“演戏最重要的就是自然，用力太过反而显得浮夸。”

陆粥粥捂着小脑袋，不满地说：“人家没有在演戏，就是很危险嘛！”

“危什么险，”陆怀柔率先朝前方草丛走去，“危险在哪里，你给我找出来啊。”

“爷爷！别去！”

话音未落，只听啪的一声，陆怀柔一只脚踩进了黏腻的淤泥坑里，整个小腿都陷了进去。

陆粥粥翻着羊皮卷，说道：“地图显示，这里会有隐藏沼泽，需要避开的。”

陆怀柔：“……”

“不听小孩言，吃亏在眼前。”

“合影！怀爷大型打脸现场。”

“哈哈哈，救命，怀爷的十级愤怒已经快压不住了。”

……

陆怀柔拖着满是淤泥的右腿，艰难地走在森林中。他有轻微洁癖，一路阴沉着脸。

摄像小哥想拍他的正面特写，结果被他凛冽的眼神给扫了回去。

他还是……不扰惹陆怀柔了。

这次陆怀柔终于学乖了，不再乱撞，一路跟在陆粥粥身后。

陆粥粥根据地图的指引，成功避开了“捕兽夹”“熊坑”等陷阱，来到了山洞前。

“宝藏应该就在山洞里了！”她兴奋地说。

不过山洞里黑漆漆的，不知道里面潜藏着什么样未知的危险。

“爷爷，我们要进去吗？”

陆怀柔坐在石头上，用湿纸巾清理着他满是淤泥的右腿，懒懒地道：“等你姑奶奶一起。”

“可是姑奶奶被海盗抓走了呀，这样等不是办法，我们要去救她。”

陆怀柔说：“那都是你自己脑补的情节。”

就在这时，杨曳从森林里急匆匆地跑出来：“糟了！陆老师，出事了！”

陆怀柔见他火急火燎的模样，心下一沉，大步流星朝杨曳走过去，急切地问道：“我姐出什么事了？”

杨曳：“陆姐姐被海盗抓走了！”

陆怀柔：“……”

这里就只有他一个正常人吗？

“哈哈哈哈，怀爷刚刚的担心，很真实了。”

“我不爬墙，但这一次，我要说，杨曳演技超过了怀爷！”

“全综艺就只有他一个人入不了戏。”

……

杨曳继续道：“我们必须进入神庙山洞，解开宝藏的秘密，才能把她救出来。”

陆粥粥咬牙切齿地道：“敢抓我的姑奶奶！我魔法少女在此发誓，一定要把姑奶奶救回来！”

陆怀柔：“……”

你是怎么做到面不改色地说出这么中二的台词的？

这时，杨曳也配合着她的情绪，说道：“我也发誓，一定要救回我的陆姐姐！”

陆怀柔：“……”

什么你的？我姐什么时候成你的了？

整个过程中，陆怀柔的心理阴影面积超大，而陆粥粥和杨曳俩人商量着，准备进入黑漆漆的山洞了。

陆怀柔真的非常讨厌这样的剧情，尤其是进入这种黑暗未知的地方，让他想到了一年前游乐场的鬼屋医院。

那破鬼屋吓得他连做了三天噩梦，一年多睡觉都不敢关灯。他指着山洞问："这里面……不会有什么危险吧？"

陆粥粥回头望他一眼："爷爷，你好幼稚哦，这是录节目，怎么会有危险？"

陆怀柔："……"

刚刚你扮演魔法少女的时候，怎么不说是在录节目？

陆怀柔还是有点儿怕黑，说道："你们先进去，我断后。"

杨曳点点头，摸出手电筒，说道："我在前面探路，小粥粥在中间，陆老师就断后吧。"

"很好。"

陆怀柔很满意这个安排，他按着陆粥粥的肩膀，跟着他们进入了黑漆漆的山洞。

这破山洞看起来是真的别有洞天，里面蜿蜒曲折，很深很深，而且真的很黑，几乎伸手不见五指。

陆粥粥说："爷爷，你不是断后吗？干吗一直往前挤？"

"我挤了吗？"

"挤了。"

杨曳："你挤了。"

陆怀柔故作镇定，道："我没有挤。"

陆粥粥怀疑地问："爷爷，你该不会是害怕了吧？"

陆怀柔冷笑道："害怕，可能吗？录个综艺而已，我怕什么……"

话音未落，忽然，手电筒的光闪了闪，灭了，三人立刻陷入无边无际的黑暗中。连观众都忍不住屏住了呼吸。

五秒钟后，杨曳颇为无奈的声音传来："陆老师，能否请您……不要抱着我。"

山洞里的安全指示灯亮了起来，虽然强度依旧有限，但比起伸手不见五指来说，还是帮陆怀柔稍稍壮了壮胆。

陆怀柔绝不肯承认自己在黑暗中抱了杨曳。他教训陆粥粥："小孩，害怕就别进来，杨影帝的豆腐是你随便吃的吗？”

陆粥粥一脸无辜：“我没有动呀！”

“呵呵，做了就大方承认，又没人怪你。”

小姑娘跺跺脚：“可是人家真的没有嘛！”

弹幕又开始疯狂刷屏——

“只要我死不承认，丢脸的就不是我！”

“就算吓到我双腿打战，我也绝不会抱我对家。”

“陆粥粥：我不要面子的吗？”

……

杨曳伸手量了量陆粥粥的个子，说道：“就算小粥粥再长高些，她应该也够不到我的脖子吧。”

陆怀柔假装听不见他的话：“前面有光，继续往前走。”

“好。”杨曳笑了笑，“陆前辈您要不要走中间？”

“不需要，谢谢。”

陆怀柔独自走到了最前面，穿过了狭窄的山石甬道，来到一个开阔的洞穴中。洞穴显然经过了人工修缮，墙上挂着燃烧的火把，光线比昏暗的甬道明亮了很多。

整个洞穴里堆满了大大小小的木箱子，陆粥粥看到这些箱子，兴奋地喊道：“我们找到海盗的宝藏了！”

“你确定这就是海盗的宝藏？”

“肯定是！”

陆粥粥走上前去，打开了一个木箱子。

陆怀柔和杨曳也好奇地凑了上来，想看看传说中的“海盗宝藏”究竟是什么。

箱子打开，没有金光闪闪的珠宝钻石，箱子里装的全是五花八门的零食。果冻、海苔、薯片、脆饼干、干果、糖果、猪肉脯……

陆怀柔：“……”

说好的宝藏呢？

花花绿绿的包装袋让陆粥粥眼睛都亮了，她扑到零食堆里，幸福地大喊：“这宝藏太棒了吧！”

陆怀柔："这算什么宝藏！"

杨曳无奈地说："相比金银珠宝，对小朋友而言，这些恐怕就是最大的宝藏了吧。"

陆粥粥开心地跑来跑去，不断往自己的书包里塞零食："这个给张虎，这个海苔给蒋清霖，这个……这个巧克力给景绪哥哥！"

陆怀柔提醒她："小小陆，看到零食，你是不是把最重要的东西忘了？"

陆粥粥茫然地问："什么？"

"你姑奶奶白疼你了！"

陆粥粥反应过来："哎呀，姑奶奶被海盗抓走了，我要去救她呀！"

就在这时，最大的反派海盗押着陆雪陵出场，身边还跟着好多穿着海盗装的小喽啰。

陆怀柔注意到，扮演海盗的男人居然是贝导，而他身边那群海盗喽啰，也都是剧组的工作人员。

陆怀柔无语地揉了揉眼角。

所以你们节目组到底多缺人手，工作人员居然还要客串。

海盗首领挥舞着长剑："哈哈哈哈，粥粥船长，谢谢你带我们找到了宝藏。现在我给你两个选择——你是要宝藏还是要姑奶奶。请选择吧。"

陆粥粥看看被他抓住的陆雪陵，又看看零食，闭上眼睛，沉痛地说："放了我姑奶奶，这些零食我不要了，都……都给你！"

陆雪陵冲她喊道："不，粥粥，这是历尽千辛万苦找到的宝藏，不要为了我……"

"姑奶奶，如果没有你，这一切对我而言，都没有意义！"

陆怀柔："……"

他完全入不了戏！

"粥粥，我……我太感动了。姑奶奶答应你，等回去以后，一定给你买一整屋子零食！"

"姑奶奶，一言为定。"

陆怀柔不满地说："有没有跟我商量啊？我说不同意。"

陆粥粥鄙夷地看着他："就你这演技，是怎么跟杨曳哥哥争影帝的？"

陆怀柔："……"

这太过分了。

就在这时，陆怀柔发现杨曳不见了，环顾四周，发现杨曳拿着一把剑，绕到了海盗头领的背后，弓着身子靠着墙，小心翼翼地潜伏过去。

陆怀柔扶了扶额。他怎么连服装都换了？

杨曳偷偷绕到了海盗背后，举起剑，干净利落地击杀了海盗头子，贝导倒地的时候，跟所有反派一样，很不甘心地大喊了一声："你等着，我还会回来的！"

杨曳终于救下了陆雪陵，解开了她身上的绳索，然后将她抱了回来，温柔地说："姐姐，我会永远保护你。"

镜头拉近，最终定格在两个人相互凝望的画面中。

导演组的几个小姐姐低声询问编导："这……是我们的剧本吗？"

"不是，这是曳哥自己加的。"

"……"

与此同时，弹幕又刷屏了——

"这都不传绯闻？这都不上头条？对不起我们曳哥洁身自好这么多年啊！"

"别说搂搂抱抱，以前他上综艺和女星说话都是有一米的安全距离！"

"曳哥的第一次公主抱，就给 Cherlyn 姐了！"

"啊，嫉妒让我面目全非！"

"会有爱的亲亲吗？"

"楼上想多了，怎么可能，这已经很大尺度了！"

"是我的错觉吗？我看曳哥很想呢。"

……

陆粥粥小朋友被这宛如王子公主般的完美结局，感动得眼泪汪汪，抬头望了眼自家爷爷，也伸出手要抱抱："爷爷，好感人呀，呜呜呜。"

陆怀柔："……"

这有什么好感人的！你是不是对"感人"这个词有什么误解！

这个令陆怀柔无比抓狂的儿童综艺，终于结束了。

陆怀柔简直想不明白，他就是脑子抽风了才答应签合同，参加这个降智综艺的。

这一遭反而给陆粥粥和杨曳创造了熟悉的机会，还让他俩相互添加了 QQ，彼此成了对方线上互动最频繁的网友。

陆怀柔注意到，小姑娘现在一闲下来，就摸出手机，十有八九是在跟杨曳聊天。

这俩人隔着两辈人呢，也不知道有什么可聊的。

最让陆怀柔抓狂的是，陆粥粥居然学会了杨曳的套路。

"爷爷很认真地在教粥粥跳舞了，可粥粥就是学不会呢，跳舞好难哦。还是爷爷厉害，粥粥只配当一个科学家呢。"

"粥粥是不是又惹爷爷生气了，粥粥没有恶意，都是为了爷爷好呀。"

"算了姑奶奶，你别怪爷爷，爷爷年纪大了，我们应该理解他。"

"爷爷又抽烟了，呜呜呜，一定是粥粥不好，让爷爷不开心了。"

……

于是，陆怀柔被迫戒了烟、戒了酒，每天早起早睡，锻炼身体。

小姑娘的话术，她姑奶奶特别喜欢。只要小姑娘一装可怜，陆雪陵肯定要责骂陆怀柔一顿。

"人家叫你别抽烟，还不是为了你好。"

"让你有事没事冲人家发火，把小姑娘胆子都给吓破了。"

"陆怀柔你再不听话，我要祭出爸妈留下来的打狗棒，家法伺候了！"

……

陆怀柔看着陆粥粥的坏笑，就知道这绝对是杨曳亲传的！

全世界也就陆雪陵这钢铁直女吃这套了吧！

他每天都要被陆粥粥气得吐血。

有一次，陆粥粥坐在楼梯口聊天，陆怀柔好奇地凑过来。

陆粥粥立刻把手机藏进怀里，指责道："你怎么能看我聊天呢？一点儿都不尊重小孩隐私！"

"恢复本来面貌了？"陆怀柔学着她的腔调说，"我还以为你又要说'呜呜呜，一定是粥粥不好，让爷爷不相信粥粥'。"

陆粥粥听着他模仿自己说话，咯咯地笑了起来："我说着玩呢，爷爷快别生气了。"

"学杨曳说话好玩吗？那家伙一点儿都不真诚！"

"好啦，以后我不这样说了，爷爷别生气呀。"

陆怀柔坐到她身边："把你的手机给我看看。"

"不要！"陆粥粥连忙护住手机，"你不能随便看人家手机里的隐私。"

说话间，聊天提示音又响了，陆粥粥像护着宝贝似的护着她的手机。

"你和杨曳到底有完没完！有什么聊不完的天，再这样，我没收你手机了！"

"不要！"

陆粥粥一跃而起，跑出了门。

其实她跟杨曳的聊天，话题大都和姑奶奶有关。

陆粥粥人小鬼大，一股子机灵劲儿，怎么会看不出来杨曳和姑奶奶之间的不对劲？尤其姑奶奶从录完综艺回来之后，状态比以前好太多了。

过去，她除了工作的时候能打起精神，在家里总是软绵绵、懒洋洋的，做什么都提不起劲儿。

这次回来之后，她笑容多了，没事的时候还会做一些小甜点。有时候她望着窗外发呆，会傻笑。

陆粥粥敏锐地察觉到了陆雪陵的变化，所以这几天，都在杨曳这儿套话呢。

陆粥粥："杨曳哥哥，你和姑奶奶是不是以前就认识啊？"

杨曳："你猜？"

陆粥粥："我猜是！"

杨曳："你怎么什么都知道？"

陆粥粥："姑奶奶看你的眼神不一样。"

杨曳："是吗？"

陆粥粥："姑奶奶看你的时候，眼睛里有星星，就像……就像我爷爷看见草莓的时候。"

杨曳发来一排开心的表情包。

陆粥粥："而你看我姑奶奶的时候，就像大狗狗看见了热乎乎的肉包子！"

杨曳："……"

你可以形容得高雅一点儿吗？

陆粥粥："那我再问你一个问题哦，你是不是也有点儿喜欢我姑奶奶呀？"

杨曳："不是。"

陆粥粥："啊？"

杨曳："不是有点儿，是很喜欢。她是我的陆姐姐，也是我的女神。"

陆粥粥的小脸蛋一下子红了。哇，这个话题真是让人心跳加速呢！

陆粥粥又问道："那你想追我姑奶奶吗？"

杨曳："不是想，而是正在追。"

陆粥粥义气地说："杨曳哥哥放心，我会帮你的！不过……有个小条件。"

杨曳："一百张不重样的签名照片外加一顿肯德基够不够？"

陆粥粥："……"

没有人比我偶像更懂我。

那段时间，陆怀柔只要一听到陆粥粥用杨曳的调子说话，不管三七二十一，先一个栗暴伺候。

陆粥粥一开始觉得蛮有趣，这样的腔调真的会让很多人放下戒备，相信自己会被他保护，比如说她单纯的直女姑奶奶。但是这样的腔调，也会伤害一部分人，比如说她家这位永远学不会情绪管理、直率真诚的爷爷。所以杨曳最后也告诫她，女孩子可以不单纯，但是永远不要工于心计。

陆粥粥不解地问："那杨曳哥哥为什么要这样说话呢？"

杨曳只是笑了笑，说道："因为我就是这样的人啊。"

他无父无母，自小无人宠爱，在社会底层摸爬滚打，因此形成了讨好型人格，学会了见人说人话，见鬼说鬼话。

陆粥粥说道："所以我爷爷不喜欢杨曳哥哥。"

杨曳发来一个无所谓的表情包："陆姐姐喜欢我，这就够了。"

陆粥粥："还有我还有我！"

杨曳发了个比心的表情。

周末，奥数班下课，陆粥粥背着小书包，一路狂奔，跑到了景绪的班级，等他放学。

她中午挖到了两条又肥又大的蚯蚓，放在糖盒里，准备等会儿叫上景绪一起去花园的小溪边，用蚯蚓喂鱼。

奥数班的王梓一路追着陆粥粥："粥粥，你去哪儿呀，带上我一起呗？"

"我用蚯蚓喂鱼。"

"我也想去！"

"好啊，不过我要先等景绪哥哥下课。"

王梓说道："那我跟你一起等。"

于是两个小朋友站在走廊边，一边等景绪下课，一边用草茎玩蚯蚓。

几个男生被糖盒里的蚯蚓吸引，纷纷围过来，兴致勃勃地观看着。

"蚯蚓好肥呀！"

"是啊，我好不容易才挖到的。"

"它咬人吗？"

"不咬，就是黏黏的。"

……

这时，一个穿着白裙子的长发女生路过，见有这么多男生围着陆粥粥，也好奇地凑过来，望了眼盒子。

“啊！”她惊叫出声，“好可怕呀！”

男生们解释道：“这是蚯蚓，没什么可怕的。”

白裙子女生捂着胸口，惊悚地说：“好恶心啊！”

陆粥粥认识她，她是陆粥粥奥数班的同学，叫苗语儿，在班级里是非常受欢迎的女生，很多小男孩对她很有好感，包括陆粥粥身边的王梓。

见苗语儿被吓坏了，王梓立刻像骑士一样站出来，说道：“苗语儿别怕，我保护你！”

“嗯嗯！”

周围好些小男孩也自觉挡在苗语儿身前，试图保护她。

陆粥粥用小木棍挑起蚯蚓，说道：“它不会飞的，你只要不靠近，它不会碰到你。你要是觉得害怕的话，就不要看哦。”

苗语儿躲在男生后面，说道：“陆粥粥，你胆子真大，竟然敢玩这些小虫子，真让人羡慕。我跟你就不一样了，我胆子小，从来不敢玩这些，哥哥们都要保护我呢。”

陆粥粥一听，这腔调跟杨曳说话一模一样。

果不其然，身边男生纷纷道：“对！我们保护你！”

“陆粥粥，快把这虫子扔掉！不要吓到苗语儿了！”

有个胖乎乎的小男生趁着陆粥粥不注意，一把抢过了盒子：“苗语儿别怕！我踩死它！”

陆粥粥连忙阻止：“这是我的！”

“它吓坏苗语儿了！”

“是她自己走过来的呀！”

“不管，弄死它！”

就在小男生要把蚯蚓扔在地上踩死的瞬间，景绪走出教室，一把夺过了盒子。

陆粥粥松了一口气。

男生道：“景绪，快扔掉它，它吓到苗语儿了。”

景绪冷冷地望了苗语儿一眼，说道："你没腿吗？"

苗语儿微微一愣："有……有啊。"

"有腿不知道滚远点儿。"

苗语儿眼眶立刻红了："你误会了，人家不是那个意思。"

景绪似乎对这种腔调免疫，冷冷淡淡地道："你不喜欢就要踩死，全世界都是你的吗？"

"呜……"

男生看不过去了，纷纷道："景绪，你太过分了吧！"

"你怎么能对女生说这样的话呢？"

"就是，一点儿没有绅士风度。"

景绪充耳不闻，将盒子还给了陆粥粥，将她拉到自己身后。

陆粥粥看到自己好不容易挖出来的大蚯蚓完好无损，松了一口气。

苗语儿哭哭啼啼地说："哥哥们千万不要为我打架！都是我不好，都怪我太懦弱了，让粥粥不开心了。"

男生们越发心疼，纷纷安慰她："这不怪你，真的！"

"是陆粥粥不好！"

陆粥粥简直要晕了，现在的她终于理解陆怀柔的抓狂了。

这种时候，她越是辩解，越会招人讨厌，让对方显得柔弱可怜。

陆粥粥好歹是娱乐圈的顶级"纯情"男兼星光影帝杨曳的亲传弟子，怎么可能被苗语儿比下去？

她酝酿了一下情绪，咬着下唇，直接哭出了声："对不起，真的对不起。"

苗语儿一见陆粥粥居然哭了，差点儿没反应过来。

"我真的没想到，会让苗语儿同学这么害怕，都是我不好，都是我的错。呜呜，王梓，你把它踩死吧！虽然我挖了一中午，手指都挖出血了，才把这么可爱的小虫子挖出来，但是为了苗语儿，我愿意把它交出来。"

景绪："……"

手指挖出血是什么鬼？

王梓见陆粥粥哭了，心也软了："不不不！我不会踩死这么可爱的小虫子。”

陆粥粥眸光含水：“真的吗？”

“我说一不二！”

男生们见陆粥粥哭得这样厉害，也跟着纷纷附和。

“陆粥粥你别哭，我们不会伤害你的虫子！”

“放心吧！”

“苗语儿你害怕就快走开吧。”

苗语儿没想到陆粥粥居然比自己段位高，看到男生们偏向了陆粥粥，气闷地跺跺脚。

陆粥粥才不理她呢，拉着景绪的手离开了。

公园小溪边，陆粥粥抓着肥硕的蚯蚓，丢到水中，水中的金色鲤鱼一哄而上，吃掉了虫子。

景绪默不作声地从书包里拿出纸巾，递给陆粥粥。

“谢谢景绪哥哥。”陆粥粥用纸巾擦了擦沾了泥污的手。

景绪道：“不是让你擦手。”

“啊？”

他又抽出一张纸，替她擦了擦眼角的泪痕。

陆粥粥抬头望着他，阳光下，小小少年英俊的五官越发好看了，眼廓饱满，眼形上挑，真是俊朗无双呀。

景绪略微蹙眉，说道：“你以后不准那样了。”

陆粥粥连连点头：“嗯！我不会说那样的话了，我知道那样的话不好。”

“不是。”景绪手指尖扫过她的眼睫毛，擦了一下她的眼角，“我是说，不准你随便掉眼泪。”

“啊？”陆粥粥反应了几秒，摆手解释，“刚刚不是真的难过，最近跟我爷爷学哭戏呢。”

“那也不行。”

“景绪哥哥好霸道，连人家哭都不准了。”

景绪抿抿唇，沉声说道：“以后不要哭，有人欺负你，就来找我。”

“如果没人欺负我，只是我心里难过想哭呢。”

“那也可以来找我。”

陆粥粥好奇地问：“找你有用吗？景绪哥哥又不会安慰女孩。”

景绪慢悠悠地从书包里摸出一大把巧克力：“这有用吗？”

“这必须有用！”

学校要开家长会，语文老师布置了一项阅读任务，让同学们阅读名著，然后在家长会上分享自己的读后感。每四个同学组成一组，共同完成阅读任务。

陆粥粥、张虎、蒋清霖是雷打不动的铁三角，三人约好了放学之后一起去书店买书。

相比于儿童读本的注音名著，小孩子还是更喜欢看漫画书。蒋清霖和张虎一来到书店，便一头扎进了漫画书里。

“粥粥，你快来，这漫画好好看哦。”蒋清霖冲名著区的陆粥粥招手。

陆粥粥放下了手中的儿童拼音名著，走到蒋清霖身边：“可老师让我们买名著呀。”

“别管名著了，一起看漫画，这本超好看。”

陆粥粥挑了一本漫画，封面画着漂亮的哥哥姐姐。她坐下来，随手翻了几页，便深深地被漫画内容迷住了。

“啊，太帅了吧。”

“别说了，我决定，他才是我的偶像，我不要陆怀柔了！”

“我也不要杨曳哥哥了，呜！”

……

张虎鄙夷地说：“你俩……能不能好好完成阅读任务，家长会马上就开始了，看看你俩在干啥？”

蒋清霖反驳：“你不也在看漫画吗？”

张虎理直气壮地说：“阅读分享会，肥粥上台啦，我又不上台。”

“但我们是小组任务。”陆粥粥说道，“就算你不上台，也要一起阅读讨论做功课！不能交给我一个人做吧。”

三人你看看我，我看看你，又看看手里的漫画书，然后达成共识——坐下来，继续津津有味地看漫画。

恰是这时，朱盼娣走过来，叫了陆粥粥一声：“你们也在呀。”

陆粥粥冲她挥了挥手。

朱盼娣好奇地问：“你们在看什么？”

“漫画。快来一起看，这本超好看。”陆粥粥往蒋清霖身边挪了挪，给朱盼娣让出一个位置。

“不了不了，”朱盼娣连连摆手，“奶奶带我和弟弟来书店买书，我马上就要走了。”

“哦，好吧。”

朱盼娣犹豫了一会儿，有些害羞地问：“你们小组还缺人吗？”

“我们只有三个人。”陆粥粥回答，“还差一个人呢。”

朱盼娣脸颊微红，小心翼翼地问：“那……我可以加入你们吗？”

“可以啊！”陆粥粥欣然应允。

她扬了扬手里的漫画书：“不过就是……嘿嘿，我们组的组名叫——‘名著不如漫画好看’小组。”

朱盼娣说道：“没关系，我喜欢读名著，读后感也可以我来写。”

陆粥粥知道朱盼娣的语文成绩非常好，阅读量也很大，每次作文都能拿满分，语文老师很喜欢在课堂上朗读朱盼娣的作文。

“朱盼娣，回去了。”结账柜台边，朱盼娣的奶奶牵着小男孩的手，不满地望向她，“还在磨蹭什么？”

朱盼娣赶紧跟陆粥粥他们挥手告别，然后拿着自己选好的几本名著，小跑着过去。

她的奶奶看上去不算老，五十岁出头的样子，微胖。她奶奶随手翻了翻朱盼娣挑选的图书：“这些书，你弟弟才上预备班，看得懂吗？”

“这些不是弟弟的书……”她忐忑地说，“这些是我想买的书，因为老师布置了名著阅读任务，所以要买书。”

奶奶将书拿了出来，不满地说：“带你出来给你弟弟挑书，你倒好，选了一大堆自己的书。你怎么这么自私，你心里还有你这个弟弟吗？”

“不是……我以为是给我们一起买书。”朱盼娣嗓音渐渐弱了些，“因为老师布置了阅读任务……”

“什么阅读任务，我看你就是找借口；再说，女孩子看那么多书有什么用，还不如给你弟弟多挑几本。”

朱盼娣看着奶奶手里的书，都是弟弟的，还有很多花花绿绿的包书纸。

她在弟弟这个年龄，从来没有这么多儿童读物，她读的书，要么是自己在书店看的，要么是跟小伙伴借的。

陆粥粥和蒋清霖见朱盼娣被家长责骂，过来帮她说话：“朱奶奶，我们语文老师真的布置了阅读任务，朱盼娣没有说谎。”

“是呀是呀，我们都要买书的！”

朱盼娣的眼泪在眼眶里打转。

周围也有不少围观的路人，纷纷指责朱奶奶：“给你孙女买书，怎么叫浪费呢？”

“就是，给孙子买这么多书，孙女却不给买，这也太过分了吧。”

朱奶奶是要面子的人，终于妥协道：“那你就选一本吧，只买一本。”

朱盼娣连忙从她刚刚挑选的名著书里，选了一本最想看的《爱的教育》。不过其他的书，她也有些舍不得，恳求奶奶：“剩下这几本，也都是老师要求的……”

“我看你是得寸进尺，”奶奶气呼呼地说，“一点儿当姐姐的样子都没有。多跟弟弟学学吧，他有跟大人要这要那吗？”

朱盼娣看着弟弟幸灾乐祸的样子，想说“你选的书他可能一本都不想看吧”，不过为了能够买名著，她还是忍住了，什么都没说。

奶奶拿过了她手里的那本《爱的教育》，扔在了收银员面前，说道：“就这本，多的没有了。”

朱盼娣恋恋不舍望了眼《鲁宾孙漂流记》和《三国演义》，很难过。

陆粥粥走过来，悄悄对她说道：“你选《爱的教育》，我买《鲁宾孙漂流记》，蒋清霖买《三国演义》，反正我们是一个组的，到时候我们就交换阅读。”

朱盼娣紧锁的眉头终于松开了，重重点头，感激地看了陆粥粥一眼。

晚上，陆怀柔坐在沙发上看报纸，陆粥粥爬过来，手肘撑着他的膝盖，絮絮叨叨地将今天的事情大概讲了一遍。

“为什么朱盼娣的奶奶给她的弟弟买这么多书，可是一本也不给朱盼娣买呢？”

陆怀柔打了个哈欠，说道：“这还用问？肯定是因为她跟你一样调皮，所以奶奶更喜欢弟弟，什么好事都轮不到她了。”

“是这样吗？”陆粥粥有些怀疑，觉得朱盼娣很听话，老师同学都很喜欢她。

“难道调皮的小孩，就不配得到平等的对待吗？”

陆怀柔：“家里有个更听话的，谁都会偏心，人之常情。”

陆雪陵录完综艺回到家，满身疲倦，瘫在沙发上一动不动。

陆粥粥赶紧跑到开放式厨房，给她倒了一杯牛奶递到手边，又给她捏肩，又给她捶腿。

陆怀柔吃醋地说：“作为你最尊敬的爷爷，我不配拥有捏肩捶腿吗？快去给我也倒杯牛奶！”

陆粥粥理直气壮地说：“因为姑奶奶比爷爷更听话，我也偏心姑奶奶，所以爷爷没有捏肩捶腿，也没有牛奶。”

陆怀柔：“……”

小组读后感分享任务分配完了，张虎、蒋清霖负责搜集资料，朱盼娣负责写作文，陆粥粥上台分享。

放学后，几个人聚在一起，商量着去谁家完成这项任务。朱盼娣因为有“陪弟弟玩”的任务，因此不能离家太远，她提议道：“我家楼下有个小亭子，咱们一起去那里写读后感吧。”

“好啊。”

“没问题。”

小伙伴们跟着朱盼娣来到了她家楼下的亭子里。她家的小区很不错，楼房是欧式风格，有尖尖的楼顶，看上去很漂亮。

蒋清霖好奇地问朱盼娣："你家的房子这么好，你奶奶为什么不给你买书呢？"

朱盼娣看了看在远处玩耍的弟弟和奶奶，小声说道："奶奶是弟弟出生之后，才从农村过来的。她很节约，有钱都给弟弟买好吃的、好玩的了。"

蒋清霖道："她不给你买书，你可以问爸爸妈妈要吗？"

"爸爸妈妈……"

朱盼娣低下了头，默不作声。

陆粥粥看出了朱盼娣的为难，还记得在预备班的时候，语文老师布置作文题目，让同学们写《妈妈的爱》和《爸爸的爱》，当时朱盼娣就说过，爸爸妈妈也不喜欢她，只喜欢弟弟。

"哎呀，你别问啦。"陆粥粥拉了拉蒋清霖，跑到亭外，"这里泥土好软，肯定有蚯蚓！一起挖蚯蚓呀。"

"挖什么蚯蚓，咱们是来写读后感的！不是来玩的！"

"那……朱盼娣先写，我马上就去！"

朱盼娣见陆粥粥把这个话题绕过去，这才松了一口气。

即便是小孩，也是要面子的。随着年龄的增长，朱盼娣已经不再轻易向小朋友和老师说爸爸妈妈不喜欢她的事。

自从知道朱盼娣的爸爸妈妈不喜欢她后，宁融儿曾经带领女生孤立她，说她是没人要的小孩，她们不跟没人要的小孩玩。

朱盼娣越发自卑。这次如果不是陆粥粥，朱盼娣甚至都找不到可以加入的阅读小组。她趴在亭中的小桌上，认认真真地写作文。她暗暗下决心，这次一定要写出最好的作文，让陆粥粥在分享会上赢得掌声。

陆粥粥挖了两条大蚯蚓，将它们放到糖盒里。

这时，一道水柱射过来，扫在她的后背上，衣裳湿了一大片。

陆粥粥回头，看到朱盼娣的弟弟朱家宝，正拿着水枪，耀武扬威地看着她。

"你手里拿的是什么？"

朱家宝看中了陆粥粥手中花花绿绿的糖盒，高声说道："我要吃糖！把糖给我！"

陆粥粥退后一步，说道：“这不是糖。”

“不管不管！快给我！快拿给我！”说着小家伙就跑过来，想要抢陆粥粥的糖盒。

朱盼娣起身斥责道：“家宝，这是粥粥姐的东西，你不能要。”

“滚开，你这个赔钱货！”朱家宝一把推开了朱盼娣。

“你叫我什么？”朱盼娣气得脸都红了，“谁教你的？”

“奶奶就是这样叫的！赔钱货！赔钱货！赔钱货！”

朱盼娣眼泪立刻滚了出来，在小朋友面前颜面尽失。

蒋清霖说道：“你怎么能骂姐姐呢？！真没礼貌！”

“我就骂她，爸爸妈妈奶奶都骂她，我也能骂！”朱家宝拿着水枪扫射朱盼娣，把她衣服和桌上的作业本都弄湿了，“坏姐姐，赔钱货！不给我吃糖！”

陆粥粥的脾气也是得了陆怀柔的真传，她见小孩这样，扬扬手里的盒子，说道：“你要吃糖吗？”

朱家宝眼睛都冒光了，连连点头：“我要吃，快给我！”

陆粥粥将糖盒递到朱家宝面前，说道：“想吃糖，就得先跟姐姐道歉。”

“我不！快给我！”

朱家宝伸手去夺，陆粥粥踮起脚没给他：“道歉。”

朱家宝看看糖盒，又望望红了眼睛的朱盼娣，很敷衍地说了声：“对不起，行了吧！快给我糖！”

陆粥粥将盒子给了他。

朱家宝拿到糖盒之后，赶快跑开，在亭外冲朱盼娣又扮鬼脸又吐舌头：“赔钱货！赔钱货！”

朱盼娣气得直跺脚。

朱家宝打开了盒子，伸手从里面拿糖果，却发现盒子里装的根本不是糖果，而是两条蚯蚓！

朱家宝从来没见过蚯蚓，看到这两条圆滚滚还在蠕动的蚯蚓，吓得直接跌倒在地。

蒋清霖连忙跑过去，帮陆粥粥捡起糖盒，冲朱家宝扮鬼脸：“看你还敢不敢这么霸道！”

朱家宝坐在地上，发出惊天动地的哭闹声：“欺负人欺负人欺负人！赔钱货欺负人！

“我要告诉奶奶！我要告诉爸爸妈妈！让他们把你赶走！”

朱盼娣也被吓哭了，哆哆嗦嗦不知道该如何是好。

陆粥粥看了看远处朱家宝的奶奶，她正在和小区里一群老人跳广场舞，没有注意到这边。

她低声对朱家宝说：“小孩子的事，才不会告诉大人呢！”

“我就要说，她欺负我，让爸爸打她！”

“你看清楚，是我在欺负你，跟你姐姐有什么关系？”

“你们都是一伙儿的！”

陆粥粥想了想，威胁道：“你要是敢告诉你奶奶，我就让你姐姐每天都在你的文具盒里放两条蚯蚓，天天吓唬你！”

朱家宝吓得脸色惨白，哆哆嗦嗦道：“她……她才不敢呢！她被我打了，一声都不敢哼，她哪里敢捉蚯蚓，你休想骗我！”

陆粥粥回头看了看朱盼娣。

朱盼娣似下定决心一般，用手臂使劲儿擦掉眼泪，接过了陆粥粥手里的盒子，打开，然后用手将一条黏糊糊的蚯蚓抓了起来，拿到朱家宝面前。

朱家宝吓得连连后退：“你不要过来！不准过来！”

朱盼娣鼓起勇气，说道：“你要是总欺负我，打我的小报告，以后我就天天用蚯蚓吓唬你！”

“不……你不能这样！”

“还打小报告吗？”

朱家宝又生气又憋屈，狠狠地跺了跺脚。

“还打小报告吗？”朱盼娣长久以来的压抑，这一声喊得嗓音都破了，“说话，还欺负我吗？”

“我……我不敢了！”朱家宝说完，号啕大哭。

朱奶奶听到孩子的哭声，忙不迭地跑过来，心疼地抱住了朱家宝：“哎哟，乖孙子，怎么了这是？谁欺负你了，告诉奶奶，奶奶揍他！”

朱家宝看了眼小亭子。

亭子里，朱盼娣、陆粥粥他们正在认真地写作文，面色如常，像是没听到小孩哭。

朱奶奶狠狠剜了朱盼娣一眼。

朱盼娣哆嗦了一下，陆粥粥握住了她的手。

“告诉奶奶，是不是姐姐欺负你了？”

朱家宝看向陆粥粥，陆粥粥用小竹签夹起蠕动的蚯蚓，冲他微微一笑。

朱家宝哭得更大声了：“没……没有人欺负我，我摔跤了！”

“哎哟，怎么这样不小心呢，真是……来，奶奶看看。”

朱奶奶抱着朱家宝离开了。

小伙伴们顿时松了一口气，朱盼娣感激地对陆粥粥道：“谢谢你，粥粥。”

“没事。”陆粥粥摸摸她的头，“以后朱家宝再欺负你，你就吓唬他！”

“嗯嗯！”

当天晚上，陆粥粥刚坐下来，准备开始润色他们小组的名著读后感，这时，接到了朱盼娣的电话。

电话里，朱盼娣哭哭啼啼地说：“粥粥，我……我害怕，我不知道该怎么办。”

陆粥粥连忙问道：“怎么回事？”

“刚刚弟弟还是跟奶奶告了状，说我用蚯蚓吓唬他，奶奶生气地用热水烫我的手，还说爸爸回来要打断我的腿，我害怕……就跑出来了。”

陆粥粥一听事情不妙，连忙道：“你不要乱跑呀，快回家，天都黑了，外面很危险！”

“不，我不回去！”朱盼娣固执地说，“回去要挨打。”

陆粥粥也不想朱盼娣被打断腿，于是道：“那……你先来我家吧，今晚住在我家。”

半个小时后，陆粥粥在小区后门接到了朱盼娣，将她偷偷带回了自己的房间。

这件事，说到底是他们几个小孩引起的，陆粥粥不敢告诉陆怀柔，于是只能将朱盼娣藏在自己房间里。

晚上吃饭，陆粥粥比过去吃饭速度快了一倍，呼噜呼噜就把陆怀柔做的芝士焗饭吃个精光，夸张地说道：“哇，真是人间美味呀！”

陆怀柔怀疑地望着她：“真的假的？”

“真的！”陆粥粥郑重地说，“这么美味的食物，我还要留着晚上当消夜，我带回房间吃啦！”说完，她将装焗饭的盘子端起来，噔噔噔跑回了房间。

陆怀柔受宠若惊地捂了捂胸口，感叹道：“我真是个厨艺天才。”

陆雪陵也对陆粥粥今天的反常举动颇为好奇，放下自己的蔬菜沙拉，尝了尝陆怀柔碗里的芝士焗饭。

“怎么样？”他期待地看着陆雪陵。

陆雪陵砸吧咂吧嘴之后，放下了筷子，说道：“我只有一个字送给你。”

“绝？”

陆雪陵做出呕吐状。

陆粥粥端着焗饭进了房间，对趴在书桌边写作文的朱盼娣道：“饿了吧，快吃晚饭，虽然真的很难吃，但是总比饿肚子强。”

朱盼娣早就饿了，拿着筷子吃了一口，微微皱眉：“这焗饭，怎么有股肥皂味？”

陆粥粥无奈地摊摊手：“反正我爷爷是个人才，能把焗饭做出肥皂味，也不知道他是怎么做到的。”

“这……能吃吗？”

“吃不死就对了，你看我，活得好好的。”

朱盼娣拿着筷子，艰难地吃着焗饭。陆粥粥看着她手臂被烫红了一块，问道：“你手没事吗？”

“没事没事，已经不疼了。”

“你奶奶真是个大坏蛋。”

“唉，她一直都是这样，偏心弟弟。真想快些长大呀。”

“你长大之后想做什么？”

朱盼娣想了想：“第一件事，就是改名字，我不喜欢我现在的名字。”

陆粥粥好奇地问：“为什么呢，朱盼娣挺好听的呀。”

“盼娣，听其他邻居说，这个名字的意思，就是盼一个弟弟。”

“原来如此呀。”

“我不喜欢朱家宝这个弟弟，所以也不想叫这个名字。”

陆粥粥看着朱盼娣难过的样子，不知道该怎样安慰她，只能跟着一起长吁短叹。

她没有弟弟，所以很难理解朱盼娣，但是如果爷爷、姑奶奶、爸爸妈妈都喜欢弟弟，不喜欢她，她肯定每天晚上都会躲在被窝里哭吧。

咚咚咚，陆怀柔叩响了房门：“陆粥粥，怎么还反锁房门了？”

陆粥粥连忙道：“没事爷爷，我写作文呢！”

“你姑奶奶给你切了水果。”

“爷爷，够了够了，我吃不下了。”

陆怀柔又问道：“那你的小伙伴够了吗？”

陆粥粥看看朱盼娣，朱盼娣连连点头，小声说：“饱了饱了。”

陆粥粥：“她说她也吃饱了。”

“呵，是吗？”

陆怀柔一声冷笑，陆粥粥才反应过来，惊出冷汗。

蠢爷爷居然学会套路她了？

第十三章

姑奶奶的秘密

陆怀柔和陆雪陵不愧是双胞胎，俩人靠墙站在房间里，抱着手臂，皱着眉头，姿势、表情都一模一样。

朱盼娣和陆粥粥在床边坐着，满心忐忑。

“陆粥粥，行啊，长能耐了，还能拐带小朋友回家过夜了？学校里还不够你们玩的？”

“不是这样。”陆粥粥解释道，“朱盼娣她是……她在家会挨打，所以来我家避难了，我是路见不平、拔刀相助！爷爷应该支持我！”

陆怀柔走过来，用力扯了扯她的耳朵：“谁家小孩不挨打，用得着你路见不平？”

陆粥粥疼得龇牙咧嘴，连忙躲开他，躲到了陆雪陵身后。

陆雪陵无奈地说：“把孩子送回去吧，孩子丢了，家长肯定很着急。”

朱盼娣小声道：“只有弟弟走丢了，他们才会着急呢。”

陆粥粥挡在朱盼娣身前，张开双臂保护她：“爷爷，朱盼娣回去肯定会被打死的！咱们不能见死不救！”

陆怀柔没有意识到问题的严重性，说道：“小丫头片子，你真拿自己当梁山好汉了？”

陆粥粥：“我要是梁山好汉，我就路见不平一声吼，把坏人全部吓走！”

朱盼娣见陆粥粥跟爷爷都杠上了，连忙拉了拉她的衣角，小声说：“粥粥，算了，我……我走吧，不给你们添麻烦了。”

陆粥粥牵起了朱盼娣的手，掀开她的衣袖给陆怀柔和陆雪陵看：“这是朱盼娣奶奶用开水烫的。她奶奶特别坏，总是偏心弟弟，欺负她。”

陆雪陵见小姑娘的小臂的确很不正常地红了一块，惊呼一声：“哎呀！怎么不早说？烫成这样，该去医院及时处理啊！”

“我……我这就打‘120’！”

“不用打急救电话。”陆怀柔见没有烫出水泡，于是道，“家里有烫伤膏，幸好只有一小块，不算太不严重。去把急救箱拿过来。”

陆粥粥一阵风似的跑了出去，很快，抱着急救箱噔噔噔跑过来。

陆雪陵给朱盼娣的伤口做了处理，消毒之后涂上了烫伤膏，然后轻轻地包扎起来。

“这是你奶奶烫的？”

“嗯。”

“为什么？”

朱盼娣看了陆粥粥一眼，小声说：“因为我不乖，捉蚯蚓吓唬弟弟。”

听到“蚯蚓”两个字，陆怀柔捏住了陆粥粥的耳朵：“是不是你出的馊主意？”

“不怪陆粥粥！”朱盼娣连忙解释，“是我自己不好。”

陆雪陵意识到了朱盼娣身上问题的复杂性，拉着她坐下来，柔声道：“给我讲讲你们家的事，奶奶这样对你，爸爸妈妈不管吗？”

“呃……”朱盼娣有些犹豫。

陆雪陵温柔地说：“你可以把实情告诉我，看我有什么能帮你的。”

从来没有人这样关心过朱盼娣，她看着陆雪陵关切的神态，一下子眼睛便红了：“爸爸做生意，每天都在外面忙；妈妈在家里说不上话，家里全是奶奶做主。奶奶喜欢弟弟，不喜欢我，爸爸也是……”

小姑娘说到委屈的地方，忍不住哭了起来。

陆怀柔过去听陆粥粥提起过朱盼娣的事，当时他也没细想，现在看来，朱盼娣的家庭真的很有问题，这就是重男轻女的家庭啊。

在陆怀柔成长的年代里，重男轻女是非常普遍的现象，只是他没想到，几十年过去了，如今的时代，竟然还有这样的事。

陆怀柔的家里，父母反而更偏心姐姐一些，让他凡事都要听姐姐的话，在外面也要保护姐姐。所以即便是陆怀柔这样骄傲的人，对于陆雪陵都要让三分。

陆粥粥看着陆怀柔，小声问道：“爷爷，我们不会见死不救吧？”

陆怀柔拍拍她的脑袋：“又乱用成语，什么死不死的。”

“那朱盼娣会留下来吗？”

陆怀柔看了陆雪陵一眼。拿不定主意的时候，他都会看姐姐。

陆雪陵说：“现在太晚了，今天晚上小朋友就留在我们家，等明天家长会再说，但是必须打电话回家报平安。”

朱盼娣点点头，同意了。

电话是朱盼娣妈妈接的：“你跑哪儿去了？奶奶说你用蚯蚓吓唬弟弟，还把弟弟推到地上，你爸在家里大发脾气呢！”

“我……我……我在同学家里。”

电话一下子被朱盼娣的爸爸接了过来：“朱盼娣，我限你半个小时内回来！不然你就永远别回来了！”

朱盼娣拿着手机的手都在抖，眼泪止不住地往下流。

终于，陆怀柔看不过去了，拿过了电话，说道：“我是朱盼娣的同学的爷爷，她在我们家。现在太晚了，让她和我们家孩子先休息，明天家长会，你最好亲自过来，我把孩子交给你。”说完也不等对方回应，陆怀柔挂掉了电话，不满地说了句：“什么人啊。”

朱盼娣哆哆嗦嗦地说：“完了粥粥，我爸肯定要打死我了。”

“杀人是犯法的，就算你是他的女儿，他也不敢！”

“有时候，我倒真希望我不是他女儿。”

“你别想这么多了，只要有我爷爷在，你不会有事的！”陆粥粥看了陆怀柔一眼，“是吧？”

“是什么是！你别给我大包大揽，我什么都没答应。”

陆怀柔再神通广大，也不可能把手伸到人家家里面去吧，顶多就是收留小姑娘一晚上罢了。

晚上，陆粥粥抱着朱盼娣睡觉，临睡前还给她讲了睡前故事。

陆怀柔轻轻掩上了房门，走到了客厅。

陆雪陵躺在沙发上敷面膜，陆怀柔坐到她身边，问道：“姐，怎么办？”

“遇到事，就知道叫姐了？”

“这是人家的家务事，连警察都管不了，我有立场管吗？”

“那就别管呗。”陆雪陵坐起来，扔掉面膜，拍打着自己白皙柔嫩的肌肤，“明天家长会，把孩子送回去，这事跟咱们没关系。”

“可是……”陆怀柔皱眉，“总觉得怪怪的。”

这事他不知道便罢了，既然知道了，坐视不理好像也不是他的风格。

“弟弟，你是公众人物，你说话是有影响力的，所以做任何决定，都应该慎之又慎。”陆雪陵拍了拍他的肩膀，“过去我劝你，你总不听，任意妄为，现在能听进去了吗？这件事如果处理不当，对你不会有好的影响。”

那一晚，陆怀柔失眠了。

他走到陆粥粥的房门边，看着小姑娘熟睡的脸蛋。

他承诺过，只要有他在，陆粥粥的童年，永远不会结束。他希望把全世界的美好都给她，他要保护她，也要保护她身边的世界。

第二天的家长会，陆怀柔开车带着两个孩子来到了学校。

教室里，家长坐在各自小孩的身边。

陆怀柔牵着陆粥粥走进教室，教室里家长顿时骚动起来。

“是陆怀柔！”

“他居然亲自来开家长会？”

“终于见到本人了！”

“我我我……我可以拍照吗？”

……

在场的绝大多数家长都听自家孩子说起陆怀柔是陆粥粥的爷爷，但是没有机会亲眼见到，这次家长会，倒成了他们见偶像的机会。

朱盼娣一直跟在陆粥粥的身后，陆粥粥紧紧握着她的手。

朱盼娣的爸爸叫朱耀祖，三十多岁，他早早地来到教室，坐在角落里。

本来他是不打算过来给女儿开家长会的。过去这样的事都是交给她妈妈，他要管理公司，家里还有个宝贝儿子，哪里抽得出时间给女儿开家长会。但是昨天陆怀柔电话里的语气实在让他火大，他今天过来，就是为了和陆怀柔好好理论一番。

陆怀柔居然插手他家的家务事，多大的脸？

朱盼娣见到朱耀祖，双腿打战，战战兢兢地喊了声：“爸爸。”

“你还知道我是你爸！”

朱耀祖走过去，扬起手就是一巴掌。

陆怀柔立刻捏住了他的手腕。

“你干什么！”

“你还要在学校对孩子动手？”陆怀柔冷冷地道，“当着同学的面打小孩，这对小孩的自尊心是多大的伤害，你想过没有？”

“这是我家的事，你管太多了吧！这孩子昨天一晚上没回家，你家小孩这么顽劣，你不打？”

陆怀柔道：“她昨天晚上住在我家，跟我孙女一起睡的，已经给你打电话说清楚了。”

朱耀祖气呼呼地道：“我女儿怎么会在你家，你要是说不清楚，就是拐卖人口！我报警抓你！”

陆怀柔冷笑道：“我也正要问你，大晚上的，你女儿怎么会出现在我家？”

朱耀祖不想跟他说，凶巴巴地望着朱盼娣：“小小年纪，还学会离家出走了是吧？”

“你倒不必急着质问她。”陆怀柔对隔壁桌的一个同学家长说，“你刚刚不是问能不能拍我，我现在回答你，可以拍，不仅可以拍照，我建议你录像。”

同学家长知道事情并不简单，于是赶紧拿出手机，对陆怀柔开始摄像：“粥粥爷爷，请开始你的表演！”

陆怀柔拉开了小姑娘的衣袖，小臂上包扎着纱布。他对所有人道：“昨天晚上，我看到小孩手臂有烫伤。我倒想问问朱盼娣爸爸，她被烫伤，是你干的吗？”

家长全惊呆了，谁会对自家孩子这么狠？这已经不再是教训孩子这么简单了，这就是家暴啊！

朱耀祖连忙否认：“不是我！我……我不知道！”

“不是你，兴许是你的宝贝儿子，或者是你母亲，你不如问问他们。”

朱耀祖知道自己母亲不喜欢这个女儿，平时待她多有苛责。而他又是十里八乡闻名的大孝子，从来不敢忤逆母亲的意思。这些年他多多少少也受到父母思想的影响，重男轻女，对女儿动辄打骂，但这些事，从来没有被摆到明面上。现在朱耀祖面子上很挂不住，只能假装不知情，给母亲打电话：“妈，你是不是用开水烫盼娣了？”

电话里，朱母声势逼人：“那又怎么样？她用虫子吓唬她弟弟，还威胁他不准告状，家宝都被吓得丢了魂儿。我烫她又怎么样，我恨不得用针扎她呢！”

朱母的声音极尖锐，周围不少家长听到了她的话，开始交头接耳，议论纷纷。

“见过重男轻女，没见过这么恶毒的。”

“天啊，难以想象女孩在家里的生活。”

“疯了吧，有关部门能不能管管这家人？”

“这是人家家务事，谁管得了？这样的小孩社会上还少吗？”

……

由于母亲实在过于咄咄逼人，朱耀祖招架不住，只能挂掉了电话，讪讪地说：“不管怎么样，我才是朱盼娣的父亲，这是我家里的事，其他人少插手。”说着他就把朱盼娣拉到了自己身边。

陆怀柔也被他一番话逼得发了火，冷冷地道："自己孩子都保护不了，你凭什么当父亲，凭你能生儿子吗？"

他的话引起了在场家长的共鸣。

"生儿子了不起啊？"

"把儿子当宝贝，女儿当根草，你有什么资格为人父母？"

"今天也是开眼界了。"

"我们家也是女儿，想想就心疼。"

……

很快，班主任陈老师来到了教室，了解了基本情况之后，她先稳住其他家长的情绪，让众人纷纷落座。

阅读分享会，陈老师在所有小组都分享过读后感之后，单独把朱盼娣叫了起来，说道："朱盼娣是我们班作文写得最好的同学，经常拿到满分，现在我想给大家念一篇她的满分作文。

"这篇作文题目名叫《我想快点儿长大》：'我想快点儿长大，因为长大之后，我就可以拥有自己的小家，拥有可以疼我爱我的家人。我想要快点儿长大，我也想当妈妈，如果我当了妈妈，我不会打她、骂她，我会给她全世界最好的爱……'"

这篇作文，让在场好多家长流下了眼泪。他们很难想象，这个才小学二年级的女孩，竟然会有这样的想法。不过，朱耀祖似乎没什么反应，他低头看股票行情，绷着脸，全程不理会家长们投来的谴责目光。

后排，刚刚录像的学生家长碰了碰陆怀柔的肩膀："粥粥爷爷，刚刚录的画面，我能把孩子的脸打码之后，放到网上去吗？"

陆怀柔看了朱耀祖一眼，他完全是一副"死猪不怕开水烫"的模样。

陆怀柔点了点头："可以。"

孩子家长传了视频之后，陆怀柔搜索了他的账号，直接转发评论点赞。很快，这条视频便蹿上了热搜。

"看得出来，我们哥哥是真的生气了。"

"谁不气啊？我们家也是女儿，看了这条视频，我简直想打爆那个男人的狗头。"

“说实话，每条重男轻女的新闻出来，都能把人肺气炸了。”

“小女孩快快长大吧，逃离这个可怕的原生家庭。”

“能领养吗？他们家不想要女儿，我都想收养这个女孩了。”

……

很快，神通广大的网友便摸到了朱耀祖的公司。

“这家伙居然做童装生意！”

“我的天，当老板的都这么重男轻女，他家的能卖什么好东西！”

“我们家有女孩，反正我是绝对不会买他们家童装了。”

“坚决抵制！”

……

这件事情在网络上发酵，不过短短几天时间，朱耀祖公司的营业额下降了百分之八十，公司每天都在亏损，并且一发不可收拾，濒临破产。

而朱家现在也处于舆论的风口浪尖，小区里所有业主都知道了这件事，已经没有老人愿意跟朱奶奶一起跳广场舞了，邻居对他们家都没什么好脸色。

现在一家人出门要承受很大的心理压力，并且周围邻居时时刻刻关注着朱家的动态，只要听到小女孩的哭声，他们就会立刻敲门询问情况，甚至还威胁报警。

朱耀祖无可奈何，只能出来发表声明，表示自己以后会儿子女儿一视同仁，绝对不会再随意打骂女儿，也不会再重男轻女了。

网友们抵制朱耀祖，不是为了搞垮他，而是为了帮助朱盼娣。于是在陆粥粥和蒋清霖的帮助下，朱盼娣注册了一个微博号，每天在微博上发布动态，让网友们了解她的生活状态。

“今天爸爸让弟弟给我道歉了。”

“爸爸妈妈给我买了漂亮的裙子和雪地靴。”

“奶奶虽然不怎么理我，但也不会再对我动手了。”

“我提出想要改掉自己的名字，爸爸已经同意了，我现在改名叫朱美慧。”

……

“宝贝，这是真正属于你的名字，你不是任何人的附属品，你的出生不是为了迎接任何人的到来，你要为你自己而活。”

“美丽又智慧，真是个好名字呢。”

“宝贝，姐姐们会一直关注你的，加油！未来会很美好。”

……

一旦社会同心协力编织成保护网，要保护这个柔弱女孩的时候，没有什么事是不能解决的。

这件事，让陆怀柔的风评一升再升，过去的不光彩，因为粥粥爷爷的身份，居然得以顺利“洗白”，这是所有人都没有想到的。

晚上，陆雪陵亲自下厨，给陆怀柔做了一顿丰盛的晚餐。

“这件事，你处理得不错，看来我们家柔柔是真的成熟了。”

陆怀柔一边吃饭，一边说道：“我一直很成熟好不好？”

这也是他第一次感觉到，名气所带来的并不完全是负担。

陆雪陵给陆怀柔夹了一个鸡腿：“行了，这顿饭是犒劳你的。”

陆怀柔看着桌上丰盛的晚餐，说道：“你厨艺最近见长啊。”

陆雪陵笑着说：“那当然。我这段时间都在练习做饭，提升厨艺。”

陆粥粥津津有味地吃着：“姑奶奶做饭真的太好吃了！”

“是吧？”

“是啊，莫名吃出了杨曳哥哥饭菜的味道。”

陆怀柔正要把一块糖醋排骨放嘴里，闻言，停下动作：“你说吃出了谁的味道？”

提到杨曳，陆怀柔还没有说什么，反而陆雪陵脸色有些难看，饭也没吃几口，便推说累了，要回房间休息。

陆怀柔用手肘碰了碰陆粥粥，问道：“你姑奶奶跟那杨曳，什么情况啊？”

陆粥粥摇了摇头，茫然地道：“我也不知道啊。”

“真的？”陆怀柔有点儿不太相信她，“你不是成天都跟杨曳聊天吗？”

陆粥粥放下筷子，义正词严地说：“那我也不可能事事都知道吧，像要追求人家姑奶奶这种事，他怎么可能告诉我？”

“你说他要追谁？”

陆粥粥：“……

“我什么都没说！”

陆怀柔放下筷子，皱着眉头思索道：“录节目的时候我就觉得不对劲了，杨曳看我姐眼神很奇怪，很不正常。”

“他管姑奶奶叫陆姐姐。”陆粥粥试图说服陆怀柔，“兴许他想让姑奶奶当他姐姐吧，一定是这样。”

“他还想跟我抢姐姐？”陆怀柔如临大敌，“他怎么什么都跟我抢，烦不烦啊？”

陆雪陵回到房间，轻轻叹了一口气，小姑娘无心的话，反而勾起了她惆怅的情绪。手机里都是杨曳给她发的微信，她一直没有回复。

陆雪陵在房间里踱着步子，似是终于考虑好了，低头给杨曳编辑了一条信息：“在吗？”

杨曳秒回：“在。”

“你要的答案，我想好了。”

杨曳那边沉默了一分多钟，没有回复。

陆雪陵：“谢谢你，阿曳，但恐怕我不能接受你的感情了。”

短信正在编辑，杨曳却发来一条：“姐姐，我生病了。”

陆雪陵手指顿了顿，只好删掉了刚刚写好的信息，问道：“怎么回事？”

杨曳：“兴许拍戏着凉了。”

陆雪陵：“你现在在哪里？”

杨曳：“片场。”

陆雪陵：“现在请假回家，晚上我去看你。”

杨曳：“好，我等姐姐。”

杨曳放下手机，顺便脱掉了羽绒外套，匆匆走到导演面前：“周导，我感冒了，有点儿发烧，想请假休息一晚。”

“小杨生病了？”周导是个德高望重的名导，关切地摸了摸他的额头，“这也没发烧啊？”

“马上就烧了。”

杨曳四下看了看，看见一盆装着冰块的道具。他想也没想，直接端起那盆冰水，给自己浇了个透心凉。

周导：“……”

你就是请个假而已，不至于这么拼吧？

杨曳离开的时候，周导还让人拿了毛巾过来：“小杨，擦擦身子，换身衣服再走，这大冷天的……”

杨曳摆摆手，笑着说：“不用，就这样。”他最后连毛衣都脱了，只穿了单薄的衬衫，衬衫湿漉漉地贴在身上，开车的时候又把天窗打开了，寒风一吹，身上都快起冰碴了，那叫一个酸爽。

终于，在家门口，杨曳开始打喷嚏了，鼻子红红的，也有些蔫儿。

晚上八点，他的额头隐隐开始发烫，他长松了一口气。

陆雪陵匆匆赶来的时候，他穿着一件白色居家毛衣。他带着浓浓的鼻音喊了声：“陆姐姐。”

陆雪陵进屋第一件事就是去摸他的额头，杨曳乖乖地让她探体温。

陆雪陵刚从寒冷的室外进屋，手冰冰凉，似乎摸不出异常：“好像不是特别烫。”

“不是吧，姐姐你再感觉一下。”杨曳将脸凑过来，额头抵在她的额头上，“这样呢？”

陆雪陵感受着他灼烫的额头，呼吸都紧了。

他的睫毛长而密，眼廓形状饱满，闭眼的时候很安静，睁眼的时候，会给人一种繁花盛开的惊艳感。

“你……”

“姐姐，你看我发烧了吗？”

他嘴角上扬，有酒窝隐现。

这男人，每一个神情都在勾人。

陆雪陵退后了两步，勉强控制着自己的心跳，说道：“是……有一点儿发烧。”

杨曳装乖道：“那今晚要麻烦姐姐照顾我了。”

陆雪陵拎着装药的白色塑料袋，走到开放式厨房，给他烧了水：“你身体一直很好，怎么会生病？”

杨曳毫不隐瞒，说道：“我往身上浇了一桶冰水，回来的时候开始打喷嚏，刚刚又光着上身在院子里站了半个小时，终于发烧了。”

陆雪陵重重地放下水杯：“陆三岁都比你成熟，这么多年，你怎么还是这个样子？”她的眉宇间隐隐有了怒意。

杨曳走过来，拉了拉她的手：“姐姐，别生气，生气长皱纹。”

陆雪陵将药盒拍在他身上，拎了包转身便要走。

杨曳追上来，拉住她的手腕：“对不起，对不起姐姐，是我不好，你别生气。”

“幼稚鬼！”

“是，我是。”她说他什么，他都认。

陆雪陵知道杨曳就是这样的脾气，哪怕在人前装得多正经，但在她面前，永远像个没智商的小孩。

“你就算骗我，我也不知道，何必把真话说出来？”

杨曳笑了笑，说道：“你永远可以相信我，我不骗你。”

这句话让陆雪陵心情舒坦了些。她没好气地问：“吃过饭了吗？”

“没有，等姐姐来一起吃。”杨曳按着陆雪陵的肩膀，让她坐到椅子上，“姐姐坐，我给你弄吃的。”

“你可消停些吧。”陆雪陵将他拉回来，自己去厨房给他熬了一锅粥。

杨曳看着她忙碌的身影，忐忑地问道：“姐姐刚刚没说出口的话，是要拒绝我了吗？”

陆雪陵没有正面回应他，只说道：“等你病好了再说。”

“既然如此，那我就天天生病。”

“又说孩子话。”陆雪陵伸手敲了敲他的额头，“我发现你们一个个，比我们家小粥粥还幼稚。”

“你别说，我跟小粥粥现在是很好的朋友，”杨曳说道，“我们无话不谈。”

提到陆粥粥，陆雪陵嘴角露出笑意，敲了敲他的额头：“从我们家小孩入手，你想从内部攻陷啊？”

杨曳道：“哪有？我跟陆粥粥是真诚地交朋友，绝对没有套路。”

“好吧，我就姑且相信你。”

吃过晚饭，陆雪陵逼着杨曳躺在床上，给他的额头放了一块降温的毛巾：“以后不准再做这样的傻事了，你又不是十几岁的小孩。男人三十而立，你都奔四了。”

杨曳眼角微弯，说道：“姐姐以前不相信我，觉得我只是一时兴起，现在还不相信吗？”

“别想太多了，快休息吧。”陆雪陵揉了揉他的头发，准备离开，“希望明天能退烧。”

杨曳一把将她拉回来，从后面抱住了她，下巴搁在她的肩膀上：“我什么都没有的时候，是姐姐一直在照顾我，这么多年，从来没有一个人像姐姐那样让我心动。我知道……姐姐也喜欢我，不然不会出现在这里了。

“给我一次机会。”他用一种很依赖的姿势，从后面紧紧抱着她，“我想要姐姐，我好想要姐姐。”

炽热的呼吸拍打在她的耳畔，陆雪陵能明显感觉到自己的心正在融化。甜甜的恋爱不只是少女的梦想，一颗热忱而执着的真心就摆在面前，谁又能拒绝？可是……她不能害了他。

“杨曳，如果我们没有未来，即便我此刻答应了你，也没有意义，只会让你更难过。”

他抱她更紧了，生怕一松开，她就会永远离开他。

“姐姐凭什么断言我们没有未来？”

陆雪陵咬了咬下唇：“那你告诉我，如果拥有了短暂的快乐，也许将来会陷入更漫长的痛苦中，你有这个勇气？”

一个轻柔而深情的吻落在她颈边，他的嗓音宛如无尽的旋涡，令人沉迷：“姐姐在说什么？不能和你在一起，余生对我而言，才是无边的痛苦。”

晚上，陆粥粥坐在火炉边，翻着家里厚厚的老相册。这相册里面是爷爷和姑奶奶少年时期的照片，甚至还有她老爸陆随意小时候的照片。

“哇，我爸小时候太呆了吧？还挂着鼻涕呢。

“爷爷真是……一点儿都没变老。

“年轻时候的姑奶奶，太酷了吧？长马尾，居然还骑摩托车！”

陆怀柔一直站在落地窗边，望着窗外的夜色，担忧地说：“你姑奶奶怎么还没回来？”

陆粥粥知道姑奶奶去找杨曳了，于是说道：“姑奶奶又不是小孩子，就算晚上不回家，你也管不着！”

陆怀柔表情有些愤慨：“她是我姐！我就得管她！”

“知道为什么姑奶奶这么多年都没有嫁出去吗？就是因为你。”

“这跟我有什么关系？”

“别人都知道姑奶奶有个脾气暴躁的弟弟，都不敢上门提亲了。”

陆怀柔走过来，扯了扯她的小辫子：“你这都能攀扯上我，她没嫁出去，是她自己的问题，我可没阻止她谈恋爱。”

陆粥粥立刻来了兴趣：“姑奶奶有什么问题？”

“去去去，看你的照片去，大人的事，小孩别管。”

陆粥粥心下越发好奇，只是陆怀柔避而不谈，硬问是问不出什么的。小姑娘继续翻阅相册里每一张照片。

这本相册很厚，里面有爷爷和姑奶奶不同时期拍的照片，而且都标注了日期。可是很快，陆粥粥就发现了问题。

相册里连陆随意前女友的照片都有，为什么偏偏没有陆滢姑姑的照片呢？

陆粥粥知道姑奶奶以前失去过一个女儿，所以她猜测，相册里不放姑姑的照片，兴许是不想勾起姑奶奶悲伤的回忆。但是……问题又来了，为什么连姑奶奶怀孕的照片也没有？

从老爸只言片语的讲述中，陆粥粥推测姑奶奶怀孕是二十六岁的时候。可是她把照片右下角的拍摄日期和姑奶奶现在的年龄相减，却意外地发现，姑奶奶从二十四岁到二十六岁，根本没有孕照！

那个时期的姑奶奶，身材分明很苗条，根本就没有怀孕的迹象。

她摸出了姑奶奶送给她的金锁，上面刻着 LY 两个字。

陆雪陵说，这是陆滢姑姑的小金锁。

姑奶奶应该不会骗她呀，好奇怪。

陆粥粥望向陆怀柔，问道："爷爷，姑奶奶的女儿叫什么名字？"

"什么？"

"姑奶奶的女儿啊，叫什么名字？"

陆怀柔漫不经心地道："陆什么的……记不清了。你问这个干什么？"

"奇怪啊，你怎么会记不住自己小外甥女的名字？我爷爷记忆力不会这样差啊，提前老年痴呆了？"

陆怀柔一个栗暴敲在她的脑袋上："小小年纪，怎么这么八卦，还质问起我来了！"

陆粥粥抱着脑袋，不服气地说："我就想调查清楚嘛。"

"陆莹，她叫陆莹，行了吧，我当然记得。"

"那我再考考爷爷，陆滢是萤火虫的萤呢，还是晶莹剔透的莹呢？"

"是晶莹剔透的莹。"

"真的？"

"是！"陆怀柔胡扯，"这名字还是我起的呢！"

"爷爷答错了，应该是晶莹剔透的莹，还要加一个三点水。爷爷怎么会连姑姑名字都记不住？"

"时间太久了，我忘了不行吗？"陆怀柔越发心虚，起身回书房，不理睬她了，"有时间想这些有的没的，不如想想新学期的功课！"

"我的功课不劳爷爷操心！"

第二天，陆粥粥给杨曳发了一条信息："杨曳哥哥，你听说过我姑奶奶以前有一个女儿吗？"

杨曳："早些年，我听陆姐姐提到过，孩子好像夭折了。"

陆粥粥："那你好奇孩子的父亲是谁吗？"

杨曳："不好奇。"

陆粥粥："哎？"

杨曳："不管是谁，肯定是个没眼光的浑蛋，我庆幸他离开了陆姐姐。"

"呃。"

大清早她竟然被喂了一嘴狗粮。

陆粥粥继续问："那你只是从姑奶奶那里听说她有孩子，你见过孩子的照片，或者从别人那里听说过孩子的事吗？"

杨曳："没有，陆姐姐说这是个秘密，只有家人知道，因此我从来没告诉任何人。"

陆粥粥："我知道了！谢谢！"

杨曳："为什么忽然问这个？"

陆粥粥："我发现一些疑点，等我找到真相了再告诉杨曳哥哥！"

杨曳："顺便说一声，我和陆姐姐在一起了。"

陆粥粥："天啦！恭喜！我太高兴了！"

杨曳："她醒了，先不说了。"

陆粥粥："……"

她醒……醒了？

早上，陆怀柔坐在吧台边喝牛奶，看了看手表的时间，沉着脸说："你姑奶奶昨晚一夜没回！"

陆粥粥心虚地"哦"了一声。

陆怀柔打量着她："看你这样子，似乎并不意外。"

"她……她居然一晚上没回来？"陆粥粥惊愕地大喊，"我觉得太奇怪了！"

陆怀柔："……"

你在影帝面前演戏是不是太嚣张了？

陆粥粥害怕陆怀柔继续追问，抱着相册跑出门，跑到了隔壁景绪家。

房间里，景绪坐在白色钢琴前，弹着《献给爱丽丝》。

陆粥粥趴在窗台边，翻阅着相册里的老照片，整理着这件事的全部线索。

现在网络上没有人知道姑奶奶曾有一个女儿，这也很奇怪。哪怕保密工作做得再好，这个世界哪有不透风的墙，肯定会留下蛛丝马迹，可偏偏没有。

陆随意不常和陆雪陵见面，所以也没见过姑奶奶怀孕，是孩子生下来夭折之后，他才从长辈的口中听说的。

陆怀柔的闪烁其词，再加上这些不同时期的照片，让她越发疑惑。

钢琴曲停了下来，景绪偏头看她："这么安静，很不像你。"

粥粥回身说："人家偶尔还不能安静一下吗？"

"被数学题难住了？"

"不是，是我姑奶奶，她身上好多谜团哦。"

陆粥粥知道景绪会替她保密，于是翻开相册，将她的心里的疑虑告诉了他："照理说，我姑奶奶在二十七岁的时候，有过一个女儿，可是我找不到她怀孕的照片。"陆粥粥指着相册里年轻漂亮、身段婀娜的陆雪陵："这张照片是她二十五岁的剧照，时间是八月十三日，一点儿也不像怀孕的样子；这张是她二十六岁，时间是三月二十四日，也没有怀孕，这些照片的时间连起来，我姑奶奶根本没有怀孕嘛！那陆滢姑姑是怎么回事？"

陆粥粥对数字非常敏感，而景绪更是数学天才，他甚至都不需要用纸和笔，只是看着照片上的时间，就能够推算出时间。

为了帮陆粥粥弄清楚事情真相，景绪打开了电脑，上网搜索陆雪陵的履历。

"哥哥，我搜过了。"陆粥粥跪在他身边的椅子上，指着电脑说道，"网上根本搜不到姑奶奶生孩子的信息。"

然而，她话音未落，景绪忽然道："有了。"

"有什么了？"

景绪搜索陆滢和陆雪陵几个字，网页百科里跳出来一段，陆滢是陆雪陵在电视剧《天上的星星》中夭折的女儿。

陆粥粥瞪大眼睛，惊得说不出话来。

“天呢！”

景绪进一步搜索，推算道：“从时间来看，《天上的星星》这部剧就是你姑奶奶二十七岁那年拍的，在这部剧里，她饰演一位失去孩子的母亲，孩子叫陆滢。”

“你是说……你说陆滢姑姑……是不存在的，是电视里的虚拟人物？”陆粥粥摇着头，不可置信地说，“姑奶奶告诉我，那是她的女儿。不不，连我爸爸、我爷爷都这样说……他们为什么要骗我？”

景绪已经打开了这部名叫《天上的星星》的电视剧，说道：“不一定是骗你。也许，她自己都糊涂了。”

“你的意思是，姑奶奶把电视剧的情节和生活搅在了一起？”

“聪明。”

“怎么会这样？”

“我以前看过文章，有些演员拍过戏之后，入戏很深，情绪抽离不出来。”

陆粥粥觉得景绪的说法可能性很大：“姑奶奶对陆滢姑姑感情很深，还打了一个小金锁送给她。”

陆粥粥取出脖上的小金锁，递给景绪：“她是真的把陆滢当成了自己的女儿。我爸说，陆滢姑姑走了之后，姑奶奶很长一段时间走不出来。”

景绪继续搜索，念道：“拍完《天上的星星》之后，陆雪陵便息影三年，退出娱乐圈，谁都不知道她为什么在黄金时期离开。但是三年之后归来，她的事业走上巅峰……”

“这跟我爸说的就能对上了。”陆粥粥若有所思地道，“所以，我姑奶奶根本没有渣男前任，也没有女儿，一切……都只是入戏太深？”

景绪想了想，问道：“你姑奶奶在平时生活中，表现正常吗？”

“什么意思？”

“我的意思是……”

陆粥粥连连摇头：“不不，不会的，姑奶奶很正常，她不会有什么精神问题的！”

景绪想了想，说道：“或许你应该去找你爷爷问清楚。”

晚上，陆怀柔在录音间写歌，陆粥粥站在门边等啊等，等到他摘下耳机。她跑过来，战战兢兢道地："爷爷，我只问一个问题。你只回答是，或者不是。"

陆怀柔正在弹奏一段刚刚创作出来的旋律，漫不经心地道："问。"

"我姑奶奶……是不是得过精神分裂症？"

啪！琴键爆出一个重音，陆怀柔偏头，目瞪口呆地望向陆粥粥："谁……谁告诉你的？"

"我猜的。"

陆粥粥抱着相册，说道："只有这样，才解释得通为什么网上一点儿蛛丝马迹都没有，为什么你会记不住姑姑的名字，为什么相册里没有一张姑奶奶怀孕的照片，还有那部《天上的星星》电视剧，里面也有陆滢这个名字，正好就是姑奶奶早夭的女儿。

"只有不存在的人，才不会在这个世界留下任何痕迹，所以，一切都是姑奶奶臆想的。"

陆怀柔无力地坐在椅子上，听着陆粥粥推理这一切，心情很复杂。

我孙女这智商将来要是当不了科学家，我陆怀柔把名字倒着写！

陆怀柔把家里的老相册翻出来给陆粥粥看的时候，是真的没有想到，这个小孩子竟然能从这些年代久远的照片中发现全家人隐瞒了这么多年的秘密。

以前学校老师说陆粥粥智商比一般小孩高，陆怀柔真的没放在心上。当初陆随意上学的时候，老师也说他智商高，结果呢……还不是没当科学家。

在陆怀柔眼里，陆粥粥就是一个顽皮的小破孩，即便数学成绩好，也谈不上高智商。

这次，陆粥粥的敏锐观察力是真的让他大为惊讶。

"你姑奶奶，学生时期遭遇过一些不好的事情，受过刺激，出现精神分裂的前兆。不过后来在我们全家人的努力下，她终于恢复正常，后来几年的时间里，病情几乎没有复发，她和正常人没有两样。”

陆粥粥担忧地问：“是什么不好的事情啊？”

陆怀柔拍拍她的小脑袋：“不好的事就是不好的事，你不需要知道那么多细节。”

陆粥粥了解陆怀柔，他不愿意说，肯定怎么都不会说，于是她又问道：“然后呢？”

“后来她进入娱乐圈，或许是压力过大的缘故，病情反复，拍完《天上的星星》之后，复发了。

“《天上的星星》剧情很压抑，但这是你姑奶奶演技达到巅峰的一部剧，直到现在，网络评分都很高，没有任何一部国产剧可以超越。但是荣耀和掌声背后，没有人知道，她其实混淆了剧情和现实。

“杀青之后很长一段时间，她一直以为剧中的情节就是她真实经历过的事情，包括剧中夭折的女儿。”

陆粥粥终于把事情的前因后果串联了起来：“所以，陆滢姑姑是真的不存在？”

“对于你姑奶奶来说，她是真实存在的，你姑奶奶对她的悲伤与痛苦也是真实的。”陆怀柔无奈地说道，“所以，我们全家人决定，把这样一个虚幻的故事保留下来，因为痛苦终有一日会消散，但是如果戳破真相，也许你姑奶奶会彻底……”

陆怀柔按了按额角，不再继续说下去。

陆粥粥知道他要说什么，如果戳破姑奶奶所坚信的“真相”，也许她会彻底疯掉。

所以当时，年幼的陆随意真的以为姑姑生了一个女儿。女儿夭折，她受不了打击，才会去自我疗伤。

“她很坚强。”陆怀柔眉宇间是难得一见的温柔，“后来她走了出来，把生活的重心全部放在了工作上，事业一路走高，病情也渐渐稳定，直到现在，没有再发作过。医生说只要不受刺激，她也许会慢慢好转，不再复发。”

陆粥粥松了一口气：“那姑奶奶现在也不知道陆滢姑姑只是那部剧

的角色吗？”

陆怀柔摇了摇头：“她知道自己有精神方面有疾病，但是对于陆滢，她固执地认为，陆滢来过这个世界。”

陆粥粥难过地说：“也许姑奶奶真的只是太想当妈妈了。”

“医生说，她的状态不适合结婚生子，所以这么多年都保持单身，这是她自己的选择。”

“为什么不适合？”陆粥粥不解地问，“多一个人来疼爱姑奶奶，这不好吗？”

陆怀柔戳戳她的小脑袋：“你这么聪明，怎么会想不到？如果有一天病情复发，她忘掉了一切，包括丈夫和孩子。这对于对方来说，难道不是很大的伤害吗？”

陆粥粥明白了，设身处地地想，如果自己的妈妈忘记了自己，把自己当成陌生人，自己一定会很难过。

她眼睛微酸，眼角也红了：“姑奶奶好可怜，要永远孤独下去了。”

陆怀柔平静地说：“她不会永远孤独，至少我还在。”

这一次，他一定会好好保护她，不管以后可怕的厄运是否降临，他都会陪在她身边。

这件事，陆粥粥犹豫了很久，终究没有告诉杨曳。

因为这是姑奶奶自己的事情。陆粥粥觉得，她作为一个小孩子，不应该插手太多大人的事。她唯一能做的就是在以后的生活中，对姑奶奶更好一些，多爱姑奶奶一些，让姑奶奶的病情永远不要复发。

下课的时候，蒋清霖刷着手机，忽然大叫一声：“天啊！”

陆粥粥被她震得铅笔芯都断了：“你一惊一乍做什么？”

蒋清霖捂着胸口平静了几秒钟，望向陆粥粥：“陆粥粥，你真的要变成粥粥公主了！”

陆粥粥伸手探了探她的额头：“没事吧你，发烧了吗？”

蒋清霖拍开她的手，说道：“你马上又会多一位巨星爷爷了！天啊，你真的是全世界最幸福的女孩了。”

“有一个我已经招架不住了，再来一个……”陆粥粥哆嗦了一下，“算了吧。”

蒋清霖把手机递到她面前：“看了你就不会这样说了！”

手机显示的是杨曳的微博主页，他发了一张和陆雪陵的情侣白T恤照，两个人脸贴脸微笑着，非常甜蜜：“我是全世界最幸福的男人。”

陆雪陵转发了这条微博：“真的吗？”

陆粥粥也消化了很久，说了两个字：“天……啊！”

网络上炸开了锅。

“为什么这么猝不及防？”

“十九年洁身自好、连绯闻的边都沾不的杨曳，一上来就搞大的！”

“不意外，其实上一期综艺，俩人就有苗头了吧？”

“我已经能感觉到杨曳哥哥溢出屏幕的开心了！”

“给我甜！使劲儿甜！”

“祝幸福！姐姐真的很好，一定要幸福！”

“如果早两年我也许不能接受，但是现在，我只希望他们好好的。”

“@陆怀柔 你是不是哭晕在厕所了？”

“哈哈哈哈哈，我很想知道哥哥的反应。@陆怀柔”

“对家成姐夫这一暴击可还行？@陆怀柔 @陆怀柔 @陆怀柔 @陆怀柔 @陆怀柔”

……

陆粥粥没刷多久，系统便因为流量过大负担过重，一度瘫痪。

陆粥粥很是忐忑地给陆怀柔发了一条消息：“爷爷，不管发生任何事，我永远爱你！”

陆怀柔发了个叹气的表情。

陆粥粥：“抱抱。”

陆怀柔：“我孙女能一天不闯祸吗？”

陆粥粥：“……”

不不，我不是！我没有！

陆粥粥看这意思，猜测陆怀柔还没有看到网络上的事。

陆怀柔其实挺佛系的，平时不常用微博，只有发宣传的时候才会登录，甚至有时候忙起来，手机都不会碰。

陆粥粥：“那……爷爷下午来接我吧！”

陆怀柔：“哦。”

放学后，陆怀柔接到了陆粥粥，抱着她上了车，问道：“今天又干了什么好事？”

“才没有呢，我今天数学测验满分，陈老师还夸我了，让班上同学向我学习呢！”

“哟，不错啊。”

陆粥粥卖乖道：“以后我都会好好听爷爷的话。”

陆怀柔有些不相信：“你是不是又想吃肯德基了？”

陆粥粥不服气地说：“我是那种人吗？”

“我看你就是。”

陆怀柔启动引擎，将车驶了出去。陆粥粥安静了几秒，忍不住问道：“爷爷，你手机呢？”

“包里。”

“借我用一下。”

“干什么？”

“用一下啦，干吗问这么清楚？”

陆怀柔摸出手机递给了陆粥粥，反正他手机里也没什么不能给她看的。

陆粥粥拿到手机之后，赶紧点开了微博。

果不其然，微博无论评论区还是提醒区，都已经有上千条消息了，内容百分之九十都跟陆雪陵官宣有关。

陆粥粥小心翼翼地看了陆怀柔一眼，他压根儿就没看微博，要是让他知道了，心情还能这样吗？

陆粥粥暗暗地把这些看热闹不嫌事大的消息全部屏蔽，然后调整设置，收到新消息不再提醒。

做完这一切，陆粥粥还是觉得不保险，索性把微博卸载了。

她爷爷是那种不看见就想不起来的人，所以她决定等这件事的风波过去了，再慢慢告诉他，也许他更容易接受。但是小孩子的想法，终究过于天真了。

陆粥粥万万没想到，一下车便看到西装革履的杨曳站在篱笆门前，微笑地等着爷孙俩。

陆怀柔看到杨曳，脸色跟着沉了下来："你怎么在这里？"

"陆前辈，那件事，想必您知道了，与其等您主动找我，不如我先登门拜访，把情况跟您解释清楚。"

陆粥粥拼命对他做手势、比嘴型："不要说，我爷爷什么都不知道，现在还不是时候，千万不要说。"

杨曳似乎看懂了陆粥粥的意思，又看了看陆怀柔。陆怀柔打开院门，漫不经心地问："你要说什么事？"

"就是……"杨曳拉长了调子，说道，"参加《我和爷爷的大冒险》综艺的事情，我想跟您再说明一下情况。"

陆粥粥松了一口气，这段时间他们没白聊天，她和杨曳还是有默契的！

陆怀柔淡淡地道："你想说明什么？"

"下期综艺录制的时间定下来了，导演又邀请我了。"

"什么，又请你了？"陆怀柔转身，怒道，"这到底是谁的综艺？！你这特约嘉宾戏份太多了吧？陆粥粥，我手机呢？"

陆粥粥："哎呀，掉车上了，我找找去！"

陆怀柔没好气地对杨曳说："我有话直说了，我们家粥粥虽然喜欢你，但不代表我会同意你们多接触。你想要孙女自己生去，别总盯着我家的。"

杨曳好脾气地笑了笑："前辈教训得是，我也正有这个计划。"

陆怀柔："还有，我姐你也离她远点儿。别以为你叫声'陆姐姐'，她就是你姐了，她是我一个人的姐姐！"

杨曳："陆前辈，您放心，从今以后，我不会再把她当姐姐了。"

"记住你说的话。"陆怀柔总算放心了些，"不留你吃晚饭了，拜拜。"

杨曳跟陆粥粥交换了眼色，正要离开，却没想到陆雪陵穿着紧身运动衫、戴着耳机，锻炼完回来了。

“你怎么在这儿？”陆雪陵见到杨曳，微微惊讶，紧接着又看到了陆怀柔难看的脸色，心里咯噔一下，然后严肃地说道，“弟弟，不管你多反对，我的决定都不会改变！”

杨曳扶了扶额，陆粥粥掐了掐自己的人中。

她太难了！

陆怀柔转身，望向陆雪陵：“你说什么？”

陆雪陵走到杨曳身边，牵起了他的手：“我要和阿曳在一起，这么多年了，我不想再让自己后悔。”

杨曳见窗户纸已经捅破了，索性说道：“刚刚过来是想和前辈说这个，我不会再把陆姐姐当姐姐了，从现在开始，她是我的女朋友。”

陆怀柔目光下移，落到两人紧握的手上，眼角尾纹微微颤了颤。

良久，他嗓音微沉，说道：“进屋。”说完也不等他们，他自顾自地回了房间。

陆粥粥见爷爷竟然没有大吵大闹，也没有施展他的“陆氏无影脚”，甚至连一句骂人的话都没有，平静得简直不像他，太反常了！

陆粥粥看向陆雪陵，不解地问：“我爷爷这是几级愤怒？”

陆雪陵颤抖地说：“顶级愤怒，无形无色，无坚不摧。”

会客厅里，陆怀柔慢悠悠地烹茶，平复心情。

杨曳和陆雪陵宛如幼儿园小朋友一般，靠墙坐着，一句话都不敢说。

陆粥粥跑过去，对陆怀柔道：“爷爷，我是你这一边的！”

陆怀柔推开她肥嘟嘟的脸蛋：“我不需要叛徒。”

“人家不是叛徒！”

陆怀柔泡好了工夫茶，斟满两杯放在托盘上，陆粥粥伸手去拿，被他拍开了手。他看了看杨曳。

杨曳乖乖坐过来，接过了托盘上的茶：“谢谢陆前辈。”

“茶里我放了敌敌畏。”

“喀！”喝到一半的杨曳呛了个半死，“不……不是吧，前辈您别跟我开玩笑。”

陆怀柔冷笑："你猜？"

"我猜您玩我呢。"杨曳呛红了脸，望着他笑了笑，"连粉丝都知道，前辈是刀子嘴豆腐心。"

"我是不想让我孙女看到太血腥的场面。改天换个地方，不会让你失望。"

"行，前辈邀请，我随叫随到。"

陆粥粥看看陆怀柔，又看看杨曳，拿不准这俩人你来我往的斗嘴，是关系缓和呢，还是暴风雨前的平静。

陆雪陵觉得，这事不能让陆怀柔掌握主动权，否则她将来势必低他一头，好歹她是姐姐。于是陆雪陵道："柔柔，该改称呼了，叫姐夫。"

杨曳刚刚平静，这会儿听到"姐夫"两个字，又呛个不停。

陆怀柔指着杨曳："就这小子？姐夫？你开什么玩笑！"

"不管你愿不愿意，这都是不会改变的事实。"

杨曳拉拉陆雪陵的衣角："陆姐姐，这……倒也不必坚持！"

让陆怀柔叫他姐夫，他后背发凉，晚上可能都会做噩梦吧。

陆雪陵却很坚持，板着脸对陆怀柔道："爸妈临走前说过，让你乖乖听姐姐的话。这些你是一字一句答应过的，现在要忤逆吗？"

"听姐姐的话有一个前提，"陆怀柔理直气壮地道，"前提就是，我要保护你。"

"你现在是在保护我吗？"

"我一直都是。"

陆怀柔给自己倒了一杯茶，然后说道："陆粥粥、陆雪陵，你们出去，我有话单独和杨曳说。"

"那不行，"陆雪陵说道，"有什么话是我不能听的？"

杨曳劝道："陆姐姐，放心，就算前辈把支票甩到我脸上，也不会动摇我的决心。"

"……"

你做什么白日梦？

"陆粥粥，把你姑奶奶带回房间。"

陆粥粥看着眼下的情况，又想到姑奶奶的病情，当下决定，暂时还是站在爷爷这边吧。

她拽着陆雪陵走出房间："姑奶奶，我的作业还要家长签字呢，你帮我签个名吧。"

陆雪陵无可奈何，回头对杨曳道："不管他给你开多少支票，我都出双倍。"

杨曳笑着说："姐姐有这份心，就算他把公司全部股份送给我，我也不会多看一眼！"

陆怀柔一脸冷漠。

你怎么不上天!

陆雪陵和陆粥粥离开之后，茶室重新归于平静。

陆怀柔和杨曳一言不发，你一杯我一杯，喝了三盏茶。最终，还是杨曳没能沉住气，说道："陆前辈，我会对姐姐好。"

陆怀柔已经决定抛开成见，平心静气地和他好好聊，说道："我不怀疑我姐的眼光。她不是轻易做决定的人，在大事面前，她比我慎重得多。"

杨曳松了一口气："那前辈不反对了吗？"

"我反对有用吗？"陆怀柔反问。

杨曳笑了笑："我无论如何也不会放弃陆姐姐。"

所以他反对没有用。

陆怀柔说道："我姐有没有告诉你，她以前有过一个孩子？"

"我知道，早年间姐姐带我的时候，她告诉过我，她有一个孩子，叫陆滢。"

"这是个秘密，只有家里人才知道，她居然告诉你了。"

杨曳嘴角扬了扬，眼神变得无比温柔："也许那个时候开始，她就已经把我当成家人了。"

"可是她没有告诉你，那个孩子是她臆想出来的。"

杨曳嘴角的笑容微微僵硬。

陆怀柔站起身，双手撑着茶台，望着杨曳，一字一顿地道："我姐姐小时候，在寄宿的艺校里遭遇长时间的校园霸凌，以至于后来她的精神出现了问题，医生说，这是精神分裂。"

"精神分裂"四个字，重重地打在杨曳的心头，他眼睛顷刻间红了："我不知道……"

陆怀柔紧紧攥着拳头，眼里满布血丝："因为那段经历，我姐姐很没有安全感，病情恶化的时候，甚至会出现幻觉。那个孩子，是她幻想出来的。"

杨曳心疼得不知道该如何是好，感觉浑身每一寸皮肤都在颤抖。

他以为陆雪陵曾经受到过感情的伤害，所以对待他的感情会比较谨慎，可是他绝对想不到，他的陆姐姐，竟然有那样一段黑暗的成长岁月。他心痛得无法呼吸。

"如果前辈把这些事告诉我，是想让我知难而退……"他嗓音已经沙哑得变声了，"那么前辈就太不了解我了。"

"她是我唯一的姐姐，我们同一天出生，一起长大，她是这个世界上另一个我。"陆怀柔攥着他的衣领，冷冷地道，"我尊重她对感情的选择，但是我要警告你，如果将来她有病情恶化的那一天，你受不了这个后果而离弃她，我绝不会放过你。"

杨曳一字一顿地道："永远不会有那样的一天，我用生命发誓。"

陆雪陵正在吧台边给陆粥粥本子挨个儿签名，见杨曳走出茶室，连忙起身问道："我弟弟没有为难你吧？"

"姐姐，你跟我出来。"杨曳脸色很难看，拉起陆雪陵的手走出了房间，朝花园小径走去。

"你们说了什么呀？"陆雪陵一路好奇地追问，"陆怀柔没有对你威逼利诱吧？"

杨曳将她拉到没有人的湖畔边，停了下来。

陆雪陵见他神情不太对劲，脸色发白，连唇色都泛白了。她惴惴不安地问："你是不是……答应了什么？"

"说话呀，你急死我了。"陆雪陵有些上火，"陆怀柔是不是对你说了什么不好的话，威胁你了？"

杨曳捧着陆雪陵的脸，粗粝的指腹摩挲着她的下颌，轻轻一抬，然后吻了上去。

这个吻，温柔而炽热。他没有更多的动作，只是轻轻含着她的下唇。尽管如此，陆雪陵还是能够感觉到他强烈的情绪。

“陆姐姐，对不起，对不起，对不起……”他一连说了三个“对不起”，让陆雪陵立刻感觉到不对劲。她想挣开他，却被他紧紧禁锢在怀中，动弹不得。

“对不起……”他轻吻着她，“当年我就应该寸步不离地跟着你，打我骂我，我都不该让你离开。”

“你……你在说什么呀？”

随后，陆雪陵感觉到颈间有温热的液体，濡湿了她的发丝。她微微一怔。

“我好心疼姐姐。”杨曳几乎泣不成声，克制地一遍遍吻着她，心疼得快要窒息了。

陆雪陵的心猛烈地震颤着，缓缓抬手，抱住了杨曳。

在陆雪陵的记忆中，杨曳真的很爱笑。

她见过他少年时张扬恣肆的微笑，也见过他人前的假笑，甚至见过他要心机使坏的腹黑微笑。

就算经历再大的挫折，他都死咬着牙，只是冷冽地笑着。他把最脆弱柔软的一面隐藏了起来，却在今晚皎洁清明的月光下，全部暴露给了她。

两周后，《我和爷爷的大冒险》综艺第二期进入了录制环节。第二期大冒险的主题——美好的田园生活。

顾名思义，陆粥粥和陆怀柔要去乡村，展开全新的生活。

尽管节目组说得天花乱坠，说乡下生活是“采菊东篱下，悠然见南山”，每天摘摘菜、泡泡茶，怡然自得，但陆怀柔觉得不会这样简单，节目组不会这么轻易放过他，这次录制，绝对会是一场针对他的“变形计”。

早上，节目组的三辆越野车停在了陆宅门口。

陆粥粥推开大门，兴奋地跑出去，挨个问候了节目组的小哥哥小姐姐。

陆怀柔提着陆粥粥的小黄人旅行箱，懒洋洋地走出门，迎头便望见了越野车门边的杨曳。

今天的杨曳，穿着一件浅色毛衣和休闲裤，宽肩窄腰，腿修长，倚在车边跟个车模似的，冲陆怀柔微笑致意。

陆怀柔鼻息间发出一声冷哼。

陆粥粥从他背后钻出来，笑着喊道："姑爷爷早上好！"

他对陆粥粥扬了扬手："小粥，早上好！"

陆粥粥围着杨曳转了一圈："哇，姑爷爷好帅啊！"

阳光落在他的身上，照得他皮肤洁白无瑕。他有一双特别漂亮的眼睛，眼尾自然上扬，睫毛比一般人更长，严肃的时候有点儿生人勿近的感觉，笑起来却又奶又乖。

"姑爷爷哪天不帅？"

"咦，羞羞。"

陆怀柔不满地拍了拍她的后脑勺："姑什么爷爷！谁是你姑爷爷了就乱喊，叫哥哥！"

"还叫哥哥的话，那不是比爷爷还低了两辈了吗？"陆粥粥捂着头，嘟囔道，"爷爷乱占人家便宜。"

杨曳道："粥粥不是我的小粉丝吗？可以叫哥哥，跟辈分没关系，这样显得我更年轻一些。陆前辈，您说呢？"

陆怀柔一听杨曳说话就上火，他绝对是能把人气得半死的祖师爷。

"我说你个老……"

"爷爷！"陆粥粥气呼呼地掐了他一下，"你再出言不逊，我就不理你啦！"

陆怀柔对陆粥粥没辙，只能把火气压下去。

今天的直播人数是上一期的两倍多，很多观众是冲着陆雪陵和杨曳来的，毕竟是他们官宣之后的第一次综艺。

"雪陵姐姐在哪里？你们快给我同框！"

"我来捡糖吃了，有吗？有吗？"

“期待同框！”

……

陆雪陵提着箱子走了出来，杨曳连忙上前接过了她的行李箱：“姐姐先上车吧，剩下的东西我来拿。”

“箱子有点儿重，我带了很多东西。”

“姐姐不相信我吗？”杨曳单手便将她的行李放进了后备厢里。

“可以啊阿曳。”

这次旅行要去大山中，比较远。

一开始，陆粥粥本来坐在陆雪陵和杨曳中间，陆怀柔一个人靠窗坐着。

小姑娘乖乖坐了十几分钟，觉得不太对劲，于是起身坐到陆怀柔身边，还没忘回头冲杨曳挤眉弄眼。

杨曳收到她的眼神，一笑，自然而然地跟陆雪陵坐到了一起，摸出一颗太妃糖。

“姐姐吃糖吗？”

“不了，谢谢。”

“不谢。”

杨曳又从包里摸出橙子，剥开了橙子皮。

镜头给了他的手一个特写，手背皮肤白皙细腻，骨节修长。他将剥好的橙子递到陆雪陵的嘴边，带着撒娇的语气喊了声：“陆姐姐，吃橙子……”

弹幕开始刷屏——

“啊啊啊啊！哥哥，我可以！”

“陆姐姐不吃，请给我！”

“这是什么人间大可爱！太会撒娇了！”

“我仿佛认识了一个假杨曳！”

“我一直以为我家哥哥是高冷，没想到这么奶！”

……

陆雪陵知道杨曳就是这么个小奶狗的性子，早些年她带他的时候，成天跟在她身后，一口一个姐姐，撒娇本事一流。

陆雪陵一口叼走了他手上的橙子。

杨曳笑了起来，弯着眼睛看着她。

“我的天，这眼神太深情了吧？”

“像极了我男友看我的眼神。”

“楼上，说好今天大家一起单身，你为什么有了男朋友？”

……

陆怀柔冷着脸戴上了墨镜。

陆粥粥跟着也戴上了墨镜，爷孙俩抱着手臂坐在一起，连表情都一模一样。

“暂停截图。”

“太可爱了吧！”

“今天我们都是单身，”

“摸摸宝宝，宝宝，你还有小粥粥。”

……

下午，车队下了国道，驶入山区小道。

陆粥粥站在椅子上，小脸贴在窗边，好奇地看着田园风光，时不时发出一声惊叹。

陆怀柔：“请你不要表现出这么没见过世面的样子，谢谢。”

陆粥粥理直气壮地道：“人家本来就没见过世面，不谢。”

陆怀柔晃了晃她的脑袋。

就在这时，车队停了下来。

陆粥粥起身去看，发现路边有村民赶着羊群过马路，结果羊群停在马路中间不走了。

“爷爷，快快，快给我拍照，我要发给蒋清霖！”陆粥粥穿上她的小鞋子，要下车去看羊群。

陆怀柔摸出手机，懒洋洋地给她拍了几张照片。

绵羊咩咩咩地叫着，有几只趴在马路边，故意不让他们通过似的。

贝导下车和村民交涉："老乡，我们急着赶路，能让羊群离开吗？"

赶羊的村民慢悠悠地点了根烟，看上去不像善茬。

"这羊群赖在地上不肯走啊，我也没有办法，兴许它们是肚子饿了吧，我这也没钱买饲料了啊。"

贝导听出他的意思，村民是要节目组给钱呢。

考虑到车上还有几位艺人，不便在这里和村民发生冲突，贝导准备掏钱包了。

陆怀柔却是个宁折不弯的脾气，冷冷地道："这世上没有赖在地上不肯走的畜生，只有赖在地上撒泼的无赖。"

"你这人怎么说话呢？"

"我说话就这样，不服气把你们村主任叫过来，看看今天这羊饲料钱，该不该我们出？"

村民见陆怀柔态度如此强硬，于是破罐破摔道："反正这些羊我是赶不走了，你们自己想办法把它们弄走吧。"

陆怀柔撸起袖子便要上前理论，陆粥粥拉住了他："大人不讲道理，咱们可以跟羊商量一下呀，叫它们让路呀。"

"你要怎么样和它们商量？"

陆粥粥双手叉腰，对羊群咩咩咩地叫了起来。

"……"

小姑娘拉了拉他："爷爷，快跟我一起，人多力量大！"

陆怀柔翻了个白眼："省省吧，幼稚鬼。"

以前他被她骗着学过猫叫，后来这段视频一度在网上被剪辑成了表情包。他绝对不会信她的话了。

"咩咩咩咩。"

"咩咩咩咩咩咩咩咩。"

陆粥粥努力跟羊沟通着。

这时，杨曳走下车，跟陆粥粥一起咩咩咩叫起来。

陆怀柔："不是吧你？"

杨曳冲他微微笑："咩。"

几个节目组工作人员面面相觑，也只好跟着一起学羊叫。

“咩咩咩咩。”

“咩咩咩。”

弹幕飞过——

“这是我见过最诡异的综艺。”

“节目组逐渐‘粥’化……”

“陆怀柔撑住！”

……

这村民许是真没见过这么无聊的人，后面又来了几辆车堵住了路，他怕事情闹大，只好赶着羊群讪讪地离开了。

车辆重新出发，陆粥粥抬手和杨曳击掌：“成功了，羊听我们的话了！”

杨曳惊喜地说：“陆小粥，你太厉害了吧！居然真的会和小动物交流！”

陆粥粥挺胸，骄傲地说：“当然！”

“快教教我怎么做的？我也想和小动物说话。”

陆粥粥：“遇到小猫，你就喵喵叫，遇到小狗，你就汪汪叫，这样就可以啦，它们能听懂的。”

“哇，学到了，你太厉害了。”

“嘿嘿嘿嘿。”陆粥粥见他这么感兴趣，坐到杨曳身边，“我再教教你和其他小动物对话。”

“好哇。”

陆怀柔揉了揉眼角，一个人生闷气。

“哥哥，好好跟杨曳学学怎么哄小孩！”

“再这样下去，杨曳白捡一个孙女你信不信！”

“没有男朋友的我，竟然每天都在教我们家偶像当爷爷。”

……

很快，车队停在了一个四合院门口。

四合院位于半山坡。放眼望去，这户院子位于坡地，周围没有别的人家，依稀可以听见对面山坡的狗叫声，应该是相隔最近的人家了。

院子被收拾得很干净，房间也不是陆怀柔所想的茅草屋，而是二层小楼。已经准备好要过“变形计”生活的陆怀柔，对目前的住宿条件还算满意。

陆粥粥兴奋地跑到院子里，推开新家的房门，原木色信封落在了地上。

陆粥粥捡起信封，冲陆怀柔扬了扬：“爷爷！我发现一封信！”

陆怀柔迈着懒懒的步子走过来，拆开了信封，念道：“亲爱的租客，远道而来，辛苦了，欢迎入住农家小筑。为了帮助你们在农家小筑有更美好的生活，这里有几点温馨小提示：第一，厨房没有现成的食材，田地有蔬菜，屋后有果园，家里也养了鸡和鸭，水塘有鱼虾，一切都需要你们自食其力。”

听到这里，陆粥粥兴奋地道：“这也太棒了吧！”

她可不就喜欢捉鱼捉虾、爬树摘果子吗？

“第二，家里的房间很多，你们可以任选，但是请一定要保持家里的卫生。”

陆粥粥：“打扫卫生完全没问题，交给我爷爷了！”

“你倒是安排得明明白白。”

“嘿嘿。”

陆怀柔继续念道：“第三，虽然房间可以任选，但我有必要提醒你们，请尽可能避免单人住一间房，因为午夜之后，家中时常会听到奇怪的脚步声，夜间一定要结伴而行。”

陆怀柔指着镜头，暴躁地说：“你们这综艺不吓人是拍不下去，对吧？”

摄像小哥无辜地摇了摇头。

弹幕中，粉丝们疯狂刷屏——

“谁让你胆子小。”

“不吓别人，就吓你。”

“哥哥能不能有点儿出息？看看你家小孙女，多淡定！”

……

分配房间的时候，陆雪陵跟陆粥粥一间房。

陆怀柔当然知道节目组的套路，想把他和杨曳故意凑一间房，营造综艺效果，所以故意编灵异故事吓唬他。

陆怀柔这别扭的性格，怎么可能让节目组的诡计得逞，因此坚决选择了单人房间，而且离杨曳越远越好。

因为这次综艺的主题就是归隐田园的美好生活，所以这几天在农家小院，他们的吃穿住行都要自食其力。眼下他们首先要解决的就是晚饭的问题。

后院牲畜栅栏边，陆怀柔和陆雪陵望着满院子的鸡，面面相觑。

陆怀柔回头问节目组："你们该不会让我们自己杀鸡吧？"

节目组："我们是一档走心的综艺，说了自食其力，就没有人帮你们。"

陆怀柔有点儿无语："有没有搞错？"

关于到底谁来杀鸡，这倒成了一个大问题。

陆怀柔看看陆雪陵，陆雪陵凶巴巴地道："看我干什么，不会想让你弱质纤纤的姐姐干这么凶残的事吧？"

"……"

你在家追着我打的时候，怎么没见你弱质纤纤？

他又看了眼身边的陆粥粥，陆粥粥踮着脚站在栅栏外："人家只是个孩子。"

"杨曳呢？"陆怀柔喊道，"那小子上哪儿去了？"

陆雪陵道："他在收拾厨房。"

"这会儿收拾什么厨房，我看他就是找借口。"

"陆怀柔，我说你能不能有点儿出息，不就杀鸡吗？还是不是男人了！"

"怎么不是男人了？"

"那你去啊！"

"去就去！"

陆怀柔打开栅栏，走进了鸡棚："不就是杀鸡吗？我拍戏的时候，人都'杀'过，杀鸡算什么。"

陆粥粥冲陆雪陵竖起了大拇指。激将大法虽然老套，但是管用。

陆怀柔赶着鸡满院子跑，满天鸡毛。他好不容易抓到了一只跑得慢的老母鸡："这玩意儿，要怎么杀啊？"

他对杀鸡一窍不通。

"爷爷别急，我来帮你搜一下！"

陆粥粥掏出手机，帮陆怀柔搜索杀鸡攻略。

那只老母鸡扑腾着翅膀想要逃离，陆怀柔拽着它一边的翅膀，和它较劲，累得满头大汗："小孩，还没有搜出来啊？"

陆粥粥："等一下，马上就好了。"

陆怀柔不信任她，放了鸡，夺过她的手机，却见这小姑娘搜索的内容是："求助，明星应该怎样杀鸡？""怎样杀鸡才不会痛苦？""鸡会有痛觉吗？"

……

最后一个问题搜索后反而跳出了奇怪的内容，陆怀柔气呼呼地瞪她一眼："你能不能搜点儿正常内容？"

陆粥粥无辜地眨眨眼睛："人家又没有杀过鸡，哪里知道。"

陆怀柔终于按照网络上教的杀鸡流程，他费了九牛二虎之力，总算把这只鸡收拾干净了。

为了让孙女每顿都能吃上肉，他也是够拼的。

陆粥粥拿着小板凳坐在院子里看他杀鸡，同情心泛滥："鸡真的好可怜。

"爷爷，剩下的这些大鸡小鸡，我们可以把它们都放生吗？"

陆怀柔看着小姑娘眼睛都红了一圈，于心不忍，说道："这些鸡，就是给人吃的啊。"

"人类为什么要这么残忍呢？"

陆怀柔老安慰了，看来他们家小朋友，真的很善良，很有爱心，这是好事。

为了不让小朋友难过，陆怀柔心里暗暗决定，这几天不杀鸡了，大不了就吃素，他绝对不能让他们家小孩有心理阴影。

"粥粥，那几只鸡，我们待会儿就把它们放生了。"

"好！"

然而，令陆怀柔万万没想到的是，一个小时之后，很有爱心的陆粥粥，津津有味地吃着杨曳做的辣子鸡丁：“啊啊啊！这也太美味了吧！

“爷爷，院子里的鸡，这几天够我们吃吗？

“没关系，我看到后院还养了兔子。杨曳哥哥你会做鲜锅兔吗？我们明天杀兔子吧！

“咦，爷爷，辣子鸡这么好吃，你为什么不吃呢？”

陆怀柔拿起筷子，心情有点儿复杂。

KUWEI
酷威文化
图书 影视

榴约

lagou

下

春风榴火 著

江苏凤凰文艺出版社
JIANGSU PHOENIX LITERATURE AND ART PUBLISHING

目录

/ CONTENTS /

第十四章

长大了我们再见面

晚饭后，陆雪陵端着盘子去厨房洗碗。

杨曳挽着袖子走过来，说道：“陆姐姐，我来吧。”

“咱们都说好了分工合作，既让你做饭，又叫你洗碗，这怎么行呢？”

“还跟我客气，看来姐姐和我的关系还不够亲密。”

陆雪陵倒是笑了：“都对外公布了还不够亲密？”

“是对外公布了，但是姐姐对我的态度好像一直淡淡的。”杨曳看了眼挂在墙角的摄像机，凑近她小声说，“姐姐能不能对我更好一些呢？”

陆雪陵被他温热的气息吹得直痒，害羞地躲了躲：“你要我怎么样对你好？”

“比如……”杨曳用指尖碰了碰自己的脸颊，目光热忱地望着她。

弹幕被网友疯狂刷屏——

“没有糖，我自己主动要糖吃。”

“像极了我男朋友要亲亲抱抱的样子。”

“小奶狗实锤了。”

“求求你们矜持点儿！我都快看不到画面了！”

“关弹幕！”

……

陆雪陵扬手在杨曳脑门上敲了个栗暴，说道：“好好洗碗！想什么呢？”

“痛痛痛痛！姐姐下手太狠了吧！”杨曳捂着头，“好痛哦。”

“痛？我没用力呀，”陆雪陵踮脚检查他的额头，“怎么会痛呢？”

杨曳趁其不备，飞快地在她唇角印下一吻。

陆雪陵脑子空白了两秒，推开他，红着脸说：“你来真的啊，这是在录节目！”

杨曳完全无视摄像头，看着她，表白道：“对我而言，只要有姐姐在，就是约会。我好想每天都和姐姐约会。”

陆雪陵背过身去洗碗，没让镜头拍到她害羞的样子。

男朋友比自己小，她竟然有点儿扛不住。

“我家偶像开口就是情话语录。”

“杨曳太会了吧？”

“出来混果然是要还的，哥哥零绯闻，没想到全留给 Cherlyn 姐了。”

“今天狗粮吃到撑……”

……

晚上，陆怀柔叩响了陆雪陵的房门。

陆粥粥穿着白色碎花小睡裙，跑到门边，露出一条门缝：“爷爷忘了房主人的告诫吗？晚上不可以在家里乱逛哦。”

陆怀柔：“我是那种胆小怕鬼的人吗？”

“那……爷爷这么晚了找我有事吗？”

“不找你，找你姑奶奶，有事跟她说。”

“好吧。”

陆粥粥打开房门，让陆怀柔进来了。

陆雪陵敷着面膜，戴着黑框眼镜，坐在床头看书：“柔柔，来找你知心姐姐谈人生吗？”

“没错，谈谈你的人生大事。”

陆怀柔回头对陆粥粥道：“出去玩半个小时，让我跟你姑奶奶单独聊聊。”

陆粥粥也很好奇这姐弟俩谈话的内容，才不想一个人出门去呢。她趴到自己的床上，用故事书盖住脸：“人家只是小朋友，小朋友听不懂大人的话啦！”

“……”

陆怀柔开门见山，问陆雪陵：“杨曳那臭小子，就是他了？”

陆雪陵知道陆怀柔不是来兴师问罪的，他比任何人都关心她，于是点头道：“嗯，就是他了。”

陆怀柔注意到，自家姐姐提到杨曳的时候，连眼神都温柔了许多。

她要不要这么喜欢?

“你喜欢他什么啊？”陆怀柔不能理解，“这些年追你的男人也不少，怎么就选这小子了？”

在他看来，杨曳非常虚伪，嘴上少有实话，极不真诚。

“你们女人是不是都喜欢听花言巧语？”

陆雪陵放下书，笑道：“对啊，姐姐年龄大了，就爱听好听的话。你自己不会说，难不成还捂住不让别人说啊？”

“你……能不能像我一样，成熟点儿？”

陆粥粥听着忍不住插了一句嘴：“陆三岁还在教别人成熟呢？”

“大人说话，小孩闭嘴。”

陆粥粥继续看故事书，不搭理他了。

“我不喜欢在背后说人是非，但你是我姐，这些话我必须说。”陆怀柔表情严肃了许多，“杨曳那小子城府极深，你这种头脑简单的傻姑娘根本不是他的对手，分分钟就被套路了，信不信？”

陆粥粥看了看陆怀柔，本来以为爷爷会和姑奶奶说她病情的事，没想到他只字未提，却只说杨曳的不好。

杨曳究竟好不好，其实陆粥粥自己也说不上来。但在陆粥粥的眼中，杨曳的肩膀上总是蹲着一只孤冷的灰狼。

虽然杨曳平时待人接物很和善，也很爱笑，给人的感觉犹如春风拂面，但陆粥粥始终觉得，他和陆怀柔不同，他更像一只孤零零的灰狼。

陆粥粥知道陆怀柔的担心肯定不是多余的。任何一个女人他都不会操心，但那人是陆雪陵，是他唯一的姐姐。

陆雪陵摘下眼镜，柔声对陆怀柔道："阿曳是我一手带出道的，他是什么样的人，我比谁都清楚。"

"那你还假装什么都不知道。他说的每一句话都不真诚，我怎么能放心你跟这种人在一起……"

陆雪陵摇了摇头："怀柔，这个世界真的不是非黑即白。从小到大，爸妈很疼你，所以你眼睛里容不得沙子，活得潇洒恣意，想做什么就去做，可以不在乎任何人的看法。"

陆怀柔没有反驳，因为陆雪陵说得对，他就是父母宠着长大的，父母离开之后，他有妻子宠着他，妻子离开之后，他还有姐姐。

"这个世界上，不是所有人都能像你一样幸运。杨曳自小没了父母，是孤儿院长大的孩子，十多岁便在社会上漂泊，为了生计吃了很多苦。这注定了他不可能单纯，也不可能随心所欲。"

陆怀柔知道陆雪陵说得有道理，但是他依旧不能接受这样的人跟他姐姐在一起。毕竟在他眼里，姐姐是无价之宝，杨曳根本配不上。

"以你的条件，可以有更好的选择，为什么一定是他啊？"他嫌弃地说，"难道就因为他喜欢你，你就要喜欢他？"

"我觉得他已经很好了。"陆雪陵的笑容依旧很温柔，"我第一次见到他的时候，他把自己的头发染得花里胡哨，在酒吧里唱歌。台下有几个小混混打架，刀光剑影……还见了血，连老板都跑了，这小子愣是面不改色地把歌唱完了，连调都没跑。

"那时候我就想，这小子能红。不说别的，就凭他这份沉静的心性，能扛得住风雨。所以我签了他，也想捧红他。"

"这不能说明任何事。"陆怀柔撇嘴道，"也许他知道星探就在台下，故意装得很淡定的样子，其实心里很慌呢。"

陆雪陵拍拍他的肩膀："我觉得只有我的影帝弟弟才有这种演技，你觉得呢？"

陆怀柔的每句话都被陆雪陵撑了回来，只能气闷地说："不管怎么样，杨曳是个坏男人，我不喜欢他。”

陆雪陵道：“巧了，你姐姐我就喜欢坏男人。”

“有没有搞错，你还以为自己二十岁啊？”

“姐姐今年只有十八岁，谢谢！”

陆怀柔快气死了！

陆怀柔气呼呼地道：“你再不吸取教训，这辈子就栽在坏男人手里了！”

“我喜欢杨曳，他让我觉得痛快；我喜欢他的热情，喜欢他叫我姐姐，也喜欢他年轻……”

陆怀柔咳嗽了一声，打断了她。

“我没有办法拒绝一个爱我十九年的男人。”她看着陆怀柔，斩钉截铁地说，“这一次，不管多难，我都要和他在一起。”

陆怀柔知道劝不了陆雪陵，她就是这样的脾气，不会冲动行事，凡事百般斟酌、千般思虑，然而，她只要下定决心要去做一件事，便一往无前，绝不回头。

陆怀柔心里虽然不踏实，但是他尊重姐姐的选择，谈判无疾而终。

次日清晨，陆怀柔坐在树下，优哉游哉地品茶，呼吸田园的新鲜空气。

这时，杨曳从屋子里走了出去，拿着锄具说：“陆前辈，我们要下田摘菜了。”

陆怀柔眯着眼睛，拉长调子道：“你觉得我会跟着你下田，你对我有什么误解？”

昨天杀鸡，已经给他留下了挥之不去的心理阴影，今天还想让他下地摘菜，呵呵，想都别想！

就在这时，一道红色的身影蹿出房间：“下地啦，挖蚯蚓啦！听说农村的蚯蚓又大又肥！”

“……”

陆怀柔暴躁地大喊：“陆粥粥你想都别想！还挖蚯蚓？你要是敢把衣服弄脏，回来就等着家法伺候吧！”

“走啦！爷爷拜拜！”

"回来！不准去！"

杨曳笑眯眯地道："陆前辈，不然您还是跟我们一起去吧。"

陆怀柔泄气地放下茶杯，三两步追上了陆粥粥，死死拽着她的衣领，不让她到处乱窜。

一行人走在乡间田埂边，远处山上不少干活儿的农家抬起头，好奇地打量着他们。

陆粥粥闹着中午要吃玉米，于是陆怀柔只能到玉米地里给她掰玉米。

"爷爷，这是水果玉米吗？"

"不知道。"

"你居然认不出水果玉米和正常玉米？"

"你凭什么以为我认得出来？"

"你可是爷爷呀！"

陆怀柔有时候这不知道这小孩脑子里在想什么，她似乎总有一套自己的世界法则，不受外部环境的任何影响。也许这就是小孩子吧。

陆粥粥踮起脚，够到一个玉米，掰了半晌，都没能把它掰下来。

陆怀柔冷冷一笑。

陆粥粥不服气地说："那你来呀！"

"是时候展现我真正的实力了！"

陆怀柔拿起镰刀，走过来，玉米秆伴随着他手起刀落，几个玉米头也落在了地上。

陆粥粥都看呆了："爷爷……太酷了吧！"

"以后请叫我陆大侠，谢谢。"

"大侠，请收小女为徒！"

"你资质太差，不收不收。"

"哼！有什么了不起！"

就在这时，节目组小姐姐急匆匆跑过来，看着已经被斩断的玉米秆道："陆老师，虽然您功夫好，但是网友们都看着，请您注意言行，不要随便破坏庄稼，谢谢。"

"……"

陆粥粥笑得在玉米地里打起了滚儿："陆大侠，破坏庄稼可还行？"

陆怀柔拎起她的衣领："笑什么笑！不准笑了，刚刚只是为了教育你，要爱护庄稼！"

"您老人家可要点儿脸吧！"

"没大没小！"

他们闹了半晌，陆怀柔终究还是老老实实地掰起了玉米。

果然，之前预想的"采菊东篱下，悠然见南山"的美好田园生活都是假的，"锄禾日当午，汗滴禾下土"才是真的。

小姑娘帮不上任何忙，一蹦一跳地跟在他后面，这儿看看，那儿瞅瞅。

陆怀柔擦了擦额间的汗，望向田埂，只见陆雪陵脱了防晒衣，穿着一件红色的长裙，鬓间别着一朵野花，站在田埂边摆造型。

杨电一只脚踩在水田里，一只脚站在田埂上，仰着身子帮她拍照。

他们居然连单反都带出了。

陆怀柔："……"

所以其他人都是来度假的，就他一个人参加"变形计"？

陆怀柔在田里忙了一个多小时，掰了玉米，又砍了几棵大白菜，抬头看到陆粥粥这位社交小达人居然又认识新朋友了。

蹲在田埂边的小男孩，皮肤黝黑，看着比陆粥粥大几岁，但兴许是营养不良，身板比陆粥粥要瘦小很多。

"我叫陆粥粥，你叫什么名字呀？"

"我叫周鑫。"

"很高兴认识你。你住在这里吗？"

小男孩也不怕生，指了指对面山坳的一户人家："那儿是我家。"

"哇，你家好远哦。你怎么跑到这儿来了？"

"不远啊，我半个小时就过来了。你们这里好热闹呀。"

陆粥粥解释道："我们在录节目。"

"录节目是什么？"

"就是上电视什么的。"

周鑫崇拜地说："好厉害呀。"

陆粥粥自豪地说："我爷爷才厉害呢，他每天都上电视，你知道他吗？"

周鑫摇了摇头："我们家没有电视机。"

"原来是这样。"

"对了对了！"陆粥粥似是想起什么，连忙问道，"我们住的房子，听说闹鬼，你知道吗？"

周鑫看看山坡上的四合小院，说道："没有听说呀。"

陆粥粥回头冲陆怀柔道："爷爷，你不用怕，我帮你问了，家里闹鬼是假的！"

玉米地里，陆怀柔暴躁地大喊："我不怕！"

陆粥粥偷笑，对周鑫道："我爷爷胆子很小的。"

周鑫也笑了起来，好奇地问陆粥粥："你们是从哪儿来的？"

"北城，你知道吗？"

"不知道，"周鑫说道，"我从来没有离开过村子。"

"北城是一座大城市，街上有很多车，还有公园、游乐园、大商场……"

周鑫羡慕地说："真想出去看看。"

"那你跟我一起回家！叫上我的好朋友蒋清霖，我们一起去游乐园玩！"

"我爸说，只要我好好学习，总有一天会走出大山的，到时候我去找你玩。"

"好呀！我等你！"

周鑫跑到田埂边，从草地里摘了一片叶子递给陆粥粥："请你吃。"

"这是什么？"

"甜皮叶。"周鑫扯了一片叶子放进嘴里，"你尝尝。"

陆粥粥学着他的动作，把叶子放进嘴里，果不其然，叶子是甜的。

礼尚往来，小姑娘也从包包里摸出一块巧克力，说道："这个请你吃！"

周鑫兴许是第一次吃巧克力，表情既惊讶又幸福，仿佛整个世界都变成了粉红色。

"好吃！"

"咦，你没有吃过巧克力吗？"

“从来没有。”

陆粥粥把自己的包包翻了个遍，找出了两块巧克力，递给了周鑫：“喏，全都给你。”

“谢谢粥粥，你真好。”

“不用谢我，要谢就谢景绪哥哥吧，这是他给我买的。”

“是你亲哥吗？”

“不是，但他是除了爷爷、姑奶奶、爸爸、妈妈以外，我最喜欢的人。”

“哦。”

周鑫忽然有点儿羡慕这个景绪哥哥。

“陆粥粥，你今年多大呀？”

“我七岁了。”

“我十岁。”周鑫说道，“我比你大，你也可以叫我周鑫哥哥。”

“这样呀。”

陆粥粥还没说话，忽然收到了一条来自景绪的短消息：“不准乱认哥哥。”

第一天晚上，因为舟车劳顿，陆怀柔睡得很熟。但是到了第二天晚上，他便有些失眠了，时不时拿出手机，刷刷微博。

就在陆怀柔浏览信息的时候，房间门外传来了奇怪的声音，有点儿像脚步声，来来回回地踱着步子，很轻很轻。

在黑暗中，人的感官格外敏锐。

他全神贯注地听着门外的声音，脚步声由远及近，由近到远，下了楼，又上楼，最后停在他的房门外，一动不动。

陆怀柔的寒毛一下子竖了起来。这不像是陆粥粥的脚步声，也不是陆雪陵，这俩人的声音他都很熟悉。

杨曳？他应该不会这么无聊吧。

陆怀柔知道节目组搞噱头编恐怖故事吓唬人，但是现在接近午夜，节目组在这个时候装神弄鬼，那就真的太过分了！

陆怀柔越想越毛骨悚然，哆哆嗦嗦摸出手机给陆粥粥发消息：“睡着了没？”

如果这丫头没睡，看到他的消息势必会回一句：“睡着啦！”

陆粥粥没有回他，想必是真的睡了。

陆怀柔翻身而起，走到门边，打开了一条门缝，弓着身子朝外面看了看。走廊空空荡荡的，什么都没有。

不，并不是什么都没有，他分明看到一个白色的身影，一下子消失在了楼梯口。

陆怀柔连连后退，吓得魂飞魄散。

他赶紧来到陆雪陵和陆粥粥的房门边，准备把她们叫醒，一起下楼查看究竟。不过转念一想，这要真是他神经过敏想太多，肯定会让陆粥粥那个小破孩儿嘲笑很久。

陆怀柔决定不惊动她们，转而走到了杨曳门边，敲了敲：“睡了没？”

杨曳似乎还没睡，一听到声音，便开了门。

“这么晚了，陆前辈有事？”

“你刚刚有没有在外面闲溜达？”

杨曳扬了扬手里的电子阅读器：“我一直在看书。”

“那你有没有听到……奇怪的声音？”

“没有啊。”

“我听得很清楚，肯定有人在走廊上溜达！还在我的房间门口逗留了一会儿！刚刚我还看到一个白色影子！”

杨曳看出了陆怀柔害怕，嘴角勾起：“陆前辈，您要不要进屋跟我睡？”

“不……不需要！”陆怀柔心虚地解释，“我是担心有小偷破门而入，所以才叫你一起下楼看看，毕竟家里还有孩子。”

“有道理。”

杨曳决定跟陆怀柔一起下楼看看。

为了不打草惊蛇，陆怀柔没有开灯，来到了一楼。

客厅里没有人影，但是厨房里真的有窸窸窣窣的声音。

杨曳小声问陆怀柔：“不会是老鼠吧？”

陆怀柔："老鼠怎么会发出人的脚步声？"

两个人弓着身子一前一后地来到厨房门口。

厨房里一片漆黑，黑暗中，某处传来咯吱咯吱的响动，这个声音绝对不可能是老鼠！

就在这时，一道手电光猝不及防地射了过来。

陆怀柔头皮发麻，尖叫起来："啊——"

拿着手电筒照他的陆粥粥也尖叫了起来："啊——"

杨曳打开了壁灯，房间一下子亮了起来。

陆怀柔看到小姑娘穿着白色的睡裙，站在橱柜门口，怀里抱着一包薯片，惊魂甫定地望着他。

陆粥粥见势不对，拔腿就跑，被陆怀柔一把攥住了衣领。他气呼呼地说："谁让你大晚上溜出来装神弄鬼？"

"人家只是肚子饿了，下楼找点儿吃的，"陆粥粥委屈地说，"没有装神弄鬼。"

"吃东西就吃东西，你在我门口瞎晃悠什么？"

陆粥粥解释道："我得确定爷爷已经睡着了呀！你又不让我吃薯片，说这是垃圾食品。"

陆怀柔摊开手，陆粥粥只好乖乖地交出了手电筒和剩下一半的薯片。

杨曳笑着揉了揉陆粥粥的脑袋："现在总算破案了，把陆前辈吓得不敢睡觉的人就是你这个小调皮鬼。"

"谁……谁不敢睡觉了！"陆怀柔心虚地说，"我完全没有被吓到，只是为了家里的安全着想，下来探查究竟。"

杨曳："哦。"

陆粥粥："哦。"

陆怀柔拎着陆粥粥上楼，问道："我给你发信息，你为什么不回我？"

"爷爷该不会天真地以为，我会蠢到'睡着'了还回你信息，暴露我自己吧？"

"……"

他还真是这么认为的。

陆粥粥不满地道："过分低估孙女智商的结果，就是把自己吓得半死。"

陆怀柔："再说一遍，我没有被吓到，更没有被吓得半死！"

深夜弹幕——

"已截屏留证。"

"男人怕鬼不是罪。"

……

第二天清早，节目组小姐姐把大伙儿都叫了起来，告诉他们，今天会来一位飞行嘉宾。

陆怀柔和陆雪陵没太大的兴趣，陆粥粥却兴奋起来，拉着小姐姐不住地询问："是谁呀？我认识吗？是我们班的小朋友吗？"

小姐姐解释道："不是粥粥身边的人，而是明星哦。"

"可我认识的明星不多。"

"粥粥就当认识新朋友了嘛。"

"说得也对！"陆粥粥又追问，"那是哥哥还是姐姐啊，比我爷爷还好看吗？"

"是个小哥哥，很年轻，至于谁更好看，这个……"小姐姐尴尬笑了起来，"不同年龄段，没有办法对比啦。"

"嗯，每个人都有自己的魅力，不应该进行对比。"陆粥粥点头，"在我心里，我爷爷就是天底下最帅的男人。"

陆怀柔嘴角扬了扬，面露骄傲之色，却不想，陆粥粥继续说道："仅次于景绪哥哥、杨曳哥哥，还有张虎……"

陆怀柔："……"

请问你身边还有别的男人吗？

陆粥粥在院子里等了一上午，晌午时分，神秘的飞行嘉宾终于来到农家小筑。

弹幕里已经开始不淡定了——

"弟弟！弟弟！弟弟！"

“天啊，这是什么神仙综艺，居然把傅笙弟弟请来了！”

“容我说一句，为什么要请傅笙，他没什么综艺感啊。为什么不请方寻嘉呢？他更开朗，和粥粥也更搭。”

“我也觉得，同一个组合，为什么不请方寻嘉弟弟呢？”

“果然还是有资源啊，心疼寻嘉弟弟。”

“刷方寻嘉的滚出去好嘛，不看看这是谁的主场。”

“真的很没眼力见。”

……

傅笙穿着一件宽松的浅色卫衣，颈上挂着耳机，窄脚裤勾勒着他的大长腿，十四五岁的样子，是青春帅气的阳光男孩。

陆粥粥看得眼睛都直了，这个哥哥太好看了！他皮肤好白，嘴唇红润，太阳底下，他浑身上下仿佛都在发光。世界上怎么会有这么好看的哥哥！

陆怀柔注意到，从傅笙拖着行李进屋，自家孙女的视线就没有从他身上抽离过。

“要不要这么花痴？”他伸手挡了挡陆粥粥的视线，“没见过帅哥？”

陆粥粥说道：“这个……帅得过分了。”

陆怀柔不屑一顾，嘲讽地说：“没见过世面。”

傅笙是很好看，算当今娱乐圈最年轻的小鲜肉，不过他们同一个组合当中，方寻嘉的人气比他高得多。

他们是组合出道，主打颜值，唱跳勉强过关，没有演艺作品。尽管如此，粉丝依旧为他们疯狂，毕竟这个时代，年纪小、高颜值，打出名气是很容易的。但是能不能守得住名气，就要拿作品说话了。

陆雪陵热情地迎了出来，接过他手中的行李箱，说道：“一路辛苦了，快进屋休息。”

傅笙礼貌地一一问好：“Cherlyn 姐姐好，陆前辈好，杨前辈好。”他看了眼躲在陆怀柔身后的陆粥粥，不知道该叫什么。

陆雪陵介绍道：“这是我们家粥粥小朋友，今年七岁。”

陆粥粥赶紧拉拉陆雪陵衣角，提醒道：“人家快满八岁啦。”

“粥粥妹妹好，我叫傅笙，今年十五岁，很高兴认识你。”

“傅笙哥……”陆粥粥顿了顿，道，“傅笙你好呀，我也很高兴认识你。”

傅笙与大家一一寒暄之后，便没有太多的话，默默地将自己行李提到二楼。杨曳上前来帮他，也被他婉拒了：“不用麻烦前辈，我自己来。”

“那你小心些。”

自傅笙一来，弹幕里的火药味加重了——

“看吧，傅笙的性格，根本不适合参加综艺。”

“完全没有综艺感。”

“他根本融入不了这个大家庭好吗？”

“格格不入的样子，一下子整个气氛都变得怪怪的。”

“不知道节目组为什么要请他，果然是有资源吗？”

“楼上真的够了，弟弟这才刚刚过来，和大家都是初次接触，根本不熟悉，恰到好处的礼貌，很正常好吧！”

“有一说一，如果来的是方寻嘉，气氛肯定没现在冷。”

“我们家寻嘉弟弟情商爆表好吧。”

“心疼寻嘉弟弟，资源不如这位，连综艺也要被抢。”

“寻嘉粉，你们够了！”

“我真的要吐了！多大脸！”

……

陆粥粥并不知道网络上的事，在傅笙上楼之后，兴奋地摇晃着陆怀柔的手臂：“爷爷，这个哥哥真好看！我要和他当好朋友！”

陆怀柔甩开她：“请你不要以貌取人。”

陆雪陵笑着问陆粥粥：“所以是傅笙哥哥好看，还是你爷爷好看啊？”

陆粥粥：“老人家没有资格和小孩比美！”

“……”

弹幕又疯狂了——

“全天下哥哥都比我爷爷好看系列。”

“陆粥粥外貌协会实锤了，哈哈哈！”

……

陆怀柔不服气，又扯着陆粥粥的小辫儿，问道："那是傅笙好看，还是你景绪哥哥好看？"

"呃……"

这个问题，倒是让陆粥粥愣了一下。

弹幕又开始刷屏——

"虽然不知道景绪哥哥是谁，但似乎是我们粥粥心目中的白月光呢。"

"粥粥你好好回答啊，姐姐们都看着呢！"

……

景绪这会儿也放下了写作业的笔，看向了正在直播的屏幕。

陆粥粥看看坏笑的陆怀柔，又看看镜头，深深感觉这是一道送命题。

"景绪哥哥在我心里是主观好看，傅笙是客观好看，"她摆摆手，说道，"没有办法比较啦！"

陆雪陵不满地说："有你这样套路你孙女的吗？"

要不是陆粥粥反应快，指不定要得罪傅笙的粉丝了呢。

陆怀柔无所谓地耸耸肩："我能套路到她？你太小看粥粥女王了吧。"

陆粥粥赶紧摸出手机，转过身去给景绪发信息："哥哥你没看直播吧？"

景绪："没有，我很忙。"

陆粥粥松了一口气："我有听你的话，不到处乱认哥哥哦。"

景绪："嗯，你只是目光落在人家身上就抽不回来了。"

陆粥粥："……"

你不是很忙吗？

陆粥粥："哥哥，我瞎说的！主观、客观都是我景绪哥哥最好看！"

景绪发了个微笑的表情。

很快，傅笙收拾完自己的行李，下了楼。

大人都去忙自己的事了，陆粥粥坐在沙发上等着他："傅笙，过来坐吧。"

傅笙点点头，走到她身边坐下来，问道："你们平时都干什么？"

"杀鸡，杀鱼，杀兔子。"

傅笙一脸惊悚。

陆粥粥连忙解释道："这些都是我爷爷的活儿，咱们负责去菜地摘菜，或者去果园摘果子，不用担心啦。"

"哦。"

两个人大眼望望小眼，一时无语。

"对了对了！周鑫说等会儿带我去抓泥鳅，傅笙也去吗？"

"抓泥鳅？"

"对呀！很好玩的！傅笙跟我们一块儿去吧！"

"哦，好。"

弹幕又开始刷屏——

"陆粥粥居然带傅笙弟弟去抓泥鳅，绝了。"

"画面太美我不敢想。"

"预感我们的傅笙乖宝宝很快就被粥同学带野。"

"陆怀柔你快出来管管你孙女！"

……

午饭之后，周鑫提着水桶来到院子里，等着陆粥粥。

陆粥粥拉着傅笙跑出来，说道："周鑫，这是今天我的新朋友，傅笙！傅笙，这是周鑫，我昨天认识的新朋友！"

傅笙和周鑫不约而同地道："你新朋友真多。"

陆粥粥笑了起来："你俩很有默契嘛，看来我们三个注定要当好朋友啦。"

傅笙接过周鑫手里的水桶，说道："去哪里捉泥鳅呢？"

"我带路！"周鑫走在前面，"那条小水沟里泥鳅可多了，我带你们去。"

"哇！开心！"

陆怀柔午觉睡醒之后，换了鞋，准备陪陆粥粥去抓泥鳅："小孩，出发了！"

院子里，陆雪陵坐在摇椅上看着书，慢悠悠地道："她已经出去了。"

陆怀柔大惊："她跟谁出去的？"

“傅笙啊。”

陆怀柔：“不是……昨天求了我半天，让我陪她去抓泥鳅，怎么变卦了？”

陆雪陵：“粥粥说，抓泥鳅属于年轻人的活动，不太适合老人家。”

陆怀柔：“……”

他有种被抛弃的沮丧感。

周鑫很高兴认识这两位城里来的小伙伴，一路上听陆粥粥讲了好多城里的新鲜事，也让他长了见识。

为了不让城里的小伙伴看轻，周鑫带着他们来到了泥鳅最多的小水沟，准备一展身手，让他们见识自己捉泥鳅的本领。

水沟位于山脚田埂旁，离家不远，陆粥粥抬头就能看见自家的小院子。

周鑫脱了鞋，跳进泥沙浑浊的水沟里：“我帮你们捉泥鳅，晚上让你们大饱口福。”

“我也来！”陆粥粥也迫不及待地脱了鞋。

傅笙连忙拉住她：“你别下去了吧，水沟里很脏的。”

陆粥粥眉头蹙了起来，看看周鑫，他将手伸到了泥沙里，正在专心致志地抓泥鳅。

“可是看着好好玩哦。”

“我们在边上看着就好了。”傅笙作为大孩子，要负责看住陆粥粥，“弄脏了鞋子和衣服，很难洗，而且泥地里很滑，万一摔倒受伤，就糟糕了。”

陆粥粥叹了一口气，羡慕地望着周鑫。

这时候，弹幕里黑子和粉丝的战火，再度燃烧起来——

“怕脏你干吗来农村啊？”

“我说什么来着，傅笙真的不适合来上这种综艺，根本融入不了。”

“真扫兴。”

“你们怎么什么都能杠啊？傅笙的担忧有道理好吧！”

“赌一包辣条，如果是寻嘉弟弟，他肯定会跟陆粥粥一起下去摸泥鳅！”

“寻嘉弟弟的性格，更适合来参加这类综艺吧。”

“同一个组合出来，差距就是这么大。”

“导演，下一期飞行嘉宾跪求寻嘉弟弟！他肯定能和粥粥当好朋友！”

……

周鑫望望田埂边的陆粥粥和傅笙，说道：“你们不下来一起抓吗？”

陆粥粥实在心痒痒忍不住了，脱掉了鞋子和袜子：“我来啦！”

“粥粥！”

她哀求地望着傅笙：“真的好想一起玩哟。”

傅笙禁不住小姑娘的撒娇，又担心不安全，只好道：“那我跟你一起下去吧。”

“太好了！”

傅笙也脱了鞋袜，跟陆粥粥一起踩到水沟里，全程拉着陆粥粥，免得她摔跤。

陆粥粥弯下腰，学着周鑫的样子，在泥里摸了半晌，什么都没抓到。

周鑫为了让陆粥粥更有体验感，摸到一根肥肥的泥鳅，递给陆粥粥：“给！放到桶里去！”

陆粥粥兴奋地接了过来，没想到泥鳅浑身光溜溜的，她一抓到它，便让它从手里滑了出去，飞速钻进泥地里。

“哎呀！掉了。”

周鑫道：“很滑的，要死死抓住。”

“真可惜。”

“没关系，还有很多呢。”

傅笙也学着周鑫的样子，将手伸进泥土里，掏了好半晌。黏糊糊的泥沙中，似乎有不同的触感，他猛地揪住泥鳅，拔了出来。

陆粥粥用力鼓掌：“傅笙，你太棒了吧！一学就会。”

傅笙笑了笑：“这里真的有很多泥鳅，不难抓。”

“可我总是抓不住。”

“那我帮你抓吧，你就跟着我，别乱跑。”

“嗯！”

傅笙牵着陆粥粥，来到水沟转角处，认认真真地抓泥鳅。陆粥粥很听话，也不乱跑，一直跟在他身边。

很快，夕阳西下，他们收获颇丰，抓了满满一桶泥鳅。不过三个小孩也全变成了小泥人，脸上身上都沾了泥巴。周鑫带着陆粥粥和傅笙，来到小溪边洗脚。

溪水清澈凉快，陆粥粥将脚丫子伸进去，让水流冲掉她腿上的泥沙。

傅笙也站在浅水处，像大哥哥照顾妹妹一样，给她洗干净手上的泥沙。

“我们笙弟弟真的很暖。”

“是啊，全程照顾妹妹，很暖心。”

……

回去的路上，陆粥粥趁着摄像小哥去拍田间风景的间隙，好奇地问傅笙：“寻嘉是谁呀？”

傅笙微微一惊。陆粥粥扬了扬手机，她正在看直播评论：“他们提到这个人。”

“方寻嘉是我的队友，我们一个组合的。”傅笙解释道，“他的人气比我高很多，所以粉丝喜欢拿我们比较。”

陆粥粥不解地道：“因为他唱歌跳舞比你厉害吗？”

傅笙也有自己的骄傲，说道：“不是，我不觉得自己比任何人差。”

“那是为什么？”

“可能他性格比我更讨喜。”傅笙想了想，说道，“他总是能让气氛热络起来，综艺感很强。这方面，我承认自己不如他。”

陆粥粥看出了傅笙的沮丧，牵了牵他的手，安慰道：“每个人都有自己的长处，你不要和他比呀。”

“可是别人会拿我们比较，我们同期出道，怎么可能不介意？”

面对单纯善良的陆粥粥，傅笙长期以来压抑的情绪，忽然有些收不住了：“我努力训练，唱跳都争取做到最好，可我就是不如他！这个圈子不是只靠努力就能成功的，观众缘这种东西，是根本没办法靠努力得到的！”

陆粥粥能感觉到傅笙的不甘心，伸手摸了摸他袖下攥紧的拳头，说道："可你就是你呀，也有那么多人喜欢你。如果强行改变自己，也许短时间会有很多人喜欢，但你就不是你了。"

傅笙望着她，怔了怔，似乎在思考着她的话。

"不要想这么多啦。"陆粥粥踮起脚，拍了拍傅笙的肩膀，"我爷爷说，娱乐圈成名很容易，但要守住名气，还是要下功夫的！所以努力是没有错的，也不会白费！"

傅笙忽然有些顿悟："我……明白了，粥粥，谢谢你！我不会再去烦恼这些事了，好好打磨演技，努力练歌练舞，这才是最重要的！"

"对啦！"陆粥粥遗憾地说，"可惜摄像哥哥他们拍照去了，这些话没让观众听到，不然他们一定会更喜欢你的。"

"为什么要说给别人听，我不需要人设，我就是我自己。"

陆粥粥笑了起来："你学得很快嘛！"

傅笙也笑了："粥粥老师教得好。"

晚上回到家，陆怀柔看到陆粥粥脏兮兮的衣裳，连头发里都有泥，气不打一处来："整天调皮捣蛋，家里挖蚯蚓，下乡挖泥鳅，给你一艘宇宙飞船，你是不是还要上火星挖矿？"

陆粥粥见他气势汹汹地走过来，尖叫一声，连忙躲到了傅笙背后："傅笙救命！"

傅笙以为陆怀柔要揍小姑娘，于是挡在她前面："陆前辈，是我带粥粥去水沟里玩的，是我的错。"

陆怀柔看着他，反问道："这才认识一天，你就帮着她说话了，你们很熟吗？"

傅笙护着陆粥粥，说道："粥粥年纪比我小，我把她当妹妹。"

陆怀柔冷笑："全世界的小男生都想给这破丫头当哥哥，可惜，这小孩只认一个哥哥，你来晚了。"

这几天，陆粥粥每天都抛下陆怀柔，和傅笙、周鑫漫山遍野地玩，反倒让陆怀柔觉得不太适应。

他煮了两根水果玉米，走到陆粥粥身边，说道："小孩，下午我去果园摘橘子，要不要跟我一起去啊？"

陆粥粥接过热乎乎的玉米，仍旧无情地说："不去，下午我要和傅笙、周鑫去爬山。"

"爬山有什么好玩的？"

"傅笙说山顶上可以看夕阳。"

"哦。"陆怀柔漫不经心地道，"看夕阳啊，正好我也喜欢看夕阳，一起去啊。"

"你也要去？"

"怎么？"

"爬山不适合老年人。"

陆怀柔嚷嚷道："怎么不适合老年人了！不是……我不是老年人！"

"傅笙叫我了！"陆粥粥将陆怀柔手里还没来得及吃的玉米抢了去，"拜拜！"

"喂！臭丫头！"

陆怀柔看着她跑远的背影，气得不行，又无可奈何。

陆雪陵见到这一幕，笑着说："以前人家小姑娘追着你玩的时候，你对人家呢，爱搭不理，还总嫌人家烦，现在她终于有了新的小伙伴一起玩，你反而不适应了。"

陆怀柔不服气地说："看着吧，她也就新鲜这一阵子，等过段时间新鲜劲儿一过，就知道谁才是她最好的伙伴！"

"我觉得这一天永远不会到来了。"陆雪陵道，"等到小姑娘青春期的时候，兴许连话都不想和你多说，看见你这糟老头就讨厌。"

陆怀柔觉得很荒唐："你胡说什么……"

"人家都说，三岁就是一个代沟，你自己掰着手指头算算，你跟她隔了多少个代沟。"

“我是她爷爷！”

“你是天王都不行。”

他开始害怕小姑娘青春期的到来。

这破丫头要真觉得和他有了代沟，指不定就要离开他了。为了这事，陆怀柔一整天都忧心忡忡的。

下午，陆怀柔还是拖着一把老骨头，死皮白赖地跟着陆粥粥几个小孩去爬山。

这里的山道都是未经开发的野路，杂草丛生，有些地方还很陡峭。

陆粥粥时不时回头看看陆怀柔，不放心地叮嘱：“爷爷，你当心别摔跤呀。”

陆怀柔喘息着说：“你看不起你爷爷是吧，信不信，我当场给你来两个后空翻？”

“千万别……我信您还不成吗？”

前面，周鑫和傅笙冲陆粥粥喊道：“粥粥，快上来，不然要错过夕阳了！”

“来了！”

小姑娘三两步便蹿上了山坡。

陆怀柔看看身后扛着摄像机的小哥：“你们跟着我干什么？追那几个小孩去啊。”

摄像小哥喘着粗气，舌头都快捋不直了：“我……我们……我们主要拍陆老师。”

“不必，我不和小孩抢镜头。”

“不不不，一定要。陆老师您才是人气担当。”

“呵呵。”

弹幕上飘过评论——

“实不相瞒，你们弱爆了！”

“大型菜鸡互啄现场。”

……

俩男孩很快便爬上了山顶，陆粥粥稍弱一些，回头看了眼了陆怀柔，他坐在半山腰的石头上，跟摄像小哥俩人大眼瞪小眼。

“粥粥！太阳快下山了，再耽搁就看不到了！”周鑫站在山崖边催促。

陆粥粥犹豫了一下，说道：“你们先看着，我去接我爷爷。”

陆怀柔坐在石头上乘凉，倒也没多累，只是上次扭伤脚之后，他的腿便不能做太剧烈的运动。

很快，小姑娘噔噔噔地从坡上跑下来，一阵风似的蹿到他身边。

“不是看夕阳吗？你又下来干吗？”

陆粥粥站在他面前，背着手笑嘻嘻地问：“你累啦？”

“累，是不可能的。”陆怀柔厚着脸皮说道，“我对夕阳不感兴趣，每天都能看，有什么意思。”

陆粥粥慢悠悠地坐到他身边，说道：“我也觉得，咱家三楼阳台就能看夕阳，的确没什么好看的。”

“爬了一下午的山，你不就是为了看夕阳才上山的吗？”

“我现在忽然又不想看了。”

“你真是个小孩啊，”陆怀柔戳戳她的脑袋，“想一出是一出。”

“人家本来就是小孩。”

陆粥粥跟他坐得更近了些，靠着他的肩膀：“爷爷，你是不是很累啊？”

“我说了我不累！”陆怀柔不满地说：“还早着呢。”

陆粥粥抱住了他的腰，咕哝着：“那爷爷也不可以老哦。”

陆怀柔微微愣住。

其实他性格大大咧咧，很多孩子的小情绪他根本注意不到。陆粥粥一路都在等他，若不是这样，她早爬上山顶了。从来没有一刻比此时更让陆怀柔觉得，他付出的一切都值得。

“老？我怎么会老？”陆怀柔单手抱起了小姑娘，起身朝着山坡上跑去，“还早着呢，你爷爷永远不会老！马上带你上山看夕阳！”

陆粥粥咯咯地笑着，举着双手欢呼：“我爷爷是超人！”

“那必须是！”

弹幕又疯狂了——

“我差点儿都忘了，我看的是怀爷和粥粥的综艺。”

“泪目，真是神仙爷孙啊。”

“怀爷永远不会老！”

“妈妈问我为什么哭晕在电脑前。”

……

看完了夕阳，一行人下山。人们劳作完，走在田埂上，碰到他们，都在驻足观望。小朋友粉雕玉琢，像从年画里走出来的小仙童似的，尤其是陆怀柔，真是他们有限的阅历中所见过的最英俊的男人。

大姑娘盯着陆怀柔，从上看到下，仔仔细细地打量着，露出害羞的神情。

陆粥粥看出了端倪，笑着说道：“我爷爷单身，虽然年龄大了些，但是身体健康，无不良嗜好，走过路过不要错过啊。”

大姑娘脸蛋越发红润，娇羞地望着陆怀柔。

陆怀柔被她们盯得头皮发麻，一把薅过陆粥粥的衣领，捂住她的嘴巴：“你够了，闭嘴！”

周鑫回头对陆粥粥道：“陆粥粥，我邀请你明天你来我家里玩吧。我爸爸明天要去邻村，家里只有爷爷奶奶。”

“好呀。”

“好什么好。”陆怀柔说道，“怎么上哪儿你都喜欢串门呢？”

“唔……”

周鑫连连摆手：“没关系啊，我是真心邀请你们过来，傅笙、粥粥，还有粥粥爷爷，你们都可以来玩。”

傅笙问道：“你爸出门，家里只有爷爷奶奶，那你妈妈呢？”

“我妈妈在屋子里呢，她平时都不见人。”

此言一出，三人同时沉默了。

陆怀柔皱眉问：“为什么？”

周鑫只比粥粥大两岁，对人更是没有防备，天真地说：“我爸爸说，不这样她会跑掉。”

“你妈妈为什么要跑呀？”陆粥粥好奇地问，“跑去哪儿？”

周鑫解释：“我爸说，她想回城里去，不想要我了。”

“可她是你的妈妈呀，如果她想去城里，想做自己的事，你应该无条件支持她，怎么能把她关起来呢？”

“可那样……我就没妈妈了。”

“怎么会？你妈妈肯定不会不要你的。”

“陆粥粥！”陆怀柔忽然打断了两个小朋友的对话，“不要再说了。”

意识到这件事的严重性之后，陆怀柔前脚进入家门，后脚便把贝导和陆雪陵、杨曳私下叫了出来，将刚刚的情况简单说明了一下。

陆怀柔很确定地说：“听周鑫的描述，他妈妈应该是被困住了，我们必须报警。”

陆雪陵没想到录综艺还会遇到这样的事情，担忧地说：“现在报警会不会太草率了，仅凭孩子随口说的一句话，就把警察叫来，这……”

“你们只是没有在现场而已，我看那孩子的神情，应该不是胡言乱语。”陆怀柔很坚持，“这种事宁可错杀，不可放过。”

杨曳提议道：“那孩子不是邀请粥粥明天去他们家做客吗？咱们就借着这个机会，实地探查一番。如果真的有问题，再报警不迟。”

陆怀柔不屑地说：“即便我们去了，也不一定能见到人。”

杨曳摇了摇头：“肯定还是会留下蛛丝马迹的。”

陆雪陵赞同地道：“先实地走访，如果真有问题，再报警不迟；万一是误会，咱们这样贸然行动，也会给节目组带来麻烦。”

陆怀柔仔细想想，也的确不应该轻易报警，毕竟这里是非常偏远的乡村，警方出警就必须一击制胜，否则很容易打草惊蛇。

最终众人决定，第二天由陆雪陵带着陆粥粥和傅笙去周鑫家里，杨曳和陆怀柔在外围探查情况，贝导去村委会间接打听打听。

这一路上，陆怀柔都很紧张，一个劲儿叮嘱陆粥粥：“待会儿不准乱跑，不准离开你姑奶奶的视线。”

“哦。”陆粥粥看得出来，今天全家总动员，事情肯定不简单。

傅笙看出了陆怀柔的担忧，说道：“陆前辈，放心吧，不管发生任何事，我都会照顾好粥粥的。”

说话间，几人来到了周鑫家门口。周鑫站在门边迎接他们，做出小主人的架势，热情地邀请他们进屋。

果然如他所言，他爸爸外出不在家，家里只有爷爷奶奶。两位老人对于他们的到来，多有防备，只让他们在院子外面随便坐着嗑瓜子，可见其实并不欢迎他们。

直到陆雪陵取出节目组准备的熏肉作为见面礼，爷爷奶奶脸上才流露出稍许满意的神情。

“城里人就是俊啊。”周鑫奶奶打量着陆雪陵，说道，“姑娘这还没结婚吧？”

陆雪陵笑了笑：“老人家身体也还康健啊。”

“一把老骨头了，只想着把我这孙子养大，给他娶个媳妇，就安心了。”

“周鑫这孩子有志气，将来肯定能走出去，做一番大事业。”

一番话，便将老人哄得开开心心，对她的防备放下不少。

“老人家，怎么没见周鑫的爸爸妈妈呢？”

“他爸外出干活儿了。”周奶奶指了指自己的脑子，“他妈这儿有问题，我们一般不让她见客，怕吓着客人。”

陆雪陵嗑着瓜子，做出闲谈的姿态：“哎哟，那可要早点儿治疗，别耽误了。”

“治什么啊，我们这乡坝里头，不是人命的事都不是大事，能活着就行了，哪有钱治病，这么着吧。”

陆雪陵只是嗑瓜子，没有应她。

陆粥粥和周鑫蹲在院子角落玩蚂蚁，陆粥粥小声问：“你奶奶说的是真的吗？”

周鑫用竹签戳着地面，闷声说：“奶奶不让讲，不然妈妈就要离开我了。”

“你很喜欢你妈妈吗？”

“当然，我妈妈既漂亮又有学问，全村的小朋友都羡慕我有这样的妈妈。”

“那你妈妈……她在这里生活得快乐吗？”

周鑫皱起了小眉头，支吾道：“她总是大哭大闹，闹起来还不吃饭，肯定不快乐。”

陆粥粥捂着胸口，倒抽一口凉气：“天啊。”

“我也知道，这样是不对的，但是……我就是怕失去妈妈。”

“周鑫，你肯定也很爱她，对吧？”

“当然啊，”周鑫连连点头，“我当然爱她，她是我妈妈呀。”

小姑娘从包里掏出一支笔和一个巴掌大的笔记本，低声说：“这是给你妈妈的礼物。”

“这个是……”

陆粥粥握住了他的手：“你给她就行了。”

周鑫似乎预感到了什么，紧皱着眉头，嗓音颤抖：“我真的不想失去妈妈。”

陆粥粥平时一肚子大道理，但是她一句话都讲不出来，因为没有办法感同身受，所以也没有资格告诉他什么是对、什么是错。她只是拍了拍他的肩膀，说道：“不管你怎么选择，你都是我的朋友，我不会怪你。”

“真的吗？”

“嗯，因为我知道，周鑫是很善良的人！”

陆雪陵带着陆粥粥和傅笙离开了周鑫家，在农家小筑的院子里与陆怀柔会合。

正如他们所想的那样，周鑫妈妈早就被他们转移了，不过陆怀柔从周围邻居那儿还是打听出一些消息。

“他们家的确关着一个女人，说是得了精神病。”

“跟这家老人的说辞一样，”陆雪陵皱眉道，“会不会是我们误会了？”

陆怀柔也有些拿不准，如果真的是精神病患者，那么是否选择就医就是自家的事，他们肯定是管不了的。

事情眼见陷入了僵局。

第二天清晨，周鑫急匆匆跑来找陆粥粥，交给她一个小纸团：“这个……是我妈妈给你的，她求我……她让我一定要交给你们。”

周鑫喘息着，断断续续地道：“我这就赶过来了，我……我不希望她不快乐。就算要失去她，我也想她今后过得好一点儿。”

陆粥粥接过小纸团，又问道：“你爷爷奶奶不知道吧？”

“他们下地干活儿了。”

陆粥粥打开纸团，纸团上面写着一个联系电话，还有一个名字叫许梦云。她立刻将纸团交给了陆怀柔。

陆怀柔看着面前这俩小孩，觉得不可置信。大人忙活了半晌，一无所获，怎么小孩子就这样轻而易举找到线索了？

陆雪陵按照周鑫妈妈提供的号码拨了过去，很快，电话接通了：“您好，请问您认识许梦云吗？”

对方听到这个名字，愣了好几秒，然后开始号啕大哭。随后在电话里，对方讲述了事情的原委。

陆雪陵当下便将村子的地址告诉了许梦云的兄长，兄长立刻报了警。

很快，许梦云兄长家乡的警方便和本地警方联动，赶到村子里，从周鑫家的地窖里带出了许梦云。

失散多年的亲人一朝见面，许梦云的兄长与她抱头痛哭。

周鑫的父亲被警方带上了警车。

节目组只能被迫中止录制，跟着警车一起离开了村子。

对此，观众表示理解——

“小姐姐逃出生天，就是最好的结果了，希望以后能好好生活。”

“我是来看综艺的，莫名看了一档法制节目。”

“由此可以看出，这综艺真没有剧本。”

“这次多亏了粥粥。大人有时候还真别忽视了小孩子的能力。”

“这次粥粥真的要记首功！”

“粥粥的处理方式真的非常成熟。”

……

出村的时候，众多村民聚集在村口，周鑫的爷爷奶奶带着孩子拦住了警车。

爷爷奶奶推搡着孩子，让他跪在车边求妈妈留下来。

许梦云看着可怜巴巴的孩子，泣不成声。

“快，跪下！”周鑫奶奶按着他的肩膀，“叫妈妈不要走！求妈妈留下来！”

周鑫站在原地一动不动，死死攥着拳头，咬着牙一言不发，倔强地用手肘擦掉眼泪，甚至都不肯哭。他知道，自己越哭，妈妈越会舍不得走。

“你这孩子，你怎么回事？你妈都要跑了！你怎么不说话？”

陆粥粥趴在车窗边，扯着嗓子大喊道：“你们别逼他了！”

“你妈要走了！你妈再也不要你了，从今以后你就是没妈的小孩了！”周奶奶急切地对周鑫道，“你还不快跪下来求求她！”

“我不！我妈妈想走就走，这是她的自由！”周鑫擦着眼泪，愤怒地跑开了！

“你这孩子，你妈妈都要跟人跑了……”周鑫奶奶开始撒泼，甚至想用头去撞警车，被民警迅速拦住，“哎哟喂，我是做了什么孽啊，儿媳妇要跟人跑，儿子还要坐牢。”

“该跪下的不是他，是你们吧。”陆怀柔走下车，掷地有声地道，“活了一把岁数了，小孩都比你们明事理。拐卖人口是犯法的，把一个女孩折磨成这个样子，你们还是不是人？”

周鑫爷爷指着陆怀柔，气愤地道：“你……你有什么资格跟老人这样说话？”

“你孙子跟我孙女年纪相当，不好意思，我还真不是晚辈。”陆怀柔走到车前。

在这么多村民面前，他们生平第一次遭遇如此羞辱，老脸涨得通红，一句话都说不出来。

“我们家粥粥爷爷怼得漂亮！”

“跟这种人没道理可讲，面对不讲理的人……就得这样！”

……

《我和爷爷的大冒险》第二期录制结束，陆粥粥给了周鑫自己的联系方式，让他将来有机会进城，一定要来找她。同时她也认识了傅笙，跟杨曳一样，傅笙也成了她无话不谈的好友。

回到家中，陆粥粥甚至还没来得及把自己的行李箱收拾出来，便看到隔壁景绪家有工人陆陆续续地往外搬东西。

赵思嘉指挥着工人搬家具。

陆粥粥急匆匆地跑出屋子，问赵思嘉："赵阿姨，你们是要搬家了吗？"

"是啊，阿姨准备搬家了，因为叔叔工作变动，我们要搬去南方了。"

"南……南方，好远的吧。"

"是啊，很远。但以后还是会有机会见面的。"

陆粥粥眼睛已经红了。

赵思嘉蹲下，摸着小姑娘的脑袋，无奈地道："景绪在房间里收拾自己的东西，去跟他道个别吧。"

陆粥粥提着小裙子，快速上了楼，噔噔噔跑到景绪的房间门口。她用衣袖擦了擦眼泪，极力忍着，不想让自己哭出来，但眼泪还是止不住地往下掉。

房间里传来了《千与千寻》的钢琴曲，是她与他初见的那个午后，他弹奏的那首曲子。

陆粥粥蹲在地上，泣不成声。她知道成长的路上，离别是必然的，可当这一天真的来临时，她还是很难过。

以后她就没有景绪哥哥了。

曲终。吱呀一声，景绪打开了房门。

陆粥粥连忙用力抹掉眼泪，笑着对他说："景绪哥哥，听说你们要搬新家啦。"

她笑着笑着，不争气的眼泪又掉了下来。

景绪没说什么，牵着她的手进了屋，让她坐在小椅子上，蹲下来，用袖子给她擦掉了眼泪。

"我没想哭的，"陆粥粥低头说，"怪傻的。"

景绪侧过脸，沉沉的眸光也黯了下去。

"陆粥，我真的很想快点儿长大。"

"为什么？"

"因为小孩子无法自己选择，大人的决定有他们的道理，我们改变不了。"

"我懂的，"陆粥粥连连点头，几滴眼泪掉下来，湿了衣襟，"我都明白。"

“陆粥，快点儿长大，长大了我们再见面。”

陆粥粥擦掉眼泪，重重地点头，伸手和他拉钩：“景绪哥哥，约好了。”

景绪嘴角难得地扬了扬，和她拉钩：“约好了。”

“那以后我们要怎么见面呢？”

景绪笑着说：“全国最好的大学在北城，我会考回来的，好吗？”

“嗯！”陆粥粥重重地点头，“我等哥哥！”

景绪摸了摸她的头。陆粥粥又想到一件非常重要的事，攥着他的衣袖道：“还有哦，听说南方的女孩漂亮又可爱，如果你认识了比粥粥更好的女孩，要给他们当哥哥了，我……我会很生气！”

“不会。”景绪漆黑的眸子望着她，“你永远是我的……”“妹妹”两个字，被他改成了“陆粥”。

景绪走的那天，天空中飘着小雨，风很轻，仿佛不忍叨扰少年的心。他站在车前，最后向陆粥粥的飘窗边投来眷恋的一眼。

陆粥粥躲在窗帘后面，捂着嘴，努力不让自己哭出声，就像做了一场漫无边际的梦。

梦里面飘着《千与千寻》的钢琴曲，有漫无边际的玫瑰园，玫瑰园里盛开着金色玫瑰。

后来漫长的时光里，陆粥粥总是梦见离别那一天，空中飘浮的微凉雨丝，梦见景绪那双漆黑的眸子。

六年级的陆粥粥，见证了陆雪陵和杨曳的世纪婚礼。穿上婚纱的陆雪陵，是她所见过的最美的新娘。

白色礼堂里，陆怀柔亲手将陆雪陵交到杨曳手里，放了许多狠话，说将来如果他敢欺负姐姐，一定让他好看。所有人都笑了，陆粥粥也笑了起来，只有陆怀柔没有笑。

后来在热闹的晚宴舞会上，陆粥粥发现爷爷不见了。她四处寻找，终于在后花园寂静的葡萄架下，找到了他。

他蹲在阴影中，借着酒意，哭得像个孩子。他说，姐姐再也不是他一个人的了。

陆粥粥没有哭，只是抱着爷爷，轻轻拍着他的背，安抚他："粥粥会一直在爷爷身边，一直一直，直到永远……"

"拉钩。"

他伸出了颤抖的小拇指。也就是那一瞬间，陆粥粥忽然感觉自己长大了。

长大，不是个子长高，也不是升了初中、高中，能够分享家人的情绪，能够学会宽慰和照顾家人，这才是长大。

所以后来，即便父母也结婚了，装修好了房子，万事俱备，只差把陆粥粥接回来了，一家人和和美美地过日子，陆粥粥仍旧拒绝了。

不是因为她不喜欢爸爸妈妈，只是她没有办法离开陆怀柔，无论从生活上还是感情上，她都离不开他，而且她也知道，陆怀柔更离不开她。

虽然陆怀柔也曾几次三番想把陆粥粥赶走，但陆粥粥死皮赖脸就是不走，甚至放狠话，说将来这栋陆宅就是她的嫁妆，房子里所有的一切都是她的，包括陆怀柔，她都要带着出嫁的。

陆怀柔很生气："我从未见过如此厚颜无耻之人。"

陆粥粥："不管，我住过就是我的！我用过的东西也都是我的！我爷爷也是我的！"

后来，陆随意也死乞白赖、拖家带口地搬到了陆宅，跟陆粥粥和陆怀柔一起生活。

这一来，陆怀柔简直要疯了！

两年后，唐浅再度怀孕，给陆粥粥生了一个可爱的小弟弟。于是他们便买了景绪他们家的别墅，住到了陆宅隔壁，相互有个照应。

家里有了小孩子，越发热闹了。

一开始，陆粥粥还有顾虑，会不会因为有了弟弟，陆怀柔对她就没有那么关心了。毕竟所有小孩都会害怕兄弟姊妹分走长辈的爱。

陆粥粥不担心别人，只在乎爷爷。而事实证明，陆粥粥的担忧完全多余。

陆怀柔绝对有很严重的“重女轻男”的思想，在陆随意让他给小男孩取名字的时候，便体现出来了。

得知小孩是儿子，陆怀柔连字典都没查，顺口道：“陆方便吧，将来叫起来比较方便。”

“……”

他终于发现，他爹重女轻男，实锤！

陆粥粥渐渐褪去了过去的稚嫩和婴儿肥，开始逐渐显出青春期少女特有的姿态和美貌。

她的五官越发好看。她走在路上，即便是路人，只要看她一眼，都会被惊艳。

过去天真烂漫的小丫头，已经蜕变成了美丽的青春少女。整个中学时期，陆粥粥的“校花”名号从未被动摇过。

学校里喜欢陆粥粥的男生很多，有想当她男朋友的，也有想当她哥哥的。

陆粥粥俨然是外貌协会的，她喜欢长得好看的男孩子是众所周知的。下课之后，她也总是跟蒋清霖一帮“女流氓”在走廊上观望，冲漂亮少年吹口哨。不过当这些英俊帅气的男孩鼓起勇气向她告白的时候，陆粥粥便退缩了。

她心里有一段意难平，令她无法敞开心扉，去接受任何男孩。

景绪是在初二那年与她失去联系的。失联那晚也格外蹊跷，她做了一个梦。

梦里，漫天的火焰将梦境中的玫瑰园焚烧殆尽，而景绪就站在玫瑰园中，任由火焰将他吞噬。

这个噩梦之后，陆粥粥便联系不上景绪了。电话无法接通，给他发的一条条信息永远石沉大海。

儿时的玩伴亦有不少失去联系的，陆粥粥努力说服自己，这是正常的，兴许他已经换了号码，或者就是不想再联系了。

人渐渐长大，过去自以为念念不忘的人，也会随着时间的流逝而在记忆中慢慢淡化。

陆粥粥记忆里的景绪还是年少时的模样，可是现实中的他已经长大了，也许早已经面目全非，不再是她所认识的景绪哥哥了。

陆粥粥不再提及“景绪”这个名字。漫长的时光里，他成了她心里一个不可言说的秘密。

蒋清霖和张虎陪伴陆粥粥从小学一直到高中。

蒋清霖小时候是个肥妞，长大之后变得漂亮起来，可惜脸上多了几颗青春痘。整个高中，她都在研究如何祛痘。

原本矮矮的张虎在高中的时候，身高直冲一米八。男生长了个子，气质自然而然也就提升了。他是单眼皮男生，模样清秀，烫了个很潮的短发，意外地成了学校里的男神。后来，他嫌弃自己的名字难听，于是给自己改了一个文雅的名字，叫张玉书。不过陆粥粥和蒋清霖还是习惯叫他张虎。

宁融儿的成绩不太好，高中之后便转学去了艺术学校，陆粥粥也再没有她的消息。

陆粥粥在小学四年级的时候，跳了一级，又在初中跳了一级，所以参加高考的时候，她才十六岁。她想着，某人即便再聪明，她连跳了两级，也应该能够追得上他了吧。

高考分数下来，陆粥粥以 734 分的成绩，成了当年的省理科状元。

她填报志愿的那段时间，陆怀柔不管在剧组还是在公司，手里随时捧着一本厚厚的志愿填报参考书。

他戴着眼镜，拿着笔，帮她勾勾画画，涂涂抹抹。

“所以你到底要读什么学校？”

“最好的学校。”陆粥粥毫不犹豫地回答。

陆怀柔捏了捏眼角，说道：“能不能别这么土。最好的学校也要看专业，有的专业厉害，有的专业也不行，所以咱们得以专业选学校。”

“我就留在北城，不想去别的城市。”

全国的考生都想往北城跑，北城本地的小孩当然想留下来了。

陆怀柔又翻到了首页北城大学的招生简章，说道："北城大学最好的专业是生物科学，你要学这个？"

陆粥粥穿着宽松的居家服，躺在沙发上玩手机游戏："行啊。"

"你……你给我认真点儿，到底想学什么？"

"就学你刚刚说的，什么科学的……反正你想让我当科学家嘛。"

陆粥粥佛系惯了，专业真的无所谓，她只想进全国最好的大学，因为这是再见到他唯一的机会了。

为了小孙女，陆怀柔真是操碎了心，劝道："只有自己喜欢，路才能走得长远，不能我希望你做什么你就做什么，你自己的兴趣呢？"

"我的兴趣啊……"陆粥粥想了想，说道，"我想搞水产养殖，挖蚯蚓、抓泥鳅、养小龙虾之类的。"

陆怀柔："……"

那你还是当科学家吧。

陆粥粥填报了北城大学的生物科学类的专业，并且被顺利录取。

暑期，陆粥粥和蒋清霖、张虎约了在图书馆见面，给他们补习功课。

蒋清霖羡慕地说："肥粥，你都念大学了，我们还是高中生。"

"你不也只剩一年的时间了吗？加油，我在北城大学等你们！"

陆粥粥是一个王者带两个青铜，这些年，倒真把她的两个小伙伴给带出头了。

俩人都在小学阶段跳了级，考试成绩也总是名列前茅，陆粥粥在学习上给了他们很多帮助。

"你一定等着我，我明年就来找你！"蒋清霖转头问张虎，"北城大学，有把握吗？"

张虎放下笔，不满地说："能不能别再叫我小名了！我叫张玉书！"

"张玉书这名字太娘了，一点儿都不符合你的气质。"

"哪里娘了？"

"你问肥粥，娘不娘？"

"肥粥，你说，我这名字挺好听的，是吧？"

陆粥粥望着张虎英俊的脸庞，笑着说：“你叫什么名字不重要，反正在我们这儿，你永远都是张虎。”

“好吧，”张虎耸耸肩，“你高兴就好。”

蒋清霖用手肘碰了碰陆粥粥：“肥粥，高考结束那晚，校草不是跟你表白了吗？怎么样，最后成了没？”

陆粥粥：“要成了，我还能跟你俩坐这儿上自习啊？”

“校草不是挺好的吗？你不知道，我们班好多女生暗恋他。”蒋清霖叹息道，“他要是跟我表白，我肯定立马答应。”

“可是他……真不是我喜欢的类型啊。”

“那你喜欢什么样的？”

陆粥粥思忖片刻，说道：“我喜欢成绩好的、聪明的。”

“校草也不笨嘛，成绩中等偏上，这次不也考上重点大学了吗？”

“又不是成绩好的我都喜欢！”她双手交握放在胸口，说道，“我要最聪明的那一个。”

“什么程度算最聪明，你得有个具体标准吧。”

陆粥粥说道：“什么标准啊……玩魔方最多三十秒就能搞定，能靠自己的本事挣钱，性格稍稍偏内向，话不太多，朋友也不太多……”

“停停停。”蒋清霖打断了她的幻想，“我怎么觉得你说的那个人，有点儿像景绪啊。你还记得景绪吗？咱们附小的小天才，后来转学了。”

陆粥粥骤然听到这两个字，呼吸慢了半拍，心头像被细针刺了一下：“景绪……”

蒋清霖兴奋地八卦道：“哇，陆粥粥，你该不会……一直暗恋人家吧？”

“怎么可能？”陆粥粥涨红了脸，急切地道，“这都什么陈年往事了！我们早就没联系了！我连他什么模样都不记得了！”

“我就随口一说，你急什么眼呀。”

“我哪有急眼？”

“你看，脸都红了。”

陆粥粥拿着笔，敲了敲俩人的脑袋：“专心做题！等会儿请你们吃烧烤。”

“好呀！”

晚上六点，三人从图书馆出来，打车去了河边大排档美食街吃烧烤。

夕阳挂在天边，夏日晚风带着湿热的潮气，闷得有些喘不过气。露天大排档的电扇呼呼地吹着，三人选了靠河的位置坐下来。

蒋清霖不想喝大排档里提供的饮料，陆粥粥看到街对面有便利店，于是道：“我去便利店看看。”

陆粥粥拿着手机，朝便利店走去。

便利店门口停着一辆黑色摩托车。

她对车不太了解，不知道是什么牌子，不过摩托外形很吸眼球，因此她忍不住多看了几眼。

便利店里冷气十足，进去之后，陆粥粥打了一个寒战。她走到饮料架边，挑选了蒋清霖和张虎要喝的饮料，又去糖果专区选巧克力。

她蹲在架子边找了半晌，都没有看到她最爱吃得那款巧克力。

几个展示盒还在，只不过里面都没有巧克力了，真不凑巧。

其他琳琅满目的巧克力，陆粥粥不感兴趣。只有这款巧克力的味道，总是能让她想到某个少年渐渐模糊的身影。

过去景绪每周都用自己的零花钱给她买糖吃。

想到他，陆粥粥不自觉地抿了抿嘴角。

这些年，即便她已经快记不清少年的模样，但是巧克力的味道她一直没有忘记，总能让她想起他来。

陆粥粥起身去收银台结账，身后有说话的声音传来：“Lu 神，你囤这么多巧克力，自己又不吃，过期了就扔，这不是浪费钱吗？”

“管好你自己。”

那人说话的调子轻飘飘的，带着几分张扬不羁。

“得，咱们基地都快成 Lu 神巧克力工厂了。”

只听摩托车引擎传来一声尖锐刺耳的启动声，陆粥粥回头，却见一个黑色的身影嗖地驶了出去。

视线 0.01 秒的停留，她甚至都没看清楚那人的模样，呼吸却蓦然一窒。她没有多想，立刻追了出去，身后营业员大喊："姑娘，您还没付款呢？"

陆粥粥跑到马路边，少年的黑色身影已然消失在街道尽头。她急促地呼吸，强烈的情绪在她的胸腔里翻涌着，难以平复。

她重新走进便利店付了款，然后回到大排档，将饮料递给张虎和蒋清霖。

"反啦。"

蒋清霖和张虎互换了饮料。蒋清霖望着陆粥粥失魂落魄的模样，问道："刚刚见鬼啦？"

陆粥粥皱着眉头说："我刚刚好像看到一个熟人，不知道是不是。"

"看到熟人是很奇怪的事吗？"

"只是很久没见了。"

他们快十年没见面了吧。

他说，"陆粥，快点儿长大，长大了我们再见面"。

他说，"全国最好的大学在北城，我会考回来的"。

陆粥粥真的在很努力长大，考上全国最好的大学。

他会回来吗？

晚上，陆粥粥躺在柔软的大床上，辗转反侧，难以入眠，脑子里反复出现那个黑衣少年的背影。她端着水杯，走到楼下开放式厨房的吧台边，一个人默默地坐在黑暗中。

良久，她给手机通讯录上最后的那个名字，打了个电话。

电话通了，依旧无人接听，就像过去无数次一样。

陆粥粥翻开 QQ 聊天记录，她最后一次给他发信息也是在三年前，告诉他，自己考上了北城一中。

那是全市最好的高中，升学率百分之九十九。她离梦想的大学、离他……又近了一步。

这条信息，他依旧没有回复。

他宛如人间蒸发，音讯全无。

陆粥粥不抱任何希望，给他发了一条信息："哥哥，我今天好像看到你了，在便利店，是你吗？"

简陋的出租屋，客厅靠墙放着几台电脑，几个年轻人在奋战。桌上凌乱地摆放着水瓶，还有没吃完的方便面。

景绪躺在沙发上，单手枕着手臂，闭眼休息。他穿着黑色连帽卫衣，鼻梁高挺，五官凌厉，狭长的眼微合，白皙修长的指尖。

"GEM 队把咱们踢出来，咱就单干！有了 Lu，没有什么比赛是拿不下来的！"

说话的是一个微胖的男人，应该也很年轻，不过因为脸上肉多，看着有点儿老成。

胖子鼓励大家："虽然前途一片光明，但是眼下咱们也要同舟共济，共创美好未来……嗯，下个月的房租，咱们再凑凑。"

"胖哥，算了吧，咱们退了 GEM，往后也没资格参赛了，不如解散算了。"

"是啊，胖哥，我们都是看在你是 GEM 的老人，这才跟着你，但是你看看咱们住的地方，又窄又小，这是人待的地方吗？"

"这俩月一分进账没有，还要交房租，我是干不下去了。"有男孩起身，将钥匙搁在桌上，"胖哥，解散得了。"

胖子一拍桌板："你们要走就走！我不留着，等到我真的有挣大钱的那一天，你们别后悔！"

几个少年摇着头，相继离开了出租屋。

房间骤然安静下来，胖子看看沙发边的少年，说道："Lu，他们都走了，你不走啊？"

"不走，没地方住。"

他的嗓音冷淡而低沉。

"行，那咱们再凑凑房租吧。你有多少钱？"

景绪摸出一张银行卡，随手甩给了胖子："密码六个零。"

胖子登录手机银行账号查了查，看着卡上的五位数余额，惊道：“Lu，你发财了，怎么这么多钱？”

“上个月代练赚的。”

“代练都能月入过万！”胖子摇着头，感叹道，“你待在咱们这小破队，真屈才了。”

景绪闭上眼睛，缓缓地道：“无所谓。”

没有目标，没有明天，更没有未来，他现在怎样都无所谓，活着罢了。

胖子注意到，他身下的手机一直在嗡嗡地振动。

景绪像是没感觉似的，也不接，看都不看一眼。

“你手机响了。”

景绪没什么反应。

“是家里人给你打的吧？”胖子走到他身边，坐下来，“你说说，你这家庭不说是富二代，好歹算高知吧，你还出来混什么啊。说你是网瘾少年吧，又没见你整天沉迷游戏，你到底想要什么啊？”

“什么也不想要。”

“有时候，我真搞不懂你。咱们这行，追的是‘梦想’两个字，谁不想拿冠军出人头地，以你这反应力和天赋，实力绝对毋庸置疑！圈里最厉害那几个，PP、Toy，你只要发力，还有他们什么事。”胖子摇着头，不解地问，“所以你为什么要跟着我混啊？”

景绪漆黑的眸光沉了沉，他望着茶几上的几个巧克力盒：“你要来北城。”

“就为这个？”

“嗯。”

“说得也是，北城啊，全国追梦的年轻人都来这儿了，虽然吧，房租贵了些，”胖子向往地说，“但这里是离梦想最近的地方。”

对景绪而言，这里也是离他的梦最近的地方。

只可惜，他已经不再是当年的景绪了。他摸出了手机，手机屏幕上的来电不是家人，而是两个字——陆粥。

景绪看到这两个字，手明显抖了一下。

她已经很多年没有给他打电话了。他甚至以为，她已经慢慢将他淡忘了。

后来，她又给他发了一条信息：“哥哥，我今天好像看到你了，在便利店，是你吗？”

景绪坚硬如铁的心在一瞬间，被这两个字撞了个粉碎。

她还叫他哥哥。

第十五章

她是人间值得

家里的小弟弟八岁了，是个特别漂亮的小孩，唇红齿白。

陆雪陵总是说，如果他脑袋上扎两个小辫儿，跟当年的陆粥粥一模一样。

小朋友的性格跟陆粥粥一样外向，也很聪明，是个十足的姐控，成天跟着陆粥粥，一刻都分不开。陆粥粥自小便带着他疯玩，上天入地，哪儿都能见着他们。

对于陆粥粥要去念大学的事，陆方便小朋友十万分不乐意。

“我不要姐姐走！”他抱着陆粥粥的胳膊，扯着嗓子哭，“姐姐上了大学，我就再也见不到姐姐了！哇！”

陆怀柔忍不住斥道：“什么叫再也见不到，不会讲话你就给我闭嘴啊，别说些不吉利的……”

“讨厌爷爷！坏爷爷！”

陆方便成天被陆怀柔捉弄，现在一老一小见面跟仇敌似的，水火不相容。

“谁稀罕你喜欢了。”

落地窗边，陆怀柔踩着椭圆机锻炼身体：“不喜欢我，别一天到晚上赶着来我家里玩。”

陆方便噘着嘴说：“人家又不是来看你的，人家是来找姐姐玩的！”

“人家又不是来看你的。”陆怀柔学着陆方便嗲声嗲气的调子，嘲讽道，“你是女孩子吗？还人家的……臊不臊？”

“啊——气死了！”陆方便被陆怀柔气得小脸蛋通红，“臭陆怀柔！”

陆粥粥看着他，仿佛看到了十年前的自己。

陆怀柔简直是怼人的好手，每次都能把陆方便气得奓毛。

生了陆方便之后，老爸老妈就搬到了隔壁去住，真是非常英明的决定。要真长年累月住在陆宅，估计全家人的血压都要被陆怀柔气得爆表了吧。

这么多年一路过来，也只有陆粥粥能忍他，一直陪在他身边。

陆方便拉着陆粥粥往门边走，气鼓鼓地说：“姐姐，咱们回家玩，再也不理爷爷了。”

陆粥粥蹲下，摸摸陆方便的小脑袋：“这里就是姐姐的家呀。”

“我们家才是姐姐的家，咱们是一家人，不理陆怀柔这个大魔王。”

“臭小子，你还学会挑拨离间了是吧？”陆怀柔走下椭圆机，用毛巾擦了擦鬓间的汗，“你是你爸妈的儿子，但是你姐，永远是我陆怀柔的孙女。”

“哼，大魔王！我要代表月亮消灭你！”

“你还代表月亮，你以为你是美少女战士啊。”

“啊！好气！”

“陆怀柔，你别欺负小孩了。”陆粥粥回头睨他一眼，“这么大的人了，能不能像我一样成熟点儿？”

陆怀柔眼睛眯了起来：“小小陆，不过上个大学而已，就拿自己当大人了？当年你坐在我家门口哭鼻子的时候，怎么没见你成熟？”

陆粥粥知道，再跟他说下去，自己多半也会被气哭。

他们相处了十年，论撑人技术谁最厉害，没人能比得过陆怀柔。

"好了，方便先回家，晚些时候姐姐再过来看你。"

陆方便眷恋地牵着陆粥粥的手："那姐姐，我让阿姨做好吃的，姐姐晚上过来吃晚饭。"

"待会儿姑奶奶会过来，晚饭我就在家里和爷爷姑奶奶吃了，不然方便待会儿也过来吃饭？"

"才不要呢！看到陆怀柔我就吃不下！"

陆怀柔笑了笑："这敢情好，陆少爷你可别再来了。"

从小到大，陆方便立志要干的"大事业"就是把陆粥粥从隔壁大魔王手里"抢"回来，让她和自己、和爸爸妈妈一起生活，远离陆怀柔。不过他总是失败。

他一直想不明白，姐姐和爷爷隔三岔五就会掐架，有时候姐姐把爷爷气得吹胡子瞪眼，有时候爷爷把姐姐气哭，明明俩人关系一点儿都不好，为什么姐姐就是不愿意搬回来住。

"行了，方便，快回去吧。"

"那姐姐……你上了大学一定要经常回来哦！"

"嗯！我每周都回，周末带方便出去玩。"

"好啊！"

陆怀柔运动之后，冲了个凉，穿着一件居家的棉质 T 恤走出来。

因为每天都要花大量的时间锻炼，十年过去了，陆怀柔的身形依旧挺拔，五官没有太大的改变，依然玉树临风，俊朗如初，只是眼角添了几缕皱纹。外貌上若要说最大的改变，就是他把头发染成了黑色，显得越发成熟稳重。

过去陆怀柔像她的兄长，而现在，他更像她的父亲。

晚上，陆雪陵过来吃晚饭，看着陆粥粥已然收拾妥当的行李箱，说道："明天让杨曳开车送粥粥去学校吧。"

听到这话，陆怀柔又不高兴了："我孙女，凭什么让他送？"

陆雪陵笑了笑："明天你公司不是有重要的发布会吗？"

"我去不了，我儿子还能去。凭什么让杨曳去，他谁啊？"

"他是你姐夫。能不能有点儿礼貌？"

陆怀柔愤懑地说："小小陆，明天等我发布会结束，带你去学校报到，乖乖等着我。"

"您老还是好好参加您的发布会去吧，我自个儿去学校。"

陆粥粥小时候什么也不懂，被哄着去参加了综艺节目，火了好长一阵子，还成了家喻户晓的国民小闺女。她没觉得多有面子，反而给生活带来了诸多不便，譬如她去哪儿玩都会被认出来，签名签到手都要断了。

她没有才艺天赋，唱歌跑调，跳舞顺拐，遇上学校里的文艺晚会，她还是只能上台表演诗朗诵。所以，她真不是当明星的料，也不喜欢当明星。

后来她花了好几年的时间，才慢慢地淡出了公众视野。好不容易过几年正常人的生活，她可不想再被人认出来。

"真不让我送？"陆怀柔还把陆粥粥当小孩子，很不放心地道，"这么多行李，至少让我开车送到校门口吧。"

"不用啦，你这一开车，狗仔集体出动，这大学我还要不要念啦？"

"行吧。"

陆怀柔也不再坚持了，既然小孙女想当普通人，他便尊重她。

"差点儿忘了，"陆雪陵从包里摸出一张房卡递给陆粥粥，"我在你学校附近买了一栋大平层公寓，已经装修好了，给你平时午休用。"

陆粥粥看着房卡，上面印着"莱汀公寓"四个字。

莱汀公寓是高档公寓，就矗立在大学城外的静水湖畔，修得跟空中花园似的，极有艺术感，出入此栋公寓的也都是社会成功人士。

"姑奶奶，你让我用它睡……睡午觉？"

"你要愿意，搬进去住也行。平时家里有一点儿声音，你就会失眠，我是担心你过不惯集体生活。"

"我姑奶奶太好了吧！"陆粥粥一把抱住了她，蹭了蹭她，"我爱你，爱你爱你！"

"这么大的姑娘了，还撒娇呢？"陆雪陵笑着说，"房子是你姑爷爷给你看的，要谢，谢他去吧。"

“姑奶奶先替我谢谢杨曳哥啦！”

陆怀柔一听是杨曳干的，顿时又不爽了：“那大学离咱们家也就几条街，比她高中还近，用得着买公寓，平时回家住不行吗？”

“你不是满心想让小姑娘当科学家吗？科学家的时间就是生命，有这工夫每天放学回家，还不如待在图书馆，做点儿有意义的事呢。对不对，小小陆？”

“姑奶奶说得对！”

陆怀柔翻了个白眼：“这句话，你说了十年了，我耳朵都快听出茧子了！”

“姑奶奶本来就有道理嘛。”陆粥粥给陆怀柔夹了一块肉，讨好地说，“不过我每周都会回来看爷爷的。”

“爱回不回，谁稀罕。”

“我会回来的！”陆粥粥端着饭碗坐到陆怀柔身边，撒娇道，“我会回来看爷爷的！每周都回，保证！”

陆怀柔其实真的很舍不得她，扯了纸巾给她擦拭油腻腻的小嘴：“每周回来……说得好听，周末有朋友约你出去玩，你舍得不去？”

小姑娘冲他伸出小拇指：“你要不信，咱们拉钩。”

“谁跟你拉钩，幼稚。”

“嘿，其实我回不回来都无所谓的嘛，反正隔壁还有小方便陪爷爷玩呢。”

“那小鬼跟他爸小时候一模一样，我看见他就来气。”陆怀柔还是很没出息地拉住了陆粥粥的手，“算了，拉个钩吧，记住你说的，每周回来。”

陆粥粥跟他用大拇指盖章：“说到做到，绝不食言。”

“我记得，陆粥粥以前是不是也跟我们隔壁那小子拉过钩呀？”陆雪陵笑着打趣儿道，“好像是约着一起考北城大学来着，是吗？”

陆怀柔放下筷子，诧异地问：“所以你跟我说想上北城大学，是为了这个？”

“不是不是！”陆粥粥的脸唰一下红透了，“这都什么陈芝麻烂谷子的事了，我都忘了。”

“真忘了？”陆雪陵不相信，“我记得他走那几天，每天都飘着雨丝，我们小小陆每天晚上枕头都是湿的。”

“我没有我没有！”陆粥粥崩溃地抱住了脑袋，一个劲儿否认，“我早就不记得了！也不是为了他考北城大学，他名字我都记不清了！”

“连人家名字都忘了，过分！”陆雪陵思忖着，说道，“那小孩挺帅，叫什么来着？”

陆怀柔：“景哲。”

“对对对，景哲。”

陆粥粥忍不住纠正道：“什么景哲，那是他哥哥，人家叫景绪好不好，你俩这记性。”

“不是忘了人家名字吗？”

“我……我又想起来了。”

“你俩小时候撑死了是兄妹之情，还能有什么，”陆雪陵戳了戳陆粥粥的脑门，“心虚什么呀？”

“哪有心虚。”陆粥粥搁了筷子，起身离开，“不跟你们说话了，我去学校了！”

“这会儿天都快黑了，你去学校做什么？”

“散步消食，顺便找找宿舍的位置，明天报到也方便。”陆粥粥蹲在玄关边穿了鞋，溜达出了门。

北城大学这几天陆陆续续有新生报到，相当热闹。以前陆粥粥上学放学都会经过北城大学，但是从来没有机会去里面看看。

校园里规划得方方正正，道路两旁种植着有百年树龄的参天大树，绿植成荫，教学办公楼也是黑瓦红墙，极有年代感和历史底蕴。

绕过林荫路，便是一个波光粼粼的小湖，视野变得开阔起来。湖面有黑天鹅和野鸭，穿过湖边廊桥，小湖正对面是气势恢宏的图书馆。

大学果然还是和初高中不一样，湖边柳下，有小情侣相互依偎着，轻声聊天，看着远处垂落的夕阳。

陆粥粥年纪还小，看到他们亲密的举动，害羞地别开目光。

她匆匆走过廊桥，来到树下，给蒋清霖发了一条微信："我在学校。现在的哥哥姐姐们胆子好大呀，就在湖边抱得跟两块黏在一起的口香糖似的。"

蒋清霖："陆粥粥同学，恭喜你正式进入成人频道，但是请不要详细描述细节，来动摇本高中生的意志！"

陆粥粥："还亲亲了。"

蒋清霖："陆粥粥！"

陆粥粥收起手机，一个人偷着乐了好一会儿，抬头便看到一个英俊的男孩从她面前经过。他侧脸轮廓锋利，眼窝微深，睫毛很长，与埋在她记忆深处的少年竟有几分相似。

看到他的那一刻，陆粥粥心跳漏了半拍。眼见着男孩走进了图书馆，她想都没想，赶紧追上他。

图书馆的入门是自动刷卡机，男孩刷卡进了大厅，陆粥粥却被拦在了外面。

眼看着他就要走进电梯了，陆粥粥连忙叫住他："你等等！"

男孩不确定地回头，指了指自己，诧异地问："我？"

"嗯！你！"

他见陆粥粥被拦在门外，于是折返回来，问道："同学，你有事吗？"

陆粥粥双颊涨红，结结巴巴问："你……你叫什么名字？"

男孩见她这反应，蓦然间像是明白了什么，有些害羞地打量了她一眼。她肌肤雪白，黑眸明亮澄澈，睫毛长而卷，宛如洋娃娃一般，美得令人惊心。

别说他了，周围的男孩经过他俩身边，都羡慕地看着他。

陆粥粥见他不讲话，心下也有些疑惑。记忆中少年的模样依然模糊，他的五官略有相似，但是感觉截然不同。

"我叫秦新澄。"男孩红着脸问，"你呢？"

陆粥粥有些失望，不过她很好地掩饰住了失望的情绪，笑着说："我叫陆粥粥。"

“你是大一新生吧。”

“嗯，明天来报到。”

“我明天正好有空。”秦新澄说完这句话，又觉得有点儿过于冒失，补充道，“如果你还没有联系到接新生的学长学姐，我可以来接你，学校我都很熟悉的。”

“啊，不用麻烦学长了，我这会儿过来就是来探路的呢。”陆粥粥委婉地拒绝了他，“不早了，我先走了。”

秦新澄盯着她的背影看了许久，还沉浸在被漂亮学妹搭讪的飘飘然中，蓦然想起来，学妹竟然没有问他要微信。

她就问了个名字，这算怎么一回事啊？

陆粥粥跑出了图书馆，尴尬得头皮发麻。她虽然喜欢看帅哥，但绝对没有花痴到主动搭讪要联系方式的地步。

她刚刚只是看他长得有点儿像那个人，以为他就是呢……

她好尴尬，希望以后在学校里可别遇上了。

陆粥粥走在草坪边，轻轻地叹了一口气。

景绪在初二那年，忽然和她断了所有的联系。这么长时间以来，陆粥粥有过不下于一百种猜测。

他要么死了，要么有女朋友了。

这两种最大的可能性，无论哪一种，陆粥粥都不愿意接受。

一个人生闷气的时候，陆粥粥也想过，如果景绪真因为有女朋友而和她断了所有的联系，还一句解释都没有，那他还不如死了算了。

至少，在她心里，他就是死了！

她想着想着，又难过起来。

他不再是她的景绪哥哥，是别人的了，唉。

陆粥粥从校园南门离开的时候，天已经黑了。她见一辆公交车驶来，坐三站便能到她家小区门口，便上了公交车。

公交车上，陆粥粥望着窗外飞速掠过的街景发呆，想着小时候的事情，心情莫名的有些低落。而此刻，她并没有注意到，公交车后排座位上，那个穿着黑色连帽卫衣的少年，灼灼的视线正注视着她，心如鹿撞。

下一个站是市中心，上来了不少人，车厢顿时拥挤起来，陆粥粥给一位年迈的老人让了座，自己站在车厢中部。

她低头给蒋清霖发消息：“我刚刚做了一件蠢事，可能要载入陆粥粥中二尴尬榜 top 前三了。”

蒋清霖：“你干了什么？”

陆粥粥：“我主动跟一个学长搭讪，还问了他的名字！”

蒋清霖：“哟，这可不是你一贯的作风啊！是什么宇宙级帅哥，能让你肥粥亲自搭讪？”

陆粥粥：“帅是真的挺帅，但我觉得他长得像一个认识的人，这才问的。”

蒋清霖：“小时候你叫哥哥的那位吧，我就说你忘不掉他。”

陆粥粥：“呜……”

蒋清霖：“你醒醒啊！肥粥！人家说不定女朋友都换了好几个了！”

陆粥粥发了大哭的表情。

就在这时，陆粥粥感觉到身后似有异样，似乎有人试图在蹭她的臀部。

陆粥粥一开始没反应过来，回头看了看，映入眼帘的是一个矮个子中年男人油腻的脸庞，他抬头望天，一脸漫不经心的神情。

陆粥粥以为是不小心碰着了，毕竟车上这会儿比较拥挤，于是她朝角落挤了挤，没想到这男人竟又跟了过来。这让陆粥粥开始害怕了，不住地往窗边靠。

就在她心慌意乱之际，身后的男人忽然被人往后拉了拉，紧接着，便是一声沉闷的惨叫声。

只见那男人捂着下腹部，太阳穴青筋暴起，脸色酱紫，看样子疼得不行了。

黑色卫衣的少年抽回脚，低沉说了声：“滚。”

男人做了亏心事，一句话不敢说，尴尬又狼狈地下了车。

陆粥粥吓得灵魂出窍，死死趴在窗户边角落里，连头都不敢回。

但是她能感觉到，穿黑色卫衣的少年用身体挡住了拥挤的人流，以一种保护的姿态，将她圈在安全的角落里。她甚至能嗅到他身上淡淡的气息。

陆粥粥不敢回头，只能摸出手机，给蒋清霖发信息，缓解紧张的心情：“啊啊啊，我刚刚遇到流氓了！呜呜呜呜，求安慰！我再也不坐公交车了！呜呜呜呜呜！”

蒋清霖：“啊！你在哪里？！我来接你！”

陆粥粥心情稍稍平复：“没事没事，现在好了，一个好心的哥哥救了我。”

蒋清霖：“那就好，太吓人了。”

陆粥粥：“是的！”

将清霖：“世上还是好人多的。见义勇为的小哥哥还在吗？”

陆粥粥：“他在我身后，帮我挡着呢。”

蒋清霖：“帅不帅，帅的话，考虑以身相许呀！”

陆粥粥：“肤浅！我是那种看脸的人吗？”

身后传来一声轻嗤。

陆粥粥偷偷侧了侧身，余光瞥见他的身高，足足高了她一个头。

他不会看到信息内容了吧？

幸好，下一站到家了，她赶紧侧身下车，与他擦身而过的瞬间，低低说了句：“谢谢哥哥。”说完，她逃命似的下了车。

公交车重新启动，景绪站在她刚站的地方。窗外的霓虹灯影落在他漆黑的眼中，倒映着半个城市的繁星。鼻尖还萦绕着少女身上清新的栀子甜香。

那一声“哥哥”，宛如穿破层云的天光。那是他唯一的人间值得，也是他回来的全部意义。

陆怀柔刚给自己泡好了一杯工夫茶，满足地闻了闻，正要细细品尝。

门忽然打开，小姑娘一阵旋风似的冲进来，抱住他的腰："爷爷！好可怕！"

热腾腾的茶水溅了他一鼻子，烫得他直咧嘴："你多大的人了，还像个小孩一样冲冲冲！能不能稳重点儿？"

陆粥粥哇的一声哭了出来："好可怕！"

陆怀柔的调子立刻放软了，用纸巾擦了擦桌上的茶水，顺便又擦了擦她的脸："怎么了？"

陆粥粥推开他拿脏纸巾的手，哭哭啼啼地将刚刚在公交车上遇到流氓的事说了一遍。

陆怀柔闻言，脸色瞬间阴沉，问道："有没有被欺负？"

"一个好心的哥哥救了我。"陆粥粥摇摇头，娇声说，"就是好可怕！吓死了都……我以后再也不坐公交车了。"

陆怀柔心都要碎了，给她擦了擦眼泪，安抚道："以后咱不坐公交车了，我给你配个私人司机兼保镖，保护你。"

"这……倒也不用，我没什么事，就是过来跟你说一下。"陆粥粥就是跑来跟陆怀柔撒撒娇，让他安慰一下自己而已。

目的达到了，她便不哭了，说道："没事了爷爷，我回房间收拾行李了。"

陆怀柔目送小姑娘离开茶厅，柔和的脸色瞬间变得铁青，手里的青瓷茶杯也被他扔了出去，打在墙上摔了个粉碎。

他一直把陆粥粥保护很好，小时候带她去综艺片场，有些小鲜肉想跟她玩，陆怀柔都必须在一旁看着，绝对不会让陆粥粥落单。

也就是近些年她长大了，有了自己的朋友，他才没有随时随地看着她，但也给她规定了晚上八点前必须回家……

发生这样的事，陆怀柔绝对没办法容忍。

他给艾伦打了一个电话："立刻联系公交公司，我要查监控。"

艾伦的办事效率很高，第二天清早，他便带着笔记本电脑来到了陆宅，将那个欺负陆粥粥的猥琐男人的全部视频资料都带了过来。

"这人是惯犯了，您看看这些……全是他在车上欺负女孩的视频。有的女孩胆子小，由他欺负了；也有翻车的，但他顶多被扇两个耳光，没得到大的教训，才会一而再再而三地侵犯女孩。”

陆粥粥是艾伦看着长大的，小姑娘遇到这样的事，他也很生气，说道：“怀爷，我拿视频去报警吧。”

陆怀柔冷冷地道：“报警，顶多拘留几天，便宜他了。”

“那……”

“买营销号曝光他，女孩打码，把这人的照片发遍全网。”

艾伦打了个寒战，怀爷这手段够狠的。

这些照片要是全网曝光了，这家伙无论是生活还是工作，不管是在家人还是在朋友面前，恐怕都无立锥之地了吧。

也是这家伙倒霉，谁不好惹，偏偏惹上了陆怀柔的掌上明珠，这次恐怕就永无翻身之日了。

很快，“公交猥琐男”的词条就上了头条，视频里的照片，被技术手段放大成了高清图片，脖子上打了“马赛克”三个字。

无数网友激情下场，疯狂唾骂——

“这码打得很有技巧！”

“太恶心了吧这人！”

“他的名字叫陈劲，家地址在申城路234号，是某国营单位职工，手机号码135××××××××。”

……

陆粥粥问艾伦要了那天的视频，想看清楚救她的人长什么样。

视频经过艾伦的二次转发，已经非常模糊了，她站的位置距离摄像头又比较远，陆粥粥只能看到他的身形轮廓。

虽然看不清五官，但是陆粥粥心里升起某种诡异的直觉，觉得他就是景绪。

她把这种感觉告诉了蒋清霖：“我觉得这是有可能的，如果他没有再跳级的话，今年也应该考上北城大学；如果他跳级了，那就应该是我的学长，坐这趟公交车的可能性极大，十有八九，就是他了。”

蒋清霖：“陆粥粥，你想他想魔怔了吧！这得多少天时地利人和凑在一块儿，才能让他正好出现在那班公交车上，又正好英雄救美，还偏救到了自己的小青梅。你这……过于浪漫，写小说呢！”

陆粥粥：“人家想想还不行吗？”

虽然理智告诉她，蒋清霖说得对，世界上没有那么多浪漫的巧合，但陆粥粥还是愿意相信，踏着七色云彩从天而降的“超级英雄”，就是她的景绪哥哥。

陆粥粥去学校报到的那天，陆怀柔终究还是开车送她到了校门口，本来还想帮她把行李提上楼，但是陆粥粥不同意。

要是陆怀柔被人认出来，自己这大学四年，可别想消停了。

“行了爷爷，我又没带太多东西，没问题的。”

“那我从公司叫几个助理来帮你搬。”

“哎呀，真的不用。”她夺过了他的手机，说道，“你看校门口，站了一排接新的学长，我就俩箱子，让他们帮帮忙就好啦。”

“什么学长，学长没一个好东西。”陆怀柔冷声威胁，“我告诉你陆粥粥，虽然你上大学了，但是年龄还没到，你要是敢给我早恋，没好果子吃！”

“早什么恋呀！”陆粥粥推开车门，自己从后备厢拿了行李，“我对这些没兴趣，我一心只想当科学家好吧！”

陆怀柔没下车，按下车窗道：“那我不管你了，你自己想办法。”

“放心，没问题的，爷爷拜拜！”

她目送他的车离开了学校，然后拖着箱子径直去操场边的生科院报到。

负责报到的学姐盯着陆粥粥看了许久，即便是女孩，看见她都忍不住心跳加速，想要多看几眼，更遑论后面那几个已然彻底呆住的学长。有一个憨憨的学长正在倒水，水杯满了都没发觉。

“这……这是寝室钥匙，这是新……新生指南。这……这个学妹，要不要师兄送你去寝室啊？”

“不用了，我知道寝室在哪里，谢谢学长。”

陆粥粥嫣然一笑，转身离开。

“我的妈呀！这……这姑娘是我们学院的学妹啊？”

“漂亮得像个天使啊。”

……

陆粥粥经过文学院的报名点，恍然看到，报名处站着一个微胖的男孩，五官看着也有点儿像景绪。她立刻停下了脚步，仔细打量着他。

虽然她都快记不清景绪的模样了，但是那种模模糊糊的感觉还在，别真是他吧！景绪小时候多么英俊啊！他怎么这还长胖了呢？

这个念头一蹦出来，便立刻被陆粥粥给掐灭了。

不不不，那个人不可能是他。

想想昨天搭讪的尴尬一刻，她绝对不能再相信自己的直觉了。就像蒋清霖说的，她现在这症状，就是看谁都像景绪，魔怔了。

其实长大以后，陆粥粥才明白，小时候拉过的钩、盖过的章，还真不一定算数。

人在长大的过程中，有太多太多的变数了，谁还会在意小时候的承诺啊。

也许景绪已经有女朋友了，也许他和女朋友还约定了念同一个大学呢，说不定……连她的名字都不记得了吧。

陆粥粥心里又有些泛酸，正要离开，身后学姐追了上来：“陆粥粥，你的录取通知书都忘拿了。”

“谢谢学姐。”

“陆粥粥，咦，这个名字好熟悉呀。”负责报到的学姐看着陆粥粥的录取通知书，“你该不会是……”

“我不是！”陆粥粥连忙道，“同名同姓这世上好多呢。”

“也对。”学姐笑着说，“陆怀柔的孙女怎么会在我们学校呢？还让我这个超级粉丝遇到，哈哈哈，想太多了。”

“你是她的粉丝？”

“当然呀，我小时候看她的综艺，好喜欢的！可惜……这些年都没怎么见着这个小姑娘了，估计是出国念书了吧。”

陆粥粥对她甜甜地笑了。

“我先去忙了，你自己去寝室吧。”

“嗯！”

她俩聊天结束，刚刚那个胖男孩才走上前来，犹疑地跟她打招呼：“陆粥粥？”

陆粥粥转身看着他：“你……认识我？”

“陆粥粥！你还记得我吗？”

“啊，你是……”

“我呀！小时候住你家隔壁的！”

“啊……”陆粥粥目不转睛地盯着他，“你难道是景……景……”

她喊不出他的名字，内心快要抓狂了——不是吧不是吧！他真长胖了！天啊！她的小玫瑰，现在变成胖玫瑰了吗？

“我是景哲啊！不是吧，你居然连我的名字都忘了。”

陆粥粥猛地回过神来：“没错！你是景哲，我刚刚就觉得你好眼熟！”她捂了捂胸口，重重地松了一口气。

妈呀，吓死人了。

“咱们都十年没见了吧？”景哲激动得脸蛋都红了，“你……你变得好漂亮！”

漂亮得他都不敢相认，直到学姐喊出她的名字，他才敢确定。

小时候陆粥粥是个可爱的小包子，长大以后，她整个人神采奕奕，五官明艳而乖巧，是那种能让人心颤的美丽。

陆粥粥遇到老朋友，也很开心，问道：“你是这一届新生吗？”

“没错，我在初一跳了一级，所以今年大一。”他挠了挠后脑勺，笑着说，“我本来就比你大嘛。”

“那真是太好了，以后又可以当同学了。”

“是啊，真是很有缘分。”景哲说道，“你忙完了吗？我请你喝奶茶吧。”

陆粥粥欣然答应了景哲的邀约，她有好多好多话想问他呢。

奶茶店里，景哲端着两杯焦糖珍珠奶茶过来，特别贴心地给陆粥粥插上了吸管。

“你爷爷身体还好吗？”

陆粥粥嚼着吸管，说道：“我爷爷好着呢，只是现在拍戏少了，偶尔上综艺，专心经营公司，当霸道总裁。”

景哲又问：“那你呢，这些年怎么过的？”

“我啊，就很平淡地长大呀。”陆粥粥笑着说，“初中好好学习，高中也是好好学习，哈哈哈，没有特别的际遇。跟别人比起来，就像没青春似的。”

“我跟你一样啊，按部就班地念书、升学，也没有谈过恋爱。”

“你很棒呀，小时候成绩看着不怎么样，现在都考上北城大学了。”

景哲笑着说：“也许，这就是没有青春的补偿吧，让我如愿考上名牌大学。”

“可不是！”陆粥粥拍拍他的肩膀，“我现在明白了，轰轰烈烈的青春，都只存在于青春偶像剧里呢！”

景哲笑着说：“景绪就不一样了，他的青春还蛮疯狂的。”

陆粥粥已经憋着一肚子关于景绪的问题，这会儿景哲主动提出来的，正中下怀。她故作漫不经心地问：“哦，他怎么疯狂啦？交很多女朋友了吗？”

“这倒没有。”

陆粥粥紧绷的心弦松了下来，她嚼着吸管说：“没谈恋爱，那有什么疯狂的？”

“他就是……”景哲踟蹰地说，“就是堕落了。”

“堕落了？”

“他认识了一些坏哥们儿，成天上网吧玩游戏，学业也荒废了，混日子也不回家，后来说要来北城，也不顾爸妈反对，跟着玩游戏的朋友离家出走，让爸妈很伤心……现在爸妈都放弃他了。”景哲一边说，一边观察着陆粥粥的神情，“谁能想到，他小时候那样优秀，长大了却变成这个样子。”

听到景哲说这些，陆粥粥脑子都空了，完全没有反应过来。

他怎么会这样？他怎么会这样！

陆粥粥想到了那个梦，少年站在大火焚烧的玫瑰园里，和玫瑰一起化为灰烬，金色的灰尘一点一点散去……

她的脑子空了几秒，一阵窒息的疼痛涌上了心头：“一定有原因，初二那年，他和我断了联系，他……他到底发生了什么事？”

“其实也没什么大事，就是那年我们家发生了一场火灾。”

陆粥粥死死攥住景哲的衣袖：“他没事吧？”

景哲见陆粥粥只关心景绪，有些不太开心，闷声道：“景绪被困在二楼，他从二楼窗台跳下来。”

陆粥粥眼角顷刻就红了。

“你别担心！没事的！”景哲连忙道，“轻度骨折而已。”

“火灾严不严重？景绪有没有被烧到？”陆粥粥恨不得立刻就见到他，“被火势逼得跳楼，那肯定很严重了！”

“放心吧，没有毁容，他还是以前的样子。”景哲闷闷地说，“脸没事，身体……反正现在也都完全康复了。”

“这些年，我一直联系不上他。”

“其实是他自己的问题，从那以后，他就像变了一个人。不好好学习，经常和爸妈吵架，惹他们伤心。”景哲愤懑地说，“陆粥粥，你评评理，消防员都说，火灾是意外，他也没有什么大碍，跟爸妈较什么劲啊，好像全世界都欠他呢，还毁了自己的前程。”

“一定很痛苦，他一定很痛苦。”陆粥粥想到梦里，他站在大火中的表情，那样绝望，那样痛苦……

“不管多痛苦，又不是爸爸妈妈放的火。发生这样的事，大家都不愿意，他这样子伤爸妈的心，真的很不懂事。”

陆粥粥打断了他：“景哲，你有景绪的电话吗？”

“他电话一直没换啊。”

“可……我联系不上他。”

景哲说道：“兴许他不想和你联系吧，毕竟这些年以来，他简直六亲不认。”

陆粥粥攥着他的衣袖，急切地道：“那你知道他的住址或学校？任何能找到他的地方，你告诉我！”

景哲本来不想说，但是看陆粥粥这模样是不撞南墙不死心，索性道：“他学校离这儿不远，北城职高，我爸想尽办法给他联系的一所学校，但他几乎不去。所以你过去也不一定能找到他，反正我是一次都没见着他人影。”

“谢谢你！”陆粥粥顾不得什么，连忙起身离开。

景哲喊道：“今天不是报到吗？”

陆粥粥把行李寄放在奶茶店，在街边扫了一辆共享单车，骑着车风风火火地朝职高方向驶去。

景哲看着桌上只喝了几口的焦糖珍珠奶茶，有些不开心。

为什么这么多年过去了，她眼里心里还是只有景绪？明明自己已经变得更优秀了，还跟她考上了同一所大学，她还是不正眼看他。不过，等她见到景绪，她就该失望了吧。

北城职高也坐落于大学城内，跟北城大学相距不远，不过两所学校是一个天上一个地下，完全没法比。

这几天新生入学，学校门禁管理并不严，陆粥粥骑着自行车直接冲进了校园。

校园热热闹闹的，到处都是人。陆粥粥骑着车在人群中穿梭，左顾右盼，打量着一张张陌生的脸。

她一进来，便吸引了不少同学的目光。如她这般明艳漂亮的少女，实在难得一见。

陆粥粥虽然不记得景绪的样子，但是如果见着，她确信自己还是能认出来！

闷热的天空飘起了小雨，陆粥粥推着车来到了学生会的招新伞下，问一个男生：“同学，请问有什么方法，能在学校里最快找到要找的人？”

漂亮的女孩在哪里都能获得帮助，男生殷勤地回应道：“你要找谁呀？我这边学生会有全校同学的名单，我帮你找吧。”

“那就太好了！谢谢你，我要找景绪。”

“景绪？你……你确定？”

“啊？我找景绪。”

男孩笑了笑：“明白了，学校里要找 Lu 神的女孩，没十个也有八个了，谁让人家游戏打得好，长得还帅呢。”

“打什么游戏呀？”

“Lu 神去年代表学校，拿了整个大学城的电竞比赛冠军啊！你知道外面那些本科学校，都看不起咱们职高。但是这一仗，Lu 神干得是真漂亮！让咱们扬眉吐气了一回。”

陆粥粥不解地问：“你说的那个 Lu 神，是景绪吗？”

“你不知道景绪的游戏名就是 Lu 吗？ L 加一个 u，所以大家都习惯叫他 Lu 神。”

“我想找他，你能联系到他吗？”

“我哪儿能联系到这位大神呀！不然你去对面的男二宿舍楼看看，他的宿舍就在那儿，408。不过我提醒你，他经常不在学校，不一定能等到他。”

“谢谢你！”

陆粥粥推着车，朝着男二宿舍楼的方向跑去。

“哎，妹子，要不要伞啊？在下雨呢！”

陆粥粥已经顾不得雨了，跑到男二宿舍楼下，蒙头就往里面冲。

“哎哎哎！这个女同学怎么回事？！”宿管大爷连忙叫住陆粥粥，“没看到标牌吗？男生宿舍，女生禁止入内！”

陆粥粥因为太过着急，一时间乱了方寸，退出来，连声道歉：“对……对不起。”

进不了男生宿舍，她就只能站在避雨的屋檐下，等着他出门。

她看了看手表，这会儿四点半了，他应该很快就会下楼吃晚饭吧。

陆粥粥站在铁门边，等了约莫半个小时。每一个经过的男生，她都仔仔细细地打量着，生怕错过他。毕竟十年没见了，她很难一眼认出他来。

雨越下越大，再这样等下去，似乎也不是办法，陆粥粥叫住一个穿黄衣服的男生，问道：“同学，你知道 408 的景绪吗？我……我想见他。”

“你想见 Lu 神啊？”男生端着一碗锅巴土豆，指了指雨中撑着透明雨伞的女孩，说道，“这位姐姐，拎着爱心小便当淋了老半天的雨了，也想见景绪，你们要不排个队？”

陆粥粥一早就注意到了那个女孩。她穿着露脐吊带衫，身材姣好，嘴里嚼着口香糖，手里拎着一份便当，看着像寿司。

“你看，是不是得排队？”

“那……能不能请你帮我插个队？”陆粥粥恳求道，“你就说，我是他的老朋友，隔壁的……想见他一面。”

“行吧，我试试，不过你别抱希望，每天想见 Lu 神的女孩多了去了，也不缺你一个。”

“谢谢你！”

“不谢。”

乔元洲端着土豆回了寝室，看见景绪正跟人对战：“Lu 神，楼下又排上了，全是要跟你告白的女孩，你不下去见见啊。”

景绪声线冷淡：“没空。”

“也对，你这动动手指头就能挣钱的……是没必要花时间谈恋爱哈！”

乔元洲倚在他的桌边，感叹道：“不过刚刚我看到那个女孩，跟过去那些女孩真不一样，忒漂亮了些，那小长腿、那腰线、那胸脯、那神仙五官，啧，就四个字——美艳绝伦！”

另一个正在吃锅巴土豆的室友飞一般冲到阳台上，往下看了看：“雨里那个？一般般啦。”

“不是！这儿看不到，在屋檐下躲雨呢！真的漂亮！”乔元洲拍着胸脯保证，“是我这辈子见过最好看的女孩，包括所有女明星和主播在内。”

室友道：“要不要这么夸张，我下楼看看去。”

“你下楼管什么用，人家找的是 Lu 神。”乔元洲说道，“Lu 神，要不要会会她？”

景绪眼皮都没有抬一下：“我看起来很闲？”

“她说是你的老朋友，隔壁的。”

景绪听到这句话，敲击键盘的手，蓦然顿了一下，漆黑的眸子里划过一丝暗涌。

乔元洲望向窗外："咱隔壁……不就是北城大学吗？Lu神，你还认识这学校的学霸妹妹啊？"

景绪的电脑屏幕暗了下来，游戏显示，他已经输了。

"哟，难得，Lu神也有马失前蹄的时候，居然输了！"乔元洲立刻把关注点放到了游戏上。

景绪退出了游戏，从鞋柜里取出一双崭新的运动鞋换上，冲下楼。

男孩端着锅巴土豆离开后，陆粥粥赶紧从包包里摸出口红，涂了涂唇，对着玻璃镜子抿了抿。

头发有些湿，她赶紧掏出面巾纸，擦了擦湿漉漉的刘海。

雨中拎着便当盒的女生冷笑，说了声："装。"

"什么？"

她轻蔑地打量了陆粥粥一眼，泡泡吹起来粘在唇边，又被她用舌尖搅入口中："你的口红色号，很假清高。"

"……"

陆粥粥的口红是她姑奶奶送的，招谁了！怎么就"假清高"了！

她明显感觉到那女孩对她的敌意，不过陆粥粥也不是受欺负的性子。既然她说自己"假清高"，便让她见识见识，什么是真正的"假清高"。

陆粥粥摸了摸自己的白蕾丝发辫，将鬓间发丝挽到耳后，对她粲然一笑："姐姐的妆容好漂亮呀！很羡慕姐姐这么会化妆，粉涂了好厚的吧。我就不太会化妆，平时就抹抹口红而已，哥哥们都说不化妆更显年轻呢。"

周围一帮吃瓜男生直勾勾地看着陆粥粥，魂儿都没了，站队叫嚣。

"说得对啊！"

“女孩子还是不化妆的好。”

“素颜多美啊，我就喜欢不化妆的。”

……

口香糖女生被陆粥粥气得脸色发白：“你……”

周围男生是瞎了吗？他们怎么会被这种女生吸引！

陆粥粥得“茶艺大师”杨曳亲传，一般小姐姐哪是她的对手。不过这门技术，她平时也不敢乱用，否则会挨她爷爷的揍。

她不随便招惹别人，但谁也别想欺负她。

“你看我，说话笨笨的，男生们都说我没有心机。如果得罪姐姐了，姐姐千万别生气哦。”陆粥粥心平气和地说，“妆花了就不好看了。”

口香糖女生估计是被她气出内伤了，爆了两句问候祖宗的粗口之后，气呼呼地离开了。

陆粥粥耸耸肩，嘴角绽开淡淡的笑意。

一回头，陆粥粥看到几个抱着篮球的男孩走下楼梯，而景绪站在最后。

她一开始还担心，十年未见会认不出他。

其实不然，人群中，她一眼就认出他了。

那双漆黑的眸子宛如泥沼，有令人沉沦的吸引力，而他的容颜不复少年时的清秀，锐利中带着几分冷意。

陆粥粥仿佛看到，他肩上那朵含苞待放的金色玫瑰，有被烈火烧灼的痕迹，花瓣凋零殆尽，残存的几片也已然破败不堪。

啪嗒一声，她手上的口红掉在了地上。

玫瑰落了。

窒息的疼意，铺天盖地席卷而来，灌满了她的胸腔。她全身的每一寸皮肤都仿佛被撕裂一般，眼泪不受控制地滚出了眼眶。

他穿过走廊，朝她走过来。

陆粥粥赶紧侧过脸，擦掉了眼泪，回头对他绽开微笑：“景绪哥哥，好久不见！”

景绪走到她面前，俯身捡起了地上断了半截的口红：“断了，扔了吧。”

嗓音低沉而冷淡，仿佛已然不再是年少时的他了。

陆粥粥微微张嘴，但没有说话。

这是什么开场白？

她看着景绪走到垃圾桶边，将口红扔了进去，又问她道：“吃饭了？”

陆粥粥赶紧摆手：“还没。”

“不早了，该回去吃饭了，不留你了。”景绪说完，双手插兜里，径直走进雨中，似是要离开。

不是……上句话问完，下句不该是“我请你吃饭”吗？他什么意思啊？

陆粥粥连忙追上他：“景绪哥哥，我特意来找你，你不请我吃饭吗？”

景绪淡淡地道：“刚刚输了，没钱。”

“没钱没关系，我请你也行啊。”

他懒洋洋地笑了：“我跟你很熟吗？”

他们好像不……不太熟了。

陆粥粥被陆怀柔宠了十年，也骄傲了十年，还从来没这样死乞白赖地追过谁。他的眼神里已经没有了儿时的真挚，变得轻佻而漠然，他真的变了啊。

景绪没看她，继续往前走。

“我今天报到，遇到景哲了，他跟我说你在这里，我就这么冒失地赶过来找你了。”陆粥粥不依不饶地追上他，“哥哥，你还记得我叫什么名字吗？”

大雨倾盆而下，湿了他的眼睛。终于，他停下了脚步，回头望着她。

雨水啪嗒啪嗒拍在她的脸上，刘海全黏在额头上了，更显得小姑娘清丽动人。单薄的白 T 恤湿漉漉地粘在她的身上，胸前被雨水润出了浅粉的内衣痕迹。

“陆粥，你长大了。”

“啊？”

景绪脱了外套，甩在她胸前，让她盖住胸前的内衣：“长大了就该有长大的样子，别再跟个小孩似的，快回去了。”

“人家特意来找你的。”

“找我做什么，请你吃饭吗？”

“我们这么久没见了，”陆粥粥有点儿难过，“叙叙旧不行吗？”

“没什么可叙的，快回去。”景绪看了看天，雨越下越大了，而女孩衣衫单薄，于是他不耐烦地说，“我们都长大了，小时候发生的事，谁还当真。”

“我当真！”陆粥粥赶紧追上他，用力抓住他的手腕，嗓音近乎哀求，“小时候发生的一切我都没忘，我也一直想着哥哥啊。”

景绪蓦然顿住脚步，袖下的手忍不住颤抖起来。她的一句还想着他，瞬间便把他的坚硬如铁的心，击得粉碎。

陆粥粥踮起脚，仿佛能碰到他肩上败落的玫瑰，嘀咕道：“哥哥，这怎么败了呢？”

景绪眼睁睁看着她靠近自己，鼻息间也萦绕着她身体的甜香。

在她指尖碰到他的那一瞬间，他狼狈退后了两步，冷声道：“陆粥，别过来。”

她不依不饶地颤声问：“哥哥，玫瑰为什么败了？”

“没有为什么，败了就是败了。”他抬起头，视线沉沉地望着她，“你就当我从来没存在过，别来找我了。”

“你骗人！”陆粥粥情绪激动了，“我们拉过钩的！你说会回来，考北城最好的大学。我们约好了，你不能骗我的！”

“骗你又怎样？”他唇角冷冷地勾了起来，“就骗你了，陆粥，小时候的话，也就只有你这么傻，还会当真。”

陆粥粥解开他的衣服，用力摔在了地上，愤恨地看了他一眼：“景绪是骗子！”

雨中，景绪木然地站了会儿，细细密密的疼意弥漫全身。他捡起地上的衣服，转身离开。

没一会儿，小姑娘又红着脸折了回来，夺过他湿漉漉的外套，裹在自己胸前，气呼呼地跑开了。

景绪望着她的背影，转过身，从包里摸出了那枚断了的口红。

他目光沉了沉，脸色也变得冷冷冰冰的。坏了，烂了，就应该扔掉，但他舍不得，没有扔。

陆粥粥抱着他的外套，失魂落魄地走在大雨中，浑身都湿透了。

她想哭，但哭不出来。她觉得自己像个傻子，心里堵得慌。她不愿意让舍友看到自己狼狈的模样，因此，去了姑奶奶送给她的莱汀公寓。

莱汀公寓不愧是北城数一数二的高档公寓，入门大堂是极简风格，奢华低调。只要有业主进来，保安就会毕恭毕敬地起身相迎，然后替业主打开电梯门，按下楼层。

电梯是一户一梯，刷卡上楼，电梯直接把陆粥粥送入房间里。

房间是南北通透的大平层，三面都是落地窗，高层视野极好，整个大学城湖区尽收眼底。

公寓拎包入住，全由杨曳亲手布置，衣柜里有适合她穿的四季衣物，小抽屉里还有干净的棉质内衣，该有的都有，一应俱全。

陆粥粥在景绪那儿受的委屈，分分钟就被房间里温馨的布置治愈了，她想哭都哭不出来了。

她有最爱她的爷爷、姑奶奶和姑爷爷，还有爸妈和可爱的方便弟弟，她很幸福。

正如她对景哲说过的那样，这十年，仿佛没有青春，因为没有伤痛和眼泪，只有全家人的脉脉温情，将她养在最温厚的土壤里，让她单纯而快乐地成长。

那个少年，或许是她青春里唯一的意难平。

陆粥粥泡在内嵌式浴缸里，一边洗着泡泡浴，一边给蒋清霖发语音，把今天的事都跟她说了一遍，详细到包括景绪那张看一眼就让人心动的英俊面庞。

于是闺密间的话题直接歪到了男孩子的颜值上。

“过两年，他必然各方面都超过我爷爷！”

蒋清霖：“各方面是指的哪些方面？”

陆粥粥："说不清楚，我就觉得他好看。跟他一比，我还像个小学生……"

蒋清霖："陆粥粥！控制你自己！你是天王巨星的孙女，你见过世面的好吗？"

陆粥粥发了个擦鼻血的表情。

蒋清霖："你把他衣服带回去了，这是机会啊，下次可以借着还衣服再去找他。"

陆粥粥："正有此意。"

蒋清霖："那你得帮他洗干净哦。你会洗衣服吗？"

陆粥粥："放心，正在洗。"

蒋清霖："你不是在洗澡吗？"

泡泡浴里，陆粥粥将黑色的外套挂在自己修长的腿上，给蒋清霖发了一张闪照："洗干净啦。"

蒋清霖："……"

蒋清霖："你干吗抱着他的衣服洗澡，很花痴好吗？"

陆粥粥："洗澡就顺便一起洗了嘛。"

胖子名叫赵子默，曾是知名电竞战队 GEM 的老人了，早两年有过不少辉煌的战绩，"胖爷"的名号在圈子里也是响当当的。不过后来因为肌腱炎，住了一段时间的院，恰逢 GEM 吸收新鲜血液，他便被辞退了。

GEM 战队招揽了一批年轻又有天赋的选手，其中绝大多数小哥哥颜值还很高，战队给自己的定位就是"电竞选手偶像化"——既要奖杯，也要人气。

"自那时候起，胖爷我就知道，电竞圈全新的时代来临了。"

电梯里，胖子拍着景绪的肩膀，说道："游戏玩得溜，这是最基本的条件，你还得受欢迎。怎么受欢迎呢？颜值得高吧，性格还要讨喜。你看看 Toy，还有 PP，哪一个不是百万粉丝起步。"

景绪睨他一眼，懒懒地道：“所以？”

“所以，我发掘了你啊！”胖子理了理他的衣领，“Lu 神，你要是能火，还有这些人什么事！咱们就是缺少机会。这不，机会来了。”

说话间，电梯门打开，景绪看见一个三面全是落地玻璃窗的会客厅。

景绪走了进去，透过这些玻璃窗，可以看到楼下的电竞队员训练室，穿着统一队服的队员们戴着耳机，敲击着键盘，沉浸在游戏中。

胖子领着景绪，来到战队投资人面前，恭敬地说：“王总，这是我们 Fly 战队的全部资料，您看看。”

王总接过资料，没有看，视线却落到了景绪身上。

他穿着一件宽松的长 T 恤，戴着鸭舌帽，漆黑的眼底泛着沉沉的光，看着虽然很年轻，但是眼神中早已经没有了少年的天真。

王总阅人无数，自然能看出这小子身上那股不一般的沉静气质。

年轻人最大的毛病就是浮躁，有一点儿小成就，就能让年轻人晕头转向。但是面前这个少年，他身上看不出半点儿浮躁。

“我就直说了，你们战队不具备任何可投资的价值。”

“这……这，王总，话也不能这么说。”胖子尴尬地摸摸脑袋，“咱们队虽然现在只剩下两位队员了，但是只要资金一到位，凭我胖爷的号召力，还怕找不到好选手吗？”

“你们战队最大的价值，就是他。”王总点了一根烟，用烟头指了指景绪，“Lu 神，上周，你打败了我队里最有潜力的队员。”

“是吧！”胖子松了一口气，笑着说，“Lu 神就是我胖爷一手带出来的好苗子，绝对有潜力！”

“所以我正式邀请你，加入我的 Sky 战队。给你一等队员的薪资待遇，年薪八十万元起步。”

胖子目瞪口呆。

他就说，怎么 Sky 的投资人忽然答应见他们，原来是想挖墙脚，还当着他的面，这太嚣张了吧！

“王总，您这样做，不厚道吧？景绪是我从南城带过来的，是我的人。”

“赵子默，你算什么东西，敢这样跟我说话。”王总面对胖子，就不再客气了，“这年代，没有不可替代的价值。没有名气，你就是这个……”王总对胖子比了个小拇指：“你那 Fly 战队，没有名气，连队员都凑不齐，还要让我投资，做你的春秋大梦去吧！”

“你……”胖子脸颊憋得通红，却无言以对。他明白，羞辱就是这样直接，不会给你任何辩驳的机会。

“Lu 神，怎么样，考虑一下？”王总站在落地窗边，摊开手，为他画大饼，“等你真的打出了名气，薪资至少两百万元起步。”

胖子担忧地看着他：“景绪，你可不能不顾革命友谊啊。”

景绪望着王总，嗓音里带着了点儿淡漠的嘲意：“两百万元就想买断我，少了点儿吧。”

王总也不生气，笑着说：“你们年轻人就是好高骛远。你是职高生吧？你看看现在，就算名牌大学毕业生，也不能一工作就拿到这样的薪资。人还是要一步一个脚印，踏踏实实把路子走稳。”

景绪走到落地窗边，看着这些队员在训练室里厮杀。他们在这里训练，也在这里吃住，所有的生活都被人监视着。

“我这人，自由散漫惯了，”景绪把手揣兜里，“不爱给人打工，也不想挣这种卖命钱。”

王总听出他的意思了：“我是看明白了，敢情你还想当老板。”

景绪冷笑：“缺钱用，要挣就挣大的。”

“我见过太多像你这样好高骛远的年轻人了，以为自己有点儿本事，就能上天了，最后无一不是跌得粉身碎骨。”

“我不是他们。”

“那我可拭目以待了。”

景绪头也不回地走出了会客厅。

胖子连忙追上去，跟着进了电梯：“刚刚吓死爸爸了，真怕你会抵抗不了金钱的诱惑，答应他们。”

景绪冷冷的眼风扫了扫他：“谁是爸爸？”

胖子立刻改口：“从今往后，你就是我爸爸！”

“你当我儿子，丑了。”

“歧视颜值这就不对了啊，胖爷我丑是丑，技术一流啊。”

电梯到达负一层的地下电玩城，景绪走了出去。

“来这儿干吗呀？”胖子问。

“玩儿会。”

胖子跟在他身边，说道：“当初我让你跟着我打比赛，你也没问别的，就问了我挣钱吗。”

他拍了拍景绪的胸脯，好奇地问：“你家真的很穷啊？”

景绪站在电玩城二楼的栏杆边，漫不经心地道：“没家。”

“玩游戏的，有几个不叛逆？我带新人那几年，你这样的叛逆小孩，我见多了。”胖子手肘撑着栏杆，说道，“最后绝大多数……跟父母回了家。一个人长大，不是那么容易的事。”

“回不去，也不想回去。”

“怎么，你爸妈不要你了啊？”

景绪的手握成了拳头，良久，他缓缓松开，轻描淡写地说：“是我不再需要他们了。”

那场大火，改变了一切。

那两年，他趴在病床上，每天都能嗅到腐臭的味道。那是从他背上大大小小化脓的水泡散发出来的味道，令他恶心到想吐。日复一日，他感觉自己正在一点一点腐烂。

过去那个意气风发、光鲜明朗的少年不复存在，他被永远留在了地狱。而放弃他的不是别人，正是他最爱的母亲……

漫天的大火中，景绪永远不会忘记，她背着鬼哭狼嚎的景哲，留给他的是……怎样决绝的背影。

他知道那是逼不得已，也知道……两个孩子，她必须选一个，否则后果便是一起死亡。

她选了景哲。

人都有怜弱的心理，更遑论父母，她做出了本能的选择，却把他留在了绝望的地狱。

从自己的身体完好的部位割下的皮肤，移植到已然损伤的皮肤上，这叫植皮。

在很长一段时间里，景绪都在经历这种痛苦。这样的疼痛和长年不断的手术，让他没有办法再把精力放在学习上，成绩一落千丈。

当他走出医院大门的那天，夏日的阳光刺目，万里无云。

医生们为他鼓掌，庆祝他破茧成蝶，重获新生。他嘴角浮起荒唐的微笑。

哪有什么新生？

他的心，早已被无边的恨意吞噬，永坠修罗。

游戏厅里灯光明亮，摆放着不少大型的游戏设备，有摩托赛车类，也有射击类和跳舞机。

蒋清霖一进门便看见了张虎。

“张虎！”

张虎回头看到蒋清霖和陆粥粥，茫然地问：“你们怎么来了？”

“你妈妈说你一放学就来打游戏了，我们来找你！”蒋清霖把他扯出来。

“哎呀，我就是放学了顺道过来玩玩，放松一下。”

陆粥粥看到游戏机正哗啦啦地吐着游戏币，问道：“这是什么游戏？”

“这是射击游戏，打中一个人就是一游戏币。”

“然后呢？”

“但前提是……规定时间内必须射中规定人数，否则就会输。”

“所以你就输了？”

“只要多我练练，肯定能赢！”张虎说着。

陆粥粥和蒋清霖站在他背后，好奇地看着。只见他一番努力之后，屏幕显示：“很遗憾，游戏失败”。

蒋清霖道：“你看！怎么可能让你就这样赢，绝大多数人肯定会输啊！”

张虎失望地放下枪，跺跺脚：“我就差一点点了！”

陆粥粥翻了翻自己的包，掏出一些零钱，拿到服务台兑换了游戏币，对张虎道：“勉强帮你这一次，下不为例！”

“哇！肥粥你太够义气了！”

陆粥粥买了几个游戏币。射击游戏很好上手，拿着抢一阵扫射就行了。她非常帅气地端着枪，按照张虎教她的方法，以最快的速度爆头。

然而她还是低估了游戏的难度，第一把下来，输了。

张虎鼓励道：“新人第一轮，做到这样已经不错了。肥粥，再来一把，说不定就能反败为胜了。”

陆粥粥听他这样说，也有些不甘心，游戏明明不难，也只差那么一点点而已……

“那我再去兑换一点儿游戏币。”

“我等你！”

半个小时后，三个小伙伴全输了，坐在游戏厅外的阶梯上，灰头土脸。

陆粥粥这十多年的生活顺风顺水，也是第一次遭遇如此巨大的打击，不甘心地咬咬牙：“我就不信了，我还赢不了这破游戏！再来！”说完她走进了游戏厅，径直来到前台。

陆粥粥从包里摸出一张 VIP 黑卡，豪迈地说：“刷卡！我就不信了！”

前台服务员笑逐颜开，噼里啪啦敲击着电脑。

这时，陆粥粥手里的卡片被人抽走了：“好的不学，学会打游戏了？”嗓音低沉而冷淡，宛如吹过雪松的风。

听到这个声音，陆粥粥全身每一个细胞都醒了，脑子里的一把邪火也被迅速扑灭。

她回头，迎上景绪那双漆黑而明澈的眸子。

陆粥粥脸蛋火烧火燎，耳根都红透了。

景绪夺过了黑卡，拍了拍小姑娘绯红的脸蛋，动作不太客气，又带着几分无可奈何的宠溺：“输了？”

陆粥粥声音细如蚊子：“嗯。”

景绪又要用卡拍她的脑门，陆粥粥连忙伸手挡，低声哀求道：

“我错了，真的再也不敢了，哥哥。”

景绪被她这一声“哥哥”，叫得心都要化了。

景绪重新将陆粥粥的卡掏出来，递给服务员：“A 币。”

景绪回头问陆粥粥：“卡有额度？”

“呃，无限额度。”

“我能刷吗？”

“可以可以可以！”陆粥粥笑笑说，“哥哥想怎么刷都行。”

“密码呢？”

“你生日。”

“……”

第十六章

他是她珍惜的人

胖子回头看到景绪居然领着俩小姑娘去玩游戏了。

胖子有点儿蒙了，景绪不是说过来挣晚饭钱吗，怎么半道去英雄救美了？

不过有这位大神在，这仨小孩算走了好运。

胖子倚靠在柜台边，笑眯眯地看景绪。

景绪拎起游戏枪，站直了身体，半眯着眼睛偏头瞄准，一枪解决一个，看得张虎眼睛都瞪直了。

玩过游戏才知道这些人有多难命中，有时候十多枪都打不中一个目标。景绪居然全盘命中，一个都没漏掉。

这是什么体质？

陆粥粥没有看游戏，比游戏更吸引人的是他的一举一动。他身形清瘦而修长，架枪的姿势非常帅，一扫之前的慵懒。这一刻，陆粥粥仿佛看到了小时候的景绪，那样闪闪发光，那样专注而认真。

中场二十秒休息时间，景绪活动了一下肩颈，然后撩起袖子，重新开始。灯光下，他手臂的皮肤很白，扣枪动作稳准狠，眼神里透出几分戾气。

一轮游戏，他以百分之百的命中率，大获全胜，游戏机吐出十枚A币。

看到那十枚A币，小伙伴们还没反应过来这意味着什么，直到前台服务生请出游戏厅经理，把游戏币兑换回现金时，他们才回过神来。

张虎："啊——我们是发财了吗？"

陆粥粥正要开口，景绪却道："她的钱，跟你有什么关系？你们很熟？"

这句话显然惹恼了张虎，他愤懑地说："我跟陆粥粥，我们十年的好朋友了。你说这样的话，算什么，这些年你跟人家联系过吗？人家天天想着你，你却连一条信息都懒得回，凭什么质疑我跟肥粥的关系？"

景绪看了陆粥粥一眼，饱满的桃花眸上挑："是吗？"

陆粥粥连忙拉扯张虎："谁整天想着他，你快别胡说！"

张虎是个一根筋的人，说道："还不想着他，你不是遇到什么路人甲都以为是他吗？还追着人家要电话。你说说这些日子，你认错了多少人？"

"我没有……"陆粥粥羞红了脸，急得直跺脚，死不承认，"就是没有！"

"反正他就是没资格管咱们的事！"张虎直接点明主题，"咱们是好朋友，他是外人！"

"你这小孩，你怎么说话呢！"身后的胖子听不下去了，走上前来，道，"你怕是忘了没我们Lu神，你们几个小破孩儿今天得输成什么样子吧。没错，本钱是小姑娘出的，但是一行有一行的规矩，代练拿一半，所以这钱一半得是我们的。"

陆粥粥想到那天景绪说自己没钱请客吃晚饭，猜测他经济状况不容乐观，于是将支票仔细叠好，揣进了他的裤兜里："哥哥，你把本金转我就行了，剩下的都给你。"

"肥粥！你都给他啊？"

"张玉书你闭嘴。"

景绪从包里摸出支票，展开，拍了拍她的脸，冷笑道："陆粥，可怜我啊？”

陆粥粥才不吃他这一套呢，伸手敲了敲他的额头：“好意思说呢，都穷得没钱请我吃晚饭了。我从来没见过哥哥这样小气过。”

胖子揉了揉眼睛，有些不敢相信。

他从没见过景绪跟哪个女生如此亲昵过，猜测他们关系肯定不一般，开玩笑道：“Lu 神可不是穷得没钱吃饭了吗？他的钱都买巧克力了，还是进口最贵的那种，买了也不吃，咱们基地都快堆成巧克力工厂了，也不知道是给谁买的哦。”

景绪瞪了胖子一眼，胖子连忙识趣地闭了嘴。

陆粥粥很意外，那个牌子的巧克力是她爱吃的，以前景绪每周拿了零花钱都会给她买，没想到这么多年过去了，他还有这个习惯。

俩人各自被队友卖了，都有些不好意思，气氛变得奇奇怪怪。

胖子爱热闹，本来想说 Lu 神难得遇到老朋友，想请客一起吃个便饭，奈何囊中羞涩。景绪现在倒是有钱了，偏偏他又不吭声。

“人家小姑娘话都递到这份上了，你还不请人家吃饭，这就没意思了吧？”

蒋清霖看穿了陆粥粥的心思，也赶紧助攻道：“要真没钱，请她一个人就行了，我们就不跟着凑热闹了。”说完，她拉着张虎，赶紧离开：“走走走，跟我去图书馆复习功课！”

张虎有点儿不乐意，结果被蒋清霖生拉硬拽地拖上了公交车。

“肥粥，咱们说好了啊，分期付款！”

陆粥粥扬扬手：“放心吧。”

胖子见状，摸摸自己的圆脑袋：“想起来了，胖爷我前女友住这附近呢，我找她叙叙旧去，拜拜了两位。”

路口，只剩了陆粥粥和景绪俩人。

九月的风依旧燥热，天空湛蓝，阳光灼目。女孩单薄的淡黄色雪纺衫被微风轻轻撩动着，轻擦过他的手背，微痒。

景绪低头，看到女孩鬓间有濡湿的几缕发丝，贴在她白皙的左耳侧。她的脸颊带着夏日特有的潮红，脸蛋早已不复孩童时期的圆润，有了明晰的轮廓，也有了少女初绽的清美。

他喉结滚了滚，轻微的吞咽声细不可闻。

“所以哥哥，今天有钱了，能请我吃饭了吗？”陆粥粥背着手，笑问道。

“就这么想让我请你吃饭？”

陆粥粥低头：“我喜欢吃哥哥家的饭嘛。”

小时候，她就老爱往景绪家跑，还总是赶在饭点。

谈到小时候的事情，两人距离拉近了不少。

“走吧，请你吃一顿。”景绪朝学校小吃街走去。

陆粥粥赶紧跟上他，抓着他的袖子。

景绪宛如触电一般，抽回了手：“做什么？”

小姑娘眨眨眼睛，无辜地说：“牵牵啊。”

“陆粥，”景绪说，“你不是六岁的小孩了。”

陆粥粥害羞地一笑，细密的睫毛宛如小刷子一般：“我以为你把我忘了呢。”

“陆粥……”

景绪还要说什么，她不听话的小爪子又抓住了他的衣袖：“好饿哦！我能吃两碗米饭！”

说完，她拉着他朝美食街小跑而去。

景绪被她不安分的小爪子紧紧攥着，使不上一点劲儿挣开她。

阳光漫过头顶的香樟叶，在他脸上洒下斑驳的光影。他看着前方牵着他奔跑的少女，那是照进他残破不堪世界里的一束光。

陆粥粥带着景绪来到北城大学的美食街，在一家名叫“炒饭大王”的大排档门口停下脚步。

“老板，一份蛋炒饭。”

“好嘞！”

景绪看看摆在路边的矮桌椅：“让我请吃饭，你就吃这个？”

“对啊，他们家的招牌就是蛋炒饭，堪称‘炒饭之王’，我强烈建议哥哥试一试！”

景绪跟着她坐了下来：“我也要一份蛋炒饭。”

“请稍等，马上就好了。”

老板熟练地翻炒着米饭，煎鸡蛋的香味四溢，令人食欲大开。

陆粥粥还冲对面副食店阿姨招招手：“阿姨，给我们来两瓶青啤。”

景绪用筷子另一端敲了敲她的脑袋：“青什么啤，陆粥，你很社会？”

陆粥粥捂着脑袋说：“人家是大学生了。”

“小屁孩儿。”

在景绪的坚持下，陆粥粥只好点了一杯椰奶。

香喷喷的蛋炒饭端上桌，陆粥粥没忍住又点了盘烧烤。

饭菜垫了肚子，饮料也解决了半杯，陆粥粥终于开口道：“景绪哥哥，我一直想问你……”

话还没说完，便被景绪打断了：“不想回答，别问。”

“哦。”陆粥粥乖乖地闭了嘴，低头吃饭。

沉默了约莫五分钟，啪嗒，一滴眼泪掉在了桌上。

景绪：“……”

小姑娘用袖子擦了擦眼睛，哭哭啼啼地说：“我就是不明白，哥哥的玫瑰为什么败了呢？”

“陆粥，别哭。”

“哥哥明明成绩那么好，那么聪明，为什么要去读职高？连景哲都考上北城大学了，哥哥不去念名校，却上了隔壁的职高。”

陆粥粥哭得上气不接下气，伤心得堪比失恋。

景绪淡漠的脸上终于有了点儿笑意，他用手背给她擦了眼泪：“我什么时候说要去读名校了？”

“不管，你那么聪明，什么大学都考得上的。”

“陆粥，为这点儿事，掉眼泪不值得。”

“除非你告诉我原因。”小姑娘肩膀一抽一抽的，湿漉漉的大眼睛委屈地望着他，“你有苦衷，对吗？”

“没苦衷，想早点儿长大。”

陆粥粥激动地质问：“什么叫长大，不念大学，玩游戏挣钱，吃了上顿没下顿，这就是你说的长大吗？”

“是啊，我已经成这样了，你也看到了。”景绪的气也跟着上来了，他冷声说道，“我哥跟你考上了同一所大学，我在隔壁念职高，这就是长大。

“长大以后，一切都变了，没有童话，没有公主，也没有隔壁的天才景绪……

“陆粥，你的梦该醒了。”

陆粥粥被他一番话说蒙了，撒娇式大哭……只觉得一股巨大的悲伤正在缓慢吞噬着她的心。

她低头吃完了最后一口蛋炒饭，哑着嗓子问：“梦醒了，我和哥哥也到此为止了，对吗？”

他喝了一口酒，轻佻地笑了：“不然，你还计划要跟我怎么样？”

“我明白了，以后也不会再来找哥哥了。”陆粥粥掩住眸底的悲伤，起身，扫码付了自己的钱，转身离开。

没走几步，景绪却又追了上来，拉住她的手腕：“等一下。”

“放开！”陆粥粥用力挣开他，崩溃地哭道，“我没计划要跟你怎么样，以后也不会计划了！你这个骗子！”

“陆粥……”

“我讨厌你，景绪！以后再也不见！”

景绪拉住她．“难怪今天这么情绪化。”

“不是说梦醒了吗？所以这又是干什么？！”

“梦是醒了，”他脱下自己的外套裹在她的腰间，在她耳畔轻声道，“但你裙子脏了。”

陆粥粥裹着景绪的外套，匆匆跑回家。卫生间里，她看着自己百褶裙上的小红点，简直想一头撞死在马桶上。

这个月的“大姨妈”竟然提前了一个星期，如果早点儿知道，她必然不会穿白裙子出门的。

她在卫生间翻来覆去找了一遍，也没有找到卫生巾。家里什么都有，但杨曳应该也不会细心到连女性用品都给她准备齐全。

陆粥粥无力地坐在马桶上，摸出手机准备叫跑腿服务。

还没下单，她接到了景绪的电话："你在几楼？"

"什么？"

"莱汀公寓，几楼。"

"你怎么知道我住哪儿？"

景绪说道："我想把你送回学校，所以一路跟着你。"

她闷闷地"哦"了一声："你问门牌号，干吗？"

他不是没有计划要跟她怎么样了吗？

"我给你买了……"他顿了一下，说道，"我给你买了需要的东西，如果你现在需要的话。"

陆粥粥脸颊开始发烫，舔了舔下唇，说道："要的，我在 32 楼，你把东西放在门边就好。"

"嗯。"

"谢谢。"

陆粥粥挂掉电话之后，又给楼下的保安打了电话，让他帮景绪刷卡。

几分钟后，门外传来了门铃声。陆粥粥裹着浴巾跑到门边，趴在猫眼处看了看，门外没人。

她打开房门，门边放着一个黑色塑料袋。她赶紧将黑色口袋拎回来，左右看了看，发现景绪就站在几米开外的走廊转角处，望着她，嘴角淡淡地扬起。

陆粥粥脸蛋一红，狼狈地关上了门。

塑料袋里，他给她买了很多种类的卫生巾，日用夜用加长型都有，除此之外，还有红糖包和暖宝宝。

陆粥粥来不及多想，跑去浴室洗了个澡，换上了干净的棉质睡衣。

此刻的她，也终于冷静了下来，给景绪打了个电话，想向他道谢，却没想到，门外响起了电话铃声，是《千与千寻》的钢琴曲。

她再度打开房门，发现他竟还没走。见她出来，景绪抬起头。

顶上的灯光落下来，他的脸庞干净而明晰。

“你还在啊？”

“我拿衣服。”景绪放下手机，说道，“两件都在你这儿，没换洗的了。”

“你就两件衣服啊？”陆粥粥打开了房门，让他进来，“衣服刚刚洗了，还没干。”

景绪走到房门边，犹豫了一会儿，并没有进去。

陆粥粥回头：“进来呀，哥哥。”

“不了，衣服给我就行。”

“还在等烘干呢。”陆粥粥给他拿了拖鞋，“至少一个小时，你要站在门口等吗？”

景绪还是换鞋进了屋。

房间是南北通透的大平层，落地窗采光极好，灰白色调的家具，很大气。不过小姑娘不怎么会收拾，他来了，她才赶紧把沙发上的衣裳和七零八乱的杂志捡起来。

“哥哥，你坐一会儿。”

景绪挑了单人沙发，坐下来。

“这房子是姑奶奶给我买的，她怕我在宿舍睡不好觉。”陆粥粥从冰箱里给他拿了冰可乐和苏打水，笑着问，“这里不错吧？”

“很好。”

非常奢华舒适的居住环境，和他现在住的地方完全不同。

其实，很多事情只有长大了才明白，明白何为云、何为泥。

面前的女孩穿着白色的棉质睡裙，漂亮得像个天使。而他呢，他早已在地狱的恶水里腐朽了，他有什么资格想更多。

陆粥粥坐到景绪身边的沙发扶手边，红着脸，不好意思地说：“刚刚我好蠢哦，我说的那些话，你别放在心上，都是气话。”

景绪嗅到了她身上淡淡的栀子清香，应该是沐浴露的味道。

他在小姑娘慢慢挪近的时候，起身走到开放式厨房，拿起电热水壶，给她烧了一壶热水：“你刚刚说了什么，我都忘了。”

“忘了忘了！我们都把它忘了！”陆粥粥跑过来，撑着吧台坐上去，“哥哥，其实刚刚我也想明白了，职高学技术，那也挺好呀。还有……我听说你加入了什么电竞队，我问了我姑爷爷，他说这也是新兴产业，如果能出头，很有前途的！”

景绪默然转身，从橱柜里拿出杯子洗干净，给她冲了一包红糖水。

陆粥粥又跳下了吧台，走到他身边，抓着他的手道：“所以你千万不要自卑哦。”

“我不自卑。”景绪垂眸，睨她一眼，“跳上跳下的……你身体很方便？”

陆粥粥嘻嘻一笑：“这不是第一天嘛，还没什么感觉呢。”

“去坐好。”

“遵命！”陆粥粥赶紧坐到吧台椅上，端端正正，像小学生一样坐好，接过他递来的红糖水，“我最听哥哥的话了。”

景绪不敢看她，他知道她很乖。

他怕自己心里升起不好的欲望。

“陆粥，我不是以前的景绪了。”他嗓音很沉，也很苦。

这些年，他所经历的痛苦……已经将他折磨得面目全非。

“所以呢？”

他转过身去，背对着她：“所以，不要对我抱任何期待，你会失望。”

陆粥粥光着脚丫子，走到他身边，踮脚想去拍拍他的肩头：“会好起来的，哥哥。”

景绪靠在橱柜边，退无可退，只能任由小姑娘趴上来，指尖轻柔地搭上他的肩膀，也撩拨着他敏感的心。他眼神变得很深，脑子里闪过无数危险的念头。

他想把她据为己有，让她缚在自己身边，让她永远陪伴他。

他的手紧紧攥着拳头，身体微微颤抖着。

陆粥粥凑近他的脖颈，轻轻嗅了嗅，笑着说：“哥哥，你这一身汗味，要不要去洗澡啦？”

景绪清醒过来，一把推开了小姑娘，转身背对着她。

他把她拉下来，和他一起腐烂吗？他怎么舍得？

洗衣机传来叮的一声。

“哦！衣服烘好了。”

陆粥粥从洗衣机里拿出衣服，除了他的外套，又从衣架上取下那天洗好的那件衣服，一起递给了景绪。

景绪嗅了嗅两件衣服，说道：“味道不一样！”

“都是洗衣液的味道呀。”

“不是，”景绪拿着黑色的那件，说道，“这件，有花香。”

“哦，这件……我泡澡的时候顺便一起洗了，你知道我很懒啦。”

景绪返回出租屋，直接钻进厕所里，半个小时后才出来，换了一身干净的衣服。

胖子在房间里玩游戏，桌上凌乱地摆着吃过的外卖。

窗外有车流驶过的噪音。他走到阳台边，身体兴奋之后，脑子放空。

这就是他的生活，狭窄、逼仄、潮湿，充斥着汽车尾气，还有隔壁那对仿佛永远不知疲倦的小情侣。

胖子见景绪回来，讪讪地收拾了桌上的空酒罐和外卖盒子，又拿了抹布将桌子擦得干干净净。

“Lu 神，今天那妹子颜值太高了！胖爷我在直播圈混了这么多年，也算见过不少神颜女神，那妹子……秒秒钟吊打她们啊。”

景绪点了根烟，说道：“少拿她跟别人比。”

胖子笑着说：“嘿，你女朋友啊？”

“不是，配不上。”

“你看，你又谦虚了不是。虽然妹子真的乖，但是我们 Lu 神也不差啊，如果有朝一日你出人头地，那还不是什么都有了。”

景绪站在阳台边，夏日微凉的晚风吹拂着，稍稍清醒了些。

别人说，郎才女貌便是天作之合。他也曾想过，将枝上的小蝴蝶抓下来，藏起来，只属于他一个人。一切美好的期许和为之付出的所有努力，都终止于那场大火。此后的漫长岁月里，他再无梦可做。

陆粥粥年纪小，宿舍里的几个姐姐在军训中都特别照顾她。她的皮肤很白，容易过敏，军训时让太阳暴晒了几天，便开始泛红。

室友姐姐们拉着陆粥粥去校门外的化妆品店，买了好多防晒霜和修复面膜。

这些其实陆雪陵都给她准备了，但是小姑娘仗着自己年纪小，皮肤底子好，对护肤很不上心。

室友们你一言我一语地教训她。

“女孩子吧，皮肤是最重要的，就算你现在年纪小，至少，基础防晒要做吧。”

人有时候就是这样，陆雪陵絮絮叨叨的劝说，她不一定能听进去，但年纪相仿的姐姐一番护肤箴言之后，陆粥粥果真也开始重视起来，跟着她们挑选各式各样的防晒乳和喷雾。

挑选了护肤品之后，陆粥粥请室友去喝奶茶。

夏桑八卦地问陆粥粥：“听说……你在追秦新澄学长啊？”

陆粥粥差点儿被水呛到：“没……没有啊。”

“很多人在说，你在追秦新澄学长，还是主动搭讪要的微信呢，一见钟情那种。”

秦新澄算学校里的风云人物了，辩论队队长，曾经带队上过电视台的辩论节目，所以几乎全校学生都认识他。

“不是的。”陆粥粥连忙解释道，“那天是个误会，我把他认成我的一个老朋友了，这才冒昧上前搭讪。”

“那这误会可大了。”吕书意说，“现在好多人在传你们的八卦，说你俩会在一起，还说你们是郎才女貌、天作之合。”

“才不是。”陆粥粥摇头，“我跟他一点儿都不合好不好，我都不认识他。”

“你俩加微信没聊天啊？”

“他找过我几次，就聊了些有的没的，很无聊的话，而且是他主动加的微信！”

夏桑和吕书意对视一眼，说道："感觉学长喜欢你，不然，你俩发展发展？这样你也能光荣地成为我们宿舍最早脱单的那一个。"

"不行！"陆粥粥连忙说，"我想都不敢想，我爷爷不让早恋，会揍我的！"

夏桑摇摇头："哇，这都什么年代了！你还听爷爷的话。"

陆粥粥浅浅地微笑，露出两颗小虎牙："不敢不听啊，我爷爷凶得很。"

吕书意犹豫了一下，说道："陆粥粥，既然你对秦新澄学长没意思，那我可就追啦！我就喜欢学长那种……又高又帅又有能力的男人！"

"追追追！"陆粥粥巴不得把包袱甩出去，"有什么需要我帮忙的，尽管开口！"

"别了别了，追男孩还是得自己上，假手于人可不行。"

陆粥粥拍了拍她的肩膀："我们是你坚实的后盾！"

"嘿嘿。"

就在这时，陆粥粥看到三个女孩进了奶茶店，其中一个正是那天在职高宿舍楼下和她发生矛盾的口香糖女生。

陆粥粥不自然地用手挡住了脸。真是冤家路窄，她可不想再和她发生争执了。

"萱萱，你和Lu神怎么样了？追上了没有啊？"

口香糖女生单手撑着吧台，爽朗地说："不追了。"

"为什么？"

贺萱雅冷笑："我也是一开始不知情，差点儿被他骗了。"

陆粥粥皱眉，望向贺萱雅。

她对女孩们说道："我听他一个室友说，他背上有烧伤过的痕迹，听说面积还不小。你们想想，烧伤啊！那得有多恶心啊！"

"天呢！"

"没想到他居然是这样的……"

"难怪他大热天也从来不穿短袖，原来是怕被人看到啊。"

贺萱雅继续说："所以啊，他也就一张脸好看，简直就是金玉其外、败絮其中。”

“幸好你早点儿看清了他。”

“是的！要是跟这样的人在一起，不知道多恶心呢，想想我就膈应。”

陆粥粥脸色越来越难看，手中的奶茶杯被捏得变了形。

贺萱雅：“你们想想，被烧伤过，那夏天得多臭啊。谁跟他在一起谁倒霉，幸好我及时抽身。”

“快别说了，恶心死了。”

女孩们发出嫌弃的啧啧声，丝毫没有注意到陆粥粥端着奶茶走到了她们身边。

她从容地撕开了奶茶杯的塑料膜，在所有人都没有防备的时候，哗的一声，将杯子里的奶茶全部倒在了贺萱雅的头上。

贺萱雅被这一变故惊呆了，瞪大了眼睛，张大嘴巴，发出了一声尖叫：“啊！”

周围几个女生也捂住了嘴，难以置信地看着陆粥粥。

她们很难想象，这个看似乖巧的女孩竟然会做出这么粗鲁的举动！

“你……你做什么！”

陆粥粥面无表情地看着贺萱雅，眼神冷得快要结冰了：“你再说他一个字，试试。”

他是她那样珍惜的人啊。

这是陆粥粥第一次跟人打架，倒也不算打架，她起了个头，给贺萱雅泼了一杯奶茶。

奶茶不烫，但是贺萱雅的妆花了，众目睽睽之下，实在很狼狈。

事情接下来的发展便有些超出控制，几个女生纷纷上前维护自己的朋友，还动了手。因为奶茶店离校门不远，很快，学校保卫科的老师赶过来，制止了这场冲突。

因为是陆粥粥先动手的，所以她被叫到教务处，写了一份两千字的检查，按了手印。

好在这件事没有造成严重的后果，教务处的老师念她年纪小，并没有为难她，让她保证只此一次，下不为例。

两个小时后，乔元洲跑到操场边，冲正在打篮球的景绪扬了扬手："Lu 神，过来看看这个。"

景绪投了一个三分球，用毛巾擦了擦脸上的汗珠，走到室友乔元洲身边，漫不经心地问："什么？"

乔元洲将手机递给他："你自己看。"

手机网页上显示为北城大学校园论坛，论坛上顶端标红的热帖，名为"男生擦亮眼睛吧，这就是你们的学妹女神"。

景绪点开了帖子，帖子里有一段视频。

视频中，陆粥粥从容不迫地撕开了奶茶杯薄膜纸，在所有人都没反应过来的情况下，将奶茶倒在了贺萱雅的头上。

女孩的动作干脆利落，表情冷漠，分明是挑衅的行为，她却做得从容不迫。

景绪忽然想到一件旧事。

当年他和景哲被周壮欺负，所有人都逼他道歉，只有陆粥粥义无反顾地挡在他身前，帮他一起对抗全世界。那时候，她目光坚定，表情决绝，瘦弱的身躯里仿佛装满了无限能量。

"贺萱雅人品的确很差，之前追你没追上，到处在学校里散播你的谣言，说你……"乔元洲顿了顿，改口道，"她要不是女生，我早教训她了。这下可好，有女生动手，帮你出了这口气。"

景绪没应他，指尖下滑，看到评论已经过百了。

"真是人不可貌相，外表乖乖女，内心社会姐啊。"

"看着挺温柔一妹子，怎么动起手来这么狠呢？"

"这也太不体面了吧。"

"这妹子是大一新生里面最漂亮的，军训就注意到了，没想到是这样的人。"

"本来准备追的，现在看来，算了算了，就她这样……我可消受不起。"

“楼上，你想追也追不上吧。”

“我才不喜欢这种母老虎呢！”

……

论坛里说什么的都有，有谩骂的，有帮陆粥粥说话的，也有作壁上观的吃瓜群众，但骂声和批评的声音更多。

景绪眉头拧了起来：“他们学校论坛管理员，有认识的吗？”

乔元洲知道景绪想删帖，摊手道：“我哪有这本事，能认识隔壁学校的人啊。”

景绪看了看左上角几个管理员账号，然后将手机还给他，转身朝宿舍方向走去。

“Lu 神，你要干吗？”

“盗号。”

乔元洲追上景绪：“这可是他们学校的官方论坛，你确定要黑他们？”

景绪并不在乎什么官方不官方，他所在乎的也不过一个她而已。

两千字检讨，写得陆粥粥手都断了，提交之后，她又被教务主任狠狠训了一番。

“你入校成绩是本省最高分，我以为你是个安分的好孩子。

“这件事幸好没捅到派出所，不然就要上档案了！

“陆粥粥，做任何事之前，能不能先想想后果，不要那么冲动？”

陆粥粥乖乖地点头，保证不会再犯，教务主任这才放她离开。

但如果时光重来，她依旧会做出同样的选择，即便闹到派出所去，她也不后悔。

景绪是她从小便护着的人，她不能容忍任何人诋毁他。

贺萱雅说的那些话，陆粥粥无法释怀，走到校门口，给景绪打了一个电话：“哥哥，我想见你。”

“现在？”景绪刚黑进了校园论坛，正要删帖，“现在有点儿忙。”

“我在学校后门等你，你不来，我就一直等。”她似赌气一般说完，果断挂了电话。

景绪侧头看了眼窗外火辣辣的太阳，操作鼠标删掉了帖子，然后去卫生间洗了个澡，换了一身干净的 T 恤。

出门的时候，他正好遇上赶回来的乔元洲。

“Lu 神，搞定了？”

“嗯。”

“你这也太无所不能了吧。”乔元洲走到他的书桌边，看了看书架上满满的编程书，“我还以为你就看个乐子呢，没想到你还真自学成才，还学会当黑客了！”

“不难。”

对他而言，这就跟玩魔方一样简单。

“你这脑子，居然沦落到咱们学校了。”乔元洲摇着头，“真是天妒英才啊！要不再参加高考试试，指不定能考到隔壁学校呢。”

景绪换了运动鞋，径直出了门。

北城大学后门有一棵百年的梧桐树，枝叶繁茂，即便是盛夏，站在树下也会觉得分外凉爽。

树下，陆粥粥不安地来回踱着步子。她不知道贺萱雅说的那些话，到底有几分真、几分假。

之前景哲提到那场火灾的时候，只是轻描淡写，说他没有大碍，很快就恢复了。陆粥粥便真的以为，景绪没什么事。

后来她再见到他，他好胳膊好腿的，她也没有多想。可是贺萱雅说的那些话，让她的心无法平静，她必须找景绪问个明白。

这时，身后有人叫她：“粥粥。”

她回头，看见景哲小跑过来。他还穿着军训时的迷彩服，戴着鸭舌帽，脸颊红扑扑的：“你真在这儿啊。”

“景哲，有事吗？”

“我刚刚听说你出事了。”景哲攥着手机，急切地问，“到底怎么回事啊，你怎么跟隔壁职高的女生动起手来了？”

陆粥粥没料到消息传得这么快：“谁告诉你的？”

“论坛上都传遍了。”景哲摸出手机，絮絮叨叨地说，“好多人骂你，说你什么性格暴躁、娇生惯养、公主病什么的。咦，视频呢？怎么找不到了？”

陆粥粥凑过去看了眼手机："哪有啊？"

景哲想了想，说道："我刚刚联系了管理员，可能他帮忙删掉了吧，毕竟这样的视频挂在论坛上，对你影响也不好，万一你再被网友认出来是陆怀柔的孙女，那可就糟糕了。"

"哦，那谢谢你啊！"陆粥粥也没想到这茬，松了口气，"幸好删掉了，不然真给我爷爷惹麻烦了。"

"所以呀，你以后做事可别再这么冲动了。"景哲絮絮叨叨地说道，"女生打架真的很不体面，尤其对方还是职高的女生……"

陆粥粥反问："职高的怎么了？"

"他们和咱们，素质不在同一层面，最后吃亏的还是你自己。"

陆粥粥不同意他的话："咱们学校也有低素质的人，隔壁学校也有高素质的人嘛，道德修养与分数又不挂钩。"

景哲不解地说："我是在帮你啊，你怎么反而帮起他们来了？"

陆粥粥就是觉得景哲有些看不起人，不过她也理解，作为名校的学生，他多少会带一些优越感。

陆粥粥愤懑地说："你没在现场，我跟你讲，那个女生之前追景绪来着，没追上，结果在背后诋毁他，我当然不能坐视不理啦！"

听到"景绪"两个字，景哲面子有些挂不住："你就是为景绪，才跟她打架？"

"当然，我才不会让别人欺负景绪呢。"

"你见过他了吗？"

"见过了，他真的变了好多。"陆粥粥叹了一口气，忽然想到什么，抓着景哲衣袖问，"对了对了，我还想问问你，那场火灾，景绪伤情到底怎么样？不仅是骨折吧？"

"哦……"景哲想了想，说道，"背上有些烧伤。你知道，火灾嘛，他没逃出来，烧伤是正常的。"

"严重吗？除了背上还有哪里？后来怎么恢复的？现在完全好了吗？"

她连珠炮似的问了一堆问题，景哲脸色也越来越难看，轻描淡写地说："已经是很久很久的事了，早就恢复了。"

"全恢复了吗？"

“嗯。”景哲岔开话题，“对了，天气热，我给你买了柠檬茶，冰的。”

“谢谢，我不想喝。”

陆粥粥的确是口干舌燥，但是想到景绪，她什么胃口都没有。

“我特意给你买的，我也不爱喝这些饮料，你不想喝就扔了吧。”景哲将饮料递到了她的手上。

陆粥粥无奈，只能接过，闷声说：“谢了，下次我请你。”

“没问题！”

两人正说着话，没有察觉到在街道的对面，黑衣少年站在阳光底下，面无表情地看着他们。

太阳刺目灼眼，九月很热。

北城大学和职高，其实只有一街之隔。

景绪站在街对面，手里拿着一杯奶茶，看着街道另一边的景哲和陆粥粥。

一条马路分开了两个世界，他身处腐烂的淤泥中。而景哲，那个自小憨厚笨拙的男孩，现在却站在她的身边，如此名正言顺，又如此理直气壮。

景绪的手攥了起来，手背暴起青筋，奶茶杯被他捏出了褶皱。

他出事之后，景哲迅速成长起来，虽不能说夺走了原本属于他的人生，但是的确在极短时间里取代了他，成了父母的欣慰与骄傲，成了亲朋好友们赞不绝口的优秀孩子。

“不要太伤心了，想想你们还有景哲呢。”

“是啊，景哲是我们唯一的安慰了。”

“一定要振作啊，为了景哲，你们也要坚持下去。”

“景哲，快过来安慰妈妈，让妈妈不要哭了。”

……

这是病房外常有的对话。

景绪闭上眼睛，努力想隔绝全部的听觉……但是他做不到，这些话日日夜夜萦绕在他的耳边，就像淤泥中伸出来的一双双白骨枯爪，将他拉入黑暗深处。

他是被放弃的那一个，景哲取代了他。

他心里唯一美好的女孩，现在也在景哲身边，喝着景哲给她买的饮料。

景绪知道景哲报考北城大学的目的是什么，他的分数刚刚够，但他还是毅然决然地报考了这所大学，想赌一把。

而这一年，北城大学在南城的招生分数线意外偏低，正好卡在了景哲的分数线上，只低了一分。他赌赢了。

景哲喜欢陆粥粥，很喜欢，很喜欢。但是陆粥粥不喜欢景哲，景绪知道。至少，比起景哲，陆粥粥其实更依赖自己。之前景绪一直避着陆粥粥，没有太过热情，他觉得……现在的自己配不上她。

既然他配不上，那景哲又算什么东西。

景绪眼睛里的光，一点一点沉下去，凝成了一团化不开的浓雾。

他要把她夺走。

他丢了所有，只剩陆粥粥了。

“陆粥。”

景绪唤了她一声，穿过了马路，来到她身边。

景哲见到景绪，脸色有些难看，讪讪地说：“弟弟，你可算露面了，这段时间我一直联系不到你。这次我报考北城大学，就是妈妈不放心你，让我过来看着你的。”

景绪嘴角上扬，嘲讽地笑道：“你是来找我的吗？”

“我……”

他看看陆粥粥，脸颊一下子憋红了。

面对景绪，他总是如此笨拙。

“陆粥，找我有事？”他说话的时候，自然而然地将陆粥粥肩上的书包取下来，背在了自己肩上。

“呃，有事的，不过……”她看看景哲，说道，“你们兄弟俩也很久没见了，一定有很多话要讲，我不介意等一会儿。”

“我跟他没什么可说的。”景绪拉着陆粥粥离开。

“景绪，当初你一声不吭就来了北城，爸妈都很担心你。”景哲看着他的背影，苦口婆心地劝道，“后来老爸让你念职高，你也一百个不愿意，连电话都不接。”

陆粥粥感觉到，景绪紧紧攥着她的手腕，在一点一点地用力。

“说够了吗？”他嗓音有点儿哑。

景哲情绪却很高昂：“你就不能消停一会儿，好好学一门技术，至少将来可以养活自己，让爸妈少为你担心一些？”

“养活自己？”景绪笑了，但是笑容很冷，“当你还在爸妈怀里当乖宝宝的时候，我已经养活自己了。”

“你现在说这些有什么意思？”景哲激动地说，“爸妈对我们是一视同仁的！爸妈也很爱你，是你自己离家出走，一次次地伤他们的心！”

“一视同仁？”他走到景哲面前，嗓音沙哑，“我从特护病房转入普通病房那一年的夏天，你刚参加完学校组织的中英交流夏令营吧？那个夏令营自费要多少钱，八万还是十万？”

“这……这是爸妈的决定，如果你因为这个愤愤不平，那你就太不懂事了！”

景绪出事那几年，景家的生意也接连遭遇挫折，所以经济状况不太好。

景绪眼角的笑意渐渐蔓延开来：“普通病房没有床位，那个燥热的夏天，我有半个月是住在走廊里的。那时候，我趴在走廊的床上，看你的朋友圈，你特意去了剑桥是吗？好像还发了一首《再别康桥》。”

景哲的脸颊瞬间通红如烙铁。

景绪看着他，宛如修罗恶鬼：“所以？你拿着我住院的费用，远渡重洋，是想重温谁的旧梦？”

“我……我没有……没有。”

“不是你说的那样！”景哲涨红着脸解释道，“爸妈让我去交流，是因为机会难得，这跟你换到普通病房没有关系！”

陆粥粥听不下去了，看了景哲一眼，立刻移开目光。她甚至没有办法多看他一眼，好讨厌。

她厌恶的眼神，深深刺痛了景哲。

景哲没有想到，自己那样努力，努力来到她身边，努力向她靠近，可这一切……却抵不过景绪短短几句话。一切都化为泡影。

“粥粥，你真的误会了，这些事他从来没提过，偏偏今天你在这儿，他故意才这样说……”

陆粥粥一个字都听不进去，拉着景绪离开。

景哲看到景绪回头对他笑了笑。

现在他一看到景绪的笑容，就觉得毛骨悚然。

景绪本该待在地狱里，可他偏偏爬了回来，带着凛冽的恶寒，让景哲全身每一个细胞都害怕得颤抖起来。

陆粥粥不太会隐藏情绪，开心就笑，生气了就沉着脸一言不发，也不搭理人，这脾气跟陆怀柔如出一辙。

“我给你买了奶茶，”景绪拎着奶茶，在她眼前晃了晃，“摇摇奶昔，排了很久的队。”

陆粥粥这才想起来，她手里还拎着景哲送的柠檬水，刚刚一直没来得及喝，拎在手里便忘了。

“我这儿还有一杯呢。”

景绪浅淡一笑，接过了她手里的杯子：“柠檬水，你喜欢吗？”

“一般，不常喝。”

“既然不喜欢，扔了吧。”说着，他也不等陆粥粥回应，直接将柠檬水扔进了垃圾桶，一点儿不带犹豫。

陆粥粥其实觉得有点儿浪费，不过他已经扔了，她也没再说什么。

今天的景绪，跟过去有点儿不太一样，具体哪里不对劲，她也说不上来。

“我都不知道，你和景哲关系闹得这样僵。”

景绪将吸管插入了杯子里，递给她：“这十年，发生了很多事。”

陆粥粥望着他黑沉沉的目光，忽然没有勇气去了解。她不敢想象，他这十年究竟是怎么过来的。

“如果景哲做了什么不好的事情，你告诉我，我……我虽然做不了什么，但是我可以跟你一起讨厌他！”陆粥粥牵起了景绪的袖子，说，“我永远站在你这边。”

“我知道。”

他不会在背后多说景哲一句话，很多事，点到即止，更大的发挥空间，留给她自己去想象，这比他控诉，要有效得多。

小姑娘单纯如白纸，他说什么她都信。

景绪想，如果真的有玫瑰，那他的金玫瑰不只残败，花苞里面恐怕已经渐渐泛了黑，开始腐烂。十年的时间，已经让他面目全非，自己都不认识自己了。

陆粥粥看了看景绪，他平静的外表下似翻涌着强烈的情绪。

“哥哥？”

蓦然，景绪松开了手，茫然地看了看她。

小姑娘脖颈修长，颈下的肩线和锁骨也格外漂亮，微风吹乱了她眼前的几缕长刘海……多美好。

景绪忽然无比憎恶自己。

“别发呆了。”陆粥粥重新攥住他的衣袖，拉着他朝前走，“不早了，我们先去办事，然后我请你吃晚饭。”

“办什么事？”

“你跟我来就知道了。”

一刻钟后，陆粥粥拉着景绪回到了莱汀公寓的家中，关上了门。他甚至连鞋都没来得及换，却听陆粥粥道：“脱衣服。”

景绪：“……”

陆粥粥走过来，自顾自地挽起了他的衣袖，检查他的小臂。小臂完好无损，白皙的皮肤表层隐隐可见青色的血管。他的皮肤比女孩子还要细腻很多。

她仔细地检查了他的手臂，确定没问题，然后又掀开了他的衣服。那漂亮的板块状腹肌，这腹肌……完全可以与她的名模爷爷比肩了。

陆粥粥的脸颊开始发烫。

腹部也没事，嗯……她只是为了检查。

景绪低头看见小姑娘红扑扑的耳朵，嘴角扬了扬：“陆粥，你这么急找我过来，就为了跟我耍流氓？”

他凑近她的耳朵说话，温热的气息撩着她的耳廓，越发让她小鹿乱撞。

“不……不是的。”陆粥粥结结巴巴地道，“你把衣服脱了，我想看看你身上……是不是像贺萱雅说的那样……”

景绪或多或少听过贺萱雅在学校里散布的谣言，只是他没有管。嘴碎的女生到处都是，他压根儿没往心里去。

“你是因为这个，才打架？”

陆粥粥不敢看他的眼睛，小声说：“人家没打架，就是一点儿小冲突……不说这个了，你快把衣服脱了让我看看，不然我今晚觉都睡不着了。”

景绪知道她这样着急把他叫过来，如果不把事情弄明白，肯定不会甘心。

“别看了，很丑。”

“我要看！”陆粥粥很坚持。

景绪转过了身，背对着她：“大面积的烧伤在背上，所以那几年，我从来没有仰躺着睡过一次好觉。你要看，便自己过来看。”

陆粥粥走到他的背后，忽然有些害怕了。

她不敢一下子直面他的伤口，所以手从衣角伸进去，轻轻地触到了他的背部皮肤。的确不如小臂皮肤那样光滑，触手可及的皮肤表层有轻微的不平。

她手心继续往上，碰到了他大片皮肤，皮肤底下有肌肉的触感，很结实，也很紧绷。

其实不需要看，陆粥粥已经可以通过触感，想象到皮肤表层的模样。

他一定遭了不少罪。

陆粥粥不想哭的，但是眼睛眨巴着，豆大的泪珠不争气掉了下来，湿了他的衣服。

“陆粥，够了，”景绪忽然抓住了她的手，说道，“你摸得太不正经了。”

她硬生生把眼泪又憋了回去。

他能不能别在她这么悲伤的时候，说这些乱七八糟的话？

她抽回手，还想去掀他的衣裳，不过景绪退后了两步，说道：“经历过几次大的植皮手术，不是那么好看，别看了。”

陆粥粥没有勉强，用衣袖擦了擦眼角：“别的地方还有吗？”

“还有，屁股上，看吗？”

陆粥粥不服气地说：“你敢脱我就敢看。”

景绪终于笑了，这次的微笑变得明朗了许多。

“开玩笑，只有背上。没影响别的功能，你放心。”

陆粥粥可是跟着蒋清霖一起长大的，她觉得景绪这话说得不太纯洁，可是又没有证据。

她明明很难过，被他这一“调戏”，半点儿都难过不起来，反而想揍他一顿。

“没影响就好！”她用力拍了拍他的背，气呼呼地道，“这么嘴坏，你媳妇将来不嫌弃你的背，也要嫌弃你这张嘴！”

“你嫌弃吗？”

陆粥粥把他推出去，重重地关上门：“跟我有什么关系？”

第十七章

喜欢就是喜欢了

北城大学的校园论坛遭遇病毒攻击，关站维护了一周，帖子被删得七七八八了，关于陆粥粥的热帖自然也消失得无影无踪。

这个是个信息爆炸的时代，任何热点都不可能持续太长时间。很快，那件事便被人遗忘了。

周末，陆粥粥约了景绪出去玩，清早起床好好打扮了一番，在职高校门口等着他。

这么漂亮的小姑娘站在马路边，相当惹眼，路过的不管男生还是女生，都会忍不住多看她两眼。

景绪不是从学校出来的，他骑着摩托车，从马路对面驶来，停在了陆粥粥面前。

陆粥粥朝他小跑过去，甜甜地喊了声："哥哥。"

"你以后不要到学校找我。"景绪取下护目镜，说道，"我不常在学校。"

"那你住在哪里呀，我以后来你住的地方。"

"陆粥，我平时很忙，不能像小时候那样总陪你玩。"

"哦，好吧。"陆粥粥背着双手，脚尖点着地面，浅浅一笑，"但你还是来了。”

景绪还是来了。就像小时候，明知老师布置了大量的作业，他还是会在每天放学之后，先陪陆粥粥去挖蚯蚓、喂鱼，再脏兮兮地跑回家，连澡都顾不上洗，熬夜写作业。

这些年无论他变得如何面目全非，但是关于陆粥粥的所有习惯，却像烙印一般，深深印刻在他的骨子里，很难改变。

“我听室友说，距离北城西郊十千米外有个古镇，古镇这两天在举办耍水节，咱们去那儿看看吧。”

“好。”景绪将防护头盔戴在她的脑袋上，“上车吧。”

“等一下。”陆粥粥看到街边有小摊贩推着小推车，小推车上插着五颜六色的小风车。

她跑到小推车前，挑了一个白色的风车，然后将风车系在了景绪的车头。

景绪皱眉：“这是什么？”

“郊游就要有郊游的样子嘛。”陆粥粥笑着说，“很可爱啊。”

景绪没觉得在他的摩托车上系这一个小风车有多可爱，但是他觉得小姑娘水盈盈的杏眼笑起来的样子，格外可爱。她的一颦一笑，都能让他感觉温暖。

景绪启动了摩托车，飞驰而去。

陆粥粥在他踩下引擎的一刹那，赶紧抱住了他的腰：“我还是第一次坐摩托车呢！风好大呀！”

小姑娘紧紧抱着他，既兴奋又紧张。

景绪全身的感官都聚集到了腰上，酥酥麻麻的感觉顺着脊梁一阵一阵往脑子里冲。

他实在有些受不住了：“陆粥，你抓我的衣服就好。”

“哦，好。”

陆粥粥松开了他，抓着他两边的衣角，攥了不到两分钟，在摩托车过减速带的时候，又下意识地抱住了他。

景绪不再多说什么，任由她紧紧抱着自己。

还是安全第一，他告诉自己。

“哥哥，你不用每次见我都喷香水的。”陆粥粥蹭了蹭他的衣服，吸吸气，说道，“你身上没有味道。贺萱雅说你臭，那是她胡说，你干干净净的。”

景绪的心沉了沉。他知道现在自己身上没有任何气味，但是在医院那几年，他鼻息间充盈着那种令人恶心的腐臭味。即便出院之后很多年，他仿佛还能嗅到那样的味道。

所以在遇到陆粥粥之后，他生平第一次踏入奢侈品门店，给自己买了一款价值不菲的男士香水。

“不好闻吗？”

“不是，好闻的。”

雪松和柑橘混合的木质香味，很淡，给人一种清新而沉稳的感觉。

“好像我爷爷也有这种香水，好闻。”陆粥粥这儿嗅嗅，那儿闻闻，弄得景绪有点儿痒。

“你够了，陆粥，乖乖坐好。”

“好哦。”陆粥粥不再乱动了，“我只是觉得，我们都这样熟悉啦，相处不用太刻意，还要精心打扮一番才出门。”

“我喷香水就刻意了，那你化妆又算什么？”

“呃……”陆粥粥脸颊有些发烫。

她特意让室友姐姐帮她化了个素颜妆，而且一再强调，一定要让人看不出来！没想到还是让他看出来了。

“女……女孩出门都要化妆的，”她红着脸，结结巴巴地说，“这很正常！”

“穿高跟鞋不太好走路吧，这也正常吗？”

她只是不想显得太矮了。景绪目测快有一米九了，她不穿高跟鞋走在他身边，就跟他带了个女儿似的。

“你干吗观察这么仔细？”

“你既然都化妆了，我当然要注意到，不然不就白费功夫了。高跟鞋也是，我若不注意到你长高了一些，不就白受罪了？”

他说得没毛病。

“所以陆粥，我们都长大了，长大之后，很多事情就不会再像小时候那样无所谓了。”

“我明白了，哥哥，这叫女为悦己者容，对吧？”

景绪没有说话，低头看看自己脚上那双崭新的运动鞋。

难怪这段时间消费水平蹭蹭上涨，再也不可能像过去那样邋里邋遢了。他不想再那样活下去了。

陆粥粥抱紧了他，脸蛋微红，小声说：“我喜欢你身上的味道，不管是香水，还是你本来的味道。”

景绪没有回答，漆黑的眸子看着前路。阳光透过云层洒落在他的肩头，他的心也仿佛被阳光暖暖地晒着，漫着懒洋洋的温柔。

古镇的耍水节吸引了不少游客。古镇主干道两边是经过修缮的红瓦白墙、四角飞翘的老式建筑，而中间有一条浅浅的溪流，清澈见底。

不少家长带着孩子来这里玩水，小孩子在溪流里用水枪相互射击，嬉戏玩闹。

陆粥粥还是小孩子一般的心性，迫不及待地脱了鞋，光着脚丫子踩到溪水中。

“啊！好凉呀！”

景绪帮她拎着高跟鞋，站在岸边，用手机给她拍照。

“哥哥，你也下来呀。”

“不了。”

“来吧！”陆粥粥跑过去牵住他的手腕，“快下来，好舒服呀！”

景绪无奈，只能脱了鞋，踩进小溪中。

溪水温柔地拂过脚背，有些凉，但很舒服。

陆粥粥用手捧起水，洒在他的身上。

景绪伸手挡了挡：“别胡闹。”

陆粥粥不顾他的警告，依旧将水泼在他的身上。

“我最后一次警告你……”

水花溅了他一身，连头发都湿了。

陆粥粥笑弯了腰。

“你完了，陆粥。”景绪问一个小孩要了水枪，灌满了水，射向陆粥粥。

陆粥粥惊叫一声，伸手去挡，结果依旧被喷了个透心凉。

“景绪！你作弊，欺负人！”

“能不能别这么输不起？”

“你完蛋啦！”

陆粥粥也捡起了岸边的水枪，和他相互扫射。

一顿相互伤害之后，两只“落汤鸡”决定暂时休战。

景绪为表歉意，去冰激凌店买了一个甜筒，递给她。

两人光着脚丫子坐在小溪边，高跟鞋和运动鞋也摆在一起。陆粥粥接过冰激凌，气呼呼地说：“我全湿啦！你太过分了。”

“这都能怪我，不是你自己要玩？”

“我可以欺负你，但你不能还手。”

“为什么？”

“因为你是哥哥！”

好吧，他无言以对。

景绪捡起一颗小石头，打了个水漂。他发现，自己是心甘情愿让这小祖宗欺负的，一点儿脾气都没有。

阳光下，斑驳的波痕水影倒映在她白皙的皮肤上，闪动着金色的光斑，她清丽的五官越发显得明艳动人。

景绪不太敢细看，身体已经有些不太安分的燥热了。长大了真的有很多不一样的地方，比如“女为悦己者容”，又比如那些不太好的梦。

她的一颦一笑，都令他无时无刻不在跟欲念纠缠……

陆粥粥没有注意到景绪的万千思绪，只是低头拆着冰激凌的包装纸，漫不经心地问：“疼吗？那几年。”

景绪知道小姑娘其实一直想问，却又不敢问。

他毫不隐瞒地回答：“疼。”

对任何人他都可以表现得无所谓，披上厚重的盔甲，以示坚强，但是在陆粥粥面前，没有这个必要。

他愿意把最脆弱柔软的一面给她看："很疼，每天都是死一遍的那种疼。"

小姑娘的身体明显颤了颤。她极力克制住自己的情绪，将冰激凌递过去："第一口给你。"

景绪看着草莓甜筒的白奶油，没有跟她客气，咬了一小口。

"好吃吗？"

"嗯。"

陆粥粥舔着冰激凌，说道："哥哥，以后只要我有的，最好最好的……我都给你。"

"谢谢陆粥。"

他知道，最好的不一定要拥有，但有过就够了。

晚上，景绪匆匆赶到了和胖子约定的水吧，胖子在门口接他："Lu 神，Lu 祖宗！这比赛的参赛费就交了两千块！你不好好备战，野哪儿去了？哎哟，还弄这一身水，你摔沟里了？"

景绪没理他，径直走进水吧。

水吧里有十几台电脑，正前方的超大投影屏幕上显示着游戏比赛的实时画面。

"这场比赛的奖金已经到了八万，只要你能拿总冠军，咱们这两千块省吃俭用的报名费就算没白交。"

景绪淡定地坐了下来，戴上了耳机，比赛正式开始。

这类比赛因为高昂的奖金，不少职业选手也会参加，挣点儿外快。参加的人数越多，奖金越高，当然，相应的难度也会越大。

这场比赛，就算参与人数比较多的。

胖子从来不担心景绪，他状态最好的时候，可以连赢了十几场比赛。当然，他也有输的时候，比如一边吃方便面一边玩比赛；又比如遇到隔壁小情侣"大战三百回合"，他也会比较烦躁。

这场比赛，景绪虽然全身湿透了，但状态相当不错。他经过两个小时的鏖战，最终以最高胜率拿下了八万块奖金。

胖子知道，哪怕在北城一无所有，每个月还要负担高昂的房租，但是只要带着景绪，他们绝对有安身立命的资本。

这家伙的赚钱能力简直令人咋舌!

晚上，胖子和景绪走出了电竞酒吧：“有这笔钱，咱们后面几个月的房租，妥了！”

景绪道：“那房子，不续租了。”

胖子诧异地问：“不续租，咱们住哪儿啊？”

“你的梦想不是组战队吗？换一个好点儿的公寓，就那破地下室，谁都住不下去。”

过去是无所谓，但是现在，景绪想把这件事做好，做出点儿成绩来。

“现在你们这些小年轻啊，就是吃不了苦。当年胖爷刚入行的时候，别说地下室，就连地下通道都睡过。”胖子笑着说，“不过听你的，谁让你是 Lu 神呢，想换就换，咱们不差钱。你想换什么公寓？”

“大学城的莱汀公寓，一个月多少钱？”

听到“莱汀公寓”四个字，胖子傻了：“哥，飘了吧，就咱们那六十平方米的老破地下室，因为靠近三环，一个月房租都要七千。莱汀公寓可在大学城，而且是高端公寓，这房租算下来……你这八万块钱，挥霍不了几天的吧！”

景绪淡淡地道：“随便问问。”

“莱汀公寓就别想了。放心吧，我会找个不错的公寓当咱们的训练基地。”胖子拍了拍景绪的肩膀，“包你满意！”

胖子丝毫不担心景绪挣钱的能力，毕竟这家伙真是个天才，什么东西一学就会，就连游戏厅里的抓娃娃机，都能抓到老板破产。

“不过说起来，之前你也不是追求物质享乐的人啊，怎么一下子开始带动消费，刺激国民经济了？你看看你这段时间，买衣服、鞋子，还买香水……前前后后花了不少钱吧？”

景绪淡淡地道：“不想太落魄。”

前些年他是不在意，好歹活着就行。但是现在，他没有办法不在意。

陆粥粥从小是被家人呵护着长大的，精致得就像橱窗里完美无瑕的漂亮娃娃。景绪做不到穿着廉价的衣服和地摊运动鞋站在她身边，接受路人的指指点点。

虽然无论如何他都配不上她，但是好歹有了努力的方向。

每天早上，北城大学都会组织新生晨跑，这对陆粥粥而言毫无压力。过去在家的时候，她也会每天被陆怀柔揪出去晨跑，因此身体素质非常好。

景哲喘着粗气，跑到陆粥粥身边，说道："粥粥，我……我有话要对你说。"

陆粥粥知道景哲想要跟她解释那天的事，出于礼貌，还是跟他来到树下。

"事情真的不是你想的那样。景绪出事，是我们全家都不愿意看到的，爸爸妈妈这些年也想弥补他，是他自己不要的。"景哲开门见山，说道，"你也知道他的脾气……而且那几年，爸爸生意上遇到挫折，我们全家的经济状况都不太好。景绪心里一直有怨气，觉得爸妈忽视他，但其实真的是他太不理解爸妈了！"

"景哲，你知道我为什么不太喜欢跟你玩吗？"

景哲茫然地看着陆粥粥。

"我不知道你是不是故意的，但你说话真的很让人生气，也会让人对他人产生误解。"

"粥粥，我没有！"

"也许你自己都没有发现，你从小就这样说话，向父母、向周围的小伙伴释放信号——是景绪性格孤僻、不懂事、不体谅父母……可是我所认识的景绪，根本不是你说的那样。他待人真诚，心地善良，对人都是很好的。"

景哲羞得脸颊发烫，却还狡辩道："他……他只是对你一个人好罢了。"

"我记得那次赵阿姨过生日，你们遇到周壮抢钱，蛋糕掉在地上摔坏了，你哭着跑回家。景绪却花了两个小时，帮蛋糕店阿姨的儿子补习功课，换了一个新蛋糕。你觉得这样的他，是不体谅父母、不爱父母的小孩吗？”

“我……”景哲无言以辩，“我不知道这些……”

“我不相信你没有发现，你只是蒙住了自己的眼睛，也竭力想蒙住其他人的眼睛，对吗？”

“陆粥粥，我真的没有，我……我没有！”

陆粥粥盯着景哲的眼睛，一字一顿地说：“爱哭闹的小孩有糖吃，景绪不哭不闹，所以你理所当然夺走了他的一切！你觉得他事事比你强，他什么都可以自己争取，你争取不到，就要抢他的！”

景哲没有想到，这个从小憨憨笨笨的小姑娘，说出来的话却宛如刀子一般，直戳他内心最阴暗的部分。

他是嫉妒景绪，从小就嫉妒。他们是亲兄弟，凭什么景绪那样聪明，而他那样笨？

虽然父母对他俩一视同仁，但景哲就是介意，介意每当亲朋好友询问兄弟俩期末成绩时，父母那尴尬的微笑。

景绪是天才，而他如此平庸。他们天差地别，他永远不可能追上景绪。所以在潜意识里，景哲总是会有意无意地贬低景绪，抬高自己。

后来，他慢慢地掌握了有技巧的话术，学会了在父母面前乞怜卖乖，让父母在潜意识里感觉景绪是强者，而他是弱者，让他们多心疼自己一些，疏远景绪一些。

于是在漫长的成长岁月里，他成功地扮演了一个体谅父母的乖孩子，而景绪便成了孤僻叛逆的怪小孩。

尽管父母对他俩一视同仁，但也不可能完全做到一碗水端平，于是他学会了争宠，学会了示弱，学会了为自己争取更多的资源。

那场火灾，彻底扭转了他和景绪的地位，他终于凭借自己的努力成了家里备受关注的孩子，而景绪因为身体所遭受的长期折磨，心理扭曲，成绩也一落千丈，天才最终“泯然众人矣”。而他绝对不会想到，记忆中那个跟他一样“笨拙忠厚”的陆粥粥，竟然早就看出来了！

她是他一直埋藏在心里的秘密。他所有的努力，都是为了追上她啊。

“我所有的一切，难道不是靠自己努力得来的吗？”景哲不甘心地说，“我哪里做错了？我努力考上北城大学，努力来到你身边，我做错了吗？”

“你没有错，我就是单纯地不喜欢你而已。”陆粥粥说完，转身离开，留景哲一个人，木讷地站在那里，消化着她的那句话。

言语有多伤人，景哲总算是体会到了。

过去他用那些宛如刀子般的话去伤害景绪，可是陆粥粥这一句“我就是单纯地不喜欢你而已”也宛如最锋利的刀子，深深插进他的心脏。

“陆粥粥，我知道你不相信，但是景绪已经不是你过去认识的那个人了！”他拼尽最后的勇气试图挽回她，“你不要再靠近他了行不行？算我求你！”

陆粥粥脚步顿了顿，然后决绝地离开了。

金秋十月的国庆节，艰苦的军训总算过去了。陆粥粥班上的班长过生日，请了全班同学去KTV唱歌。

班上有一半没回家的同学都参加了班长的生日派对。

陆粥粥也被几个室友拉着一块去凑热闹。人家请客吃饭，她们当然也不能空着手去。于是她和吕书意、夏桑三人凑钱，给班长买了一个超大的双层蛋糕。

距离学校不远的一家皇娱KTV是大学城最受欢迎的主题KTV，生意火爆，要提前一天预约才能订到包间。

陆粥粥拎着蛋糕，跟一群人走进KTV。KTV大厅里外放着动感的音乐，吧台边站着另外一群男女，也在预约包间。

人群中，她一眼便望见了景绪。

在一群帅哥美女中，景绪修长匀称的身材、英俊的脸庞和身上那种淡淡的疏离气质，无疑最为惹眼。

“哎！”

她扬手跟景绪打招呼，景绪抬头看了她一眼，却移开了目光，转身走进了包间。

他仿佛不认识她似的。

陆粥粥身旁有女生低声道：“看到这些职高的人，烦死了。”

“他们惹你了吗？”

“他们经常闹事，没什么素质，我对他们生理厌恶。”

“也不尽然吧，只是个别。”

“反正咱们还是离远些。”

陆粥粥忽然明白，为什么景绪装作不认识她了，大概是怕她因为自己而受到同学们的议论吧。

她心里一直想着这件事，在KTV里情绪也不高，独自坐在角落里，摸出手机给景绪发了一条信息：“你不理我。”

景绪给她发了个摸头的表情。

陆粥粥故意道：“难道是因为女朋友在身边不方便吗？”

景绪给她发了一个捶地爆笑的猪的表情。

“难道不是吗？”

景绪又发了个微笑的表情。

不管她说什么，景绪就只回她表情，陆粥粥有点儿一拳捶在棉花上的感觉。她收起手机，不想理他了！

夏桑出门接了电话，回来的时候对陆粥粥和吕书意道：“职高那帮人就在咱们对面呢。我刚刚打电话的时候往他们包间瞄了一眼，你们猜我看到什么了？”

吕书意：“不会是什么少儿不宜的事吧！”

夏桑小声说：“没那么夸张，但是也差不远了，一个女的坐在男的腿上，那男的手……啧。”

她没说下去，大家心里都明白了。

陆粥粥已经开始脑补景绪在一片旖旎中逍遥的样子了。难怪他连回微信的时间都没有，看来忙得很呢！

“你看见那人的样子了吗？”陆粥粥问夏桑，“那男的长什么样？”

“没看清，感觉挺帅的，女的也漂亮。”夏桑笑着说，“哟，你问这么详细做什么？”

“随便问问。”

陆粥粥心情一下子低落下来，就连夏桑把蛋糕递到她手边，她都没有胃口了。

她这边还在儿童频道呢，景绪已经进入成人频道了。陆粥粥感觉自己和他的距离一下子被拉得好远，她简直快要不认识他了。

分明是他说，“陆粥，快点儿长大，长大以后我们再见面”。

如果这就是他口中的“长大”的话，陆粥粥宁可回到小时候，和他最亲密无间的时候……

她很烦躁。

班长关掉了音乐，拿着话筒，对大家说道：“首先谢谢大家来参加我的生日派对。”

“不用谢！”

“祝班长大人生日快乐！”

“年年有今日，岁岁有今朝！”

班长是个戴眼镜的斯文小伙子，他红着脸望向陆粥粥：“然后我还要特别感谢陆粥粥，谢谢你肯赏光为我过十九岁的生日 party。”

夏桑开始起哄：“哟，大家都是来给你过生日的，为什么偏要单独感谢陆粥粥呀？”

吕书意：“就是！咱们谁不是来给你过生日的呢？”

班长似乎有备而来，立刻从背后捧出一束玫瑰花：“其实，我今天就是希望同学们为我做一个见证。”

陆粥粥预感到不妙了。

“陆粥粥同学，我喜欢你！”

班长已经捧着玫瑰花走到她面前：“希望你能答应我，给我一个让你幸福的机会！”

陆粥粥尴尬地咬了咬唇，她还没说什么，周围男生已经开始疯狂起哄——

“在一起！”

“在一起！”

“在一起！”

“陆粥粥，给班长一个机会吧！他真的很喜欢你！”

“过了这村没这店了啊。”

……

夏桑有些看不惯他们这样起哄，说道：“你们闹什么呀，当事人都没说话呢。”

陆粥粥感激地看了夏桑一眼，然后说道：“文嘉，你跟我出来一下吧。”

几个男生拍着班长的肩膀，给他鼓劲儿：“一定给咱们男生争口气！”

“拿下校花啊！”

“咱们班男生的面子，就靠你了！”

文嘉红着脸，跟陆粥粥走出了 KTV 包间。

陆粥粥叫他出来，只是不想当众拒绝让他难堪。在门外，她对他说道：“文嘉，对不起，我不能答应你。”

当着同学们的面，文嘉刚刚那一通深情告白说得无比流畅，但是当他独自面对陆粥粥的时候，却显得格外笨嘴拙舌：“是……是因为年纪小吗？这个没……没关系，我可以等你，多久都可以等。”

“年龄是其一，因为爷爷不让我谈恋爱，如果他知道了，你可能会有麻烦。”陆粥粥礼貌地说道，“其二，我不喜欢你。”

她知道拒绝男生一定要干脆利落，千万不要拖泥带水，不要找借口让他们心存幻想。一旦他们以为你也许是喜欢他的，只是因为种种理由不能和他在一起，这会更加坚定他们爱你的决心，并且愿意为你赴汤蹈火。

很多女孩用这一手吊着男生，屡试不爽，但陆粥粥不想平添麻烦。

“文嘉，你很好，但你真的不是我喜欢的类型，我不喜欢你，抱歉。”

“那你喜欢什么样的？我都可以为你改。”

“我喜欢……”

话音未落，陆粥粥便看到景绪推门出来。他穿着一件干净的白衬衣，五官清秀，气质明净，仿佛依旧还是她隔壁那个弹钢琴的安静少年。大概……就是他那样的吧。

景绪的视线扫了一眼文嘉手里的红玫瑰，觉得有些刺眼。

陆粥粥本来挺淡定的，但是因为景绪忽然出来，莫名紧张起来：“我也不知道喜欢什么样的。”

这句话，她说得有点儿心虚。

“你看，你自己都不知道喜欢什么类型，怎么能断言不喜欢我呢？”文嘉不依不饶地道，“你只要给我一个机会，我们相处试试，我会让你喜欢我的！”

“对不起班长，我真的不喜欢你，也不想和你相处试试。”

话说到这份上，文嘉终于明白了陆粥粥的心意，再死缠烂打下去，只会难堪。

“那好吧，陆粥粥，希望不要因为今天这件事，影响我们的同学关系。”

“嗯，不会的。”

文嘉独自去了洗手间，平复心绪。

陆粥粥低着头匆匆溜回了包间，不敢和景绪对视。

同学们见只有她一个人回来，猜到班长可能被拒绝了，于是他们不再提这件事，就当什么都没有发生。

夏桑和吕书意拉着陆粥粥八卦，陆粥粥便把情况简要地说了一下。

吕书意：“早就猜出班长组这个局不简单，果然是有备而来啊。”

夏桑：“我就看不惯他故意让大家起哄，影响粥粥的判断。”

吕书意见陆粥粥发呆，用手肘碰了碰她：“还没回过神来呢？”

“不是。”陆粥粥紧攥着手机，心里七上八下，有点儿心虚。

景绪一直没有给她发消息，她的心越来越乱。她不知道自己在烦躁什么，反正感觉特别糟糕。

晚上十点，包房时间到点了，同学们相继起身离开。在马路边，陆粥粥跟夏桑、吕书意道了别，只说今晚会回家住。

“那粥粥你晚上回家小心点儿哦。”

“嗯，你们也小心。”

被拒绝后的文嘉喝得有点儿多，再没有跟陆粥粥说一句话，甚至都不再多看她一眼，被一帮男生架着回了学校。

陆粥粥在送走了全部同学之后，又重新回了 KTV 的二楼，来到景绪的包间门口。她就是有点儿不甘心，想弄明白，那个把女孩放在腿上的男生……究竟是不是他。

门虚掩着，陆粥粥透过门缝朝里面看。

包间里，有女孩拿着无线话筒劲歌热舞，气氛比他们班的聚会要热闹得多，还有男生喝酒玩骰子，争得面红耳赤。

陆粥粥凑近了门缝，寻找景绪的身影，包间的门却打开了。

陆粥粥猝不及防，赶紧偏过身子，假装路过。乔元洲却认出了她：“哎，你不是之前在楼下等绪哥的女生吗？”

陆粥粥将鬓间发丝挽到耳后，顺势遮了遮脸：“不不，你认错了。”

“怎么会认错？这么漂亮的女孩子，我看一眼这辈子就忘不掉了。”乔元洲打开了房间门，冲景绪喊道，“绪哥，爱慕你的小妹妹又来了。”

“你别……别乱喊！才不是！”陆粥粥一张小脸羞得通红。

什么爱慕，才不是！

景绪独自坐在单人沙发上，见到小姑娘过来，立刻放下了酒杯。

屋里所有人的目光都聚焦在她的身上，一瞬间，原本喧闹的 KTV 包房安安静静。

不只是男孩感到惊艳，连女孩也都忍不住打量她……

“打……打扰了。”陆粥粥应付不了这样的场面，转身开溜，却听景绪清淡的嗓音传来。

“陆粥，过来。”

无可奈何，陆粥粥只能僵硬地转过身，走到了景绪身边。

景绪给她让了个位置，自己则坐在单人沙发的扶手上：“有点儿晚了，等会儿我送你回去。”

简简单单几个字，阐明了他留下她的意图，也不动声色地化解了她被抓包的尴尬。

周围人见景绪居然主动给这个小姑娘让了位置，觉得有些不可思议。

景绪对女生从来没有绅士风度，对于那些喜欢他的漂亮妹妹，他是连一个“滚”字都懒得说的人。

难道是因为过去追他的女生还不够漂亮？而今天这一位，真是人间绝色！

“Lu神是不是喜欢她啊？”有女孩小声议论着。

“看样子是了。”

“是青梅竹马，”乔元洲作为景绪的室友，最有发言权，“我见过她小时候的照片。”

“在哪儿啊？”

“Lu神的钱夹里。”

在众人打量陆粥粥的时候，陆粥粥同样把包间里七个女孩挨个儿扫了一遍。

女孩们穿着打扮成熟性感，妆容也是一水儿的酒吧夜店风。陆粥粥观察了她们好久，越看越觉得她们好漂亮。

和她们比起来，陆粥粥觉得自己跟小学生似的。

有男生搂着女生，但尺度不大，并不是她脑子里想象的香艳场景。陆粥粥脸颊开始发烫，不太好意思看，又忍不住想看。

景绪察觉到小姑娘的害羞，手伸到她的下颌边，把她的脑袋轻轻扭了过来：“少儿不宜。”

乔元洲问道：“绪哥，小妹妹喝红的还是啤的？”

“什么红的啤的，她就一小孩。”景绪点了杯橙汁。

陆粥粥小声道：“说得好像你就多大了似的。”

他也只比她大一岁而已。

景绪闻言将酒杯倒扣在桌面上，大有以身作则的样子，眼神带着醉意：“陆粥，你来看我女朋友？”

“对啊，我来看看你的女朋友多漂亮，让你连信息都懒得回了。”

“我怎么没回信息？”

“表情算什么回应。”

他迁就地笑了笑：“好，以后我都打字。”

陆粥粥闻言，才满意地点了点头。

“陆粥……”景绪轻轻说着这两个字，柔声问，“所以，你喜欢什么类型的？”

“这是什么奇怪的问题？”

“他可以问，我不能好奇？”

陆粥粥嚼着橙汁吸管，心虚地说：“那我也回答了呀。”

她没有喜欢的类型。

“没有吗？”

陆粥粥想了想，认真地说：“我觉得喜欢一个人，那就是一瞬间的吸引，他好的地方我喜欢，坏的也喜欢，不会有什么特定类型，喜欢就是喜欢了。”

一瞬间的吸引，喜欢就是喜欢了。

陆粥粥注意到，他温热的掌心已经握住了她的手。很轻，是她可以挣开的力度。

“哥哥？”

“你觉得我怎么样？”

陆粥粥的手明显瑟缩了一下，心慌意乱。

他对她何止一瞬间的吸引，和他相处的每一分每一秒，她都在被他吸引着。她深呼吸，鼓起勇气道：“我对哥哥，是真的很……”

“算了。”景绪嘴角勾起一抹苍凉的笑意，打断了她，“逗你玩的，刚刚看到你拒绝别人，一时兴起，谁想知道你喜欢什么类型的男人。”

“喂！”陆粥粥恼怒了，“你乱开什么玩笑啊。”

她都当真了，她真的对他的话……当真了。

“陆粥，醒醒吧。”他拍拍她绯红的脸蛋，“这十年，我已经废了。”

问她这样的问题，也着实傻得可以，他有什么资格去希求。

景绪闭上了眼睛，靠着沙发假寐，他害怕看见她失望的眼神。

刚刚那个男孩向她告白，他看了那个男生一眼便知道，那男孩入不了陆粥粥的眼。可这又怎样，即便是那样的男孩，都比他更配站在她身边……

他甚至连说出“喜欢”这两个字的底气，都没有，凭什么强求……

陆粥粥愤怒了，不是因为被他戏弄，只是看不惯他这自暴自弃的样子。

她起身想走，乔元洲叫住了她：“哎，小妹妹别走啊！你看绪哥失意成这样了，你要是不管他，咱们待会儿散了局，就把他扔大马路上了。”

陆粥粥顿住脚步：“你不是他室友吗？”

“室友是室友，但关系还没好到这份上。”乔元洲笑着说，“青梅竹马的关系，够铁了，你把他带走吧。”

“我带他上哪儿呀？”

“这我就管不着了。”乔元洲将景绪扶起来，推到陆粥粥身边，小声说，“绪哥今晚归你了，多少妹子求都求不来呢。”

谁稀罕呀！

思来想去，陆粥粥决定把景绪带回莱汀公寓。

景绪感觉自己跌进了松软的大床上，柔软的感觉一下将他包裹着，身体不断下沉，鼻息间充盈着她的味道。他已经许久没有过这样舒适、安全的感觉，许久没有产生过这种无法抵抗的困意了。

陆粥粥将景绪扔在了床上，很不客气地拽下他的鞋，然后拧了毛巾给他擦脸和脖子，气呼呼地道：“还要我来照顾你。”

陆粥粥是陆怀柔的掌上明珠，被宠着长大的，哪儿照顾过别人啊。即便后来弟弟出生了，陆怀柔都坚持让儿子儿媳亲力亲为，告诉他们别想用工作忙为借口让陆粥粥照顾弟弟。

虽然小姑娘抱怨，但是景绪仍旧能感觉到她的体贴入微。她给他擦了三遍脸，然后抹上护肤霜：“你要是再像今天这样自暴自弃，我就不理你了。”

小姑娘尾音很软。

景绪虽然反应迟钝了很多，但是在她说了“不理你”几个字之后，本能地攥住了她的衣角。这个动作，让陆粥粥的气消了很多。她蹲下来，趴在床边，近距离看着景绪沉静的睡颜。

他的五官真是英俊得让人想犯罪。

“你还醒着吗？”

景绪努力眨了眨眼睛，迷糊地“嗯”了一声。

“我看看你的背哦。”说完，她牵起他的衣角，准备掀上去。

景绪立刻握住了她的手腕，制止她的动作。他不能在如此不清醒的情况下，把自己的缺陷展露在她面前。

陆粥粥没有勉强，收回了手，双手交叠趴在他的身边：“哥哥，景哲说你变了，让我离你远点儿。”

景绪眼神迷离地望着她：“或许你应该听他的话。”

“我连我爷爷的话都不听，干吗要听他的话？”

“不听话的小孩，会被狼吃掉。”

陆粥粥伸手拍了拍他的脸：“你醒啦？还跟我讲童话故事呢。”

就在这时，景绪忽然紧紧攥住了她的手腕。

“哥哥？”

景绪嘴角绽开笑意，漆黑的眸子轻薄地扫了她一眼：“陆粥，是你心就这么大，还是你就这么信我？”

陆粥粥试图抽回手，但是景绪的力气很大，是她根本就没有办法挣开的力道。他沉迷地望着她。

浓雾吞噬了他眼中的光，剩下的无尽的渴求和灼灼的欲念……

面前的少女，是他生命中为数不多的美好。他对她深深沉迷，无法自拔。

陆粥粥看出了少年眸中缠绕的欲望，仿佛看见他的金色玫瑰正在慢慢变黑。那是她生平第一次对面前这个少年产生恐惧。

“哥哥！”

这两个字，含着惊恐的情绪，将他的心狠狠地烫了一下。

景绪蓦然松开了她的手。

女孩后退了几步，贴着墙，宛如受惊的兔子一般："你想干什么！"

景绪的脑子嗡的一下……

他知道，完了。

信任，已经被摧毁大半，她现在应该知道，他不再是过去的小玫瑰了。

景绪挣扎着站了起来，跌跌撞撞地跑出了门。

窗外下起了雨，他站在大雨中，冰冷的雨水让他彻底冷静了下来。

刚刚差点儿做了让他悔恨终身的事，他差点儿毁掉他心里仅存的那一份美好。

景绪跪在雨地里，狠狠给了自己一巴掌。

那晚，陆粥粥脑子里乱极了。她躺在床上，望着黑漆漆的天花板，枕边全是他的味道。

窗外雨声渐大，她闭上眼睛，脑海里回放着景绪方才的眼神，那样渴望，那样灼烫。陆粥粥当然知道那样的眼神意味着什么……她紧紧攥着被单，脸颊一阵阵发热。

也许景哲说得对，他真的变了。

陆粥粥对景绪一直没有任何防备，牵他的手、在他面前笑笑闹闹、他醉了便带他回家，照顾他……

十年了啊，也许小玫瑰早已面目全非。

陆粥粥眼角渗出了泪水。

他是景绪啊，是永远不会伤害她的景绪啊。她不能信任他了吗？

陆粥粥躺在被窝里，给陆怀柔发了一条信息："长大了，是不是有些人、有些事，都会变了？"

两分钟后，手机振动，陆怀柔回道："青春，就是一个人的孤独成长。"

陆粥粥愣愣地看着那行文字。许是她没有回复，片刻后，手机又振动了一下。

陆怀柔："滚去睡觉！"

陆粥粥看着陆怀柔发来的暴躁文字，心里感觉暖乎乎的，这个世界不管怎么变化，至少，她爷爷永远不会变。

陆粥粥："爷爷这么晚了也还不睡吗？"

陆怀柔："在看书。"

陆粥粥："爷爷，我想你了，给我发照片呗。"

陆怀柔顺手给陆粥粥发了一张非常直男的正面自拍照。照片里的男人穿着白色居家睡衣，一张英俊的大脸占据了半个屏幕。

陆粥粥觉得，全世界只有陆怀柔能扛住这种死亡自拍角度了。

她保存了照片，编辑了"爱您"两个字正要发过去，却发现照片里陆怀柔手边拿着的书，扉页书名叫《家长制胜宝典：如何让青春期叛逆小孩心服口服》。

陆粥粥删掉了"爱您"两个字，取而代之的是"拜拜了您！"

之后很长一段时间，陆粥粥都没有和景绪联系，也没再去职高找过他。

国庆长假回来之后，陆粥粥开始接触本专业的生物科学课程，了解到了很多她感兴趣的内容。她发现这专业还真是误打误撞，撞上了她的兴趣。她可不就喜欢研究各种各样的小鱼小虾小蚯蚓吗？因此，陆粥粥对于专业前所未有地感兴趣，开始沉迷于学习，不再胡思乱想。

胖子租了一个套三的新公寓，作为他们Fly战队的训练基地。

新公寓位于大学城边缘，虽然不及莱汀公寓高档，但是档次也不低，足有两百平方米，且三面都是落地窗，采光极好。

这个房子租金不便宜，但是胖子毫不担心，因为景绪随便赢几场比赛便能日进斗金。这位爷可是好几个知名战队想要高薪挖走的顶配选手啊。

搬了家的第二周，十一月底，Fly战队终于招到了一个让景绪稍稍满意的小孩。

小孩穿着灰色毛衣，背着重重的书包，看着挺乖的样子。他名叫欧阳寺，话不多，不过也就看着听话，眼神里依旧透着一股子机灵叛逆的劲儿。

胖子跟欧阳寺对战了两局，心里有数了，这小子是天赋型选手，不管是意识还是反应，都非常好，而且打法相当强势。他模样也很清秀，虽不是第一眼就让人惊艳的大帅哥，但属于耐看型。这样的队员，也是队伍里较为吃香的潜力股。

“小孩……你这素质不错啊，应该有不少战队注意到你了吧，为什么想来我们Fly战队啊？”

欧阳寺的眼睛是内双，给人一副永远睡不醒的表情，抬手指了指冰箱旁叼酸奶的景绪：“因为，他。”

景绪通宵比赛，一觉睡到了下午，这会儿刚醒过来，咬开了一袋酸奶当午餐，见欧阳寺用手指着自己，皱了皱眉：“干吗？”

“我要打败你，Lu。”

景绪叼着酸奶，漫不经心地从他身边走过，压根儿没理他。

胖子笑了笑，说道：“小孩，你就冲他来的啊？”

欧阳寺屈辱地点了点头：“我游戏名——4444。”

景绪脚步顿了顿，回头看了他一眼：“原来是你。”

胖子不解地问：“怎么，你俩认识？”

景绪坐到沙发边，大长腿搁在茶几上，漫不经心地道：“昨晚通宵，他连输二十场。”

胖子：“昨晚我还以为是什么高端局，就这啊？”

景绪淡淡地道：“什么局不重要，赢他就很爽。”

欧阳寺屈辱地攥拳：“我一定会战胜你！”

“我等着。”

看样子，景绪是找到对手了。胖子很高兴，立刻同意了欧阳寺的入队申请。

“先说清楚，咱们战队人员不齐，目前参加不了团队竞赛，不过Lu神的名气不容置疑。”

“我知道。”欧阳寺道，“他赢了很多知名选手，人家恨他恨得牙痒痒。”

“咳咳，不是什么光彩的事。不过现在咱们队是发展时期，为了队伍建设，偶尔出去打点儿小比赛，无伤大雅。”

欧阳寺问道：“有薪酬吗？”

胖子：“这个问题问得好！Lu神，咱们有薪酬吗？”

景绪：“赢了我，就有。”

欧阳寺：“现在就来！”

“行。”

“还来啊？”胖子见景绪兴致也挺高，看来是棋逢对手了：“行，胖爷给你们加油。”

很快，俩人便进了游戏。欧阳寺全神戒备，景绪倒是打得很轻松：“你给自己取名4444，是因为名字谐音？”

欧阳寺：“这么明显？”

景绪：“很明显。”

欧阳寺：“那你给自己取名叫Lu，难道是你喜欢的女孩名字谐音？”

景绪：“……”

有这么明显吗？

胖子拍拍脑门：“哎，我去！你不说我还没发现。景绪，上次遇到姓陆那姑娘，你是不是暗恋人家？”

“不是，没有。”

欧阳寺说道：“我们学校有个姓陆的女孩，校花，人间绝色。我见过一次，差点儿让我动凡心，幸好忍住了。”

胖子嗑着瓜子，随口问：“有那么漂亮吗？你哪个学校的？”

欧阳寺：“北城大学。”

“哟，高才生啊，你们学校美女挺多的。”

欧阳寺：“但她是最漂亮的一个，我想想都心跳加速。”

胖子：“这么漂亮，追啊！”

欧阳寺：“我没戏。”

“为什么？”

“据说人家已经名花有主了，跟我们学校辩论队的队长是一对，郎才女貌。”

景绪敲键盘的手蓦然顿住。

只是两秒的误差，屏幕跳出对话框显示：4444 获胜。

欧阳寺难以置信地看着屏幕：“我居然……打败了 Lu 神！我要截图！我要发朋友圈！啊——”

景绪一言不发地起身，沉着脸走出了房间。

“Lu，你说的……我赢了你就有薪资的啊！”欧阳寺兴奋得手舞足蹈，“我今天运气太好了！”

胖子望着景绪的背影，手肘碰了碰欧阳寺：“喂，你说的那个已经脱单的姑娘，不会叫陆粥粥吧。”

欧阳寺：“你怎么知道？我们女神都火出圈了吗？”

胖子摇了摇头，看着他：“你知道为什么今天你会赢 Lu 神？”

欧阳寺：“为什么？”

胖子：“因为今天是他的失恋日。”

陆粥粥加入了校辩论队，辩论队队长是秦新澄，正是那个她误以为是景绪的学长，两人阴错阳差还加了微信。

这件事在学校里很多人知道。这段时间，辩论队队员又常常一起讨论，因此，便有人传陆粥粥和秦新澄在一起的谣言。

陆粥粥知道，她和秦新澄是再正常不过的交往了，秦新澄也没有对她表示得太过热情，所以她没有刻意疏远。

人家爱说什么，随他们说吧。

那天下午，景绪路过北城大学的南门，看到滚动的 LED 屏幕上播报学术厅正在举行高校联合辩论赛，他在众多辩手中锁定了陆粥粥的名字。

冬日里寒风瑟瑟，景绪鬼使神差般，双腿不受控制地走进了北城大学。

学术报告厅坐满了人，非常热闹，台上的辩论赛激烈地进行着。

陆粥粥作为执辩的选手，正在和对方辩友进行对辩环节。她穿着一件女款小西装，扎着高马尾，聚光灯照着她的鹅蛋脸，杏眼黑眸明澈而坚定。

她字正腔圆地驳斥对方，有气势却又不强势，精彩的发言引得同学们的阵阵叫好声和掌声。

聚光灯下，景绪第一次看到小姑娘如此闪闪发光的样子，如同供奉于他心里的神祇，可望而不可即。

辩论赛在热烈的掌声中结束，辩论队的队员们纷纷起身击掌，庆祝比赛的胜利。

景绪黯然地离开了学术汇报厅。

热闹和美好永远属于她，他却连站在角落为她鼓掌的资格都没有。

陆粥粥挤进退场的人群中，正要离开，身后，队友们叫住了她："粥粥，我们待会儿要聚餐庆祝呀，你去哪儿？"

"位置发我，你们先去。"

陆粥粥说完，匆匆跑出了学术报告厅。她总有在人群中一眼看到景绪的特异功能。

刚刚在辩论的时候，她便看见他了，他一个人站在后排，黑沉沉的目光看着她。他的眼神永远是那么有力量，宛如深渊一般，令人沉沦。

她紧张得差点儿忘词。

"景绪！"陆粥粥三步并作两步跑下阶梯，叫住了他。

一阵凉风过，步道两旁的白桦叶簌簌落下。景绪顿住脚步，漠然地回头。

陆粥粥小跑着来到他身边，说道："你找我有事吗？"

"我没有找你，"他回答，"只是路过。"

他路过这里，看到她的名字，鬼使神差地被吸引了过来。

陆粥粥低头浅浅地笑了，露出两颗小虎牙："小时候儿童节才艺大赛，你也说是路过，一个人拿着小板凳坐在过道，看完了我整场演出。"

景绪抿了抿唇，他的心好乱。

“哥哥，那件事我不生气了。”她的调子柔软而微甜，就像软绵绵的棉花糖，“你也别放在心上，成吗？”

景绪袖下的手握了握拳，然后慢慢松开了，说：“好。”

“我这段时间一直在忙辩论赛的事，没有来找你。”她抬起乌亮的眸子，忐忑地望他一眼，“哥哥，刚刚我比赛表现得好吗？”

他克制地说：“还不错。”

她每每开口，都能让他后背冒起鸡皮疙瘩。

天知道，他有多喜欢关于她的一切。

陆粥粥攥了攥他身上单薄的黑色毛衣：“哥哥，那天是你不对，但是你喝多了，所以我原谅你，你不准再耿耿于怀了。我们和好吧！”

景绪没有办法拒绝她的一切要求，嗓音微微苦涩：“好。”

“那就好了！”女孩笑了起来，一双杏眼清透明澈，“那我有时间再去找哥哥。”

“嗯。”

身后有辩论队的队员们走出报告厅，叫了陆粥粥一声：“粥粥，走啊，一起去聚餐。”

“来了！”陆粥粥不舍地望着他，“哥哥，天冷了，你多穿一点儿哦。”

“我不冷。”

自从那场火灾之后，景绪便不再怕冷了，即便寒冬，他也只穿一件单衣。

“我走了。”

“不可以喝酒。”

陆粥粥嘴角开心地抿了起来：“嗯！我都听哥哥的。”

辩论队的队员们远远地打量着景绪：“他是谁呀？以前怎么没见过？”

“他好帅啊，我的天。”

“别说，你看他……跟咱们队长还挺像的。”

“真挺像的！”

秦新澄也忍不住多看了景绪一眼，发现少年也在看着他，他敏感地从少年眼中察觉到一丝敌意。

“他是隔壁职高的吧？”

“我之前在职高门口见过他，帅是真的帅，但学历也真是……”

见陆粥粥过来，女生们赶紧闭嘴，不再议论。

秦新澄听到说他是隔壁职高的，心里的忌惮和防备放下了不少。

吃饭的过程中，辩论队里一个叫齐琪的女孩坐到陆粥粥身边，好奇地问她：“粥粥，刚刚那个穿黑毛衣的帅哥叫什么名字呀？”

“你是问景绪吗？”

“景绪……”齐琪念着他的名字，有些害羞地问，“跟你是什么关系呀？”

陆粥粥搁下筷子，想说青梅竹马，但是这么多人，怪不好意思的，于是道：“他是我很好的朋友。”

“这样呀！我猜也是。”齐琪笑着看了眼她身边的秦新澄，“毕竟咱们这么优秀的队长在这里呢。”

陆粥粥没弄明白她话里的逻辑：“这跟队长有什么关系？”

齐琪连声道：“没事没事，粥粥，那个……你能不能把景绪的微信推送给我呀？”

“你要他微信做什么？”

“我就……想认识他一下。”

陆粥粥明白齐琪的心思了，不太想给她，推辞道：“景绪脾气不太好，不一定会通过。”

“没关系，不通过就算了，我就想尝试一下，万一通过了呢！”齐琪恳求道，“你就给我吧，求你了。”

话说到这份上，陆粥粥实在不好拒绝她，便摸出手机，将景绪的微信推送给了她。

“谢谢粥粥！”

“不谢。他不一定会加哦！”

“没关系的！”

陆粥粥看着齐琪欣喜离开的模样，心里多少有点儿不是滋味。她低头给景绪发了一条信息，试探地问道："我同学加你了，你看到了吗？"

景绪看到陆粥粥发给他的消息，又看了看陌生人的添加信息，上面写的是：你好呀，我是陆粥粥最好的朋友。

景绪通过了验证，然后回复陆粥粥："放心，通过了。"

陆粥粥："……"

不不不，你是不是误会什么了？

景绪刚通过验证，女孩就给他发来了消息，还配了一个很可爱的表情："小哥哥，你好呀！"

"有事？"

"我和陆粥粥是最好的朋友，我叫齐琪，你也可以叫我琪琪。"

景绪没回。

齐琪："你跟陆粥粥关系很好吧？以后关于陆粥粥的事，你也可以尽管找我，我会帮你看着她的，包括她的恋情发展哟！"

景绪被"恋情发展"四个字刺了眼睛，想把她删了，但是考虑到陆粥粥的人际关系，还是按捺着脾气，将她的消息对话框删掉了。

周末，辩论队几个女孩约陆粥粥去逛街。

齐琪这一路都挽着陆粥粥的手，似乎跟她很要好的样子。

陆粥粥是吃软不吃硬的主儿，别人要跟她好，她也不会驳人家的面子，便由齐琪挽着手一块儿走。

"粥粥，你这个朋友是不是平时对人都很冷淡啊？"

"你说景绪哥哥吗？"

"对，景绪哥哥。"

陆粥粥的心沉了沉，"景绪哥哥"四个字，过去也没听别人叫过，一直都是她的专属，乍从其他女孩子口中听到，心里越发不是滋味。

齐琪看了她一眼，说道："陆粥粥，我跟景绪哥哥成为朋友，你会不会不高兴呀？"

陆粥粥内心都快抓狂了，但是为了维护塑料姐妹情，还是勉强挤出一丝微笑。

“我还一直担心你不高兴呢。”齐琪说道，“不过仔细一想，你有秦新澄学长啦，其他男生肯定入不了你的法眼，毕竟人家这么优秀，家境还好。”

“我跟队长真没什么！”

“哎哟，不用解释，我们都懂的。嘻嘻嘻。”齐琪戳戳她，“我听说秦新澄学长家里是做房地产的呢。”

“齐琪，我对他不感兴趣。”

见陆粥粥脸色垮了下来，齐琪闭了嘴：“好啦好啦，不说就是了。”

路过一间饰品店，陆粥粥停下了脚步。

现在正是冬日最冷的时候，饰品店外的货架上挂满了琳琅满目的绒帽和围巾。

陆粥粥看中了一款灰白色的围巾，让店家取下来给她看看。

“小姑娘真有眼光，这款围巾很时尚，送男朋友正合适啦。”

陆粥粥摸了摸围巾的面料，很软很舒服，试戴了一下，柔软的面料也丝毫不会扎皮肤。

“这个多少钱？”

“二百二。”

“这么贵呀？”

“这是面料好，贵有贵的道理。”

陆粥粥想想觉得没毛病，这款围巾的面料的确很舒服，于是果断掏出手机扫码付款，买下了这款围巾。

齐琪偷偷拍下了陆粥粥买围巾的照片，反手便把这张照片发给了景绪：“陆粥粥买了一条男款的围巾，我好像嗅到不寻常的气息了，嘻嘻。”

景绪没回。

“她说是要送她男朋友的。来自单身狗的实名羡慕呢。”

良久，一直没搭理她的景绪，终于回了她一条消息：“衮字怎么读。”

齐琪：“呃，gǔn？”

景绪：“加上三点水呢？”

齐琪：“还是gǔn？”

景绪：“谢谢，滚。”

齐琪：“……”

对不起，您不是对方好友，无法发送消息。

酒吧里非常热闹，年轻男孩聚精会神地看着正中间投影屏幕里的游戏转播，时不时发出叫好声。

景绪坐在雅座沙发上，身边有胖子、欧阳寺还有几个其他的游戏主播。他们端起酒杯：“来，敬Lu神，十八岁快乐！”

几个年轻人纷纷举杯：“生日快乐啊。”

景绪端起酒杯，跟他们轻轻碰了碰，一饮而尽。

“欢迎进入成年人的世界。”胖子拍了拍他的肩膀。

景绪钳住他的手，顺势一扭。

胖子哎哟哎哟地叫着：“断了断了，手断了！”

景绪松开了他。

就在这时，欧阳寺突然道：“我好像看到陆校花了，她怎么也在这里？”

景绪回过头，见一个穿着白色羽绒服的女孩站在人群中，四下张望着，似乎在寻找着什么。

她梳着齐刘海长发，戴着贝雷帽，乖乖地站在群魔乱舞的人堆里，显得格格不入，就像一只误入狼群的小羊羔似的。

景绪每次看到她，都会感觉安心和温暖。他周围的世界如此乱哄哄，只有她，悬在他心尖上，宛如最明净的月光。

陆粥粥四下张望着，终于望见了景绪，对他粲然一笑。

“校花过来了！她是不是来找我的啊？”欧阳寺立马兴奋起来，“她在看我！还在对我笑！啊！我飘了……”

胖子一巴掌拍他的脑袋上：“你瞎激动什么啊，人家是来找你的吗？”

陆粥粥走过来，乖乖地喊了声：“哥哥，生日快乐。”

景绪立刻把手里的半截烟头扔到了桌子底下，踩灭，说道：“你怎么找到这里来了？”

“我加了你室友乔元洲的微信，他跟我说你经常来这儿……我正好路过，就进来看看。”

胖子笑着说：“小妹妹，来得正好，一起给 Lu 过生日。”

陆粥粥还没说话，景绪却道：“不用，这里面烟味太重了。”说完他起身，牵起陆粥粥的手腕，拉她离开了电竞酒吧。

欧阳寺望着俩人的背影，诧异地问胖子道：“她喊 Lu，喊的是哥哥？这……是亲哥哥吗？”

胖子摇头：“亲哥哥不是，情哥哥有可能。”

便利店，景绪买了一块甜品小蛋糕，递到陆粥粥手边。

“这个就是你请我吃的生日蛋糕吗？”

“嗯，蛋糕店关门了，只能请你吃这个。”

这几年，他过生日都没有准备蛋糕，因为总是一个人，吃蛋糕也没什么意思。今年他虽然认识了新的朋友，不过男孩子对蛋糕也没什么特别的兴趣，所以便省了，一起聚一聚，吃个便饭就行了。

陆粥粥问道：“那你有打火机吗？”

“有。”景绪从包里摸出一个钢质打火机。

陆粥粥接了过来，说道：“我唱歌不好听，要是唱得不好，哥哥别笑我。”

“陆粥，别了……吧！”

陆粥粥不顾他的阻拦，打开了打火机，将火苗放在蛋糕旁，然后大声清唱《祝你生日快乐》。

陆粥粥把陆怀柔的模样脾气遗传了个十成十，偏偏没遗传到艺术细胞。她跳舞顺拐，唱歌跑调，唯一拿得出手的才艺表演就是诗朗诵，就连简单的生日歌，她都唱跑调了。

周围时不时有客人朝他们投来微笑的一瞥。

景绪脸颊微微发烫，看着小姑娘认真唱歌的样子，忍不住嘴角上扬。

小姑娘明澈的眸子里仿佛藏着星星，唱了几句，反而把自己给唱害羞了，两个红红的耳垂跟挂在树梢的红樱桃似的。

唱完之后，陆粥粥伸手捂了捂脸："好尴尬！"

景绪笑意更深了，每次见着她，他都会情不自禁地开心，相处不过短短几个月，他笑的次数比他这十年还多。仿佛这世界欠他的一切，都由她用温柔偿还了。

"你是陆怀柔的孙女吗？"景绪笑着说，"要不要去做个鉴定？"

"你不可以笑话我！我以前从来不在别人面前唱歌的！这是第一次。"

"那我很感动。"景绪说着，还是忍不住笑。

"哼，笑吧笑吧。"她破罐子破摔道，"反正今天寿星最大，我只负责让寿星开心。"

陆粥粥拿起小叉子，舀起了第一口水果蛋糕，递到景绪嘴边，"第一口给寿星吃。"

"你吃吧。"

"剩下的都是我的。"

但第一口最好的，她总是要给他的。

景绪就着她的手，叼走了塑料叉上的小蛋糕，然后给她拿了一个新的小叉子。

陆粥粥认认真真地吃完了蛋糕，从包里取出了灰色围巾，走到景绪身边，给他戴上："我那天看到哥哥穿得好少，所以给你买了一条围巾，就当生日礼物吧。"

"谢谢陆粥。"

她拍了拍他的肩膀："哥哥什么时候跟我这么客气啦。"

围巾非常柔软，戴在他修长白皙的颈上，与他很相衬。

陆粥粥满意地欣赏着面前的少年。不管他穿什么、戴什么，都那么帅。

景绪低头嗅了嗅，围巾有洗衣粉的清香。

这围巾买回来，她还很细心地洗过一遍。

陆粥粥要坐回对面的椅子上，景绪拉过她的手，然后在身边让了位置：“陆粥，我们坐一起。”

快两个月没有和她靠这么近了，他真的好想她。

陆粥粥觉得有些暧昧，但还是没有拒绝。她的潜意识里面，也喜欢和景绪靠近一些。

“听说这围巾是你送你男朋友的？”他问道。

陆粥粥猜测，肯定是齐琪跟他瞎说来着，连忙解释道：“哥哥，我没有男朋友的！”

景绪面上没什么表情，但明显轻松了不少，拿起小勺子，舀了一勺她剩下的小蛋糕放进嘴里。

陆粥粥攥住他的衣袖，忐忑地说：“哥哥，你能不能……不要和齐琪聊天？”

景绪看了她一眼，小姑娘眼神闪躲，因为背后使坏，脸蛋都红透了：“我的意思是，她……她好像喜欢你，你如果不喜欢她，就不要给她希望了。”

嗯，她终于找了个冠冕堂皇的理由。

景绪笑了笑：“陆粥，你怎么知道我不喜欢？”

“啊！”陆粥粥一下子松开了他的衣袖，表情都僵硬了，“你……你喜欢她啊？”

景绪不再和她开玩笑，在她鼻尖戳了一点儿奶油：“已经删了。以后别推送奇奇怪怪的人加我。”

陆粥粥松了一口气。

不用他说，她是绝对不会干这种蠢事了！

年底，辩论队有一场重要的辩论赛，主题是找工作——兴趣更重要，还是薪资更重要。

为了这场辩论赛，辩手们前期需要走访在校大学生，尤其是毕业生，调研他们对于薪资和兴趣的看法。

社团成员抽签决定辩手们调研的学校，很巧，陆粥粥和秦新澄两人被分配到去隔壁的职高做调研。

周末早上，陆粥粥跟秦新澄来到了职高校门口。陆粥粥手里抱着一沓复印好的问卷调查表。

秦新澄说："咱们调查问卷就随便弄一弄吧，反正咱们分到的是职高。"

陆粥粥回头问："职高怎么了？"

"呃……"秦新澄意识到自己说了不严谨的话，于是道，"没什么，我们一起去发问卷吧。"

"好。"

陆粥粥看到一个马尾辫女生迎面走来，礼貌地迎上去："同学你好，我们是北城大学校辩论队的，正在做辩题的社会调研，所以这边方便请你填一份小小的调查问卷吗？"

马尾辫女生先被陆粥粥漂亮的脸庞惊艳了，后来又听她说是隔壁北城大学的，要跟自己做社会调研，受宠若惊："当然可以啊。"

陆粥粥将笔递给她，她非常认真地填写了调查问卷，然后当面向陆粥粥表达了自己的观点："我马上就要毕业了，相比于兴趣而言，可能会选择薪资高的工作。毕竟我们跟你们不一样，我们这种学历，本来也没有太大的选择空间。"

"你不要妄自菲薄，只要脚踏实地，一步一个脚印，总会有所收获。"

"嗯！请问我的回答有帮到你吗？"

"有的，很有帮助！"

"那就好了。"女孩害羞地看了她一眼，"拜拜哦，祝你们辩论赛拔得头筹！"

"会的！"

陆粥粥接着又采访了好几个同学，他们都很认真地帮陆粥粥完成调研。有人觉得兴趣重要，但更多的人还是觉得薪资会在他们的工作考量中占更大的比重。

中午，秦新澄和陆粥粥坐在树下休息。

陆粥粥一边啃着麻薯夹心面包，一边整理调查问卷。

斑驳的阳光碎影投在她的脸上，她认真的样子在发光。

秦新澄惭愧地说："看来是我想多了，我要为我一开始的态度道歉。"

陆粥粥何等聪慧，当然一早就看出秦新澄有些看不起职高的同学。她笑着说："所以，他们也不是你想的那样吧？"

"是啊，我开始以为他们都是混日子来着。"秦新澄挠挠头，"现在看来，也有很多人是非常努力的。"

"是啊，他们中也有很优秀的人。"比如她心里的那个人。

不远处的操场边，乔元洲碰了碰景绪的手肘："那边那妹子，有点儿像追你的那个小女神啊。"

景绪扔出了篮球，顺着他手指的方向看了看，一眼便看见穿白羽绒服的少女坐在树下，干巴巴地啃着面包。

他的神情柔和了八度，蹲下来系了鞋带："她没有追我。"

乔元洲不相信："绪哥，我要批评你了，过分谦虚就是骄傲，谁都看得出来那妹子在追你啊。"

景绪接过队友传过来的篮球，三分上篮，说道："她没追，她也不用追。"

她不用追，他的心早就给她了。

乔元洲蹲在篮筐下，摇着头，感叹道："那妹子为了掌握你的行踪和近况，连我的微信都加了。每条有你的朋友圈，她都点赞。就这份心思，说她对你没感觉，我一万个不信。"

景绪很想相信，但还是觉得乔元洲真的想多了。

旁观者不一定什么都清楚，但景绪拎得清。

陆粥粥跟他是青梅竹马的情谊，比一般朋友亲密很多，她从小就依赖他，撑破了天就是一声"哥哥"的感情，不可能再有其他了，小姑娘还没长大呢。

"咱要不要做个试验，"乔元洲坏笑着说，"证明她心里绝对有你。"

景绪翻了个白眼："无聊。"

"无聊就算了。"

景绪心不在焉地打了会儿球，终于按捺不住，坐回乔元洲身边，故作漫不经心地问："你说的……什么试验？"

乔元洲咧嘴一笑，摸出手机对他的大脸拍了一张照片发朋友圈：“今日份帅 Lu 神。”

景绪：“你发一个试试！”

“别急呀。”乔元洲看了眼陆粥粥，她正在一边啃面包，一边刷手机。

“五分钟内，如果她给我点赞，那就说明……”

“说明她现在很无聊。”

“啧，你太不懂女孩的心思了。如果她看见了立刻点赞，说明她肯定对你有兴趣。”

不出乔元洲所料，两分钟没到，他朋友圈几十个赞里面，果然找到了陆粥粥的头像。

“哈哈哈，她真的点赞了！”

“我看看。”

景绪表面上不在意，在听到他说陆粥粥回应了，还是把手机夺了过来，在一排头像中找到了她。

陆粥粥不仅给这张照片点了赞，还评论了一句：“在哪里呀？”

乔元洲分析道：“你看评论，绝大部分女生留言是‘好帅’，只有你那小女神，留言问你在哪里。”

景绪：“所以？”

“Lu 神，你智商哪去了？”乔元洲理直气壮地说，“说明她惦记你啊，问你在哪里，这不是想来找你吗？你说什么样的人会时时刻刻惦记着你，想要见到你？”

“债主。”

乔元洲：“没开玩笑啊，恐怕你那个小女神自己都没发觉，她爱慕你。”

虽然知道乔元洲是个嘴上跑火车的主儿，但景绪还是被“爱慕”两个字戳了心。

那是他不敢奢望的，听听就好。

很快，手机振动了一下，陆粥粥给他发了一条微信：“哥哥，你在哪里呀？”

“我说什么来着？”乔元洲脑袋探了过来，笑嘻嘻地说，“她就是爱慕你。”

景绪：“你说话可不可以不要这么肉麻？”

“你就装。”

景绪低头，看着女孩发来的信息，嘴角抑制不住地扬了起来，回道：“抬头。”

陆粥粥抬起头，远远看见篮筐下的景绪对她扬手，小心脏雀跃了起来：“哥哥！”

景绪不想她顶着烈日跑过来，于是起身朝她走了过去：“你在这里做什么？”

“喏，我在你们学校做调查问卷呢，”陆粥粥扬了扬手里的问卷，“辩论赛要用的素材。”

“午饭吃面包？”

“嗯，不吃饭了，下午还有工作呢，晚上吃顿好的。”

“那晚上我请你。”

“哇，我们景绪哥哥今天这么大方，还要主动请我吃晚饭？”

“哥哥最近手头宽裕。”

“那我要吃好的，狠狠宰你一顿！”

“就你这胃口，宰我？”

“别看不起人，我饭量很大的。”

景绪坐到了她身边，揉了揉她的脑袋，陆粥粥偏头躲开，不过身体本能地靠他更近了些。

秦新澄买了两瓶饮料，走了回来：“粥粥，这是你朋友吗？”

景绪看见了秦新澄，原本温和的表情顷刻间冷了八度。

“介绍一下哦，这是秦新澄，我们校辩论队的队长。这是景绪，小时候住我隔壁的小哥哥，是我最要好的朋友之……”

景绪看了她一眼，小姑娘立刻舔舔唇，把那个“一”字收了回去：“我最要好的朋友。”

秦新澄笑了笑：“幸会，我听说过你，说是游戏玩得不错，还封神了。”

景绪这些年什么牛鬼蛇神没见过，秦新澄明夸暗贬的嘲讽语调，他怎么会听不出来?

“挣生活费而已。”

“我知道，电竞嘛。”秦新澄说道，“新兴产业，我们学校也有不少人玩这个，不过我一直很好奇，你们这行收入应该不低吧？”

“还行。”

陆粥粥没听出两个男人唇枪舌剑的机锋，只感觉他们这般你来我往地试探对方底细，好像在相亲。

她开玩笑地道：“有人爆灯（相亲节目中表示中意的意思）吗？”

景绪轻轻给她脑门一个栗暴：“爆你个头。”

“哇，我爷爷都不这样打我了！哥哥还欺负人！”陆粥粥委屈地说，“好痛哦。”

“别装，我一点儿没用力。”

“就是疼，疼死了，”陆粥粥碰瓷道，“好疼！”

景绪皱了皱眉，伸手摸了摸她额头：“哪里疼？”

陆粥粥终于找回小时候的感觉了，挽着他的手臂，撒娇道：“哥哥帮我吹一下。”

景绪吹了吹她的额头：“好了？”

“以后哥哥别敲我了，再敲就笨了，我爷爷还指望我当科学家呢。”

景绪笑了起来：“遵命，陆科学家。”

秦新澄见到俩人相处得如此自然，甚至比情侣更显亲昵，但跟情侣的感觉又不太一样。这是一种只属于青梅竹马之间的默契。

他心里多多少少有点儿不是滋味，但是转念想到两个人学历的差距，那种不适的感觉又消失了。

“粥粥，我给你买了可乐，”秦新澄将可乐递给了她，“冰的。”

陆粥粥还没伸手，景绪便将可乐接了过来，放在一边：“她这两天不能喝冷的。”

陆粥粥睁大了眼睛，掐指一算，“姨妈”快来了，不过还没来。景绪记忆力未免太好了。

秦新澄尴尬地笑了笑：“我知道了，那粥粥你不要喝冷的了。景绪，谢谢你告诉我，我以后会记得。”

“那倒不必，她不太规律。”

“那你又是怎么知道的？”

“因为我熟悉她的脾气。”

陆粥粥：“……”

你们有完没完！两个大男人在这里讨论她的生理周期很有意思吗？

第十八章

被拒绝

年底，北城大学的校园里刮过一阵诗词风潮，但凡有 LED 显示屏的地方，全滚动播放着“诗词大会”的宣传信息。

校园诗词大会的总决赛上个月刚刚落下帷幕，景哲以其强大的诗词储备，斩获大赛第一名，因此，也获得了参加市电视台举办的诗词大会总决赛的资格。

那天下午，在学校的食堂里，陆粥粥巧遇十年未曾见面的赵思嘉。

赵思嘉过来探望景哲，景哲带她来食堂二楼餐厅吃饭。楼道里遇见陆粥粥，景哲犹疑片刻，还是跟她打了招呼。

本以为陆粥粥不会搭理他，没想到小姑娘还是微笑着跟他问了声好，景哲忐忑的心情放松了不少。

“粥粥，这是我妈妈，特意过来陪我参加诗词大会总决赛的。”

“赵阿姨您好啊！好久不见了。”陆粥粥礼貌地跟她打招呼。

赵思嘉一开始没把陆粥粥认出来，盯着她打量了好久，才后知后觉地道：“这……是小粥粥吗？”

“是我啊，赵阿姨。”

“天哪，女大十八变啊！”赵思嘉惊叹道，“谁能想到面前这个漂亮的大姑娘，是我们的小包子粥粥啊！”

“阿姨您还是这么年轻呢。”

“认出来了，这才是陆粥粥呢，小嘴还跟过去一样甜。”赵思嘉笑逐颜开，“粥粥，跟我们一块儿去吃饭吧，阿姨请你吃牛排。”

“不了阿姨，我约了室友一起吃饭。”陆粥粥见只有她一人，问道，“赵阿姨，怎么不见景叔叔呢？”

“他去隔壁学校，去找……找景绪了。”提到景绪的时候，赵思嘉明显神情有些不自然，眼神闪躲。

景哲立刻岔开话题，说道：“爸爸工作调动，又调回北城了，所以今年寒假我也会在北城，不回南方了。”

“那真好。”

“粥粥，我要参加市电视台举办的诗词大会的事你知道吗？”

“知道啊，学校里到处都在滚动播放嘛，恭喜你了。”

景哲脸上泛起羞涩的红晕，忐忑地问：“爸爸妈妈都要去现场给我加油鼓劲儿，你……也会来的吧？”

“什么时候啊？”

他连忙道：“就一个月后，周六，你应该没有课吧？”

之前景哲一直没提让她过来看比赛的事，这时候提起……陆粥粥看了眼赵思嘉，只怕是因为母亲在场，这样她不便拒绝。

“看我时间能不能安排过来吧。”陆粥粥说道，“如果到时候我没别的安排，就过来。如果临时有事，就只能默默给你加油啦。”

景哲表情略有失望，知道陆粥粥这样说，多半就是不会来了。

“那……好吧，希望你来给我加油，毕竟这是我第一次上电视呢。”

“嗯，赵阿姨、景哲，你们吃饭吧，我先走了。”

陆粥粥跟他们道了别，转身离开。

赵思嘉看出了儿子失落的心情，拍了拍他的肩膀，鼓励道：“当初你顶着落榜的风险报考北城大学，不就是为了陆粥粥吗？怎么，现在受到一点儿小挫折，就要放弃了吗？”

景哲泄气地说：“没用的，不管我付出什么，在她眼里，都比不上景绪一根手指头。景绪什么都好，就算变成现在这样……在她眼里都是好的。”

提到景绪，赵思嘉轻轻叹了一声：“那孩子……”

景哲知道自己失言，立刻握住了赵思嘉的手：“妈妈，你不要难过，景绪恨你，那是他不懂事。你还有我，我会永远陪着你的。”

赵思嘉宽慰地拍了拍他的脑袋：“妈妈知道，景哲是最懂得体谅父母的。”

陆粥粥回头看了眼找赵思嘉母子，然后给景绪发了一条微信：“哥哥，你在哪里？”

景绪：“你是我女朋友吗？”

看到这几个字，陆粥粥心跳瞬间加速。

他什么意思，问这个什么意思？他是在表白吗？

陆粥粥手指颤抖地编辑信息，输入“我可以”又删掉，输入“我要考虑考虑”后再删掉。

嗯，她得矜持点儿。

最后她犹豫着打下：“认真的吗？”

正要发送，景绪又发来消息：“不是我女朋友，干吗每天都来查岗？”

陆粥粥：“……”

她都当真了！

陆粥粥用力按着手机屏幕，删掉每一个字，回道：“再也不问你啦！”然后她发了两个生气的表情。

景绪：“乖了，我在学校。”

刚刚发完这条信息，景绪便接到了胖子的电话。

电话里，胖子的声音特别兴奋：“Lu 神，咱们战队的资质审核通过了！咱们 Fly 终于要正式起飞了！哈哈哈，就问你开不开心？”

景绪嘴角扬了扬，能够感受到胖子语气里的欣喜若狂，毕竟这是他的梦想。

“下个月 PCG 比赛，你带小寺好好训练，这是我们的机会。

“你把心放到肚子里，咱们等了两年，能不能一飞冲天，就靠这次了！”

PCG 是一款获得许可的，名为《风途》的电子竞技类比赛游戏，一般以三人组队参加，关注度非常高。

只要能拿下《风途》的最高竞赛荣誉，他们 Fly 战队的路就算彻底铺开了。

这么多年的蛰伏、挣扎，终于有机会展现自己的实力了，他终究还是不甘心。

这两年，他自学了计算机编程和所有能够自学的计算机知识，从没让自己在这个网络时代慢一丁点。他也曾试过，当个一事无成的平庸之辈，每天混吃等死，在淤泥死水里逐渐腐烂。但他是景绪，那个六岁就可以在三十秒内拼好魔方的天才少年，哪怕曾经被折断了双翅，他仍想站在她身边，他想得到她的“爱慕”，他想重新站起来。

景绪挂掉电话，大步流星地走出校园。PCG 初赛即将开始，他也要投入紧张的训练，还要带新人，时间并不宽裕。

景绪走出校门，看到路边等候已久的男人，双眸里的光沉了沉。

面前的中年男人，是他多年未见的父亲，景闻彬。

“景绪，你长高了。”景闻彬朝他走了两步，面带宽厚的微笑。

景绪却本能地后退了两步：“你有事吗？”他的态度很冷淡。

“景绪，我是你爸爸。”

“我知道，不然我为什么跟你讲话。”

景绪说的每一句话都挺噎人的，景闻彬失望地看着他：“看来这两年，放你出来接受社会的毒打，并没有让你长半点儿教训。”

景绪觉得很荒唐：“首先，不是你放我出来，而是我拒绝你们的抚养。其次，我不认为我需要长任何教训。最后，我没有被毒打，我过得很好。”

“你心里就一点儿没有亲情吗？你知道你妈妈为了你多伤心吗？”

“她伤心吗？”景绪嘲讽地笑了，“你们来北城干什么，是来看我的吗？还是来参加你们乖儿子的诗词大会，顺便来看看这个逃出家门的逆子有没有长点儿教训，回心转意？运气好的话，也许我还会哭着求爸妈再给点儿生活费，你是不是连教训我的说辞都想好了？”

他这番话彻底激怒了景闻彬。

啪的一声，景闻彬一巴掌扇在了景绪脸上。

许是隐秘的想法被他这般毫不留情地戳穿，景闻彬恼羞成怒地喊了声："混账东西！"

景绪的脑袋重重往边上偏了偏，半张脸都已经麻木了，仿佛被无数只蚂蚁噬咬着。

瞬间的变故让周围路过的同学纷纷停下脚步，甚至有好事的同学拿手机拍起了视频。

这一巴掌让景闻彬的手都疼得没感觉了，更遑论景绪的脸。他咬着牙，甩了甩手。他情急之下动了手，有些后悔，但是面子让他说不出道歉的话。

景绪嘴角扬起一抹冷笑："够了吧。"

"景绪……"擦身而过的瞬间，景闻彬用力拉住了景绪，"景绪，不要再让你妈妈伤心了，好不好？这些年，她真的很伤心。"

"在那场大火里，她不是已经做出选择了吗？"景绪靠近他，压低了嗓音，一字一顿地说，"为了保住景哲，把我留在火中，松手的那一刻，她就已经做出选择了。"他冷笑："这个时候过来说什么伤心，不是很虚伪？"

景绪还是离开了，留下景闻彬虚弱地站在原地。

街上车水马龙，人来人往，他不曾回头看父亲一眼。

在这个冷冰冰的世界里，他再没有可以依靠和信任的人，他只剩下自己了。

陆怀柔基本上把公司百分之八十的事务都交给了陆随意去打理，他在家里专心研究各类美食。

他曾为事业打拼半生，几乎把最好的年华都放在了事业上，也为此丢掉了很多东西。如今他再回头，发现真正让他开心的恰恰是陆粥粥留在他身边的那十年。

好不容易把陆粥粥盼回家，陆怀柔决定大展身手，给陆粥粥炖了一锅无比美味的鱼汤。

陆粥粥拿着勺子，尝了一口。鱼汤鲜嫩无比，乳白色汤汁上还漂浮着淡淡的油脂和葱花。

“吃了这么久学校食堂的饭菜，才发现爷爷的手艺这么好。”陆粥粥惊讶地说，“这也太好喝了吧！”

“开玩笑，没我这双手，你能长这么大吗？”

“鱼汤还有吗？我还想喝。”

“厨房里还有一大锅，自己去盛，顺便也给你弟弟盛一碗带过去。”

“方便这会儿还在写作业吧，我就不去打扰他啦。”

“你就想自己吃独食。”

“嘿嘿嘿。”

陆粥粥走到厨房门口，忽然察觉到不对劲，退后两步，瞥见墙柜边上周刚买的水族箱竟然空荡荡的。

“我的鱼呢？爷爷，我带回来的两条大鲤鱼呢？”

陆怀柔端着碗，尝了一口鱼汤，从容地道：“哦，在你肚子里。”

陆粥粥宛如晴天霹雳，气呼呼地转身：“那是我暑假要做生物观察日记的鱼！”

“你回家又不提前说，还要我给你做好吃的，我哪儿有时间去超市买？”陆怀柔倒是理直气壮地说，“看你鱼缸里正好有鱼，就顺手捞了。”

“那可是野生大鲤鱼，我好不容易弄到的，要做野生鲤鱼的生物日记，不是菜市场买来的饲养鱼！”

“不就两条鱼吗？赶明儿让你爸带你再去弄两条。”

陆粥粥简直要被陆怀柔气死了，跑过来用力捶了他胸脯一下。陆怀柔顺势握住她纤细的手腕，反手一扭，便将小姑娘给制服了：“小时候打不过，以为长大了就是我的对手了？”

“陆怀柔，讨厌你！”

陆粥粥还一直幻想着，以为上大学之后，距离产生美，她和陆怀柔剑拔弩张的局面会改变，出现家庭电视剧里面那种父慈子孝、其乐融融的场景呢。看来她真是想多了。

陆粥粥穿着拖鞋走出房门，坐在后花园的廊台边生闷气，心里把陆怀柔骂了一万遍。

这时候，她看到学校的代收快递群里，有同学发了一段视频。

“今天下午在对面职高校门口拍到的，别的不说，被打的男生，帅得有点儿过分了吧。”

“好看的小哥哥被人打耳光，真是看不下去呢。”

“在校门口教训儿子，这也太不给面子了吧。”

“不明情况，不做评价。”

……

陆粥粥好奇地点进视频，发现视频的主人公竟然是景绪，而站在他面前的中年男人是他的父亲。

他们两人好像发生了争执，情急之下，父亲扬手便给了景绪一巴掌。

陆粥粥捂嘴惊呼了一声。

景绪本来皮肤就很白，受了这一巴掌，脸颊瞬间浮现了几条异常明显的红痕。他那屈辱的眼神，仿佛一双无形的大掌，死死地箍着她的心脏。

他怎么可以对景绪动手，而且是在校门口，那么多双眼睛盯着。景绪是那样骄傲的人啊！

群里的讨论很快便上百了，吃瓜群众都在说这件事，什么样的猜测都有。

白骨精：“我认识他哥哥，他哥哥景哲是我们系的大才子，校园诗词大会总决赛第一名，被推荐到电视台参加诗词大会。”

孙悟空：“这几天学校官网不是一直在宣传他吗？”

唐三藏：“挨打的人原来是大才子景哲的弟弟啊。”

孙悟空：“所以哥哥读北城大学，弟弟在隔壁念职高，这差距也太大了些吧？”

唐三藏：“这俩人完全不像一个妈生的。”

白骨精：“我知道这人，他很聪明，把自己荒废了；景哲属于后天努力型，所以这就是典型的龟兔赛跑的故事。”

唐三藏：“啧……”

陆粥粥看不过去，直接@了白骨精：“你怎么知道得这么清楚，像从小看着他们兄弟俩长大似的？”

白骨精：“我说了景哲是我们系的大才子啊，我们一个班的不行吗？”

陆粥粥不想和他争论，退出了这个代取快递群，然后给景绪发了一条信息：“你在哪里？”

发完之后，她向上翻聊天记录，发现十条信息里有八条好像都是自己在问他在哪里。于是陆粥粥又补了一句：“我就随便问问。”

她补了之后又感觉自己有点儿画蛇添足，赶快撤回来，撤回的一瞬间，景绪的消息也进来了：“水吧。”他还顺便给她发了一个定位。

陆粥粥收起手机，轻轻地溜回房间。陆怀柔已经回了书房，关着门生闷气。

陆粥粥看到开放式厨房里，小火还煨着鱼汤，于是她蹑手蹑脚走到厨房，翻出保温饭盒，盛了一碗鱼汤。

走到书房门口，陆粥粥弱弱地唤了声：“爷爷！”

陆怀柔没搭理她。

“爷爷，我错啦，鱼汤很香。

“那……我有事先出去一下，晚上直接回公寓哦，不用给我留门。”

他依旧没有回应她，于是陆粥粥提着保温饭盒走出了陆宅，在路口拦了一辆出租车。

水吧今晚非常热闹，因为景绪的到来，一场一场精彩的比赛，看得大家伙儿分外上头，情绪高涨。

“Lu 神今晚要十连胜啊！”

“这场就十一场了！”

景绪指尖快速敲击着鼠标，他今天的状态格外亢奋，连战了将近六个小时，没有休息过，眼睛里带着疲倦的血丝。

陆粥粥赶到水吧，迅速在人群中找到了他。

“哥哥。”

景绪听到她的声音，没有抬头，视线依旧落在电脑屏幕上：“找我有事？”

“哥哥，你还没吃晚饭吧，我熬了鱼汤。”她心虚地补充了一句，“准确来说，是我爷爷熬的……不过是我弄到的鱼。”

“放那儿吧，一会儿吃。”

“哦。”

陆粥粥乖乖地将保温饭盒放在电脑桌边，然后靠在他身边，看他打游戏。

她来了之后，景绪注意力便很难集中了：“没事先回去，这里面有人抽烟，味道不好。”

“哦。”陆粥粥听话地走到门口，又回头看了他一眼，看到他眼睛里的血丝，还是折返回来，担忧地劝道，“你别玩了。”

“你先回去。”

“哥哥！”

“听话。”

陆粥粥心里有些气闷，狠下心，伸手关了他的电脑显示屏：“不准玩了！”

显示屏一黑，原本喧嚣吵闹的酒吧顷刻间安静下来，所有人的目光都落在了陆粥粥身上。

竟然有人敢关 Lu 的电脑？这个小姑娘胆子太大了吧。上一个敢关他电脑的人，估摸着还没出医院呢。

陆粥粥看着景绪阴沉的脸色，一下子也有些犯怵，又乖乖地把他的显示屏打开了：“那个……我不小心碰到了，对不起。”

众人：“……”

你能不能有点儿脾气，刚到底！

电脑屏幕重新亮了起来，不过显示Lu已经被kill，变成了灰白的色调。

“对……对不起。”

看见小姑娘犯怵的样子，景绪笑了笑，伸手刮了刮她的鼻子：

“道什么歉，不就一把游戏吗？输了就输了。”

“哥哥，不玩了，行吗？”

“好，不玩了。”

周围人再度惊住了。景绪什么时候对女孩子这么客气过，今天他的脾气好得过分了吧？她说不玩他就不玩了。

景绪终于放下了耳机，一只手拎着她送来的鱼汤保温饭盒，另一只手牵着她走出了电竞酒吧。

出来之后，俩人来到河边，景绪找了一块阶梯，细心地垫了纸巾，让她坐下。

陆粥粥打开了香喷喷的保温饭盒，将鱼汤推到他面前，又取出小铁勺，用纸巾擦干净递给他。

景绪乖乖低头喝了一口鱼汤。

她全程没有说话，只是撑着下巴，沉默地看他喝汤。

景绪不知道小姑娘为什么忽然过来找他，但隐隐约约也能猜到，今天父亲来找他的事，兴许让她知道了。

“陆粥，我没那么脆弱。”

小姑娘伸手碰到了他的左边的脸颊：“哥哥，还疼吗？”

景绪感受着小姑娘轻柔的指尖，凉丝丝地触到他的脸上，那句“我没那么脆弱”好像一下子退缩了。在她面前，委屈的感觉一下子涌了上来。

“很疼。”他齿间用力咬出了这两个字。

哪怕是躺在重症监护病房那段时间，每天忍受着灼肤之痛，他都从来没有对任何人说过一个“疼”字。

在陆粥粥面前，景绪压抑已久的委屈，忽然爆发了。他紧紧捧着装了鱼汤的保温盒，身形抑制不住地颤抖起来：“陆粥，我好疼。”

陆粥粥从来没有见过景绪这般强烈地表达情绪。她知道，他一定很难受。她忍不住伸手抱住了他的脖子，紧紧地抱住他：“你什么都可以告诉我的。”

景绪鼻息间嗅到了她身上的栀子甜香，她的身体那样柔软，抱着他的时候却很用力，仿佛要把这股力量传递给他。

“哥哥，你在难过什么，你可以告诉我的。”小姑娘声音柔软，如轻柔的薄纱滑过他的颈项。

他闭上了眼睛，深深地嗅着属于她的味道，那是他无数个梦境里充盈的味道。

一个人承受这一切，真的好累，他不想硬撑着了。

那场大火发生的时候，家里只有他和景哲，景哲把自己反锁在房间里，大哭大叫，叫着妈妈。

他跑到门边，用锤子砸碎了景哲的门锁，将他从浓烟密布的房间里救出来，然后去洗手间拿湿润的抹布捂住口鼻。

火势迅速蔓延开来，消防员在外围无法进入，只有母亲不顾生命危险冲进了大火中。

景哲看到赵思嘉，哭得快要背过气了。赵思嘉背着他便往外冲。二楼的景绪拿着两块湿抹布跌跌撞撞冲出洗手间，看到赵思嘉已经背着景哲跑出了门。

生命中从来没有一刻，如当时那般绝望。

熊熊燃烧的火焰中，他撕心裂肺地喊了声：“妈妈，不要丢下我！”

赵思嘉回头看了他一眼。滚滚的浓烟中，他看到了赵思嘉眼中强烈的痛苦。

只在分秒间，她已经做出了最痛苦的抉择，背着奄奄一息的景哲，毅然决然地转身离开了，将他留在了不见天日的地狱里。

“我永远不会忘记她转身的背影。”景绪的手紧紧攥成拳头，嗓音压抑而沙哑，“我知道她有多痛苦，但是我不能原谅。”

即便那是最好的选择，放弃一个，至少能够保下另一个。

不管后来多少亲朋好友，甚至包括景哲，都过来劝他，让他懂事些，原谅母亲，不要再和家人闹别扭。但是景绪没有办法说服自己去原谅母亲的选择，因为他是被抛弃的那个。

母亲带着景哲冲出去之后，火势再也无法控制，房屋的横梁倒塌了大半，他以为自己就要葬身火海。

将死的恐惧宛如滔天巨浪，瞬间便将他席卷。

求生的本能却还驱使着他。他用湿抹布捂着口鼻，跑到二楼主卧的窗户边。浓浓的烟雾熏坏了他的眼睛，他已经辨别不出流下来的眼泪是被烟熏的，还是来自恐惧和绝望……

火势逼了过来，背部传来强烈的被灼烧的痛感，在死亡面前，亦显得微不足道。

二楼的窗台很高，跳下去有丧命的危险。但景绪已经被逼到了别无选择的境地，没有人来救他，他只有靠自己了。

闭着眼睛跳了下去的那一瞬间，他脑子里最后的画面是一只粉白色的小蝴蝶。

再见了，小蝴蝶。

陆粥粥曾经梦到过漫天大火，景绪站在大火的玫瑰园中，他肩上的金色玫瑰，在那一天被焚毁。

他生理和心理都严重受损，让他无法专心学业。而那段时间，父亲的公司也出现了问题，父母自顾不暇。

他叛逆的行为让父母一次又一次失望，终于，他们把更多的期待放在了景哲身上，对景绪彻底死心了。

这也成了后来景绪离家出走、独自闯荡的导火索。

那些情绪积压在他心里很多年了，现在说出来，景绪反而轻松了很多。他苦涩地笑了笑："陆粥，拉过钩，可是我失约了。"

陆粥粥是个情感特别丰富的女孩，听完他简单的叙述，她早已经泣不成声。她以为他只是被烫伤了，但是没有想到，心理的阴霾远远大过身体的疼痛。

陆粥粥明白那种被忽视的痛苦，因为在遇到陆怀柔之前，她也是这样过来的，总是安慰自己：爸爸妈妈只是太忙了，你不是多余的，你不是不受欢迎的……

陆粥粥一句话都说不出来，低头将刚刚路过药店买的清凉膏取出来，抹在指尖，擦拭着他脸上的痕迹。

“哥哥，你没有失约。”陆粥粥低声啜泣着，“我不怪你，真的。能不能在一所学校有什么关系，就算你没有来北城，我也会去你的城市，找到你。不管你在哪里，我都会找到你。”

景绪抬起漆黑的眸子，心脏震颤不已。

过去很长一段时间，他不知道自己为什么要痛苦地活着。背部烫伤带来的剧烈灼痛，令他在无数个长夜里倍受煎熬，睁着眼睛等待黎明，可是黎明永远不会到来。

现在，他仿佛看到了一丝曙光。

他能再见到她，所有的忍耐和痛苦就都值得。

景绪用手背轻轻擦掉她的眼泪，分明是他在讲述难堪的过往，她反而哭得像个泪人儿似的。

他看到不远处，有一对情侣防备地盯着他们，仿佛他欺负了身边的女孩似的。

景绪对他们笑了笑，表示没事。

小姑娘哭得仿佛没完没了，而且越来越伤心。

“陆粥，我又没死，你到底在哭什么？你这样子……我很尴尬。”

话音未落，陆粥粥忽然抱住了他。

景绪双手不自然地摊开，全身的细胞都紧张起来。

小姑娘软软地趴在他的胸口，紧紧抱着他的腰，在他胸口蹭了蹭眼泪，闷声说：“哥哥，你刚刚问我是你的女朋友吗？”

“呃……”

“那我……可不可以当你女朋友啊？”

晚风温柔，月亮从云梢间露了头。

那片飘在心尖的羽毛，被风一吹，轻轻浅浅地落在了地上，尘埃落定。他脑子里没别的声音，就一直回响着她刚刚的那句话，有些恍惚，有些不真实。

“你说什么？”

陆粥粥在他胸口的衣襟上蹭了蹭眼泪，说道：“我……有点儿想当你女朋友。”

“可怜我啊，陆粥？”

“不是！不是的。”陆粥粥吸吸气，小声说，“我只是不想你再一个人了，我想陪着你。”

尽管她否认，但是景绪跟她青梅竹马，她的性格……他太了解了。小姑娘就是心肠好，见不得他受苦而已。

“当什么女朋友，你才多大，知不知道怎么给人当女朋友？”景绪没好气地刮了刮她的鼻子，“别胡说了。”

因为他会当真的。

“我知道，我都上大学了！”小姑娘带着浓浓的鼻音，固执地说，“好多男生追我来着，我都没答应呢。”

“为什么不答应？”

“唔……我又不喜欢他们。”

小姑娘身子软软的，靠在他身边，带着栀子的甜香。

他贪婪地深呼吸，问道：“你喜欢我？”

这个直白而又简单的问题，还是让小姑娘的脸蛋通红，低着头不敢看他：“嗯，你是景绪哥哥。”她声音低得宛如蚊子叫：“你是我唯一能接受的……当男朋友的人选。”

景绪耳根也有些发烫，双手撑着膝盖，再度问道：“你喜欢我？”

“我……肯定喜欢啊。”

“陆粥，熟悉不一定代表喜欢。”他嗓音有些苦涩，“你只是还没有熟悉除我以外的其他男孩。”

陆粥粥抬起湿漉漉的杏眼，望向他：“哥哥的意思是……”

“我的意思是，你还没有见过泛着金色阳光的海洋，才会喜欢面前的一个小水洼。”

陆粥粥好像看到了小时候的景绪。他永远那样理智，永远那样冷静。

今晚星星都出来了，见证她的告白，可是他怎么能这样冷静？

陆粥粥攥着他衣角的手慢慢松开了，她不可置信地问：“我被……拒绝了？”

“陆粥。”

她难以置信地说："我表白失败了？"

"不是……"

"我竟然失恋了！"

景绪扶了扶额："……"

"没关系，你可以拒绝我，我也拒绝过很多人，这……这可能就是报应。"小姑娘红着脸，强行挽尊，"没……没关系，我不难过，我就是……有点儿不能接受自己这么美却被拒绝。"

景绪被她逗笑了。怎么会有这么可爱的女孩！

回家的路上，她走在前面，而他像影子一样，跟在她的身后，送她回家。

一路上陆粥粥都在碎碎念，满心怨念。

"居然被拒绝了。

"从来没有这么丢脸过。

"你别后悔，千万别后悔！"

景绪手揣兜里，三两步追上了她，解释道："陆粥，我不是拒绝你。"

"这还不是拒绝？"陆粥粥愤懑地说，"我遇到不喜欢的男生，也这样说，'我不适合你，你会找到更适合你的女孩'。你品品，你刚刚说的话，是不是这个味儿！"

他笑了："别说，还真是。"

陆粥粥甩开他的手："余生不再相见！"

景绪加快步伐，和她并肩走在街道上："陆粥，别走那么快，我们再聊聊。"

"聊什么，祝我幸福吗？"

"你脾气怎么这么大，不让人把话说完吗？"

"我脾气就这样，我爷爷惯出来的，反正你又不喜欢，管我脾气怎样。"

看着小姑娘闹脾气的样子，景绪莫名觉得有几分愉悦，他就喜欢看她任性的模样："我没有不喜欢。"

你的一切我都喜欢，而且是刻入骨髓的喜欢。你那么好，我却不好。

在陆粥粥即将进入莱汀公寓大门的时候，景绪拉住了她的手，柔声唤道：“妹妹，等一下。”

“你叫我什么？”

“粥粥妹妹。”

“都……都改口叫妹妹了。”陆粥粥伤心地说，“果然配不上，算了算了。”

景绪用力拉着她的手，双手都牵着，拨弄着她的一根根细长的指骨，低头看着她，嗓音很温柔：“听我说，陆粥，我不需要你的怜悯，我也还没有到山穷水尽的地步。”

她很喜欢他温柔的腔调，也喜欢他牵着她的手，仿佛瑟瑟的寒风似乎也不那么刺骨了。

她发现，他还戴着她送的围巾呢。于是陆粥粥伸手理了理他的灰色围巾：“哥哥，这么多年，我真的没有喜欢过别人，只有你。”

这个世界欠你的一切不温柔，我都想弥补。

他温柔地说道：“陆粥，等你再长大一些，不要是现在。”

她不要在他如此落魄的现在，把最美好的给他。

“好吧。”陆粥粥抽回手，说道，“既然都被拒绝了，那就不请哥哥上楼喝咖啡了。”

“喝什么咖啡？”

“就是……喝那种咖啡啊。”陆粥粥耸耸肩，“电视里面女主角请男主角上楼喝的那种咖啡。”

景绪全身一紧，瞬间意识到居然被她调戏了。而且很不幸，就这么简单一句话的调戏，他竟然可耻地有了反应……

“你脑子里一天到晚装的什么！”景绪暴躁地转身离开。

陆粥粥转身迈着轻松的步子进了大楼，嘴角绽开一抹微甜的笑意。

我脑子里装的都是你呀。

陆粥粥坐在浴缸里，顺便给蒋清霖拨了一个视频电话。

蒋清霖正坐在书桌边疯狂刷题，点开视频，看到肤白貌美的陆粥粥，哎哟哎哟地大叫了起来："陆粥粥，你能不能别这么……这么暴露，你注意点儿形象成不成？"

陆粥粥将泡沫堆在胸前，吃着葡萄。

蒋清霖看她吃葡萄的诱惑模样，鄙夷地道："高三生正在浴血奋战呢，你这个小妖精，别想试图瓦解我的革命意志。"

"加油，你要是考上北城大学了，我给你介绍我们系特帅的男生。"

蒋清霖立马来了兴趣："你们系有很多帅哥吗？"

"那可不，全国的大帅哥，都聚集在我们系了。"

"哇！我喜欢跟你爷爷一样身材好的，有吗？有吗？"

"有啊，平均身高一米八五够不够？"

蒋清霖："够够够！我还要有腹肌的！"

"没问题，十二块腹肌够不够？"

谢谢，多……多了。

"好好复习。"

"冲你这句话，我拼了！"

"拼！"

一阵豪言壮语之后，蒋清霖看着桌上堆成山的资料和试卷，还是打了蔫儿。

"对了，你和你那位小哥哥怎么样了？上次你说他状态不好，现在怎么样了？"

"我今天才知道，原来他一个人承受了那么多。跟他比起来，我简直就是个什么风雨都没经历过的傻白甜。"

"你本来就是傻白甜的粥粥公主呀。"蒋清霖毫不客气地说，"你爷爷把你保护得多好啊，能让你经历什么风雨。"

"所以我就问他，可不可以当他女朋友啊。"

蒋清霖险些被自己的口水呛到："你说你想干吗？"

"当……当他女朋友啊。"陆粥粥有些不自在，"你干吗这么惊讶？"

"陆粥粥，你能不能出息点儿？"蒋清霖不可置信地说，"你是谁？你是天王巨星陆怀柔的孙女！你是盛世美颜能与太阳肩并肩的女人！你居然主动跟人家告白，还问什么可不可以当人家女朋友？你要不要这么卑微？”

“呃，”陆粥粥说，“还有更卑微的，你要听吗？”

蒋清霖扶了扶额：“你别说……”

“我被拒绝了。”

蒋清霖彻底无语了。

陆粥粥笑了起来：“你是不是对我很无语？”

“非常无语，好不好？”蒋清霖摇着头，“你让你爷爷——全国最帅的男人，你让他的面子往哪儿搁，嗯？”

“跟我爷爷有什么关系，你别扯远了。”

“怎么没有，你这张跟他一模一样的漂亮脸蛋，不是他遗传的啊？你居然……居然被男人拒绝了！这世界上只可以陆粥粥拒绝别人，好吗？好吗！”

陆粥粥深深感觉，蒋清霖压根儿不是为她不平，是在为偶像打抱不平呢！

“那拒绝就被拒绝了嘛，”陆粥粥泄气地说，“我能怎么办。”

“所以他怎么会拒绝你，这没理由啊，他是不是瞎了？”

陆粥粥把景绪的话复述了一遍：“我明白他大概的意思了，他就觉得我现在没见识，只跟他一个男孩好过，所以才想和他在一起。兴许将来我见着真正的大海，我就不要他，出海远航了呢。”

“哇，天才不愧是天才。”蒋清霖感叹道，“他把你的海王（指暧昧对象众多的人）本质看得很透彻嘛。”

“蒋清霖！”陆粥粥气呼呼地说，“我不是海王！一点儿都不花心！”

“不花心吗？你数数你有多少个青梅竹马小哥哥，那个红得发紫的小鲜肉，叫什么来着，傅笙，是吧，你们现在还保持联系吧？”

“傅笙……我跟他就是好朋友。你扯哪儿去了？”陆粥粥皱着眉头，小声嘟囔，“我对别人没心思，我就……就喜欢他。”

“你喜欢他什么啊？”

“这我哪儿说得清楚，小时候我就喜欢他了。”陆粥粥躺在浴缸里，伸了个懒腰，“这么多年，我惦记的人……也只有他。”

“那我觉得景绪的顾虑还是有道理的。”蒋清霖理智地分析，“你只是没有遇到更让你心动的人，你就觉得……对他的依赖就是喜欢，毕竟你俩青梅竹马，从小就这么要好。”

“我不会再遇到心动的人了，”陆粥粥笃定地说，“不会了！”

“所以呀，听他的话，乖乖等两年再看吧，他没有明确拒绝你，也是想让你好好考虑清楚。”蒋清霖感叹道，“哇，这位哥哥的想法真的很成熟，别说，我都快被他吸引了。”

陆粥粥连忙护食道：“那是我的哥哥，我一个人的！”

“行行行，不跟你争！”

陆粥粥想了想，忐忑地问她：“那你觉得……他也是喜欢我的？”

“喜不喜欢你，你自己看不出来啊？”

“我……这不是当局者迷吗？有感觉，但不确定。”

蒋清霖：“我觉得，他不是喜欢你。”

“啊？”

“他爱你。”蒋清霖一本正经地说，“喜欢是想要占有，而爱，是希望你幸福。他爱你，才会拒绝你！你自己好好想想吧。”

陆粥粥愣了几秒，一下子把脸蛋埋进了泡泡里。

蒋清霖：“你那是什么娇羞的表情？你正常点儿！喂！矜持懂不懂，矜持！你是陆怀柔的孙女！你别给我偶像丢脸啊！”

晚上，陆粥粥在睡觉前，给陆怀柔发了一条微信：“爷爷，我不生气了。”不过陆怀柔没理她，陆粥粥一夜都没睡踏实。

第二天，她一早回了家，在家门口看到陆怀柔指挥着工人搬东西。她跑过去，拉拉他的手：“爷爷，你这是买了什么呀？”

陆怀柔好像还在生气，没搭理她，背过身去：“小心点儿，都是玻璃制品，易碎物。”

他不理她，拉倒。

陆粥粥径直走进家里，却看到客厅里多了好几个大型水族箱，都是两三米高的。一个装满了水的方形水族箱里，竟然还有一条小白鲨！

工人还在不断地搬进货物，看样子，陆怀柔要将整个客厅都打造成海洋馆了。

陆粥粥看着周围的“蓝色海洋”，长长地感叹：“我的天啊！”

身后，陆怀柔揉了揉鼻翼，闷声道：“就当我……赔礼道歉。”他的语调非常不自然，听得出来，也很不爽，但属于那种无可奈何的不爽。

“不是……爷爷，你……你弄这么多水族箱干吗呀？还养鲨鱼……”

“给你做生物观察行不行？”陆怀柔不满地说，“不就养两条鱼嘛，谁还不会养鱼了。”

陆粥粥又好气又好笑，走到陆怀柔身边，拉了拉他的衣袖：“爷爷，我没生你的气。”

陆怀柔脑袋别向旁边，翻白眼。

陆粥粥轻轻抱住他的腰，窝在他怀里蹭了蹭，咕哝道：“我以后再也不跟爷爷闹脾气了。”

陆怀柔没好气地说：“得，你这话能维持三个小时，就算不错了。”

“我说真的。”

“我又没傻，能信你？”

“嘻嘻。”

那段时间，陆粥粥一直陪在陆怀柔身边，要么跟他一起晨跑，要么陪他去恒温游泳池游泳。

陆怀柔年纪越大，健身的热情反倒越发高涨，身体也越来越好。

恒温游泳池已经满足不了陆怀柔锻炼的欲望了，他索性买了两张机票，带陆粥粥去了海边度假，游个痛快。

陆方便知道之后，哭着喊着、死乞白赖地也要跟着姐姐去海边度假。陆怀柔吃软不吃硬，小朋友越闹腾，他越不会依着：“你给我闹，就算你闹上天，我也不会依着你的性子。”

陆粥粥不忍见弟弟每天哭唧唧的样子，只好用自己的零花钱，也给陆方便买了一张机票，带着小朋友一块儿出去玩。

沙滩边，方便小朋友穿着西瓜泳裤、戴着墨镜，躺在沙滩上，让陆粥粥给他全身都埋了起来。

“姐，你都上大学了，还没交到男朋友啊？”

陆粥粥叼着柠檬汁吸管，不满地说：“你怎么知道我没有啊？”

“一看就是没有。你要真有男朋友了，还能在这儿陪我这个小孩玩啊？”

“谁陪你了，我是为了陪爷爷好吧。”

陆方便摇着头，感叹道：“青春正好的少女，就因为交不到男朋友，寒假居然沦落到陪一个几十岁糟老头外出度假的悲惨境地。”

陆粥粥在他的脑袋上敲一个栗暴：“第一，你爷爷不是糟老头！第二，我没交男朋友不是因为交不到！不要搞错了重点。”

陆粥粥下海游泳去了，不再理会这个小破孩儿。

陆怀柔在海里来来回回游了好几圈，见陆粥粥抱着游泳圈下了海，立刻朝她游过来。

陆怀柔摘掉了她的游泳圈：“你戴着这玩意儿，永远学不会游泳。”

“不不！我不行，我要死了！”陆粥粥在水里疯狂扑腾着，呛了好几口水，“我会淹死的！啊！救命！”

陆怀柔无语地看着她：“那你把腿站直了试试。”

陆粥粥扶着他的肩膀站直了身子，才发现水位仅到她的腰部而已。

“所以想游泳，就一句话，克服恐惧。”陆怀柔托着她的身子，让她在原地划水，“别怕被呛，谁游泳不得喝几口水。”

陆粥粥一开始还是很紧张，像挣命似的胡乱扑腾。不过后来她发现，只要相信陆怀柔，相信他能托着她，不会让她淹死，克服了恐惧心理之后，学会在水里浮起来，其实是很轻松的事。

她慢慢把身体放平，按照陆怀柔的口令，换气、放松，双腿蹬水，竟然自己在浅水区游了几圈。

“我学会了呀！爷爷！”

“还早着呢。”陆怀柔坐在沙滩边指挥她，“继续游，别放松。”

“我不行了，”陆粥粥喘着气，坐到了他身边，“好累好累。”

陆怀柔早就给她准备了黄椰子，插好吸管递过去："你这身体素质，太差了，以后还要跟我多锻炼。"

"我哪能跟您老人家比啊。"

"我什么？"

陆粥粥反应过来，"老人家"三个字，搁陆怀柔这儿可是违禁词。她卖乖地笑了："您身体好着呢，一点儿都不老。"

陆怀柔用白色浴巾给她揉着湿漉漉的头发。陆粥粥一边享受着蓝天大海椰子汁，一边享受陆怀柔给她擦头发的顶级服务："生活真是太美好啦！我要永远跟爷爷在一起。"

"你想怎样就怎样，问过我的意见没？"

陆粥粥靠在他的肩膀上，看着海天一线的夕阳残影："不用问啦，我知道爷爷离不开粥粥。"

"自恋，谁离不开你了。"

"嘻嘻。"

晚上，陆怀柔带着俩小孩在海边散步。海边有不少音乐酒吧，陆粥粥选了一个靠海的廊台位置坐下来。

陆怀柔给自己点了一杯鸡尾酒，两个孩子都是冰镇果汁。

露天酒吧有驻唱歌手在唱歌，陆方便也撺掇着陆怀柔上去唱歌："爷爷，人家想听。"

"我纠正了你多少遍，不要人家人家的，你是男孩！"陆怀柔教训道，"别跟你姐姐学。"

"人家……"他赶紧打住，说道，"我好久没听爷爷唱歌了。"

"不唱，我天价出场费，你请不起。"

"姐姐，你说说他。"

陆粥粥揪揪他的衣袖："爷爷，你去唱一个嘛。"

陆怀柔傲娇地说："不唱。"

"唱嘛，粥粥想听爷爷唱歌。"

陆粥粥的撒娇大法一使出来，陆怀柔便顶不住了，心甘情愿地站起身："行，那我唱一个。"

陆方便目瞪口呆。

果然，正如他爹所说，全世界唯一能让陆怀柔心软的只有他姐姐呀！

陆怀柔走上台去，问驻唱歌手借了一把吉他。

驻唱歌手是个外国小哥，很愉快地让开了位置。

陆方便激动地大喊：“我爷爷是大明星，大明星要唱歌啦！”

在场的客人来自各个国家，并不都认识陆怀柔，不过也有人认出了陆怀柔，激动了起来。

“这是不是陆怀柔嘛！”

“不可能吧！”

陆怀柔坐在高脚凳上，低头微调了一下吉他，修长漂亮的手弹出一串轻柔的旋律。

陆粥粥听出来了，他弹的是一曲很老的歌。

陆方便听不懂这首歌，只是觉得旋律好听，可是当他回头，却发现姐姐眼角泛着泪光。他赶紧跑到姐姐身边，伸手给她拭去眼角的泪花。

“姐姐为什么哭了？”

陆粥粥用纸巾擦了擦眼角，笑着说：“被爷爷的歌声感动了。”

“老爸说你感情丰富，还真是。”陆方便说，“我就没有被感动呢。”

“那是因为……你不是从小在爷爷身边长大的。”

陆粥粥现在还清晰地记得，第一次遇见陆怀柔的情形、陆怀柔第一次送她去上学的情景、第一次给她剪手指甲、第一次给她做饭……那些日常相处的点点滴滴，就像闪闪发光的金色琥珀，永远留在她的记忆里。

“爷爷看着很难相处。”陆粥粥望着弹吉他的陆怀柔，“其实啊，他真的是特别温柔的人。”

“我知道姐姐为什么不愿意搬回家住了。”陆方便若有所思地点点头，“姐姐也想一直陪在爷爷身边。”

“嗯，姐姐想一直陪着他，直到永远。”

一首歌唱罢，酒吧里响起了热烈的掌声。陆方便站在椅子上，兴奋地大喊道：“我爷爷是大明星！爷爷再唱一首！再唱一首！”

陆粥粥也站起来，热烈鼓掌："爷爷再来一首！"

陆怀柔见两位小朋友这么开心，心情也很不错："好，那就再来一首。"

他拨弄着吉他，弹了一首轻快的调子。

整个酒吧的气氛都被他轻快的歌曲带动了起来，大家扭动着身体跳起了舞。

"哟！"

陆粥粥也跟着陆方便一样站在椅子上，欢呼喝彩："我爷爷好可爱呀！我爷爷是大明星！"

陆怀柔有过不计其数的登台演出，但是从来没有一次舞台演出像今天这样让他心潮澎湃。

这是他送给小孙女的演出，看着小姑娘开心的模样，他发自内心地感到愉快和满足。

陆怀柔结束"个人演出"，回到了座位边，陆粥粥赶紧给他倒了一杯薄荷水，让他润润嗓子。

"下次爷爷再有全国巡回演唱会，我一定要参加。"陆粥粥兴奋地说，"我爷爷真是天生的巨星呀！"

陆怀柔骄傲地说："当然。"

就在这时，有两个漂亮的小姑娘害羞地走到陆怀柔面前，用并不熟练的英语跟他对话，问可不可以请他单独喝一杯。

陆怀柔都还没来得及拒绝，其中一个小姑娘居然把自己的酒店房卡递了过来，用英文说，她们的酒店就在沙滩附近，想请陆怀柔上楼喝一杯。

陆粥粥和陆方便交换了个意味深长的眼神。

这也太……太直接了吧！

陆怀柔礼貌地拒绝了，用英文说道："这是我的孙子和孙女，我得看着这俩小孩，实在脱不开身，谢谢你们的邀请。"

两位漂亮姐姐看着只比自己小几岁的陆粥粥，又深深地看了眼陆怀柔，惊得下巴都要掉下来了。

他孙女都这么大了，未免……太冻龄了吧！她们还以为他也就三十来岁呢！

女孩尴尬地离开了。

陆粥粥和陆方便捧腹大笑。

晚上，三人回了酒店，陆粥粥躺在床上，看到景绪主动给他发的一条信息："我在基地训练。"

陆粥粥还在为被他"无情拒绝"的事生气呢，这两天都没搭理他，也没有日常问他"在哪里"了。

景绪居然主动跟她汇报情况，很难得啊。

陆粥粥反手就把消息截图发给了蒋清霖："他主动找我了！"

蒋清霖："我说什么来着，过去你总黏着他，现在你不搭理他，他反倒主动送上门来了，这就是套路！好好学着！"

陆粥粥："那接下来我要怎么办呀？"

蒋清霖："不回他。"

陆粥粥："啊？不……不回吗？"

蒋清霖："就知道你舍不得，那你回吧，但是一定要控制情绪，不要表现得太热情，时刻记住你是谁！"

陆粥粥："我是……粥粥公主？"

蒋清霖："你是粥粥女王！高冷范儿端起来！陆怀柔的孙女，走哪儿都有前赴后继的迷弟！咱不缺男朋友！不缺！"

陆粥粥想着自家爷爷这个年纪了，还有大把小姑娘喜欢呢！没错，她应该骄傲起来！

陆粥粥："我又没问你在哪儿。"

景绪坐在电脑桌边，扫了眼手机屏幕，嘴角浅浅地抿着，回道："旅游开心吗？"

陆粥粥："我每一天都很开心，完全没有感觉到失恋的痛苦！"

景绪："我在手机歌单里，看到你添加了'失恋的人必听的100首忧伤歌单'，所以日常问候一下，还好吗？"

陆粥粥小脸一红，赶紧点进音乐软件，删掉了那个歌单，顺便把音乐软件里的景绪拉黑了。

陆粥粥："我很坚强。"

景绪："那就好。下个月有一场很重要比赛，我晚上通宵训练。"

陆粥粥："通宵？通什么宵？谁允许你通宵了？"

景绪："关心我？"

陆粥粥："出于普通朋友朋友的关心。"

景绪："普通朋友，你管太宽了。"

陆粥粥快被他气死了，赶紧拨了电话过去："景绪，不准你熬夜通宵打游戏，万一猝死了怎么办？不准！"

景绪嗓音很有磁性，语调也很温柔："你嘴里能有好话不？"

陆粥粥躺在床上，将脸蛋埋进枕头里，软软地撒娇道："哥哥，不要熬夜嘛，早睡早起不好吗？"

景绪听着她软软的调子，骨头酥麻，心都要化了。

"好，我关电脑，不熬夜。"

"真的？"

"你自己听。"

他让她听见电脑关机的声音，陆粥粥浅浅地笑了起来："哥哥，晚安。"

"晚安。"

"哦，对了对了。"陆粥粥叫住他，"我一直想问一下问题，为什么你的游戏名字，是 Lu 呀？"

"因为陆粥是笨蛋。"

"啊。"

"晚安。"

"我才不是！"

陆粥粥挂了电话，抱着枕头，笑得跟个二傻子似的。

次日，三人去了热带森林公园爬山。

早些年，陆怀柔体力比不上陆粥粥，爬山总会落后于她。但是这两年，陆怀柔每天锻炼，陆粥粥的身体素质是远远落后于他了。

到了半山腰，姐弟俩累得不行，坐在步道休息椅上，说什么都不肯再往上走了。

陆怀柔拄着登山棍，远远地望着姐弟俩，鄙夷地说："两个弱鸡。"

陆粥粥支使陆方便："去，去跟你爷爷说，我们爬不动了，就在这儿等他。"

陆方便强撑着一口气噔噔噔跑过去，跟爷爷说了半晌，最后哭唧唧地回来报信："爷爷说，偷懒没问题，不过今天晚上的海鲜大餐，咱们也别想吃了。"

"呵呵，想对我用金钱制裁。"陆粥粥拍拍小朋友的肩膀，说，"老姐有钱，不用怕，我请你吃海鲜大餐。"

"好的！姐姐，我就靠你了。"

陆粥粥优哉游哉地靠在椅子边："靠我就对了。给我扇风。"

于是小方便捡起了地上最大的一片树叶，殷勤地给陆粥粥扇风："姐姐，我饿了，我想吃烤肠。"

"姐给你买。"陆粥粥带着弟弟来到山间的休息服务区，在餐厅买了一根烤肠，摸出手机支付，却发现根本无法支付！

支付失败的页面显示，陆怀柔把她的信用卡停了！

她没别的银行卡，也从来不带现金，以前不管买什么都是用这张信用卡，现在被停了卡，陆粥粥摸遍全身，还真是找不出一分钱来。

"方便，那个……"陆粥粥跟弟弟商量，"你爷爷把我的卡停了。要不这烤肠，你还回去吧。"

陆方便看着手里香喷喷、热腾腾的烤肠，一下子哭了起来："人家肚子饿了，就想吃烤肠！"

"听话，还回去。"陆粥粥抓住陆方便的手，强迫他把烤肠还了回去。

走出服务站，陆方便委屈地哭了起来。

"别哭了，谁让你爷爷做得这么绝。"

"我要去找爷爷。"

陆方便发现还没有实现财务自由的姐姐压根儿就靠不住，爷爷才是真正的大佬："我还是陪爷爷爬山，跟爷爷道歉吧。"

"去吧去吧。"

陆粥粥优哉游哉地走在下山步道边，摇着头说："我还以为方便多喜欢姐姐呢，原来全是装的，这么一点儿考验，就让你叛变了。"

"才没有呢！"陆方便果然被她的激将大法套住了，"我才没有叛变呢！"

"那就出息点儿，咱们就跟他抗衡到底！"

"好！我们和恶龙抗衡到底！"

陆粥粥带着陆方便回了酒店，给陆怀柔发了一条宣战信息："停卡就停卡！谁怕谁！"

陆怀柔："一定坚持住，千万别打脸。"

陆粥粥："绝不！"

陆怀柔发了个微笑的表情。

晚上，陆怀柔坐在海边酒店的落地窗边，看着夕阳海景，享受着海鲜盛宴。姐弟俩可怜巴巴地坐在沙滩边啃面包，面包还是陆方便从家里带过来的。

陆粥粥推了推陆方便："爸有没有给你零花钱，去给姐姐买个黄椰子吧。"

陆方便死死捂着自己可怜巴巴的小口袋："没钱了！没钱！"

"怎么可能没钱？"陆粥粥把小家伙拉过来，掏他的口袋，"咱爸大方得很，你的零花钱肯定比我还多。"

"没有没有！"陆方便宁死不从，鼻涕眼泪都下来了，"我真的没钱！"

"瞧你那小气劲儿。"陆粥粥松开了他，"你姐姐还能让一顿晚饭难住吗？"

陆粥粥摸出手机，指尖在蒋清霖、张虎和景绪三个人的头像上犹豫了几秒钟，还是点开了景绪的头像："哥哥，能不能借我点儿钱，没钱吃饭了。"

景绪："要多少？"

陆粥粥问陆方便："酒店的海鲜大餐多少钱一人？"

陆方便跑到酒店门口看了看，匆匆跑回来，冲她比了个手指："四百块。"

陆粥粥："不是说是全岛最高档的海鲜餐厅吗？四百块也不算很贵嘛。"

陆方便继续说道："是不贵啦，才四百美元而已。"

陆粥粥："……

"方便，不然咱们还是回酒店泡方便面得了。"

陆方便起身欲走："果然，跟姐姐瞎混，只能沦落到吃方便面的地步，我还是进去抱爷爷大腿吧。"

陆粥粥拎住小朋友的后衣领："等等，什么叫沦落到吃方便面的地步？你这个小叛徒，你等着，我想办法！"

她什么都能丢，姐姐的尊严不能丢。

陆粥粥继续给景绪发消息："那个……我想借四位数，回去就还你！你放心，我肯定还！"

这条消息还没编辑出去呢，景绪发了一条消息过来："晚饭四十块够不够？"

陆粥粥赶紧删掉了那条想借四位数的信息。

行吧行吧，四十块就四十块，能有买方便面的钱就不错了。

陆粥粥："可以，谢谢哥哥！"

没一会儿，景绪的转账便过来了。陆粥粥看着转账数字后面一连串的零，目瞪口呆。

"个、十、百、千、万、十万……"她睁大眼睛，又重新数了一遍，景绪居然直接给她转了十万块！

陆粥粥："你是不是搞错了？"

景绪："不是没钱吃饭了？"

陆粥粥："十万块我吃……吃鲸鱼啊！"

景绪："你要有这饭量，也行。"

陆粥粥知道景绪没什么钱，都是赚一分用一分，所以说道："谢谢哥哥，真的不用这么多，随便转个百八十块就可以了，你自己还要花销呢。”

景绪：“我只有这么点儿。你先用着，用不完放着，我有用钱的地方，再问你要。搁我这里，钱存不下来。”

陆粥粥掂量着，景绪这意思，是把她当银行了吧？

陆粥粥：“那行吧，不过存我这儿可没利息。”

景绪发了个微笑的表情。

陆粥粥接收了这笔“巨款”，想着等回去之后，连本带利还给他。

“走吧，小方便，姐姐带你去吃海鲜大餐！”

“姐姐万岁！”

陆粥粥带着小朋友走进了海鲜餐厅，坐在了陆怀柔正对面的VIP位置。

陆怀柔看了眼陆粥粥，陆粥粥底气十足，对服务生说：“那个男人点的所有套餐，都给我来两份！”

陆方便跟着陆粥粥宛如大少爷一般坐在椅子上：“两份不够！我们要三份！”

陆怀柔摇头笑了笑，继续优雅地进餐。

他养的是什么暴发户小孩。

“女士，那位先生还点了一份八二年的拉菲，您也要吗？”

陆粥粥看了眼陆怀柔桌上的红酒，说道：“要，当然要，他点的我们全要。”

服务生：“好的，八二年的拉菲，五千美元，单点，我马上给您送上。”

“等一下！”陆粥粥咽了口唾沫，强撑着面子，“那个什么，我们都未成年，不……不能喝酒，算……算了。”

“好的女士。”

服务生为他们上了餐，又在桌边站了会儿。陆方便看了看他，说道：“退下，我要吃饭了！”

陆怀柔翻了个白眼，嘲讽道：“入店都要给小费，十二美元起步。”

陆粥粥：“……”

这什么小费，比她在学校一天的生活费还贵了！

她颇有压力地看了看服务生，服务生依旧对她礼貌地微笑。

“方便，必须把你的小金库掏出来了。”陆粥粥威胁陆方便，“丢什么，都不能丢面子，不能让你恶龙爷爷看不起，对吧？”

陆方便犹犹豫豫从口袋里摸出一张一百块钱：“我只有这么多！”

陆粥粥接过陆方便的一百块钱，陆方便死死攥着，俩人暗暗较量了好一会儿，他才哭唧唧地松了手。

终于用小费打发了服务生，姐弟俩这一顿海鲜也食之无味。经此一役，陆粥粥深深感觉到了自食其力的重要性。

过去她从来没有为金钱发愁过，毕竟陆怀柔给她那张无限额的信用卡，可以让她买到生活中想要的一切。

可是如果没有了爷爷的支持，陆粥粥真是个穷光蛋，只能靠剥削她弟弟那点儿可怜巴巴的零花钱。

她也太惨了吧！

她暗暗打定主意，虽然还没成年，但她已经是大学生了，也要自己挣钱！否则陆怀柔一不高兴，断她资金，她还真是没办法，只能可怜巴巴地去跟爷爷认错。

吃过晚饭之后，陆怀柔去海边散步，陆方便赶紧追了上去：“爷爷我错了！我真的错了，我不该跟着姐姐瞎胡闹，以后爷爷说什么我都听！”

陆粥粥看陆方便彻底叛变了，用鄙夷的眼神谴责他。

陆怀柔笑着说：“弟弟都认错了，姐姐呢？”

“姐姐有尊严，姐姐不认错。”

陆怀柔拍拍小朋友的脑袋，笑着说：“最后一次机会，大的那个，原地一百个仰卧起坐，小的三十个俯卧撑，做完了，信用卡我马上给你开。”

陆方便都要趴下去了，又被陆粥粥给拎了起来：“小孩，能不能有点儿出息？”

陆方便摸摸肚子：“出息也不能当饭吃呀。”

“以你姐这么多年跟陆怀柔斗智斗勇的经验来看，这次要是认错了，以后在家里咱们就永无出头之日了！”

陆方便：“不，是姐姐没有出头之日。我和爸爸妈妈住在一起，远离恶龙爷爷！”

陆粥粥：“……”

小朋友趴在地上，做完了俯卧撑，然后乖乖走到了陆怀柔身边，牵起了他的手，还劝陆粥粥：“姐，不要死磕了，胳膊是拧不过大腿的。”

陆粥粥：“你这墙头草！”

陆怀柔见陆粥粥是打定了主意要死撑下去，笑着说：“看样子，粥粥同学是找着靠山了？”

“这您就别操心了！”

“你姑奶奶和杨曳刚去环球旅行，应该联系不上；我停的卡，你爸妈也没胆子接济你，那么就是你的朋友了。”陆怀柔分析道，“能拿得出几百美元请你吃海鲜餐的朋友，关系不太普通吧，男朋友？”

陆粥粥：“……不是！”

“否认没关系。”陆怀柔摸出了手机，“反正你的银行卡用的是我的账户，查一笔大的转账也是分分钟的事。只是陆粥粥，我提醒过你，你还没满十八岁，有这个胆子动我孙女的人……”

不等他把话说完，陆粥粥膝盖一软，直接躺在了沙滩上，开始做仰卧起坐。

“姐姐，尊严呢？”

“在你恶龙爷爷面前，没有尊严！”

陆粥粥连做了五十个仰卧起坐，累得瘫在沙滩上。

陆怀柔笑着说：“看来对方还真是很重要的人呢。”

陆粥粥做出可怜巴巴的表情：“真的只是朋友而已，我真没谈恋爱。”

“我做证！姐姐真的没谈恋爱！”陆方便赶紧举手，“姐姐只是被拒绝了而已。”

陆粥粥诧异地望着陆方便：“你怎么知道？”

“你早上和蒋清霖姐姐聊天，恰好被我听到了嘛。”

“你还被拒绝了？”陆怀柔笑着说，“我对那人更好奇了。”

“千万别好奇，爷爷您每天这么忙，就别在我身上费心思了。”陆粥粥赶紧跑过去，像扶老佛爷一般扶着他，“爷爷，您就别管我了，我知道分寸。”

她又是撒娇又是讨好，终于让陆怀柔答应了不管她这些事。毕竟是孩子自己的私事，陆怀柔虽然不太放心，但是他也知道，插手太多恐怕会适得其反。有些事情就是自然而然发生的，他不会太干涉她的感情生活，毕竟都是快成年的人了。

“还有五十个仰卧起坐，等会儿回酒店补上。”

“你这也……太斤斤计较了吧！”

“是吗，我斤斤计较？”

看着陆怀柔的微笑，陆粥粥毛骨悚然：“不不不，您是全世界最好的爷爷，我听您的，都听您的！”

陆粥粥赶在景绪比赛之前回了北城。景绪转给她的十万块钱，她除了吃了顿海鲜大餐，其余的分文未动。

胖子最近总说景绪变得抠门了，过去挣多少用多少，从来不会吝啬，可是现在呢，跟他借钱还不一定能借着，因为钱不在他手上，在陆粥粥的账户里。

景绪想用钱，都得问陆粥粥要，陆粥粥会问清楚，然后给他转账。所以想让景绪请客吃饭，就不太容易了。

“她这哪是当你的银行啊，她这是当你的老婆吧？”大排档里，胖子拍着景绪的肩膀，“你买东西都要跟她要钱，这不是典型的妻管严吗？”

那是景绪做梦都不敢想的事。

他淡淡地道：“我一共也没多少钱，放在她那里，能存下来。”

“也对，你这家伙花钱跟流水似的，买东西也从来不看价格。有女朋友帮你管着钱，挺好。”

“不是女朋友，”景绪翻着朋友圈里陆粥粥旅游时拍的照片，顺手点了个赞，“还不是。”

“为什么啊，这姑娘不挺好吗？还喜欢你。”

她不是挺好，是太好了。

景绪从来都不觉得自己配得上她，或许连她的一根头发丝都配不上，所以他不敢痴心妄想。

那晚小姑娘说想当他的女朋友，景绪一整晚都没睡着，全身燥热，去洗了三次澡，大冬天里差点儿直接跳江游个来回。

要是她当了他女朋友……景绪不敢往细了想。

“过两年再说吧。”他点了根烟，平静地说，“现在的我，离她还很远。”

他想捡回过去十年丢掉的全部，重新成为她记忆中的景绪；他想让在她见过所有群山大川、江河湖泊之后，还能做她的海洋。

景绪和胖子吃了饭，步行回基地。比赛将至，欧阳寺还在基地里训练，连吃饭的时间都没舍得浪费，让胖子给他去一中门口买一份铁板烧带回去。

现在年轻有天赋还特别努力的选手，真是不多见了。胖子特别珍惜队里的两个好苗子，所以他甘心情愿绕远路来到一中门口，在欧阳寺指定的大排档店里，买欧阳寺最喜欢的铁板烧。

“你们俩，就安安心心留在咱们Fly战队里。”排队等餐的时候，胖子对景绪道，“有我一口吃的，肯定亏待不了你。”

景绪淡淡地道：“说反了，应该是有我在，也会有你一口吃的。”

“你还嘚瑟了是吧！行行行，咱们队，你才是大老板！”胖子笑了起来，“赶明儿咱们真出头了，胖子我严格把关，好好挑选队员，到时候，咱们队你就是投资人，咱们自己当老板，行吧？”

景绪走出店门，便看见有几个男生拽着一个小男孩，走到了店门口。

“陆方便，请我们吃铁板烧！”

“没……没钱了。”小男孩苦着脸说，“我真没钱了。”

“怎么可能？你们家这么有钱，你怎么会没钱！肯定是小气，不想请我们吃饭呢！”

景绪听到这话，想起了小时候被周壮欺负的情形，忍不住回头看了他们一眼。

四五个高高壮壮的男孩，有的个子都快接近一米八了。

他们围着一个可怜巴巴的小男孩，摆明了就是欺负他。

“别这么小气嘛，陆方便，请客吃饭而已，花不了你多少钱。”

“有钱出去旅游，没钱请我们吃饭，我看你摆明就是不拿我们当朋友！”

小男孩模样清秀，脸上带着婴儿肥，唇红齿白。景绪晃眼间还以为看到了小时候的陆粥粥。他低头看了眼陆粥粥的朋友圈照片，照片里的爷孙三人，站在正中间被陆粥粥从后面揽着脖子的弟弟，不就是面前的小孩吗？衣服都是一样的。

“陆方便啊陆方便，你是真不拿我们当朋友啊。”

其中个子接近一米八、身材壮硕的男孩拎起陆方便的衣领，扬手就准备打他。

陆方便哭了起来：“我请你们还不行吗……我请你们！”

景绪径直走过去，把高个子男生直接推开了，高个子没注意，竟然重重地摔在了地上，看样子还挺疼。

又有几个男孩仗着自己个子高，体格壮硕，上前和景绪动手。

虽然景绪比他们大不了几岁，但他练过几年拳击，一摆拳击的架势，他们全部吓跑了。

陆方便直接给吓得大哭起来，景绪将哭泣的小男孩护在身后：“别怕，哥哥在。”

“哥哥……”

陆粥粥和陆随意匆匆赶到派出所的时候，方便小朋友坐在问询室椅子上，红着一张小脸向警察叔叔说着事情的经过。

陆随意听说了前因后果，看着休息椅上坐着的那几个男生，撸起袖子就要上前动手：“欺负我儿子是吧！想打我儿子是吧！你们不要命了！知道他爷爷是谁吗？你们就敢打他！”

几个警察连忙上前，架住了陆随意：“这位家长你冷静点儿，我们会给他们一个教训，请你不要在派出所动手！”

陆随意气得鼻孔冒烟，过去看过网络上的类似事件视频，但是万万没想到这种事会发生在自己儿子身上。

陆方便平时在家里挺小霸王做派的，还敢跟他爷爷叫板，谁能想到他在学校里会受欺负，还不敢跟家长说。

这时，一个男生开口道：“我们又没怎么动手，动手的是廖勇。他已经被教训了。”

陆粥粥蹲下，心疼地抚摸着弟弟那红扑扑的脸蛋：“疼不疼啊？”

陆方便赖在陆粥粥怀里撒娇：“姐姐，好疼！”

陆粥粥拍着他的背，柔声安抚：“以后姐姐不会让人欺负你了。”

“是那个哥哥救了我。”

陆方便指了指角落的两个人：“那个哥哥，你快让爸跟警察说，放了他，他是为了救我才被关起来的！”

陆粥粥回头，看见了角落里的景绪和胖子，俩人蹲在地上，景绪的左手被铐在栏杆上。

见她看过来，景绪本能地用外套遮住了被铐的手。

“你好，”胖子冲陆粥粥招手，“校花妹妹，好久不见。”

“哥哥！”

陆粥粥惊呼一声，朝景绪跑过去，一把扯下了他掩饰用的黑外套：“怎么被铐起来了？”

小姑娘真是半点儿面子也不给他留，景绪无可奈何地道：“没事，关一晚上，明天就能出去了。”

陆粥粥眼睛都红了，回头质问警察：“欺负小孩的人你们不铐，凭什么铐他！”

“他伤人了，行政拘留一晚。”

“凭什么！”陆粥粥不依不饶地道，“你们现在就放了他！”

“陆粥！”景绪加重了语气，叫住她，“我没事，你带弟弟回家去。”

陆粥粥蹲在他身边，伸手摸摸他被铐红的手腕，又摸摸他的脸：“哥哥……我在这里陪你。”

“回去，谁要你陪。”

小姑娘眼睛都湿了：“人家就要在这里。”

景绪的调子还是软了下来："你在这儿陪我坐一晚啊？乖了，回去。"

"我不！"

民警说道："小姑娘，你还是回去吧。本来应该是家属过来领人的，他就是不肯说出他爸妈的联系方式，我们只能关他一晚了。"

陆粥粥心疼地摸着景绪的脸，回头看到陆随意已经办完了手续，带着陆方便走出问讯室。

第十九章

可我爱你

景绪走不了，陆粥粥也不愿意离开派出所，还出门去买了烤串和面包，给景绪当晚饭。

胖子刚刚为了护着景绪，也动手了，所以俩人现在都被铐着。他眼睁睁看着陆粥粥将烤串撸进碗里，然后耐心地用牙签喂给景绪，再低头瞅瞅自己手上的面包，忽然觉得不太香了。

陆随意还在跟派出所的民警说好话，希望他们能通融一下。

“你看，这孩子是为了救我们家孩子啊，这是见义勇为，怎么就不能放了他呢？

“你们不放他，我闺女也不走啊；我闺女不走，我也不能走啊；待会儿我真在你们这儿打地铺，看着也不好看，是不？

“那啥……小哥你追星不？陆怀柔认识吗？我跟他熟得很，我给你拿签名，成不？”

这位冷面民警对陆随意的话无动于衷。

冷面民警说道：“陆先生，不是我们不帮你，我们是按照流程办事。他动手伤了人，而且将人伤得不轻。现在被打的孩子家长也正从医院赶过来，要讨个说法，我们总得把事情协调好了。维护治安和谐，这是我们的职责。”

陆随意也没辙了，只能给唐浅打电话，让她赶过来，先把陆方便带回家，自己在这边陪着陆粥粥。

陆怀柔那边是肯定不能惊动的，要是她爷爷来了，这事明天就得上头条，那可就真闹大了。

陆随意给陆方便的脸上涂了清凉药膏，抱着他坐在走廊排椅上，等着唐浅过来。

值班的小民警端着盒饭，坐在他身边，好奇地问：“打人那小子，你认识啊？”

“不认识。”

陆随意从来没见过那小子，也没听陆粥粥提过谈男朋友了啊。不过话又说回来，这要不是她男朋友，能这么热心地帮他儿子出头吗？

陆随意是打心眼里感激景绪的，要是没他，今天陆方便不知道还要挨多少欺负呢！

“被揍的那家伙伤得重不重？”陆随意担忧地问小民警，“那个小子会不会被判刑啊？”

“那倒不至于，就是一般的打架，我们每天都要处理好多起呢，顶多拘留几天，赔点儿钱。”

“那就好。”陆随意松了一口气，“那我能不能多赔点儿钱，先把这俩孩子带回家啊？你看，他要不走，我女儿肯定也不会走……”

“哎呀，不是钱不钱的事。都跟你说了嘛，被打的小孩家长这赶过来了，等把事情处理好，我们会放他的。”

景绪见陆粥粥今晚是铁了心要陪他留在派出所，他不可能让她在这个地方睡觉，所以尽管百般不愿，他还是跟警察说了父亲景闻彬的联系方式。

得知景绪被羁押在派出所，景闻彬、赵思嘉和景哲全家总动员，都赶过来了。

正巧，他们来到派出所没几分钟，那个动手打陆方便的高个子男生的妈妈也赶到了派出所。

夜间冷清的派出所一下子热闹起来。

陆方便小声告诉陆粥粥："打我那人叫廖勇，附中初三的。他不是一次逼我请客了，我请过他两次，都不是自愿的。这次我不是没钱了嘛，就不请他了，结果他叫了一帮高年级的，在校门口堵我。"

陆粥粥看见那个名叫廖勇的男孩也过来了，他头上裹着纱布，站在他母亲身边。

本来陆粥粥还以为他伤得多严重，现在看来，景绪还是没下狠手。

廖勇走进派出所大门，冲走廊边他的哥们儿挤眉弄眼，嘻嘻哈哈，似乎还没得到教训："放心吧，我妈来了，把你们都保出去！"

"靠你了廖哥。"

景闻彬从民警口中得知了事情的前因后果，以商量的语气对廖勇妈妈道："这事两边孩子都有错，我们作为家长，为孩子着想，也不希望事情闹大。你说说，这事怎么解决？"

廖勇妈妈唇薄眼细，看起来是个厉害人物。她将自家孩子拉过来，嚷嚷道："什么叫不希望事情闹大，我们家小孩差点儿都没命了！你别想轻易糊弄过去，我必须讨个说法。"

景闻彬："你想要什么说法？"

廖勇妈妈把自家孩子推出来："让你们家孩子给我儿子赔礼道歉，还有，医药费十万，一分也别想少。"

景闻彬犹疑道："这……道歉是没问题，至于医药费，你总得把医院开的单子拿出来看看吧，该赔多少我们肯定不会赖，但你也不能狮子大开口吧！"

"我儿子都被打出脑震荡了！你是没看到他头破血流的样子，他朋友看到了，都可以做证，十万我还嫌少了呢！你们要是不赔，我上法院告你们去！"

景闻彬回头看了一眼景绪："你过来！"

景绪懒洋洋地道："铐着，来不了。"

小民警赶紧走过去，给景绪打开手铐，他这才慢悠悠地踱着步子走过来。

赵思嘉红着眼睛，心疼地看着景绪："小绪，你没受伤吧？"

景绪压根儿不看她，冷漠地说："跟你有关系吗？"

"景绪，你怎么能这样跟妈妈说话呢？"景哲作为兄长，斥责他道，"妈妈知道你被抓了，晚饭都没吃，就赶过来看你了，你这样真让人寒心。"

景绪冷嘲道："有了你这乖宝宝在她身边，她还会寒心吗？"

"景绪，你太不懂事了！"

廖勇妈妈冷笑道："看看，这就是你们养的好儿子。这样的人，就该交给警察，让他们来制裁。"

景闻彬斥责道："景绪，先跟人道歉！"

景绪："道什么歉？"

"你打了别人，这就不对！应该道歉。"

景绪固执地说："我只为我做错的事道歉，这事我没错，不可能道歉。"

景闻彬愤怒地说："你都把人家打成这样了，你怎么没错！你还有没有基本的道德观！好端端的孩子，怎么会变成这个样子呢？以前的景绪从来不会说这样的话！"

景绪抬起漆黑的眸子，深深地看着他，一字一顿道："我没变，你们也没变，从来没变过。"

当年周壮欺负他和景哲的时候，母亲也是这般，为了息事宁人而按头道歉。当年的景哲，唯一知道真相的人，选择站在了他的对立面，将他置于最不堪的境地。

一切都没有改变，他们也永远不会变。

景绪认清了这个现实，也认清了这荒唐的世界。他选择不再信任他们。

"道歉可以呀。"陆粥粥拉着陆方便走了过来，朗声道，"但是咱们得先把事情一桩桩、一件件地捋清楚了。景绪如果真有错，不用你们说，我会让他道歉的。"

景哲皱眉道："粥粥，这件事跟你没有关系，你不要参与。"

"怎么没关系？"陆粥粥牵着陆方便的手，"我弟弟是这件事的受害者，廖勇还有他的哥们儿，先威胁我弟弟，给他造成了严重的身心伤害，这件事，我们家必须追究到底。"

廖勇妈妈道："一码归一码，我要先解决我儿子挨打的事。"

"一码归一码，恐怕归不了。"陆粥粥走到她面前，掷地有声地说，"景绪是为了保护我弟弟，这才跟你儿子发生冲突，前因后果很清楚，所以两件事得一起解决。我要你儿子先向我弟弟道歉。"

廖勇不服气地说："谁要跟这个爱哭鼻子的臭小孩道歉！你做梦！"

廖勇越想越气，暴起要伤人，民警赶紧架住了他，将他暂时铐了起来。

而景绪也将陆粥粥拉到自己身后，捏了捏她的掌心，给了她一个"消停些"的眼神。

陆粥粥心甘情愿地站在景绪身后，冲他笑了笑。

那年她还小，眼睁睁看着周壮妈妈盛气凌人地逼迫他。而今，虽然她力量依旧不够强大，但是她一定会挡在他面前，替他挡住这个世界的恶意。

"你们怎么回事？你们铐我儿子干什么啊？他才是受害者！"廖勇妈妈急了，冲民警喊道，"快放开我儿子！"

民警们没有放开廖勇，毕竟他这凶神恶煞的模样，要放了他只怕他会跟陆粥粥拼命吧。

见她认错态度良好，民警也没再说什么。

陆粥粥望向廖勇妈妈："你要护着你儿子，我也要护着我弟弟。既然你们拒不道歉，那么我会向法院起诉，欺压同学外加行凶抢劫的事情，不算小事了，证人当然也不难找，我们家耗得起，你说是吧？"

"起诉，就……就这点儿小事，你们起什么诉！"这件事本来就是自己理亏，廖勇妈妈可不想把事情闹得人尽皆知，她儿子还要上学呢。

“你儿子挨了打，就是天大的事；你儿子打了别人，那就是小事，你都这一把年纪了，说出这话不脸红吗？”

“我……”

廖勇妈妈不希望这件事闹上法庭，两相权衡，只能红着脸把廖勇叫过来，按着他的头，让他给陆方便赔礼道歉。

陆随意和陆方便俩人都看傻，没想到平时在家里人畜无害的陆粥粥，在大事上竟然这么刚，完全跟她爷爷是一个作风……

廖勇妈妈没好意思再跟景绪计较，拉着儿子骂骂咧咧地离开了派出所。

景闻彬签字之后，拉着景绪走出了派出所：“跟我回家！”

景绪很不客气地甩开了他的手，转身离开。

“景绪！你给我站住！”

景绪没有停下脚步。

景闻彬作为父亲的权威一而再再而三地被挑衅，他也有些受不了，跑上前拉住景绪。

“走开！别碰我！”

父子俩当街推搡起来。

“你说什么，你叫我走？我是你爸爸！”

陆粥粥赶紧把老爸推过去：“爸，你快去帮帮他！”

陆随意为难地说：“我……这……人家教训儿子，我上前凑哪门子热闹？”

“爸！你去嘛！”

陆随意顶不住女儿的请求，小跑着上前，拉开了景绪和景闻彬：“别别别，别上手，有话好说，父子俩什么有解不开的仇怨。”

“你让开，我要教训教训这家伙！这些年是我们太纵容他了，才把他养成今天这个样子！”

陆随意挡在景绪面前：“你看，你儿子今天救了我儿子，说明他本质还是很善良的，对吧？咱就别动手了，还嫌今天事没闹够吗？待会儿又把民警引出来，就不好了。”

陆粥粥也赶紧上前，挡在景绪身前，说道：“景叔叔，您别逼景绪了。”

“粥粥，你跟景绪……你们从小就比一般朋友要好。你来说说，他现在这个鬼样子，是你想看到的吗？你难道不失望吗？”

果然是当父亲的，一句话便能直戳他的命脉。

这话问出来，景绪的心就像被刀子狠狠刺了一下。

“我……我不……

“不失望是不可能的。谁会不失望？”陆粥粥咬了咬下唇，沉声道，“一开始，我是有些失望，但是在我了解了他所经历的痛苦之后，我只觉得……心疼。”

景绪袖子下的手，紧紧握成了拳头，微微颤抖着。

“不管他变成什么样子，他都是我的景绪哥哥，我接受他所有的改变。”

陆随意虽然不明白发生了什么事，但是也能从他们的言辞间猜出一二，他说道：“孩子变成什么样，父母肯定也是有责任的，怎么能一味责怪孩子呢？”

陆随意又道：“我的意思是，现在太晚了，让景绪先回家，有什么事，明天一家人约着再好好聊聊，成吗？”

景绪回头对陆随意道：“谢谢陆叔叔。”

“你谢我，我还要谢你呢！没你，我儿子就要被那些混账小孩欺负死了。”陆随意把陆方便叫过来，“方便，快过来谢谢哥哥。”

陆方便赶紧跑过来，看了陆粥粥一眼，又看了看景绪：“谢谢哥哥。”

在陆随意的调解下，景闻彬总算放景绪和胖子两人离开了。

这件事闹了大半夜，众人也是疲倦不堪，因此相互道谢之后，便各自回家了。

陆随意可不敢把这件事告诉陆怀柔，因此送粥粥回家的时候，只说带两个孩子去吃了夜宵。

陆怀柔让陆粥粥进了屋，嗅了嗅她身上，怀疑地问：“怎么没烧烤味啊？”

“爷爷你什么狗鼻子，这都能闻出来。”

“没大没小！”

陆粥粥笑着回了房间，摸出手机给景绪发微信：“哥哥，过年你也不回家吗？”

景绪：“你今天也看到了，哪里有我的家。”

陆粥粥在松软的大床上滚了一圈，编辑信息道：“那……来我家呀！”

“什么？”

“我是说……你要不要来我家？我、我爷爷、我爸妈，还有方便，我们一起过年！”

“见家长？”

“不是！不是见家长，哪有家长给你见！想得美呢！”陆粥粥激动地编辑道，“我早就说了，过了这村没这店，是你自己没把握住机会！”

景绪看着信息，嘴角弯了弯，刚刚的烦恼一扫而空，他问道：“是不是后悔也来不及了？”

陆粥粥秒回：“后悔啦？”

景绪：“随便问问。”

陆粥粥：“讨厌！”

景绪：“晚安，陆粥。”

陆粥粥抱着手机，隔了很久，猜测他已经睡着了，给他发了一条语音：“哥哥，在陆粥这里，后悔永远来得及。”

几天后，PCG比赛正式拉开帷幕，陆粥粥本来想去看景绪的现场比赛，不过景绪让她在家里看直播。因为参赛选手众多，所以现场是全封闭式的，没有观众，只有大量网络平台的工作人员，全程直播。

PCG比赛在周末晚上进行，正好和景哲的诗词大会总决赛撞在了一起。

比赛那天，陆粥粥收到了景哲给她发的信息："粥粥，晚上你来电视台看我的诗词大会吗？"

陆粥粥如实回道："不了，答应了景绪，看他的比赛直播。"

景哲："我记得你从来不喜欢这些，什么比赛，也不过是游戏而已。"

陆粥粥听着他阴阳怪气的语调，心里甚是反感，不再回复。

景哲放下手机，询问身边同期参加比赛的选手："咱们这个节目收视率高吗？"

同期的选手小哥笑了笑，回答道："你想要多高的收视率？"

"就……能让很多人看到那种。"

"你以为那么简单，又不是明星。这是省内的电视台，基本上没什么年轻人看，都是大爷大妈。你想要很高的收视率，那得去参加总台的节目。反正我只是来玩玩，学校推荐，能上电视就不错了。"

景哲咬了咬唇，不再言语。

直播间里，各战队正在紧张地备战。景绪他们的 Fly 战队不怎么出名，因此被安排在了极不显眼的角落。

正前方显眼的中间位置，留给了国内最有知名度的两支战队，当然，他们也是网络上夺冠热度最高的战队。

胖子指着前排的两支战队，向欧阳寺解释道："左边那个是 GEM 战队，国内老牌电竞战队了，拿下过多款热门游戏竞赛第一的王者队伍；人气选手——PP，目前国内人气最高的选手，两千万粉丝。胖爷我就是从 GEM 战队出来的。"

欧阳寺问胖子："那你怎么没继续待下去？"

胖子拍了拍景绪的肩膀："Lu 神在手，天下我有，给人家打工还不如出来单干。"

欧阳寺："胖哥您太有远见了！"

景绪漫不经心地道："人家走偶像路线，觉得他不太像偶像，把他开了。"

胖子轻咳一声："玩游戏的，还是以实力为主，整那些花里胡哨的干什么。"

欧阳寺："我觉得胖哥说得对，游戏就是拼实力，又不是娱乐圈。前不久有星探挖我去参加什么练习生，我都拒绝了。本人只想靠实力赢得比赛，不想靠颜值吃饭。"

胖子："小孩怎么这么不会说话呢？"

景绪低头给陆粥粥发了一条信息："比赛快开始了。"

陆粥粥："已经坐在电视机前面啦！"她约了蒋清霖和张虎来家里，还买了一堆零食，在家里投屏看实况直播。

比赛开始，直播里配有主播的讲解，但是主要镜头都落在那几个知名选手身上，其他选手基本上没有镜头。

陆粥粥认认真真地看了半个多小时，失望地说："怎么看不到景绪哥哥呀？"

一同看比赛的张虎说道："参赛的少说有一百来人吧，你看这比赛的镜头，全给那几个关注度最高的选手了，毕竟人家才是夺冠热门人选。"

陆粥粥撇嘴："我觉得景绪哥哥会赢呢。"

"喏，你看右下角。"张虎走到电视机前面，指着右边的 kill 排行榜变动列表，"前几名都被 GEM 和 Sky 两大战队的成员承包了，十名开外的选手，压根儿没有姓名。你看排行榜上，没有 Lu 吧。这说明你景绪哥哥连前十都没进呢，怎么可能赢？"

"不可能！他是景绪啊！"

张虎摇头道："拜托，这可是全国性比赛，你景绪哥哥能拿个中等偏上的成绩，就算实力不错了。"

陆粥粥顿觉索然无味，她本来就只想看景绪，结果一个镜头都舍不得不给他，没劲。

陆粥粥低头玩手机，校园群里正在刷屏景哲的诗词大会。

上半场结束，景哲拿下了全场最佳，大家纷纷截图发视频。

"不愧是文院的大才子啊，这一路势如破竹。"

"我很想知道，他们有题库吗？"

"当然有题库了，很考背功的。"

"夺冠！夺冠！"

“壮哉我大文院，给学长加油。”

……

视频里，陆粥粥看到了赵思嘉和景闻彬，他们坐在观众席前排，欣慰地望着台上闪闪发光的儿子，表情是掩饰不住的骄傲和自豪。

陆粥粥关掉了视频，心里有些堵。她想给景绪发信息鼓励他，又怕会打扰他。

中场休息的时候，景哲摸出手机，进入直播间看比赛。

直播间下方的选手排名里，没有看到景绪的名字。

身边有关注《风途》的男生，见他在看游戏，问道：“哟，你还关注今晚的 PCG 比赛呢。你支持哪个队啊？我觉得 PP 稳拿冠军。”

景哲看了他一眼：“你很喜欢《风途》？”

“呃，我会玩，但技术不行，不过看厉害的选手打比赛，还是很有意思的。”

景哲放下了手机，说道：“我不怎么喜欢看这些玩物丧志的东西。”

“话也不能这么说嘛，电子竞技之所以能成为竞技类项目就是因为它需要拼脑力、拼策略、拼身体协调能力，可以说跟体育竞技是一样的，你别有偏见嘛。”

景哲淡淡地道：“所以这就是你被淘汰了、我还在这里的原因。我从来不做这些无用的事，我的时间都很宝贵。”

男生咧咧嘴，也很不客气地说：“哇，说话这么难听，你是怎么长这么大都还没被打死的。”

景哲不再理会他，发了一条朋友圈：“今天晚上，我想证明给所有人看，只要足够勤奋，被忽视的笨鸟也可以先飞！”配图是诗词大会的海报，定位是在北城电视台。

景绪的比赛进入后期阶段，冠军人选几乎可以预知了，弹幕滚动刷着“PP”的名字。

然而就在比赛接近尾声的最后几分钟时间里，屏幕上方忽然出来一行消息提醒。

“魔王克娜斯已被屠戮，恭喜玩家 Lu、胖爷今天要吃肉、4444 成功取得比赛的最终胜利。”

一瞬间，弹幕中断。

三个名不见经传的选手，居然是以最难得方式赢得的比赛，这简直太不可思议了！

下一秒，弹幕刷爆了屏幕——

“啊啊啊啊！他们到底是谁？”

“没见过啊。”

“我预感，今晚是见证历史的一晚。”

“我还有点儿不能相信，所以今晚是新人得了冠军？”

“PP 居然输给了新人？我的天。”

“Lu 神啊！你们不知道 Lu 神吗？他很强的！”

“今晚就记住他们的名字吧，全新的电竞时代开启了！”

……

不仅直播平台的评论区炸了，整个电竞圈都被这个反转引爆了。

电视屏幕前，陆粥粥还在吃薯片，不明所以地问张虎：“这谁赢了呀？”

张虎目瞪口呆，愣愣地看着电视屏幕。

陆粥粥伸手晃了晃他眼睛：“到底谁赢了？景绪哥哥上排行榜没有？”

张虎咽了口唾沫，说道：“陆粥粥，你知道一夜成名是什么滋味吗？”

“我也想知道。”

张虎郑重地说：“想知道的话，你可以去问问你景绪哥哥了。”

陆粥粥望向电视屏幕，画面镜头一转，画面切到了现场实况转播。

在灰白色的电竞直播大厅里，最后一排角落处，三个玩家缓缓摘下了耳机。

胖子满头大汗，长长地呼了一口气。

欧阳寺跳到了桌上，兴奋地伸手跟胖子击掌：“胖哥！我们赢了！赢了！”

胖子斥责他：“你……你下来！没礼貌！赢一场比赛算什么，咱们是见过世面的，别拉低团队素质！”

欧阳寺还是有些控制不住自己，上蹿下跳，兴奋得跟猴儿似的。

已经有不少记者围过来，聚光灯、话筒以及铺天盖地的问题，快要将他们淹没了。

少年迈着沉稳的步伐，一步一步迈向领奖台。

陆粥粥恍然间想到了十年前那个少年，他独自坐在廊边，一个人孤独地玩着魔方。他不争不抢，也从不张扬，但他的光芒一如当初。

她相信，今晚之后，一定会有更多的人看到他，会有更多的人喜欢他！

景哲也毫无悬念地拿下了诗词大会的冠军。他迈着疲惫的脚步走出演播室，摸出手机刷朋友圈和QQ空间，本以为会看到不少喝彩的消息，却没想到，不管是年级群还是空间动态，只有一个主题——Lu。

“厉害啊Lu神！”

“听说是我们隔壁学校的，第一次跟大神挨得这么近！”

“不瞒你说，我还看到过他呢！好几次！本人比屏幕上更帅！”

“Fly，我记住这支战队了！期待后续发展！”

“小哥哥太帅了吧！”

……

景哲的一颗心慢慢地沉了下去。

没有一条动态和朋友圈在为他的诗词大会喝彩，他刚刚的那条朋友圈动态，点赞的人数也寥寥无几。

他抬起头，看到电视台对面全城最高的商业中心动态显示屏上，正是景绪和队友们赢得奖杯的实况画面。

一瞬间，景哲仿佛回到了小时候。那个闪闪发光的少年独自走在前方，走得那样缓慢。不管自己怎么努力奔跑，都没有办法超越他。好不容易，景哲看到他摔倒了，而且摔入了沼泽，似乎永远都爬不起来了。自己终于超越了他，远远地将他甩在了身后。可是那个沉默的少年重新爬出泥坑之后，几乎不费吹灰之力，便超越了自己，将自己抛在后面。

景哲的手紧紧攥住了拳头。

难道这个世界就如此不公吗？凭什么！

拿了奖杯，随后就是获胜战队的采访小彩弹播报。陆粥粥又撕开了一包新的薯片，全神贯注地看采访。

记者："关于 Fly 战队，想必今晚一定有非常多的玩家朋友想要了解更多，所以这里我选了网友们提出的热度最高的几个问题，想要问问你们。"

胖子："随便问！"

记者："你们为什么会把战队的名字取名为 Fly 呢？是想要跟 Sky 他们叫板吗？"

胖子："这个名字是 Lu 取的，所以你要问他。"说着他用手肘碰了碰景绪："我也想知道，为什么你要给咱们取名叫 Fly？"

景绪嘴角扬了扬，说道："跟 Sky 没有关系，因为我喜欢 butterfly。"

记者："butterfly？蝴蝶？"

景绪："嗯。"

记者："为什么你会喜欢蝴蝶啊？"

景绪望着镜头，认真地说："没有为什么，喜欢就是喜欢。"

PCG 一战后，正如张虎所说的那样，一夜成名是什么滋味，景绪算是知道了。他的名字，伴随着 Lu 这个游戏昵称，乘着 Fly 战队的翅膀，火遍了全国。胖子强行给他注册了微博账号，粉丝量每天呈倍数激增。

因为访谈里面，他说自己喜欢蝴蝶，所以他的粉丝都以“蝴蝶”自称。

景绪没有时间去管理自己的微博，因为他有更重要的事情要处理。

战队一战成名，成了圈内的香饽饽，而这个香饽饽居然还是支没签约的野生散队，不在任何投资公司旗下，这可让一众战队投资人红了眼，每天胖子的电话都快被打爆了。

胖子混过多年职业队，可谓经验丰富，所以挑选投资人相当谨慎。那种喜欢搞压迫型管理、流水化生产的投资公司，他全部拒绝了。他精挑细选出了几家不错的投资公司。

景绪没有别的条件，投资公司要入股没问题，但是他只会让出一半股份，另一半由他技术入股，管理整支战队。

这样的条件，恐怕没有几家投资公司愿意接受。不过也有例外，在他吓退了一众投资人之后，居然真有家不知名的投资公司全盘接受了他所有的“苛刻”条件。

下午，在写字楼的会客厅里，景绪和胖子等着投资公司的经理人过来面谈。

“Lu，你看这个公司名字——二米投资公司。这名字怎么看着这么二啊？哪有投资公司取这样的名字啊，一点儿都不大气。”

景绪反问：“什么样的名字算大气？”

“就……你看 GEM 的星曜投资，Sky 战队的盛天投资，这些名字叫出来才响亮啊！以后要说到咱们 Fly，二米旗下的 Fly 战队，这听着……有点儿像搞连锁餐饮业的。”

景绪淡淡一笑，他倒是觉得，“二米”这俩字，挺有亲切感，让他想到陆粥粥。

“不要以名取人，我们是有素质的战队。”

“对对对，保持素质。”

胖子坐直了身子，又理了理自己的领带，严阵以待。

五分钟后，一个穿粉红衬衣的男人走进了办公室：“久等了两位，我是二米投资的负责人，幸会幸会。”

他一进来，景绪便嗅到了一股浓烈香水味，敢情这位负责人还喷了香水。

“你们好，我叫艾伦，你们也可以叫我小艾经理。”

“你好你好，我是赵子默，哥们儿一般叫我胖子。这是景绪，我们 Fly 战队的队长。见到你很高兴。”

艾伦跟他们挨个儿握了手，视线在景绪身上停留了几秒，笑容变得意味深长：“终于见到本人了，久仰啊！”

“你认识我？”

“Lu 谁能不认识，嘿嘿。”

景绪打量着艾伦，这个经理居然还抹了粉底，实际年龄看着偏大，但是打扮得又相当年轻。他觉得艾伦有点儿眼熟，但一时间想不起在哪里见过。

“艾先生，你们二米投资目前是什么情况啊，给我们介绍介绍呗。”胖子好奇地问，“以前怎么没听说过啊？”

艾伦笑着解释道：“我们公司刚成立，隶属于更强大的集团，这个暂时你们不需要了解，只要知道，我们二米的投资规模绝对不会比圈子里其他任何投资公司弱，就行了。”

“这……神神秘秘的。”胖子谨慎地说，“你看，你又不说清楚到底是哪个集团，我们也不放心跟你们合作啊。”

“我理解你们的担忧，那我简单介绍一下我们集团吧。我们是做娱乐的，老板成立二米投资，也是一个全新的跨界尝试。”艾伦自信地说，“我了解你们的顾虑，但是恕我直言，我们出巨资投入你们战队，景先生你还要拿一半的股份，这条件，换别家……恐怕没人能接受。”

景绪嘴角扬了扬：“所以，你们为什么要接受？”

艾伦说道：“我们老板……咳，当然也是很有远见的一个人，他看好你，愿意在你身上投资，这算是伯乐找到千里马了吧。你们放心，我们二米虽然是新公司，但绝对不是骗子公司。”见两人还有疑虑，艾伦继续道：“再说了，能骗你们什么呢？只要这合同一签，你们战队就可以立马搬到大学城湖畔别墅区，我们老板租了独栋别墅给你们作为训练基地。别墅有三层，带健身房和泳池。而且别墅基地位于大学城，方便你们学生平时上课，这条件……你们上哪儿找去？”

胖子感到有些不可置信：“你……你说真的！”

艾伦将租赁合同都带过来了：“你们自己看吧，暂时租了三年，我们是非常有诚意要合作的。”

景绪翻了翻合同，仔仔细细地核对了每一项条款，没有问题，条款也没有挖坑的地方，看来这家公司是真的很有诚意。

“两位，这合同，今天能签吧？”

胖子：“签！当然签！”

这么好的机会，上哪儿找去。

景绪转了转笔，又问道：“你们老板还有没有其他附加条款？”

艾伦伤脑筋地揉了揉额头：“呃，放……放心，我们老板自己就是艺人，会保护好自己的艺人的。”

景绪拧开钢笔，准备要签名了，艾伦又说道：“不过嘛，的确有一个小小的附加条件。”

景绪的笔微微一顿，果然有套路。

天上哪有掉馅饼的好事。

“两位，不用紧张，只是很小的条件而已。”艾伦微笑着解释道，“老板希望，景先生能够参加明年的高考。”

“什么？！”胖子首先坐不住了，“这是什么要求？你们老板还歧视学历啊！”

艾伦微笑着说：“两位别激动，这是我们老板对景先生的要求，胖子先生，你不需要。”

景绪倒是淡定，问道：“理由呢？”

“理由很简单，景先生你不是普通的战队成员，这份合同一签，你和我们老板就是合作伙伴了。老板需要更高学历的人来为他管理战队，你现在的职高……当然，我不是歧视职高，只是这样的学历达不到我们老板的要求。”

“我明白了。”

“景先生，你非常聪明，我相信你参加高考是肯定没有问题的。所以，北城大学怎么样？”

胖子拉长了调子，感叹道：“这对学校还有要求，全国最厉害的大学，你们老板这哪是选队员的标准啊，你们老板这是选女婿吧？”

艾伦开玩笑道：“胖子先生你可真机智，这都让你知道了。不过我们老板没有女儿，孙女倒是有一个。”

胖子：“请叫我聪明机智赵先生，谢谢。”

“怎么样，景先生要签吗？”

景绪拿起笔，毫不犹豫地签下了自己的名字：“合作愉快。”

“放心，景先生，我们的合作一定会非常愉快。”

距离明年的高考还有一整年的时间，这段时间，景绪的赛事不多，潜心准备高考，偶尔打几场小比赛，无伤大雅。

现在正是他风头正盛的时候，很多人对他如今的状态感到非常不解。

一般而言，一夜成名的队员，都会疯狂接比赛、开直播。但是景绪如此佛系，这倒是非常难得。这个圈子浮躁的人太多了，所以眼前的荣耀来得快也去得快。

战队搬到了位于大学城北部别墅区的训练基地。这里远离浮华的商业闹市区，环境清幽，倒是吸引了不少在校大学生。胖子精挑细选，选出了几位有发展潜力的年轻队员，作为战队备用选手，一切都在向更好的方向发展。

夏天，陆粥粥要跟着老师去乡村做环境与生物调研。暑假前夕，她偷偷溜到景绪的新基地去看看情况。

想来他们是遇上了大手笔的投资人了呀，这里的别墅环境简直不要太好！就算和当下最红的战队 GEM 的住宿环境比起来，也丝毫不差。

别墅大门紧闭，房间里也一片漆黑，队员们好像都不在家。

陆粥粥猜测这个时间，他们可能出去吃饭了。

陆粥粥独自坐在回廊边，等了一会儿。蒋清霖给她发了一条微信消息，配图是教学楼满天散落的试卷。她兴奋地对陆粥粥道："还有两天就是见证奇迹的时刻了！北城大学！我来啦！"

陆粥粥给她发语音："你可消停些吧，人家高考都是紧张，没见你这么兴奋的……稳住心态，好好应战。"

蒋清霖："我会的，你在北城大学等着我！"

陆粥粥："我等着你，加油！"

陆粥粥放下手机。夏天时不时有蚊子叮脚，她在回廊边坐了会儿，被蚊子叮了好多包，于是她赶紧站起来，来回走动。

景绪和队友们打完篮球回来，看到一个穿着白裙子的小姑娘鬼鬼祟祟地朝落地窗里面张望。

胖子笑着说："怎么还有女孩找上门来了？这谁的粉丝？"

欧阳寺："我的粉丝都没这么年轻的。"

景绪一眼便认出了小姑娘的背影，走上前去，拍了拍她的肩膀："看什么？"

陆粥粥啊地尖叫了一声，回头看到景绪，惊魂甫定："吓死我了。你怎么走路都没声音呀？"

"不然怎么吓你？"

她轻拍了他一下："吓我很有意思吗？"

景绪顺势拉住了她的手腕："找我有事？"

"我来参观你的基地，顺便看看，景绪哥哥现在是有百万女粉丝的大明星了，还会不会搭理我这个无名小卒。"

景绪吸吸鼻子："我怎么闻到一股酸味？"

"才没有吃醋呢！"

"我说你吃醋了吗？"

论耍嘴皮子，陆粥粥根本不是景绪的对手，她转过身去，不理他了。

景绪看到她不断蹭小腿，于是拉着她进了屋，回到自己的房间。

他的房间不大，一张床，一张书桌，半面墙都是书柜。陆粥粥好奇地走到书桌边，发现桌上放着一本高考试卷，草稿纸上还有未演算完的数学公式。

"哥哥，你这是……"

“准备参加明年的高考。”

陆粥粥惊讶地道：“怎么忽然想参加明年的高考呀？”

景绪坐在床边，说道：“一半是因为投资人对队员的学历有要求，另一半……”他看了她一眼，没有说下去。

陆粥粥抑制着嘴角上扬的弧度，乖乖坐到他身边，好奇地问：“另一半是为什么呀？”

“心里知道就不用问了。”

“我不知道！”陆粥粥拉拉他的袖子，“哥哥说嘛。”

“另一半是因为你，”景绪指尖在她白皙的手背上勾勒着，“我们约定过的。”

暧昧的因子在空气中弥漫开来，陆粥粥的耳垂染了几分樱桃红。

“你还记得我们约定过？”

“怎么会忘？”

景绪拿了清凉油，半跪下来，捧起她的小腿，将清凉油抹在被蚊子叮过的位置。

“这里植物覆盖率大，所以夏天蚊子很多。你等了多久？”

“半个小时吧。”

景绪用指尖抹了清凉油，缓慢地涂抹在她细嫩的小腿上，柔声道：“为什么不给我打电话？”

“我只是过来看看你生活的地方而已，没想惊动你，万一你在忙呢。我就随便溜达溜达，等不着也就走了。”

景绪敛着眸子，漆黑的眼底透着沉沉的光，温柔地替她擦了小腿上的每一处包，问道：“好些了吗？”

“嗯。”

陆粥粥看着他半跪在自己身前，心里有种说不出来的感动。

她知道景绪是喜欢她的，没有哪个男生会跪在自己不喜欢的女孩身前，给她抹清凉油。

陆粥粥伸手揉了揉他的头发。

“别闹。”

“就要闹。”她把他的头发全部薅乱了，“哥哥对我，还跟小时候一样，小时候哥哥也会跪下来帮我系鞋带。"

"因为你是妹妹。"他柔声说，"你比我小，我应该照顾你。"

"才不是。"陆粥粥撇撇嘴，"那么多比你小的女孩，都是你妹妹吗？"

景绪嘴角绽开一抹笑意："如果她们愿意，也不是不可以。"

陆粥粥一把攥住了他的衣领，将他拉近："不可以！"

"嗯？"

她和他贴着面，一字一句地警告道："不可以！从小到大，我从来没有叫过别人'哥哥'，我只有景绪；所以你也不可以……网络上那些粉丝，她们叫你'哥哥'，但是你不可以……"

陆粥粥不知道该怎么说。一方面，她为景绪的走红而感到高兴，有那么多人喜欢他，他终于不再是孤零零的一个人，这是她一直盼望的……但另一方面，她心里又升起了强烈的不安。

"你就是不可以……"

"我不可以什么？"景绪望着她，俩人的长睫毛都快碰到一起打架了，"嗯？"

"你不可以……"陆粥粥脸颊发烫，手紧紧攥着他的衣角，很小声地说，"不可以跟别人好。"

景绪看着小姑娘红彤彤的耳垂，笑着说："陆粥，好霸道啊。"

"我就是这样啊。"

"陆粥，那你也应该知道，你在我心里的分量……"

陆粥粥松开了他的衣领，嘴角的笑意都快崩不住了，还在使劲儿忍着。

景绪拿起她的脚，看到脚后跟有擦伤，问道："穿高跟鞋了？"

"嗯。"

他从药箱里取出一块创可贴，贴在她脚后跟的位置："你穿高跟鞋路都不会走，学人家扮什么成熟？"

"哥哥不也是这样吗？每次都要把运动鞋擦得干干净净的来见我。"

景绪的手微微一顿，随即放下她的脚，坐到床边，故作镇定地道："你观察这么仔细？"

陆粥粥会注意到他身上的每一丝变化，每一个细节。她顺势将下巴搁在他的肩膀上："今年我就十七岁了，明年十八岁，后年十九岁……"

"你可以数到一百岁。"

"嗯，一百岁的时候，哥哥还在我身边吗？"

景绪微微垂眸，看到少女嫣红的唇，唇珠莹润，宛如饱满的果实。他脑子一阵阵发热，真的快要绷不住了。

"陆粥，不要引诱我。"

他真没那么坚定……

"好啦。"陆粥粥站起身，说道，"我暑假要跟老师去乡下调研，有很长一段时间不能见面了，所以过来跟哥哥道别。"

"好，那你注意安全。"

这是陆粥粥第二次去乡下了。

第一次的记忆有点儿模糊，好像是跟爷爷一起录制综艺节目，去乡下生活过一段时间。那会儿鸡飞狗跳，闹出了好大的事情，都还没来得及享受悠闲的田园生活，就匆忙结束了。

这次跟着老师做田野调查，机会很难得，能学到不少课本里学不到的实践知识。所以即便乡村生活环境不是很好，但她也尽量克服。

鹭水村村口有一条湍急的河流，因为夏日雨季刚刚涨过水。这两大，老师带着学生在河岸边收集沙石和植物。

陆粥粥站在河边，还能感觉到水雾拍在脸上的清爽。她摸出手机，摆了个姿势，自拍了一张照片发给陆怀柔："爷爷，这是我们做调研的鹭水河，壮观吧！"

她鲜少离家，所以感觉一切都是那么新奇，看见什么都忍不住跟陆怀柔分享。

照片刚发出去，陆怀柔的视频电话气势汹汹地弹出来："三天不打你上房揭瓦！水势这么湍急，又没护栏，谁让你靠近河边的，你还拍照！掉下去怎么办！"

陆怀柔劈头盖脸一顿臭骂，陆粥粥开的还是外放音。

陆粥粥尴尬地看了看周围的同学，他们正掩着嘴偷笑呢。

小姑娘面子上多少有些挂不住，解释道：“我们在做调研，你不要大惊小怪好不好，我又不是六岁小孩了。”

“陆粥粥，你马上给我滚回来，做什么调研要去河边？从小到大我说过多少次，我不在的情况下，不准靠近河岸，你拿我的话当耳旁风？”

身后，齐琪跟几个女生小声笑话她：“陆粥粥的爸爸这么凶啊。”

陆粥粥心里有点儿生气，避开同学，咕哝着对陆怀柔说：“我已经长大了！是大学生了！你不能总管着我。”

“你就算二十岁、三十岁、四十岁，我都能管你！”

陆粥粥都快被他气哭了：“别人都可以做，我为什么不可以！陆怀柔，你小时候管我就算了，现在我都是大学生了，你还把我管得这么严，不让我谈恋爱，还不让我去河边……”

“谁没让你谈恋爱？这不是你自己魅力不够，惨遭拒绝的吗？又往我身上甩锅？”

他这都知道？

陆粥粥恼羞成怒：“陆怀柔！你到底调查了我多少事！我讨厌死你了！”说完，她挂掉了视频电话，独自坐在河边的大石头上生闷气。

陆怀柔又打了好几个视频电话给她，她都没有接。

齐琪走到她身边，笑着讥讽道：“你家里管你这么严啊，难怪你这么娇气！”

陆粥粥知道齐琪因为景绪的事，一直耿耿于怀，也懒得跟她维持塑料姐妹情，不客气地说：“关你什么事。”

“我只是奇怪，像你这种不知人间疾苦的小公主，为什么就那么受欢迎呢？难道男生就喜欢你这种傻白甜女孩吗？”

陆粥粥从来都不是好惹的，当下回撑道：“我不知道男生喜欢哪种女孩，但肯定不是你这种两面三刀的人，面上跟我当好姐妹，背地里挖我的墙脚。”

“你……你又没跟他在一起，我不能追吗？”

“那你大大方方追啊，你老拿我和秦新澄说什么事？”

“因为我不像你，吃着碗里的还望着锅里的，两边都吊着！”

陆粥粥跟她真是无话可说，懒得奉陪了：“你爱怎么想是你的事，我问心无愧。”

齐琪抓住她的手腕，把她拉回来：“陆粥粥，我真的喜欢Lu神，反正你又不缺男生喜欢，就不能把他让给我吗？”

“什么叫我把他让给你呀！”陆粥粥甩开她的手，“我让给你就是你的了吗？莫名其妙！”

谁也不知道陆粥粥是怎样落入湍急的河流里的，但有人看到，当时只有她和齐琪两个人站在河岸边上，似乎还发生了口角，推推搡搡的。后来，齐琪尖叫了一声，慌慌张张地跑回来，告诉老师陆粥粥落水了！

老师吓得差点儿当场犯心脏病。

等所有人跑到河边的时候，湍急的河流里已然没了陆粥粥的身影。

“我真的不知道，我只是跟她吵了两句。”齐琪全身颤抖，表情惊惧，哭喊道，“我没有推她，是她自己踩滑了，我真的没有推她。求求你们不要报警，不要让警察抓我走，我真的错了！”她被吓得神志不清，嘴里哭着喊着也就只有几个字：“我没有推她。”

陆怀柔赶到鹭水村的时候，消防员和村民们已经一路沿着河岸往下游去寻找了，目前还没有任何消息。

陆粥粥是从一段缓坡摔下去的，不算很高，四五米的样子，不至于触礁。但河水异常湍急，掉下去立刻就没了影。

带队出来的徐老师也吓得魂飞魄散，连声对陆怀柔解释道：“陆先生，真的非常抱歉，是我没有看好您的孙女，这件事我负全责。”

陆怀柔眼睛已经红透了，来不及追究任何人的责任，立刻坐上了紧急搜救队的车，沿着河岸去寻找他的孙女。

他接到电话的时候，可以说是五雷轰顶，全身的血液都冲上脑门，直接一头栽在了办公室的门口。

医生说是血压飙升引起的晕厥，给他办理了住院手续，然而他刚刚醒过来，就不顾任何人的阻拦，第一时间驱车来到了鹭水村。

他听村民说，掉进那条河里，几乎可以说十个有九个都送了命。

他根本听不进任何人的劝说，几乎一夜之间鬓间便染了霜。他不敢想象，陆粥粥如果离开了，他会怎么样……

陆粥粥落水之后，一度以为自己真的就要命丧黄泉了。幸而陆怀柔在寒假期间，尽心尽力教了她半个月的游泳技能，让她不至于落水之后直接沉底。

扑腾中，她抱住了一块浮木，这算是不幸中的万幸，保住了半条性命。

下游几乎没有村落，荒无人烟，陆粥粥抱着浮木，在水势不算湍急的浅滩处拼命蹬腿。她靠岸之后，全身脱力，没多久便晕了过去。

等她再度醒来时，已经是第二天深夜了。她蜷缩在河岸边的杂草堆里，全身湿透，又冷又饿。

手机因为进水，没办法和外界联系，陆粥粥在恐惧的情绪中煎熬了两个小时，又悔恨又难过。

她不该跟爷爷吵架，不该跟齐琪吵架，她以后一定控制自己的脾气，不再骄纵蛮横了，如果还有以后的话……如果还能有命活着，她一定好好对待家人，再也不去河边了，再也不惹爷爷生气了。

她抱着膝盖啜泣起来，低低念着陆怀柔的名字。

周围很黑，附近荒无人烟，连一点儿灯光都看不到。

朦朦胧胧中，她仿佛听到了爷爷喊她的名字。

一开始，她还以为是因为太饿出现了幻觉，没想到声音越来越近，她用尽全身力气，也只是嘶哑地喊了一声："爷爷……"

嗓音宛如受伤的小兽一般虚弱，但陆怀柔还是听到了。他朝河边跌跌撞撞跑过去，在伸手不见五指的黑夜里，摔了不知道多少跤。

"小小陆，你在哪里？"

"这儿！爷爷，我在这儿！"

随即，他听到了小姑娘的哭声，循着哭声冲进河边的芦苇荡，在半人高的芦苇丛中找到了她。

那一刻，重重压在他心头、令他喘不过气的那块大石头骤然落下，陆怀柔感觉到了重获新生的滋味。他终于找到他的宝贝了。

小姑娘紧紧抱着他的脖子，哭得上气不接下气，一个劲儿认错："我错了！我错了，我错了，我错了！"

尽管心疼的眼泪在他的眼眶里打转，但是陆怀柔忍住了。他摸摸她的脑袋，用颤抖的嗓音说："命够大啊，小孩，这样都能找到你，以后……以后都会平……平平安安的。"他说话都不利索了。

陆粥粥蜷在他怀里直哭，是真的以为自己快死了，再也见不到爸爸、妈妈、爷爷、弟弟和景绪了。她好舍不得离开这个世界，好舍不得离开他们。

当天晚上，陆粥粥转入县医院紧急抢救，腿上有几处撞击的瘀痕，身体脱水，极度虚弱，此外没有大碍。

抢救室外，陆怀柔再也控制不住自己的情绪，从来不信神佛天命的他，双手紧紧攥着拳头，跪在了手术室外。

只要她好好的，好好地长大，平平安安，即便立刻要了他的命，他也绝对不会犹豫半分。

后来，陆粥粥转院回到北城，陆怀柔每天都在医院陪着她。

陆粥粥彻底清醒之后，看到陆怀柔正趴在窗边熟睡，他的鬓边一下子添了好多白头发，特别明显，她难受得不得了。

都说儿女是父母的债，可是陆怀柔又欠她什么呢？

他把她拉扯大，把她养得白白胖胖，半点儿委屈都没让她受过。他欠她什么，一夜之间老了这么多？

陆粥粥躺在床上，没什么力气，眼泪顺着眼角滑落，湿了枕头。

陆怀柔醒过来，见小姑娘偷偷擦眼泪，紧张地问："哪里痛？"

陆粥粥想抱抱他，可是手上还在输液，她只能颤颤巍巍地伸出左手，摸摸陆怀柔的脸："爷爷，我错了。"嗓音微微沙哑，带着哭腔。

"行了，你这句话……这么多年说了不下万遍，"陆怀柔语气倒还算轻松，点点她的小鼻子，"哪一次改过。"

"我那天说的都是气话，我说了好多不该说的。"陆粥粥哽咽着哭了起来，“我以为我要死了，我好后悔，好后悔说那些话，我怕以后爷爷想起我来，只会想到我说的那些混账话。”

陆怀柔擦掉了小姑娘眼角的泪花，勉强笑着说：“你爷爷是那么小气的人？”

“呜……”

“别哭了，这么大的丫头，还哭鼻子，待会儿你弟弟过来，看到又要笑话你。”

陆粥粥其实有好多表决心的话要说给陆怀柔听，不过当陆怀柔轻轻拍着她的背、安抚她的时候，陆粥粥忽然感觉，其实什么都不用说，他都知道。

这么多年，他早就把她看得透透的了，在他面前，自己的小心思全藏不住。

两个小时后，陆随意带着陆方便过来探望她。

陆方便看到陆粥粥终于醒了，赶紧跳到床上，钻进她的怀里，撒娇耍赖哭鼻子：“姐姐，我以为再也见不到你了！”

他是真的吓坏了，这么小的孩子，还没有经历过生离死别，根本无法想象最亲的人离开自己会什么样。

陆粥粥特别懊悔，因为不当的言行举动，把自己置于危险当中，也让家人担惊受怕。

“这次是姐姐的错。”陆粥粥保证道，“姐姐知道错了，以后再也不会这样了。”

陆方便眨巴着湿漉漉的大眼睛：“我这还是第一次听到姐姐认错呢。”

陆怀柔嫌弃地把小孩从床上扯下来：“鞋都不脱！脏死了！”

陆方便索性脱了鞋，跳到床上陆粥粥的被窝里：“我要抱着姐姐。”

“你羞不羞，多大的人了？”

“不管不管，我差点儿就没有姐姐了。”陆方便真是吓坏了，抱着陆粥粥不肯撒手，“我没有姐姐，我也不活了！”

“说什么晦气话！”陆随意打了他脑袋一下。

“呜……”

陆粥粥见老爸手里提着饭盒，摸摸肚子：“爸，给我带什么好吃的啦？”

陆随意从口袋里取出保温饭盒，说道：“这是你妈妈给你炖的人参鸡汤，尝尝吧。”

“医生说这段时间饭菜以清淡为主，少盐少油。”陆怀柔坐在沙发上，淡淡地道，“鸡汤就免了吧，待会儿我让她姑奶奶送点儿南瓜粥过来。”

“要少盐少油啊。”陆随意无奈地道，“那我让小浅以后就做点儿清淡的，别弄这些大鱼大肉，粥粥身体也吃不消。”

陆方便举手：“那我要喝鸡汤！”

陆随意：“你怎么什么都要吃？”

陆方便嘻嘻一笑：“反正姐姐吃不了嘛，我可以给她分担一点儿，不要浪费嘛！”

陆粥粥是真的庆幸，活着真好。一家人都在身边的感觉，真的太幸福了。

她看着陆方便大快朵颐的样子，也有些馋了，小心翼翼地问：“爷爷，我能不能尝一点点？就一点点！好饿哦！”

“不行！说了不沾油腻，医生的话必须严格遵守。”

“人家真的很饿嘛。”

“刚刚还说以后都听我的，还没过半个小时吧，这就出尔反尔了？”

陆粥粥撇撇嘴：“算啦！”

谁让她刚赌咒发誓说要听话的呢。

陆方便看见老爸藏在身后的另一个保温饭盒，连忙道：“爸，刚刚楼下的哥哥，不是给姐姐做了蔬菜粥，让你帮忙提上来的吗？”

“啊……这个……”陆随意有些慌张，结结巴巴道，“是……是有个小子，就……粥粥的朋友，上不来 VIP 病房，让我带点儿吃的给她。”说着他还偷偷用眼神打量陆怀柔，见陆怀柔没什么反应，这才将藏在身后的保温饭盒拿出来：“因为她妈妈给她炖了鸡汤，我刚刚就没提这茬。”

陆粥粥接过不锈钢保温饭盒，好奇地问：“谁送的呀？”

陆方便凑近她耳朵，小声说：“那个哥哥……”

陆粥粥心跳加快，又下意识地看了眼陆怀柔，有些紧张。

别说她紧张了，就连陆方便也紧张得呼吸放慢了节拍，像是揣着什么大秘密，生怕被陆怀柔发现了似的。

一时间，病房的气氛变得奇奇怪怪的。

陆怀柔翻了个白眼，走过来替她放下了小桌板，说道：“人家好心给你送饭，你想吃就吃，不想吃就扔了，一个个看我干什么？”

“我……我没看你！我哪儿看你了？”

陆粥粥打开保温饭盒，香喷喷的蔬菜粥还冒着热气。她拿起小勺子尝了尝，蔬菜粥炖得特别浓稠，还能吃到玉米。饭盒第二层配了水煮胡萝卜和蘸水茄子，也很开胃。

陆粥粥实在太饿了，吃什么都觉得特别香。她美美地饱餐了一顿。

饭后，陆怀柔拎着饭盒去走廊外的水槽边洗碗，陆随意连忙跟上去：“爸，这些事交给我来做，哪能劳动您啊！我来我来！”

病房里没人了，陆粥粥连忙把陆方便叫过来，小声问道：“哥哥在哪儿？”

“楼下呢。这两天，我每天过来都能看到他。”陆方便撇嘴，“他看着好可怜啊。”

陆粥粥心都揪起来了：“爷爷叫我好好休息，把我手机给没收了。”

景绪肯定急死了。

楼上是 VIP 病房，除了病人家属，其他人都上不来，除非陆怀柔亲自带他上来。

“他……他还没走吗？”

“肯定没走。”陆方便笃定地说，“我每次过来都能看到他，晚上他好像睡在一楼的休息椅上。”

“你帮我跑跑腿，跟他说，我没事了，我……我完全康复了，一点儿事都没有！”陆粥粥急切地道，“让他回家休息，不要睡在医院了！椅子上怎么睡得好呢？”

“姐姐你别急，我这就去！”

陆方便正要出门，陆粥粥又叫住他：“等一下！”

“姐姐还有什么话要带给哥哥吗？”小朋友立马停下。

“他肯定还没吃晚饭，你帮我把……把……”陆粥粥环顾病房一圈，然后抓起床头柜上的红苹果，递给陆方便，“把这个苹果给他，看着他吃，吃完了让他赶紧回家。”

“好的，姐姐！”

陆方便捧着红苹果，颠颠儿地跑下了楼。

陆粥粥心情难以平复，想到景绪这些日子肯定备受煎熬，心里像猫儿挠似的。她看着输液点滴快到底了，索性直接扯掉了右手的针管，披着陆怀柔的西装外套，跌跌撞撞来到走廊边。

今晚的月亮大如盘，高悬于夜空当中。楼下花园里，有复健的患者在散步，有医生护士推着担架的匆忙身影……而那个少年穿着一件黑 T 恤，站在月光下，手里拿着一个红苹果。

陆粥粥冲他拼命扬手，少年似心有所感，抬起了头。

目光对视的一刹那，陆粥粥从他的眼神里，读出了他连日来的惊惧、惶恐和疲倦。

“哥哥，”她喊了一声，可是十五楼的高度似乎不能将她虚弱的声音传达给他，“哥哥，我没事！我没事的！”

景绪松了一口气，对她扬了扬手，表示自己已经知道了。

陆粥粥有好多话想跟他说，偏偏陆怀柔又没收了她的手机，她无可奈何，只能隔着浓郁的夜色与他对视。

看到她，景绪越发舍不得离开，就站在楼下，仰头看着她，似乎脚下生了根，永远都看不够。

他怎么会看够，这辈子他都看不够了。

“哥哥，我喜欢你呀！”

陆粥粥不敢说得太大声了，怕被其他人听到，胡乱挥舞着双手，在空中画了一个心，又怕他不明白，直接举起手，在头顶比心。

“我喜欢你！我喜欢你！喜欢你！看到了吗？”

那一刻，景绪的眼睛红了。那么多、那么多的“喜欢”扑面而来，他再也控制不住自己无声地流着泪，冲她大喊：“陆粥，可我爱你。”

第二十章

谢谢你救了他

爱是这个世界上永恒的东西，正是因为永恒，所以显得有些老土。

现在的年轻人，几乎说不出那三个字，好像喜欢就够了，“喜欢”二字，足以概括恋人之间的感情。

景绪回报不了陆粥粥那么多、那么多的喜欢，他只能爱她……用他余生全部的热情、信念和坚贞，爱她。

这样的表白并不多见，有不少病人趴在走廊边看热闹，还有人叫着“在一起”“在一起”……

陆怀柔在水槽边洗着碗，动作缓慢，神情淡定，似对外面的热闹充耳不闻。他身边的陆随意却如坐针毡，小心翼翼打量着自家老爹的神情，尴尬得不知道怎么办才好。

他好怕陆怀柔一个不高兴，冲下去把那小子揍一顿，得随时准备拉着他爹。

陆随意打心眼里还是向着景绪的，一则亲闺女喜欢那小子，她闺女喜欢的，他必然爱屋及乌；二则景绪帮过他儿子，陆随意铭记于心。但是他接受景绪，不代表陆怀柔也接受，毕竟陆粥粥在陆怀柔心里的分量，那可不是随意掂量的。

陆怀柔像是没听见外面的热闹，从容地洗了碗，沥水擦干净，随手扔给了陆随意："还回去。"

"爸……那什么……"陆随意结结巴巴道，"那小子吧，您应该认识，说是以前住您家隔壁的，跟粥粥也算青梅竹马，好歹知根知底，相互照应着……没什么不好，是吧？"

陆怀柔睨了他一眼："就这点儿事，还要你跟我解释？那小子在楼下守了几天了，我没瞎到那份上。"

陆随意打量着陆怀柔的表情，就知道他肯定把景绪的老底摸得一清二楚了。

"我这不是……怕您老人家不高兴吗？"陆随意轻松地笑着说，"咱们家不是那种封建家庭，现在年轻人谈恋爱算什么事，我们家小子六年级就会给女孩写情书了，所以一味压制，对孩子也不好，是吧，爸？"

"行了。"陆怀柔走出盥洗间，"陆粥粥由我管着，你管好陆方便。这事，我有分寸。"

"有老爸这句话，我就放心了。"陆随意嘴上放心，实际上这一颗心还是没放下去，赶紧又补充了一句，"您是全世界最疼她的人，肯定也舍不得她难过的。"

第二天，陆怀柔下楼的时候，特意跟管理 VIP 病房电梯楼层的护士叮嘱了，可以放景绪上楼探望。然而等他晚上过来查看来访记录，却并没有看到景绪的名字。

"那小子没来？"

"没来。"值班护士道，"说也奇怪了，这段时间天天过来，一待就是一整天，今儿个偏就没来。"

陆怀柔心里有些担忧，回头给艾伦打了个电话："景绪在基地吗？"

艾伦："胖子说他晚饭后就出去了，一直没回。电话也不接，我还以为他去医院看粥粥了呢。"

陆怀柔心里咯噔一下，心道不好了，对艾伦说："马上去北城大学！找到那个女孩！”

多年的默契，艾伦瞬间明白了陆怀柔的担忧：“怀爷，这不……不至于吧？”

“还不快去！”

陆怀柔挂了电话，出门便拦了一辆出租车，朝北城大学驶去。

齐琪从自习室跑出来，脸上挂着兴奋的潮红。

刚刚景绪主动添加了她的微信，说他现在在学校里，想跟她见面聊聊。

齐琪害怕景绪误会自己，当下便在微信里跟他解释道：“陆粥粥不是我推下河的，是她自己踩空了，跟我没关系的！”

景绪没有回她，只给她发了一个定位，定位显示，他在学校的后山林区。

路灯下，齐琪顿住了脚步，发信息问道：“为什么要在这么偏僻的地方见面呀？我看到路边还有奶茶店没关门呢，约在奶茶店见吧。”

景绪：“你不是很想了解我？”

齐琪：“景绪，我不明白，你这话什么意思呀？”

景绪：“我给你一个了解我的机会，只等十分钟，如果不过来，我再也不会找你。”

齐琪看着这条信息，心跳骤然加速，脑子里闪过无数复杂的念头。

这么晚了，景绪把她约在如此荒僻的地方……念及至此，她的脸颊微微发烫。

去不去……这是一个问题。

如果她不去，正如他所说，可能永远没有机会了。现在的景绪，今时不同往日，他的前途镀着一层闪闪的金箔啊。

齐琪决定赌一把，也许今晚之后，她就可以得到一直想要的……

后山林区有一片人工湖，她打着手电筒，小心翼翼地穿过丛生的杂草，来到了湖畔。

景绪捡起一块石头，打了个水漂。月光下，他的背影如此潇洒恣肆。

齐琪红着脸，试着唤了他一声："景绪，我来了。"

齐琪看到他便心跳加速，她真的很喜欢他，而且是一见钟情的那种喜欢。

如果不是有陆粥粥从中作梗，她相信自己可以追到他，毕竟……她颜值也不低，而且很有能力，追一个职高生，应该不是难事。

"景绪，你找我是什么事啊？"

"我找你什么事，猜不出来？"

齐琪稳定了心绪，走到他身边，说道："如果是陆粥粥的事，我问心无愧，不是我把她推下去的。当时我们发生了争执，我是拉了她一下，但没有推她，是她自己掉进了河里。

"我承认，这件事我有错，但就事论事，我不用负任何法律责任。因为是她自己踩空，警察都是这样认定的，我根本没有伤害她的意图。"她抬头望了眼景绪，"是不是陆粥粥跟你告状了？"

"她在医院，我还没有见到她。"景绪嗓音淡淡的，宛如夜风，"今晚之后，也许不会再见面了。"

听到他这样说，齐琪心里掠过一丝窃喜，猜测肯定是陆粥粥家里人不让他见她了。毕竟景绪这样的学历，一般的家庭都不会接受他。

她掩住自己表面的喜悦，说道："陆粥粥本来就很傻白啦，什么都听家里人的，没主见，也不够坚定，我跟她就不一样了，我……"她话音未落，却见景绪漆黑的眸子扫了她一眼。

随后，还来不及反应，景绪用力反握住她的胳膊，沉声道："就这么喜欢我？"

齐琪脸蛋一红，害羞得不敢看他："你先松开人家好不好，你弄得有点儿疼……"

景绪没有松手，将她拉近自己，一字一顿地问道："喜欢我，喜欢到要去杀人？"

这句话是齐琪没有想到的。她惊讶地望向景绪，在他凛冽如霜的眼神里，她终于感觉到了恐惧和害怕。

"不……不是的，我……我没有杀人，我没有……"

“你差点儿让她死！”

景绪的嗓音越来越干，仿佛枯枝被碾碎的声音：“你知不知道，你差点儿让她死！”

齐琪开始猛烈挣扎：“不！我不想的！我不想杀人的，是她自己摔下去，跟我没有关系！我没有推她！”

“她是我的宝贝，是我都舍不得碰一根手指头的宝贝。”景绪用力地说，“你差点儿杀了她！”

忽然，一道力量从后面按在他的肩膀上，直接卸掉了他右手臂全部的力量。

景绪回头，看到陆怀柔站在他面前。

陆怀柔呼吸不平，似一路狂奔而来，看着他，眼神里有失望，也有几分不可思议。

“陆……”他还没喊出声，陆怀柔扬起手，啪的一巴掌打在了他的左脸颊上。

景绪脑袋一偏，半边脸颊都麻木了。

陆怀柔指着他，手指都在颤抖：“你……你疯了！”

景绪被父亲打过，那个时候，他是真的感觉屈辱。但是被陆怀柔打了一巴掌，景绪反而觉得痛快，因为他知道面前这个男人，是真的关心他。

他嗓子里仿佛卡着刺：“爷爷……”

“你算什么东西！你跟我有什么关系！”陆怀柔气得话都快说不利索了，指着景绪，怒意沸腾，“但是你让我孙女伤心，你敢毁掉她的幸福，我……我现在就打死你。”

就在陆怀柔抬脚要踹他的一瞬间，景绪蓦然跪了下来：“爷爷，对不起。”

陆怀柔这一脚，终究没舍得踹下去。他回头，看着齐琪踉踉跄跄逃离的身影，摸出手机给艾伦打了一个电话：“过来没？”

“进学校了，马上过来。”

“截住那个女孩，让她忘了今晚的事，不能到处乱讲，更不能报警！”

“怀爷，您放心！”

挂了电话，陆怀柔回过头，看了景绪一眼。

景绪还跪在地上。

直到此时，他才慢慢回过神来，意识到自己刚刚究竟做了什么，他的身体也抑制不住地颤抖起来。

“站起来，跪我做什么？”陆怀柔冷冷地道，“男儿膝下有黄金，除了搓衣板，天地都不跪。”

景绪撑着膝盖站了起来，走到陆怀柔面前，虔诚地说：“爷爷，我错了。”

“你跟陆粥粥一样，知道错了却永远不会改。”陆怀柔心绪平静了些，手颤抖着点了根烟，“越大越让人操心，还不如小的时候……”

景绪不说话，眼眸黑沉沉的不见底。

陆怀柔走过来，掀开了他的衣服，景绪本能地伸手挡。不过他哪里敌得过陆怀柔的手劲儿，分分钟便被卸了力。

陆怀柔掀开他的衣服，看了一眼他烧伤过的后背，皱眉说：“怎么弄成这个鬼样子？你爸妈之后都没带你做过医美？”

景绪咬着牙，说道：“没有。”

“这不行，你这样子，会把粥粥吓到。”

“对不起。”

“我帮你预约南城最好的医美整形医院，你先去把你的背好好给我整一下。”

景绪不解地看着他：“南城？”

“不是要高考吗？我查过了，你在职高没走正常入学手续，学籍还在南城，所以高考也得回去考。”陆怀柔背过身去，说道，“这一年之内别回来了，好好冷静一下，你队长的位置我给你留着。明年回来，我要看到你的改变。”

“……”

“一年的时间，如果想不明白，还觉得自己贱命一条，是个随时可以自我放逐的人，那我也不会让你这样的人再靠近我孙女半步。”

八月底，陆随意和陆方便父子俩给陆粥粥收拾好了行李，接她回家。其实陆粥粥的身体早就康复了，不过陆怀柔不放心，又让她在医院里多住了两周。

走出私人医院大楼，陆随意将行李箱放进后备厢，回头见陆粥粥望着前庭花园发呆。

顺着她的目光望过去，他看见景绪站在花圃边，远远地等着她。

“爸，我朋友来了……”

陆随意感叹道：“真是女大不中留了。行吧行吧，你去吧。”

“谢谢老爸！”

“不过晚上必须回家啊！九点之前！否则让你爷爷知道，肯定饶不了你。”

“会的！”

陆粥粥跟老爸和陆方便道了别，穿过人行横道，朝景绪小跑过去。

景绪今天依旧穿着黑 T 恤，戴着鸭舌帽，黑裤勾勒着他笔直修长的腿。

陆粥粥跑到他面前，摘了他的鸭舌帽，笑着说：“哥哥现在已经是大明星了嘛，出门都要戴鸭舌帽了呢。”

景绪夺过她手里的帽子，鸭舌朝后，扣在小姑娘的脑袋上：“我算什么大明星，你爷爷才是。”

“嗯，有道理。”陆粥粥走在他身边，“咱们这个圈还是小众，不过小众有小众的好，只在圈子里火，不用担心走在大街上会被围观啦。”

“你还咱们……你对电竞了解多少？”

景绪说话间，手臂搭在了小姑娘的肩膀上，一切都是那样自然。

陆粥粥有些害羞，但还是往他怀里靠了靠，说道：“我对电竞了解很少，但是我了解哥哥，这就够了。”

小姑娘撒娇地依偎在他身边，像缠绕着大树的藤蔓，他能从她身上获得强烈的被需要的感觉。

景绪发现自己几乎依赖上了这样的感觉，眷恋地享受着跟她在一起的每一分每一秒，贪婪地吮吸着她身体的每一丝馨香，眼神一秒钟也不想从她身上移开。他大概是真的病了吧。

"哥哥，晚上你请我吃什么？"

"你想吃什么？"

"那吃肯德基吧！"

景绪嘴角扬起一个浅淡的微笑："你还是小孩子吗？"

"谁规定大孩子就不可以吃肯德基啦。"

陆粥粥拉着景绪，走到商业广场的肯德基门店。儿童套餐做活动送礼物，陆粥粥毫不犹豫点了一份儿童套餐，又给景绪点了一份鳕鱼堡。

景绪看着她乐滋滋地玩着儿童套餐里送的小黄鸭吊坠，说道："陆粥小朋友，好玩吗？"

"好玩呀。"陆粥粥将小黄鸭放在桌上，假装它在凫水，"小鸭子从来没有去过河岸对面，妈妈告诉它，河岸对面是乐园，在乐园里永远不会悲伤，只有快乐和幸福。

"于是小鸭子每天都在水里练习游泳，它游啊游，终于，游到了河对面。你猜乐园里有什么？"

景绪咬了一口汉堡，说道："一堆零食。"

"真没想象力。"陆粥粥拎着小鸭子，一点一点地爬上了景绪白皙的手臂，"原来乐园的老板就是景绪哥哥，于是小鸭子就和哥哥幸福地生活在一起了。"

景绪面无表情地道："当天晚上，景绪就把小鸭子宰了，做了一碗香喷喷的啤酒鸭。"

陆粥粥将小黄鸭吊坠收回来，景绪却握住了她的手，微笑道："送给我。"

"你不是要炖了它吗？"

"不炖了，我把它当亲闺女一样养起来。"

陆粥粥撇撇嘴，拎过景绪的黑书包，将小鸭子吊坠系在了书包的拉链上："送给你了。"

"我会好好照顾它。"

两人走出肯德基门店，外面淅淅沥沥地下起了小雨，湿漉漉的街道倒映着街边的霓虹灯。不少路人站在商店门口，焦急地等待着雨停。

景绪摸出了手机叫车，说道："排队六十多人，看来今晚我们回不去了。"

陆粥粥听着雨点拍打地面的声音，看着檐下滴落的雨珠，说道："最美不是下雨天，是与你躲过雨的屋檐。"

景绪低头看了她一眼："别念，你唱出来。"

"不唱！你知道我唱歌跑调。"

"但我想听你唱歌。"

"不唱不唱！"陆粥粥笑着跑进了大雨中，站在雨里，回头冲他嫣然一笑，"哥哥，你喜欢淋雨吗？"

"回来。"景绪皱眉道，"会感冒，你刚出院。"

忽然间，骤雨倾盆而下，陆粥粥迅速变成落汤鸡，眼睛都快被淋得睁不开了。她看看天空，忽然笑弯了腰："淋雨好爽啊！哥哥！"

景绪望着大雨中的女孩，她恣意地笑着，就像小时候，无数个下雨天，两人牵着手奔跑在回家的路上……

小时候多么想赶快长大，可是长大之后，又好想回到小时候。记忆中的秋千、梧桐步道、蹲在树下的小女孩……回到他生命中最美好的时光。

陆粥粥转过身，自由自在地走在大雨中。身后，景绪跑了过来，猝不及防……从后面抱住了她。

他抱得那样紧，用尽全身的力气，死死地抱着她。

陆粥粥不知道，男孩子皮肤的温度竟然这样热，包裹着她宛如火炉一般。她靠在他的胸口，甚至能听到他胸腔里扑通扑通的心跳声。

"景绪，你还愿意陪我淋雨吗？"

"愿意。"

陆粥粥回头，踮起脚，伸手擦了擦他脸上的雨水，可是不管怎么擦，倾盆大雨还是会顺着他英俊的脸庞落下来。

冰凉的指尖轻轻触到了他温热的唇，她宛如触电一般，抽回手，脸颊也红了起来："我们回家吧。"

"好。"

这一次，景绪拉着她的手腕在雨中奔跑起来："陆粥，唱歌给我听。"

"那我就唱啦，但是你不准笑我。"陆粥粥清了清嗓子，唱道，"从前从前，有个人爱你很久，但偏偏、风渐渐，把距离吹得好远……"

"我觉得你还是在朗诵。"

"你懂不懂呀，这叫 rap！"

景绪笑了起来："好，rap，你继续。"

"但故事的最后，你好像还是说了……"

"拜拜。"

景绪松开了她的手。

陆粥粥回头，看到陆宅就在眼前："哦，到家了。"

她走进了篱笆墙里，又回头看了看他。

灯光下，少年的影子孤零零地倒映在湿漉漉的雨水中。

陆粥粥的手高举过头顶，冲他比了个心："哥哥，喜欢你哦！"

雨滴地打在他的脸上，顺他的脸庞缓缓流淌。他嘴角上扬，对她微笑："拜拜。"

陆随意一直在落地窗边观望，焦躁地等待陆粥粥回来。见她淋雨，他赶紧撑着伞跑过来接她："哎呀，我的小祖宗，你这病刚好，怎么淋成这样啊，要是感冒了，你爷爷又要发脾气！"

"别告诉他。"

陆粥粥笑嘻嘻地挽着老爸进了屋。

"别碰我，你弄我一身的水，快洗澡去！"陆随意给她拿了睡衣，"当心着凉了！"

陆粥粥泡了个热水澡，擦拭着湿漉漉的头发走出来，看到陆随意坐在吧台边，神情似乎有些焦躁。

“爸，你还没回去啊？”

“呃，爸想问你，今天跟景绪出去玩，都干什么去了啊？”他踟蹰地说，“当然，我们是民主家庭，你也可以不回答，毕竟这是你的私事，不过，你也要体谅父母的担忧，你年纪还小……”

陆粥粥用毛巾擦着头发，拿起吹风机，笑着说：“您老就放心吧，我跟哥哥去吃肯德基了，然后散步回家而已。”

陆随意松了口气，不过随即道：“他就请你吃肯德基？哇，这也太小气了吧，男朋友可不能找太小气的。”

“是我要吃肯德基的嘛。”陆粥粥说道，“肯德基也不便宜呀。”

“我还以为最后一天，他好歹也要请你吃顿大餐吧。”

“什么最后一天？”

陆随意一窒，站起身挠挠头：“那什么，我想起来了，陆方便的作业我还得签名呢，我先回去了。”

“爸，你站住，”陆粥粥叫住了他，“什么最后一天，你说清楚。”

陆随意摸摸后脑勺，说道：“就……今晚十点的飞机，回南城，一年内应该不会回来了。”

陆粥粥一颗心急速下坠：“你说什么？”

“这个……你可千万不能怪你爷爷啊，他所做的一切都是在为你考虑。”陆随意劝慰道，“你不知道那小子做了什么，如果不是你爷爷及时赶到，姓齐的那女孩……你说说……手段这般狠辣，你爷爷敢让他留在你身边吗？”

陆粥粥仿佛被抽空了全身的力气，无力地坐在了椅子上：“你说他差点儿伤害齐琪？”

“是你爷爷从中调和，这件事才没有闹大。否则你想想，什么后果，杀人不得偿命吗？”

陆粥粥感觉脊梁骨一阵阵的恶寒，她不敢想象！

她颤抖着摸出了手机，想给他打电话。这时，书房门开了，陆怀柔从楼梯上走下来，沉声说道：“我不阻止你联系他，我也阻止不了。但是陆粥粥，我更希望你能控制自己的感情，让他冷静一段时间，好好想想，他究竟想成为什么样的人。”

天使和恶魔，也只在一念之差。

“可我不能让他一个人……”眼泪顺着她的脸流淌着，她一遍遍地重复着，“我不能……”

“那孩子经历过常人难以忍受的痛苦，内心扭曲的程度……恐怕是你我无法想象的。”

陆粥粥回过头，死死咬住了下唇，流着眼泪看着陆怀柔：“他伤害齐琪，是因为他爱我！”

“可是陆粥粥，不是所有的爱都是正面的，极端的爱会让人偏执，让人陷入万劫不复的境地。”陆怀柔的嗓音变得异常沙哑，他是动了真感情，语气充满无奈和痛苦，“如果他不能战胜自己内心的恶魔，我怎么敢……怎么敢让他留在我最疼的孙女身边啊？”

陆粥粥拿着手机的手无力地垂了下来。

她流着眼泪，紧抿着唇一言不发，朝陆怀柔走了两步。

陆随意赶紧挡在陆粥粥身前，隔开了爷孙俩：“闺女，你千万别怪你爷爷，虽然吧……擅作主张真的让人生气，但老爸已经说过他了，你就别再和爷爷闹了。他年纪大，这万一闹出高血压来……”

陆粥粥错开陆随意，走到陆怀柔面前。看着他这段时间苍老不少的脸，以及鬓间那还未来得及染黑的白发，陆粥粥抱住了他的腰。

陆怀柔本来还以为一场大战不可避免，没想到小丫头居然破天荒地没有跟他硬碰硬。

“谢谢你救了他。”陆粥粥将脸埋进了陆怀柔的胸口，说，“谢谢你给他更好的选择，谢谢你……接受他。”

直到那一刻，陆怀柔是真的感觉到，养了这么多年的小姑娘，长大了。

陆粥粥乖乖听了陆怀柔的话，没再联系景绪。

陆怀柔每周日上午都会和心理医生通话，询问景绪的情况。

一开始陆粥粥并不知道这件事，后来无意间听他在电话里提到了景绪的名字，她才开始留意。

她没事进门送个水，削个苹果递到他面前，甚至拿起拖把在他书房里装模作样地打扫卫生。

陆怀柔挂了电话，说道：“他的问题比较严重，心理医生正在配合药物加催眠疗法，好在他愿意配合，每周都会去，还算比较乐观。”

陆粥粥点点头。她知道，是爷爷安排的，景绪哪怕不情愿，也肯定不会忤逆。

而这一年的暑假，蒋清霖如愿拿到了北城大学的录取通知书，张虎的成绩稍弱，没能考上北城大学，去了南方的一所科技类重点院校。

这一年，跟陆粥粥告白的学弟、学长依旧前赴后继，而陆粥粥婉拒的说辞一律变成了：“抱歉，我有男朋友了。”不过谁都没有见过陆粥粥的男朋友长什么样子。

景绪的微博停更了，没有他的消息，粉丝全部涌入 Fly 的官博询问他的消息。官博发了一张景绪之前的游戏海报：“闭关修炼，静候归来。”

陆粥粥放大了这张海报，照片里的少年穿着红白色的队服，双手插兜，依旧是一副“谁都不爱”的高冷样子。

她笑着保存了这张照片。蒋清霖见她这痴痴的模样，摇头感叹道：“现在都已经卑微到看着照片乐不可支的地步了吗？”

陆粥粥放下手机，严正申辩：“蒋清霖！”

蒋清霖也不示弱：“陆粥粥，你能不能有点儿出息。咱们学校帅哥这么多，别在一棵树上吊死了！大好的青春，如此美好的校园生活，北城大学这么多高才生，哪个拎出来都不比他差！”

“你知道喜欢一个人是什么感觉吗？”

陆粥粥想了想，又说道：“别人都说，喜欢会让人变得勇敢，但是对于我而言，因为喜欢，我会瞻前顾后，会畏首畏尾，会小心翼翼害怕失去……”她垂眸看着黑屏的手机，“明明一个电话就可以联系到他，可是偏偏没有勇气去打这个电话。我希望自己能更勇敢一点儿，但是因为太在乎了，反而不敢拨出这个号码。”

蒋清霖困惑地望着陆粥粥，她没有体会过这样的感情，所以不太能理解：“为什么不敢啊？”

“等你有了很喜欢很喜欢的人，就会知道为什么不敢了。”陆粥粥摸了摸她的头，“好啦，乖乖看咱们寒假的旅游攻略吧。”

蒋清霖一边翻着旅游攻略，一边说道：“粥粥，我觉得上大学之后，你就变了。以前你是敢冲着帅哥吹口哨的‘女流氓’，现在你变得畏首畏尾的。如果是我的话，不管喜欢的人相隔多远，我都会排除万难、不顾一切去见他……”

她的话，在陆粥粥心里泛起了波澜。

排除万难，不顾一切去见他，她有这个勇气吗？

寒假来临，陆粥粥和蒋清霖，还有班上其他一些同学，约好了去江南一带旅游。

江南风光，是北城没有的明净和婉约。蜿蜒曲折的园林亭台、黑瓦白墙的静谧古镇，时光在这里仿佛也走得很慢、很慢。

自飞机落地之后，陆粥粥的心就没有静下来过，也许是因为这里是南方，水土不服；也许是因为……离他仿佛近了许多。

后来，伙伴们又想去其他地方玩。在机场候机厅里，陆粥粥一直低头翻看着火车时刻表。

蒋清霖无意间瞥见她的手机屏幕，是到南城的动车，最晚的一班八点三十，距离现在只有一个小时了。

“想去就去呗。”她慢悠悠地说，“这么近，坐动车一个小时不到，就能见到他。”

陆粥粥放下了手机，笑着说：“去什么呀，机票都买了。”

“那你干吗看时刻表？”

“我……随便看看。”

“拿不定主意啊。”蒋清霖从包里摸出一枚硬币，“这样吧，咱们问问老天爷——如果是数字朝下，你就去找他；如果相反，乖乖跟我们去玩，别胡思乱想了。”

陆粥粥不置可否地耸耸肩，接过了硬币，往空中一抛，然后快速按在手背上。

蒋清霖凑了过来，好奇地说："开开开！"

陆粥粥移开手，看到是数字朝上，有些失望。

蒋清霖笑着拍了拍她的肩膀："注定有缘无分，乖乖跟我们去玩吧。"

这时，广播里传来了登机的信息。

小伙伴们拿着行李在检票口排队登机，陆粥粥低头看了看手中的硬币，有些不甘心，又悄悄试了一次。这一次，硬币在她的手中，依旧是数字朝上。

或许，她真的不该去见他。

爷爷说得对，很多事情，只有他自己安静地想明白，自己一步一步走出泥沼才行。

现在她冒冒失失去见他，对他只是一种打扰。

陆粥粥深呼吸，跟着小伙伴走进了闸机通道口。

检票之前，蒋清霖拦住了陆粥粥，说道："肥粥，这种事不能听老天爷的，也不能听任何人的，听听你自己心里的想法。你想，就去。"

"我……"

我想的，好想见他。

陆粥粥看着闸机通道内的小伙伴，又看看蒋清霖，忽然一阵热血涌上了头顶："我想去见他！"

蒋清霖笑了起来，将她推了出去："那就去啊，陆粥粥！还在犹豫什么呢！"

陆粥粥心跳加快了："那我去啦！"

"快去吧！跑快点儿，要不赶不上最后一班火车啦！"

她拉着行李箱，不顾一切地朝着出口的地下二层跑去。

火车票其实早已经买好了，她快速通过了检票通道口，赶在开车前十分钟上了车。

她想见他！脑子里只有这一个念头。

坐在空荡荡的车厢里，望着窗外飞速闪过的景色，她的呼吸还没能平静下来。

城际列车很快便抵达了南城，陆粥粥跟着人流走出了火车站。她甚至都顾不得先订酒店。

之前欧阳寺去南城找过景绪，所以他住的地方，陆粥粥早就打听清楚了。也许，她潜意识里早就有想来见他的冲动了吧。

陆粥粥按照欧阳寺给她的地址，在路边叫了一辆出租车，来到了银座公寓楼下。

这里是商业中心，周围配套设施非常完善，周围有南城一中，也是他目前就读的高中。

陆粥粥被冲动驱使着，拉着行李一路狂奔，来到他的城市。可是……到了他住的楼下，她的理智再度占据了上风。

啊，她到底在做什么，莫名其妙跑到人家楼下……自以为很浪漫，其实蠢透了吧。

陆粥粥摸出手机，定位在银座公寓，发现这个公寓楼里还有很多酒店。

她选了其中一家评分较高的酒店，预订之后，这才稍稍安心，名正言顺地走进了公寓楼。

没错，她只是来南城旅游的，如果能够遇见他，那是巧合，是缘分，如果遇不到……遇不到就最好啦！

陆粥粥自我安慰着，去酒店前台办理了入住，然后拖着行李进了电梯。

欧阳寺的微信飞了进来：“校花姐姐，Lu 的房间号是 3204，门锁密码是 320404。”

陆粥粥：“……”

他怎么连门锁密码都搞到了！这是什么神通广大的队友！

欧阳寺：“祝幸福。”

陆粥粥发了个微笑的表情。

公寓式酒店很宽敞，大落地窗能看到半个南城的霓虹灯。陆粥粥躺在大床上，再度翻出了欧阳寺给她的信息。

她怎么那么㞞啊！

想见就去见啊，她都来了，怕什么！

陆粥粥一跃而起，跑到卫生间洗了个澡，然后换上崭新的裙子，还给自己化了个淡妆。

一切准备就绪之后，已经是晚上十点了，陆粥粥走出房门，进了电梯，按下 32。

心脏怦怦怦直跳。

叮，电梯门打开，陆粥粥鬼鬼祟祟地走到 3204 房间门口，防备地看看左右，然后趴在房间门口听了听。里面没有任何声音。

他是不是睡觉了？

高三生应该睡得都挺早。

陆粥粥靠在墙边，低头给蒋清霖发微信："你到了吗？"

蒋清霖："刚下飞机。你呢？"

陆粥粥："我在他家门口。我该怎么办呀？"

蒋清霖："敲门呀！找他呀！"

陆粥粥："会不会太傻了！我还特意从北城过来，给人一种很不矜持的感觉。"

蒋清霖："……

"纯洁点儿，见个面而已，没什么的。"

陆粥粥："算了，这太傻了，我还是明早坐飞机回家吧。"

蒋清霖："㞞货！"

陆粥粥："……"

她放下手机，又趴在门边听了听，确定家里静悄悄的，他果然睡了啊。

就在陆粥粥转身想离开的时候，电梯门忽然打开了。穿着灰毛衣的少年，拎着一袋水果和零食走了出来。

陆粥粥看到他，快要停止呼吸了！

男生穿毛衣的样子，总归不如西装笔挺的样子有精神，也不如衬衣那样清净利索，但是景绪穿着毛衣，会给人一种很乖、很居家的感觉，他眼神的冷淡和五官的锐利感，也被毛衣所勾勒出来的柔和气质裹住了。

灯下，他唇角弯了起来："都告诉你房间密码了，为什么不进去？”

陆粥粥整个人像被钉在墙上一般，心怦怦怦乱跳，脸蛋、耳垂全红透了。

“你怎么……知道？”

景绪轻飘飘地路过她身边，输入密码。陆粥粥闻到了他身上一股混合着雪松的檀香味，给人一种沉静的感觉。

“欧阳寺说你来找我了。”

陆粥粥心里暗骂：欧阳寺那个叛徒！

景绪从手里的超市白塑料袋里取出了女用棉拖鞋，上面挂着毛茸茸的可爱兔耳朵。

“我让他把房门密码告诉你，然后就去便利店买用品和零食了。”他絮絮叨叨地说着，丝毫不像半年未曾见面的样子，倒像是昨天才见过面，“谁让你站在门边等，外面这么冷。”

陆粥粥紧张的情绪以及她脑子里那些个莫名其妙的想法，一瞬间烟消云散。

是啊，她根本不需要忐忑，也不需要紧张……面前的人是景绪，也是哥哥啊。

见小姑娘发愣，景绪将她拉到门边，蹲下，解开了她的运动鞋带。

“哥哥……”小姑娘害羞地退后了两步，自己换了拖鞋，笨拙地解释道，“我在这边旅游，就……路过，没想打扰你，准备看看就走的。”

他漆黑的眉眼染了几分笑意：“看什么？”

“就看看……你。”小姑娘戴着红色的围脖，乌亮的眸子低垂着，睫毛细密修长，轻轻战栗着。

“那怎么不看呢？”

听到他这样说，她才抬起眸子，看了他一眼。

景绪弯下腰，将英俊的脸庞凑到她面前，似乎要让她看清楚。

陆粥粥脸颊涨红，小鹿乱撞：“看到啦，那……那我走啦！”说完她便要溜。景绪从后面拉住她的围脖：“想来就来，想走就走，你当我这里是什么地方？”

小姑娘被他拉了回去，他轻轻地将她的围脖拉上来，盖住了她红扑扑的小脸，然后抱住了她。

“想我？”

“想的……”她闭上眼睛，深深地呼吸了一下，鼻息间是他的味道，那样充实，“哥哥，我好想你，好想你好想你，每天都想你。”

陆粥粥被红围脖遮着眼睛，什么都看不到，却能感觉到他的怀抱在逐渐收紧。

“哥哥也想我吗？”

“我不敢想。”景绪嗓音低沉沙哑，“我怕会忍不住回去，我的控制力其实没那么好。”

陆粥粥闭上了眼睛，娇滴滴地抱着他：“哥哥……”

怀抱似乎更紧了些，如此用力的拥抱，如此近的距离。

她软绵绵的小手伸到胸口处，轻轻地挡了一下，虽然力量小得几乎可以忽略不计，但这样的动作，还是让景绪察觉到了。他缓缓地松开了她，眸光意味深长。

“痛啊？”

“哪有痛！”陆粥粥羞红了脸，“才不痛，没有地方痛！”

景绪看着小姑娘，宛如含苞的小花蕾，静待绽放。他只看了两秒，便移开了视线，说道：“进屋吧，陆粥粥同学。”

陆粥粥将围脖摘了下来，放在柜子上，然后穿着小兔子拖鞋跟他进了屋。

房间的布局和酒店一样，不大，约莫四十平方米，卧室和客厅其实是连接着，只有一面玻璃做隔断。日式的装修风格，客厅是内嵌式的榻榻米，很有特色。

“很小，随便参观。”景绪从口袋里取出一些日常用品，譬如护发素、卸妆膏、毛巾之类的，“你过来得匆忙，订酒店了吗？”

“没订。”陆粥粥下意识地脱口而出。

景绪的手微微一顿，抬头睨了眼窘迫的小姑娘：“你……想干吗？”

景绪很了解陆粥粥，这个小姑娘脑子里时不时总会冒出些奇奇怪怪的念头。

他见她窘迫，若再说下去，只怕她是要恼羞成怒了。他唇角弯了弯，说道："我先去洗澡，你自己看会儿电视。"说完，他把遥控器递给了她。

很快，浴室里传来了哗哗的水声。

陆粥粥趴在榻榻米上，将小脸蛋整个埋进了抱枕里面，崩溃地"啊"了一声。

刚刚她真是太丢脸了！但是她真的不太想走，不是为了别的什么，只是想和景绪待在一起。

她来见他，真不愿意见面几分钟便又要分开，她一分钟都不想和他分开。

陆粥粥抱着流苏枕，打量着房间里的一切。这里是他生活的地方，每一个物件都有他生活的痕迹，空气中也都是熟悉的气息。

架子上有各式各样的游戏角色手办，相框里有他俩小时候的合影照片，小鸭子吊坠依旧挂在他的书包上……

陆粥粥走到床边，轻轻坐了一下。床垫略硬，不像她的床，松软得能够陷下去。

男孩的床是不是都这么硬啊，她可睡不惯。

陆粥粥忽然想到了什么，赶紧摸出手机，给陆怀柔发了一条信息："爷爷，我今天有点儿累，想早点儿休息，晚安！爱你哟。"

陆粥粥长这么大第一次独自出远门，陆怀柔很不放心，所以每天晚上都会给她打视频电话确认安全。

陆粥粥可不想让他发现自己半道去了南城。

她先发制人，说自己睡觉了，这样比较保险，爷爷应该也不会怀疑什么。

她可真聪明。

书房里，陆怀柔放下报表，扫了眼手机屏幕，小女孩的微信弹了出来：“爷爷，我今天有点儿累，想早儿点休息，晚安！爱你哟。”

这么早睡觉，睡觉前还要跟他汇报，这实在不是陆粥粥的风格。

事出反常必有妖。

陆怀柔打开电脑，登录信用卡账户顺手一查，果不其然，她最近一笔消费，是在南城的银座公寓酒店订的一间大床房。

“……”

之前她说要跟朋友去南方一带旅游，陆怀柔虽然很不放心，但也没有阻止。年轻人有年轻人的社交活动，他不会干涉。

谁能想到，她竟然转道去了南城！

陆怀柔一个电话准备打过去，然而号码刚刚拨通，他便立刻又放下了手机。

女孩长大了，终究还是要给她留几分面子。

今晚景绪洗澡比平时多了一倍的时间，头发洗了两次，沐浴露也抹了两次，洗完之后，还对着镜子把下颌的胡子剃得干干净净。

手机嗡嗡振动了一下，陆怀柔发来一条信息，只有两个字：“分寸。”

景绪的心微微一沉，他就知道什么事都瞒不过她神通广大的爷爷。

他知道“分寸”这两个字沉甸甸的分量，回道：“爷爷放心。”

陆怀柔相信景绪是有分寸的孩子，所以没有再打扰陆粥粥。他也年轻过，年轻人的青春和冲动他也体会过，姑且由她去吧。

景绪洗完澡出来，换了一身干净的米白色居家衫和亚麻质地长裤，掩去了凌厉张扬的气质，显得格外温柔。

陆粥粥抱着膝盖坐在榻榻米上，快速打字，似乎又在和好朋友聊天。

见他出来，她赶紧收了手机，抬头冲他傻笑。

景绪走过去，见她呆头呆脑的样子，忍不住弹了弹她的眉心：“在和谁聊天？”

“我朋友，你不认识。”

“男的女的？”

陆粥粥故意说：“男的。”

景绪又要伸手弹她，她赶紧抱住他的手臂：“是蒋清霖，我跟她报平安呢。”

恰是这时，手机屏幕亮了起来，是蒋清霖发来的消息：“陆粥粥，安全第一！那个买了没？”

陆粥粥瞪大眼睛，一把夺过了手机。

景绪视线淡淡转了过去，假装没看到，弯起了唇角。

陆粥粥将微信退了出去，静了音，心虚地说：“哥哥，我们这会儿做什么？”

景绪说：“找一部电影看吧。”

“好啊。”

“她让你买什么？”

陆粥粥：“……”

既然你假装没看到了，能不能请你一直装下去？

陆粥粥找了部动画片，景绪将房间里的灯都关上了，说道：“看完这部电影，我就送你回酒店。”

陆粥粥还是点了点头：“酒店就在楼下。”

“那很近。”

陆粥粥知道，蒋清霖说的那些乱七八糟的，根本不可能发生。

景绪不会碰她，至少现在不会。

他坐在榻榻米沙发一端，看着电影。陆粥粥看他一眼，说道：“哥哥，给我个抱枕。”

景绪顺手将自己怀里的抱枕扔了过去。

两人起码隔着两米的距离，默然无声，只有电视里热闹的声音。

几分钟后，他起身去冰箱里拿了两罐可乐，又拿了一些小零食扔在茶几上。

他坐下来的时候，离她稍稍近了些。

陆粥粥说：“我去洗手！”说完跑去了卫生间，等她洗了手出来，又朝他靠近了些，坐在他的身边。

一切都是那样自然而又不动声色。

幸而夜色渐浓，看不到她红得快要滴出血的小脸蛋。

黑暗中，景绪的手慢慢伸了过来。他轻轻地搂住了她的腰，语气漫不经心：“薯片你要尝尝吗？新口味。”

陆粥粥身体很敏感，全部的注意力都放在了他落在自己腰间的手上，他好像也在颤抖。

“是什么口味？”

“烧烤。”

“烧烤不是新口味，哥哥。”

“哦。”景绪坐到她的身边，没有进一步的动作了，就这样轻轻地搂着她纤细的腰肢，“你看过这片子吗？”

“《疯狂动物城》，谁没看过呀。”

“那要不要换一部？”

“不了。”

反正此时此刻，什么都她都看不进去！

陆粥粥撕开薯片包装袋，把第一片喂给了景绪。景绪叼过薯片，唇似乎碰到了她的手。

小姑娘宛如触电般，赶紧收回手，低头吃薯片。

他忍不住搂得更紧了些，她紧张得呼吸都快不顺畅了。

“哥……哥哥，你这半年，过得好吗？”

“嗯，回归高中生活，每天早上六点起床去学校，晚上十点自习回来，周六去省图书馆复习，周日去你爷爷给我预约的心理医生那里睡觉。”

陆粥粥笑了起来：“你去心理医生那儿睡觉呀？”

“说是催眠治疗，不就是睡觉吗？”

“好像有道理。”陆粥粥依偎着他，轻轻问道，“那哥哥觉得有好些吗？”

“应该好些了。”

以前，那场火灾就像铁锁，紧紧缠绕着他的心脏，他总感觉窒息，透不过气……总是反复提醒自己，他是被抛弃的那个，这个世界不需要他。但是在催眠治疗里，景绪常常回到小时候，很多事情被唤醒了，那些美好的、幸福的、与她有关的……至少，现在他明白了一件事，他对这个世界，不再是可有可无。

他有很喜欢的人，至少，在他的世界彻底崩塌之前，他想再努力一把……

“有的。”景绪加重了肯定的语气，“陆粥，你信我。”

我可以变好，可以重新回到你身边。

陆粥粥偏头，撞上了漆黑明亮的眸子，他认真而笃定的样子，很迷人。

小姑娘飞速地在他的下颌印下轻轻的一吻，一触即离，眨眼的工夫，仿佛什么都没有发生。她仍旧别过脑袋，吃着薯片。

景绪绷直了身体，感受着下颌湿湿的触感，平静了好一会儿，然后打开一罐可乐，递到她手边：“不准再偷袭我。”

“哦……”

“不然我吃了你。”

电影都还没结束，陆粥粥居然蜷在他的怀里睡着了。

景绪不忍叫醒她，便将她抱到了自己的床上，盖好被子，自己则在榻榻米上睡了一夜。

与其说是睡，不如说闭着眼睛数羊。小姑娘就这样躺在他的床上，他怎么可能睡得着？

小姑娘居然还轻轻地打起了鼾，似乎睡得分外香甜。

景绪坐起身，无比绝望地看着床上的小姑娘。恐怕世间没有任何酷刑，能比得过他此时此刻的……

清晨的时候，他终于小睡了几十分钟，没多久就又被手机设定的闹钟弄醒了。他关了闹钟，轻轻起身，去浴室洗澡。

这一晚上基本没怎么睡觉，他顶着两个黑眼圈，脑子却异常清醒。

南城冬日里的清晨，天还是黑沉沉的，只有远处天际有些晨光。

他在厨房里忙碌了一阵，榨了豆浆，蒸了小馒头放在保温箱里，等小姑娘醒了就能吃。

南城一中对高三生要求极为严苛，七点必须到校早读。景绪来不及吃早饭，叼了个馒头匆匆出门，回头看了她一眼。

她安安静静地躺在床上，一缕晨光自窗帘缝隙处溜进来，在她白皙的脸蛋上洒下光斑。

她清晨的睡颜并不是经常能见到，也许未来的三四年……都不太能见到。

景绪还是忍不住折回来，单膝跪在床边，细细地打量着她，嘴角微微上扬。

她的脸蛋已经全然摆脱了童年时的稚气，但是眉宇神态依旧是小时候的模样，每一声“哥哥”，都将他最快乐的时光带回来。

她是他寂寞童年里最热闹的那只小蝴蝶。

景绪忍不住低头，轻轻吻了吻她的额头。

忍耐了一整晚，却还是在晨光中，放纵了这一秒。

陆粥粥本能地用手背碰了碰额头。全身热腾腾，背上渗了汗，脸蛋也很红。她摸出手机看了看时间，十点了。她一放假就容易放飞自我，在家里还能睡到中午。

额头上似乎还残留着他在梦中亲吻过的痕迹，那样温柔的轻触，让她飘飘然。

陆粥粥翻身而起，却发现不是在酒店，房间的布局那样熟悉，这里是景绪的房间。她睡的是景绪的床！

陆粥粥抓起白色的被单，轻轻嗅了嗅，被单上也都是他的味道，一整晚被这样的味道包裹着，难怪她梦里都是他！

陆粥粥将脑袋埋进枕头里，又在床上玩了会儿手机，给蒋清霖他们的朋友圈挨个儿点了赞。

景绪给她发了一条微信：“醒了吗？”

陆粥粥：“醒了。”

景绪：“我去学校了。保温箱里有早餐，但是现在已经中午了，你随便吃一点儿，午饭自己解决，可以吗？”

陆粥粥：“哥哥不用管我，不过……寒假还要上课呀？”

景绪：“毕业班寒假要补课，明天周末会放假，可以陪你出去走走。”

陆粥粥：“太好了！那哥哥先上课，我下午来接你！”

景绪给她发了个摸头的表情。

下午四点多，她换了漂亮的小裙子，给自己化了淡妆，美美地出了门。

南城和北城不同，没有白雪，即便是在严寒的冬日里，街道两旁依旧绿树成荫。她步行到南城一中，正赶上学校放学时间。因为年纪小，她轻松混了进去。

景绪插班的班级，算毕业班里的火箭班，老师还在布置家庭作业，陆粥粥看见了坐在教室后排的景绪。他穿着蓝白色的校服，颀长的指尖拿着钢笔，在本子上勾勾画画。

他的年纪本就和高三毕业生差不多，穿着蓝白校服，仿若邻家少年般干净，清澈的眸子和专注听课的神情，与其他单纯的高中生亦无差别。

陆粥粥不禁想，如果那年他没有搬走，他没有经历这噩梦般的几年，也许他们会一起念初中、高中，一起坐在这样的教室里，成为同学、同桌。或许，他们也会像所有两小无猜的青梅竹马那样，恋爱、结婚……可惜没有如果。

就在陆粥粥遐想之际，下课铃声响了，同学陆陆续续走出了教室。

景绪收拾好课本，单肩背着书包走出教室，朝陆粥粥走来。

非常不巧的是，有低年级的女孩子拦住了景绪，忐忑地递给他一封情书，红着脸向他表白：“学长，我从看见你的第一眼就喜欢你了，每天出操的时候，都想看见你，所以……如果你没有女朋友的话，能不能接受我呢？”

女孩的态度非常真诚，羞怯的模样还有几分可爱。

陆粥粥远远地看着景绪，心里难免升起几分惆怅。

其实可以想象，景绪这样的男孩，无论在高中还是大学，永远都是人群中最出众的那一个，不知道俘获了多少少女的芳心呢！

她真是伤脑筋。

景绪视线偏移，看见了静默的陆粥粥。

“我有喜欢了很多年的女孩。”他认真地拒绝，“虽然我现在乱糟糟的，也不够优秀，不能站在她的身边，但没有办法，除了她，我没办法喜欢其他人。抱歉。”

陆粥粥飘忽不定的心，在他说完这番话之后，忽然安定了下来。

“我有喜欢了很多年的女孩”“除了她，我没有办法喜欢其他人”。

这样的话，他是故意说给她听的。

她第一次知道，原来被他这般珍惜和喜欢是多么幸福的一件事。

女孩失望地离开了，却并没有觉得难堪，因为他的话虽然直接，但是没有伤害她的自尊心。

这半年的沉淀，他真的变了好多。身上的戾气和锐利少了，他正在一点一点变得温柔。

这样真好。

景绪带着陆粥粥走出了校门，陆粥粥问道：“有很多女孩跟你告白吗？”

景绪思考了一下，嘴角勾了几分不经心的笑意：“每天可能有几个吧。怎么办，已经有女朋友了。”

陆粥粥将围脖拉到鼻子上方，垂着眸子说：“谁是你女朋友，不是都拒绝了吗？”

“对啊，伤脑筋。”他一双漂亮的桃花眼分外明亮，语气带着几分轻佻，“好后悔啊。”

“后悔得一点儿都不真诚。”

“真的后悔。”景绪转过身，认真地看着她，“可不可以再给哥哥一次机会？”

“你想让我当你的女朋友吗？”

“嗯。”

陆粥粥抬头，瞥见街边有小贩推着棉花糖机，在贩卖彩色棉花糖。

她随口说：“他卖的下一个棉花糖是粉红色的，我就答应你。”

“让我赌运气？”

“是啊，愿赌服输。”

景绪沉吟片刻，拉着陆粥粥走到了棉花糖摊贩前，说道：“我要一个粉色棉花糖。”

“好嘞。”小贩立刻加糖绞了一个粉红色的蓬松棉花糖，递给景绪。

陆粥粥推了他一下：“你这也太耍赖了吧。”

“我对陆粥，从来做不到愿赌服输，也输不起。”

景绪咬了一口棉花糖，然后低头堵住了她的唇瓣。

“唔……”猝不及防的亲吻，让她睁大了眼睛，全身僵硬如机器人，脑子里炸开了无数的火花。

他的唇瓣带着棉花糖的丝丝甜意，在舌尖迅速漫开。

陆粥粥第一次知道，男孩子的唇也可以这么甜、这么软，就像草莓味的布丁。

其实，她也曾偷偷幻想过和景绪亲吻。幻想中的场景是大片的玫瑰花海，或者大雨倾盆的午夜，又或者浪漫的黄昏。此刻却是车流穿梭的街边……

陆粥粥羞红了脸，身子也软绵绵地倒在了他的身上。在他停下来之后，她立刻将脸埋进他的胸口衣服里。

天啊……她好害羞。

“哥哥……”陆粥粥声音还堵在喉咙里，他再度抬起了她的下巴，轻轻一提，迫使她抬起头。他薄薄的唇微微上扬：“完了，哥哥还想要。”说完，温热的唇再度覆了上来，与她的唇瓣相贴。

陆粥粥脑子晕晕乎乎的，什么都顾不得想了，耳畔回响的是他的那句：“还想要……”

几分钟的热吻之后，景绪终于松开了她。

两个人急促的呼吸交织着。她紧紧地攥着自己的衣服角，都快捏出褶皱了，乌黑的眸子下敛，躲闪着不敢正视他，红扑扑的耳垂宛如樱桃般可爱。

景绪将棉花糖递到她面前，说道：“吃不吃啊？”

陆粥粥接过了棉花糖，舌尖卷过了一片棉花糖。景绪立刻又要覆过来，陆粥粥立刻伸手挡住他的唇，红着脸说："你没完了！"

景绪眼角挑了笑："我尽量控制。"说完，他吻在她手背上。

南城是景绪七岁之后，待了十年的地方。

街道边是香樟树，老巷深处是咿咿呀呀的江南小调，还有曲折的古城河畔，热热闹闹的乌篷船。

景绪带着陆粥粥去坐了乌篷船，游览着南城的景点，全程担当撑伞拍照的小跟班。

陆粥粥特别开心，因为她和景绪总算名正言顺地在一起了，她可以肆无忌惮地牵他的手，搂他的腰，还可以踮起脚亲他的脸颊……所有情侣可以做的事情，他们都可以做。

这样的关系，比年幼时青梅竹马的关系，又亲密了好多。

"所以，我们真的在一起了吧？"河畔长满青苔的阶梯上，陆粥粥靠在他身边，还很不确定地问，"男孩和女孩谈恋爱的那种在一起？"

景绪俯身解开了她松垮的鞋带，然后重新系紧："是谈恋爱，但是陆粥，我有一个要求。"

"你还有要求？"陆粥粥薅乱了他的头发，"粥粥公主才有要求的好吧！"

景绪温柔一笑："你先说说，你有什么要求？"

陆粥粥其实没想好，就顺嘴一提，不过既然他问了，她总要说出个一二三来："嗯……你不可以三心二意，不可以和其他女孩有过密的来往。咱们现在算异地恋，所以我要跟你说清楚。"陆粥粥拎过他的衣领，严肃地说，"本宫眼里不容沙子，可爱吃醋啦！"

景绪任由她揪着自己的衣领，眼角勾起一丝宠溺的笑意："遵命，公主殿下。"

"别的……就没有什么了。"陆粥粥暂时没有想到别的要求，"我知道哥哥想提什么要求，我答应你就是了。"

“你知道我想提什么？”

“不让我爷爷知道，对吗？”陆粥粥拍拍他的肩膀，笃定地说，“放心了哥哥，这是我们的秘密，我不会告诉爷爷的。”

“不是这个，”景绪无奈地道，“你真的以为你爷爷什么都不知道吗？”

陆粥粥还是觉得自己保密工作做得很好。

“我这次来南城，他就不知道嘛，他以为我和蒋清霖去玩了呢，我还……我还盗了他们拍的照片，发了只对我爷爷可见的朋友圈。”

景绪：“我真诚地建议你删掉。”

陆粥粥撑着他的腿，问道：“所以你到底有什么要求呀？”

“陆粥，我的背上有大面积烧伤的疤痕，目前还在修复阶段。”

提到自己的缺陷，景绪看上去便不那么自信了。

“医生说时间太长了，恢复起来不太容易，可能需要很长一段时间，能恢复成什么样，也不太确定。”

陆粥粥想去看他的背，却被景绪一把攥住了手腕：“别看！”

“我不介意的，”陆粥粥真诚地说，“我也……不嫌弃，哥哥什么样子我都喜欢，根本不需要做什么医美修复。”

景绪摇了摇头：“要做。”

他一定要做。

他太想抹平那段烫在他皮肤上的惨痛记忆。

“所以，我的要求就是，在我恢复到自己可以接受的程度之前，你不要看。其他地方可以看，背不能看，能答应吗？”

陆粥粥眨巴着眼睛，答应他：“好呀。”

“嗯。”

晚上，俩人去小吃街美餐了一顿，然后坐在河畔看五彩斑斓的灯船，船上还有《牡丹亭》昆曲演出。

冬夜里风渐渐有些凉，陆粥粥紧紧偎在景绪身边。

景绪托着她的小脸蛋，又有点儿忍不住想要凑过来。

就在这时，陆方便的视频电话进来了，陆粥粥毫不留情地把景绪的脑袋推到一边，点开了视频：“小方便，找姐姐有事啊？”

陆方便小朋友一张大脸出现在屏幕上："姐姐！旅游好玩吗？"

"好玩啊，姐姐现在在河边看船上的昆曲表演呢！"说着，陆粥粥将视频镜头转向后置摄像头，给陆方便看。

陆方便惊叹道："哇，河边好多船呀！好漂亮！"

"小方便期末好好复习，考得好，姐姐也带你出去玩哦。"

"姐姐一言为定！不准骗我"

"当然，我什么时候骗过你。"

陆方便坏笑着说："那不打扰姐姐和景绪哥哥约会了，拜拜哦。"

"拜拜……"陆粥粥反应了两秒，连忙喊道，"等等！谁……谁跟你说我和他在一起的？"

"唔，没……没有谁。"

陆粥粥压低了声音，惊恐地问："你怎么知道的？"

陆方便摇了摇头，无奈地叹道："姐姐呀，你放弃挣扎吧，从小到大，什么事瞒得过我们的恶龙爷爷呀。"

陆粥粥捂住了心脏："你……你别吓我？"

恰在这时，视频画面一转，陆怀柔那张英俊的大脸入了镜："旅游好玩吗，嗯？陆粥粥。"

"……"

陆粥粥手一抖，差点儿把手机扔河里。景绪帮她接住了手机，无奈地道："小心点儿。"

陆粥粥双手颤抖着接过了手机，顿时哭丧着脸："爷爷，粥粥知道错了。"

陆怀柔躺在懒人椅上，陆方便给他殷勤地捶肩捏腿，他面无表情地道："又来，认错倒是快，永远不会改。"

陆粥粥可怜巴巴地道："爷爷是全世界最好的爷爷。"

陆怀柔："你少来。"

陆粥粥："对不起，我不该骗你。"

陆怀柔："发几张只对我可见的朋友圈，我就被你瞒住了？你这不是骗我，你是在侮辱我的智商。"

陆粥粥："……"

景绪对陆粥粥做了个手势，让她把电话给他。

“爷爷，不怪粥粥，这是我的主意。”

“不，不是景绪！是我犯蠢了！”她连忙申辩道，“跟景绪没关系！”

陆怀柔淡淡地道：“不用争，陆粥粥这一肚子坏水，几斤几两我能不知道？”

景绪：“爷爷，我就带粥粥玩两天，明天就送她去机场，您……放心。”

“放心”二字，他说得很郑重。

陆怀柔：“这还差不多。”

陆方便小脑袋凑了过来：“景绪哥哥，考试加油呀！我在北城等你，等你教我玩游戏。我昨天和爷爷玩游戏，被他虐惨了！”

景绪微微一笑：“好。”

“玩什么游戏？”陆怀柔拍了拍他的脑袋，“是不是作业太少了？”

“哦……我去写作业啦，姐姐拜拜，哥哥拜拜！”

第二天，景绪送陆粥粥去了机场。检票口前，陆粥粥依依不舍地看着他。

“哥哥，我回去了哦。”

“嗯，到了给我打电话。”

陆粥粥低头犹豫了几秒，然后踮起脚，亲吻了景绪的脸颊。

景绪侧过来，这个吻便落到了唇边。他轻轻含着她柔嫩的娇唇，却不太敢用力，害怕自己会想要更多，只是浅尝辄止，便放开了她。

陆粥粥红着脸，拎着行李转身对他挥挥手：“拜拜，哥哥。”

“陆粥，知道吗？你爷爷只是因为你喜欢我，才很勉强地接受了我。”景绪忽然开口。

陆粥粥顿住了脚步，回头道：“不是这样的。”

“是这样的。”景绪其实很清楚，心里什么都明白。

“无论如何，我应该不是他心里最完美的人选，只是因为你喜欢而已。”

陆粥粥转身扑进他的怀里，紧紧抱住他的腰，那样用力：“哥哥，我不喜欢你说这样的话……”

景绪在她耳畔，柔声道：“所以我会努力，好吗？我会努力。”

陆粥粥看着他。他乌黑透亮的眸子，带着前所未有的真诚和笃定：“我不是那么好，在你的生命里，还会遇到更好的人。但是我希望，在你见过最美的山川湖泊之后，我想做你的海洋。”

陆随意从机场接回了陆粥粥，一回到家，陆方便迫不及待地跑过来：“姐姐姐姐，礼物礼物！”

陆粥粥一一取出给家人们带的礼物：“这是给妈妈的绣品，这是给小方便的绿豆酥，这是给爸爸的平安符，挂在车上的。”

陆随意拿着平安符的大红中国结，嫌弃地道：“哇，好丑，我闺女的审美真是一言难尽。”

“嫌丑还给我。”陆粥粥伸手要夺，“我挂爷爷车上去。”

“别别别，”陆随意宝贝地护住了平安符，“你爷爷不缺礼物。”

她从箱子里取出了一套紫砂茶具，忐忑地问：“爸妈，爷爷在家吧？”

“在书房呢。”

“我找他去。”

陆粥粥拎着茶具礼盒，推开了书房门。

陆怀柔正在和公司的董事开视频会议，见她回来，眼皮都没抬一下，继续开会。

陆粥粥蹑手蹑脚地走到了阳台的工夫茶台前，坐下来，安安静静地拿出紫砂茶具，烧水泡茶。

陆怀柔时不时偏头睨她一眼。

小姑娘穿着白色毛衣，乌黑的长发垂至肩头，明眸清澈。

时光真是一晃而逝，不知不觉，她都已经是这么大的姑娘了。

陆怀柔还记得，小丫头坐在门口可怜巴巴等他的那一天，仿佛就是昨天。

陆粥粥烧开了水，学着陆怀柔泡工夫茶的步骤，先拎着茶壶浇灌茶具。热水溅出来，烫了她的手：“哎哟，我的妈！”

“蠢货！”

陆怀柔宛如弹簧般从椅子一跃而起，抓着小姑娘的手，打开桌上装了过滤器的水龙头，用冷水冲洗她被烫红的小爪子："不会弄就别弄，装什么！"

"想要给爷爷泡茶嘛。"

陆怀柔掰着她的手指，仔细检查着她烫红的皮肤，确定没大碍，才稍稍放心："我不喝你泡的茶，哪儿凉快哪儿待着去。"

陆粥粥知道陆怀柔还在为她去南城的事生气，于是把他推到椅子上："爷爷还是先开会吧，别管我，马上就好。"

陆怀柔时不时不放心地瞅瞅她，她也不太会泡茶，用热水烫过一遍，就将茶水倒进了紫砂茶壶里。

陆怀柔也无心忙别的了，匆忙结束了视频会议，走过来，一言不发地坐到她身边的毡子上。

陆粥粥端起茶碗，恭恭敬敬地递过去："爷爷请喝。"

他接过茶盏喝了一口，评价道："还行。"

"哇！我也会泡工夫茶了！"

"跟你没什么关系，茶具不错。"陆怀柔打量着手里的紫砂茶盏，"不便宜吧，那小子手头很宽裕？"

陆粥粥目瞪口呆："真的什么都瞒不过我爷爷啊！"

这套紫砂茶具，就是景绪送给陆怀柔的，他居然一眼就看出来了。

"您……您怎么知道呀？"

陆怀柔品着茶，说道："你不懂茶，买不了这么内行的东西。这套茶具，价格少说十万起步。"

陆粥粥目瞪口呆："不就一茶碗吗？怎么这么贵？"

"所以说你是外行。"

陆怀柔嘴上虽是嫌弃，不过对这套茶具显然还是相当喜欢的。他不住地摩挲着杯身："所以你这手残的都能泡一杯好茶，多亏了这茶具。"

陆粥粥见他真心喜欢，立刻卖乖："哥哥现在暂停了比赛，没有收入来源，还给您送这么贵重的东西，他对您是很有心呢。"

"少来。"陆怀柔道，"我投资他们战队，他还要分一半红利，这情我可不领他的……”

“哥哥分一半，是他有这个能力嘛！”陆粥粥扯着他的袖子，笑着说，“就算您不捡这个便宜，总有别人要捡的。您投资景绪哥哥，那是您赚了。”

“还成我赚了？”陆怀柔捏了捏她的鼻尖，“胳膊肘往外拐的小白眼狼。”

“嘻嘻。”

陆粥粥靠在陆怀柔肩膀上，看他一步步严谨而细致地烧水、浇壶、煮茶……

靠在爷爷身边，陆粥粥感觉时间也变得很慢、很温柔，能这样一辈子在一起，多幸福啊。

陆怀柔泡好了一杯工夫茶，递到陆粥粥手边：“尝尝。”

陆粥粥轻轻抿了一小口，赞道：“好喝！”

“你也就只会说好喝，根本不懂品茶。”

“谁说我不懂？你这要是做成奶茶，那肯定更好喝。”

“你让我用这极品铁观音做奶茶？你到底懂不懂啊？”

陆粥粥说干就干，去冰箱里取了牛奶和蜂蜜，将陆怀柔的一壶工夫茶全倒进牛奶杯里，加上蜂蜜，拿筷子搅了搅。

“好喝！绝了！”

陆怀柔快被她气吐血了：“暴殄天物！暴殄天物！”

“真好喝。”

他拎着茶壶，不爽地问：“还要不要？”

“要要！”

陆怀柔看着小姑娘满足的微笑，摇了摇头，又给她倒了一杯。

行吧行吧，她喜欢的，他有哪样不依着她？即便是像景绪那样的男孩，他都接受了。

陆怀柔心中对孙女婿的设想，绝对是世界精英排行榜上的人。以景绪现在的情况，他怎么可能看得上眼？

可陆粥粥就是喜欢他，陆怀柔虽然极不满意，但也绝对做不出棒打鸳鸯的事，他舍不得让她心碎。

行，景绪就景绪吧。职高生、打游戏、心理状态还有问题……他都可以容忍。

现在情况不容乐观，他就给景绪铺一条通途。只要景绪愿意努力，陆怀柔什么都可以给。

他捏着鼻子，嫌弃地喝了口小姑娘递过来的奶茶，说道："小小陆，已经过了元旦，你已经十八岁了。"

陆粥粥听陆怀柔的语气，知道他要跟自己谈心了。她乖乖坐在陆怀柔身边，听他训导："爷爷说得对。"

"我还什么都没说。"

"爷爷说什么都对！"

陆怀柔叹了一口气，说道："你是大姑娘了，有自己的主意。说实话，景绪不是最好的人选，但是你喜欢，爷爷不反对。"

"全世界最好的爷爷！"

"但我还是那句话，女孩子应该多见见世面。学校里的科研活动、社团活动，你都要多参加，遇到优秀的男孩，也要多和别人交流，不要因为有了男朋友，就让交际圈变小了。"

陆粥粥认真地点头。

"把你留在身边，用小手段讨你喜欢，这不算本事。等你真的将这个世界尽收眼底，还能崇拜他、爱慕他，那才是他的本事。"

"爷爷，我明白了。"陆粥粥重重地点头。

寒假结束之后，陆粥粥重返校园。全校的女孩子都在传，超人气校园剧《我超喜欢你》要在北城大学取景拍摄。

中午，蒋清霖给陆粥粥发信息："最新消息，《我超喜欢你》下午会在第一综合楼取景！一起去看明星呀！"

陆粥粥已经对明星免疫了，全娱乐圈最亮的一颗星在她家里，第二亮的星在她姑奶奶家里，她对明星完全提不起兴趣。

陆粥粥："羡慕你们大一新生，时间自由。下午我有秦教授的课，去不了啦。"

蒋清霖："啊，是秦教授，那连逃课都不行了。他古板得很，上次我就上课举手去厕所，差点儿被骂哭了。”

陆粥粥：“主要是我想考他的研究生，得在他面前混个脸熟。”

蒋清霖：“好吧。”

秦教授是生科学院的院长，五十来岁，上课总是板着一张脸，表情严肃，同学们都挺怵他。但是他很受欢迎，不少同学过来蹭课，包括陆粥粥。

陆粥粥坐在第一排，认认真真地做笔记。

教学楼外面闹哄哄的，秦教授皱起眉头，走到窗边，不满地说：“外面怎么这么吵？”

有同学解释道：“老师，楼下好像在拍偶像剧。”

“拍戏拍戏，这里是学校，不是影视城！莫名其妙！”秦老师开始教训同学，“还有你们，一天到晚追那些什么……陆怀柔啊，这些小鲜肉，真让你们说几个生物科学家出来，一个都不认识。”

自家爷爷突然被点名，陆粥粥立刻坐直了身子。

秦教授看了看前排的陆粥粥，问道：“陆粥粥同学，你说我说得有道理吗？”

陆粥粥站起来，咬了咬牙，说道：“我觉得您说得不对。”

全班同学对陆粥粥的钦佩之情油然而生。

敢在班上反驳秦教授的同学，最后都没什么好下场。她胆子挺大啊！

果然，秦教授脸色瞬间垮了下来：“我哪里说得不对？”

身边的夏桑轻轻踹了她的一脚，轻声道：“你不是还想考秦教授的研究生吗？别胡说！”

陆粥粥看着秦教授，认真地说：“老师，您说得不对。因为陆怀柔他一把年纪，早就不是小鲜肉啦。”

全班晕倒。

第二十一章

姐弟恋

陆粥粥提到了陆怀柔的年龄，立刻打开了班上女生的话匣子。

“哇，说到陆怀柔，娱乐圈冻龄男神我就只服他。”

“真想看他出新作，可惜最近几年他不演戏了。”

“听说是隐退回家带孩子了，他是孙女奴没人反对吧。”

“陆怀柔宠孙女是圈子里出了名的！”

“孙女叫什么来着？”

……

秦老师拍了拍讲桌：“安静！还上不上课了！不上给我出去！”

女生见秦老师发脾气，立刻安静下来，乖乖听课。

秦老师看了看喧闹的窗外，不满地道：“陆粥粥，帮我把教室的窗户关上。”

陆粥粥站起身，跑到窗边关上了窗户，隔开外面剧组的噪音。

秦老师继续讲课，同学们也不再讨论这些有的没的，都专心致志地听课。

没多久，走廊里又传来了喧哗的声音。

剧组导演找了好几间教室，都很不满意，于是来到了秦老师的课堂，朝教室内看了看，嚷嚷道："这教室的阳光刚刚好！来来来，我们就在这儿拍！"

剧组一过来，班上女生全兴奋地闹了起来："啊！是《我超喜欢你》剧组！"

"本来室友还约我去看他们来着，这是什么天降福利！"

"我女神欣兰！好漂亮啊！"

"笙笙在吗？我男神在吗？"

……

秦教授脸色瞬间垮了下来，对门口的导演道："你们干什么？"

导演很嚣张，对秦老师道："我们要借用一下你们的教室，取景拍摄，请老师行个方便。"

秦教授作为一院之长，也是相当有脾气的，当下便拒绝道："我们在上课，请你们出去！"

"我们得到了校领导的同意，可以在校园内任意取景拍摄。"导演坚持道，"这个时候窗边的光线很宝贵，请这位老师行个方便，尽快把教室让出来。"

"行什么方便？"秦教授一巴掌拍桌上，怒斥道，"北城大学是百年高校！是教书育人的地方！不是给你们这些明星拍戏的！你们再这样，我要轰你们出去了！"

导演也是圈内名导，被老师这样轰出教室，非常没面子："这位老师，我们讲道理的，好吧？我看周围的教室都空着，您也可以换教室上课。这间教室的光线角度非常好，我们要拍一组阳光照进窗边，照在主角脸上的镜头。也许几天都不一定等得到这样的阳光，您为什么不能行个方便呢？"

"为什么要给你们行方便，我要完成我正常的教学工作，是你们打扰了我！"

"这位老师，我们在这里拍戏是拿到了许可单的！该交的场地使用费，我们一分钱也没有少，学校里任何场地，我们都可以使用，包括这间教室。"

"你……你们！"秦教授气得吹胡子瞪眼，"不可理喻！"

陆粥粥见秦教授说不过这些巧舌如簧的家伙，于是起身道：“导演先生，凡事讲个理字，你们可以使用学校的任何场地取景拍摄，但前提是不可以打扰学校的正常教学工作吧，毕竟学校也不是影视城。”

“我说了，你们可以去隔壁的教室上课啊，隔壁教室还空着呢！”

“秦教授的课程是我们学院最受欢迎的课程，在座好多同学是过来蹭课的，每一分钟都非常宝贵。我们换教室，开多媒体设备，一来一回要耽误不少上课时间。”陆粥粥跟陆怀柔一样，从来不输气势，咄咄逼人道，“你说你们交了场地使用费，好，那你们算一算，从刚刚到现在，你们耽误了我们多少宝贵的上课时间，这损失，你们赔吗？”

“这……”

导演一时间竟无言以对，毕竟，这间教室里坐满了学生，可见这位教授的声望之高。

人群最外层，戴口罩的傅笙抬起头，看见了陆粥粥，眸底划过一丝惊喜。他性格内敛，一开始不打算插手这事，就安安静静听从安排，没想到居然在这儿遇到他的好朋友陆粥粥。

陆粥粥不高兴，他便不想沉默了，走出来说道：“导演，我赞同这位同学的话，不应该为了拍戏打扰同学们上课，所以我就先下楼了，请同学们继续上课。”

离开的时候，他冲陆粥粥眨了眨眼，温柔一笑。

陆粥粥这才认出来，站在最后面头戴鸭舌帽的男孩是傅笙，她一开始都没注意到。

周围女生低声议论：“傅笙居然帮陆粥粥说话！”

“他好像还对粥粥笑了！”

“天呢！果然明星也是看脸的吗？”

“柠檬精羡慕至极！”

……

导演见男主角都离开了，这组镜头注定是拍不了了，只好向教授道歉，带着剧组灰溜溜走了。

教室恢复了安静。

秦教授满意地看了陆粥粥一眼，说道："陆同学，你很好。课代表，下课的时候把我的平时成绩册拿过来。"

听到秦教授说这话，同学们越发羡慕陆粥粥了。

要知道，秦老师的课，不挂科就算不错了，陆粥粥居然还能得到加分！

运气爆棚了吧！

次日晚上，陆粥粥抱着课本，刚走出图书馆大门，一辆黑色的迈巴赫停在了她面前。

车窗落下来，傅笙戴着口罩、鸭舌帽，冲她扬扬手："小粥，快上车。"

陆粥粥知道傅笙身份敏感，一不小心就会闹出绯闻，于是她没多逗留，赶紧上了车。

"我们学校女孩都在讨论《我超喜欢你》这部电视剧。"陆粥粥给自己系好安全带，愉悦地说，"没想到竟然是傅笙你主演的啊！"

傅笙笑了笑："粥粥同学专注学业，不太关心娱乐圈的消息。"

"是我爷爷让我考研啦。"陆粥粥吐吐舌头，"因为打算报秦教授的研究生，嘿嘿，所以要好好表现。昨天的事得罪啦，你可别介意。"

傅笙将轿车驶出了校园："说到这个事，我应该跟你道歉，因为剧组拍摄打扰你们上课，也让老师心里不高兴了。"

"你道什么歉呀，这又不是你的错。"陆粥粥了解傅笙的性格，拍拍他的肩膀，"多亏你解围呢。"

"以后我们会多注意，尽可能不影响学校的正常教学工作。"

傅笙带着陆粥粥去了一家私厨餐厅，包间是半开放式的小桥流水风格，有屏风和流水筑台，还有穿旗袍的漂亮姐姐拉着二胡；菜品统一都是精致的江南美食，盐水鸭、松鼠鱼、蝴蝶蒸饺……

陆粥粥可是个大胃食客，对美食有着无限的热爱，每一口都是幸福满满："真的好好吃！"

傅笙看着她愉悦的模样，眼角含笑："果然，每次跟粥粥妹妹一起吃饭，总是胃口大开。"

“是吧，我爷爷也这样说。”

傅笙一个劲儿地给她夹菜：“多吃点儿。”

“你也吃呀。”

“我是易胖体质，不能吃太多。”

傅笙今年二十五岁，虽然比娱乐圈二十出头的小鲜肉年龄稍大一些，但是他的人气和热度居高不下，又是实力派偶像，大有当年杨曳走红的势头。

“傅笙，过分的谦虚就是骄傲！”

傅笙淡淡一笑：“真不是谦虚，的确是喝水就会长胖的体质，所以饮食方面需要格外控制。”

“太可怜了吧。”陆粥粥夹了一块松鼠鱼的肚皮肉，递到傅笙碗里，“吃鱼，吃鱼不长胖。”

“嗯。对了，念大学好玩吗？”

“好玩……才怪呢！”陆粥粥无精打采地道，“下学期就大三了，有实验室的科研任务，还要准备考研，压力真的好大呀。”

“我读大学那几年，外出拍戏比较多，做自己喜欢的事，不会很累吧。”

“我还挺喜欢我的专业的，我喜欢研究鱼类。”

傅笙夹了一筷子凉拌黄瓜，漫不经心地问：“大学没谈恋爱？”

提到这个，陆粥粥脸上挂起了羞怯的微笑：“你猜？”

“停停停，这娇羞的小表情，不适合你，正常点儿。”

陆粥粥伸手打了他一下：“喂！”

严格来说，傅笙跟陆粥粥才算从小一起长大的，自从那次田园综艺真人秀之后，俩人就保持着联系，关系也特别好。

傅笙是个超级妹控，可惜他没有妹妹，这是他最大的遗憾。

他认识了陆粥粥，这个遗憾倒是被弥补了。陆粥粥真是满足了他心目中对妹妹的全部幻想！他太喜欢她了！

不过这种喜欢，也仅限于哥哥对妹妹的喜欢。俩人保持着手机上的密友关系，傅笙也总是耐心地为她解答各种青春期的困惑和疑虑。

哪怕小姑娘现在长大了，在他眼中也还是个小孩。

“所以是有男朋友了？”

陆粥粥点点头：“有了。”

“不错啊，这大学没白念，都交上男朋友了。高中那会儿，不是有很多男生追你，你都没有看上眼的吗？”

“这个不一样，”陆粥粥说，“他是我喜欢的男孩。”

傅笙立刻来了兴趣：“行啊，能让我们眼高于顶的粥粥妹喜欢，是什么绝世大帅哥，有照片吗？”

“等等噢，我找找。”

陆粥粥翻开手机相册，找到一张景绪战队海报的照片，递给他：“喏。”

傅笙接过手机看了一眼，说道：“哇，粥粥，你这眼光真是……”

“怎么样？怎么样？”陆粥粥迫不及待地问道。

傅笙看着照片，说道：“这颜值……放娱乐圈一众小鲜肉里，恐怕也是没一个能跟他比的。”

陆粥粥脸上浮现出骄傲之色：“是吧？”

傅笙打量着这张海报，好奇地问：“他是打电竞的？”

“嗯。”

“你爷爷能同意吗？”傅笙担忧地说，“他能让你跟电竞选手玩？”

“那你还真是很了解我爷爷呀。”

“陆前辈的脾气谁不知道？你是他的掌上明珠，他对未来孙女婿的期望，恐怕不低吧？”

陆粥粥叹了一声：“他正在准备高考呢。”

“啥？”傅笙没忍住笑了起来，“高中生？”

“不是啦，不跟你说他了。”陆粥粥撇撇嘴，“你就知道笑话我。”

愉快而又美味的晚饭之后，傅笙开车送陆粥粥回了学校。

下车前，傅笙对陆粥粥道：“年轻就应该谈恋爱，但是也要注意保护自己。现在的男孩，大多浮躁得很。”他怕陆粥粥尴尬，没有说得太明白：“粥粥，学会保护自己，学会拒绝，明白吗？”

“我知道的。”

“你有任何疑问，不方便跟爷爷讲，都可以跟我说。”傅笙替她解开了安全带，“我永远站在你这边。”

“嗯！”

晚上，陆粥粥翻开课本，准备复习功课。

上铺的夏桑忽然嚷嚷起来：“陆粥粥，你又火了！”

陆粥粥一边做题，一边漫不经心地道：“我怎么了？”

夏桑从床上跳下来，掀开陆粥粥的帘子，将手机递给她：“我加的好几个校园野生群，都在讨论你，论坛里也有挂你的帖子了。”

陆粥粥点开一个聊天群，消息往上拉，话题的导火索是一段视频，视频里的她正打开迈巴赫的车门坐进去。

陆粥粥认得发视频的人，叫孙蓉蓉，她是齐琪的室友。自齐琪因陆粥粥坠河一事休学之后，孙蓉蓉就一直为齐琪打抱不平，一有机会总要挑衅陆粥粥。

因为她们住在同一个宿舍楼里，大大小小的矛盾发生过好几次了。

发了这段视频之后，孙蓉蓉又补了好几张陆粥粥刚刚从迈巴赫车里下来的照片。因为傅笙直接将车开到了宿舍楼下，因此有不少人看见。

“看吧，这就是你们的校园女神。”

“这……这车少说三百万元起吧！”

“我的天啊，她怎么会这么有钱？能有豪车接送？”

“陆粥粥去买条围巾都要跟店员讲价，全身上下加起来都不超过一千块吧。”

“我还看到她去后街地摊买小饰品呢，她的家境绝对不富裕。”

“难道是我想的那样吗？”

“听说她有男朋友，一直没见人影呢，难不成就是这辆车的车主？”

“这样的豪车，车主年龄肯定不小了吧？”

“说不定已婚了呢！怪不得躲躲藏藏的，原来是见不得光啊。”

“天啊！我幻灭了。”

“这种事还少吗？像她这么漂亮的，多半是被老男人包养啦。”

“破坏别人家庭就很恶心了。”

“学校的脸都让她丢尽了。”

……

孙蓉蓉不仅在校园群里发，还跑到论坛去发了帖子“惊爆，校花恋富商！内附实锤！”

帖子很快就成为论坛热门了。夏桑为陆粥粥打抱不平，一个劲儿地回帖辩驳。但是陆粥粥很淡定。这些年她跟在陆怀柔身边，什么风浪没见过。

她打开了电脑，用录屏软件将帖子内容保存，把手机群里的聊天记录也全部导了出来，放进U盘里。

第二天，陆粥粥照常去上课，不过周围同学看她的眼神发生了变化，大家三五成群地在一起低声讨论着豪车的事。

陆粥粥没搭理他们，认真听课，像什么都没有发生似的。

下课后，她拿着保温瓶去接水，一转身，便被猝不及防地泼了冷水。

孙蓉蓉拿着杯子，骂道：“不检点。”

陆粥粥望着孙蓉蓉，表情渐渐冷了下来。

“看我干什么！跟你这样的人当同学，我真觉得丢脸。”她话音未落，陆粥粥猛地拉住了她的手腕，将她拉出了水房，按在了阳台护栏上。

“你干什么？陆粥粥！你要杀人吗？”

孙蓉蓉拼命挣扎，可是根本挣脱不开。陆粥粥常年锻炼，一般的女孩还真没她劲儿大。

陆粥粥将她的脸按在栏杆上，冷冷地说：“要是真的，我死；要是你造谣，你死。敢赌吗？”

有不少同学冲出来看热闹，还有拿手机拍视频。

孙蓉蓉恼羞成怒，喊道：“你……你本来就是！大家都看见了！你从豪车上下来，你这不是给人小三吗？”

陆粥粥冷嘲：“不过一辆百万起步的车而已，算什么豪车？”她说完这话，周围同学都觉得不可思议。她好大的口气。

陆粥粥不慌不忙地道：“去年我考下了驾照，爷爷送的车还停在学校北门的私人车库里。”

她从包里摸出一把精致的车钥匙，冷冷地望向孙蓉蓉：“想跟我去兜兜风吗？”

立刻有爱车的男生认出了陆粥粥车钥匙的车标，惊呼道：“我……北门停车场那辆超跑居然是陆粥粥的？我还以为是谁的……”

同学们瞬间被噎得说不出话来了！

北门停车场那辆外观无比酷炫的超跑，最近成了网红打卡点了。

心大的车主将这辆顶级豪车扔在停车场积灰，天天都有漂亮小姐姐慕名前来，在车边摆造型拍照，都快成一道特殊的风景线了。这辆车的车主居然是陆粥粥！

如此一来，豪车车主包养陆粥粥的谣言不攻自破。毕竟两辆车的档次悬殊。

一个能把全球限量版超跑随便丢在停车场积灰而自己全身上下绝对不超过四位数的女孩，真是低调的富家女。

孙蓉蓉羞红了脸，跺跺脚正要离开，陆粥粥却叫住了她。

“造谣不需要道歉吗？”

“我……我道什么歉，你这样……被误会很正常好吗？”

“我被误会是我的事，你造谣是你的事。”陆粥粥冷冷地道，“据我所知，你还发了 QQ 动态吧，指名道姓说我是小三，转发量好像过五百了。另外，论坛的帖子也是你发的，对吧？”

“那又怎样，大不了我删掉就是了！”

陆粥粥一笑：“放心，我已经全部录屏截图了，证据也都交给了我的律师。造谣一张嘴，很开心是吧？希望你在收到法院传票的时候，也同样开心。”

孙蓉蓉瞪大了眼睛：“这多大点儿事，你居然……居然要告我？我……我又没犯法！”

“有没有犯法，自己不会去查？”

孙蓉蓉还是学生，从来没想过会惹上官司。她一下子尿了，跑过来拉住陆粥粥的手："陆粥粥，我错了！我真的错了！我跟你道歉！我赔你损失！你要我做什么都可以！"

陆粥粥回头睨她一眼："放心，我会根据律师的建议，向你索取最大额度赔偿，好自为之。"说完，她拿着水杯，径直回了教室，留下孙蓉蓉一个人，站在原地，久久没能回过神来。

没过多久，孙蓉蓉真的收到了法院的传票。这件事让学校里那些嘴碎的同学都长了教训，要是他们再管不住自己这张嘴，胡说八道，很有可能会落得跟孙蓉蓉一样的下场。

晚上，陆粥粥回了莱汀公寓，一边趴在卧室松软的大床上看书，一边把手机摆在正前方，跟景绪打视频电话。

现在已经四月了，景绪也正全力以赴地备战高考。还有不到两个月的时间，他们就可以见面了。

视频里，景绪坐在书桌前，专注地演算着数学题。

"傅笙在我们学校拍电视剧。"陆粥粥拿着着葡萄往嘴里放，"他和女主角拍吻戏那天，我还去看了呢。"

景绪一边做题，一边淡淡地应着她。

陆粥粥知道他可以一心二用，于是继续夸张地说道："那场吻戏，酥得我骨头都软了！就那种……在大雨里，两个人吵架，吵着吵着，他一口啃过来！我的天啊，好浪漫！女主角当场融化！"

景绪见小丫头还挺兴奋，说道："那小子挺帅？"

"嗯？"陆粥粥红着脸说，"没哥哥帅。"

景绪的视线落到了屏幕画面上。

小姑娘趴在镜头前，一边看书一边吃葡萄。她穿着 V 领的睡裙，景绪从屏幕里几乎可以将她领子内里的风光一览无余。

"哥哥，现在，你在想什么？"

景绪立刻放下手机，移开目光，薄唇抿了抿，用极其克制的嗓音道："想……吃葡萄。"

陆粥粥看着手里的葡萄，笑着说："来呀，喂你。"

景绪脸颊都红透了。

见他情况不对，陆粥粥下意识地低头看了看，然后发出一声惊呼，紧接着就是一阵手忙脚乱的窸窣声。

手机画面一黑，她挂断了视频。

景绪放下笔，脑袋后仰，深呼吸，平复已然僵硬的身体。

良久，陆粥粥发来了微信："你什么都没看到！"

景绪："看到了。"

陆粥粥："……"

景绪："我会负责。"

陆粥粥："不必！"

景绪："一定要。"

这一年，陆粥粥感觉时间过得分外缓慢。因为心里有期待，几乎每一天都在等待着明天，每一分钟都在等待着下一分钟。

她也每天倒数着日子，距离他越来越近。

景绪并没有辜负她的等待，以全省第一的成绩考入了北城大学。

九月的迎新季，因为学院的要求，陆粥粥作为大三学姐，也要在学院所设置的迎新点帮新生办理开学登记手续，每天都忙得不可开交。

"同学，这是你的宿舍钥匙，请拿好，然后这位学长送你去宿舍楼。"

"同学，请在报名册上写下你的名字和联系方式。"

"电话卡请去隔壁的营业厅办理。"

……

有人递来一份录取通知书："学姐，我要报名。"

陆粥粥翻开录取通知书，说道："同学，你弄错了，计算机学院不在这边，我们是生科……"

就在这时，她看到了录取通知书上的名字。她抬起头的一瞬间，撞上了少年黑沉沉的眸子，险些忘了呼吸。

他穿着一件干净的浅白色衬衣，宛如邻家少年郎，漆黑的眸子泛着光，嘴角微弯，挂着一抹微笑："学姐，我迟到了。"

他们曾经约定考上同一所大学，对不起，我迟到了两年。

陆粥粥拿着他的录取通知书，上面用漂亮的小楷字体印着他的名字——景绪。

陆粥粥眼眶有些发酸。她知道，他走过那么多荆棘遍布的路，才来到了她的身边。

录取通知书被她紧紧抱在怀中。陆粥粥微笑着对他说："计算机学院在操场对面，学姐带你去呀。"

"好。"

陆粥粥带着景绪到了计算机学院的报到处，报了名。周围不少女孩……无论是学姐还是学妹，都忍不住偷偷打量他。

"天啊，这位学弟好帅！"

"难怪校花都要亲自领着他过来登记。"

"这俩人站在一起，郎才女貌！"

"他不会是陆粥粥的男朋友吧？"

……

下午，陆粥粥带着景绪逛校园，像个导游，为他介绍学校的建筑和景观："喏，你看，那边是图书馆，图书馆是我们学校最气派的建筑。

"那是男生宿舍区，你的宿舍也在那边。

"我们生科学院靠近后山。因为秦院长喜欢竹子，所以楼前种了好多翠竹。"

……

景绪耐心地听着她的讲解，分明是游览校园，但是他的目光从未有一刻从她的身上抽离。

好久没有见面，他看着她，总觉得看不够。

周围刮起了一阵凉爽的风，陆粥粥的裙摆被风吹得四下飞扬。景绪拉她走到湖畔，替她挡住了风，手自然地落在了她的腰间。

她穿着一条百褶小粉裙，纤细的腰肢时不时会露出来。景绪的手落在她的腰上，不敢贴得太紧，只是轻轻地捧着。

陆粥粥明显感觉到少年身体的僵硬，她朝他靠近了些，踮起脚，将下颌轻轻搭在他的肩上，与他相拥。

“谢谢你，这么努力来到我身边。”

因为家里的座机电话是联机的，所以陆粥粥曾经偷听过陆怀柔和心理医生的通话。

景绪每周都要去做心理治疗，医生说他的状态远比想象中严重，好几次催眠治疗，都因为他潜意识的抗拒而强行中断。心理医生说，他并不愿意回顾那段过往，不愿意再一次经历那种切肤之痛。可是如果一直逃避，他是不可能真正好起来的。

陆怀柔比任何人都关心景绪的病情，如果景绪不能好起来，他是不会容许景绪来陆粥粥身边的，哪怕他考上了北城大学。

所以整个暑假，景绪都一直留在南城做心理评估，只有通过了评估，陆怀柔才允许他北上。

陆粥粥将脸埋进了他的衣服里，深深地呼吸着他身上的味道。

景绪闭上眼，享受着这一刻的温存。她身体柔软纤小，腰肢盈盈不足一握，仿佛稍稍用力拥抱都会伤害她。

这一刻，他心里那艘漂泊的船最终驶入了港湾。

这个暑假，他是真的感到了恐惧。心理医生对他的测评结果一直不满意，他害怕临门的一脚如果跨不进来，他会永远失去她。

现在他回来了，以后都会好起来，一切都会变得更好。

黄昏时分，陆粥粥送景绪到了宿舍楼下。经过一条长长的森林步道，陆粥粥看到有一对情侣在树下激吻。

那样热烈的亲吻，陆粥粥只在美剧里见过。她不知道那样的吻是什么感觉，也从来不敢细想。

她拉着景绪，情不自禁地加快了步伐。

景绪见小姑娘细嫩的耳垂挂了粉。不过看到别人接吻而已，她跟着害羞个什么劲儿？

他忍不住拉了她一下：“哎。”

陆粥粥停下脚步：“怎么了？”

景绪将她拉到身边，用轻柔而性感的嗓音对她说："我想要奖励。"

"奖励？"

"考上大学的奖励。"

陆粥粥笑了起来："你多大了呀，还要奖励？"

这是景绪生平第一次向别人索要奖励，哪怕在他很小的时候，都不会因为取得好成绩而向父母撒娇索要任何东西。

他是那样优秀，所以不管取得什么样的成绩，似乎都理所当然。

不哭不闹的孩子，是不会得到任何奖励的。但是面对陆粥粥，景绪觉得自己也许可以像孩子一样任性一回。

"妹妹，给我奖励。"

"你想要什么奖励呀？"

"你知道我想要什么。"

陆粥粥脸颊涌上红晕，目光斜侧，紧紧攥着他的衣角，有些害羞。

景绪已经稍稍弯腰，陆粥粥踮起脚，避开了他的唇，轻轻在他凸出的喉结处印下蜻蜓点水般的浅吻，然后转身跑开了。酥麻感漫遍景绪全身。

景绪轻微地吞咽，喉结滚了滚。

下午，陆粥粥一边看景绪的首秀比赛，一边心不在焉地给院子里的兰花施肥。

景绪归队之后的首秀，打得很漂亮。他沉寂了一年，水平丝毫没有下降，非常稳。

直播间里的粉丝疯狂地给他送各种礼物和鲜花，包括头号粉丝陆粥粥同学。

她看不懂游戏，一直在看直播间里英俊的少年。

她一看见他就忍不住傻笑，一开心就给他刷超级游艇。

很快，陆怀柔的电话拨了进来，暴躁地说："陆粥粥！你是不是又想停卡了？"

“啊？”

“我手机振动了半个小时！”

陆粥粥查了查打赏记录。刚刚没注意，半个小时她花了三十万元！她的每一笔消费，都会以短信的形式发给陆怀柔。最近半个小时内，一笔又一笔巨额打赏，轰炸着他的手机。

“我错了爷爷！”

“你已经十八岁了。”陆怀柔气呼呼地道，“卡我给你停了。喜欢打赏男朋友是吧？自己想办法挣钱！”

“别呀爷爷！”

砰，陆怀柔挂掉了电话。陆粥粥赶紧查了查信用卡。

陆怀柔这说一不二的性子，分分钟就把她的信用卡停了。

他爱停就停！没了爷爷的支援，她就活不下去了不成？

陆粥粥给蒋清霖打了电话，告诉她自己被停卡的消息。蒋清霖说：“想兼职赚钱啊，没问题，我正好接了活儿，周末商城扮小熊陪小朋友玩儿，一天一百块。”

“这活儿不错啊，我来！”

她还不信了，这次肯定让陆怀柔对她刮目相看。

陆方便趴在篱笆墙边鬼鬼祟祟偷听陆粥粥打电话，听完之后，他说道：“姐，爷爷断你粮啦？”

陆粥粥不爽地说：“小孩少打听，跟你没关系。”

陆方便从兜里摸出了他的小钱包，说道：“姐姐，我这儿也有个大合作想跟你谈谈。”

陆粥粥走到篱笆墙边，扯过陆方便的小钱包数了数，得有十多张一百元大钞：“哟，小金库底儿还挺厚。”

“那当然。”

陆家一贯秉持着“富养女、穷养儿”的优良家风，从陆怀柔和陆雪陵这一代就开始了，所以到了陆粥粥和陆方便这一代，更是如此。

从小到大，陆粥粥一张无限信用卡随便花，陆方便就可怜多了，辛辛苦苦存下来的小金库也才一千块出头。

陆方便用商量的语气对陆粥粥道：“你跟蒋清霖姐姐去兼职，辛苦一天也才一百块，我这里有个小生意跟你谈谈，一次给你……”

陆粥粥好奇地问：“给我多少？”

“给你……”陆方便比了五个手指头。

“五百啊？”

“一百……零五毛。”

“嘁。”陆粥粥鄙夷地拍拍他的头，“小气劲儿，算了，我还是别指望你了。”

“虽然不多，但是胜在轻松呀！”陆方便赶紧补充道，“下午放学，你来接我，接一次，我给一百零五毛。”

“就这样？”

“没错！”

“不是吧，方便小朋友，你都初二了，虽说跳过级，但好歹是个男孩，再者老爸也给你配了司机兼保镖，还需要我接你上下学吗？”

陆方便似有难言之隐：“反正赚钱的生意就摆在你面前，你就说干不干吧？”

陆粥粥冲他伸出手：“先给钱。”

陆方便拿出一张一百块，又从零钱包里数了五毛钱，递给她。

“明天下午来接我！一言为定！”

“行，一言为定。”

“记得化个妆啊！穿那件百褶裙；头发披肩，刘海再去剪一剪，都遮眼睛了。”

陆粥粥用纸币拍了拍他的脑袋：“你要求还挺多。”

“你照做就行了！现在我是老板。”

“行吧陆老板。”

……

第二天下午，陆粥粥认真打扮了一番，化了个淡妆。

这个年纪的小孩，多少也是要面子的，她打扮得好看点儿去接他，也算对得起他付的酬劳。

四点半，陆粥粥在校门口等他。

下课铃声响了，初中生陆陆续续拥出校门。

现在的小孩营养好，初中生就已经很成熟了，高个儿男生比比皆是，还有不少过了一米八。

陆方便站在他们中间，略显清瘦，不过小模样倒是标致。

陆粥粥站在一棵梧桐树下，远远地冲陆方便扬了扬手。

陆方便跟一个男生和一个女生走在一块儿，男生比陆方便高出了一头，女孩子也很文静。

陆方便跟他们一起过了马路。

陆粥粥走到他身边，帮他背着书包："走吧，回去了。"

那个男生和女生一个劲儿地打量陆粥粥。

"介绍一下。"陆方便指着陆粥粥，对小伙伴们骄傲地说，"这是我女朋友。"

陆粥粥听到这话差儿点让自己口水呛了："我是你什么？！"

陆方便一个劲儿冲她挤眉弄眼，暗示她，一百块零五毛呢！

陆粥粥："……"

他让她来接他，敢情是醉翁之意不在酒啊。

她打量着面前的男孩和女孩，女孩子很可爱，扎着马尾辫，眉清目秀。

"如果没猜错，你就是许美嘉吧？"

女孩诧异地道："你……你怎么知道我？"

陆粥粥了然地一笑，用力掐了掐陆方便的腰："听方便提起过。"

她怎么会不知道，许美嘉可是陆方便的暗恋对象，但是最近听说他兄弟徐梓然跟许美嘉走得很近。他才想了这招。

陆粥粥觉得这小破孩儿真是受刺激了，这么损的招都能想得出来，居然让她冒充他女朋友。

徐梓然盯着陆粥粥，眼睛都瞪直了。面前的女孩子，漂亮得有点儿过分了！他们学校就没有这么好看的女孩，比明星还漂亮。

"陆方便，她……她真是你的女朋友吗？"

"不然她怎么在这里，顶着太阳等了我这么久？她对我一片痴心。"

陆粥粥白眼都快翻到天上去了。

“可是她看起来，跟你还挺像的呀。”

“这就是传说中的夫妻相。”

陆粥粥内心疯狂吐槽。

什么夫妻相啊！

你简直大逆不道！

你这话要是让你爷爷知道了，得把你的嘴撕了！

徐梓然还是有些不相信：“她年龄比你大吧？”

“哼，现在很流行姐弟恋的，你懂什么。”陆方便骄傲地说，“她是大学生，北城大学的。”

听到陆粥粥的学历，两个小朋友更是惊呆了。

陆方便竟然找了个大学生女朋友，天啊，太厉害了吧！

“大学生……怎……怎么会跟你在一起啊？”许美嘉有些不相信。

“当然是被本少爷的魅力折服了。”陆方便骄傲地挽起了陆粥粥的手，“姐，不是……亲爱的，我们去喝奶茶吧。”

陆粥粥深呼吸，按捺着想把这个小孩暴揍一顿的冲动，对小朋友们挥了挥手：“再见哦。”

奶茶店，陆方便给陆粥粥端来了最新款的夏日奶昔，然后又是给她捏肩，又是捶腿，极其殷勤。

陆粥粥心安理得地享受小朋友的按摩，拉长了调子道：“女朋友是吧？姐弟恋是吧？你这么行，你怎么不上天呢？”

陆方便哭唧唧地说：“姐，徐梓然那家伙跟许美嘉最近走得很近，我气不过才这么做的。”

“你这脑子里一天到晚装的是什么？”陆粥粥戳戳他的小脑袋，“面子是靠自己挣来的，不是靠把一个更漂亮的女孩子拉到她面前炫耀得来的！”

“那……那我要怎么挣嘛？”

“用自己的魅力去征服她呀！学会拾掇自己，提高成绩，参加竞赛拿奖……这些都是增加魅力的筹码。”陆粥粥无奈地教育他，“我弟弟这么聪明又英俊，这些都是小事吧。”

“姐，我明白了！”陆方便摸出手机，“姐，我们合拍一张吧，我发朋友圈，澄清关系！”

陆粥粥欣慰地点头，揽着小朋友，跟他脸贴脸，合拍了一张美颜自拍照。

晚上，陆粥粥刷到了陆方便的朋友圈：“和我家亲爱的喝奶茶！全世界最幸福的我，快被宠坏了。”

陆粥粥：“……”

她气得不轻，立即给陆方便发了条语音，威胁道：“陆方便，你发了什么！”

陆方便：“徐梓然说他不相信你是我女朋友，除非我发朋友圈公开。”

陆粥粥：“让爷爷看到，你别想活着见到明天的太阳！”

陆方便：“姐，你想多了，不信你看评论。”

陆粥粥翻了翻他的朋友圈评论。

陆随意：“姐弟俩的关系居然变得这么好，欣慰啊。”

唐浅：“你们都是我的宝宝。”

陆怀柔：“我孙女还是乖。”

陆随意：“@陆怀柔 您孙子不乖吗？”

陆怀柔发了个微笑的表情。

如此一来，陆粥粥连告状都不知道怎么开口了。

陆方便太有心机了！

她气呼呼地给他发消息：“你后半年的零花钱，我都要没收！”

陆方便：“都给你！”

周末，陆粥粥约了景绪去万象城看新电影。

距离电影开场还有二十分钟，陆粥粥抱着爆米花，挽着景绪的胳膊，在等候区看别人抓娃娃。

她万万没想到，迎面而来的两个人竟是徐梓然和许美嘉。

俩人见有娃娃机，也凑了过来。

陆粥粥看到他俩，惊出一身冷汗，拉着景绪就要跑。没想到，许美嘉还是看到了陆粥粥，叫住她：“咦，你不是陆方便的女朋友吗？”

景绪：“……”

谁女朋友？

陆粥粥将耳边发丝掖到耳后，冲俩小朋友尴尬一笑：“我……我还真不是……”

徐梓然目光下移，看到她挽着景绪的胳膊，惊得说不出话来：“陆方便的女朋友红杏出墙了！”

陆粥粥慌了：“我没有！小孩你别乱讲。”

徐梓然义愤填膺地对景绪道：“哇，你女朋友一脚踏两船！她跟我们班的陆方便是情侣！你……你被绿了！”

景绪回头看看陆粥粥：“我被绿了？”

“哥哥，你听我解释！”

徐梓然还想摸出手机拍陆粥粥。

景绪握住了他的手，收了他的手机，淡淡地道：“小孩，你几年级？”

“初……初二。”

“我女朋友大三了。她能跟你同学是情侣？”

徐梓然说：“说是姐弟恋嘛。”

他淡淡一笑：“亲姐弟是真的，恋只怕是恋不起来。”说完，景绪将手机还给小朋友，拍拍他的手掌心，“我女朋友腿短，踏不了两条船。别乱讲话，要算账找你朋友去。”

徐梓然讪讪地接过手机，向陆粥粥道歉：“姐姐对不起，我不该乱说话。”

“没关系没关系。”陆粥粥连连摆手，“这件事是陆方便做得不对，姐姐请你们吃爆米花，算是补偿，好吗？”

“谢谢姐姐。”

陆粥粥用陆方便给她的那一百块钱，买了两大盒爆米花，送给了两位小朋友，总算把他们打发走了。

而自己口袋也空空如也。所以闹着一场，她到底为了什么啊？

看电影的时候，景绪缓缓到小姑娘耳畔，轻轻说了句：“姐弟恋？”

陆粥粥惊出一身冷汗，知道他要秋后算账了。

“你跟陆方便，玩得挺大啊？”

陆粥粥拉着他的衣袖，哭唧唧地说：“哥哥，我错了。”

“做错事，就要惩罚。”

“那哥哥要怎么惩罚我？”

景绪的指尖撩着她的发丝，顺着她的脸蛋，拂过小姑娘柔润的唇。

他喉结滚了滚，压着嗓音，道：“吻我。”

陆粥粥看了看四周，他们坐在最后一排，四下也没有其他人，不会打扰别人。于是她红着脸凑过来，轻轻碰了碰他的唇。

从电影院出来，夜风微微凉，陆粥粥脸上的热意渐渐散了些。

身边有顽皮的小朋友指着景绪，大声说道：“哥哥是男孩子，男孩子也涂口红，哥哥羞羞！”

“不可以没礼貌。”小朋友的妈妈赶紧把小朋友拉走，尴尬地冲他们笑了笑，“不好意思啊。”

景绪侧过身，擦了擦唇角，指尖果然有红色的口红印。

他没害羞，倒把身边的陆粥粥给羞得没边儿了。

只有在黑乎乎的地方，他们才能那样接吻。现在来到有光亮的地方，陆粥粥羞得根本不敢看他的脸。

景绪也恢复了正常，不再撩拨她，和刚刚黑暗中使坏的男人，简直判若两人。

景绪走到商店门前，透过玻璃，看了看自己的脸，比想象中更严重，他的嘴周围都是嫣红色，看着很不正经。

“这个色号好看，”他的眼角弯了起来，“挺适合我。”

陆粥粥赶紧从包里摸出湿巾递给他：“快擦掉。”

景绪接过湿巾，对着玻璃擦拭，笑着说：“我这算不算风流债？”

“才不是风流，你这是下流！”

景绪擦掉了口红，见陆粥粥补妆，他接过她手中的口红，柔声道："哥哥帮你涂。"

"哦……"

景绪微微俯身，指尖抬起她的下颌，扭开口红盖，给她涂口红。

小姑娘的唇形很美，即便不涂口红，也会给人很性感的感觉；唇色稍浅，莹润如樱，时刻都给他一种想咬上去的冲动。他动作很轻，涂得也很慢，耐心地一层一层替她勾勒着。

陆粥粥看着他近在咫尺的英俊脸庞，连呼吸都轻了很多。

他看着她的唇，漆黑的眸子是无限的专注与温柔。

恰在这时，咔嚓一声，有人拍下了两人的照片。

景绪皱眉，正要上前找那人的麻烦。相机吐出照片，那个拍照的小姐姐笑着对景绪说："二十块一张。帅哥，花二十块买一张和女朋友的合照吧，很甜啊。"

景绪接过照片，照片里他正俯身给陆粥粥涂口红。

陆粥粥接过照片看了看，欢喜地捧在了怀里，催促道："哥哥，快掏钱。"

景绪扫了小姐姐的二维码，大方地付了一百块，说道："谢谢，你把我女朋友拍得很漂亮。"

"哇！谢谢帅哥美女。"小姐姐高兴地说，"祝你们百年好合呀。"

百年好合，因为身边的小姑娘，景绪忽然很喜欢这四个字。

陆粥粥笑着说："我们不仅会百年好合，我们还会儿孙……"小姑娘蓦地止住了脱口而出的话，脸颊泛起红晕。

"说啊，儿孙什么？"景绪笑着追问。

"什么儿孙，谁跟你有儿孙？"陆粥粥不好意思看他，加快了步伐，朝莱汀公寓的方向走去。

景绪跟在她的身后，踩着她的影子。

月色清朗，他很喜欢这样的夜，如果可以，真想一辈子踩着她的影子回家。

陆粥粥将照片放进自己的钱夹，欢喜地看了好久。

眼神的爱意是藏不住的，哪怕是景绪那样内敛的人，陆粥粥依旧能从他的眼神里感受到他满满的爱意。

景绪拎过她的钱夹，翻了翻，钱夹里只有几块钱零钱。

“你好穷啊，陆粥粥。”

“还说呢！”

要不是为了给他打赏，爷爷能停她信用卡吗？爷爷停的信用卡，爸爸妈妈也不敢接济她。

“我现在是身无分文了，”陆粥粥抱着他的手臂耍赖，“哥哥养我。”

“好啊，哥哥养你。”景绪摸出自己的银行卡放进了陆粥粥的钱夹里，“我挣的都存在这里面了，现在不多，但是会慢慢多起来的。”

陆粥粥没想到他真会给她卡：“我开玩笑呢！”

她开玩笑吗？但他认真了。

景绪用钱包拍了拍她的小脑袋：“陆粥，我想和你百年好合，这是第一步，收下吗？”

陆粥粥看着景绪黑沉而深邃的眸子，似反应过来，一把夺过了钱包：“行，不要白不要。”

景绪嘴角扬了扬：“这么爽快，你闺密教你的矜持呢？”

“谁说女孩就要矜持？”陆粥粥满意地欣赏着那张代表“百年好合”的银行卡，说道，“男孩不该矜持吗？哥哥连工资卡都上交了呢。”

“有道理，那我矜持些，还给我吧。”

“想都别想！”陆粥粥将钱夹放回包里，“落子无悔啦，哥哥。”

嗯，他落子无悔。

景绪送陆粥粥来到公寓楼下，陆粥粥回头问他：“哥哥要不要上楼坐坐？”

“不了。”

他不太相信自己的自控力，所以最好还是不要在私密场合里和她单独相处。

哪怕现在一切都在慢慢地好转，但他还是舍不得碰她。

其实，知道陆粥粥谈恋爱之后，不只陆怀柔紧张，陆家全家都挺不放心的，当然，除了陆方便。

上次小姑娘和朋友跑去南方旅游，结果半道去了南城，已经让全家人都捏了一把汗。

这次景绪归来，考入了北城大学，俩孩子算真正在一起了。

他们经历了那么多波折，好不容易走到一起，就连陆怀柔都没有立场再反对了，更遑论陆随意和唐浅。可是他们不反对归不反对，家里有女孩，不放心的地方总归要多一些。

那天下午，陆粥粥陪唐浅去超市挑选鲜花，唐浅试探性地问陆粥粥："粥粥，妈妈想跟你聊聊女孩之间的私密话题，你不要介意哦。"

陆粥粥拿起一束向日葵，道："好啊，妈妈你说。"

"景绪他……碰你了吗？"

"碰我？他对我很好呀，心理测评都通过了，他没有暴力倾向的！放心啦。"

"我没说他有暴力倾向。"

面对陆粥粥单纯的目光，唐浅反而红了脸，结结巴巴地说："我的意思是，他有没有跟你要求……那个？"

此言一出，陆粥粥睁大了眼睛："哇！妈妈！你……你好污！"

"我……我污？"唐浅脸颊红透了，"我哪里污啦！我这不是担心你吗？"

陆粥粥面对唐浅，不会有丝毫母女间的代沟，因为唐浅生她的时候，年纪本就不大，自己也是贪玩的性子。所以多年来，二人仿佛好姐妹一般。

"没有啦，哥哥没有跟我要求那个……你放心吧，他从来不单独去我家，每次送我到楼下，就走了。"

"那就好，看来你爷爷没看错人。"唐浅松了一口气，"你们现在这些小姑娘，什么都懂，不用妈妈多教你了吧！学会保护好自己，你现在还很小。"

"嗯，我知道的。"

当然，这段谈话仅限于陆粥粥和唐浅母女间，陆怀柔是不可能知道的。那天下午，陆怀柔破天荒地来了训练基地。

基地里几个愣头青队员，看到陆怀柔站在桌边练毛笔字，一个个吓得跟鹌鹑似的，大气都不敢喘，生怕影响这位大老板练字。

纵使在各种社交场合八面玲珑的胖子，在陆怀柔强大的气场面前，都有些犯怵，不太敢上前和他搭话。

景绪缓步走下楼梯，对胖子道："带队员们去训练吧。"

"好嘞。"胖子拍了拍他的肩膀，然后对身边的队员说，"走了走了，训练了。"

景绪来到陆怀柔身边，安静地替他研墨。他不开口，景绪一直保持沉默。

陆怀柔用毛笔蘸了墨水，写了两个遒劲有力的大楷字——慎行。他将这幅字递到了景绪面前，说道："知道什么意思？"

"爷爷，我懂。"

正如当初在南城，陆怀柔给他"分寸"两个字一样，而今，又把"慎行"这两个字送给他，同样别有深意。

陆怀柔搁下毛笔，说道："你跟粥粥现在是在一起了，校园恋爱，挺美好，我喜欢看她每天开开心心的样子，但是我也要让你知道，我对你，其实并不满意。"

"爷爷，我不会辜负粥粥，不会让她难过。"景绪郑重而卑微地保证道，"如果哪天她厌倦我了，我就离开。"

他只想和她在一起，没有任何阻碍地在一起……

"百年好合"他不敢奢望，只想能多陪她一天，哪怕多一分钟，多一秒，他都愿意付出全部。

"我在努力，也会定期去心理医生那里复查。"景绪敛着漆黑的眸子，看着"慎行"两个字，"我不碰她，也不会伤害别人，不再偏执，更不会纠缠她……如果她找到了更喜欢的人，我一定祝福。"他压着嗓子说："爷爷……让我和她在一起，我很爱她。"

为了这短暂的幸福，他情愿付出一生的孤独。

陆怀柔轻叹了一声。

这个少年卑微的愿望，打动了他。少年的真心，就像金子一样难能可贵且闪闪发光。

爱屋及乌是人之常情，陆粥粥喜欢的男孩，他哪里忍心伤害?

“行了，说得这么惨，谁要棒打鸳鸯了？”陆怀柔将“慎行”这幅字叠了起来，没好气地说，“我没反对你们在一起，只是提个醒而已。我孙女要的是一个安稳的未来，希望你不要让我失望。”

景绪郑重地说：“我保证。”

新生开学军训。

北城大学有自己的星旗班，星旗班的学生来自不同的专业，有点儿类似社团性质，平时是军事化管理。因此，新生入校军训，教官都是学校培养的星旗班小哥哥，由他们全权负责训练新生。

景哲班上也有一个星旗班的同学，叫谢力强，这次也要负责新生的军训。早上在食堂吃早饭的时候，景哲坐到了谢力强身边，漫不经心地问：“哥们儿，你军训负责哪个学院？”

“计算机。”

“哦……计算机，那你的班上有没有一个跟我同姓的？”

“有啊，”谢力强笑着说，“跟你同姓，不过比你好看。”

周围几个同学都被他的幽默逗笑了。

景哲知道谢力强就是这样一个哗众取宠的性子，所以也不生气，说道：“他是我弟弟。”

谢力强：“哟，还真看不出来，那个帅哥，每天都有女孩组队来看他，跟明星似的。”

有男生羡慕地说：“这么受欢迎？”

“可不是，听说他是南城的省状元，也是他们计算机全院最高分。”谢力强说道，“就是性子有点儿冷，不怎么搭理人，那些跟他表白的女生，无一不是败北而归，看着真是……浪费啊。”

景哲说道：“他有女朋友。”

谢力强微微讶异：“他女朋友是谁啊？”

景哲看了谢力强一眼：“你以前追过的，没追上，咱们学校的校花。”

谢力强瞪大了眼睛：“陆粥粥？”

景哲冷笑道："没错，陆粥粥，他女朋友。"

谢力强摇着头，难以置信地道："不能吧，陆粥粥眼高于顶，什么男生都没放在眼里……"

"我是他哥哥，我能不知道吗？"景哲拍了拍谢力强的肩膀，"其实我真为你打抱不平。"

"怎么说？"

"现在的女孩都喜欢能装的男孩，越对她们爱搭不理，她们越着迷。"景哲惋惜地说，"力哥，像你这样的暖男，她们根本不稀罕。"

谢力强脸色已经很不好看了，冷冷地道："是啊，现在的女孩，我觉得她们眼光真的有问题。"

"景绪从小就爱装，把自己弄得酷酷的，可女孩就吃他这一套。"景哲说道，"所以我为你打抱不平啊，你这么坦率真诚的男孩，你说陆粥粥怎么就看不上呢？"

谢力强咬牙切齿地嚼着馒头，眼神也冷了下来："喜欢装是吗？我看他能装到什么时候！"

那几天的训练，谢力强有事没事总找景绪的碴儿。

"景绪，出列！做三百个俯卧撑！"

"景绪，操场跑二十圈！"

"景绪，去做引体向上，我不让停，不准停！"

……

景绪倒没有多说什么，这些运动对他来讲都是小事，他的身体素质，别说三百个俯卧撑，再加三百个也没问题。

谢力强见高强度的运动难不倒他，反而为他引来了一阵阵的喝彩，心里越发不爽，又开始想新招对付他。

"景绪出列，把帽子摘了，去太阳底下站军姿！"

九月，正是秋老虎厉害的时候，艳阳高照，气温直逼四十度，万里无云，紫外线也特别强。

操场上的所有绿色方阵都躲到了树荫底下训练。

这样的天气，没有任何防护的暴晒，会被晒得脱层皮吧。

班上的其他同学也看出来了，谢力强是有意针对景绪的。班上为数不多的女孩站出来为他打抱不平。

“教官，为什么要惩罚他？”

“罚晒太阳，真的过分了吧。”

“有一说一，他做错了什么？拿出来讲清楚，让大家评评理呀。”

“你这样做，有点儿滥用私刑的意思吧？”

……

男孩们都挺怵教官，但女孩们可不怕他，纷纷为景绪说话：“你俩不是有什么私怨吧？”

“带到军训里面来就很过分了。”

……

班上的女孩本来就少，谢力强见这几个女孩居然都在为景绪说话，越发觉得景绪就是太能装。女孩们眼睛都瞎了吗？她们怎么会喜欢这样的男人？

他走到景绪面前，看着景绪锋锐冷硬的脸庞、笔挺的身形，嫉妒就像毒蛇一样钻进了他的心里。

“长得好看，还真是有用啊，那么多女孩帮你求情。”他阴阳怪气地说，“我听说你从小就爱装，在家里也是横着走，没人能治得了你？”

景绪冷冰冰的眸子睨他一眼：“听说，你听谁说的？”

“你别管。反正来了大学，就等于半只脚迈进社会了，我今天就要好好给你上一课，以后做人收敛些。”说话间，谢力强还非常挑衅地伸手去推景绪的脑袋。

这一个动作触怒了景绪，他敏捷地握住了谢力强的手腕，一掰一折，骨头发出清晰的咔嚓声，疼得谢力强嗷嗷大叫：“放开我！”

“给我上课？”景绪冷冰冰地说，“还教我做人？我出来那会儿，你还在……”

话音未落，景绪抬眼看到了操场外一抹白色的身影。

陆粥粥明艳地微笑着，正朝他用力挥手：“我下课啦，哥哥，等你呀。”

景绪很不客气地松开了谢力强，然后挺直了身子，继续站军姿，不再跟他比谁厉害了。

“慎行”，这是陆怀柔送给他的两个字，他必须时刻铭记于心。

去年在河边，他一时冲动，差点儿犯下弥天大错，也让他付出了代价——和她分别了整整一年。

景绪珍惜这次回来的机会，不能再有任何的差错。

班上的女孩都在笑话谢力强，这让他很没面子。

“继续啊，你小子不是挺厉害吗？”谢力强拍了拍景绪的脸，“还敢跟教官动手？你们的军训成绩是记入期末综测评的，测评要是不通过就要休学。你以为北城大学是随便什么鱼虾都能进来的？”

景绪中气十足地喊道：“我错了教官，对不起！”

谢力强是个欺软怕硬的性子，以为景绪真的被他吓住了，得意扬扬，挑衅地拍了拍景绪的脸，说：“我今天教就你做人！”

“我建议你最好不要这样做。”景绪深深地看了他一眼，压低声音道，“我女朋友来了，她脾气不太好。”

谢力强看到陆粥粥站在操场的铁丝网外围，心里越发来劲儿，他就是要让她好好看清楚，他是怎么样把这家伙踩在脚下的。

谢力扯下景绪的帽子，扔在地上，用力踩了踩：“怕在女朋友面前丢面子啊？”

他今天就是要让景绪颜面尽失！

景绪被他推搡着，不住地后退，却依旧没有还手。

谢力强将他推倒在沙坑里，抓起泥沙，甩在他的脸上：“你算什么东西？”

陆粥粥看到景绪被教官这样欺负，气得头皮发麻，冲谢力强大喊：“你住手！你……你想干什么啊？”

谢力强在景绪试图站起身的时候，又是一脚，将他踹进沙坑里，弄得满身狼狈。

景绪嘴角依旧带笑，吐了口唾沫，唾沫里全是沙子，冷冷地看着他：“你完了。”

“我完了？”谢力强嘲讽地摊开手，“我就在这里，等着你还手，你有这个胆子吗？你有吗？”

然而他话音未落，只听哗的一声，一桶泔水浇在了他的身上，瞬间将他淋成了落汤鸡。

恶臭弥漫开来，周围的同学捏着鼻子，连连后退。

谢力强难以置信地回头，看到穿白裙子的女孩恶狠狠地瞪着他，恨不得用眼神将他千刀万剐：“你敢欺负我男朋友！”她将水桶用力地砸在他身上，“你找死吧！”

“我……”

谢力强还没来得及说话，反而被自己身上馊了的泔水味熏得干呕起来。

这也太臭了，他快晕过去了。

身后，几个食堂的阿姨追了过来，责怪道：“你这个同学，怎么随便拿车里的泔水啊？”

陆粥粥将桶还给了食堂阿姨，说道：“这桶泔水多少钱？我赔。”

“赔什么啊，这……算了，看小姑娘干干净净的，连泔水都敢拿。”

景绪从沙坑里走出来，看了眼身边的谢力强。

他的头发上还挂着方便面、青菜和剩饭，这销魂的味道估摸能留好几天。

他拍了拍身上的泥沙，笑道：“警告过你了，我女朋友脾气不好。”

陆粥粥的脾气不是不太好，而是特别差，跟陆怀柔年轻的时候一样。

平时，室友间生活有小摩擦，陆粥粥可以不放在心上，但是她也有逆鳞，有想要用尽全力去保护的人——爷爷、景绪、父母、弟弟……谁敢欺负他们，陆粥粥甚至不惜以命相拼。

很快，负责星旗班的总教官赵老师赶了过来，严肃地问：“这里发生了什么事？怎么闹成这样？”

陆粥粥率先告状：“这人欺负我男朋友，把我男朋友踹进沙坑。

有他这么当教官的吗？赵老师，这事您必须管，您要是不管，我就找学校了！”

女同学们见状，也纷纷上前做证：“没错，是谢力强先欺负景绪的！景绪都没还手！”

“这几天谢力强一直在体罚他做高强度运动，还让他站在太阳底下暴晒！”

“这绝对是公报私仇！”

……

同学们你一言我一语，控诉谢力强。

谢力强被恶臭熏得快晕过去了，连说话的力气都没有，蹲在地上缩成一团。

总教官看了他一眼，嫌弃地捂了捂鼻子：“谢力强，到底是怎么回事？你为什么欺负景绪同学？”

周围这么多同学做证，谢力强知道再狡辩也没用，讪讪地说：“就是看不惯他。”

“看不惯？”总教官生气道，“你现在是教官，不是流氓，怎么能因为看不惯就欺负新生？星旗班的脸都被你丢尽了。”

谢力强也是暴脾气，他扯下自己的帽子扔在地上，怒道：“那我不干了，行不行？！”

说完，他气呼呼地离开了。

总教官吼道：“行啊！既然你不想当教官，那星旗班你也别待了。这件事我会汇报给你们学院，这学期的期末测评，素质拓展分你别想拿了！”

谢力强脚步微微顿了顿，显然是被赵老师的话吓住了。但是帽子都扔了，他骑虎难下，只能硬着头皮离开。

陆粥粥送景绪回宿舍。

景绪走在前面，她走在他的身后，两人一直保持着距离。

陆粥粥三两步跑到他身边，景绪却又加快了步伐，没让她碰着。

“哥哥，怎么了呀？”

阳光下，景绪用手背擦了擦鼻翼的汗珠，说道："身上，脏。"他身上满是泥沙，脸上、手上，连指甲缝里都是泥。陆粥粥穿着白裙子，纤尘不染，他不敢让她靠近自己。

陆粥粥想牵他的手，他立刻把手背到了身后。

"这有什么呀，我又不嫌弃你。"

"我先回去洗澡。"景绪始终和她保持着距离，克制地说，"出了一整天的汗，身上也有味道。"

男孩运动之后总会有味道，即便不是臭烘烘的，但也绝对不好闻。

陆粥粥笑着说："我刚刚还爬了泔水车呢，哥哥你要不要过来闻一下？"

景绪稍稍离她近了些："有哪个女孩穿得漂漂亮亮的会去爬泔水车？"

"我就想帮你出出气嘛。"

其实景绪转念一想，这样的事好像也只有陆粥粥能做得出来，毕竟这丫头可是从小挖蚯蚓、抓蛐蛐长大的。她不是小淑女，而是一个野丫头。

"你还挺得意？"

陆粥粥走到景绪面前，踮起脚，用湿巾擦了擦他脸上的泥沙："谁让他欺负我男朋友。"

景绪任由小姑娘用湿巾替他擦拭脸颊，说道："给陆粥当男朋友，是很有安全感的。"

"我当这是夸赞啦。"

"嗯。"

"那哥哥要不要……奖励我一下？"小姑娘用力踮着脚，指了指自己的脸蛋。

景绪伸出指尖，点在她的额头上，将她慢慢推开："奖励什么？奖励你一嘴泥吗？也不嫌脏。"

"是哦，那哥哥快回去洗澡。"

陆粥粥跟景绪走到宿舍门口，看到管理员阿姨挂上了"今日停水”的通知牌：今天晚上五点至明天早上八点，男宿1栋至6栋停水，请同学去教学楼区储备必要用水。

景绪：“……”

不是吧！

本来遇上大热天，景绪就挺郁闷的，不过当他看到隔壁宿舍楼前已然呆若木鸡的谢力强，郁闷的心情一扫而空。

他比自己可难受多了。

景绪回头对陆粥粥说：“没办法了，我去教学楼冲一下头吧。”

陆粥粥拉住了他：“教学楼的水龙头怎么能洗澡呢？也洗不干净呀。”

景绪是过过苦日子的人，所以再不好的环境他也能适应，没水将就一晚，也不是不可以。

但是陆粥粥自小养得精细，绝对不同意景绪去教学楼男厕冲凉。她说道：“去我家洗澡吧。”

“嗯？”

“我家……莱汀公寓，很近的。”

“我知道很近……”

景绪的心一下子乱了。

这不是近不近的问题啊……

他侧过身，说道：“不了吧。”

陆粥粥没有想太多，将景绪推进了宿舍楼大门：“别啰唆了，快回去拿换洗的衣裳，我就在这里等你。”

景绪头重脚轻地走进宿舍，从柜子里取出了一条长裤，还有T恤和内裤，一起装进书包。

他还在考虑，到底要不要跟她回家。

室友刘星汉打篮球刚回来，骂骂咧咧道：“又停水，这大热天的……还要不要人活了？”

他看到景绪脏兮兮的样子，笑着说：“绪哥，要不……咱去后山的湖里游一圈？”

景绪背上了书包，说道：“听说每年都有学生交待在那个湖里。

新生大会上，后勤老师千叮万嘱，谁敢下湖游泳，直接收拾东西走人。”

刘星汉泄气地说：“我还好，你看你这一身泥又一身汗，没水洗澡，你咋办？”

“去女朋友家。”

“你去哪儿？”刘星汉赶紧跑到阳台上往下看了看，回来激动地说，“厉害啊绪哥，你这一来就把校花拿下了，现在……还要去校花家里洗澡？”

景绪没搭理他，背上书包就要离开。

刘星汉连忙叫住他：“绪哥，东西你带没？”

景绪回头：“什么？”

刘星汉拉开了自己的抽屉，从抽屉里取出了两片薄薄的方形物品，坏笑着递给他：“拿去。”

景绪看到那东西，眼神立刻被烫了一下，移开目光。

“我不要那个，”他哑着嗓子说，“不需要。”

刘星汉不相信，说道：“不用这个，你们玩这么大？这不……不太好吧，万一闹出人命……”

他说的那件事，景绪想都不敢想，烦躁地推开了他的手：“我不会做那样的事。”

刘星汉这才明白过来，敢情他和校花谈恋爱这么久，谈了个寂寞啊！

这是景绪第二次来莱汀公寓。这里算是陆粥粥的小窝，房间没有别人来过，所有的物品都是她一个人的，每个角落都有她的痕迹。

景绪忽然有些不知所措，站在门边一动不动。他的运动鞋上沾了泥沙，衣服也是脏兮兮的，与周遭洁白干净的布置是那样格格不入。

陆粥粥从浴室出来，见景绪还局促地站在门口，对他笑了笑：“哥哥，快进来，洗澡水我都给你放好了。”

景绪心情复杂地跟着她走进浴室，浴室里全是水雾，弥漫着栀子甜味。

那是她身上常有的味道，只是此刻，更加甜香。

浴室内嵌式的方形大浴缸已经放满了热水，那是她平日里泡澡用的，她还特意在浴缸水面撒了几片玫瑰花瓣。

“军训肯定超级累，我在浴缸放了水，你泡一泡，很有效的。”陆粥粥将他换洗的衣裳拿进来，挂在门后的衣架上，“有什么需要，你叫我。”

“嗯。”

小姑娘退出了浴室，景绪紧绷的身体才缓缓放松下来。

浴室光调偏白，架子上摆放着大大小小的洗护用品，都是她的。景绪置身于这样的环境中，心跳也变得异常缓慢，缓慢而心安。

他本不准备使用她的浴缸，但是浴缸里放满了热水，如果不用，也太浪费了。

景绪用淋浴喷头把自己的每一寸皮肤都洗得干干净净的，沐浴露涂了两次，觉得洗干净了，才缓缓走入她的浴缸。

男孩洗澡，通常都是胡乱搓，洗澡时间基本上不会超过半个小时。景绪从来没有感受过躺在浴缸里泡澡的滋味，温热的水流浸遍了全身，宛如婴儿待在母体中那般温暖。

正如陆粥粥所说，这一天高强度训练的疲乏感，在他进入水中的几秒钟后便烟消云散了，取而代之的是一阵强烈的睡意。

景绪闭上了眼睛。这是他少有的彻底放松的时刻，他在她的浴缸里，沉沉地睡了过去。

陆粥粥盘着腿坐在沙发上看书，等了约莫四十分钟，景绪还没出来。她好奇地走到门边，轻轻敲了敲：“哥哥？”

浴室没有回应，甚至都听不到水流的声音。

陆粥粥心下一惊，以为出了什么事，赶紧推开浴室门。

此时夜幕已至，内嵌的壁灯光线柔和，少年安安静静地躺在浴缸里，偏着脑袋，沉沉地睡了过去。

水面上漂着稀疏的白沫，少年头发湿漉，鼻尖也滴着水珠，闭着眼睛，细密的长睫毛缀着雾气。

在浴缸里睡着的他，把一切展露在她面前，薄薄的皮肤下，包裹肌肉流畅的形状，丝毫不显得鲁莽。

那是陆粥粥第一次看到他的全身，呆若木鸡。而更惨的是，下一秒，少年缓缓睁开了眼睛，和她的视线对上。

陆粥粥原地石化了。

景绪素来淡定的眸子里划过一丝少见的惊慌，他的背紧紧贴着浴缸壁，视线缓慢下移，看到了水中的自己，又看看面前的小姑娘。

“陆粥……”他的嗓音里带着隐隐的怒意，“谁……谁让你进来的！”

“对……对不起！”

陆粥粥反应过来，迅速背过身去，捂住眼睛：“我见你这么久没出来，我……我怕你出事。”

景绪试图将水面上稀疏的泡沫兜过来，遮盖住重要的地方，奈何他一动不动睡了这么久，泡沫早就化开了。

此刻他才算真正感受到，什么是脆弱。

在喜欢的女孩子面前无所遮挡，这就是男人最脆弱的时候。

“陆粥，快出去！”

“好好好！”

陆粥粥闭着眼睛，慌慌张张摸索着要出门，结果手碰到了淋浴喷头，哗啦啦热水从喷头冲淋了下来。

“哎呀，好烫！”

猝不及防间，她被滚烫的热水烫了手。

景绪反应很快，从浴缸里一跃而起，关掉了淋浴喷头，然后快速取下白色浴巾遮住自己。

他抓起她的手，关切地问：“烫到哪里了？”

陆粥粥手背被稍烫了一下，但并不严重，只是红了一块。

“没……没事。”

小姑娘的脸蛋恐怕比手还要红几分，她推开了景绪，匆忙跑出了浴室。

景绪换了衣服，在镜子前做了很久的心理建设，才缓步走出浴室。

陆粥粥正穿着碎花围裙，在开放式厨房里忙碌着。

“陆粥，我回学校了。”

他不敢在她这里多停留，毕竟此时天色已晚，刚刚又发生了那样尴尬的事。

“哥哥留下来吃晚饭吧？”小姑娘拿着锅铲，说道，“我都做好了。”

景绪犹豫了一下，还是坐到了吧台边。

看着她系着围裙的娇小的身影，景绪脑子里冒出了两个字——娇妻。他从来不敢奢望自己能有这样的福分，却又控制不住想占有她的念头。

陆粥粥将一碗热腾腾面条端到他面前，景绪却牵过她的手，检查手背：“要不要上点儿药？”

“没事的。”陆粥粥解释道，“其实水温不高，只是刚刚那一下子，没防备。”

景绪看着小姑娘白皙柔嫩的手背的确没有问题，这才放开了她。

他知道灼肤之痛，那种痛感远远超过其他的疼痛，所以听到她喊“烫”，心都跟着揪起来了。

他松开了她的手，笑着问：“刚刚吓着了？”

陆粥粥脸颊再度泛起红晕，小声辩解：“没……没，我什么都没看到。”

景绪端起碗，喝了一口面汤，平静地说：“不信。”

刚刚他们四目相对，她不可能什么都没看到。

这事是挺尴尬的，但是如果什么都不说，权当无事发生，恐怕会更加尴尬。

陆粥粥紧紧揪着手指头，用大拇指的指甲抠着手背，隔了良久，缓缓道：“哥哥，我们是情侣。”

景绪放下汤碗：“嗯？”

陆粥粥故作镇静地点点头，认真说道：“夏桑也有男朋友，我问过她了，情侣之间相互看，都是……都是正常的，所以你不用放在心上，我……我也不会介意看到哥哥的身体。”

熟悉的紧绷感又来了。

景绪觉得自己早晚要被这丫头搞死。

“什么叫相互看？”他惩戒似的弹了弹她的眉头，“不准说这样的话。”

“好吧。”

陆粥粥点点头，觉得她的景绪哥哥，好像比她还纯情很多。

好歹她也是跟着蒋清霖一起长大的，女流氓不敢当，但肯定不是一无所知的小白兔。

陆粥粥老早就跟有经验的小姐妹打听清楚了，情侣之间会做的事情，一桩桩一件件，她全懂。

那天妈妈问她，景绪有没有提过要求，她当然知道妈妈的顾虑是什么。亲密恋人之间，这些事情本就是自然发生的，即便不是现在，也是将来。

陆粥粥不排斥，虽然会有面对未知的害怕，但与此同时，潜意识里还有点儿期待。和心爱的人一起，是多么愉悦的体验呀，可是景绪从来没有提过。

景绪不会不想吧？

算了算了。

陆粥粥抛开这些乱七八糟的念头，不再胡思乱想。

景绪不知道陆粥粥小脑袋里在想什么，把她做的面吃得干干净净。

“好吃吗？”

“好吃。”

“说实话。”他眼角的笑意弥漫开来，英俊的面庞带了几分少年的风流气，“难吃到怀疑人生。”

陆粥粥也不生气，知道自己的厨艺，反问道：“难吃你还把它吃光了呀？”

“嗯，虽然难吃，但是喜欢。”

因为是她做的，所以他心甘情愿吃完。

窗外哗啦啦地下起了雨，陆粥粥跑到窗边，拉上了窗帘，回头试探性地问景绪：“哥哥，下雨了。”

景绪收了碗筷，漫不经心地道：“家里有伞？”

“有的，可……”

这么大的雨，他就一定要回去吗？

景绪洗过了碗，不再逗留，走到了玄关边："伞在哪里？"

陆粥粥坐在沙发上，也不送他："你自己找。"

景绪打开了玄关处的柜子，在最下面一格抽屉里取出了雨伞："晚上睡觉关好窗户，我走了。"

陆粥粥睨他一眼，他单肩挂着黑书包，换好了运动鞋，走得还挺果断。

"喂！"

景绪回身："还有事？"

陆粥粥趿着拖鞋，不情不愿地走到他身边，闷声说："我们难道不是情侣吗？"

"嗯？"

她加重了语气："我们不是情侣吗？"

为什么别人可以有的，她就没有。

景绪看着小姑娘生气的小表情，想了想，从包里摸出一块巧克力，塞进她睡衣胸前的小兜里，然后拍拍她的头："乖了，哥哥走了。"说完，他头也不回地离开了公寓。

陆粥粥摸出那块巧克力，冲景绪的背影喊道："景绪！我不是小孩啦！"

她不再是那个生气了用一颗糖哄哄就会很开心的六岁小孩。

景绪撑着伞，头也不回地走进了雨夜里。他怎么会不知道，小姑娘撒娇耍赖不开心，只是希望他留下来陪陪她而已，但他并没有那么好的自控能力，所以只能离开。

第二十二章

一分钟都不分开

陆粥粥从大三开始，就一直在秦教授的生物研究室帮忙，给读研究生的师兄师姐打下手，跟着他们学习了不少知识。

下午，她帮师姐把一份报告交到学院科研项目办公室，出来的时候正巧遇上了景哲。

陆粥粥对他多少有些介怀，所以从他身边经过，也没有理他。

“陆粥粥，”他还是叫住了她，“你等一下。”

“有事吗？”陆粥粥冷漠地问。

“我知道，我现在说什么你都不会相信了，但我还是想把心里的话说出来。”

“可我不想听。”

陆粥粥转身欲走，身后，景哲说道：“你以为他真的喜欢你吗？”

她的脚步蓦然一顿，她觉得荒唐，回头厌恶地看了他一眼：“你到底想说什么？”

“新生入学的心理健康测评，景绪考了 92 分。一般的同学，成绩都在 70 分左右，可是景绪考了 92 分。”

“所以？”

景哲摸出手机，将那张心理健康测评报告发给了陆粥粥："你知道，景绪是天才，天才中的天才，就算最专业的心理医生的催眠术，都不一定能够干扰他的思维。这份普通同学只能够拿 70 多分的心理测评，他拿了 92 分，这还不能够说明问题吗？"

陆粥粥低头看着手机里那份心理评估报告，景绪的心理评估是优秀，心理老师给出的评价是：该生有着超出常人的积极、乐观的心态，掌握情绪管理技能，心理状态非常良好，不存在任何潜在心理疾病。

陆粥粥隐约记得，今年四月，她偷听过陆怀柔和心理医生的通话，心理医生在电话里表达了担忧，景绪的催眠治疗效果不理想，他在极端环境下，有非常不稳定的情绪因子。

"这不能说明任何问题。"陆粥粥对景哲说道，"景绪已经通过了最专业的心理测评，他的心态是非常健康的，甚至……比一般同学更健康。"

景哲笑了："这话你自己信吗？"

"我……"陆粥粥有些迟疑，"我信。"

他不会骗她，她信。

景哲摇着头，说道："陆粥粥，你知道吗？我从小就喜欢你，既崇拜又喜欢。"

"你说这些有什么意思？"

"你以为我嫉妒景绪吗？不，根本不是！"景哲走到她面前，她看到他眼眶微微发红，"是他嫉妒我，嫉妒我比他得到了更多的妈妈的爱，嫉妒我的好人缘，嫉妒我所拥有的一切。"

陆粥粥听不下去了，感觉现在的景哲就像个没长大的孩子，还在为已经损坏的玩具而耿耿于怀。

"你执着这些，有什么意义呢？"

"怎么没有意义？"景哲忽然阴恻恻地笑了起来，"景绪从小就不爱和女生玩，为什么单单对你好，你想过没有？"

"那是因为……"

"你可别说你俩是一见钟情。"景哲打断了她，"因为你是我先喜欢上的女孩，他要把你抢走，只是为了报复我。"

景绪有没有心理问题，陆粥粥不知道，但是景哲……显而易见是有问题的。

“景哲，这些话，恐怕连你自己都不相信的，又如何说服我呢？”陆粥粥悲哀地看了他一眼，“你不相信一见钟情，但我一眼便被他迷住了。他曾是这个世界上最美好的存在，是你的嫉妒毁了他。所以你听好，我永远、永远不会原谅你。”

景哲目瞪口呆地看着陆粥粥。

全世界都相信他，同情他，果然只有陆粥粥，一眼看透了他。

他内心里是那样肮脏不堪，却还奢望着……能够得到那样美好的她。既然他百般求而不得，不如毁掉。

那段时间，谢力强心情非常糟糕。他退出星旗班，之前的一切努力全部打了水漂，还惹怒了总教官，期末的素质拓展测评别想合格了，全拜陆粥粥那死丫头所赐。

那天下午，他一个人在河边打水漂，景哲来到了他身边：“力哥，最近怎么样？”

“滚！”谢力强看见他就烦，“别惹我。”

“那天的泔水味可够销魂的。”景哲走到他身边，轻轻嗅了嗅，“怎么闻着……还有味儿啊？”

提到这茬，谢力强气不打一处来，一把拎起景哲的衣领，将他重重摔在草地上。

景哲也不生气，拍拍裤子上的草，说道：“力哥，你在这儿跟我置什么气，又不是我洒你一身泔水。要报仇，找陆粥粥啊。”

“我不和女人一般见识。”谢力强气呼呼地说，“你给我滚远些。”

景哲走到他身边，笑着说：“其实，我是真为你抱不平。景绪他也就长得好看些，其他方面比你可就差远了。”

“你什么意思啊？”

“你力哥的本事，在咱们学校女生里面，那不是有口皆碑吗？”

谢力强呼吸一窒，他经常用社交软件约校园女生的事，没告诉过任何人，景哲怎么知道的？

“你……你到底在说什么！”

“力哥，你说，陆粥粥如果试过你的本事，那眼里还能看得见别人吗？还不是对你死心塌地。”

谢力强脸上终于浮现一丝傲色：“那当然。”

“每天晚上，陆粥粥都会在三综四楼409的教室备战考研，她的水杯是蓝色哆啦A梦。”

谢力强震惊地看着景哲。景哲重重地按了按他的肩膀，嘴角微扬：“哥们儿只能帮你到这儿了。”

他低头看着景哲边说边递出来粉红色的药丸，呼吸一下子粗重了很多。

晚自习期间，陆粥粥总觉得口干舌燥，不停地喝水，却越喝越觉得口渴。

她有些害怕，低头给景绪发了微信：“哥哥，我有点儿不舒服，你晚上有时间来接我吗？我想去医院看看。”

“我现在就来。”景绪秒回她，“你等我二十分钟，我过来接你。”

“你晚上不是有直播吗？”

“不播了。”

“哎，别呀！”

“就这样，你收拾好东西在教学楼前等我。”

“好吧。”

陆粥粥赶紧回教室收拾了书包，症状越来越明显。她脚步虚浮，视线越来越模糊，三步并作两步下楼，在楼梯上差点儿栽了跟头。

幸好有人在前面接住了她，结实有力的臂膀扶着她，缓步走下了楼梯。

陆粥粥脑子里一团糨糊，视线模模糊糊，甚至看不清那人的脸，只说道：“谢谢同学，就……就在这里，我男朋友来……来接我了。”

她说话都有些大舌头了，已然神志不清。

而身边的人丝毫没有放开她的意思，拖着她，送进了一辆车里。

谢力强慌慌张张地将陆粥粥放进车里，自己也坐了进去。

景哲开着车，透过后视镜看了陆粥粥一眼。

“景哲，我们……”谢力强颤声道，“要不还是……算了吧？”

景哲脑子也有些蒙，看着面前的女孩，他太阳穴突突直跳。

事已至此，他们已经没有回头路了。

谢力强越想越害怕。

“我……我退出！”谢力强颤声道，“这件事跟我没关系！我不干了！”

景哲见他落荒而逃，并没有拦他。

景哲放下陆粥粥，她还死死拉着他的皮夹克。

他用力扯开了她的手，然后拿起了她的手机。手机里有十多个未接来电，全是景绪拨过来的，这一路就没有停过。

景哲冷冷地看着屏幕上的未接来电，眼神里泛起一丝冷意，用她的手指解锁了屏幕，然后编辑了一条信息，发给他：“建设路 1 段，明月宾馆 209，哥哥，我等你。”

发完这条消息，景哲立刻删掉了记录。

他起身走到房门边，最后回头看了她一眼：“粥粥，我会向你证明，我比景绪更聪明。”

景绪一个小时前便联系不上陆粥粥，满校园找她，连舍友都一一问过了，音讯全无。就在他要报警时，忽然收到了陆粥粥的信息：“建设路 1 段，明月宾馆 209，哥哥，我等你。”

景绪来不及多想，急急忙忙赶到了明月宾馆。

这个小旅馆位于郊区，即便开车过来都用了四十多分钟，周围全是僻静的巷道，少有人烟。

景绪不知道陆粥粥怎么会出现在这种地方，这个小旅馆连前台接待都没有，如入无人之境一般。他三两步上了二楼，来到 209 号房间。

房门虚掩着，景绪敲敲门，轻唤着她的名字，进了房间：“粥粥？”

女孩听到他的声音，嗯了声，调子娇软：“哥哥，你……来了。”

景绪进屋，看到女孩睡得迷迷糊糊，暂时松了口气。

刚刚联系不到她，他还以为她出了什么意外，这会儿见她没事，他的心总算放了下来。

他坐到床边，捏了捏小姑娘的鼻子，没好气地问：“怎么来这种地方，不是说不舒服吗？好些了？”

陆粥粥神志迷迷糊糊，感觉到温暖源的靠近，本能地挪了过去：“哥哥……”

景绪伸手探了探她的额头：“是不是发烧了？”

“哥哥……我难受。”

景绪几乎瞬间意识到眼前的陆粥粥不对劲，咬着牙说：“坚持一下，带你去医院。”

他把她打横抱起，果断地走出了房间。

他在路口拦下了一辆出租车，就在出租车刚刚启动的时候，迎面几辆警车呼呼地驶了过来，停在了小旅馆门口。

景绪回头看了看，警察迅速进了旅馆。

蓦然间，景绪背后冒起了细细密密的冷汗。

不到一分钟的时间。景绪不敢想象，如果警察冲进房间，看到他和面前这个神志不清的女孩在一起，他将面临的是什么，陆怀柔又会怎么想……

这是一个阴谋。

景绪一瞬间反应过来，这是一个精心策划的阴谋。

目标不是陆粥粥，而是他！而这场阴谋，几乎就要成功了。

景绪垂眸，看着趴在他腿边熟睡的少女，摸出手机，看到陆粥粥最后给他发的那条消息：

“建设路1段，明月宾馆209，哥哥，我等你。”

他翻出了陆粥粥的手机，用她的指纹解了锁，却没有在聊天记录里看到这条信息。

显而易见，这条信息就是那个给她下药的人发的，把他引诱过来，再报警，让他跳进黄河也洗清。

景绪带陆粥粥去了医院，医生给她查了血。分析结果出来后，医生意味深长地看了景绪一眼：“你们这些年轻人，到底搞什么，这种药……会对人的神经有很大的损害。”

他急切地问："她有事吗？"

医生看出他的担忧，猜测下药的人应该不是他，脸色稍微好些了，安慰道："幸好剂量不大，没有大碍。先带她去输液吧，药物浓度稀释之后，她就会清醒了。"

景绪扶着陆粥粥，来到夜间急诊输液室，将她安顿在床上，然后拿着方子找护士帮她调药输液。

护士拿了针管过来，准备输液，女孩的手微微缩了一下，有些害怕。

景绪拉过她的手，掀开了袖子："蚂蚁叮一下，不疼。"

护士拍了拍她的手，然后将针刺入她细嫩的皮肤里，快速贴上胶布。

"好了，你在这里陪着她，等输液结束了，过来叫我换药。"

"好。"

护士离开之后，女孩才缓缓抬起头。

景绪摸了摸她的头："睡一会儿吧，醒来就好了。"

陆粥粥乖乖闭上了眼睛。

景绪陪在她身边，拿着手机，内心很纠结，要不要给陆怀柔打电话。

陆怀柔如果知道了这件事，必然动怒。

陆怀柔护了陆粥粥这么多年，安安稳稳的，现在小姑娘在自己手里出了这么大的事，陆怀柔势必迁怒于他。

如果爷爷觉得他的存在会给孙女带来危险，一定不会允许他留在她身边。

这是他赌不起的。

景绪不是圣人，相反，他心思深沉缜密。当初为了回到陆粥粥身边，他花了两个月的时间，废寝忘食地研究心理学，终于蒙混过了心理评估。

景绪紧紧抿着唇，将那个即将拨出去的电话删掉了，他再也输不起了。

第二瓶点滴快结束的时候，陆粥粥终于清醒过来，身畔的少年痴迷地望着她，眼里满是血丝。

“哥哥，这是在哪儿啊？”

“医院，陆粥生病了。”

陆粥粥变了脸色，她不是意识全无，很多事情还记得，但是就像梦境的片段一样，一闪而过！

怎么会这样啊？

景绪见她变了脸色，用力握住了她的手：“陆粥，你吃了不该吃的东西，所以才会这样。”

陆粥粥诧异地看着他：“你是说……”

“有人对你下了药。”

陆粥粥捂住了嘴：“我……晚自习是觉得不舒服，然后……然后下楼有人扶了我一把，再然后我就……就看到你了。”

“不记得那人的样子了吗？”

“不记得了。”她只觉得一阵阵的恶寒漫上心头，害怕得哆嗦起来，本能地攥紧了他的手，“怎么办？这怎么办……哥哥，我们要不要告诉爷爷？他肯定能查出凶手。”

景绪察觉到了陆粥粥的恐惧，他也知道，告诉陆怀柔是最好的解决办法，陆怀柔一定会保护她安然无恙。

陆粥粥哆哆嗦嗦地摸出手机，要给爷爷打电话。

景绪的心紧了紧，却没有阻止她。

如果自己不能令她安心，那么陆怀柔才应该是最终庇护她的港湾，他不能阻止她倦鸟归巢。

陆粥粥的电话刚刚拨出去，忽然，她像是反应过来什么，慌慌张张地又挂断了电话。

“不不不，不能告诉爷爷。”

陆粥粥何等聪慧，怎么会想不到，如果这件事告诉了爷爷，爷爷铁定会暴怒，冲动之下会迁怒景绪，之前一切的努力就白费了。

她看着面前这个守了她一夜、形容憔悴的少年，心疼地捧这他的脸：“哥哥，你能保护粥粥，对吗？”

景绪舔了舔干燥的下唇，用力点头：“我能。

“这段时间，除了上下课和科研社团活动，其他时间你都跟我待在一起，直到我揪出凶手，好吗？”

“好。”陆粥粥乖乖点头，问道，“其他时间都在一起，这个其他时间……包括吃饭吗？”

“嗯，上课你和同学在一起，下课我来接你，中午晚上，我们都一起吃饭。”

他哪里还敢让陆粥粥一个人吃饭。那人一计不成，万一再对她下手……

“另外，收好自己的水杯，如果水杯离开视线，就千万不要再喝里面的水了，倒掉接新的。”

“嗯，我知道了。”

那段时间，陆粥粥草木皆兵。

她不管做什么都和同学们结伴而行，避免落单。无论吃饭还是喝水，她都不让食物、饮品离开视线，否则绝不会再碰了。

警察收到匿名举报，说小旅馆有不法勾当，突袭之后扑了个空，只当有人恶意报警，所以事情没有扩散。

景绪在第一时间查了学校的监控，教学楼的监控探头年久老化，目前是一个摆设，而学校里其他路段的监控都没能拍到有人把陆粥粥带走的画面。这说明，那人熟知校园监控的位置，有意避开监控。

校园绿化面积大，有很多大大小小的树林，这些小树林没有路，一般同学也不会在晚上去。所以凶手应该是熟悉校园环境的人，更有甚者，就是学校的学生。

景绪还去小旅馆调查过开房记录，但是小旅馆开房没有进行身份登记，至于来人的相貌，老板说戴着鸭舌帽、口罩，长什么样是完全没瞅见。

“挺年轻，感觉就二十来岁吧。”

其实景绪心里已经有人选了，但是目前没有证据。

那天下午，景哲刚走出教学楼，便被景绪拽到了荒僻的小树林里，后背撞在树上。

看到景绪，他眸间掠过一丝惊慌，本能地看了看四周。

“不用看了，周围没有监控。你不是应该很熟悉？”

景哲咽了口唾沫，紧张地问：“你什么意思？”

“我什么意思？”

景绪凑近了他的脸：“别以为我不知道你在背后搞的小动作，挑唆谢力强搞我？”

他慌忙喊道：“不是我！我没有！”

“这么多年，你觉得我还不够了解你？”景绪嘴角冷冷地勾了勾，“扮猪吃虎这套，没人比哥哥玩得更熟练，对吗？”

景哲咽了口唾沫，很害怕。

“你之前在背后搞我，我可以不管。但是这次，你触碰了我的底线。”

陆粥粥就是他的底线，景哲千不该万不该，不该动了他的人。

景哲因为恐惧而全身战栗起来。

“不……不是我，你弄错了。不，你没有证据。”

“我现在没有证据。你最好祈祷我永远找不到证据。”说完，他转身离开。

景哲仿佛被抽空了力气，虚弱地跪在了地上，大口地喘息着……

他不可能找到证据！

上课的时候，吕书意在室友群里发了一条消息：“晚上吃什么？纸包鱼还是冷串儿？”

夏桑：“烤冷串儿的好像是个中澳混血的帅哥，那双蓝眼睛跟宝石似的，好看死了！”

陆粥粥：“想看！”

吕书意：“走走走。”

陆粥粥：“等下，我要问问男朋友。”

夏桑："哇，陆粥粥你还真是夫管严呀，这都要问男朋友？"

陆粥粥："黏人精，没办法。"

夏桑："啧啧啧。"

陆粥粥给景绪发了信息，问他自己晚上可不可以和朋友去吃饭。

景绪也没有多问，只对她说："结束之后，给我打电话，和朋友在一起别落单。"

陆粥粥："好的。"

晚上，陆粥粥和室友去了大学城最热闹的街道，冷串店都快成网红店了，排了好长的队。

姑娘们顺着长队来到店门口，看到操作台边正在烤串的少年，的确是个非常英俊的混血儿。

排队的有不少女孩是冲他的颜值来的，她们纷纷拿出手机拍照，帅哥也非常配合，一边烤串一边摆了帅气的姿势。

陆粥粥感叹道："你说说，现在这做生意的，还真是有头脑啊！"

"那可不是，这个混血帅哥在网上火得很呢。"夏桑介绍道，"这家店生意太好了吧，我们要在这儿吃吗？"

吕书意摸出手机给帅哥拍照，说道："吃啊！帅哥烤的串，怎么不吃？"

陆粥粥问道："帅哥烤的味道要好些吗？"

吕书意笑着说："那不一定，但爷吃得开心！嘿嘿！"

于是小姑娘们乖乖在后面排队，大概排了半个小时，总算轮到了她们。

吕书意和夏桑俩人只顾盯着小帅哥，就陆粥粥一个人在认认真真地点餐。

帅哥漂亮的晶蓝色眸子有意无意地多看了陆粥粥几眼，甚至在点餐之后，还多送了她们一人一个烤鸡翅。

"能留个联系方式吗？"小哥将烤好的肉串递给她们，礼貌地说，"喜欢的话，下次可以微信点餐，我提前帮你烤好。"

他虽然这样说，但是视线只落到陆粥粥身上。

夏桑和吕书意推了推陆粥粥："喂，别吃了，帅哥问你要联系方式呢！"

陆粥粥刚吃了一串热乎的脆骨，扇扇风，说道：“意意，快，联系方式……”

“人家又没问我要，”吕书意坏笑着说，“恐怕鸡翅也不是冲我们送的吧。”

这样的搭讪借口谁还看不出来呢。

陆粥粥红着脸，对帅哥说道：“不好意思哦，我手机没电了，让我室友加你吧。”

小哥听懂了陆粥粥的婉拒之意，自然没有勉强，临走的时候还送了她们三瓶可乐。

夏桑感叹道：“我的妈呀，以后我要天天跟粥粥出去吃饭！”

吕书意：“你以为粥粥这校花白来的啊？自她来了咱们学校，甭管每年进来多少年轻漂亮的女孩，没一个能跟她比的。你看看学校的告白墙公众号上，多少人在问陆粥粥联系方式……”

“粥粥，冲你这颜值，不多交几个男朋友可惜了。”

陆粥粥：“有道理。”

夏桑：“把你家哥哥踹了呗。”

陆粥粥：“不踹。”

夏桑：“为啥？”

陆粥粥笑道：“我只喜欢他。”

夏桑：“你这理由，朴实无华却让我无话可说。”

小姑娘们又去商场里逛街试裙子，走走拍拍，一直玩到晚上九点。陆粥粥给景绪发了定位，不过一刻钟，景绪便过来接她了。

“粥粥，拜拜哦。”

“拜拜，你们回宿舍说一声。”

“嗯嗯，你也是。”吕书意和夏桑看看景绪，笑着说，“粥粥今天很乖哦，真的没有和我们去看帅哥，哈哈哈。”

“喂！你们……”

“走了走了！”

路边，出租车离开之后，景绪的手落到了小姑娘纤细的腰间：“做坏事了？”

“没有呀，”陆粥粥摸出手机，在景绪面前扬了扬，笑着说，“拍了几张帅哥照片。”

景绪翻了个白眼：“帅吗？”

“我觉得他眼睛挺漂亮。”陆粥粥看着他，故意问，“你生气吗？生气我就删了。”

景绪：“不生气，爱美之心人皆有之。”

陆粥粥撇撇嘴，低声咕哝：“这都不生气。”

景绪：“为什么要生气？”

她耸耸肩：“那人家问我要联系方式，你也不生气吗？”

“你给了？”

陆粥粥打量着他平静的面庞，故意道：“给了！”

怎么样，你还不生气？

景绪眼神沉了沉，不过依旧没有发作，“哦”了声，继续往前走。

没有得到想要的回应，陆粥粥一时也有些无趣，慢慢走在他身后，路过DQ，冲他哼了声：“哥哥，我要吃冰激凌。”

景绪没说什么，慢条斯理地走进了冰激凌店，买了一盒大号的水果冰激凌，继续往前走。

小姑娘屁颠儿屁颠儿地跟上来，伸手要拿勺子。景绪先一步移开了冰激凌，用勺子挖了一大勺，放进了自己嘴里，然后用挑衅的眼神看着陆粥粥：“想吃？”

陆粥粥连连点头。

“自己买。”说完，他继续往前走。

陆粥粥看着他这个样子，摆明就是生气了。

她追上他，牵起了他的手：“哥哥，想吃。”

“烤串还没吃够？”

她凑近他，嗅了嗅：“好酸呀！哥哥，这冰激凌不会是醋做的吧？”

景绪一脸冷漠：“嗯。”

“我没加他，哥哥。”

景绪也不知道为什么自己这么没有安全感，他从小到大都是很骄傲的人，做任何事都有绝对自信的。

在任何方面他从来不觉得自己弱，但是面对陆粥粥，他仍有些自卑。

无论在他眼里还是心里，她都太好了。

景绪答应过陆怀柔，如果她遇到更喜欢的人，他一定退出，可是好像真的做不到。

他会嫉妒，嫉妒到无法呼吸。他想自己可能是病了。

莱汀公寓大门口，陆粥粥看景绪都快把一盒冰激凌吃完了，着急地摇摇他的手："哥哥！"

景绪睨她一眼，然后用勺子舀了一小块递给她："太晚了，不能吃冰的，只一小口。"

陆粥粥就着他的手吃了一口，还想吃第二口，景绪没给她，放进了自己嘴里。

"太小气了。"陆粥粥略略不满地道，"哥哥就是想自己吃吧。"

"对，我就是自己想吃，气不气？"

"气！"

景绪笑了起来，拍拍她的脑袋："多气一会儿，就饱了。"

陆粥粥一把拉住了他的衣领："我偏要。"

"你要什么……"

景绪话音未落，陆粥粥踮起脚，用力咬住了他的下唇，唇间的一丝丝甜意也被她柔嫩的舌尖卷走。

景绪脑子轰的一下，整个人都木了。

小姑娘那一晚无师自通之后，攻势很足，熟练地撬开了他的牙齿，甜腻腻的味道在唇齿间蔓延……

景绪脸颊开始漫上红色，他还想更进一步，小姑娘却果断抽身而退，笑吟吟地看着他，舔了舔红润的唇。

景绪全身绷紧，沉着嗓子道："陆粥。"

陆粥粥将他手里的冰激凌盒夺走，愉快地舀了一勺："怎么啦？"

"你不能这样。"

"我怎样？"陆粥粥鄙夷地说，"不就吃你一盒冰激凌嘛，小气。"

景绪明显感觉血液上涌，极力地忍耐着，重复道："不准对我主动……”

在没有任何防备的情况下，他真的会随时失控。

陆粥粥看了他一眼：“我不可以主动？为什么？”

“没有为什么，就是不行。”

陆粥粥很不解，觉得景绪这是大男子主义在作祟，凭什么女孩不能主动？她偏要！

她拉着景绪进了莱汀公寓的电梯，在电梯关闭的一瞬间，将他推到了电梯壁上。

景绪将她送到了门口，摸摸小姑娘的头：“回去之后把门锁好，早点儿睡，别熬夜。”

她这会儿可不敢留他，毕竟两个人刚刚的吻，火都没消下去。

“哥哥回基地吗？”

“晚上带新队员训练。”

“那你也别熬夜。”

景绪恋恋不舍地看着她进门，隔了很久才转身，回了电梯。

十八九岁谈恋爱，真要命。

时间一天天流逝，陆粥粥慢慢又恢复了正常的生活，没有发生意外，虽然依旧保持警惕性，好歹不再草木皆兵。

她本就是个爱热闹的性子，所以经常跟朋友们出去小聚，逛逛街，或者唱唱歌。

陆粥粥原本还以为景绪会不高兴，没想到他都默许了她的晚间活动。

那天下午，陆粥粥在图书馆看书，蒋清霖坐在她身边修图。俩人前不久去了郊外的很火的教堂打卡，拍了大量的照片。

蒋清霖是个修图小达人，这些年的追星生涯早就把她的手艺练出来了，即便是陆粥粥趴在椅子上的照片，都能让她修出睡美人的质感。

“修好后原图发给我。”

“二十块一张，恕不讲价。”

“嘁，不要了。”

蒋清霖笑着说：“拿你爷爷日常生活照来换也行。”

陆粥粥咧咧嘴：“我爷爷都一把年纪了，你还追啊，圈里十七八岁的小鲜肉不帅吗？”

“什么一把年纪，陆怀柔冻龄男神好吧！”蒋清霖不满意地说，“再说，小鲜肉能跟他比吗？他现在可不叫老，而是越来越有成熟男人的气息了。”

陆粥粥笑着说：“你别是还琢磨着想当我奶奶吧？”

蒋清霖叹息道：“当你奶奶，我配不上好吧！”

陆粥粥差点儿呛着。

算了算了，追星女孩，她是真搞不懂，感情太复杂了。

“乖乖把照片交出来！”

“行行行，发给你。”

陆粥粥翻开相册，找了几张陆怀柔的照片，发给她。

虽说陆怀柔一把年纪了，不过照片里的陆怀柔依旧身形挺拔，丰神俊朗。他有气质，又坚持健身，所以精神状态特别好。

陆粥粥不带任何粉丝滤镜，非常客观地说：“我爷爷还是很帅的。”

“你爷爷什么时候不帅过！”

“照片发给你啦，快把修好的照片给我。”

蒋清霖放大了照片，仔仔细细地修图，几分钟后，忽然道：“粥粥，你看这张照片，这人……是不是景绪啊？”

陆粥粥将脑袋凑了过去，几乎一眼就确定了，站在人群中的少年是景绪。

“他怎么在这里？”

“碰巧吧。”蒋清霖说道，“挺有缘分啊，这都能拍到你俩同框。”

陆粥粥并不觉得这是碰巧，因为她们拍照的教堂距离市中心还有一段距离，景绪怎么会出现在那里？

她心里冒出一个想法，却又不敢决定，翻出手机相册，挨个儿仔细看着她这段时间和朋友们出去玩的照片。照片有很多，自拍的照片，她帮朋友拍的照片，还有合照，有几百张。

她都翻了一遍，果然，在一张公园的照片里，又看到了他的身影，他坐在树下低头看手机。

陆粥粥渐渐明白，哪怕在她恢复正常生活之后，景绪依旧没有放松警惕。

发生那样的事，虽然她逃过一劫，没出意外，但是如果真的发生了什么，那绝对是她、是景绪在这个年龄承受不起的。

他们选择不告诉陆怀柔，是景绪的私心，也是她的私心，他们那样努力才走到一起……

而直到此刻，陆粥粥总算明白，在这段甜蜜美好的恋爱当中，其实景绪承受的压力比她大很多。

景绪选择隐瞒，那么他就要为此负责。

难怪，每次打过电话之后，不管她在哪里玩，他总能在一刻钟左右来接她。

“粥粥，你怎么了？”蒋清霖见陆粥粥沉默了，眼睛好像还有些红了，担忧地问，“你是不是不舒服？”

“没有。”陆粥粥摇头，“我想起今天晚上有点儿事，不能跟你去吃夜宵了。”

“没关系，你忙你的。”

晚上，陆粥粥破天荒没有出去玩，在图书馆自习之后，老老实实回了家。

景绪送她到门口，依旧没有进去。

“锁好房门，关好门窗，不要熬夜，早点儿休息。”他摸摸她的头，正要离开。

陆粥粥忽然拉住了他的衣袖，小声问：“你今晚……要不要留下来？”

短短一句话，空气中暧昧的因子急速散开。

景绪身形有些僵硬：“什么？”

“之前不是说好了吗？除了上课和社团活动，其他的时间都在一起。哥哥一直遵守约定保护我，那么……我也应该遵守约定，和哥哥待在一起。”

景绪嘴角浅浅扬了扬："陆粥，今晚你想干什么？"

陆粥粥其实自己也没有想好要干什么，过去景绪送她到门口便止步了。

今晚，她只是单纯地不想让他离开而已。

"说好了一直在一起，"她轻轻环住了他的腰，加重语气道，"那就要……一直在一起。"

景绪被小姑娘拉着进屋的时候，脑子一片空白，根本不知道，也不敢去想接下来会发生的事。

两个人站在玄关处，四目相对，一时竟然不知道该做点儿什么。

过去他们总嫌在一起的时间不够，约会之后便要回家，回家之后便期待着再一次见面。

他们能够在一起度过黑夜，是多么奢侈的一件事啊！

"哥哥真的要留下来吗？"

"你真的要我留下来吗？"

两个人几乎是同一时间问出这句话的，问过之后，又是一阵漫长而尴尬的沉默。

景绪率先笑了起来，伸手摸摸她的头："好，我留下来。但是约法三章，今晚你不准……"

"不准什么？"

"你知道的。"

"我不知道啊。"陆粥粥牵起了他的衣角，"说啊，不准什么？"

景绪微微俯身，在她的耳畔轻轻道："不准……诱惑我。"说完，还不等她反应，景绪转身进了房间。

陆粥粥看着他的背影，拉长调子道："我们家男朋友，还真是自律呀！"

景绪知道小姑娘一肚子坏水，指不定怎么样变着法地"折磨"他。

他不是自律，就是太不自律了，才会对她这样说。

陆粥粥今晚洗澡的时间比过去要长，又是抹身体乳，又是抹护发精油，在浴室里磨蹭了一个小时。

在穿衣服的时候，她也犹豫过。过去洗了澡，她都不会穿内衣，因为不穿睡觉会比较健康。但是今晚……陆粥粥陷入了纠结。

其实她已经大三了，即将进入大四，班上有不少女生有男朋友，也有女生搬出学校宿舍跟男友同居。这就是恋爱到这个阶段，顺其自然应该发生的事。

他们本就是再普通不过的情侣，尽管在一起比别人经历的曲折多一些，但他们是真的彼此深爱着对方。相互爱慕、彼此吸引，热恋中最快乐的事情，为什么不可以呢？

陆粥粥放下了内衣，没有穿。

她悄悄打开浴室门，水蒸气先溢出去。她歪着脑袋，小心翼翼地看向客厅。

景绪坐在吧台边，似乎正在跟胖子他们游戏对线。

“小寺，注意走位。”

“胖子，这边给小寺奶一个。”

“Boss 要刷出来了，小寺你带一下新队员。”

……

陆粥粥看到他嘴里叼着一袋牛奶，手指噼里啪啦地敲击着，还没有来得及喝。

他这个样子，好可爱啊。

陆粥粥想到之前看到的一个很甜小视频合集，主题是“当你男朋友认真玩游戏的时候，你从他身下钻过去抱他，看他的反应”。

视频合集里全是网友分享的各种甜甜的片段，甜得她嗷嗷叫。所以这么甜的男朋友，她也要拥有！

陆粥粥悄悄走到了他身边，蹲下，从下面钻进了他双臂之中，挡住了他的视线。

景绪指尖却还在键盘上噼里啪啦地操作着，看了她一眼，脑袋微微偏移，视线看向了电脑屏幕。

陆粥粥：“……”

不是，她看了这么多视频，从来没见一个女孩被男朋友无视的。

她竟然被无视了。

果然，找一个专业电竞选手当男朋友，就要做好游戏大于女朋友的准备。她真蠢。

陆粥粥正要失望离开的时候，景绪对胖子说道："你先帮我顶一下，我挂机一分钟。"

胖子的声音从耳麦里传来："不是，Boss刚刷出来，战况这么激烈，挂什么机啊！"

"关麦了。"

景绪摘下耳机，关掉了麦克风，视线终于落到了陆粥粥脸上，两个人对视着。

"你……干吗？"

"我干吗？"

陆粥粥的手还环在他肩上，他居然问她要干吗？

为什么人家视频里的男朋友就能够秒懂女朋友心思呢，因为是别人家的男朋友吗？

景绪见小姑娘瞪着一双漂亮的杏眸，望着他嘴上叼着的牛奶袋，恍然明白了什么，于是撕开牛奶袋，递到她嘴边喂了一口："喝吧。"

陆粥粥莫名其妙被灌了一口牛奶，差点儿呛着，推开他的手："我不要喝牛奶。"

"那你……想干吗？"

她见景绪不明所以，想着果然现实和理想还是有差距，不仅有差距，差距还挺大。

她男朋友是人间真实的男朋友。

"算了算了。"

陆粥粥生无可恋地要从他身下缩出去，景绪立刻拖住了她纤细的腰。

"等一下。"

他好像懂了一点点，好像女朋友在跟他撒娇。于是他亲了亲她的脸颊，左边一下，右边一下。

这下子，陆粥粥开心了。

她捧着景绪的脸，笑着说："那你继续吧，不打扰啦。"

"嗯。"

小姑娘跟游鱼似的，乖乖从他身下钻出去，景绪却无意见偏见小姑娘身前若隐若现的痕迹，忽然头皮一麻，瞬间身体紧绷。

他戴上耳机，继续玩游戏，但是已经没有办法再集中精力了，他脑子里在回闪刚刚的片段。

匆匆结束了这局游戏，景绪关掉了电脑，坐在椅子上放空，等身体平静下来。

果然，他就不该跟她进屋。

过去，从来都是理智告诉他，什么该做，什么不该做。可是在陆粥粥身上，他强大的意志力不起作用，比如小时候他明知道作业很多，可是每天放学，仍旧忍不住想跟着她漫山遍野到处玩。

她对他的吸引力，从来都不受理智所控。

睡前，陆粥粥躺在床上看书，床边亮着一盏小夜灯。她戴着夸张的圆框眼镜，手里拿着笔，在考研英语的阅读题上勾勾画画。

“哥哥，别玩游戏了。”她做着题，冲屋外喊了声，“早点儿睡觉，别熬夜。”

景绪洗完澡，走到门边，眼神炽热地看着她。

她的刘海自然地搭在额前，戴眼镜的样子显得非常正经，和平日里嘻嘻哈哈的模样截然不同。淡黄的小夜灯笼罩着她乖巧的五官，轮廓也镀上了一层柔光。

景绪心里升腾的浓烈欲望，透过漆黑的眼神传达了出来。

陆粥粥漫不经心地拍了拍身边的位置：“哥哥，来睡觉了。”

景绪注意到，她特意在自己的床上放了两个枕头。

今晚，他们将要同床共枕。

他知道应该拒绝，但他拒绝不了。百年修得共枕眠，古典的浪漫。一个男人能拥着心爱的女人入眠，就是刀山火海、千锤百炼修来的福分。

小姑娘似乎没有特别紧张，还在专注地看着书。她是真的很相信他，相信无论做什么，只要他带着她，她就不应该有害怕。

景绪脱了上衣，陆粥粥笔尖一顿，终于有所反应了。

“你……”

“跟你一样，我睡觉也不喜欢穿衣服。”景绪平静地说。

陆粥粥脸颊一红。

“嗯。”陆粥粥点点头，假装淡定，“哥哥随意。”

她目光重新聚集到书本上，根本不敢去看他的腹肌。

“你的成绩应该可以保研。”他看着她的英语书，问道，“为什么还要考？”

陆粥粥耸耸肩，说道：“反正考研也能到400分，无所谓啦。”

景绪道：“你这话听着很欠揍。”

小姑娘嘻嘻一笑，抱住了他的手臂：“同学们对我都挺好的，我不想占保研名额，这是真心话。”

“这话倒很有人情味。”

“我是个好女孩！”

“嗯，你是。”景绪摸了摸她的头。

而就在这时，陆粥粥终于看到了他的后背。

过去她想看，但是景绪从来没有让她看到过……

这次，景绪把他曾经最令他自卑的部分，就这样自然地呈现在了她的眼前。

背上肌肉线条流畅而结实，有明显肤色不均的地方，但是相比于陆粥粥曾经在网络上搜索过烧伤的图片，要好太多了。

她伸手，轻轻地碰了碰他的背，一点一点地触摸着他每一寸曾被焚烧过的皮肤。

那天晚上，她在被窝里，用手机搜索过那些可怕的烧伤图片，泣不成声。那样可怕而又狰狞的惨痛，他全经历过，想到这个，陆粥粥真的受不了……

即便是现在，那段经历所留下的伤疤依旧在，不管是生理上的，还是心理上的。

“你爷爷怕我吓到你，给我联系了很好的医生。”景绪平静地说，“用了一年的时间进行创面修复，后面还要去几次，会恢复到正常的样子，现在还……有点儿难看。”

“不难看，”陆粥粥从背后抱住了他，“一点儿都不难看。”

背部的触感其实不强，但他能感受到她湿热的呼吸漫在他的皮肤上。

景绪全身绷紧，这一次不是身体，而是情绪的强烈刺激。

他能感受到，自己被她心疼和怜惜着。

景绪需要这样的感觉，因为从小到大，母亲所有的爱都给了弱的那一个，强者从来得不到怜惜。

陆粥粥摸索着关了灯，然后从后面抱住了他。

被窝很温暖，香香的，也很柔软，因为女孩永远是柔软的。

“我以为你会去客房睡。”陆粥粥在他紧绷的怀抱里，浅浅地笑着说。

景绪轻轻吻了吻她的头发：“说好了一辈子在一起，一分钟都不分开。”

第二天清晨，陆粥粥先从床上爬起来，轻手轻脚地溜到浴室。

雾气弥漫的镜子前，她看到脖子上有好多好多红红的“小草莓”，触目惊心。

昨天晚上……什么都没有发生，至少她预想的事情没有发生，但是……也有一些别的事情发生了。

她以为自己懂很多，但事实证明，跟男孩比起来，她还是太“浅薄”了！

浴室外，景绪似乎也起床了，在厨房准备早餐。

陆粥粥躲在浴室里，羞得不敢出去。

昨夜做的事情历历在目，她压根儿就不知道怎么面对他！

景绪走过来敲了敲浴室的门：“女朋友，你在里面待了快四十分钟了，出来吃早饭。”

陆粥粥只能硬着头皮走出去。

景绪穿着白衬衣，戴着围裙在开放式厨房里忙碌着。

陆粥粥看着他穿着她的碎花围裙，不知道为什么，莫名想到了爷爷。

爷爷戴围裙做饭的背影，可以说是陆粥粥童年记忆里最深刻的画面。像她爷爷这样的事业型男人，洗手做羹汤的样子，别提多酷了！

景绪烤了吐司，热了牛奶，还煮了鸡蛋，煎了饺子……满满一桌，香喷喷地摆在她面前。

陆粥粥笑着说："男朋友手艺不错啊，这么丰盛。"

"吃饭吧。"他撕了一片面包，递到陆粥粥嘴里。

陆粥粥嚼着烤脆的面包片，漫不经心地问："哥哥，我们什么时候结婚啊？"

景绪呛了一下，剧烈地咳嗽起来。

陆粥粥连忙跑过去拍了拍他的背："慢点儿吃呀。"

景绪呛红了脸，喝了一口水，不解地看向她："结婚？"

"对呀。"陆粥粥理所当然地点头，小声说，"昨晚你都对我……这样那样了，不负责吗？"

景绪严肃地说："我觉得是你对我这样那样更多一点儿……"

陆粥粥笑嘻嘻地坐回椅子上，津津有味地吃着面包："先说好哦，结婚的话，哥哥是要入赘我们陆家哦。"

"这没什么。"

他没有特别温馨的原生家庭，也知道，陆粥粥离不开她爷爷。

等等，他们怎么就开始讨论结婚的事了？

"陆粥粥，你才几岁你就想着结婚？"

"成年啦。"

"成年了也还早，早得不得了。"他又塞了一块面包在她嘴里，"这么想嫁给我？"

"错，我想快点儿把哥哥娶回家，成为一家人！你、我、爷爷……一家人在一起。"

这样……他在这个世界上，就不是孤零零的一个人了。

俩人吃过早饭，一起出门，景绪蹲下给陆粥粥系了鞋带。他抬头看到玄关处放着一颗棕色木质纽扣。他捡起纽扣看了看，眉头皱了起来："哪来的？"

陆粥粥接过纽扣看了眼，耸耸肩："不知道，从包里摸出来的，随手搁那儿了。挺久了，不是我的，是哥哥的扣子吗？”

“不是。”

不是他的纽扣，但是他认得那枚纽扣。

赵思嘉会在兄弟俩的每件衣角内侧，都缝一颗平安扣，寓意平平安安。

这颗扣子是景哲的。

出租车上，景绪望着飞速流过的街景，指尖无意识地把玩着这枚纽扣。

很快，出租车停在了明月宾馆的门前。今天前台当值的是一个年轻的姑娘，她趴在柜台边玩手机，见景绪进来，视线落在他身上便有些抽不回来了，好英俊的哥哥。

“要开房吗？”声音娇滴滴的，带着些许媚意。

景绪漫不经心地道：“209 号房，开三个小时。”

前台小姑娘耸耸肩，又问道：“带身份证了吗？”

“没有，需要吗？”

她笑了笑，说道：“没带身份证，再多交五十块房费吧，一共一百。”

景绪交了房费，径直上楼，进入了房间。

小旅馆陈设简陋，面积狭窄，一张白色的大床几乎占了房间面积的三分之一，床对面是老式的电视柜和电视机。除外，房间里便没有多余的摆设了。

景绪在房间里踱着步子，指尖依旧玩着那枚纽扣。

纽扣应该是陆粥粥无意识间从景哲身上扯下来的，所以连她自己也没有发觉。

景绪本来就怀疑景哲，这枚纽扣证实了他的猜测。一切都是景哲在捣鬼。

兄弟俩的恩怨在他们还很小的时候，便悄然滋生了。

一个天资聪颖、性格内向，而另一个平平无常、世故圆滑，注定了他们没有办法像普通兄弟那样和睦相处。

景哲嫉妒景绪的聪慧头脑，而景绪心里也不满父母的偏私。

小时候的矛盾擦出零星的小火花，而父母每一次都偏向处于若弱势地位的景哲。

“哥哥不是故意的。”

“哥哥不会做这样的事。”

“景绪，你为什么要咄咄逼人？”

好像弱的那一方，天生就更能让人同情；而强的那一个，让着弱的也是天经地义。

这样的陷害，其实也不是一次两次了。而每一次父母的偏私和包庇，让景哲更加肆无忌惮。

景绪其实不在乎景哲是不是要陷害他，让他愤怒的是……景哲利用了陆粥粥，将她置于危险和尴尬的处境。这是他绝对无法容忍的。

景绪看着手中的纽扣。一枚纽扣自然定不了景哲的罪，他需要更强有力的证据。

旅馆的 209 房间在出事之后，又有不少人入住，已然找不到任何关于那晚的痕迹了。

景绪过去接私活儿的时候，曾经接触过一些境外服务器的网站，当然这其中也有不少有颜色的网站，网站上有各个国家的片子，其中有一个分类就是——偷拍。

偷拍一般都发生在酒店，尤其像这样的小旅馆里面。

不是每个旅馆、每个房间都会有这样的偷拍设备，所以他今天过来，完全是碰运气。像明月宾馆这种不需要身份登记的旅店，非法交易居多，被偷拍视频的概率高于其他正规酒店。

景绪关掉了房间里的灯，让房间处于黑暗当中，按照之前网络上教的如何辨别房间是否有摄像头的方法，寻找发光点。不过他找了一圈，都没找到任何发光源。

景绪其实有心理准备，他知道，能找到摄像头是瞎猫撞上死耗子，找不到才是正常的。

他重新打开了灯，坐在床边，看着正对面的电视机。

如果没有证据，这件事就跟过去无数次景哲耍小聪明一样，不了了之了。他看着电视机，在电视机左侧有几个插座孔，而插座孔正好对着床。

这样的插电孔，正好是犯罪分子选择安装针孔摄像头最为隐蔽的地方，因为不是所有酒店的插电孔都能恰好正对着大床。

抱着试一试的心态，景绪用热水壶的插头挨个儿试了试每个插座。前两个插座都能够插进去，但是试到第三个的时候，便遇到了阻碍。

他立刻从书包里抽出螺丝刀，将第三个插座拆开。果不其然，插座背面恰好有一个微型摄像头！

除外，下方还有一张SD储存卡，用于储存摄像头拍摄到的画面。

景绪取下摄像头和储存卡，将插座安装好，离开了旅馆。

回到宿舍，他迫不及待地打开了储存卡里的文件夹。

文件夹里储存了大量的视频，景绪根据事发的时间，找到了那天晚上的视频画面，眼睁睁看着景哲和谢力强两人将昏迷的陆粥粥抬进了房间里。

景绪在看这段视频的时候，指尖都在颤抖，他害怕看到其他的画面，害怕陆粥粥在昏迷的状态下……遭受“欺负”而不自知。

好在……整段视频播完，景哲都没有对她做任何越轨的事情。一则他还没那个胆子，二则他心思缜密，会尽可能控制自己，不留下任何证据。

景绪拇指死死按着那枚木质纽扣。

若要人不知，除非己莫为。

这段视频，足以让景哲受到应有的惩罚。

收到景绪的信息时，景哲正在上课。

景绪主动给他发信息，这倒是非常反常。

景哲点开了微信，发现景绪给他发了一张图片，图片上是一枚纽扣。

那晚之后，他便发现妈妈给他缝制的平安扣不见了，惴惴不安了好长时间，生怕留下任何证据。后来并没有任何事情发生，景哲也渐渐放心了，却没想到他还是留下了证据。

他抓起手机，颤抖地给景绪回了信息："这枚扣子，说明不了任何问题，也许是你从我身上扯下来的，别忘了那天小树林的事！"

景绪："我还什么都没说，你就知道我要说什么？"

景哲不打自招，涨红了脸，不再回复他了。

他没有景绪聪明，多说多错，反而会留下证据。

很快，景绪给他发了一个地址。

景哲慌慌张张地回复："我不会来的！"

景绪："随你。"

一整节课，景哲听得心不在焉，好不容易熬到了下课。他看着窗外阴沉沉的天空，胸口仿佛也积压了一片阴云。

景哲给谢力强打了电话，反复询问他到底有没有把事情说出去。

"我又不是傻！我能说吗？"谢力强语气非常不耐烦，"你能不能别疑神疑鬼的？"

景哲走到僻静的角落，压着嗓子道："我觉得他好像知道了什么。"

"是你自己做贼心虚，跟我无关，你别把我扯进来就行了。"

"别忘了，事情是我们一起做的。"

"是你做的！我后来走了！跟我没关系！"

"药是你放的，你以为你择得干净吗？"景哲冷冷地道，"想要安然无恙，就把这件事烂到肚子里。"

威胁完谢力强，景哲回了宿舍，躺在床上睡午觉，可是无论如何都无法入睡。他烦躁地坐起来，摸出手机又看了看景绪发给他的地址。

与其这样惴惴不安，不如找到他把这件事解决。反正只要他没有直接证据，仅凭一枚纽扣，根本定不了自己的罪。

景哲搭乘出租车，来到了景绪给他发的地址。

这里是一个废弃的仓库，仓库很偏僻，但是里面的房间里似乎有动静。

景哲深呼吸，循着声音，走进了二楼的一间小屋。

房间正中间的椅子上搁着一台电脑，屏幕上播放的视频正是那天他和谢力强俩人“作案”的画面。

景哲全身冰凉，赶紧扑过去想删掉视频。可是电脑似乎被设置了，屏幕锁上了，他没有办法删掉视频。

这时，房间的门砰的一声关上了。

景哲连忙起身开门，却发现仓库的门从外面被人锁上了。他用力拍着门板，大声喊道：“景绪！你想干什么？！放我出去！”

这时，更不妙的事情发生了。

他嗅到了外面刺鼻的浓烟味道。

景绪在放火！

景哲死命地拍打着门板，大声骂道：“景绪，你……你放我出去！你要当杀人犯吗？你要杀了你的亲哥哥吗？”

门外，景绪用燃烧的麦秆点了一根烟，平静地说：“当年，你害怕我告诉爸妈，你画了那些诅咒我伤残的水彩画，所以趁爸妈不在家，把自己锁在房间里，焚烧它们，结果引燃了窗帘，把房子烧了。

“是我……把你从着火的房间里拖出来的。你欠我一条命，现在该还给我了。”

景哲抱着脑袋，极端的恐惧令他近乎崩溃：“我不欠你，我什么都不欠你……就算你聪明，就算你样样都比我强，那又怎么样？妈妈选择了我，妈妈更爱我！她不要你了！承认吧，你就是嫉妒我，就是嫉妒爸妈爱我多一些！”

景绪狠狠按灭了烟头，哑着嗓音道：“景哲，我有过不平，但是你不要忘了，我从来没有伤害过你，一次也没有。是你一而再再而三地触碰我的底线。”

“你疯了，你早就疯了！你的心理评估是有问题的！”景哲用力拍着门板，大声喊道，“你杀了我，你就什么都没有了！陆怀柔不会让一个杀人犯跟陆粥粥在一起！你到最后还是一无所有！”

景绪看着浓烟弥漫的房门，说道：“景哲，你有手机，为什么不试着报警看看呢？”

他这句话提醒了景哲，景哲慌慌张张地摸出手机，按下了110，然而就在电话拨出去的一瞬间，手指顿住了。

他回头，看了看那段循环播放的视频。

一旦报警，他就完了！

景绪就是看准了自己不敢报警，所以才这般肆无忌惮！

“你看，我当年没有选择，要么葬身火海，要么跳楼。”景绪咧开嘴，微微一笑，“现在我给你选择，趁着火势还没有蔓延开来，一切都还来得及。要不要报警，随你。”说完这句话，他转身离开了仓库。

景哲想尽了一切办法，撞门、撬门锁，甚至站在窗边疯狂呼救，可是废弃的仓库周围荒无人烟，没人来救他。他除了报警，别无他法。

景哲知道，景绪根本就是个疯子，什么都做得出来。他真的会杀了自己！

浓烟透过门缝渗入了房间，熏得他眼泪直流。他站在窗户边，朝楼下看了看。

二楼的高度与当年景绪跳窗的高度差不多，跳下去可能会重伤，也可能会死。

景哲用力咽了口唾沫，咬着牙，准备要往下跳了。然而求生的本能在不断地阻止他。他双腿发软，最终还是靠着墙壁坐了下来。

直到此刻，景哲才明白当初景绪站在窗户边的绝望。

正如景绪所说，他有选择，可是当年的景绪没有选择……

最终，想要活下去的欲望战胜了一切，他颤抖着手拨打了报警电话。

很快，警车和消防车呼啦呼啦开到现场，将景哲救了出来。然而当景哲走出房间之后，他却并没有看到想象中的熊熊火势，只有一捆焚烧殆尽的麦秆正对着他的房门。而从溢入门缝那些黑烟，正是焚烧麦秆散发的烟雾。

景绪根本没放火，房间周围也没有任何可燃物，不可能把空荡荡的仓库烧起来。

其实这些都是很容易想到的，只是他太过惊恐，才没有想到……他以为景绪会放火杀了他。

然而，正如景绪所说，从小到大，景哲背地里搞了那么多小手段，可是景绪从来没有一次伤害过他。

景哲和谢力强两人被行政拘留。陆怀柔知道了事情的始末，愤怒是必然的，但更多的还是后怕。

为他们没有第一时间告诉他。他将陆粥粥狠狠地骂了一顿，却没说景绪一个字。

景绪知道，这件事百分之九十错都在自己，但是陆怀柔没有骂他，因为陆怀柔对他已经失望透顶了。出了这么大的事的，他竟然为了一己私心，企图瞒天过海，这是陆怀柔绝对无法容忍的。

一旦陆粥粥再出现任何意外，后果不堪设想。

其实，景绪在做出选择的那一刻起，就已经做好了承担全部后果的准备。

他和陆粥粥得不到陆怀柔的祝福了。而要让陆粥粥在他和爷爷之间选一个，无论选谁，她都是痛苦的。

但是无论结果怎么样，景绪觉得自己还欠陆怀柔一个道歉，一个真心实意的道歉，以及一份辞呈。

景绪在公司楼下等陆怀柔，等了一整天，陆怀柔都没有见他。

陆怀柔开完了董事会议，回到办公室，问艾伦："他还在？"

"还在，等了一整天了，说您要是愿意见他了，他随叫随到。"

陆怀柔优哉游哉地给自己泡茶："他爱等就等，随便！"

很快，陆粥粥闻讯赶来，看到了坐在横椅边的景绪，以及他手里的辞呈。

小姑娘眼泪一下子收不住了，带着哭腔问："哥哥要离开我了吗？"

"陆粥……"

"哥哥是不是要离开我了！"陆粥粥双肩轻轻颤抖，"就为了这点儿事，你就要放弃！"

"我没有放弃。"景绪将她拉到自己身边，哄道，"别哭，好不好？"

陆粥粥甩开他的手，抱着膝盖蹲在他的脚边，难受得要命。

"好不容易才在一起，如果这么容易就放弃，那你也不是我喜欢的景绪了！"

景绪索性坐到了她身边，柔声道："我没有放弃，也不会离开陆粥，就算你爷爷拿棍子赶我，我也会死死地抓着你。"

小姑娘看了看他手里的辞呈："那你这是什么意思？"

景绪用手背给陆粥粥轻轻擦掉了泪痕，解释道："爷爷是为了你，才用这份合约给我铺路。但是出了这件事，我想……就趁着认错的机会，把他给我的都还给他，我想靠自己做出成绩来。"

他清楚，站在陆怀柔的肩膀上所得到的一切荣耀，都不能让陆怀柔真正认可他。

他只有靠自己闯出一番崭新的天地，才有资格得到陆怀柔的认可。

"意思是你不会走，对吗？"

景绪唇角浅浅地弯了起来："我的路无论怎么走，陆粥永远是我的终点。"

陆怀柔正在练习室指导新进的艺人舞蹈的细节。

这些年，无论公司规模如何扩大，陆怀柔只要有时间，总会去练习室，亲自指导这些年轻的艺人，给他们一点点抠动作，教他们表情管理和控场……

没一会儿，艾伦匆匆走了进来，说道："怀爷，粥粥也过来了，在楼下说要一起等您，您要是不见，就……一直等。"

"还威胁上了？"陆怀柔眼皮都没有抬一下，说道，"随便他们，爱等多久等多久。"

"哎，是……"艾伦应了声，正要退出去。陆怀柔看了看窗外的天色，忽然叫住他："那什么……给他们叫个外卖。"

艾伦打量着陆怀柔——终究还是心软了，他笑着说："行，我这就去。"

"别说是我让的。"

"明白。"

第二十三章

摘玫瑰

夜深，公司里的员工基本上都已经离开了，只剩下前台值夜班的小姐姐。

景绪对她招了招手，示意她把灯光调暗。

陆粥粥趴在他的腿边，睡得很香，柔顺的头发丝垂在他的手边。他将她的发丝缠绕在食指上，一圈又一圈，乐此不疲地把玩着。

柔和的灯光下，她明艳的五官宛如花骨朵一般，安安静静。

景绪情不自禁地俯身，薄唇在她脸蛋上轻触了触，怕打扰她的美梦，迅速移开。

他抬头的时候，却看到陆怀柔站在大厅正对面的落地窗边，不知道在那里站了多久。

景绪仿佛做了坏事被抓包，脸颊有些泛红。

他将陆粥粥轻轻放在沙发上，然后脱下了运动外套，搭在她的身上。

陆怀柔转身离开，景绪立刻跟了上去，跟着他到了会客厅。

前台的小姐姐立刻给他们泡了两杯茶。

事情发生快半个月了，这是陆怀柔第一次见他。景绪知道陆怀柔对他有多愤怒。

“爷爷，对不起。”

“景绪，你快二十岁了。”陆怀柔坐在松软的皮质沙发上，双腿敞开，很有威严，“我像你这么大的时候，已经拿下了最佳新人奖，也赚到了人生的第一桶金。

“可是你呢，聪明，有才华，也有天赋，但你把心思用在怎么骗我上！”

陆怀柔隔了这么多天才见他，本来就是想先消消气，再和他心平气和好好谈，没想到提起这茬，还是抑制不住愤怒，激动地站了起来。

“你以为自己把事情解决了，我就不追究了？这是没出事。”陆怀柔站起身，怒道，“真要出了事，你十条命都赔不起！”

在派出所看到陆粥粥被迷晕带到旅馆的视频，陆怀柔心脏病差点儿给吓出来。他这辈子很少做噩梦，但是那天之后，他几乎天天做噩梦。更可气的是，这俩不知天高地厚的孩子居然还想瞒着他，自己去找凶手……

陆怀柔坐回沙发上，喝了一口茶水，平静心绪。年纪大了，轻易不能动怒。

“爷爷，正如您所说，我的心思，没有用在该用的地方。”景绪态度很诚恳，“我不敢跟您说。我曾经答应过您，只要您开口让我离开她，我没有二话。”

“所以？”

景绪攥了攥拳头，嗓音很用力：“可是……我做不到。”

“出尔反尔，你还挺有理？”

景绪曾经答应过陆怀柔，只要陆粥粥有更好的选择，他一定会放手。但是他发现自己做不到，什么喜欢是占有、爱是成全，都是胡扯……

陆粥粥是他的宝贝，他只想紧紧抓着她，一分钟，不，一秒钟都不能让她离开自己。

景绪将辞呈递到了陆怀柔的手边，然后当着他的面，撕掉了那份占股一半的合约。

陆怀柔没想到他会来这出，微微一惊：“你这是做什么？”

“陆总让我签这份明显是我占了便宜的合约，是为了粥粥。”景绪平静地回答，“谢谢您的好意，但是请您相信我，我会靠自己闯出一番天地，给粥粥更加体面的生活和未来。”

陆怀柔本来只想教训教训景绪，骂他几句，这事就算完了，毕竟过去陆粥粥也做了不少气得他吐血的事，他还能真计较吗？但是景绪居然当着他的面撕合同，还说什么要靠自己……

陆怀柔心头又是一堵。

现在的年轻人……真讨厌。

陆怀柔真想给他一个大耳光，让他清醒点儿。

他真以为成功这么容易，他要多少年才能闯出一番天地，难道让陆粥粥跟着他吃苦不成！

陆怀柔按捺着怒意，对景绪道：“好啊，我还没让你滚，你倒是先让我滚了，合同一撕，直接改口叫陆总了？”

“爷爷，我不是那个意思！”

陆怀柔冷冷地道：“景绪，我算明白你的意思了，不想受制于我，要自己出来闯事业。这样就算我逼你离开陆粥粥，你也有底气拒绝，是吗？”

景绪抿着唇，没有回答，但这就是他心里的想法。

陆粥粥是他前路的终点。他所有的一切努力，都是向她奔跑而去。

陆怀柔稍稍平静了下来，虽然心里也有气，但是他也为景绪的决心所动容。

现在的年轻人，几个能有这样的志气，放弃繁花似锦的通途，去走那条很可能被割得遍体鳞伤的荆棘之路？他对自己有绝对的信心，才敢撕掉这份合约。

“行，这件事我可以既往不咎。”陆怀柔翻开了辞呈，在上面签下自己的名字，“合约撕了，这算你违约。考虑到你现在一无所有，违约金我给你减个零，九十万元。”

景绪其实已经做好了心理准备，违约是一定要赔偿的。

"爷爷，您这是算准了我这一年来的所有比赛奖金和积蓄，九十万元，正好赔光老婆本。"

陆怀柔知道他有底气离开，也是因为小有积蓄，笑着说："既然要自力更生，那就一切从零开始。不过如果现在后悔，也还来得及。"

"不后悔，谢谢爷爷成全。"

陆怀柔知道，景绪的选择是正确的，但他还是有些不太服气："你既想要尊严，又要女朋友，没问题，前提是你要养得起。我们家孙女娇生惯养，毛病比你想象中要多很多。她的信用卡我已经停了，从这一刻开始，她爸妈也不会再给她任何金钱方面的支持。"

陆怀柔倒要看看，没了家庭经济的支持，他俩能走到哪一步。

景绪看着他，漆黑的眸子是前所未有的认真，加重了语气，重复道："谢谢爷爷成全。"

景绪从电梯里走出来，陆粥粥也恰好醒了过来，衣衫滑落。她睁着惺忪的睡眼，问景绪："爷爷跟你说什么了？"

景绪走到她面前，半蹲下来，给她重新系好鞋带，柔声说："尘埃落定，回家了。"

陆粥粥看他这么轻松的模样，猜测他和陆怀柔肯定聊得很好。她满心愉悦地伸出手："哥哥背我。"

"你多大人了？"

"不管，哥哥背我。"

景绪转过身，让陆粥粥跳上了背，背着她走出了公司大楼。

今晚月色清明，街上车辆不多，夜风凉爽，他索性就背着她步行回家。

"陆粥，从今以后，你是我的人了。"

陆粥粥不明所以，望着他："这是什么意思呀？"

"意思就是说，以后你爷爷，包括你的爸爸妈妈，不会再给你一分钱的生活费了。"

陆粥粥："……"

"开心吗？"

“我……我开心个头啊！”

陆粥粥都蒙了：“我没钱了，那我想吃肯德基怎么办？我人生赚的第一桶金，还是从陆方便手里挣来的啊。”

她本来说要自食其力，后来跟着蒋清霖去兼职打工半天之后，差点儿累吐血，根本干不了。最后她还是很没出息地去找了陆怀柔，让他给她重新开了卡。

景绪回头看了陆粥粥一眼，本来他挺有自信的，这会儿也有些忐忑：“你别说后悔了？”

陆粥粥咽了口唾沫：“别说，我还真有点儿后悔。”

“……”

景绪放下了小姑娘，伸手弹了弹她的额头：“陆粥，你有没有良心，之前哭着闹着不让我走，这会儿我合同都撕了，你跟我说你后悔了？能不能意志坚定点儿？”

陆粥粥忐忑地说：“哥哥，我跟你说实话吧，我不是没跟我爷爷决裂过，而且决裂好多次，每次我都想着要抗争到底，但是……从来没成功过。你不知道我爷爷有多狠。”

景绪终于明白，陆怀柔最后那句话，真不是威胁他。

陆粥粥从小跟在他身边，是娇生惯养长大的。他现在一无所有，还真不一定养得起这位小姑奶奶。

“哥哥，你在想什么？”

“我在想，怎么回去跟你爷爷认错，才不会太过丢脸。”

“哇，你……比我还没出息！”

至少她还抗争过呢。

景绪牵起了小姑娘的手，和她走在空寂无人的马路上，柔声说道：“行了，不用担心太多，以后哥哥养你，一定把你培养成陆科学家。”

陆粥粥依偎在他的怀中，笑着说：“那我就仰仗哥哥啦。”

那天下午，陆怀柔在办公室里见到了赵思嘉和景闻彬。

夫妻俩是特意为了景哲的事情上门拜访陆怀柔的，赵思嘉手里还提着新鲜的水果篮。

陆怀柔远远地看着他们，甚至都没有招呼他们坐下。他神情很冷，令人望而生畏。

赵思嘉率先开口道："陆先生，您好，真是好久不见了，您还记得我们吧，咱们当过好多年的邻居呢。"

陆怀柔依旧没有回应他们。

赵思嘉尴尬地笑了笑："我们寻思着，陆先生也不缺什么，所以就清早去市场上买了新鲜水果。其实我们夫妻俩很早就想着来拜访陆先生了，只是一直没寻着机会，这次……"

"这次你们的好儿子迷晕了我孙女，倒是个不错的机会。"陆怀柔一句话，直接将赵思嘉套近乎的话给堵了回去。

景闻彬挠了挠头，尴尬地说："陆先生，您看……景哲还只是个孩子，就像小时候跟粥粥闹着玩一样，他没存什么坏心的。"

陆怀柔直接把手里的茶杯扔了出去，杯子啪的一声摔在墙上，碎了。

夫妻俩被吓得连忙往后退了退。

"孩子？你知道他给粥粥下的是什么药？如果有男人给你们的女儿下那种药，你们还能说他只是个孩子？"

赵思嘉脸都红透了，羞愧难当，景闻彬也臊得低下了头。

"陆先生，真的对不起，是我这个当妈的没教育好小孩。"赵思嘉带着哭腔说，"您要是不撤诉的话，景哲的前途就真的毁了。能不能请您高抬贵手，放过他？我们一定带着景哲登门拜访，让他亲自跟粥粥道歉。"

"我不会允许他再见我孙女。"陆怀柔冷冷地道，"如果什么事都可以用道歉来解决，还需要法律做什么！"

哪怕别人蓄意伤害他、诋毁他，都不会让他这样愤怒。陆粥粥是他的底线。

"陆先生，我求您了。"赵思嘉流着眼泪乞求道，"您就算不看在我们邻居一场，您也看在景绪的面子上啊。"

"对对对，"景闻彬也连忙说道，"景绪和粥粥那么好，陆先生，您不看僧面看佛面，将来说不定咱们都是一家人。”

陆怀柔看着夫妻俩，冷笑道：“在这种时候跟我提景绪，甚至不怕我迁怒于他，你们可真是心疼你们家大儿子啊。”

“陆先生，我们是真的没有办法了，谁能眼睁睁看着自家孩子锒铛入狱啊……”

“每个人都要为自己的所作所为付出代价，谁都逃不掉。他既然选择了做这样的事，就应该有承担代价的勇气。”

“可是那孩子……他的心真的不坏，他只是一时糊涂。”赵思嘉涕泪俱下，跪下来求陆怀柔，“您看到的，景哲真的是个好孩子，他不是也没有对粥粥怎么样吗？只是闹着玩而已。”

“好孩子？”这三个字触怒了陆怀柔，“所以在你们眼里，即便他杀人放火，他也还是你们的好儿子？”

“陆先生，话不是这么说的，景哲本性不坏，这件事肯定有误会。您说景绪做了这些事，我们信，他这些年真的变了很多。但如果您说景哲……我们作为父母，是绝对不信的。”

陆怀柔摇了摇头，失望地说：“早些年，我也不太会做父亲，没有以身作则，给儿子树立一个好的榜样。后来粥粥来到了我身边，我才开始学着怎么样当一个合格的家长。孩子变成什么样，父母有推不掉的责任。”说着，他打开抽屉，将景绪的辞职报告翻出来。

辞职报告里，还有几张有烧灼痕迹的水彩画，看着颜色褪了不少，应该是年代相当久远的水彩画了。

那是景绪不堪回首的过去。他把这几幅保留至今的水彩画交给了陆怀柔，也向陆怀柔表明，从今往后，他不会再执迷于过去。

陆怀柔将一张张水彩画铺平了摆在夫妻俩面前，画中是三个靠在一起的小人，是爸爸妈妈和景哲，他们幸福地生活在漂亮的花园里；而远处还有一个人，便是景绪，他被关在一栋黑漆漆的大房子里，房子外面还画了一把锁，将他锁住，他蹲在地上，脸上挂着一颗豆大的眼泪。

景绪这边阴森的画风，与那边一家三口其乐融融的温馨形成了鲜明的对比。还有好几张画，都是类似的内容。

景哲和爸爸妈妈在一起吃蛋糕庆祝生日，而景绪被关在黑屋子里，身上有红色血迹，周围有明黄色的火焰，他表情扭曲，极度痛苦……有一张画里，景绪的头上甚至插了一把刀。

赵思嘉看着这一幅幅暗黑系的水彩画，捂住了嘴，连连后退好几步，心惊胆战。她看得出来，在爸爸妈妈身边的胖胖的小男孩是景哲，而被关在小黑屋的男孩，是孤僻的景绪。

“这……这是谁……是谁画的？”

陆怀柔漫不经心地道：“听粥粥说，景哲小时候绘画好像拿过校级一等奖。你们亲儿子的画，都认不出来了吗？”

“您说……这是景哲画的？”

景闻彬看着面前这些可怕的画面，难以置信地道：“怎么可能，景哲怎么可能画这样的东西？他的心性我们了解，他从小对景绪都是爱护有加，怎么可能会想伤害景绪？不可能的！”

陆怀柔平静地收好了画，说道：“很可怕，对吗？养了这么多年的亲儿子，最后面目全非到你自己都不愿意承认。”

赵思嘉全身无力地坐在了沙发上。

景哲是她的亲儿子，她怎么可能认不出这些画。

“他怎么会变成这个样子……”赵思嘉不敢相信，“他是那么懂得体谅父母的好孩子。”

景闻彬诧异地问：“你是说，这真是景哲画的？”

赵思嘉闭上眼，痛苦地点了点头。

景闻彬看着这些让人汗毛倒竖的水彩画，深深感觉到自己作为父亲的失败。他太不了解自己的儿子了，两个儿子都是……

“如果一个人不能为他的所作所为付出代价，那么将来还会犯第二次、第三次……所以我不会撤诉。”

“陆先生，您再考虑考虑……”

陆怀柔打断了景闻彬的话：“作为父母，你们如果一味包庇孩子，恐怕也只会让孩子的人生之路越走越偏。他变成现在这个样子，你们要负全部责任。”

一句话，直接将景闻彬的求情堵了回去。他们也没有颜面再为景哲说一句话了。

他已经成年，应该要为自己的言行负责；而作为父母，他们也应该为自己的失职承担责任。

陆怀柔将这些画收起来，扔进了垃圾桶："至于景绪，他在考入北城大学之后，户籍便已经转到了北城。我会让他上我们陆家的户口本。是你们不要他在先。我孙女喜欢他，从今以后，他就是我陆家的人了，跟你们没有半点儿关系。"

景闻彬忽然又有些生气，说道："陆先生，景绪他是个人，不是物品，什么叫你孙女喜欢，他就是你们家的……血缘亲情是能够割裂的吗？"

赵思嘉和景闻彬自然不愿意放弃景绪，一则亲情是斩不断的羁绊，二则也不是没有私心。

今时不同往日，而今的景绪早已不再是过去的模样，他考上了名牌大学，有了知名度，一场比赛能拿到好几十万甚至上百万的奖金。现在亲戚小聚，最热门的话题就是景绪，大家无一不羡慕他们，他们面上也有光。

"陆先生，我们不反对粥粥和景绪谈恋爱，但是您说他要上你们陆家的户口本，这我们是绝对不会同意的。景绪是我们家的孩子，是我和他爸的骄傲。"赵思嘉态度强硬，"我们培养他长这么大，您一来就横插一脚，这不是明抢吗？"

"跟我争这个，没意思。"陆怀柔靠在椅子上，从容一笑，"景绪已经是成年人了，他有自己的想法，我勉强不了，你们当然更勉强不来。两位，请回吧。"

"陆先生……"

陆怀柔转过身，不再搭理他们。艾伦打开了门，对赵思嘉和景闻彬道："两位，请回吧。"

夫妻俩无可奈何，只能讪讪地离开了。

他们走后，艾伦捡起了地上的碎茶杯，感叹道："多好的紫砂茶杯，怀爷，您扔什么不好，非得扔您孙女婿孝敬您的礼物。"

陆怀柔回头看了眼破碎的茶杯，表情有点儿心痛："没注意。"

“应该能找到人修补。”艾伦收捡了茶杯碎片，无奈地道，“怀爷，您刚刚是故意说这些话激他们的吧？”

“我激他们什么？”

“您就别装了。”艾伦笑了笑，“您想让他们认识到自己的错误，弥补景绪这些年亲情的缺失，对吗？”

“我懒得管这一家子的破事。”

艾伦知道陆怀柔是刀子嘴豆腐心，不过他摇了摇头，说道：“但是我觉得您的苦心恐怕要白费了，景绪那孩子认死理，不是那么容易焐热的。这夫妻俩……恐怕是真的永远失去这个儿子了。”

“焐不热正好，我白捡一上门孙女婿，不用把粥粥嫁出去了。”

“您这……抢人也抢得理直气壮。”

陆怀柔不满地看了他一眼：“看着我生气，还给我用这么贵重的茶杯？”

艾伦委屈地说：“您这一言不合就摔东西的毛病，能赖我吗？”

“我什么我……快去找人修补，补不好，你今年的带薪假别要了！”

景绪是真正意义上的从头再来，他全部的积蓄都给陆怀柔交了违约金，签完解约合同，卡里余额也就剩下几百块生活费。

景绪个人和陆怀柔解约，Fly战队依旧隶属于陆怀柔的投资公司。尽管胖子表示，他愿意跟景绪一起走，但是景绪没有同意。

欢送会上，胖子喝了不少酒，也动了真感情，对景绪说道：“当初我出来单干，就是为了你啊，现在你走了，把我放这儿算什么意思？你说说，咱们并肩作战拿下了多少荣耀，没了你，Fly还算什么Fly。”

欧阳寺叼着牛奶吸管，连连点头：“当初我加入战队，目的只有一个，就是要打败你Lu神。后来也是你带我接触职业比赛，让我发现自己真正喜欢什么。没有Lu的Fly，待着也没意思。”

景绪拍了拍胖子的肩膀，说道：“赵子默，今时不同往日，过去队里就我们两个人，怎么搞都行，但是Fly发展到现在，你招进来那么多小子，有的要追梦，有的想挣钱，都是信你能带他们实现这一切，你能撂挑子不干了？”

胖子闷声道：“没你，我觉得没劲。”

景绪笑了：“有钱赚，有大房子住着，能做自己热爱和喜欢的事，背后还有陆氏集团给你撑腰，怎么会没劲？”

胖子抱着景绪的胳膊：“没你，就是没劲。”

景绪皱眉看着他，一个五大三粗的胖子喝醉酒抱着自己撒娇，简直不忍直视。

“够了，我有女朋友。”

胖子还是抱着他不撒手。欧阳寺也凑过来，抱住了景绪另一条胳膊：“你永远是我的队长。”

景绪从小到大没交什么朋友。小时候，孩子们觉得他性格孤僻，是个怪小孩，也就陆粥粥带着张虎、蒋清霖跟他玩。后来他搬去南城，没多久便出了意外，更交不上朋友了。

胖子是景绪的第一个朋友，虽说带着合作伙伴的关系，但是他为人耿直豪爽，就像兄长一样照顾着自己。

早些年，他满身是刺儿，也不会好好说话，一言不合就跟人动手，事后都是胖子帮他兜着底。他们与其说是合作伙伴，不如说是并肩作战的战友，是兄弟。

有这样一群人，失落的时候和他一起沮丧，荣耀的时候真心诚意为他鼓掌。没有嫉妒，荣辱与共，这才是景绪选择电子竞技的最终目的。

他孤独了太长时间，而往后的人生，有心爱的姑娘，也有最好的兄弟陪他一直走下去。

景绪将胳膊从胖子油腻的怀中抽出来，说道：“我走的这段时间，胖子你当队长，带他们好好打比赛，我只要有时间，也会跟你们联机训练，别让陆怀柔亏钱。”

“你这话说的……”胖子拍拍胸脯，“胖爷我不是偶像派，走技术流，再加上咱们队还有小寺呢，怎么着也不能让你岳爷爷亏钱啊。”

欧阳寺问景绪：“所以队长你还会回来吧？”

“嗯。”景绪重重地点头，“过不了多久，我会名正言顺地拿回 Fly 属于我的那一半。”

他不需要陆怀柔为着陆粥粥白送给他那一半股份，所有的一切，他都能靠自己的双手挣回来。

陆怀柔停了陆粥粥的信用卡，其实也很不忍心。

陆粥粥从来就没缺过钱，看到什么买什么，想吃什么吃什么，想去哪个国家旅游，拎了包说走就走。

之前陆怀柔不是没有停过她信用卡，但都是略施惩戒，很快又给她开了。这一次，陆怀柔算是和景绪较上劲了。

这小子言之凿凿，不愿意屈居他之下，听从摆布，既要尊严又想要女朋友，那陆怀柔就要让景绪看看，他家的千金不是谁都能养得起的。但是停了卡不到小个半月，他又开始忧心忡忡，担心陆粥粥吃得不好，没营养；小姑娘喜欢看动漫，爱买昂贵的手办，看到新手办又没钱，这得多难过啊……

陆怀柔越想越心疼，越想越伤心，忍不住给陆粥粥打了个电话。

但凡小姑娘态度稍稍软下来，求求他，他立马给她开卡。

电话里，陆粥粥声音听起来挺愉快：“我们家老陆，最近身体好啊？”

“我身体什么时候不好过。”

“说得也是，我爷爷那是绝世猛男。”

“哪里捡的烂话？”

“嘿嘿。”

陆怀柔一听小姑娘情绪这么好，没有开口就是哭唧唧的“爷爷我错了”，他心情也很复杂，不知道该开心还是失落。于是他又试探地问道：“最近回家吗？”

“回！当然回！不过临近考研，备考很紧张，等我忙完这一阵，就回家看爷爷。”

“这么忙，还有时间谈恋爱？”

“我最近也很少见到景绪哥哥啊。”陆粥粥老实回答，“他比我还忙呢，考了些什么证，他们专业要用的；然后还在外面接活儿写程序；开直播、打游戏也没落下……大忙人一个。”

陆怀柔当然知道景绪很忙，景绪有什么动态，他都关注着……

景绪在电子竞技这块儿名气打出来了，现在又涉足了网络游戏研发领域，据说不少公司都争着请他编写程序，开出了不菲的薪酬。

这小子，真是个人才，学什么精什么，赤手空拳都能搞事情。陆怀柔毫不怀疑，假以时日，他必定会干出一番事业。

他又问陆粥粥：“最近生活……还习惯吗？”

“习惯啊。”

“生活费你爸妈给了？”

“绝对没有，你都打招呼了，我爸妈哪敢接济我啊。”

“所以是有男朋友救济了？”

陆粥粥义正词严地道：“爷爷，你说这话我可不爱听。我堂堂一个名牌大学准研究生，我需要他接济吗？”

“口气不小啊。”陆怀柔笑着说，“所以是自己挣着钱了？”

“那当然。”

“跟爷爷说说，我们家粥粥最近哪儿发财了？”

“我闺密蒋清霖上大学的时候一直在勤工俭学，最近她搞了个帮送快递和外卖的公众号，我也在跟着她干。中午空闲的时候，我就给同学们送快递外卖到寝室，还挣不少呢！”

“还不错。”陆怀柔有点儿欣慰，但更多的是心疼，“你们这送一次快递，多少钱？”

“两块五到五块不等，看重量和距离吧。”陆粥粥感叹道，“爷爷，挣钱真的好难呀。”

“用体力挣钱当然不容易，所以才让你好好学习，当科学家，将来用自己的真本事赚钱。”

“当科学家，那就不是为了赚钱啦，”陆粥粥说道，“那是为人类的命运出谋划策呢。”

“粥粥同学境界挺高啊。”

“是呢。”

“那挣这么点儿钱，够花吗？”陆怀柔心里难受，嗓音也有些哽。

“虽然挣得不多，但是每天吃食堂，填饱肚子肯定是绰绰有余的啦。”陆粥粥乐观地说，“爷爷别忘了，我还有奖学金呢。”

陆粥粥的成绩每学年都是年级第一，奖学金数目非常可观。

“那我还真要为粥粥同学骄傲了。”

“嘿嘿。”

陆怀柔不知道自己该欣慰还是该难受，说道：“有什么事找爷爷，别自己硬扛。卡我给你开了，自己偷偷用，不用告诉你那个‘厉害’的男朋友。”

陆粥粥信心满满地向他保证：“爷爷，你放心吧，我肯定能坚持下来。”

陆怀柔：“……”

不是……谁要你坚持了！

陆粥粥：“不会让你失望的！卡里的钱，我一分都不会用！我经得住考验！”

陆怀柔：“……”

他对这个铁憨憨的孙女是没辙了。

其实打心眼里，他不想让陆粥粥这么独立。

什么中午去送快递、送外卖，说起来是挺励志的，值得骄傲，但是陆怀柔也真不愿意让陆粥粥这样辛苦。

他气得没辙，又只能找他的孙女婿发脾气。他一通视频电话拨过去，却看到景绪略带疲倦的脸庞，眼睛里还有几缕红血丝。

他的火气又被压了下去，愤怒被心疼取代，他问道：“最近在干什么？”

景绪嘴里叼着面包，说道：“爷爷，我在弄一款游戏。”

“你中午就吃面包啊？”

“嗯，懒得弄了，游戏这两天就要搞定，所以赶工……”

“什么破游戏，饭都顾不上吃了。”陆怀柔没好气地问，“能赚多少啊？”

景绪笑了笑：“赚个首付，给粥粥一个家。”

“别，我家孙女有自己的家，谁稀罕你这么没日没夜的……”陆怀柔不满地说，“把你地址给我。”

“啊？”

“地址给我啊。”

“哦。”景绪低头编辑信息，把自己的地址发给了陆怀柔。

陆怀柔给他叫了个外卖，说道：“不准熬夜，按时吃饭，挂了。”

“谢谢爷爷。”

挂掉电话之后，陆怀柔走到落地窗边，看着这一览无余的城市高楼，心情很复杂。

孩子大了，很多事情由不得他了。

什么是最好的未来？他曾经以为，自己能够给到陆粥粥一切，就是她最美好的未来。但是现在，陆怀柔明白了，和喜欢的人一起奋斗，一起为美好的生活打拼，这才是最好的未来。

他庆幸陆粥粥能找到这样一个人。

他是该放手了，毕竟，这是她成长中应该要经历的。

这一年，陆粥粥顺利考上了研究生，距离陆怀柔所期望的样子，又近了一步。而景绪也小有积蓄，做的第一件事情，就是在市中心的高档小区首付了一套三居室。

搬进小家之后，家里所有的布置和陈设都是陆粥粥和景绪两个人亲手置办的。每天黄昏时分，俩人都会去逛逛附近的家居商城，给他们温馨的小窝添砖加瓦。

那是景绪生命中最安稳的时光，没有挣扎，没有痛苦，没有求而不得和嫉妒，世界对他所有的不公，都在陆粥粥身上得到了偿还。他得到了心爱的女孩子，夫复何求？

那年陆粥粥二十岁，景绪二十一岁，生命中最好的模样，应该就是现在了。

景绪有了自己的游戏公司，一开始是做手游，很快游戏便火出了圈，他挣到了人生的第一桶金。凭借着第一桶金，他顺利从陆怀柔的手中购得了Fly战队的一半股份，名正言顺地成了合伙人。

张虎毕业之后，以程序员的身份进入了景绪的游戏公司，跟着他一起干。

张虎给创业小达人蒋清霖研发了一款共享校园便利服务 App，几乎垄断了大学城周围所有的代送外卖和快递业务，全都是勤工俭学的同学在兼职，而蒋清霖这个小老板就靠提供信息，收取提成。

陆粥粥跟蒋清霖说过，如果遇着合适的兼职机会，告诉她一声，她想给景绪准备一份二十二岁的生日礼物，用自己的钱买。

她跟着导师做项目其实能挣挺多钱，不过项目资金得项目结束才会批下来，她又急用钱，只有做日结的兼职最合适。

“兼职机会有的是啊，不过适合你的……还真不多。”蒋清霖说道，“这很辛苦的。”

“你忘了校园共享刚起步的时候，还是我每天中午帮你送快递和外卖呢，不也坚持下来了吗？”

蒋清霖摸出手机，翻了翻，说道：“你想挣快钱，那就只有辛苦一下啦。明天早上八点，有一场漫展，地点在国际中心，需要你扮演动漫角色去拍片。工作是有点儿辛苦，但是薪酬高，到时候我也会陪你一起去的。”

“这不错啊。”

第二天清早，陆粥粥和蒋清霖来到了国际中心的动漫展，在经理处报了到，领到了一套黑色熊本熊的套装。

陆粥粥看着笨重的套装，问道：“我要穿这个吗？”

经理点点头，说道：“你的工作很简单，就是穿着熊本熊的衣服，扮成呆萌的吉祥物，在门口跟大家拍照，就好了。”说完，他递给她一个变声设备：“这是变声器，如果要说话就用这个。”

陆粥粥试了试变声器，发出来声音是那种很可爱的动漫男音，还挺有意思的。

一整个上午，陆粥粥都穿着笨重的套装，在大厅里跟大家拍照互动。中午，她取下头套，和蒋清霖坐在排椅上吃盒饭。

景绪给她打了个电话，她赶紧接起来：“哥哥，你在做什么呀？

忙不忙？吃饭了吗？”

“吃过了，下午有个粉丝见面的比赛活动，正准备过去。你呢，今天不是回家了吗？”

“呃。”陆粥粥不敢说自己在外面做兼职挣钱，笑着说，“爷爷带我去吃大餐呢，芝士焗龙虾，还有鱼子酱。”

蒋清霖给她喂了一块大白菜，摇着头笑话她，无声地问：“鱼子酱好不好吃？”

陆粥粥推开她的脸，背过身，去对景绪道：“哥哥晚上回家吗？”

景绪反问：“哥哥什么时候晚上不回家？”

陆粥粥浅浅一笑：“好，那我也回来。”

她挂掉了电话，蒋清霖凑近她，八卦地问：“你俩是不是好事将近了？”

“什么好事？”

“你明年毕业，他也是明年毕业。一般来说呢，校园恋爱两条路，毕业不是结婚就是分手。”

结婚吗？

其实陆粥粥心里也没底，在周围同学眼中，她和景绪佳偶天成，感情很稳定了。但是只有陆粥粥知道，景绪都还没碰过她呢！

“还早啦，”她说道，“先不去考虑这么久远的事。”

“久远吗？我觉得就在面前。”蒋清霖说道，“你看他现在是春风得意马蹄疾，一日看尽长安花，周围什么女主播啊、明星啊，那简直是花团锦簇，你可当心着些哦。”

“哥哥不会啦。”

“男人都经不住诱惑。”

“说得你好像很了解男人似的！你说要来北城大学开后宫，结果一个男朋友都没交，跟张虎谈了几年异地恋，还好意思说我呢。”

“我……我忙于事业！”

“行行行，你是女强人！行了吧。”

下午，国际中心的人越聚越多，都快没落脚的地方了。

看到有粉丝拿着 Fly 战队的大旗，陆粥粥才意识到不妙，没这么巧吧！

下午三点，景绪和胖子等几名主力队员在粉丝的簇拥下，来到了国际中心的漫展现场。

整个动漫展一下子变成了 Fly 战队的主场，粉丝们举着旗帜和海报，兴奋地喊着景绪的名字。

今天的景绪穿得非常正式，黑色的西装，西装衬衣剪裁一丝不苟，越发显得他气质优雅而斯文。

陆粥粥穿着熊本熊的套装，站在热闹的人群中看着他，怎么样都控制不住嘴角上扬的角度。

无论任何时候，陆粥粥看见他，都觉得很开心。

蒋清霖所扮的佩奇凑到陆粥粥身边，说道："今天 Fly 的队员都走商业风吗？这一水儿的黑西装，个个拎出来都是偶像啊。"

陆粥粥没看到别人，全部的注意力都在景绪身上。经蒋清霖提醒，她才发现果不其然，Fly 战队成员今天都穿着正装。她小声问蒋清霖："穿正穿来漫展，是不是不太合适？"

"谁知道呢，也许今天要搞大事情。"

下午的活动，主办方邀请 Fly 战队成员来到现场，打了一局友谊赛，还邀请了一位据说很火爆的女主播丁佳莹，现场助阵解说。

丁佳莹很漂亮，身材又好，一到现场便引得无数宅男尖叫，喊着她的名字。

连蒋清霖都忍不住感叹道："这妞身材太好了吧！"

这是动漫展，其实身材好的妹妹多了去了，但即便是玩角色扮演的妹妹，都没人比丁佳莹穿得少。她身上几片可怜巴巴的布料，别说男人，连陆粥粥都快喷鼻血了。

丁佳莹坐在了景绪身边。

其他人的目光全落在了比赛大屏幕上，只有陆粥粥全程目不转睛地盯着丁佳莹。

身材这么好的女孩，就坐在她男朋友身边，她怎么可能淡定？

之前蒋清霖说，什么主播花团锦簇的场面，陆粥粥算是深刻领悟到了。

景绪玩游戏的时候，全神贯注，根本没察觉到身边坐的是谁，只对胖子说：“注意掩护，给小寺奶一口。”

丁佳莹靠在景绪身边，用嗲嗲的嗓音解说道：“哥哥真的好棒！

“哥哥怎么这么厉害呀，我的天。

“哥哥小心，哎呀。”

……

游戏回档的空隙，景绪皱眉看了身边的丁佳莹一眼，问道：“你是游戏主播？”

“是呀。”

“看着不太专业。”

“……”

他面无表情，淡淡地道：“全程只会吹吹捧，你不如闭嘴。”

丁佳莹遭受景绪毫不留情的当众质疑，一下子不知道该说什么好，憋红了脸。

景绪倒也不是故意给她难堪，只是她凑这么近，让他感觉很不爽。

胖子连忙拉了拉景绪的袖子，低声道：“丁佳莹人气很高，别招黑。”

景绪充耳不闻，对她冷漠地说：“离我远点儿。”说完这几句话，他继续打游戏，不再理会她。

丁佳莹被景绪这么说，只好尴尬地起身，来到后排坐着，看了身边的熊本熊一眼，说道：“你是工作人员？”

陆粥粥用变声器说：“嗯。”

“过来要签名啊？”

见陆粥粥没说话，她直接使唤陆粥粥道：“这会儿正忙着，你先去给哥哥买瓶水呗。你们主办方太抠门了吧，连水都没准备，顺便也给我买一瓶。”

陆粥粥气得不行了，又看了看景绪。

他专注地玩游戏，指尖快速敲击着键盘。

她还是转身去自助饮水机边给景绪买了瓶苏打水，回来递到了他手边，但是没给丁佳莹买。

丁佳莹：“我的呢？”

陆粥粥用变声器很不客气地说：“自己买去呗。”

“你这人……什么态度啊？！”

“我就这个态度。”

游戏回档的空隙，景绪拧开瓶盖，喝了一口苏打水，回头对“熊本熊”道：“谢谢妹妹。”

陆粥粥用变声器的男音说：“谁是你妹妹，我是男的。”

“那谢谢大熊。”

景绪嘴角绽开的微笑，让身边的丁佳莹惊呆了。

她很难想象，刚刚那个对她丝毫不留情面的刻薄男人会对一只蠢熊笑得如此温柔。

下午的粉丝见面会进展顺利，景绪给到场的粉丝都签了名。

四点半，漫展结束，国际会展中心也清了场。

景绪还没有离开，陆粥粥也不敢换装，怕被他撞上。

人群渐渐散去，空荡荡的漫展大厅只剩下一些工作人员在清理现场的垃圾。

陆粥粥走到 Fly 的海报前，踮起脚，想取下景绪的单人海报带回家。不过她穿着笨重的熊装，踮起脚也很难够到海报的挂钩。

这时，身边有男人走过来，抬手帮她取下了海报。

陆粥粥回头，看到西装革履的少年站在她面前，对她微笑。他眼底遮掩不住的光芒瞬间击中了她的心。她家哥哥帅得没有天理！

景绪将海报卷起来，递给了她：“你喜欢我？”

陆粥粥用变声器“嗯”了一声。

他又问：“你不是男的吗？”

“男的不能粉吗？还是你只要女粉丝？”

陆粥粥这话，说得有点儿吃醋了。

景绪嘴角的笑意越发明显。他拉着陆粥粥坐到了椅子上，看着现场来来回回收拾设备的工作人员，说道："哥们儿，你结过婚吗？"

"没有啊。"

"有女朋友？"

"算……有吧。"

"我准备跟女朋友求婚。"景绪从口袋里摸出一枚漂亮的钻石戒指，"第一次求婚，有点紧张。"

陆粥粥直勾勾地看着那枚硕大的钻石戒指，呆若木鸡。

这是什么情况？

"她是我从小喜欢的女孩子，因为她，我才想努力变得更好。"景绪手指把玩着那枚戒指，继续说，"这两年她跟着我，其实挺委屈的。戒指我早就买好了，但是我不敢开口，她真的太好了。我这一生唯一的不自信，就是对她……"

"委屈不委屈，只有女孩子知道……你瞎内疚什么？"陆粥粥控制着微微颤抖的嗓音，说道，"你确定了，这辈子就是她，你就求；要是自己都没想明白，你就别开口。"说完，陆粥粥起身要走。

她怕再待下去，会真的哭出来。

这家伙搞什么，跟一只陌生的熊倾吐内心吗？他还说得这么煽情，把她弄得想哭，像个傻子一样。

"我想明白了。"景绪拉住了"熊本熊"胖胖的小手，"从来没有任何时候，比现在更明白，我想娶她。"

陆粥粥回头看了他一眼："那你快去啊。"

景绪打量着她的手套："哥们儿，你这个手套能摘下来不？"

"你想干吗？"

"怕出错，你帮我彩排一下。"

"你事真多，求个婚而已，还要彩排？"

景绪笑着说："第一次求，没经验，帮帮忙，回头请你吃饭。"

陆粥粥没好气地坐下来，摘下了熊爪手套，将手递给他，催促道："快点儿啦。"

对着一只笨熊彩排求婚，他真是够无聊的。

景绪果然单膝跪了下来，跪在她的脚边，轻轻捧起了她的手：

“陆粥粥，愿意嫁给我吗？”

陆粥粥见他彩排得这么郑重，居然都跪下了。于是她也坐直了身体，清清嗓子，郑重地说：“好，我答应你。”

“你发誓。”

“我还发誓……我发你个头……”

“你发誓。”景绪坚持。

陆粥粥没好气地说：“好啦，我发誓，我答应你，永远爱你。”

话音刚落，头顶忽然爆出满天飘落的礼花，一群人拥了出来，拼命鼓掌。

陆粥粥看到了蒋清霖、张虎，还有胖子和欧阳寺，压根儿没反应过来。

“你们……”

“陆粥粥，订婚快乐！”

“祝百年好合啦！”

陆粥粥看看周围的人，低头看着无名指上那枚璀璨的戒指，明白过来。

这……好大一个局！

景绪摘下了她的头套，捧着她的脸，轻轻吻了吻她的额头：“以后哥哥照顾你。”

众人发出羡慕的嘘声。

陆粥粥视线上移，只感觉自己额头上，好多好多汗！

这什么魔鬼场面！

蒋清霖对陆粥粥道：“肥粥，男朋友都跟你求婚啦！你还在发什么呆呀！快答应他呀。”

景绪看着她，似也有些忐忑。

陆粥粥摩挲着无名指上的戒指，咬牙切齿道：“答应可以，我有个条件。”

“你说。”

“你把我今天的工钱先结了。”

求婚什么的，先等等，工钱必须结！

陆粥粥知道，陆怀柔最喜欢的锻炼项目便是游泳，夏天就在自家泳池，冬天去市内一家高端的恒温游泳会所。

那天下午，陆粥粥主动提出陪陆怀柔去游泳。

到场之后，她表现得也相当积极，跟鱼儿似的，在泳池里来来回回扑腾了好几圈。

陆怀柔见小姑娘今天这么积极，肯定有事要跟他说，他便不动声色地坐在椅子上休息。

陆粥粥赶紧给他倒了一杯苏打水，又是捏肩又是捶腿，殷勤又谄媚。

陆怀柔懒懒地道："有事就说。"

陆粥粥挽着他的手，小声说："爷爷，景绪跟我求婚了。"

陆怀柔一口水差点儿喷出去："什么？"

"你……干吗这么惊讶？"陆粥粥反而不解了，质问道，"很奇怪吗？他跟我求婚很奇怪吗？"

"倒也不奇怪。"

只是在陆怀柔印象中，陆粥粥还是个没长大的小朋友呢。她一下子都快要成家立业了，他一时间没反应过来。

"你答应了？"

陆粥粥打量着陆怀柔的脸色，笑着说："我跟他说，我要先回来问问爷爷的意思。"

"问我的意思，只怕未必。"陆怀柔牵起她的手，看着无名指上那枚硕大的戒指，"戒指都戴上了，还说没答应吗？"

"你不知道当时的情况，景绪套路我呢！"陆粥粥赶紧跟爷爷告状，"联合那什么求婚策划的公司，布了好大一个局！还请了一堆群众演员……结果就把这玩意儿骗我手上了。"

她把手指伸到陆怀柔面前："这戒指也有问题，戴上了就摘不下来！"

陆怀柔牵起她的手，轻轻一摘，就把戒指给摘下来了。

陆粥粥：“……”

你还真摘啊。

她赶紧夺过了戒指，宝贝般地戴回了自己无名指上：“是口头答应了，不过我还是得回来问问爷爷的意思嘛。”

陆怀柔道：“你那么大主意，需要问我的意思？”

“那肯定的呀。”陆粥粥挽着他的手，狗腿地说，“爷爷同意他进咱家的门，我才能让他进来。”

“那我要是不同意呢？”

“不同意，那我就拒绝，然后再狠狠批评他一顿，让他去反省，为什么不讨爷爷喜欢！”

陆怀柔嘴角勾起一抹淡淡的笑，知道小姑娘这是委婉地求他松口。只有他松了口，放了手，她才敢真正跟另一个男人步入婚姻的殿堂。

“他是你从小到大暗恋的男生，你能舍得拒绝吗？”

“那爷爷还是我从小到大的爷爷呢，爷爷不喜欢，我就拒绝。毕竟结了婚，还要一起生活的嘛。”

“谁要跟你一起生活？”陆怀柔偏头看看她，“你们不是房子都买了？”

“那房子小，我住不惯。”陆粥粥坐在陆怀柔身边，讨好地说，“我还得住家里，爷爷不会不欢迎吧？”

“我当然不欢迎，我就等你搬出去，我乐得清净，结果你还带一个人住回来！过分了。”

“我很早之前就说了，我不会离开爷爷，”陆粥粥将脑袋靠在他的肩膀上，“我说到做到！”

陆怀柔心里一块巨石似乎落地了，嘴上却还傲娇地说：“简直阴魂不散，你小时候我就不该心软，把你领回来。”

“爷爷要是不把粥粥领回来，粥粥还不知道在哪儿野呢。”

陆怀柔用毛巾擦了擦她湿漉漉的头发，没好气地说：“户口本在家里保险箱里面，密码你知道，自己去拿吧。”

“我的天啊！”陆粥粥跳了起来，抱着陆怀柔亲了一下，“爷爷我爱你！”

陆怀柔嫌弃地擦了擦脸上的口水，冲她匆匆离开的背影喊道：“你急什么？等我找个人，挑吉利的日子！”

喜事将近，也难免生出一些小波折。

那天，陆粥粥得到了爷爷的许可，一时间得意忘了形，结果俩人泳池边的亲密照片被一些无良媒体和公众号爆了出来，标题触目惊心：“陆怀柔秘密情人疑似曝光”“惊，单身多年的陆怀柔与一年轻妙龄女子泳池嬉戏，举止亲密”……

无良媒体的猜测，在网络上引起了轩然大波，一时间粉丝和黑子在网络上开始了激烈的口水战。

“陆怀柔这把年纪了，居然这么不检点！”

“老牛吃嫩草可还行？”

“嘴巴放干净点儿吧，人家单身，谈恋爱关你们什么事，管太多了吧！”

“那个女孩比他小太多了吧！”

“谁规定年纪大的不能和年纪小的谈恋爱，吃你家饭了？”

“我真的幻灭了，我还以为他是正人君子呢。”

“不知道那个女孩怎么想的，年轻漂亮身材好，怎么找个比自己大这么多的？”

“图钱呗。”

“楼上，如果我前男友的身材要能有陆怀柔一半好，颜值有陆怀柔一半高，就算一穷二白，老娘卖血也要养他好吧！说图钱的是什么人？”

“人家二十岁睡陆怀柔，你二十岁熬夜睡懒觉。”

“我知道这个女生，她是北城大学的校花！”

“求深扒！”

“你们要的信息来了：北城大学校花，生科系直博生，圈内学术泰斗秦教授的入室弟子，读研期间发了15篇SCI学术论文，在《Science》

上以第一作者的名义发过论文，入选了中国科协本年度‘未来女科学家计划’，去年去南极拍的蓝鲸照片，还拿了普利策奖。这个小姐姐很厉害啊。”

“我……惊了！”

“天啊！这是什么学术大神！”

“我是陆怀柔的粉丝，突然觉得……陆怀柔配不上这个小姐姐了！别杠，杠就是你赢。”

“她叫什么名字啊。”

“陆粥粥，好像……”

……

网络上各路人马说什么的都有，吵了小半天，终于蹲到了陆怀柔的澄清声明。

这条声明不像是团队的公关声明，因为怒气值满满，也没有斟酌语句，明显就是私发的：“有些人是不是瞎，眼睛不好建议捐给需要的人！发布造谣信息的相关无良媒体我会直接起诉。”

评论底下，立刻有人反应了过来。

“北城大学校花名字叫陆粥粥！陆粥粥是谁啊？陆怀柔孙女啊好不好？十多年前上过综艺的！忘了吗？”

“这……这什么乌龙！”

“我就说……小姐姐看起来眼熟呢。”

“天啊，居然是我们家粥粥小可爱，小朋友都这么大了！”

“我……我一直以为陆粥粥还是个小朋友。”

“楼上，我也……”

“我也……”

……

陆粥粥看着网友们的评论，觉得好气又好笑。

无良媒体为了博眼球，居然把她当成陆怀柔的情人，真是荒唐。

虽然她不太愿意出现在大众视野当中，但这一次，的确是她过于忘形，才给了狗仔乘虚而入的机会。

陆粥粥用自己弃置已久的微博号，发了一条信息：“好久不见了，谢谢大家的关心。这些年一直在用功读书，所以很少出镜。造成这样的乌龙，占用公共资源也是非常抱歉。以后公共场合会注意言行，谢谢大家。”

底下评论基本上都是安慰她的话——

“小姐姐不用在意那些造谣生事的人啦。”

“就是，跟自己的亲爷爷有什么关系。”

“都是无良标题党，营造话题博人眼球。”

“我们家粥粥真的长大了，妈妈粉老泪纵横。”

“粥粥加油，妈妈爱你！”

“粥粥，我从小粉你！发誓非你不娶！我现在二十四岁，不抽烟不喝酒，男博士，发量浓密，守身如玉，你看我还有机会不？”

这条评论把陆粥粥逗笑了，顺手点了个赞。

结果底下评论就热闹了——

“粥粥赞你了！”

“快快快，楼主快发照片！最帅的那张！”

“预感我将要见证一段不靠谱的网络姻缘！”

“坐等楼主发照片！”

“博士楼主快出来！”

……

这条评论倒是引来了一大批青年才俊，在陆粥粥的微博下面毛遂自荐。

他们倒也不一定是自荐给陆粥粥，还有些资料被其他单身女孩看中，双方聊得火热。

陆粥粥在等候实验结果的空隙，点开评论区，发现她的评论区居然变成了大型相亲现场，这走向也是她没有想到的。

很快，男博士回复了：“抱歉大家！我回来了！这是我的照片，身高 182 厘米，体重 160 斤，北城本地人，高知家庭，父母温和亲善。我博士期间也发了 32 篇 SCI 论文，还以第一作者的名义出版了专著……粥粥，你看怎么样？”

陆粥粥没想到他居然真的发了照片，别说，人还挺帅，五官英俊，气质阳光。

她见他态度如此诚恳，于是正要编辑信息礼貌地拒绝，却没想到陆怀柔居然先她一步，回了这位男博士：“我看行。”

网友们又开始疯狂留言——

“男博士你是人生赢家啊！”

“天啊，亲爷爷都认可了！”

“我的妈呀！今天是不是真的要吃大瓜了？”

“我不睡了！我在线等结果！”

陆粥粥连忙给陆怀柔发信息：“爷爷，这么晚你还不睡？”

陆怀柔：“我看评论区有几个博士生……条件都还不错，比打游戏那家伙好，现在后悔还来得及。”

陆粥粥：“……”

你一把年纪了熬夜不睡觉，在线挑孙女婿呢。

然而，很快，景绪便点赞转发评论一条龙服务送上：“不要再问了，问也是没机会。这姑娘是我未婚妻，日子已经定了。”

网友们深夜等结果，没想到居然又等来了一个惊天大瓜。

现今最火爆的电竞选手 Lu 神竟然是陆怀柔的孙女婿。

“啊啊啊！ Lu 神！”

“我哭了！ Lu 神竟然已经有未婚妻了！”

“博士哥，哈哈哈哈哈哈，到最后自荐了个寂寞。”

“心疼博士哥。”

博士也赶紧回复景绪：“哈哈哈，看来我来晚了，虽然不太甘心，但还是祝你和粥粥百年好合。”

“同祝福！什么时候能喝喜酒呀？”

“想看粥粥的婚纱照！”

“祝你们百年好合，要幸福呀！”

……

冬日里难得有晴空少云的天气。

那年他二十二岁，陆粥粥二十一岁。

早上八点，校门口有不少推着小车卖早点的摊贩。

景绪在一棵白桦树下，虔诚而耐心地等待着陆粥粥。他的手里拿着一张单薄的户口本页。

脱离了景家之后，景绪随学籍办理了北城的集体户口，所以没有小本子，只有一张集体户口页。不过今天之后，他的集体户口页便要作废了。

因为陆怀柔坚持把他的户籍归到陆家的户口本上。

陆粥粥从学校跑出来。她戴着一条嫣红色的围巾，显得格外喜气，小脸蛋也是红扑扑的，眼底泛着光。

“哥哥久等了！”

“证件都带了吗？”

“带了，出门特意检查过。”

“走吧。”景绪牵起了她的手。

“等一下。”陆粥粥低头，从书包里取出一条和她同样款式的红围巾，说道，“我妈妈说，结婚还是要沾点儿喜气的，这是她给咱们准备的。”说着，陆粥粥将红围巾戴在了景绪修长的颈项上，缠了两圈。

景绪摸着柔软的红围巾，问道：“这有什么讲究吗？”

“没什么讲究，看着喜庆。”

哪怕现在都流行西式的婚礼，但是中国人结婚，还是要带一点儿喜气洋洋的红色。

陆粥粥给他戴好了围巾，捧着他英俊的脸端详了好一阵。

“干什么？”

“最后再检查一遍。”

“检查？”

陆粥粥笑着说：“买东西付款前，都还要再仔仔细细地检查一遍呢，更何况是结婚这样的人生大事。”

景绪索性闭上了眼，任由她端着他的脸，好生打量着：“你检查脸有什么用，结婚之后过日子，又不靠脸。”

“那靠什么？”

“靠……”景绪脑子里开过一辆车，他立马刹住，改口道，“很多方面。”

陆粥粥牵着他的手，跟他慢慢地走在林荫路上，问：“哥哥觉得，家庭和谐最重要的方面是什么？”

景绪脑子里继续开车，嘴上却道：“相互理解体谅。”

陆粥粥说：“还有呢？”

景绪：“坦诚，不对彼此撒谎。”

陆粥粥：“还有呢？”

景绪：“你到底想听我说什么？”

陆粥粥牵着她的手，浅浅一笑：“就……蒋清霖跟我讲，最重要的不是这些，是其他的哦。”

景绪看懂了陆粥粥的眼神，他的手落到她的后脑勺上，指尖轻轻从发根处扣紧，附在她的耳畔道：“其他的……也不会让你失望。”他低沉有磁性的嗓音撩得陆粥粥耳根痒痒的，心也痒痒的，“那要试了才知道。”

“那你要不要先跟我试了，再去结婚？”

“我……”

鬼使神差地……身边就是一家主题酒店，陆粥粥脸蛋泛起绯红色，拉着景绪的手赶紧离开。

开什么车，结婚要紧。

民政局不远，这一路的林荫道，很长很长。

景绪没有开车，而是选择牵着陆粥粥的手，步行过去。

她的手纤细而小巧，牵着很柔软。

景绪牵了一会儿，然后手指从她的指缝中穿过，十指紧紧相扣。

他们牵手走过这一条林荫路，仿佛也充满了仪式感。

后面或许会邀请亲朋好友，热热闹闹地办一场盛大的婚礼。但婚姻登记，是只属于他们两个人的仪式，安静而神圣。

今天真是个好日子，民政局有好几对情侣，等着结婚登记。

陆粥粥看到女孩子都化了妆，才发觉自己真是太草率了。

早上闹钟没叫醒她，她匆忙起来，怕景绪久等，出门就洗了个头，随便弄了两下，便过来了。

排队的时候，她凑近景绪的耳朵，懊悔地说："我都没化妆，待会儿拍照肯定不好看，怎么办呀？"

景绪垂眸，看着小姑娘清秀的脸蛋，脸颊泛着浅粉色，眼睛水润明澈。毫无疑问，她一定是今天最漂亮的。

尽管他眼里的陆粥粥，已经非常好看了，但女孩对自己永远不满意，所以景绪从她的小包里翻出口红，挑选了一支很衬围巾的红石榴色，拧开，轻轻勾勒着她的唇。

她只需要再涂一点儿口红，就非常有气色了，哪里需要多余的妆容。

陆粥粥心安理得地享受男朋友的服务。他的手不仅玩游戏厉害，涂口红、描眉也都是一流，完全不会手抖，比陆粥粥自己上妆还好看。

景绪也是真的很喜欢给她涂口红，只要看到了，肯定会亲自上手。

周围有女孩羡慕地看着陆粥粥，然后推了推自己男朋友，低声说："你看看人家。"

男孩怼道："那你怎么不看看人家女孩多漂亮。"

"过分啦，还结不结婚啦！"

很快，便轮到了他们。

工作人员递来了"申请结婚登记声明书"，俩人郑重地签下了自己的名字，随后便拍了一张合照。

随后是婚前例行的体检。在进行妇科体检的时候，陆粥粥纠结了一会儿，红着脸问医生："请问，都需要检查哪些项目呀？"

医生回答道："心、肺、肝、肾等例行检查，以及妇科检查。你以前应该也做过吧？"

陆粥粥研究生入学的时候做过常规检查，但是没有进行过妇科检查。在进入私密的妇科检查室的时候，她低声对女医生说："我还没有过，这个也要检查吗？"

女医生略微诧异地看了看她，感觉到很不可思议："没有过，就结婚了吗？你这样未免太大意了。”

“什么意思呀？”

女医生见她还小，便说道：“没事，待会儿两边的结果都会出来，有问题的话及时沟通。”

陆粥粥点点头，躺在床上做了 B 超以及一些其他的检查。

当她走出妇科体检室的时候，景绪早已经等在门口了。

陆粥粥脸颊的绯红还没有消退，她走过去牵起了他的手，略微埋怨，小声说：“我跟别人都不一样。”

“什么不一样？”

“就……少做了一项检查啊，就不一样。”

景绪听懂了小姑娘的意思，淡淡一笑：“那怎么办？”

“还能怎么办，我男朋友跟个和尚似的。”

景绪环着她的腰，将她拉进怀里，低声道：“待会儿回家，让你看看。”

“……”

走出民政局大厅，俩人手里各拿着一个红色的小本子。景绪看着上面的照片，哪怕一贯淡漠的他，眼底也有抑制不住的喜色。

照片里，小姑娘的嘴角也勾着清甜的笑意，宛如温柔的羽毛，轻轻拂过他的心间。

他如愿以偿，百年好合。

他终于把最爱的姑娘娶回家了。

陆粥粥时而看看她的本子，时而看看景绪的本子，也觉得很新奇。

“哥哥你笑得好假哦。”她指着照片，吹毛求疵地道，“给牙膏打广告吗？”

景绪说道：“拍了那么多张，笑僵了。”

陆粥粥看着照片，尽管他的笑容的确有点儿僵硬，但是眼神里的温柔和喜悦是遮掩不住的。

他曾经见过地狱，恰恰是因为见证过苦难和难堪，才会有而今的平静。他本就是那样温柔的一个人啊。

陆粥粥心满意足捧着结婚证，然后把景绪的结婚证也接了过来，叠在一起放进包里。

景绪不放心，说道："还是给我保管吧。"

"好。"

陆粥粥把结婚证递给景绪，他装进了自己的斜挎包里。

结婚登记几乎忙了一整天，走出民政局的时候，夜幕已然降临。

俩人路过热闹的小吃街，陆粥粥推了推景绪，说道："老公，去帮我买糍粑。"

这个称呼，忽然烫了景绪的心。

直到此刻，看着怀中的娇滴滴的小妻子，他才渐渐反应过来。

是啊，他已经是丈夫了，是能够为她撑起一片天的男人了。

景绪摸了摸她毛茸茸的围巾，转身去小吃摊边给她买糍粑。

"多豆粉，多红糖，"他对小摊老板说，"我妻子爱吃甜的。"

小摊老板看看对面的民政局，笑着说："今天结婚呢？"

"是啊。"

"新婚夫妻，一眼就看出来了。"

陆粥粥好奇地走过来，问道："老板您真有眼力。"

小摊老板将红糖糍粑递到陆粥粥手上，说道："你家先生给你买糍粑，瞧瞧他这脸色，多骄傲啊，多有底气。"

"谢谢老板啦，祝生意兴隆呀。"

"祝你们百年好合。"

陆粥粥接过小碗，用牙签插起了热腾腾的糍粑，裹了一圈豆粉和红糖，递到景绪嘴边："老规矩，第一口给哥哥，剩下的都是我的。"

景绪张嘴，由她喂给自己第一块糍粑。甜腻在舌尖化开，也在他的心尖化开。

这条路通往家的方向，今晚星星和月亮都出来了，似乎是要为他们做见证。

景绪低着头，踩着她的影子，认真地说："陆粥，喜欢你真的很好。"

"嗯？"小姑娘诧异地回头看着他。

他笔直的身影站在路灯下，踩着她的影子，嘴角微勾："从小，这个世界就不那么令我开心。直到那天午后，我在楼梯口遇见一只小蝴蝶。"

陆粥粥知道，景绪心中曾经败落的玫瑰，如今重新焕发出璀璨夺目的淡金色。

"那天之后的每一天，都是我的幸运日。"

陆粥粥第一次听到景绪说这些话，她对他绽开一抹清甜的笑意："哥哥，悄悄告诉你哦，这只小蝴蝶，其实每天都在琢磨一件事情。"

"什么事？"

她踮起脚尖，轻轻触了触他的脸颊："摘玫瑰。"

——正文完——

番外一

一生一世对她好

走出电梯，景绪揽着娇滴滴的妻子，将她抵在走廊边，低头与她拥吻。此时此刻，红色的结婚证安静地装在包里，女孩完完全全属于他。

小姑娘意识有些迷糊，攀附着他的颈子，仰着头，由着他予取予求。

景绪将小姑娘打横抱起，走到门口，手指胡乱地开启房门密码锁。

密码锁按错了两次，总算打开了。然后他们刚进门，两人便傻眼了。

房间里灯火通明，陆怀柔、陆随意、唐浅甚至小方便，他们齐齐坐在客厅沙发上，目瞪口呆地望着俩人。

陆粥粥："……"

一时间，气氛尴尬到了极点。

陆随意率先打破了沉默，笑着说："陆粥粥你自己没腿啊，刚结婚就欺负景绪，还让他抱你回来，真是……还不快下来。"

陆粥粥赶紧从景绪身上跳下来，惊恐地问："爷爷、爸、妈，你们怎么来了？”

陆方便捂着眼睛，说道：“我们来给姐姐布置新房。是不是不方便呀？”

“没有不方便，哪儿有不方便，你这孩子别乱说，咳咳。”

陆粥粥发现房间里全是红色，落地窗边还贴了两个大红色的喜字，床上也摆着红色的棉被，真是很喜气。

“不过，你们过来也该说一声呀。”

“不是跟你说了吗？”唐浅起身道，“早上出门的时候，叮嘱了好几遍，晚上一家人吃饭啊。”

“呃……”

好吧，她给忘了。

陆怀柔坐在单人沙发上，淡定地喝着茶，说道：“拿到证了？”

景绪从包里摸出两本结婚证，递给陆怀柔。

陆怀柔打开结婚证，仔细看了看照片，眸底漾着温柔之色。

他没有说什么，把结婚证还给景绪：“收好了。”

“放心，爷爷。”

景绪将结婚证放到卧室的保险箱里，出来说道：“爷爷，叔叔阿姨，我去给你们做饭。”

陆随意笑着说：“爷爷倒是叫得顺口，这叔叔阿姨听着挺见外啊。”

陆粥粥拉拉景绪的手：“还不快改口。”

景绪似有些不好意思，脸颊也泛起了绯色：“爸、妈。”

唐浅和陆随意将各自准备的红包取出来，递给了景绪，郑重地说道：“以后你们俩可一定要好好的，陆粥粥，不准欺负景绪。”

陆粥粥保证：“不会的！”

景绪也说道：“爸妈放心，我会对粥粥好的。”

陆随意买了菜，去厨房忙着做饭。

景绪也赶紧过去帮忙，挽起衣袖洗菜、切肉，动作很熟练。

“行了，小绪，快放下吧。”唐浅挽了袖子走过来，说道，“你这双手是吃饭的家伙，可不是做饭的，得好好保护，妈妈来做吧。”

“妈，不用。”

“让他做。”陆怀柔说道，“我们家都是男人做饭，他要是不学着做这些，难不成让你女儿伺候他？”

陆随意和唐浅当然是心疼女婿的，不过看陆怀柔的态度，恐怕心里还是不太满意。

他倒也不是针对景绪，不管谁当他们家女婿，都免不了被他挑剔吧，毕竟陆粥粥可是他的宝贝疙瘩。

景绪和陆随意做了满满一桌饭菜，冒着香喷喷的热气。

唐浅是丈母娘看女婿，越看越喜欢，连声夸赞道：“我们家女婿不仅事业干得好，做饭手艺也真不错呢。”

陆怀柔夹了一块外焦里嫩的糖醋排骨，尝了尝，说道：“我觉得一般。”

“爸，这还一般啊！”陆随意专业拆台三十年，浮夸地说，“我看女婿的手艺，这得是酒店大厨的水平了吧。”

唐浅：“而且是五星酒店。”

陆随意：“对对，所以粥粥嫁给小绪，肯定是饿不着肚子了。”

夫妻俩一唱一和，都快把景绪吹到天上去了。

陆怀柔翻了个白眼，给陆粥粥夹了一块肉，没搭理他们。

这次一家人过来，一则是要布置婚房，二则也是为了商量婚礼事宜。

婚礼方面，的确是个问题。毕竟因为景哲的事，陆怀柔和景家父母闹得那么僵，到时候肯定是不能请的；可若是不请，宾客又怎么想，无良媒体要是瞎写，也会让陆粥粥心里不舒服。方方面面，都很难办。

陆随意道：“你爷爷的意思呢，现在年轻人结婚，不必高朋满座、请一大堆不相关的人过来。咱们不如就全家人出去旅行一趟，到时候在海边给你俩办一场浪漫的婚礼，顺带还能拍一套旅行结婚照，你俩看怎么样？”

景绪：“我听粥粥的。”

陆粥粥说道：“我觉得这个主意很好，我跟哥哥就旅行结婚。”

她本就不愿意闹得人尽皆知，到时候记者一窝蜂赶来，累都累死了。所以不如就全家人出去旅行，顺便把婚礼办了，多省事啊。

本来她的婚礼，跟其他所有人都没有关系，只和家人有关，于是婚礼就这样敲定了。

唐浅作为母亲，也有不少要叮嘱小夫妻的事情：“结婚之后就不比谈恋爱了，你们要学会相互包容，别一点儿小事便互不相让，非得争个输赢。两个人在一起生活，没那么多是非对错。”

“是啊，我们家粥粥脾气不太好，在家里是任性惯了，景绪你要多包容些。”陆随意道。

景绪连连点头：“爸，我会的。”

陆怀柔听着又不满意了：“陆粥粥脾气不好吗？我看好得很。”

陆随意笑道：“爸，您自己宠出来的，心里还没数吗？”

唐浅推了推他，然后又教育陆粥粥：“粥粥，给人家当妻子就不像在家里做女儿了，知道吗？要懂事，别一点儿小事就闹别扭，把小日子过得和和美美的才好。”

“妈，你就放心吧，我不会跟哥哥吵架的。”

景绪拍了拍陆粥粥的脑袋：“以后我们家，一切事情都是‘粥粥说得对’。”

“哥哥这句话说得对！”

陆怀柔独自来到了阳台，吹吹冷风，避开了一家人其乐融融的场景。他知道今天是大喜的日子，不应该表现得如此不合时宜。

看到陆粥粥如此幸福，他打心眼里也是高兴的。但是对于景绪，他难免还有敌对的情绪。

或许是他还没有习惯，自己宠大的小姑娘现在成了别人的新娘。那种淡淡的失落，旁人是没有办法体会的。

没一会儿，陆粥粥也来到了阳台，靠在陆怀柔身边，跟他一起看着城市的灯火。

“爷爷，等这段时间忙完了，我跟景绪就搬回家里。”

“不用，”陆怀柔别扭地拒绝道，“我喜欢清净。”

她挽着他的手，撒娇道："粥粥还是住家里，跟爷爷在一起比较习惯。爷爷，您就让我搬回来吧？"

"等办完婚礼，再说。"

"爷爷，您再给我梳一次头发吧。"陆粥粥把橡皮筋和发卡递给他，"爷爷梳的小辫儿最好看了。"

陆怀柔接过梳子，抓起了陆粥粥柔顺的长发。

他一直给她梳头发，从童年时候的羊角辫再到青春时期的马尾辫。而此刻，陆怀柔嘴边衔着皮筋，给她挽了一个精致的发髻，盘在脑后。

看着镜子里端庄而温柔的女孩，他心里有些感伤。

嫁女本是一件高兴的事，但是不舍的情绪完全冲淡了喜悦，就像当初把陆雪陵嫁出去，他也很难受。

"粥粥，以后景绪要是欺负你，你告诉爷爷，爷爷永远给你撑腰。"

"嗯！"

陆怀柔牵着陆粥粥的手走到客厅里。

景绪看着妻子的发髻，眸子里泛过一丝光亮。

陆怀柔牵着女孩走到他面前，将她的手郑重地交到了景绪手中，说道："她是我的宝贝。"

景绪知道，这几个字的重量。

陆怀柔对她付出了全部的爱，此刻让他交出自己的宝贝，是怎样的难受……

"爷爷放心。"他紧紧牵着陆粥粥的手，"我会对她好。"

一生一世对她好。

一家人离开之后，陆粥粥去洗了澡。朦胧的水雾弥漫着，陆粥粥站在镜子前，打量自己。

她穿的是蒋清霖送的新婚之夜性感吊带小睡裙。

蒋清霖死不正经，这条睡裙也是她千挑万选，叮嘱陆粥粥新婚之夜一定要穿的。

陆粥粥不想辜负闺密的心意，所以穿了这条裙子，但是这裙子也实在是……

她都不敢往下看，心跳加速，脸颊也挂了绯红。她在裙子外面套了一件薄薄的丝绸小披风，走了出去。

景绪正在铺床，红色的床单被套喜气洋洋，绣着金色的龙凤和鸣。

他随意地问道：“你喜欢睡左边还是右边？”

陆粥粥坐到他身边，紧张地说：“我喜欢睡中间。”

景绪叠被的手微微一顿。

他已经看到了她身上这件睡衣。

“睡中间，是要把老公赶到床下睡吗？”他用鼻翼轻轻蹭了蹭她的脸蛋。

“随便你睡哪里。”

陆粥粥说着，害羞地钻进了被窝里。

景绪看着小姑娘露出一截白皙漂亮的脚踝，他握住她的脚踝，轻轻往外面拉了拉。

随即，陆粥粥听到了解皮带发出的金属声。

番外二

她是我的宝贝

昨晚，窗外刮了一夜的风。

景绪睁开眼睛，怀中的娇妻还在熟睡，白皙的皮肤漫着一丝诱人的粉色。她眼角挂着残留的泪痕，是昨天晚上留下的。

他第一次知道，女孩在快乐的时候，竟也会哭，细细碎碎的呜咽声，快要把他的心都搅烂了。

想到昨晚，景绪满心柔软，扯来纸巾将她眼角的泪痕擦拭干净，然后轻轻下床，把满房胡乱丢弃的衣服收拾干净。

陆粥粥睁开眼，身边的男人已经起床了，没有叫醒她，纵着她一觉睡到了中午。

陆粥粥伸了个懒腰，满室狼藉已经被收拾过了，阳台上的薄荷草也浇过了水，翠绿袭人。

她坐到梳妆台前，看着镜子里慵懒的自己。

昨晚她几乎没怎么睡。男人时而温柔，时而野蛮，攻城略地。她毫无招架之力，颈子上也遍是粉嫩的痕迹，触目惊心。

她穿了一件高领毛衣，遮住了脖子上的“小草莓”。

开放式厨房里，景绪穿着碎花围裙，已经在做饭了。

他明明一夜都没睡，怎么精力还这么好啊？

陆粥粥得出结论：男人真是恐怖的生物。

“醒了。”景绪指了指桌上的杯子，“蜂蜜水，喝光。”

陆粥粥听话地端起水杯，见他朝自己走来，本能地往后靠了靠，避开他。

昨晚之后，她居然都开始有点儿怕他了！

景绪注意到小姑娘的动作，嘴角勾了勾，问道：“怕我？”

陆粥粥喝了一口蜂蜜水，略带埋怨地说：“让你欺负我。”

“我欺负你？”景绪觉得冤枉，走到她身边，轻轻揽着她的腰笑道。

面前娇滴滴的妻子，是他全部欲念的所在，也是他的信仰。

婚礼在海边举行，陆粥粥邀请了儿时的伙伴和大学的姐妹，包机请他们过来参加婚礼。

天空湛蓝，海风温柔，白色的贝壳和小白花架装饰着简易的礼堂。

陆粥粥穿着洁白的婚纱，踩在松软的花毯上，由陆怀柔牵着她的手，将她正式交到了景绪的手上。

婚礼仪式非常简单，说誓词，交换结婚戒指，然后拥吻。

面前的男人，西装笔挺，神情严肃而虔诚地完成了每一个步骤，即便是最后的拥吻，都是那样认真。

这是他心心念念了好多年的女孩，是他将要守护一生的妻子。

陆粥粥直博留校，进入学校生科研究院工作。这个研究院是国内顶级生科研究所，能进入这里面工作的人，称一声“科学家”也不为过了。

陆怀柔满心期待着陆家能出一个科学家，没想到还真让他实现了这个愿望。

现在孙女和孙女婿也搬到了陆宅。他退休之后，每天养养鱼，种种兰花，晚年生活过得逍遥自在。

锻炼是他的习惯，他知道自己终有一天会离开他的小姑娘，但是他要尽可能推迟这一天的到来。

后来，他如愿以偿地迎来了自己的曾孙和曾孙女。这两个孩子宛如当年的他和陆雪陵，是一对漂亮的龙凤胎。

生活也越发热闹起来。

男孩随景绪姓，叫景崎；陆家偏宠女孩，所以女孩随陆姓，叫陆喃喃。

俩孩子从小在陆宅长大，家里那位时而严肃时而温柔的曾爷爷，一直陪伴着他们成长。

陆怀柔老来多健忘，时常拉着小喃喃的手，叫她小小陆。

小姑娘蹲在花园里挖蚯蚓，一脸脏兮兮的泥巴，回头冲陆怀柔道："曾爷爷，我不是小小陆，我是小小小陆。"

"陆粥粥！你又把我的兰花挖了！是不是想挨打？"

"曾爷爷，我是喃喃呀，妈妈还在上班，晚上才回来。"

陆怀柔盯着她看了好久，恍然间才有些明白过来。

景崎察觉到似乎不妙，走到葡萄架下，问道："曾爷爷，您还认得我是谁吗？"

陆喃喃笑话他："哥，你傻了，曾爷爷怎么会认不得你，上午他还给咱们做了面条呢！"

陆怀柔冲景崎喊道："你这小子，怎么又来我们家了。一天到晚缠着我们家粥粥，等着吧，我早晚搬家！"

陆喃喃这傻丫头咯咯地笑了起来："曾爷爷，这是哥哥呀！"

"一天到晚哥哥、哥哥，他算你哪门子哥哥？"

景崎察觉到不对劲，赶紧给陆粥粥打电话："妈，曾爷爷好像不太对劲，你赶紧回来吧。"

陆粥粥接到景崎的电话，吓得手都在抖。景绪开车接到了她，急急忙忙地赶了回去。

一路上，她都在抹眼泪，哭得跟个小孩似的，车还没停稳，她便匆匆跑了下去。

景绪连忙追上去，说道："乖乖，你冷静点儿，爷爷这么大年纪了，身体一直康健，无病无痛。所以无论发生什么，都是上天最好的安排。”

她蜷在他怀里，抽泣着说：“可陆粥粥不能没有爷爷。”

就在这时，房间门忽然打开了，陆怀柔站在他们面前，一脸冷漠地说：“你们在干啥？”

陆粥粥眨巴着泪眼，一脸蒙地看着陆怀柔：“爷爷……你……没事啊？”

“我能有什么事？”陆怀柔将陆粥粥拉进屋，然后用毛巾给她擦了擦满是泪痕的脸，道，“一天到晚都在外面野，骂你两句就给我哭，我还管不了你了。”

陆粥粥不解看看自己的一双儿女。小孩子靠在墙边站着，冲陆粥粥不住地做手势，示意曾爷爷有些奇怪。

陆怀柔用毛巾给陆粥粥擦了脸，然后又给她梳头扎辫子：“晚上吃什么？”

“晚上吃……”陆粥粥说，“爷爷，我让景绪做饭吧，你休息就好了。”

“谁？”

“景绪。”

“哦，隔壁那小屁孩，他能做什么饭？”

陆粥粥终于意识到了不对劲，回头看了看陆怀柔。

“别动。”他继续给她扎着辫子，“我在网上新学的，你扎着辫子去学校，小朋友肯定羡慕。”

陆粥粥指了指墙边俩小孩，问道：“爷爷，你知道他们是谁吗？”

“不是你同学吗？”

陆粥粥眼里全是眼泪，又指了指自己：“那我……我是谁？”

“小小陆，你又在跟我开什么玩笑？好玩吗？”陆怀柔给陆粥粥扎了个小辫子，然后去厨房忙碌，“那还是吃面条吧？”

“呃，好。”

景绪走过来，轻轻将她抱在怀里。

陆粥粥问他：“哥哥，这难道是最好的安排吗？”

“是。”

老来多健忘，唯不忘记粥粥。一切都是最好的安排。

两个小朋友赶紧走进厨房里。

“曾爷爷，我们来帮您！”

“你们是谁啊？”

“我们是粥粥的同学呀！我叫奥特曼，她叫小猪佩奇。”

陆怀柔笑了，从包里摸出巧克力，递到俩小孩手里：“奥特曼、佩奇，跟我们家粥粥好好相处，爷爷就请你们吃糖。”

“我要吃糖！”

俩小孩从陆怀柔手中接过了巧克力，吃了起来。

陆怀柔叮嘱他们：“吃了我们家的糖，以后你们就要多让着我们家粥粥一些，知道吗？”

陆喃喃道：“曾爷爷，你对粥粥小朋友可真好呀。”

“那可不？”陆怀柔望了陆粥粥一眼，骄傲地说，“她是我的宝贝。”

小剧场

长命锁

八月十五中秋节，景绪开车带着全家人去了郊外的旅游古镇游玩。

古镇今天有集市，非常热闹，青石板两边有许多小商贩摆摊做生意。

陆怀柔已年迈，时而清醒，时而糊涂，总要牵着陆粥粥的手，慢慢地和她走在静谧的小镇街道上。

景绪给她和陆怀柔拍了一张古镇门前的照片，陆粥粥拿着照片，对比着小时候陆怀柔牵着她在别墅门前拍的照片。

这些年，陆怀柔有了明显的老态，鬓间生出白发，但是他身形却并未佝偻，仍旧挺拔，轮廓锋利，五官也丰神俊朗。

似乎岁月都不忍苛待于他。

经过一个糖画摊位前，陆怀柔顿住了脚步，拉着陆粥粥挤进了人群，用哄小孩的腔调对她说道："粥粥，你想吃什么，爷爷给你转。"

糖画圆形的转盘上有许多小动物的图案，正中间是转盘箭头，箭头旋转起来，最后停在哪个小动物身上，糖画老板就会给做成什么小动物形状的糖画。

周围聚拢了许多小朋友，津津有味地看着老板画糖人。

陆粥粥见陆怀柔这般有兴趣，想了想，指着最大的东方龙图案，说道："爷爷，我要这个。"

"行。"

陆怀柔付了钱，苍老的指尖落到了转盘上，深呼吸准备着，一定要给宝贝孙女转一个东方龙。

然而，转盘旋转了好几圈，指针最终却落到了一只很小的小蜻蜓身上。

周围所有小朋友都在扼腕叹息。

糖画师傅笑嘻嘻地烫了糖，只用十几秒就画出了一个小蜻蜓，递给了陆怀柔。

陆怀柔看着这一个还不够塞牙缝的小蜻蜓，直接递给了景绪身边的小男孩景崎："给你吃。"

景崎："……"

他听话地接过了小蜻蜓。

陆怀柔不信邪，又尝试了第二次，这一次，键盘转到了一只稍稍大一点的猴子图案上。

"爷爷，可以了，我就要这个猴子吧。"陆粥粥道。

陆怀柔仍旧摇头，将小猴子糖人给了陆喃喃："这个给你。"

陆喃喃撇撇嘴："曾爷爷真偏心。"

陆怀柔揉揉她的头："有你的就不错了，我们家粥粥还什么都没有呢。"

陆喃喃拉扯着景绪的衣袖："爸，你看曾爷爷，偏心。"

"你曾爷爷一向如此。"

陆怀柔回头看了景绪一眼："来来来，你来转，我就不信了。"

景绪听话地上前，滑动了转盘，却没想到，一招即中，指针落在了东方龙的图案上。

景崎和陆喃喃高兴地击掌，周围的小朋友也欢呼了起来。

"不错啊小伙子。"糖画师傅无奈地笑着，在糖板上画了个形状复杂的东方龙，递给了景绪。

景绪又将糖画递给了陆粥粥。

“谢谢哥哥。”

陆怀柔看着陆粥粥手里那个大大的东方龙，又看了看俩小孩手里的猴子和小蜻蜓，不爽地对景绪说：“你怎么这么行？”

景绪沉默片刻，说道：“我错了。”

陆怀柔牵起了陆粥粥的手，拉着她离开了人群：“别跟他玩，这小子坏得很。”

陆粥粥一边吃糖人，一边笑着应道：“嗯！咱不跟他玩。”

午后，景绪带着两个孩子去逛庙会，陆怀柔有些累了，陆粥粥便陪他坐在庙外的梧桐树下休息。

冬日的阳光透过斑驳的树影洒落，时光静静地流淌着。

陆粥粥翻看着手机里的照片，忽然感觉脖子一凉。

只见陆怀柔将一个银光灿灿的长命锁戴在了陆粥粥的颈子上。

她注意到这个长命锁是爷爷刚刚在庙会上的一家银店里买的，还以为他是买给景崎或者喃喃的，没想到是给她的。

“爷爷……”

“粥粥，爷爷以前不会当爷爷，有次差点弄丢你。”陆怀柔握住了陆粥粥的手，“现在，爷爷努力陪你久一点，好吗？”

陆粥粥摸着长命锁，靠在了爷爷的肩膀上，享受着这一刻阳光的温暖。

“粥粥也会永远陪着爷爷！”

图书在版编目（CIP）数据

拉勾 / 春风榴火著 . -- 南京 : 江苏凤凰文艺出版社 , 2022.7
ISBN 978-7-5594-6703-4

Ⅰ . ①拉… Ⅱ . ①春… Ⅲ . ①长篇小说 – 中国 – 当代 Ⅳ . ① I247.5

中国版本图书馆 CIP 数据核字 (2022) 第 047914 号

拉勾

春风榴火 著

责任编辑 周颖若
特约编辑 薛天舒
装帧设计 安柒然 鬼 哥
责任印制 刘 巍
出版发行 江苏凤凰文艺出版社
南京市中央路 165 号，邮编：210009
网 址 http://www.jswenyi.com
印 刷 大津鑫旭阳印刷有限公司
开 本 880 毫米 ×1230 毫米 1/32
印 张 23.5
字 数 677 千字
版 次 2022 年 7 月第 1 版
印 次 2022 年 7 月第 1 次印刷
书 号 ISBN 978-7-5594-6703-4
定 价 69.80 元（全 2 册）